Een lang bewaard geheim

Maria Nikolai bij Boekerij:

De chocoladevilla
Gouden jaren
Een lang bewaard geheim

boekerij.nl

Maria Nikolai

EEN LANG BEWAARD GEHEIM

Victoria keert terug naar de chocoladevilla om het familiebedrijf te behoeden voor de ondergang

Deel 3 van de *Chocoladevilla*-serie

Vertaald uit het Duits door Sander Hoving

BOEKERIJ

ISBN 978-90-225-9418-6
ISBN 978-94-023-1759-6 (e-book)
NUR 302

Oorspronkelijke titel: *Die Schokoladenvilla – Zeit des Schicksals*,
door Maria Nikolai
Vertaling: Sander Hoving
Omslagontwerp: Bürosüd
Omslagbeeld: © Drunaa / Trevillion Images
Zetwerk: ZetSpiegel, Best

Deze uitgave kwam tot stand door bemiddeling van Marianne Schönbach
Literary Agency bv.

OP HET WAAGSTUK VAN DE LIEFDE

1

Chocolaterie Bonnat in Voiron, Frankrijk
Begin juni 1936

Veelbelovend vloeide de chocolade over het luchtige, met vanillecrème gevulde biscuitje en bedekte het met een glanzend laagje. Als dat droog was, moest het een zacht knappend geluid maken als je erin beet, en daarom diende het flinterdun te zijn. En er bovendien perfect uitzien, zonder druppels of andere onvolkomenheden.

Met geoefende handbewegingen overgoot Victoria het ene biscuitje na het andere, terwijl ze aandachtig toekeek hoe de couverture zich verspreidde en de overtollige chocolade omlaag droop. Vervolgens versierde ze de gebakjes liefdevol met een amandel en een ruitjespatroon van suiker en schoof ze in de koelkast: stuk voor stuk een kostelijk unicaat. Morgenochtend zouden ze allemaal een plek vinden in de toonbank van de chocolaterie, tussen de andere exclusieve chocoladedromen die op hun kopers wachtten.

Met een lichte zucht likte ze de chocoladeresten van haar vingers, waste haar handen en deed haar schort af.

Het was zover.

'*Es-tu triste?*' Haar collega Colette kwam bij het aanrecht naast haar staan. 'Je lijkt zo… somber.'

'Ja,' antwoordde Victoria. 'Mijn laatste dag.'

'We zullen je missen.' Colette smeerde haar handen in met zeep en hield ze onder de waterstraal. 'Vooral Luc. Hij is al weg, trouwens. Zijn jullie vandaag nog iets van plan?'

'Ik heb eigenlijk geen tijd.' Victoria trok haar jas aan.

Colette gaf haar een veelbetekenende knipoog, draaide de kraan dicht en pakte een handdoek.

'Heb je eigenlijk al afscheid genomen van maître Bonnat, Victoria?' vroeg ze toen. 'Hij is in zijn kantoor.'

'Ik weet het. Ik ga zo naar hem toe.'

'Hij heeft zo'n hoge dunk van jou! Je zult niet gemakkelijk te vervangen zijn.'

Victoria knikte. Ze wist dat maître Bonnat haar werk waardeerde.

'We hebben het niet altijd voor het kiezen,' zei ze mat. 'Ben je straks nog hier, Colette? Of moet ik nu al afscheid van je nemen?'

Er gleed een glimlach over Colettes gezicht. 'Neem rustig afscheid van de maître,' zei ze. 'Ik wacht hier op je, dan lopen we samen naar huis.' Colette woonde niet ver van Victoria, in de Rue Carabonneau.

'Goed. Het zal niet zo lang duren.'

Victoria verliet de productieruimtes van de chocolaterie en ging op weg naar het kantoor van de fabrikant. Delicate geuren vergezelden haar op de trap naar de bovenverdieping, waar de administratie van het vanouds bekende bedrijf was ondergebracht.

Ze stopte voor een zware eiken deur en was verbaasd. Ze meende dat ze stemmen in de kamer hoorde. Mocht ze de maître wel storen als hij bezoek had?

Ten slotte klopte ze, wachtte het vertrouwde '*Entrez!*' af en duwde de deurknop omlaag.

'Daar is ze!' klonk het uit vele kelen.

'Victoria!'

Een champagnekurk knalde en voor ze het wist was ze omringd door mensen. Maître Bonnat, zijn vrouw, de chocolatiers, de winkelbedienden, de twee boodschappenjongens. Alleen Luc ontbrak.

Achter haar kwam Colette binnen met een brede glimlach. 'En?' vroeg ze zacht aan Victoria. 'Ben je niet blij?'

Victoria was sprakeloos.

'Mademoiselle Rheinberger! U lijkt verrast!' zei maître Bonnat, en de vreugde over de geslaagde surprise stond op zijn gezicht te lezen. 'Maar we laten u natuurlijk niet vertrekken zonder een gepast afscheid!'

'Ik... ik,' stotterde Victoria. 'Ja, nou, nee. Dit had ik echt niet verwacht.'

'Des te beter!' Colette schonk de champagne in. 'Laat je een beetje in het zonnetje zetten, lieverd!'

Ze duwde een tot de rand gevuld glas in Victoria's hand en trok haar naar het midden van de kamer. Maître Bonnat vroeg om stilte.

'Mademoiselle Rheinberger,' begon hij toen zonder veel omhaal, 'toen u ooit bij ons kwam, blaakte u van ambitie en was klaar om nieuwe ervaringen op te doen. Twee jaar later hebt u zich inderdaad ontwikkeld tot een uitmuntende chocolatière.'

'Bravo!' Iedereen applaudisseerde.

'Uw familie mag zich gelukkig prijzen dat u terugkomt,' vervolgde maître Bonnat. 'En voor ons bent u een aanwinst geweest. U kent uw vak, maar dat niet alleen. U hebt unieke ideeën. Die creativiteit is een verrijking voor iedereen die met u samenwerkt. Wij allen,' hij maakte een handgebaar naar de aanwezigen, 'wensen u het allerbeste voor de nieuwe taken die u te wachten staan. Ook al weten we dat het niet gemakkelijk zal zijn.' Hij schraapte zijn keel. 'Maar in de eerste plaats... zeggen we merci. Omdat u deel hebt uitgemaakt van onze chocolatierfamilie. En wij zijn er trots op dat er iets van u bij ons blijft; namelijk in alle creaties die u in de loop der jaren hebt geproduceerd en die wij zullen blijven produceren. Op u!'

De kamer was vervuld van het zachte gerinkel van de glazen. Compleet overdonderd nipte Victoria aan haar champagne. Het moment deed onwerkelijk aan.

Geleidelijk namen de gasten persoonlijk afscheid van haar. Ze schudde handen en gaf *bisous*, beantwoordde vragen over haar familie en de chocoladefabriek in Stuttgart, verzekerde hun dat ze nu en dan zou schrijven.

Uiteindelijk stond maître Bonnat voor haar met een klein houten kistje in zijn hand. 'Mademoiselle Rheinberger, ik wil u graag een aandenken geven aan uw tijd hier in Voiron.'

'O... maar dat is toch niet nodig, maître...'

'Ik verzeker u dat het wel degelijk nodig is.' Maître Bonnat opende het kistje en liet haar erin kijken.

Op blauw fluweel lag een keur van zilveren pralinevorkjes met notenhouten handvaten, tien in getal. Elk vorkje was anders. Op de gedraaide stelen zaten twee, drie of vier tanden, spiralen, ringen en zelfs een klein rooster. Ideaal om bonbons en suikerwerk met couverture te bestrijken en op geraffineerde wijze te decoreren.

'Dat... kan ik niet aannemen...' stamelde Victoria, maar maître Bonnat glimlachte alleen mild.

'Natuurlijk kunt u dat.' Hij klapte het kistje weer dicht en drukte het stevig in haar hand. 'Veel plezier ermee!'

Victoria streelde het gladgeschuurde hout. 'Dank u, maître. Ik zal het in ere houden.'

'Daar twijfel ik niet aan. Gebruik het vaak!' Hij stak zijn hand naar haar uit. 'Maar bezorgt u er ons niet te veel concurrentie mee.'

Nu was het Victoria's beurt om te glimlachen. 'Ik zal het proberen.'

Maître Bonnat knikte. 'Tot ziens, mademoiselle Rheinberger. Ik zeg *au revoir* en niet adieu. Het zou leuk zijn om u ooit terug te zien. Hier bij ons, bij Bonnat.'

2

Twee uur later in de Rue du Jardinet, Voiron

Het zachte klikken van de voordeur kondigde hem aan. Victoria luisterde naar Lucs voetstappen op de versleten houten trap, glimlachte bij zichzelf toen hij onstuimig aanklopte en zonder op antwoord te wachten haar kamer binnenstormde. '*Ma belle!*' Zoals altijd nam hij haar in zijn armen, kuste haar en zwierde haar in de rondte tot ze hem buiten adem smeekte om te stoppen. Hij maakte nog twee draaien, waarna hij haar voorzichtig op de grond zette.

'Luc..!' Victoria hield hem vast tot haar duizeligheid wegebde. 'Je was niet op mijn afscheidsfeest!' Ze wilde niet verwijtend klinken, maar toch klonk er een beetje teleurstelling in haar woorden door.

'Ik had mijn redenen.' Luc omhelsde haar.

'O… en nu val je hier zomaar binnen, terwijl je weet dat je me niet moet storen,' zei ze streng. 'Ik moet mijn koffers pakken.'

'Ik stoor je niet.' Zijn Zuid-Franse accent versterkte de schelmachtige uitdrukking in zijn donkerbruine ogen. 'Ik ontvoer je!'

'Ontvoer je me?' Ze maakte zich voorzichtig van hem los en liep naar een grote reiskoffer die opengeklapt op haar bed lag. 'Ik vertrek morgen en ik ben nog lang niet klaar.' Ze gebaarde naar de stapels kleren die op haar canapé, de twee houten stoelen en de tafel lagen die in het midden van de kamer stond.

Zijn ogen vlogen over de wanorde. 'Morgen is morgen.' Hij grijnsde. 'Vandaag ben je nog hier. Nou?'

Victoria zuchtte. Hij maakte het afscheid alleen maar moeilijker. 'Oké dan. Ik ga me omkleden. Maar alleen als je beneden wacht.' Na bijna twee jaar in Voiron sprak ze vloeiend Frans. 'En let op dat madame Dupont je niet betrapt.'

Lucs grijns werd breder.

Eigenlijk zou hij hier niet mogen zijn, want Victoria had geen toestemming voor herenbezoek. Maar omdat madame Dupont, haar hospita, slechthorend was, kostte het Luc weinig moeite om langs de voordeur van de oude dame naar de bovenste verdieping van het huisje aan de Rue du Jardinet te glippen.

'Ik ben al weg.' Hij blies een kus naar haar toe. 'Laat me niet te lang wachten!'

Victoria schudde haar hoofd toen hij de trap alweer af rende. Luc was een natuurkracht, spontaan en met een onstuimige charme. Op haar allereerste werkdag bij Chocolat Bonnat had hij haar het hoofd op hol gebracht.

Ze herinnerde zich nog precies dat haar destijds was gevraagd een pistachecrème te maken, die faliekant was mislukt, waarna Luc haar had geholpen met een paar nuttige tips. Uiteindelijk had ze maître Bonnat twee bijzonder geslaagde pistachepralines kunnen aanbieden. Vervolgens was ze voor Luc bezweken.

En nu?

Haar leven zou onherroepelijk veranderen. Eigenlijk was ze van plan geweest om nog een jaar bij Bonnat te blijven. Maar de gebeurtenissen van de laatste weken hadden haar plannen doorkruist. Ze moest haar moeder bijstaan in deze moeilijke tijd. Vaders dood had een onverdraaglijke leemte achtergelaten.

Victoria maakte de ceintuur van haar nauwsluitende jurk van lichtblauw katoen los en trok hem uit. Luc kennende zouden ze de natuur in gaan, dus trok ze haar bloes en broek aan en haalde haar vingers door haar blonde, schouderlange haar, waarvan de natuurlijke golven door de zon met lichte lokken waren doorspekt. Ze droeg het liever los en bond het alleen samen als ze aan het werk was. Bij uitzondering maakte ze er een modieus kapsel van, dat er misschien leuk uitzag, maar voor haar hinderlijk was. Uiteindelijk trok ze schoenen met veters aan en liep naar beneden.

Luc leunde tegen de muur van het huis naast zijn Peugeot P107 en nam nonchalant een trekje van zijn sigaret. Toen hij Victoria zag aankomen, wierp hij de peuk op de grond, ging op de motorfiets zitten en gebaarde haar met een uitnodigende handbeweging achter hem te gaan zitten. '*On y va.*' Hij startte de motor.

Victoria wurmde zich tussen hem en een picknickmand die hij aan de bagagedrager had vastgebonden. Ze omklemde zijn middel om zich vast te houden. 'Waar gaan we heen?'

'Laat me je verrassen!' Hij gaf gas.

Luid knetterend stoven ze ervandoor. Uit haar ooghoeken zag Victoria de donkere wolk uitlaatgas die ze achter zich lieten. Die omhulde een rood gevlekte kat die nieuwsgierig was blijven staan om de startprocedure te bekijken. Het dier verdween razendsnel naar het dichtstbijzijnde portiek.

Luc manoeuvreerde vlot door de steegjes en straten van de stad, en Victoria raadde algauw welke kant hij op ging. Het was een goed idee om op zo'n mooie namiddag naar het Lac de Paladru te rijden, maar niet zo origineel. Ze waren daar meer dan eens geweest. Maar ze was des te nieuwsgieriger naar wat hij voor deze laatste avond had bedacht.

Tegen Lucs rug aan gedrukt, genoot ze van de drie kwartier die ze onderweg waren. Hij was niet lang en ook niet atletisch, maar mager en pezig. Zijn donkerbruine haar zat altijd in de war, zijn wangen waren nooit gladgeschoren. Hij was twintig, even oud als zij, maar leek ouder, misschien door zijn zongebruinde huid. En de nadenkende rimpels op zijn voorhoofd, die niet echt bij hem en zijn zorgeloze manier van doen pasten.

Victoria had geaccepteerd dat de meisjes hem leuk vonden. Ze waardeerde zijn humor en zijn gevoel voor de mooie kanten van het leven, zijn tederheid.

Telkens wanneer de tijd het toeliet, waren ze op pad geweest, hadden de groene toppen van het Chartreuse-massief beklommen, over smalle rotsrichels en witte kalksteenribben gelopen, gezwommen in rivieren die het landschap diep doorsneden. Een keer had ze haar arm gebroken tijdens een van deze uitstapjes, en hij bleef bij haar tot ze verpleegd was. Een andere keer, het was een eindeloze, roekeloze tocht, waren ze met de motorfiets helemaal naar de Middellandse Zee gereden om een nacht op het strand door te brengen bij maanlicht, met stokbrood en rode wijn. Al had Victoria nog dagenlang de inspanningen van die reis gevoeld, het waren onvergetelijke dagen geweest.

'Alles in orde, Victoria?' vroeg hij op dat moment over zijn schouder, alsof hij voelde wat ze dacht.

'Ja. Alles prima!' Ze probeerde de knagende gedachte aan het naderende afscheid te onderdrukken. Morgen is morgen, had hij gezegd. Vandaag was ze er nog.

Ze concentreerde zich op het landschap dat voorbijvloog. Velden en weilanden, bossen met kastanjes, eiken en beuken, de huizen van de dorpen waar ze doorheen kwamen. De rijwind die door haar haren speelde was aangenaam warm, zo warm als deze juni.

Toen ze het dorpje Charavines achter zich hadden gelaten, ging Victoria rechtop zitten. Rechts schemerde het turkooizen water van het meer door de takken van de bomen en struiken die de weg van de oever scheidden. Ten slotte sloeg Luc af, manoeuvreerde zijn P107 een paar meter over ruw terrein en stopte bij een enorme eik, waarvan de zware takken over het meer hingen. Na een paar gesmoorde slagen sloeg de motor af.

Hij draaide zich om naar Victoria. 'We zijn er.'

Victoria stapte af en rekte zich uit, terwijl Luc de motorfiets parkeerde en de picknickmand van de bagagedrager haalde. 'En nu gaan we hier picknicken?'

'Niet hier. Kom mee!'

Hij pakte haar hand en nam haar mee langs de oever. Haar schoenen knarsten op de stenige grond, de golfjes van het meer sloegen zachtjes tegen de korte helling die naar het water leidde.

Uiteindelijk zag Victoria op een beschutte plek een roeiboot liggen. 'Gaan we een boottochtje maken?'

Luc lachte zacht. 'Precies.' Hij liet haar hand los, liep voor haar uit naar het houten scheepje en zette de picknickmand erin. Toen draaide hij zich naar Victoria om, die hem inmiddels had ingehaald. 'Herinner je je de laatste keer nog dat we hier waren?'

'Natuurlijk. Ik heb toen natte voeten gekregen.'

'Die boot was lek. Maar deze ziet er goed uit.'

'Heb je hem zelf hiernaartoe gebracht?' vroeg Victoria.

'Laten brengen. Door een visser.' Luc begon de boot in het water te duwen. Victoria stapte in en enkele minuten later gleden ze het meer op.

'Nu weet ik tenminste de bestemming van onze reis,' zei Victoria, terwijl ze een eendenmoeder kalm met haar vijf kuikens voorbij zag zwemmen. 'Maar ik heb geen idee wat voor verrassing me hier te wachten staat. Een monster? Zoals in Loch Ness?'

Luc lachte veelbetekenend en roeide de boot met rustige slagen verder het meer op, tot het lichte blauwgroen van de oever plaatsmaakte voor een diep donkerblauw. Niet voor niets noemden de mensen hier het Lac de Paladru ook wel het *Lac Bleu*, het blauwe meer. Talrijke legenden waren rond de wateren van het meer ontstaan, zoals die van de *dame blanche*, de witte vrouw, die eeuwen geleden met haar minnaar op het meer verdween, en sindsdien naar verluidt meermaals is gesignaleerd.

Zij en Luc zouden zeker niet verdwijnen, maar misschien zou hij haar een van de plaatsen laten zien waar, volgens de traditie, de dame blanche af en toe verscheen?

'Zo, daar zijn we dan,' zei Luc op dat moment, alsof hij haar gedachten had gelezen.

'Hier?' Victoria keek om zich heen. Ze bevonden zich halverwege de oostelijke en westelijke oevers van het langgerekte meer, dat op dit punt ongeveer een kilometer breed was.

Luc knikte en haalde de roeispanen binnen.

'Gaan we nu vissen?' vroeg Victoria.

'Wacht maar af.' Hij pakte de picknickmand en plaatste die op de houten vlonder voor Victoria.

'Heb je daarin het aas meegebracht?'

'Dat zou je zo kunnen zeggen.' Opeens grijnsde hij van oor tot oor.

'O, nee, nee, Luc,' zei Victoria onmiddellijk. 'Je weet dat ik dat niet doe...'

'Daar gaat het niet om, ma belle.' Hij klonk een beetje gekrenkt.

'Het spijt me.' Victoria had spijt van haar overhaaste reactie. 'Ik wilde je echt niet van iets... onbetamelijks betichten.'

'Nou, een beetje wel.' Hij knielde voor de picknickmand en maakte de leren riem los. 'Ik weet toch hoe je over dat soort dingen denkt.'

Victoria zuchtte. De Fransen vatten *l'amour* gewoon erg licht op.

Hij pakte de draad van het gesprek weer op. 'De inhoud zou je beslist lokaas kunnen noemen,' zei hij. Hij tilde het deksel op en haalde er een rood-wit geruite linnen doek uit. 'Op z'n minst zou dit ervoor moeten zorgen dat je me niet vergeet.'

Victoria keek nieuwsgierig in de mand. 'Allemaal glazen potjes op ijszakken?'

'Precies.' Luc spreidde de handdoek uit. Daarna haalde hij voorzichtig het ene weckglas na het andere uit de rieten mand en stelde ze op in twee rijen.

'O! Chocola?'

Luc knikte en opende het eerste potje. 'We houden een chocoladepicknick.'

Victoria klapte enthousiast in haar handen. 'Dat is een fantastisch idee, Luc!'

'Ja, toch?'

'Ik vergeef je meteen dat je vanmiddag niet op het feest was. Je had vast veel voor te bereiden.'

'Een beetje.' Luc glimlachte tevreden en overhandigde haar een houten prikker met een praline. 'Probeer deze! Maar met je ogen dicht!'

Victoria pakte het stokje aan, sloot haar ogen en proefde.

'Dit is een… *pralin sport*! Ja, absoluut, ze smaakt intens naar geroosterde hazelnoten.'

'Je herkent haar!'

'Natuurlijk!' Ze opende haar ogen. 'Ik heb haar vaak verkocht aan toeristen die ze meenamen op hun wandeltochten.'

'De volgende dan.' Luc schroefde nog een potje open en stak het naar haar uit.

Victoria nam een van de met chocolade overtrokken driehoekjes en beet in de knapperige schil. 'Een *gâteau sphinx en miniature*. Erg lekker. Daar hebben we zo lang aan gewerkt, Luc.'

'Inderdaad. En ze zijn prachtig geworden.' Luc proefde voor zichzelf. 'De eiwitvulling is fantastisch.'

Vervolgens opende hij de resterende potjes en legde van elk een voorproefje op de handdoek. 'De afgelopen weken heb ik de beste recepten van Bonnat nagemaakt. Dit, bijvoorbeeld.' Hij pakte een klein, rechthoekig taartje. 'Onze pruimencake, met echte rum.' Met een knipoog overhandigde hij hem aan Victoria.

'Mmm,' mompelde ze, kauwend. 'Je bent behoorlijk scheutig geweest met de rum!'

Luc knipoogde naar haar. 'Ik heb nog iets bedacht… iets, laten we zeggen, ongewoons.' Hij greep nog eens in de picknickmand en haalde er een stokbrood, een fles champagne en een klein doosje uit. 'Weet je wat ik het lekkerst vind als ontbijt? Een baguette met chocolade.'

Victoria knikte enthousiast. 'Een *pain au chocolat*, als het ware. Ik ken het van thuis.'

'Je kent het?'

'Nou, ja. In Stuttgart is er sinds een paar jaar chocola die je op je brood kunt doen.'

'Gemaakt door je ouders?'

'Nee, door een ander bedrijf.'

'En ik dacht dat ik iets totaal nieuws had uitgevonden.' Hij schudde nogal theatraal zijn hoofd. 'Desondanks presenteer ik je nu mijn pain au chocolat. In elk geval smaakt hij een stuk beter dan die van jullie concurrent!' Hij pakte het stokbrood en brak er een stuk af. Toen opende hij het metalen doosje. 'Dit is chocolade met melkpoeder en vanille. Heel eenvoudig.'

'De simpele dingen zijn vaak de beste.'

Victoria keek hoe hij behendig een dun plakje chocolade tevoorschijn haalde en het op het stokbrood legde. 'Hier!'

'Dank je.' Victoria hield het brood in haar handen en wachtte tot hij een tweede stuk stokbrood had belegd, al begon de chocolade onmiddellijk te smelten onder haar vingers.

'En natuurlijk,' vervolgde Luc, 'hoort daar champagne bij!' Hij legde zijn chocoladestokbrood op de handdoek en opende de fles.

'Het zal prachtig harmoniëren,' zei Victoria, 'ook al heb ik vandaag al champagne gedronken.'

'Dat was een paar uur geleden,' zei Luc, terwijl hij de fles voor haar neerzette. 'Maar ik heb alleen een kopje meegebracht, geen glazen, ma belle.'

'We hebben geen glazen nodig. Ik hou van gewone, simpele dingen.' Victoria knipoogde naar hem, wachtte tot hij had ingeschonken, en nam een slok uit het gewone kopje. Toen beet ze in haar pain au chocolat. 'Het is heerlijk. Simpel en geraffineerd en heerlijk!'

Ze genoten van hun picknick, snoepten een beetje en dronken de champagne op. Toen ging Luc opeens staan. De boot schommelde even hevig. Victoria hield zich vast aan haar bank. 'Wat ben je van plan?'

'Ik ga zwemmen.'

'Maar...' Voordat ze kon protesteren, had hij zijn hemd over zijn hoofd getrokken, was uit zijn broek gestapt en in het meer gesprongen. Victoria knielde bij de rand van de boot. 'Luc!' riep ze streng.

'Als dit een laatste poging is om me te overtuigen dat ik met je... Luc?'

Hij was verdwenen.

Ook toen het water geleidelijk tot rust was gekomen op de plek waar hij was ondergedoken, was er nog steeds niets van hem te zien.

'Luc? Waar ben je?' Victoria werd onrustig, richtte zich op en leunde over de rand van de boot om het wateroppervlak beter te kunnen zien. Hij had niet zoveel champagne gedronken dat het riskant was om te gaan zwemmen.

Ze deed haar schoenen uit. Moest ze hem achterna springen?

Ten slotte werd het haar te veel en trok ze haar broek en blouse uit. Ze hield haar ondergoed aan. Toen tilde ze voorzichtig één been over de rand, toen het andere. Onmiddellijk maakte de boot slagzij. Snel liet ze zich in het water glijden.

'Ah, ma belle!' Voor ze er erg in had, was hij proestend naast haar opgedoken en omhelsde haar met beide armen.

'O, Luc!' Victoria probeerde zich van hem los te wringen. 'Ik ben geen aas!'

'Jammer. Maar je zult toch een beetje moeten zwemmen. Tenslotte zijn er bij jullie in Duitsland binnenkort de Olympische Spelen!'

Ze bevrijdde zich, zwom een paar krachtige slagen en draaide zich naar hem om. 'Natuurlijk kan ik zwemmen! In feite kan ik heel goed zwemmen, ik heb helemaal geen leraar nodig!' Ze spetterde water in zijn gezicht. 'En ook geen Olympische Spelen!'

'Wacht maar!' Hij crawlde naar haar toe terwijl Victoria achter de boot probeerde te komen die naast hen dobberde.

Zo joegen ze elkaar op door het water, lachend en flirtend, en Victoria genoot van de vertrouwde speelsheid, ook al waren hun omhelzingen weemoedig en smaakten de kussen naar afscheid.

Op een gegeven moment draaide ze zich op haar rug en sloot haar ogen. Luc zwom dicht naar haar toe. 'Victoria...'

'Nee, Luc. Niet verder praten.'

'We hebben alleen deze nacht.'

Ze veranderde van positie, zodat ze zijn schouder kon vasthouden. 'Ik... ben er nog niet klaar voor.'

Hij kuste haar lang en innig. Toen keek hij haar aan. 'Ook al ben je onweerstaanbaar als zeemeermin, geef ik je nu vijf minuten om je aan te kleden. Anders kan ik je niet beloven dat ik me nog steeds kan beheersen.' Hij tilde haar een stukje uit het water, zodat ze de rand van de boot kon vastgrijpen.

Victoria trok zich omhoog, ontdeed zich snel van haar natte ondergoed en schoot haar broek en blouse aan. Terwijl ze het water provisorisch uit haar haren kneep, slingerde ook Luc zich terug in de boot, die opnieuw verontrustend wiebelde.

Victoria keek discreet opzij terwijl hij zich aankleedde. Tenminste, dat probeerde ze, totdat ze door nieuwsgierigheid werd overmand en ze toch een vluchtige blik waagde. Ze kwam tot de conclusie dat ze begreep waarom Luc de meisjesharten sneller deed kloppen. Maar hun liefdesgeschiedenis zou morgen eindigen, als ze op de trein naar Duitsland stapte.

Toen Luc de restanten van hun picknick had opgeborgen, de riemen in het water stak en de boot op zijn gemak terug roeide naar de oever, liet Victoria haar blik over het gerimpelde water en de zwartgroene oevers naar de hemel dwalen.

De avond had plaatsgemaakt voor de nacht, de zon was ondergegaan achter de heuvels in het westen. De eerste sterren waren al zichtbaar. Een laatste, rood-oranje glinstering verlichtte nog de horizon en deed haar beseffen dat met deze dag iets onherroepelijk was voorbijgegaan, zoals alles in het leven voorbijgaat.

Die gedachte stak haar.

Hoe zou het in Stuttgart zijn, zonder haar vader? Ze kon zich haar huis, de chocoladevilla, niet voorstellen zonder hem, net zomin als ze zich de chocoladefabriek zonder haar vader kon voorstellen. Zouden ze het wel redden zonder hem?

'Waar denk je aan?' Lucs stem drong zacht haar gedachten binnen.

Victoria zuchtte. 'Aan vergankelijkheid.'

Luc knikte begrijpend. Hij had haar bijgestaan toen het bericht van Victors zware longontsteking haar medio april had bereikt en dat van zijn dood slechts twee weken later. Hij had haar naar het station van Grenoble gereden toen ze naar huis ging voor de begrafenis en haar een week later opgehaald. Hij was erbij geweest toen ze maître Bonnat had verteld dat ze terug moest naar Stuttgart.

'Weet je, Victoria,' zei hij, terwijl hij even stopte met roeien. 'Mijn vader is ook dood. Hij was visser en op een dag kwam hij niet terug. Ik was toen twaalf. Ik weet hoe je je voelt.'

Victoria was verrast. Tot dan toe had hij nauwelijks gesproken over zijn familie of zijn afkomst; ze wist alleen dat hij in Marseille was geboren. 'Ik vertel je dit niet om je medelijden te wekken,' ging hij verder. 'Ik wil alleen maar zeggen… dat het leven niet altijd een recht pad volgt. Soms beseffen we pas later dat er uit moeilijke tijden ook iets goeds voortkomt.'

'Ik zie helemaal niets goeds in de dood van mijn vader,' zei Victoria zachtjes. 'Helemaal niets.'

'Zo bedoel ik het ook niet. Het zal nooit goed zijn dat hij is gestorven. Maar sommige wendingen in het leven kunnen nieuwe dingen mogelijk maken… ach, het is moeilijk uit te leggen.' Hij pauzeerde. 'Ik zou visser zijn geworden, net als mijn vader. Waarschijnlijk zou ik me nooit hebben afgevraagd of er geen ander beroep voor me was weggelegd, een beroep dat me meer plezier en voldoening geeft dan dat van visser. Bovendien vond ik als kind de geur van vis al onverdraaglijk.'

Victoria zweeg. Ze vond het moeilijk om troost te putten uit zijn verhaal.

'Natuurlijk ben ik ook nu nog verdrietig als ik aan hem denk,' bekende Luc. 'Mijn moeder had het moeilijk, ze moest voor vier kinderen zorgen en had nauwelijks genoeg geld om ons elke dag te eten te geven. Maar ook voor haar ging er een deur open. Ze heeft nu haar eigen kleermakerij, samen met mijn oudste broer en mijn zussen. Begrijp je wat ik bedoel? Gun jezelf de tijd, Victoria.'

Victoria kon geen passend weerwoord bedenken. Er viel een stilte tussen hen. De boot schommelde een beetje. Na het vallen van de duisternis was het meer onrustiger geworden.

'Mag ik roeien?' vroeg Victoria opeens.

'Als je wilt… natuurlijk.'

Ze ruilden van plaats.

Hoewel het vermoeiend was, deed de gestage beweging haar goed. Luc dirigeerde haar met zachte stem naar de oever. Met elke slag voelde Victoria zich beter en een beetje van de lichtheid van die avond keerde terug. Hij had gelijk. Het zou doorgaan. Op een of andere manier.

'Goed gedaan,' zei Luc, toen het grind onder de kiel knarste. Ze stapten uit en trokken het schuitje aan wal.

'Nou ja, roeien is niet al te moeilijk,' zei Victoria. 'Maar toch bedankt voor je compliment.'

'Je hebt me een plezierige terugreis bezorgd,' merkte hij op. 'Je had net zo goed de boot kunnen laten kapseizen.'

'Nooit van zijn leven,' zei Victoria. 'Ik heb als kind al op het Bodenmeer geroeid. 's Zomers gingen we er bijna elk jaar een paar dagen heen.'

Hij lachte. 'Dat is te merken, mademoiselle Rheinberger. Je hebt een heerlijk zachte slag als je roeit.'

Victoria gaf hem een licht klopje op zijn bovenarm. 'En jíj bent brutaal, Luc. Maar omdat je zo'n geweldige avond voor me hebt bedacht, vergeef ik het je.'

'Graag gedaan.' Hij stak een sigaret op. 'Victoria... zelfs als je weer in Duitsland bent... ik zal er altijd voor je zijn.'

'Dat is fijn om te weten.' Vermoeid leunde Victoria tegen de houten rand van de boot.

'Je hoort zoveel slechte dingen van daar.'

Victoria kon geen antwoord bedenken. Ze wist zelf niet goed wat haar in Stuttgart te wachten stond.

'Goed.' Hij blies rook in de lucht. 'Je zult het wel redden, ma belle.'

'Ik hoop het.'

'En als het niet goed met je gaat, schrijf je of bel je. Ik zal er zijn.'

Nu moest Victoria toch lachen. 'Dan roep ik wel "Help!" in de telefoon.'

'Bijvoorbeeld. Of gewoon "*chocolat*",' grapte hij.

'"Chocolat..." waarom niet?' Opnieuw lachte ze zacht. 'Luc, kom snel, chocolaaaat!'

'Ik zal er zijn,' zei hij nogmaals nadrukkelijk, en hoewel hij op haar grapje reageerde voelde ze de ernst achter zijn woorden.

Het puntje van zijn sigaret gloeide in de duisternis toen hij een trekje nam.

Victoria was even stil en zette zich toen af tegen de boot. 'Ik denk dat we terug moeten. Ik moet nog inpakken.'

Zoals gewoonlijk liet hij de peuk op de grond vallen en pakte haar hand. 'Natuurlijk. En vergeet niet, Victoria: zes weken geleden ging je naar huis om te rouwen. Morgen ga je naar huis om opnieuw te beginnen!'

3

Stuttgart, Chocoladefabriek Rothmann
Twee dagen later

Het was allemaal zo vertrouwd. De brede trap, de grote dubbele deur waarachter de kantoren lagen, het geratel van de typemachines dat je hoorde als je de deur opendeed en binnenkwam. De geur van papier, dossiers en schrijfmachinelinten, de stille concentratie in de kamer, de gedempte conversatie van de typistes. Victoria kende het al van kindsbeen af. Zacht deed ze de deur achter zich dicht.

'Goedemorgen, juffrouw Rheinberger!' Een vrouw van ongeveer dertig kwam op haar af en stak haar hand uit. 'Ik ben Lydia Rosental.'

Victoria beantwoordde de handdruk. 'Goedemorgen!' ze wist dat Lydia Rosental de leiding over de typekamer had sinds mevrouw Fischer vorig jaar met pensioen was gegaan. Haar moeder had het gisteravond over de verandering gehad.

'U wilt zeker naar uw moeder, juffrouw Rheinberger. Op dit moment is ze op de productieafdeling, maar ze zal zo wel terug zijn. Mag ik u ondertussen voorstellen aan het vrouwelijk personeel hier op kantoor?'

Victoria vond het een vreemde situatie. Ze kende de meeste typistes al en het leek haar overbodig om officieel aan hen te worden voorgesteld. Maar juffrouw Rosental stond al bij de eerste tafel, en noemde de namen van de meisjes en hun respectievelijke taken. Terwijl ze dat deed, besefte Victoria dat juffrouw Rosental deze handelwijze heel bewust had gekozen om Victoria's nieuwe positie in het bedrijf te benadrukken. Van nu af aan was ze niet langer de dochter van de eigenaar, maar een meerdere. De meisjes leken de verandering te accepteren, groetten haar beleefd en legden uit wat hun werkterrein was.

Victoria luisterde, informeerde naar het welzijn van de werknemers en gaf te kennen dat ze altijd een open oor zou hebben voor hun vragen.

Ze waren juist bij het voorlaatste bureau aangekomen, toen Victoria's moeder weer het kantoor in kwam.

'Vicky! Ben je niet thuis?' Ze liep snel naar haar dochter. 'Ik zei toch dat je de eerste dagen de tijd moest nemen om bij te komen van de reis.'

'Het is al goed, mama,' antwoordde Victoria. 'Ik verveelde me in Degerloch. En ik wilde ook niet in de stad rondhangen. Ik heb liever iets te doen. En er is waarschijnlijk genoeg werk.'

'Dat is zo.' Judith Rheinberger veegde nerveus een haarlok uit haar gezicht, die uit haar knotje was losgekomen. Het gebaar getuigde van grote vermoeidheid. Het knappe gezicht van Victoria's moeder was bleek, bijna grauw, er lagen schaduwen onder haar ogen, wat bijna nooit voorkwam. Haar blonde haar was doorspekt met grijze strengen, veel meer dan een paar weken eerder. Het diepe verdriet over het verlies van haar geliefde echtgenoot stond op haar gezicht geschreven.

'We kunnen het beste meteen beginnen,' vervolgde Victoria. 'Tenslotte heb ik me tot nog toe meer beziggehouden met de productie van chocolade dan met commerciële zaken. Dus je zult me veel moeten bijbrengen.'

'Zeker.' Judith staarde even in de verte. Toen keek ze naar Victoria en legde een hand op haar arm. 'De chocoladefabriek is de erfenis van je vader en grootvader. Allebei zouden ze trots zijn als ze konden zien dat je in hun voetsporen treedt. Kom, laten we naar het kantoor gaan. En... dank u, juffrouw Rosental, dat u Victoria zo vriendelijk hebt ontvangen.' Ze knikte naar de jonge vrouw.

'Graag gedaan.' Juffrouw Rosental wees naar een stapel mappen op haar bureau. 'Dan kom ik later bij u. Er zijn een paar vorderingen en twee offertes die we moeten bespreken.'

'Prima, over een uur ongeveer. In de tussentijd wil ik ongestoord bij mijn dochter zijn.' Judith liep verder en opende de deur van het kantoor dat ze tientallen jaren met haar man had gedeeld.

'Natuurlijk.' Lydia Rosental keek haar even na en richtte haar blik toen weer op Victoria. 'Het is heel goed dat u nu hier bent, juffrouw Rheinberger.' De nadruk in haar stem was niet te missen.

Ze was hier nodig. Meer dan ze had gedacht.

Opeens kwamen Lucs woorden weer bij haar boven: *Morgen ga je naar huis om opnieuw te beginnen.* En zo was het ook. Een nieuw begin, ook al was het moeilijk. En een groot deel van de kracht daarvoor moest uit haarzelf komen, zodat haar moeder de tijd kreeg om de gebeurtenissen van de afgelopen weken te verwerken en moed te verzamelen om verder te gaan met haar leven.

'Kom je, Vicky?' Judith klonk ongewoon ongeduldig.

'Natuurlijk,' antwoordde Victoria, terwijl ze haar moeder volgde naar het afgescheiden kantoor, dat, anders dan vroeger, voorzien was van twee grote glazen ruiten, die uitzicht op de typekamer boden.

'Wil je de deur dichtdoen?' Judith nam plaats achter het grote bureau dat ooit had toebehoord aan Wilhelm Rothmann en, na diens dood, aan Victor Rheinberger. Ze zag er een beetje verloren uit, maar ze leek er al aan gewend te zijn. Met vaste hand rangschikte ze een paar documenten, legde een ordner aan de kant en haalde toen een map boordevol papieren tevoorschijn.

Terwijl Judith die opensloeg, sloot Victoria de deur, trok een stoel naar zich toe en ging naast haar zitten. Haar blik viel op haar vaders zilveren schrijfgerei met de ingegraveerde initialen V en R. Zijn briefopener lag ernaast, evenals een marmeren pennenbakje dat zij en haar broer Martin hem jaren geleden voor zijn verjaardag cadeau hadden gedaan. Het leek of hij zijn stoel even had verlaten en dadelijk weer terug zou zijn.

'Ik had je echt meer tijd met Bonnat gegund, Vicky,' onderbrak de stem van haar moeder haar gedachten. 'Ik weet hoe leuk je het daar vond. Maar...' Judith bladerde door de papieren, ze leek op zoek naar iets specifieks '... het is nog steeds een enorme chaos hier.'

'Ik weet het.' Victoria knikte. 'En het spreekt vanzelf dat ik naar huis kom. Mijn plaats is nu hier bij jou. Samen redden we het wel.'

'Er valt heel wat werk te doen.' Judith pauzeerde even. 'Eerst moeten we een paar juridische zaken regelen, ook al hadden je vader en ik voorzieningen getroffen voor het geval een van ons zou overlijden.' Ze legde de papieren neer. 'Godzijdank gaat de productie door,' vervolgde ze, 'ook al stagneren de cacaoleveringen. Maar ik denk dat dit gebruikelijk is in een situatie als de onze, en van tijdelijke aard. De orderpositie is minder goed, maar nog niet zorgwekkend. Bovendien zullen zowel afnemers als leveranciers in de nabije toekomst beslist proberen andere voorwaarden op te leggen.'

'Werkelijk?' vroeg Victoria verbaasd. 'Waarom zouden ze...'

'Heil Hitler!' Door de gesloten deur drong een luide mannenstem tot hen door. Victoria draaide meteen haar hoofd om en zag door het raam van het kantoor een korte, gedrongen man in bruin uniform in de typekamer staan. Hij had zijn uitgestrekte arm opgeheven om te salueren, zoals tegenwoordig gebruikelijk was in Duitsland. De typistes waren eendrachtig opgestaan en staken ook hun armen uit. Juffrouw Rosental maakte slechts een halfslachtige beweging. Er volgde een korte woordenwisseling tussen haar en de bezoeker, toen marcheerde de man met stramme pas naar de deur van het kantoor en rukte die open. 'Heil Hitler!' riep hij opnieuw, sloeg de hakken van zijn laarzen hard tegen elkaar en liet zijn arm nog eens omhoogvliegen. Het lichtbruine uniform met de rode onderscheidingstekens en de gouden galon op zijn kraag zetten zijn optreden kracht bij. 'Mevrouw Rheinberger, ik moet u spreken over een belangrijke zaak.'

Hij sprak hakkelend, alsof hij een militair bevel gaf. Victoria had graag haar oren dichtgestopt. Het gebrul was niet te harden.

Judith was opgestaan, maakte een ondefinieerbaar gebaar met haar rechterarm en mompelde iets onverstaanbaars. 'Goedendag, meneer Weber,' zei ze koel. 'Wat kan ik voor u doen?'

Victoria vond het onbeleefd dat hij zich niet voorstelde. Ook al kende hij haar moeder, voor haar was hij een vreemde.

'We moeten deze zaak onder vier ogen bespreken, mevrouw Rheinberger,' zei Weber. Hij haalde een aktetas tevoorschijn, die hij in zijn linkerhand hield, stapte ongevraagd door de ruimte en zette hem met een energieke beweging op de vergadertafel in de hoek achter in het kantoor.

'Dit is mijn dochter Victoria Rheinberger, meneer Weber,' zei Judith kalm terwijl ze naar Victoria wees. 'Met ingang van heden maakt ze ook deel uit van de directie van de chocoladefabriek. Daarom zal zij net zo aandachtig naar uw verzoek luisteren als ik.'

Hij hoestte. 'Als het niet anders kan.' Hij draaide zich even om en knikte Victoria terloops toe. 'Kurt Weber is de naam, *Ortsgruppenleiter*.'

'Goedemiddag,' zei Victoria koel. Ze stond op en liep ook naar de vergadertafel.

De bezoeker kneep zijn ogen tot spleetjes.

'Neemt u plaats, meneer Weber.' Judith leek nerveus, maar bleef staan waar ze stond.

'Mevrouw Rheinberger.' Kurt Weber ging zitten, opende zijn aktetas en haalde er een dunne map uit. 'Met de dood van uw echtgenoot, die ik overigens zeer heb gerespecteerd, is Chocoladefabriek Rothmann beroofd van haar leiderschap.'

'Volstrekt niet!' protesteerde Judith meteen en Victoria hoorde dat haar stem trilde. 'Het bedrijf zal ongewijzigd doorgaan.'

'Nou,' zei Kurt Weber, 'dat zie ik anders.'

'Pardon?' Victoria had zich eigenlijk voorgenomen haar mond te houden, maar kon zich niet beheersen.

Weber negeerde haar. 'Kom op, mevrouw Rheinberger,' zei hij, met zijn blik op Judith gericht. 'Het is toch duidelijk dat er geen mannelijke opvolging is in uw huis. Volgens mijn informatie woont uw broer Karl Rothmann in Berlijn, uw broer Anton heeft een pianofabriek hier in Stuttgart. En uw zoon Martin Rheinberger houdt zich momenteel waarschijnlijk bij u thuis op, maar is pianist en daarom niet geïnteresseerd in samenwerking.'

'U hebt uw huiswerk goed gedaan,' reageerde Judith vlug, en alleen Victoria hoorde het sarcasme. 'Daarom zal het u niet zijn ontgaan dat er wel degelijk een opvolger is, en wel een vrouwelijke.'

'Mevrouw Rheinberger.' Weber glimlachte mild. 'De tijden zijn veranderd en dat weet u. Dankzij onze Führer.' Hij leunde achterover in zijn stoel. 'Er zijn in het recente verleden een paar jaren geweest waarin de vrouwtjes... laten we zeggen, probeerden zich als mannen te gedragen. Maar die onhebbelijkheden worden niet langer getoleleerd.'

'Wat wilt u daarmee zeg–' begon Victoria, maar haar moeder onderbrak haar.

'Ik zie niet in waarom het in het belang van de Führer zou zijn als zo'n succesvol bedrijf als dit niet wordt voortgezet door mensen die de onderneming kennen en jarenlange ervaring bezitten. Uiteindelijk dragen wij bij tot het welzijn van het volk. En daar gaat het toch om, nietwaar?'

'Geachte mevrouw Rheinberger,' antwoordde Weber mild. 'Dit gaat niet over kennis of iets dergelijks. Het gaat over natuurlijke bestemming. En voor een fatsoenlijke vrouw is dat nu eenmaal het scheppen van een prettig thuis voor haar man, het baren van kinderen voor de Führer en ze in de juiste geest op te voeden. Vooral als ik naar uw dochter kijk,' hij schuifelde met een voet, maar keek Victoria niet aan, 'kan ik de juistheid van deze stelling begrijpen. En hoe dan ook: in januari van het afgelopen jaar werd opnieuw publiekelijk aangekondigd dat jonge meisjes zich uitsluitend grondig dienen voor te bereiden op hun leven als huisvrouw en moeder. Dán dienen zij Führer en vaderland.'

'Heer Ortsgruppenleiter,' zei Judith streng, 'ik denk dat we dit gesprek kunnen beëindigen. Mijn dochter en ik zullen deze fabriek blijven leiden. Daar valt eigenlijk niets aan toe te voegen.'

'Ziet u, mevrouw Rheinberger. U begaat een fout.' Hij legde verschillende papieren op tafel die eruitzagen als een ingewikkeld contract. 'In overeenstemming met de in het Duitse Rijk heersende grondhouding betreffende de plichten van man en vrouw, is het onze taak deze houding in het belang van de nationaalsocialistische volksgemeenschap in praktijk te brengen,' doceerde hij. 'Op het eerste gezicht zal dat u misschien... ongepast lijken. Na verloop van tijd zult u echter inzien, en zelfs dankbaar zijn, dat wij u de ogen hebben geopend... voor het juiste pad.'

'Ik kan u niet volgen.' Judiths toon verhardde. Ze kwam nu toch naar de vergadertafel en ging zitten. 'Wilt u ons uit onze fabriek verdrijven?'

'Ach, mevrouw Rheinberger.' Webers stem werd milder. 'Toch niet verdríjven. Ik zal u een... voorstel doen.' Hij duwde de papieren naar Judith toe, zodat zij ze kon lezen. 'Voor u ligt een zeer goed aanbod. Het bedrijf, de Adler Chocoladefabriek, zoekt naar mogelijkheden om de productie uit te breiden. Kent u de Adler Chocoladefabriek?'

'De fabrikant is nog niet lang op de markt, is het niet?' antwoordde Judith.

Victoria hoorde de denigrerende ondertoon in haar moeders stem.

'Nee, mevrouw Rheinberger, u vergist zich,' zei Weber hautain. 'Adler is voortgekomen uit een traditionele onderneming en zet die nu voort onder een nieuwe naam. Maar afgezien daarvan...' Hij rommelde in zijn papieren. '... is Adler uiterst succesvol met Scho-Ka-Kola!' Nu verhief Weber zijn stem, sprak opnieuw met militaire strengheid, luid en afgemeten. 'En zal in de toekomst van bijzonder belang zijn!'

'Dat is allemaal goed en wel, meneer Weber,' zei Judith, 'maar ik ben niet van plan om onderdelen van mijn bedrijf af te staan aan de Adler Chocoladefabriek.'

'Niemand heeft het over onderdelen van het bedrijf. De Adler Chocoladefabriek doet u een uniek aanbod om uw onderneming over te nemen voor een meer dan billijke prijs.' Weber laste een pauze in en wachtte Judiths reactie af.

Victoria voelde woede in zich opkomen. De kleine rimpel op het voorhoofd van haar moeder verried dat het haar net zo verging.

'Nee.' Judiths antwoord was luid en duidelijk. 'We verkopen niet.'

'Pardon?' Weber leek confuus.

'Ik zei dat we niet verkopen.' Judith stond op. 'Ik denk dat ons gesprek is afgelopen, heer Ortsgruppenleiter. Wie het ook is die u dit absurde aanbod heeft laten overbrengen, hoeft niet te hopen dat hij ons bedrijf kan verwerven. Rothmann Chocolade is en blijft in handen van de familie.' Ze stond op, liep naar de deur en legde haar hand op de klink. 'Goedemiddag.'

Weber keek van Judith naar Victoria en weer naar Judith. Zijn gezichtsuitdrukking veranderde van ongelovig naar verontwaardigd. 'Mevrouw Rheinberger!' Hij sprong op, waardoor zijn stoel met een luide klap omviel. Hij negeerde zijn faux pas en raapte zijn papieren bijeen. 'Nu vergooit u uw toekomst.'

'Dat denk ik niet.'

'Wij hebben... andere opties.' Met een hoogrood hoofd pakte hij alles weer in zijn tas. 'Ik verwacht dat u tot bezinning komt als u beter over mijn voorstel hebt nagedacht. De dood van uw man heeft u begrijpelijkerwijs genoeg geraakt, dus u beseft nog niet wat de draagwijdte van uw beslissing is. Ik geef u vier weken om de zaak te overdenken.'

'Mijn besluit zal over vier weken niet anders zijn.' Victoria zag dat haar moeders hand op de deurklink trilde.

'Adler biedt u een klein fortuin. Accepteer de hand die naar u wordt uitgestoken.'

Terwijl hij een paar stappen naar de deur zette, stopte hij onhandig zijn aktetas onder zijn linkerarm, zodat zijn rechter vrij was om het onvermijdelijke 'Heil Hitler!' kracht bij te zetten. Victoria zou nooit kunnen wennen aan de groteske begroeting.

Judith opende de deur.

Alle ogen volgden hem toen hij stram langs de rijen typistes naar de uitgang van de kantoorvleugel marcheerde.

Victoria hoorde haar moeder opgelucht ademhalen toen de zware dubbele deur eindelijk achter hem dichtviel. Op hetzelfde moment zag ze dat Lydia Rosental naar hen keek door de glazen ruit. Er lag pure angst in haar ogen.

'Het lijkt me allemaal een farce, mama.' Victoria had het gevoel dat de heldere en vrolijke wereld die ze had gekend, in rook opging en plaatsmaakte voor een nieuwe, sombere werkelijkheid.

'Het is geen farce, Vicky.' Met een diepe zucht ging Judith met de rug van haar hand over haar voorhoofd. 'Het is bittere ernst.'

4

ss Manhattan, Cherbourg
Half juli, 1936

Langzaam voer het stoomschip in de richting van de open zee. Talrijke meeuwen vergezelden de grote oceaanstomer, toen hij de beschutte rede van de haven van Cherbourg achter zich liet. Hun gekrijs in combinatie met het toeteren van de scheepshoorn en de klanken van het scheepsorkest resulteerde in een spookachtig afscheidsconcert. Het was kort na de middag.

Andrew Miller leunde tegen de reling en zag hoe de drukke haven langzaam kleiner werd. Hij had een drankje mee aan dek genomen en zette het glas aan zijn lippen, terwijl zijn blik van de kade naar een van de sleepboten dwaalde die hen naar de buitenste rede brachten. De Manhattan-cocktail smaakte naar vermout en whisky en brandde aangenaam in zijn keel. Het gedempte gebonk van de motoren van de ss Manhattan drong vanuit de romp tot hem door op het dek van de eerste klasse.

Onwillekeurig kwamen de beelden van het eerste uitstapje vijf dagen eerder hem voor de geest: massa's enthousiaste mensen die zich hadden verzameld in de straten en parken van New Jersey en New York, in de haven van de Amerikaanse metropool en langs de pieren, om een glimp op te vangen van het schip van de United States Lines en in het bijzonder van de olympische ploeg aan boord: een zee van Amerikaanse vlaggetjes, door ontelbare handen bewogen. De brandweerboten die de gepavoiseerde en met vlaggen getooide ss Manhattan begeleidden, de scheepstoeters die hen bij het vertrek naar Hamburg hadden gegroet. De jonge sportmensen die overweldigd waren door alle aandacht.

Andrew had nog nooit zo'n euforie meegemaakt, en die werkte nog door. Niet alleen bij de meer dan driehonderd olympiërs, maar ook bij hem en de andere reizigers. Zelfs de koele bries die op de Atlantische Oceaan op volle zee in hun gezicht had geblazen, had hun enthousiasme voor hun sport niet kunnen temperen, en terwijl ze door de golven naar Europa ploegden, waren de sporters intensief bezig geweest met hun voorbereidingen voor de Olympische Spelen in Berlijn.

Andrew, die de dagen op zee had benut om zich voor te bereiden op zijn moeilijke missie in Duitsland, had genoten van de bijzondere sfeer aan boord. Want tijdens zijn wandelingen op het dek was hij ze steeds weer tegengekomen, de zwemmers en de worstelaars, de gewichtheffers en de atleten, jonge mannen en vrouwen, van wie velen de kans van hun leven kregen. Hij had hen aangemoedigd en hun discipline bewonderd, net als de andere passagiers. De olympische koorts had de hele oceaanstomer in zijn greep. Allemaal waren ze ervan overtuigd dat het Amerikaanse team geweldig zou presteren.

Inmiddels passeerde de ss Manhattan de buitenste rede. De sleepboten maakten rechtsomkeert en lieten het stoomschip gaan in het blauwgrijze water van het Engelse Kanaal. Weldra zou het silhouet van de Franse havenstad verdwijnen en nog één dag zou de rust van de kalme zee op het dek heersen voordat ze in Hamburg zouden aanmeren.

In gedachten verzonken zwenkte Andrew het roodbruine glas, nam nog een slok en wilde net naar de rookkamer vertrekken, toen iemand van opzij tegen hem op botste. De klap was zo hevig dat hij struikelde. Om niet te vallen greep hij de reling vast en liet zijn glas vallen, dat met schel gerinkel in duizend stukken uiteenspatte.

'O!' Hij hoorde een vrouwenstem. 'Dat spijt me oprecht, sir!'

Andrew ging rechtop staan. Naast hem stond een vrouw in donkere sportkleding, die geschrokken naar de kleine scherven op de vloer keek, waar de laatste druppels Manhattan-cocktail vanaf dropen.

'Geen probleem.' Eigenlijk had hij een vloek op zijn lippen, maar het eerlijke berouw dat hij in de groenbruine ogen van de vrouw zag, deed hem zijn ergernis onmiddellijk vergeten. 'Ik zal het zo laten opruimen.'

'Wat onhandig van me,' zei de jonge vrouw. 'Ik was een beetje... afwezig.'

Andrews blik viel op de letters op haar pullover: USA. Het was duidelijk dat ze deel uitmaakte van het Amerikaanse olympische team. 'Ben je in gedachten al in Berlijn?' vroeg hij met een grijns, terwijl hij naar een van de stewards gebaarde.

Ze lachte. 'Dat zou je kunnen zeggen, ja.'

De steward had Andrews gebaar opgemerkt en was meteen ter plaatse. 'Wat kan ik voor u..?' Hij onderbrak zijn beleefde vraag toen hij het ongelukje opmerkte. 'Ik zal de scherven meteen laten weghalen, meneer,' zei hij.

'Dank u.' Andrew knikte hem toe en bood de jonge vrouw zijn arm aan. 'Mag ik u uitnodigen voor een drankje? Voor de schrik, bij wijze van spreken.'

Ze glimlachte breed naar hem. 'Met alle plezier.'

Andrew wierp de steward een laatste verontschuldigende blik toe en leidde de knappe vrouw naar de rokerslounge, die nu, aan het begin van de middag, bijna leeg was. Hij bestelde twee Manhattan-cocktails en overhandigde er een aan de sportvrouw.

'Cheers!' Hij hief het glas. 'Op uw overwinning in Berlijn, juffrouw...?'

'Mevróúw Eleanor Jarrett.' Ze toostte haastig terug en sloeg de cocktail achterover. 'Noem me maar Eleanor.'

'Zoals je wilt... Eleanor.' Andrew keek haar verbaasd aan. Ze was ongewoon open voor een getrouwde vrouw. 'Kom je uit New York?'

'Ja. Brooklyn.' Eleanor keek naar haar lege glas.

'Ah, Brooklyn.' Hij nam haar gelijkmatige gelaatstrekken op, die even op de zee achter het raam gericht waren. 'Ik woon in Greenwich Village.'

'Ik hou van Greenwich Village.' Haar blik dwaalde naar hem toe.

'Ja. Het is prettig wonen daar.' Hij nam een slok. 'En jij komt uit voor ons land in Berlijn?'

'Nou ja...'

'Ben je een atlete?'

Ze schudde lichtjes haar hoofd. 'Nee. Ik zwem.'

'Aha... en...'

Voor hij de volgende vraag kon stellen, onderbrak ze hem. 'En wat voert jou naar Duitsland? Ook sport?'

'Nee, zaken,' antwoordde Andrew.

'O, zaken.' Ze leek niet meer geïnteresseerd. Ze ging iets rechter zitten. 'Ben je van plan om de Spelen bij te wonen?'

'Tot nog toe niet. Maar om jou te zien winnen, zou ik het misschien kunnen regelen...'

'Ik ga niet winnen in Berlijn.' Er trok een schaduw over haar gezicht, maar haar stem was vast.

'Wie kan dat verhinderen? Is de concurrentie zo sterk?'

'Ik doe helemaal niet mee.'

Nu was het Andrews beurt om zijn glas achterover te slaan. 'Je komt niet aan de start?'

Ze schudde haar hoofd. 'Ik ben geschorst. Vanochtend.'

'Pardon? Geschorst?' vroeg Andrew ongelovig. 'Het spijt me dat te horen.'

'Mij ook. Blijkbaar heeft Brundage geen behoefte aan mijn medailles.'

'Avery Brundage?'

'Ja. De voorzitter van de atletiekbond. Hij is een... smeerlap.'

'Heeft hij je lastiggevallen?' Andrew wist niet veel over de functionaris.

'Niet op die manier.' Eleanors gezicht verstrakte. 'Hij denkt dat ik niet meer te handhaven ben in het team. Alleen omdat ik me gisteravond geamuseerd heb. Ze beweren dat ik stomdronken was. Wat een onzin.' Ze stak haar lege glas uit naar Andrew. 'Wil je er nog eentje voor me bestellen?'

'Natuurlijk.' Andrew haalde nog twee Manhattan-cocktails, blij met de korte onderbreking. Het gesprek begon vermoeiend te worden.

'Weet je, eh...' voegde ze eraan toe toen hij weer bij haar was.

'Andrew Miller. Zeg maar Andrew.' Hij zou graag de luchtige toon weer oppakken waarmee hun gesprek was begonnen. Maar voordat hij iets kon zeggen, praatte Eleanor verder: 'Ik pas gewoon niet in Brundages wereldbeeld, als een vrouw die optreedt in nachtclubs en haar eigen geld verdient.' Ze zuchtte, eerder boos dan berustend. 'Maar ik ga niet terug naar Amerika nadat we in Hamburg hebben aangemeerd. Ook al heeft hij zich dat in zijn hoofd gezet.'

'Wil hij je terugsturen?'

'O ja. De consequentie van mijn wangedrag.' Er verscheen een uitdrukking van walging op haar gezicht. 'Hij behandelt ons atleten als kinderen. Daar heeft hij het recht niet toe. Al helemaal niet omdat ik...' ze pauzeerde veelbetekenend, '... al olympisch goud heb gewonnen.'

Nu begon het Andrew te dagen. 'Maar natuurlijk! Vier jaar geleden in Los Angeles, is het niet?' Hij herinnerde zich de krantenkoppen nog. 'Als Eleanor Holm.'

Ze knikte. 'Honderd meter rugslag.' Ze klonk trots en weemoedig tegelijk. 'En mijn succes was zeker niet te danken aan dat ik mezelf het plezier in het leven heb ontzegd.' Ook het tweede glas dronk ze in één teug leeg, alsof ze haar woorden kracht wilde bijzetten. 'Trouwens,' zei ze, terwijl ze uitdagend met haar glas naar het zijne wees, 'het is intussen weer toegestaan overal iets te drinken. Op het dek van een oceaanstomer net zo goed als in een restaurant. Dus een beetje alcohol kan geen kwaad.'

Ze leek nu in een opperbest humeur.

Haar stemmingswisselingen deden hem vermoeden dat ze afgelopen nacht misschien iets te diep in het glaasje had gekeken, om nog maar te zwijgen van de twee Manhattans die ze zojuist achterover had geslagen. Hij schraapte zijn keel. 'Je bedoelt...'

'Precies. De pro-hi-bi-tie.' Ze beklemtoonde elke lettergreep. Er verscheen een diepe rimpel tussen haar wenkbrauwen. 'Toen vonden ze ook dat ze de mensen alcohol moesten verbieden. En wat was het resultaat? De mensen bleven drinken, en degenen die hun de alcohol bezorgden, hebben er uitstekend aan verdiend.'

Daar had ze wel gelijk in.

'En in de sport is het al net zo schijnheilig, is het niet?' vervolgde ze. 'Brundage is een arrogant ventje. Er worden geen Joden of zwarten tot zijn sportclub in Chicago toegelaten. Hij ziet ons vrouwen ook niet graag, vooral niet op de Olympische Spelen. Eigenlijk past hij prima bij die figuur daar in het Duitse Rijk, die... o, ik weet zijn naam niet meer.'

'Adolf Hitler?'

'Ja, dat is hem, geloof ik. Maar dat is niet zo belangrijk.' Ze maakte een beweging alsof ze een irritante vlieg wegjoeg.

'Ik denk dat de rassenwetten die inmiddels in Duitsland gelden heel gevaarlijk zijn,' zei Andrew. 'Er wordt een heleboel haat aangewakkerd. Dat kennen we in Amerika maar al te goed.'

'Misschien wel,' zei ze, 'maar we zullen met onze eigen ogen zien hoe het daar is. Gelukkig heeft Brundage de boycot van de Spelen kunnen voorkomen. Dat is trouwens het enige wat ik hem ten goede houd. Het zou jammer zijn geweest als we alleen vanwege de politiek niet naar Berlijn hadden gemogen.'

'In elk geval moest er een boycot worden overwogen,' zei Andrew. 'Maar ik denk dat het goed is om aan de Spelen deel te nemen. Misschien verbetert sport het onderlinge begrip tussen de naties. Over alle grenzen heen. Een vreedzame krachtmeting, als het ware.'

'In Berlijn zullen we de wereld vooral laten zien dat we bij de top horen! Daarom ga ik ook niet terug.' Eleanor klonk bijna koppig.

'Dus is er een manier voor je om in het team te blijven? Als begeleidster of in een andere hoedanigheid?'

'Nou...' zei ze veelbetekenend. 'Ik heb al een baan aangeboden gekregen en ik zal aanwezig zijn als verslaggeefster voor de Associated Press. En nu...' Ze liet een dramatische stilte vallen. '... wil ik graag een wandelingetje maken op het dek, Andrew. Kom je mee?'

'Natuurlijk.' Hoewel hij eigenlijk van plan was geweest afscheid van haar te nemen, haastte Andrew zich om haar glas aan te nemen en weg te zetten. Toen bood hij haar opnieuw zijn arm aan.

Samen stapten ze uit de rooksalon het dek op en wandelden naar de achtersteven van het schip. In de rieten dekstoelen waar ze langsliepen, hadden een paar passagiers van de eerste klasse het zich het gemakkelijk gemaakt. Sommigen lazen een boek of de krant, anderen rookten, rustten uit of converseerden op gedempte toon.

'Mevrouw Jarrett!'

Eleanor keek om, Andrew ook. Achter hen kwamen twee mannen haastig aanlopen. Een van hen had een camera bij zich. Andrew herkende de twee journalisten die met hen meereisden. Ze lichtten even hun hoed op bij wijze van groet. 'Wat leuk om u hier weer te zien, mevrouw Jarrett! We waren al bang dat we het zonder uw gezelschap zouden moeten stellen,' zei de fotograaf, zonder Andrew te groeten of zich voor te stellen.

Eleanor lachte en liet Andrews arm los. 'Maar, gentlemen, daar is geen enkele reden voor. Niets kan me ervan weerhouden om van het bovendek te genieten.'

'Zelfs meneer Brundage niet?' vroeg de fotograaf provocerend en Eleanor lachte. 'Nee. Niemand.'

'Bovendien bent u nu een van ons,' zei de ander, terwijl hij zijn blik tevreden op Eleanor liet rusten. Toen keek hij naar Andrew. 'Ze is geweldig, nietwaar? We zijn blij dat we haar hebben kunnen overtuigen om als journaliste aan de Spelen deel te nemen. Iemand die zelf gouden medailles heeft gewonnen, zal heel anders commentaar geven! Ons publiek zal verrukt zijn!'

'Wat dacht u ervan, mevrouw Jarrett? Wilt u een partijtje met ons meespelen?' De fotograaf maakte een uitnodigend gebaar naar de lounges.

'Als u een glaasje champagne bij de dobbelstenen neerzet, graag.' Eleanor gooide haar donkere, krullende haar in haar nek. De beweging was zowel koket als uitdagend. Ze richtte zich tot Andrew. 'En hoe zit het met jou? Speel je mee?'

'Vandaag niet, Eleanor. Maar bedankt voor de uitnodiging.'

'Ben je bang dat je zou kunnen verliezen?'

'Van een vrouw zoals jij? Absoluut!'

De twee mannen reageerden op zijn repliek met een waarderende lach.

'Gentlemen, Eleanor. Ik wens u nog een prettige middag. Moge de beste winnen.'

Andrew knipoogde naar Eleanor, die toestond dat de twee mannen haar tussen hen in namen en met hen wegliep.

'Goede reis, Andrew!' riep ze snel over haar schouder naar hem. Maar haar volgende opmerking was al niet meer aan hem gericht.

Andrew wreef nadenkend over zijn voorhoofd en ging toen naar zijn hut. Eleanor Jarrett was een aantrekkelijke vrouw die mannen ongetwijfeld het hoofd op hol bracht. Maar voor hem zou ze te wispelturig zijn, al was hij zelf pas negenentwintig. Om nog maar te zwijgen over het feit dat ze getrouwd was.

Hij maakte de deur van zijn hut open, liet een glas ijswater brengen en ging toen aan de kleine tafel zitten om zich op zijn papieren te concentreren.

Het leven was hem niet erg welgezind geweest en zijn bedrijf al helemaal niet. Het laatste boekjaar had immense verliezen opgeleverd, verschillende grote klanten hadden hun orders vlak na elkaar geannuleerd en daar geen reden voor gegeven, zelfs niet toen ernaar werd gevraagd. Nieuwe, lucratieve orders bleven uit. De kleine bestellingen die af en toe binnenkwamen waren bij lange na niet toereikend om het bedrijf weer winstgevend te maken, ook al omdat zijn firma nog steeds worstelde met de gevolgen van de *Great Depression*. Daarom bestond er voor hem maar één uitweg: Stuttgart.

5

Villa Rothmann in Degerloch
Een week later, vroeg in de avond

Het fijne grind van de gebogen oprit knarste onder haar voeten. Toen het statige huis in zicht kwam, vertraagde Mathilda haar pas, zette haar koffer neer en veegde een weerspannige haarlok uit haar gezicht, die steeds ontsnapte aan het gehate regime van haar haarclips. Ze bleef een moment staan en liet haar blik over de lichtgele voorgevel dwalen, de hoge ramen met de witte lijsten en de zuilen die het portaal flankeerden.

Ze was hier al bijna drie jaar niet meer geweest. Vanbuiten leek het herenhuis zo vertrouwd alsof er maar een paar weken waren verstreken. Maar de wetenschap van Victors dood wierp een pijnlijke schaduw over haar terugkeer. Hij was als een vader voor haar geweest. Hoe zou het zonder hem zijn?

Een licht briesje bewoog de groene bladeren in de kruinen van de linden langs het laatste stuk van het pad. Bijna had Mathilda het gevoel dat de machtige bomen een brug naar het verleden vormden, dat ze fluisterden over gelukkige dagen, over feesten aan lange tafels, over de zomerse reidans onder hun takken… en niet in de laatste plaats over alle kleine en grote tragedies waarvan ze getuige waren geweest. Vanaf haar twaalfde was Mathilda hier opgegroeid, samen met Victoria, de biologische dochter des huizes, die zij als haar zus beschouwde, al waren ze geen bloedverwanten.

De zon wierp haar laatste stralen over de glanzende, rode dakpannen en liet de metalen bekleding van de twee schoorstenen die de nok bekroonden, oplichten. Er klonk gelach uit een open raam. Het dienstmeisje? Of Vicky?

Opeens leek de tijd te zijn verdwenen en had Mathilda het gevoel dat ze nooit was weggeweest. Ze zag zichzelf en Vicky in het huis ravotten, in de keuken werken met de kokkin Gerti, een ritje maken in de cabriolet met de chauffeur Theo, leren en spelen in de grote salon... of een van Vicky's waanzinnige en meestal ongeoorloofde ideeën bekokstoven, waarvan de uitvoering zelden zonder gevolgen bleef.

Mathilda merkte dat er een ondeugende glimlach op haar gezicht verscheen toen de herinneringen bovenkwamen. Vooral aan de nacht die ze in het bouwvallige vakwerkhuisje in de steengroeve aan de Lohengrinstrasse hadden doorgebracht, wat had geleid tot een zoekactie in heel Degerloch omdat ze waren vergeten een boodschap achter te laten. Pas toen de brandweercommandant voor hun knusse onderkomen stond, realiseerden ze zich hoe ongerust ze thuis over hun verdwijning moesten zijn. En alsof dat nog niet genoeg was, had Vicky, wier voorliefde voor kikkers legendarisch was, ondanks Mathilda's bedenkingen een pas gevangen vuurbuikpad uit de kleine vijver in de steengroeve mee naar huis genomen, als aandenken aan die opmerkelijke nacht. Dit had direct de volgende aanvaring veroorzaakt en Vicky twee dagen huisarrest opgeleverd, die Mathilda uit solidariteit met haar had ondergaan.

Judith en Victor waren zeker niet overdreven streng geweest, maar Vicky had haar ouders vaak tot het uiterste gedreven.

Het verre luiden van de kerkklokken, die van het dorp tot de villawijk van Degerloch reikten, deed Mathilda uit haar gedachten opschrikken. Kordaat pakte ze haar koffer, liep de trap op en trok aan de belknop.

Martin hoorde de schelle deurbel in de werkkamer, maar besteedde er geen aandacht aan. Hij werd in beslag genomen door een map die hij net in de kluis van zijn vader had ontdekt. Hij haalde hem eruit en legde hem op het zware notenhouten bureau, dat de kamer al in de tijd van zijn grootvader domineerde. Op het schutblad stond *Martin Rheinberger*, genoteerd in Victors krachtige handschrift.

Martin was al een ruim een week bezig met het inventariseren en documenteren van het privévermogen van de familie, zodat Victors testamentaire beschikkingen snel konden worden uitgevoerd. Tussen alle aandelen, bankafschriften, contracten en verzekeringspolissen die in de kluis lagen, bevonden zich steeds weer persoonlijke papieren. Zijn moeder had hem gevraagd ze op een aparte stapel te leggen, zodat ze die op haar gemak kon doornemen als ze tijd had.

Maar toen hij zijn naam zag staan, werd Martin te nieuwsgierig om de blauwe map ongezien op de daarvoor bestemde stapel te leggen. Hij ging zitten op de draaistoel die zijn vader twee jaar geleden had aangeschaft en opende hem. Er zaten beslist dingen in die hij toch allang aan zijn eigen papieren had willen toevoegen.

Zoals verwacht lag zijn geboorteakte bovenop, die verklaarde dat hij ter wereld was gekomen op 26 juni 1904 om half zes in de villa van zijn ouders in Degerloch. Op een zondag. Hij haalde het stugge vel papier tevoorschijn en hield het even peinzend in zijn hand.

Hij dacht terug aan zijn jeugd, die vrolijk en zorgeloos was geweest. Elk jaar had hij door de weilanden en velden rond Degerloch gezworven, meestal met zijn vrienden uit het dorp. Hoe ouder ze werden, hoe groter hun actieradius werd. Sommige dagen reikte die tot aan de Neckar bij Cannstatt of de bossen van Schönbuch. Er waren ontelbare zomeravonden geweest waarop hij pas in het donker thuiskwam. En winterdagen waarop hij voor de voordeur had gestaan, druipend en rillend van de kou. Zijn ouders hadden hem nauwelijks beperkingen opgelegd, omdat ze wisten dat hij moedig was, maar niet roekeloos. Bovendien was hij altijd met uitstekende rapportcijfers thuisgekomen.

In de gang buiten de werkkamer waren gedempte stemmen te horen, maar hij kon niet verstaan wat er gezegd werd achter de zware deur. Vermoedelijk gaf Dora instructies aan het nieuwe dienstmeisje. Tine was wat traag van begrip, en Martin vroeg zich af waarom zijn moeder haar überhaupt in dienst had genomen. Maar tegenwoordig leken dienstmeisjes moeilijker te vinden te zijn dan een naald in een hooiberg, en haar voorgangster, de schuchtere Walli, was inmiddels getrouwd en vertrokken.

Hij bladerde verder door de papieren.

Oude facturen voor aankopen doken op, daarna overeenkomsten over bedrijfsaandelen die waren overgedragen aan de oude Ebinger, Martins peetvader, tegen betaling van honderdduizend mark. Vreemd. Zulke dingen hoorden thuis in het archief van het bedrijf en niet hier. Hoewel, ze dateerden van 1903, het jaar voordat hij werd geboren. Victor moest een paar borrels te veel op hebben gehad toen hij ze hierin stopte. Martin legde de omslagen opzij om ze later aan Judith te geven, zodat zij ze naar Stuttgart kon brengen.

De stemmen in de gang waren verstomd.

Er lagen twee kinderfoto's tussen de papieren. Martin grijnsde toen hij ze zag. Op een keek hij, zittend op de schoot van zijn moeder, heel ernstig in de camera; zijn ouders deden ook hun best om geen spier te vertrekken. Martin draaide de foto om. Mei 1907 stond er op de achterkant; hij was toen amper drie.

Op de volgende foto was hij ouder, misschien vijf of zes. Hij zat aan de nieuwe vleugel die zijn moeder had gekocht en die nog steeds in de muziekkamer stond. Zijn benen bungelden in de lucht, omdat hij niet bij de pedalen kon. Hij herinnerde zich nog hoe hem dat destijds had geërgerd, want zonder pedalen kon je niet fatsoenlijk spelen. Maar toen al wist hij dat zijn hart uitging naar één ding: muziek.

Hij stopte de foto's terug in de map.

Voordat hij het volgende document kon oppakken, werd er zachtjes op de deur geklopt. Eigenlijk had hij laten weten dat hij niet gestoord wilde worden. Daarom klonk zijn 'Ja, binnen' een beetje onvriendelijk, in de veronderstelling dat het nieuwe dienstmeisje achter de deur stond. Hij had haar al een paar keer zijn kamer uit gejaagd, waar ze op de meest ongelegen momenten was verschenen. Ze leek er sowieso moeite mee te hebben haar weg in het huis te vinden, want ze was er nooit als je haar nodig had, maar altijd op plekken waar ze niets te zoeken had.

De deur ging voorzichtig open.

Martin ving nog een glimp op van het opschrift van het document dat bovenaan in de map lag, voordat hij zijn hoofd ophief om te zien wie er binnenkwam. Het woord 'Geheimhoudingsovereenkomst' zag hij nog, waarna zijn lippen zich al tot een brede glimlach plooiden.

'Mathilda!'

'Wat fijn om je weer te zien, Martin,' zei ze met warme stem, terwijl ze zachtjes de deur achter zich dichttrok. 'Het lijkt een eeuwigheid geleden!'

Martin stond onmiddellijk op en kwam achter het bureau vandaan. 'Inderdaad. Een eeuwigheid...'

Ze had haar rode krullen getemd in een knot in haar nek, al vielen er een paar lokken heel charmant rond haar gezicht. Ze keek hem stralend aan met donkerblauwe ogen waarvan de kleur hem deed denken aan een diep bergmeer. Hij had geen idee gehad hoe aantrekkelijk ze was. Onwillekeurig dwaalde zijn blik naar haar volle lippen en rechte witte tanden.

'De laatste keer dat ik hier was, was je er niet. En sindsdien zijn er weer drie jaar verstreken.'

'Dat klopt. In '32 had ik een optreden in Parijs. En jij was altijd in Bonn.'

'Ja.' Opeens keek ze verdrietig. 'Zelfs tijdens... Victors begrafenis.'

'Je zult er een goede reden voor hebben gehad, Mathilda. Niemand hier nam het je kwalijk.'

Ze knikte. 'En toch... ik had er zo graag bij willen zijn en hem die eer willen bewijzen. Het moet heel moeilijk voor je zijn geweest...'

'Ja.' Hij legde een hand in zijn nek toen de beelden van de uitvaart op de natuurbegraafplaats aan hem voorbijtrokken. Al die mensen die zijn vader op zijn laatste gang hadden begeleid. Toespraken en necrologieën, condoleances. De enorme bloemenzee. En het vreselijke besef dat het onherroepelijk was.

'Martin?'

Pas nu merkte hij dat er een paar tranen over zijn wang waren gelopen. Voordat hij kon reageren, had zij haar hand al opgeheven en ze met een tedere beweging weggewist.

'Ik heb ook gehuild,' zei ze toen. 'Zo veel dat ik op een gegeven moment geen tranen meer had.'

In de stilte die even tussen hen viel was een bijzondere band voelbaar, die werd gevoed door verdriet en herinneringen.

Ten slotte nam Martin haar in zijn armen, terughoudend en met respect. Haar lichaam was zacht en soepel, en toen ze haar handen op zijn zij legde, laaide er een plotselinge begeerte in hem op.

Hij liet haar meteen los, schraapte zijn keel en bood haar een plaats aan in de zithoek.

'Ik wilde eigenlijk alleen even gedag zeggen, Martin,' zei Mathilda met een wegwerpgebaar. Ze leek net zo verlegen met de situatie als hij. 'Dora heeft me uitgebreid uitgelegd dat je heel geconcentreerd moet werken. En ik wilde mijn moeder ook gedag zeggen.'

'Het werk loopt niet weg. En je kunt je moeder later uitvoerig begroeten. Maar dat je weer thuis bent, moet gevierd worden!'

Hij pakte de karaf rode wijn die op een bijzettafeltje stond.

'Niet voor mij, alsjeblieft,' zei Mathilda snel.

'Wat wil je dan?'

'Nu even niets, dank je. Gerti heeft me net appelsap gegeven. Ik heb geen dorst.'

'Zoals je wilt.' Hij zette de karaf weer neer en keek haar besluiteloos aan. Ze stond nog steeds voor het bureau. Haar lichtgroene mantelpakje deed haar ongewone haarkleur stralen.

'Zeg eens, Mathilda,' ging hij verder. 'Weten moeder en Vicky eigenlijk dat je vandaag thuiskomt?'

Mathilda glimlachte. 'Ik heb Judith een telegram gestuurd, maar geen antwoord gekregen.'

Omdat ze geen aanstalten maakte om te gaan zitten of de kamer uit te gaan, liep hij terug naar zijn plaats achter het bureau. Daar bleef hij staan. 'Misschien is je bericht niet aangekomen. Moeder is tegenwoordig de hele tijd bezig in het bedrijf.'

'Dat dacht ik al. Maar ik kon mijn reis niet uitstellen omdat ik mijn ticket al had gekocht en mijn kamer had opgezegd.' Ze haalde diep adem. 'De laatste semesters en de examens waren niet gemakkelijk onder deze omstandigheden.'

'Te zwaar? Je studie? Rechtswetenschap is eerder… droge materie. Dat stel ik me zo voor.'

'Nee, niet te zwaar en ook niet droog. Ik vond handelsrecht en commercieel recht bijzonder interessant. Maar vrouwelijke studenten zijn niet langer welkom op universiteiten. De pesterijen werden steeds erger.'

'Dus is het ook op universiteiten problematisch geworden,' merkte Martin op.

Ze knikte. 'Ze zijn overal. Hun standpunten zijn zo… bekrompen. Ze denken dat vrouwen niet in staat zijn om als advocaat of rechter te werken. In plaats daarvan kregen we te horen dat we huishoudkunde moesten studeren, stel je voor! Zodat we goede huisvrouwen kunnen worden en een hele rits kinderen baren voor de Führer.' Ze greep naar haar voorhoofd. 'Dat zou de natuurlijke bestemming van de vrouw zijn. Niet te geloven.'

Martin hoorde haar bittere ondertoon en dacht aan wat er een paar weken eerder met Judith en Vicky was gebeurd. 'Moeder kreeg ook het dringende advies om de leiding van het bedrijf op te geven,' zei hij. 'Van de Ortsgruppenleiter. Ik weet niet zeker of er een systeem achter deze incidenten zit. Tot nog toe heb ik de indruk dat het voornamelijk persoonlijke motieven zijn die hem drijven. De man komt uit een armoedig milieu en heeft tot dusver niet veel succes gehad in het leven. Nu draagt hij een uniform en hangt voortdurend de grote meneer uit.'

'Judith moet de leiding van de chocoladefabriek overdragen? Aan de Ortsgruppenleiter?' Nu trok Mathilda toch een stoel bij en ging tegenover Martin zitten.

'Nee, niet aan hemzelf. Hij zou contact hebben met een bedrijf dat in Stuttgart chocolade met een opwekkend effect moet produceren.' Nadat ze was gaan zitten, liet ook hij zich in de grote leren stoel van zijn vader vallen.

'En hoe reageerde je moeder?'

'Zowel moeder als Vicky wijzen de eis af, natuurlijk. En behoorlijk fel, je kent Vicky.'

'Ik ken je moeder ook. Ze laat net zomin over zich lopen als haar dochter.'

Hij knikte. 'Toch is moeder bezorgd dat Vicky misschien te brutaal is.'

'Ik begrijp het. Maar ze moeten terugvechten. Anders ontnemen ze jullie je bestaan!'

'Zeker. Maar voorzichtig.' Hij legde nadenkend een vinger op zijn slaap. 'Wat die Weber betreft, dat wil zeggen, de Ortsgruppenleiter: ik heb het gevoel dat hij bluft. Verder lijkt hij niet veel te kunnen uitrichten.'

'Daar zou ik niet zo zeker van zijn. Geloof me maar, als ze willen, drukken ze hun plannen door. In Bonn werden drie professoren gedwongen te vertrekken. Omdat ze Joods waren, of omdat ze andere opvattingen hadden. Wat er nu gebeurt, is verschrikkelijk, Martin. Als dat zo doorgaat wil ik hier binnenkort niet meer wonen.'

Ze had zacht gesproken. Toch bleven haar woorden in de kamer hangen als een onheilsprofetie.

Een vage angst bekroop Martin. 'Ik vertrouw er nog steeds op dat de rede zal zegevieren,' zei hij toen met vaste stem, in een poging het beklemmende gevoel te bedwingen. 'Binnenkort beginnen de Olympische Spelen in Berlijn. De hele wereld kijkt naar het Duitse Rijk. Als het echt zo erg was, zouden er toch geen vreemde naties meedoen?'

'Ik hoop van harte dat je gelijk hebt. Maar mijn gevoel... zegt iets anders.' Ze keek hem twijfelend aan. Toen stond ze op. 'Ik ga naar mijn kamer en pak mijn koffer uit. Gerti is al bezig met het avondeten.' Ze draaide zich om naar de deur. 'We zien elkaar dan in de eetkamer.'

Martin pakte het nieuwe gespreksthema meteen op. 'Ik kijk ernaar uit. Ik weet zeker dat Gerti iets lekkers tevoorschijn tovert.' Toen hij opstond om afscheid te nemen, schoot hem iets te binnen. 'Heb je een momentje, Mathilda? Ik wil je iets laten zien.'

'Ja?' Ze ging weer bij hem achter het bureau staan.

Martin bladerde door de map om de twee foto's eruit te halen, die hij zojuist had weggemoffeld. Terwijl hij dat deed, viel zijn blik weer op de geheimhoudingsovereenkomst die bovenop lag. Onwillekeurig las hij de eerste regels door.

Betreffende de afstamming van de op 26 juni 1904 in Degerloch geboren Martin Friedrich Rheinberger: de natuurlijke grootouders Josefine en Artur Ebinger wordt het levenslange omgangsrecht tot het kind verleend. Als tegenprestatie verplichten ze zich om niemand, ook niet de natuurlijke vader van het kind, hun zoon Max Ebinger...

Hij verstijfde.

'Martin?' Als door een laag watten drong Mathilda's stem tot hem door.

Hij schudde zijn hoofd en dwong zichzelf verder te lezen.

... informatie te geven over de natuurlijke afstamming van het kind. Deze overeenkomst is gesloten in het belang van de moeder van het kind en het kind zelf...

'Martin! Wat is er?'

Dat kon, dat mocht niet waar zijn. Hij sloot zijn ogen. De golven van een peilloos diepe oceaan leken zich boven hem te sluiten. Ongeloof en wanhoop, verdriet en woede tegelijk overmanden hem.

'Zeg toch iets!'

Hij voelde haar hand op zijn schouder, greep ernaar, zocht houvast in een wereld die in een oogwenk compleet was ingestort. 'Victor... Victor Rheinberger is mijn vader niet.' Zijn stem brak.

6

De werkplaats van Alois Eberle in Stuttgart
Op hetzelfde moment

'Kom binnen. De most staat al klaar,' zei Alois Eberle met zijn gebruikelijke hartelijkheid tegen zijn gasten.

'Hallo, Alois. Daar zeg ik geen nee tegen.' Anton Rothmann trok de voordeur achter hem en zijn metgezel Isaak Stern dicht. 'Maar om te beginnen interesseert ons wat je zo geheimzinnig hebt aangekondigd. Je telefoontje klonk uiterst veelbelovend.'

Alois grijnsde. 'Ha, ja. Nou, kom maar mee dan.'

Samen liepen ze de ruime werkplaats in die met Alois' woning in de Hauptstätter Strasse was verbonden en die volgepropt was met allerlei apparatuur en gereedschap.

'Gaat het om nieuwe geluidsopnamen?' wilde Anton weten, want Alois had tien jaar eerder een aparte ruimte ingericht als geluidsstudio, die veel gebruikt en voortdurend uitgebreid werd. Die was net zo oud als Antons succesvolle jazzensemble, de Southern Swing Band. Ze hadden al zo'n twintig platen met Alois Eberle en zijn platenmaatschappij A.K.A.-Musik geproduceerd en uitgebracht.

Maar deze keer had de oude knutselaar zich aan iets heel anders gewijd, besefte Anton onmiddellijk toen Alois hen naar een hoge houten constructie met een grijze matglazen ruit bracht.

'Een televisieontvanger,' merkte Isaak Stern op. Hij was al jaren bedrijfsleider in Anton Rothmanns pianofabriek.

'Niet helemaal.' Alois begon er meteen aan te prutsen, zodat er na een paar minuten een flikkerend beeld verscheen. 'Een gecombineerd televisie- en radiotoestel.'

'Je kunt nog niet veel zien,' zei Anton droogjes. 'Ik wil niet klagen, maar het beeld laat… om zo te zeggen… veel ruimte voor fantasie.' Hij knipoogde naar Alois.

'Het staat nog in de kinderschoenen,' mompelde die en hij draaide aan een paar knoppen. 'Maar ik zal het op tijd klaar hebben voor de Olympische Spelen.' Hij klonk zelfverzekerd.

Anton keek naar Isaak Stern. Zijn bedrijfsleider bezocht Alois' werkplaats voor het eerst en was zichtbaar onder de indruk van de gigantische verzameling gereedschap die hen omringde. Anton glimlachte tevreden, want dat was precies wat hij had verwacht. Zo verging het iedereen die de werkplaats van de uitvinder binnenkwam.

Toen richtte hij zijn aandacht weer op de witharige oude man, wiens hoofd nu achter het televisietoestel was verdwenen. 'We kunnen naar deze interessante beelden kijken en de radio aanzetten om naar de uitzending te luisteren,' stelde hij voor, terwijl hij naar het nog steeds onrustig flikkerende scherm keek.

Anton had al eens eerder een televisietoestel gezien, het jaar daarvoor in Berlijn, toen hij daar met zijn tweelingbroer Karl een van de openbare televisiekamers had bezocht. Maar het propagandistische NSDAP-programma dat toen werd uitgezonden, had Anton doen walgen.

Alois kwam weer tevoorschijn achter zijn televisieopstelling. 'Je gelooft er niet in, Anton,' constateerde hij nuchter.

'Zo zou ik het niet willen uitdrukken. Ik denk dat het een grote uitdaging is, Alois.' Anton legde waarderend een hand op de schouder van zijn oude vriend. 'Ik heb geen idee hoe je het voor elkaar hebt gekregen een kathodestraalbuis te regelen en dit apparaat in elkaar te schroeven, maar waar wil je de beelden vandaan halen? De zender heeft nog niet zo'n groot bereik dat je in Stuttgart iets van Nipkow zou kunnen ontvangen.'

'Wie is Nipkow?' vroeg Isaak Stern geïnteresseerd.

'Het televisiestation in Berlijn. Dat heet Paul Nipkow.'

'Aha,' zei Stern.

'Je hebt gelijk, Anton,' gaf Alois Eberle toe. 'Het wordt behelpen. Maar misschien kan mijn Berlijnse vriend Manfred von Ardenne me weer helpen. En bovendien heb ik contact met de Reichssender Stuttgart opgenomen.'

'Daar hoef je nauwelijks hulp van te verwachten.' Anton wuifde zijn woorden weg. 'Je volgt niet de partijlijn. Wees blij dat ze je niet arresteren vanwege je activiteiten hier. Tenslotte kun je ook buitenlandse radiozenders ontvangen met je apparatuur.'

'Dat kan ik ook,' zei Alois met een trotse ondertoon. 'De BBC. Ik laat me toch niet voorschrijven waarnaar ik moet luisteren en wat ik moet denken!' Hij zette de televisie weer uit. 'Maar nog eens over de televisie. Ik zal alles voorbereiden, hoe dan ook. Als ik op een of andere manier beeld kan krijgen, dan kunnen we kijken.'

'Laten we er dan maar het beste van hopen,' zei Anton, die zonder meer geloofde dat Alois ooit een van de eerste Stuttgarters zou zijn met televisieontvangst in zijn eigen huis, maar niet voor de Olympische Spelen, die over ruim tien dagen zouden beginnen. 'Als het je lukt, breng ik champagne mee.' Hij grijnsde breed.

'Zet hem maar vast koud,' zei Alois. 'En u kunt ook komen, meneer Stern!'

'Met alle plezier. Dank u, meneer Eberle.'

Alois knikte goedmoedig. 'Dan kun je het de rest van de familie laten weten, Anton. Op 1 augustus gaan we zien hoe het olympisch vuur wordt ontstoken.'

'In elk geval zullen we ernaar lúísteren, Alois,' zei Anton.

'Het wordt een grandioos moment.' Isaak Stern klonk bijna eerbiedig. 'Stel je voor: de toorts is in Athene aangestoken en de atleten dragen hem nu door al die landen. En dan bereikt hij uiteindelijk zijn bestemming!'

'Inderdaad. Het zal een feest worden,' bevestigde Anton.

'De vlaggen van de deelnemende landen zijn al gehesen op de Hindenburgplatz.' Stern gebaarde vaag in noordelijke richting.

'En de olympische boom staat op de Marktplatz,' voegde Alois eraan toe. 'Maar toch vertrouw ik de vredelievende houding van de gezagsdragers niet helemaal,' zei hij relativerend.

Anton dacht aan de inscriptie op de olympische boom: VRIEND! ALS JE TERUGKOMT VAN DE OLYMPISCHE SPELEN, VERKONDIG DAN DAT DUITSLAND VREDE WIL.

Ook hij had zijn twijfel of die slogan wel oprecht was, maar het grote sportevenement wekte niet alleen bij hem de hoop dat de regering op een aantal punten tot bezinning zou komen. Stuttgart was alweer aan het veranderen. De borden die het kopen in Joodse winkels verboden, waren weggehaald en de herrieschoppers die dag en nacht marcheerden om de een of andere nieuwe doctrine te scanderen, waren tot bedaren gekomen. Misschien zouden de autoriteiten eindelijk tot bezinning komen en ophouden met het belasteren van onschuldige Joodse medeburgers en andere mensen die niet in hun zonderlinge voorgekookte wereldbeeld pasten.

'Ik weet wat er in je hoofd omgaat, Anton,' zei Alois. 'Denk maar niet dat ze ermee zullen ophouden. Als de Spelen voorbij zijn, gaat het door. Erger dan daarvoor.'

'Ach, Alois.' Anton haalde diep adem. Alois' onverbloemde profetie deed zijn eigen twijfels toenemen.

'Laten we eerst maar van de Spelen genieten,' stelde Alois nuchter voor, terwijl hij zijn handen in de zakken van zijn stofjas stak. 'Veel meer kunnen we niet doen. Alleen alert zijn.'

Anton knikte. 'Isaak gaat trouwens naar Amerika.'

'Sapperloot, meneer Stern! Vertrekt u uit Stuttgart?

'Inderdaad, meneer Eberle. Ik ben ongebonden en het zal me geen moeite kosten opnieuw te beginnen.'

'Hij zal de New Yorkse vestiging van de pianofabriek overnemen,' zei Anton. 'Het is daar in ieder geval veiliger voor hem dan hier, en ik zal dan een van mijn capabelste mensen daar hebben. We groeien zo snel dat we al moeten uitbreiden.'

'Je kunt het beste meteen zelf meegaan, Anton.' Alois Eberle klonk ernstig. 'Het wordt geen pretje als het hier ernst wordt.'

'Je bedoelt oorlog?'

'Ha, kijk maar! Vorig jaar kwam de Luchtbeschermingswet er. Ik heb er al over nagedacht over waar ik een schuilkelder zou kunnen bouwen. En er is ook al een verduisteringsoefening gehouden. Het is toch duidelijk waarom ze dat doen.'

'Ik voel me ook niet prettig bij al dat gedoe.' Anton keek naar het televisietoestel met het inmiddels uitgedoofde scherm. 'Misschien moet ik ook met Serafina en Emil naar Amerika emigreren en de fabriek in zijn geheel naar New York verhuizen.'

'Dat is helemaal niet zo'n slecht idee, Anton.' Alois krabde op zijn hoofd. 'Ik ben te oud om opnieuw te beginnen. Maar jullie...'

Isaak Stern wrong nerveus zijn handen, maar zei niets.

'Aan de andere kant kan ik Judith en Vicky niet alleen laten, Alois.' Anton keek zijn medewerker bemoedigend aan. 'Isaak zal het daar goed doen. En wij zullen afwachten en kijken hoe de dingen zich ontwikkelen. We hebben vast nog wel wat tijd om zo'n ingrijpend besluit te nemen. We moeten niets overhaasten.'

7

In de tuin van Villa Rothmann
Eind juli 1936, laat in de middag

Het boek op haar schoot kon Mathilda niet boeien. Ze had zich verheugd op het lezen van *Murder on the Orient Express* van Agatha Christie, dat ze kort voor haar vertrek naar Stuttgart had gekocht in een kleine, goed gesorteerde boekwinkel in Bonn. Ze hield van de Engelse taal en las dan ook graag de originele versie van de nieuwste romans, maar op deze avond gleden haar ogen langs de letters zonder de betekenis ervan te vatten. Misschien lag het aan de zware akkoorden van het machtige pianostuk dat al een tijd door het open raam van de muziekkamer klonk en haar aandacht trok.

Een tijdje probeerde ze zich nog te concentreren op de tekst. Toen het verhaal nog steeds onduidelijk bleef, legde ze berustend een felgele bladwijzer tussen de bladzijden en klapte het boek dicht.

Ze wist wat hij speelde.

De prelude in cis klein van Rachmaninov, zo mooi dat het pijn deed, doordrong de tere idylle van de goed onderhouden tuin met de bloeiende struiken en buxushagen. In elke noot hoorde Mathilda de last die op zijn schouders rustte sinds hij een paar dagen eerder bij toeval had ontdekt wie zijn biologische vader was. Ze vond het jammer dat het hem zo veel moeite kostte om erover te praten. Hij kon immers op zijn instrument uitdrukken wat hem bewoog. Indringend, aangrijpend.

Opeens stopte de muziek. Een harde knal deed Mathilda opspringen uit haar wit gelakte tuinstoel. Het boek gleed van haar schoot en bleef liggen in het gras naast haar knusse plekje onder de grote appelboom. De muziek was verstomd.

Een bezorgde ingeving volgend liep ze haastig naar de terrasdeur die de parkachtige tuin verbond met de zijvleugel van het landhuis. Daar, naast de bibliotheek en het kleine atelier, lag de muziekkamer.

Hij ontmoette haar al in de gang.

'Waar ga je naartoe?' vroeg Mathilda.

Hij negeerde niet alleen haar vraag, maar leek letterlijk door haar heen te kijken terwijl hij langs haar heen liep. De deur van de muziekkamer achter hem stond open, de snaren van de grote vleugel trilden nog na en getuigden van de kracht waarmee hij het deksel had dichtgeslagen.

'Martin!' Mathilda draaide zich om en wilde hem achternagaan.

Hij bleef even staan. Zijn blik gleed over haar gezicht. 'Laat me alsjeblieft met rust, Mathilda,' zei hij zacht maar kordaat.

Zijn scherpe toon stak haar, maar ze aarzelde maar een seconde. Toen volgde ze hem van een afstandje door de lange gang naar het voorste gedeelte van het huis en langs de keukens naar het verbouwde voormalige koetshuis, waar de auto's van de familie naast de oude koets stonden.

Hij leek niet te merken dat ze achter hem aan liep. Met lange passen bewoog hij zich over het kronkelige grindpad dat naar de bijgebouwen leidde. Net zo onbehouwen als hij eerder de klep van de vleugel had dichtgeslagen, rukte hij de groen geverfde dubbele deur naar de garage open en ging naar binnen.

Mathilda's ongerustheid groeide. Zijn gedrag was vreemd, hij leek bezeten door iets. Bezorgd volgde ze zijn magere, atletische gestalte in het halfduister, maar bleef staan in de schaduw van de deur. Hoe zou hij reageren als hij haar zag?

Nadat haar ogen aan het halfduister waren gewend, herkende ze de lege parkeerplaatsen van Judiths en Victoria's auto's. Geen van beiden was al uit Stuttgart teruggekeerd. Ook Theo was niet te bekennen, de chauffeur, die, ondanks zijn hoge leeftijd, op betrouwbare wijze het wagenpark van zijn werkgevers onderhield.

Intussen zette Martin koers naar een voertuig dat iets verder naar achteren in een nis stond. Voorzichtig verwijderde hij de enorme linnen doek waarmee het was afgedekt, en Mathilda herkende de groene cabriolet die Judith ooit van Victor cadeau had gekregen. Wanneer had die voor het laatst gereden?

Martin opende het portier aan de bestuurderskant, liet het openstaan en ging in de auto zitten. 'Stap in,' zei hij terloops, terwijl hij de meters en de versnellingspook bekeek.

Mathilda schrok.

'Martin...' Ze was verlegen met de situatie.

'Dacht je dat ik je niet had gezien?' Zijn toon was nu iets milder.

'Ik...' Ze schudde haar hoofd en liep naar de cabriolet. 'Waar ga je heen?'

Hij antwoordde niet. In plaats daarvan probeerde hij de motor te starten. Maar afgezien van een jankend geluid gebeurde er niets. 'Dat was te verwachten,' mompelde hij geërgerd. 'Ik kan me niet herinneren dat dit vehikel ook maar één keer meteen gestart is.' Hij stapte weer uit, liep om de cabriolet heen en draaide aan een zwengel, die tussen de koplampen zat. De auto startte direct. 'Zie je wel,' mompelde hij zachtjes en hij nam weer plaats achter het stuur.

'Ik... ga mee.' Voordat hij kon wegrijden, opende Mathilda snel het portier aan de passagierskant.

Hij knikte, wachtte tot ze was ingestapt en reed toen achterwaarts de garage uit. De cabriolet liep nu probleemloos. Theo had de wagen ongetwijfeld goed onderhouden.

Ze reden de oprijlaan af en door de poort de straat op, langs het station van de tandradbaan van Degerloch en sloegen ten slotte af naar de Alte Weinsteige. Vertrouwde wegen, zelfs na al die tijd dat Mathilda in Bonn had gewoond en maar zelden in Stuttgart was geweest.

De avondzon wierp haar betoverende licht op de heuvels en wijngaarden die de stad omringden. Halverwege de heuvels stonden hoofdzakelijk imposante villa's, die getuigden van de economische welvaart van vervlogen jaren. Tegelijk was het een van de panorama's die de Württembergse metropool uniek maakten.

De avond was heerlijk zacht en als Martin niet in somber stilzwijgen was verzonken, zou Mathilda met volle teugen van de rit hebben genoten. Maar op deze manier belastte de kloof die tussen hen lag haar.

'Hoelang blijf je in Stuttgart, Martin?' vroeg ze, in de hoop hem met een onschuldig onderwerp uit de tent te lokken.

'Zolang ik hier nodig ben.' Hij klonk nu rustiger, maar reed zo snel de steile weg af dat Mathilda nerveus haar vingers in de versleten leren zitting begroef.

'Heb je geen engagementen deze zomer?'

'Nee.'

'Je bent dit jaar al wel op pad geweest, nietwaar?'

'Ja. In Praag en Parijs.'

'Aha. Voor langere tijd?'

'Een paar weken per keer.'

Zijn afgemeten toon was vermoeiend, en Mathilda vroeg zich af waarom ze zich überhaupt met hem bezighield. De laatste jaren hadden ze maar weinig contact gehad, zo nu en dan had hij een kaartje gestuurd vanuit een of andere stad waar hij optrad. Altijd was zij het geweest die contact had gezocht, hij was terughoudend gebleven.

Ze keek hem heimelijk van opzij aan, de man tot wie zij zich aangetrokken had gevoeld sinds ze hem voor het eerst had ontmoet op de trappen van Villa Rothmann, toen zij twaalf was. Het profiel met de scherpe neus en de gewelfde lippen was haar net zo vertrouwd als de lachrimpeltjes rond zijn alerte blauwe ogen, de vooruitstekende kin, het kortgeknipte blonde haar dat krulde als hij het liet groeien. Zelfs op dit moment, nu zijn gezicht was versomberd door zorgen en innerlijke pijn, was er iets stralends, innemends aan hem dat haar fascineerde. Haar kinderlijke verliefdheid had allang plaatsgemaakt voor meer volwassen gevoelens: respect en genegenheid, en een onverklaarbaar diep vertrouwen.

Met een ingehouden zucht keek ze weer voor zich uit. Ze hadden het dal bereikt. Hoge herenhuizen met klassieke gevels flankeerden de Römerstrasse, die naar een groene heuvel voerde, de Karlshöhe, een markante verhevenheid midden in de stad. Het begon Mathilda te dagen waar Martin heen ging.

Hij reed nog steeds hard en haalde veel te krap een fietser in die een grote, volgeladen mand op zijn bagagedrager had vastgemaakt en vanwege deze last een slingerende koers volgde. Een voetganger die net de weg overstak, week niet alleen uit voor de fiets, maar ook voor de inhalende cabriolet.

Mathilda slaakte een zucht van verlichting toen ze de fietser en de voetganger ongedeerd achter hen hadden gelaten en op een kruispunt afstevenden.

Opeens doemde het silhouet van een auto op. 'Kijk uit!'

Haar kreet weerklonk nog in de lucht toen Martin uit alle macht op de rem trapte. De auto gleed opzij, slingerde over het kruispunt naar de Mörikestrasse en bleef met een luid tuffende motor dwars op de weg staan. Een achteropkomende motorrijder reed slippend langs hen heen, maar behield de controle en vervolgde zijn weg; maar de Maybach, die achteloos het kruispunt was opgereden, was al gevlucht.

'Verdomme!' Martin sloeg tegen het stuur.

'Rustig maar,' zei Mathilda zacht en ze legde haar hand op zijn onderarm.

Zijn hand sloot zich zo krampachtig om het stuur dat zijn knokkels wit zagen. Toen ademde hij uit, manoeuvreerde voor- en achteruit tot de auto weer in de rijrichting stond, en reed haastig verder.

Mathilda probeerde de schrik, die haar nog in de benen zat, van zich af te schudden en onderdrukte tegelijk een opmerking over zijn rijstijl.

Kort daarop sloegen ze de Humboldtstrasse in. Nu was er geen twijfel meer mogelijk over de bestemming van de rit.

De villa van de machinebouwer Ebinger lag een eindje de helling op. Toen ze dichterbij kwamen, viel Mathilda meteen de crèmekleurige Mercedes cabriolet op die ervoor op straat geparkeerd stond. 'Je moeder is hier,' merkte ze op.

'Daar lijkt het wel op,' zei hij gesmoord terwijl hij achter Judiths auto parkeerde. 'Ik vraag me alleen af waarom hij op straat staat en niet op de binnenplaats.'

'Misschien heeft ze haast.' Mathilda streek nerveus over de zachte jersey stof van haar blauw gebloemde zomerjurk. 'Ben je van plan daar naar binnen te gaan?'

'Natuurlijk.'

'Dat... dat zou ik niet doen.'

'Waarom niet? Ik heb recht op uitleg.'

'Ja, dat wel. Maar het is misschien beter om een rustiger moment uit te zoeken. Als je minder opgewonden bent.'

'Wanneer is het een geschikt moment voor zoiets?' Hij ging met zijn hand door zijn haar. 'En bovendien, toen ik meerderjarig werd, was het de hoogste tijd om me over mijn afkomst te informeren.'

'Ik weet zeker dat ze een goede reden hadden om dat niet te doen.'

'Die is er niet. Een kind laten opgroeien met het idee dat de man die in het huis woont zijn biologische vader is, hoewel dat een flagrante leugen is... dat is gewoon schandalig!'

'Victor is in elk opzicht een vader voor je geweest, Martin. Wie weet wat er zou zijn gebeurd als Max Ebinger het vaderschap had geaccepteerd en aanspraak op jou had gemaakt.'

'Het zou tenminste de waarheid zijn geweest.' Martin liet de motor draaien en staarde naar het dashboard.

Mathilda voelde dat hij aarzelde. De grimmige vastberadenheid waarmee hij hierheen was gereden had plaatsgemaakt voor een vage onzekerheid. Ze zag hoe zijn kaakspieren werkten. 'Laten we verder rijden,' zei ze rustig.

Hij reageerde niet. In plaats daarvan staarde hij naar de enorme poort waarachter zich het grote landgoed van de Ebingers bevond. 'Nu weet ik tenminste waarom ze op alle familiefeestjes zijn uitgenodigd. Mijn péétouders!'

'Het zijn je grootouders. Ik weet zeker dat het voor hen ook niet gemakkelijk was. Ze hebben verder geen kleinkinderen. Alleen jou!'

'Wie weet.' Hij lachte bitter.

Mathilda negeerde zijn suggestie. 'Ze wilden deel uitmaken van je leven. Zo niet als je grootouders, dan toch als je peetouders. Ze houden van je, daar ben ik zeker van. Anders zouden ze deze nabijheid niet gezocht hebben.'

'Dat is toch geen liefde. Dat is... ach, ik weet ook niet wat het is...'

'Martin,' onderbrak Mathilda hem zacht, maar vastbesloten. 'Wat dacht je ervan om een eindje verder te rijden en een wandeling te maken? Als je dan nog met ze wilt praten, kunnen we hier op de terugweg nog eens stoppen.'

Hij schudde zijn hoofd, maar zette tegelijk de auto in zijn achteruit, reed een paar meter terug en manoeuvreerde de Humboldtstrasse weer op. Vlak voor de haarspeldbocht, bij de ingang van de Karlshöhe, parkeerde hij de wagen en stapte uit.

'Je hebt gelijk,' zei hij, terwijl hij galant het portier voor haar opende. 'Ik kan misschien beter een luchtje scheppen.' Met een flauwe glimlach stak hij zijn hand naar haar uit.

Verrast door zijn plotselinge stemmingswisseling accepteerde Mathilda hem. Een lichte rilling ging door haar heen toen zijn vingers zich om de hare sloten. Hij hielp haar uit de auto en liep met haar een paar meter naar de stenen trap, waarvan de tweehonderd steile treden van de Humboldtstrasse naar de Karlshöhe voerden. *Stäffele* als deze waren net zo typerend voor Stuttgart als de wijngaarden op de met wijnranken bedekte hellingen, die eeuwenlang via dergelijke rustieke trappetjes bereikbaar waren geweest.

Nadat ze de eerste treden hadden beklommen, liet hij haar hand los en ging vooroplopen.

De weg naar boven was vermoeiend, zelfs voor Mathilda en Martin, die allebei graag aan sport deden. Dus beklommen ze de heuvel in stilte. Alleen hun ademhaling was hoorbaar en hun voetstappen op de met gras en wilde bloemen bedekte treden. Verrassend genoeg vond Mathilda de stilte tussen hen helemaal niet ongemakkelijk, zoals tijdens de autorit daarvoor, maar gaf die op een vreemde manier blijk van hun verbondenheid.

Op de top aangekomen zocht Mathilda een plek waar ze door het dichte struikgewas een glimp kon opvangen van de huizenzee van Stuttgart, die aan hun voeten lag. De eerste schaduwen van de avond vielen over de vallei, terwijl de zon strepen van heldergeel en zacht oranje boven de blauwe horizon schilderde. Het licht bleef nog even hangen op de omringende heuvels en vormde een krans rond het schilderachtige panorama.

Martin was een paar passen achter haar blijven staan.

Hij schraapte zijn keel. 'Verbazingwekkend!'

'Ja. Het uitzicht is prachtig.' Mathilda hield haar hand boven haar ogen, ze had golven in haar haar gemaakt en het losjes opgestoken in haar nek.

'Ik bedoel, het is verbazingwekkend dat ik de enige lijk te zijn die het niet wist,' vervolgde hij.

'O, bedoel je dat.' Mathilda draaide zich naar hem om. 'Er was maar een enkeling die het wist, Martin,' zei ze. 'Anders zou er in de loop der jaren wel iets uitgelekt zijn. Nee, integendeel. Ik denk dat het geheim goed bewaard is gebleven.'

Hij schudde zijn hoofd. Ze probeerde zijn gezicht te lezen. Hij leek ver weg met zijn gedachten.

'Martin...'

'Waarom, Mathilda?' bracht hij uit. 'Waarom?' Hij sloeg zijn handen voor zijn gezicht. 'Waarom kan Victor mijn vader niet zijn?'

Met een paar stappen was ze bij hem. 'Hij ís je vader.'

Martin snikte ingehouden. 'Je weet wat ik bedoel.'

Toen al zijn verdriet zich ontlaadde en hij hevig begon te trillen, sloeg ze voorzichtig haar armen om zijn middel. Hij wees haar niet af, integendeel. Dankbaar aanvaardde hij haar troost en drukte haar stevig tegen zich aan. Ze sloot haar ogen.

Zo stonden ze een tijdje bij elkaar, in wederzijds begrip. Ze hield hem vast, terwijl hij rouwde om zijn vader, die hij de afgelopen dagen twee keer had verloren.

Toen voelde ze hoe zijn handen over haar rug zwierven. Een plotseling verlangen overmeesterde haar, gevolgd door een bijna ongepast geluksgevoel. Toen hij met zijn lippen de kruin van haar hoofd aanraakte, ging er een rilling door haar heen. Onwillekeurig drukte ze zich tegen hem aan, elke vezel van haar lichaam reageerde op deze langverwachte nabijheid.

Ten slotte nam hij haar gezicht in zijn handen en keek er lange tijd naar. Er lag een ongelooflijke tederheid in zijn heldere ogen.

Er kwam een stortvloed van onderdrukte gevoelens vrij toen zijn mond eindelijk de hare raakte, eerst zoekend, toen vragend, ten slotte veroverend. Een licht briesje ruiste door de boomtoppen en het zachte geritsel van de bladeren vermengde zich met het avondconcert van de vogels tot een zomers liefdeslied, dat de natuur voor hen componeerde. En Mathilda had het gevoel dat de ten einde lopende dag de melodie verder droeg, over daken, akkers en bossen, meren en velden, ver over het land.

8

Voor Villa Ebinger
Een half uur later

Judith startte de auto. Josefine Ebinger had de grote poorten naar de oprijlaan van het landgoed laten openen, zodat ze gemakkelijk kon keren. Toen ze eindelijk de Humboldtstrasse afreed en de weg naar Degerloch insloeg, gloeide de hemel in tere gele en oranje tinten, die nog intenser waren geworden toen ze voor haar huis aankwam, dat Victor altijd de chocoladevilla had genoemd. Ook hier stonden de grote smeedijzeren hekken van de oprit al open, zodat ze rechtstreeks naar de garage kon rijden.

De parkeerplaats naast die van Judith was leeg. Victoria was nog niet thuis. Blijkbaar duurde het inventariseren van de fijne cacao heel wat langer dan gepland.

Judith stapte uit en merkte dat de groene cabriolet ook ontbrak. De afdekking lag slordig in een hoek. Misschien had Martin die van de auto gehaald om er een ritje mee te maken, hoewel hij de kap beslist zou hebben opgeruimd, wat dat betreft was hij niet nonchalant. Maar ook hij leek ongeconcentreerd en grillig sinds het gezinsleven in duizend stukjes uiteen was gevallen. Het zou tijd kosten om het weer, al was het dan provisorisch, in elkaar te zetten.

Judith zuchtte. De vraag waarom Victor moest sterven spookte haar dag en nacht door het hoofd, beroofde haar van haar slaap en liet haar ook overdag niet los. Victor, haar rots in de branding, haar minnaar, haar vertrouweling. De man die haar de helpende hand had geboden toen ze aan de rand van de afgrond stond. Hoe zou ze ooit nog echte vreugde kunnen voelen zonder zijn kracht, zijn humor, zijn visie?

Ze riep zichzelf tot de orde, probeerde de zwaarmoedige gedachten in toom te houden. Victor zou terecht verwachten dat ze sterk zou zijn. Vanwege hetgeen ze samen hadden gecreëerd, vanwege hun twee kinderen en allen aan wie zij verantwoording verschuldigd was.

Peinzend liep ze naar het huis. Dora had haar al zien aankomen en hield de deur voor haar open. 'Goedenavond, mevrouw Rheinberger.' Haar glimlach verwarmde Judiths hart. Ondanks al haar innerlijke pijn was ze niet alleen.

'Goedenavond, Dora. Wat fijn om zo liefdevol ontvangen te worden.'

Dora liet haar passeren en sloot de deur achter haar. 'U bent lang weggeweest.'

'Ik was bij de Ebingers.'

Dora nam de handtas van Judith. 'Hoe is het met meneer Ebinger?'

'Niet zo goed. De longen...'

'Ja, daar heeft hij al een hele poos last van.'

Judith knikte met een zucht terwijl ze haar handschoenen uittrok. 'Ach, Dora. Nu het zo slecht met hem gaat en omdat... Victor... niet langer...' Ze stokte en ging voor de grote spiegel in de hal staan, die werd geflankeerd door twee grote Chinese porseleinen vazen met ineengestrengelde drakenmotieven.

'Vanwege uw zoon?' vroeg Dora voorzichtig.

Judith knikte. 'Ze denken dat het tijd is om de waarheid te vertellen.' Ze trok de speld uit de kleine zwarte vilten hoed met de smalle rand die scheef op haar hoofd zat. In de spiegel zag ze de huishoudster schuin achter zich staan. Dora, die haar al die jaren terzijde had gestaan, ooit als dienstmeisje, en daarna, toen haar hele leven op zijn kop was gezet, ook als vertrouwenspersoon, ingewijde, raadgeefster. Dora had het drama van Martins geboorte van nabij meegemaakt en was, niet in de laatste plaats daarom, een van de constanten in Judiths leven. Net als Victor dat was geweest.

'Die vraag was toch altijd weer aan de orde, is het niet, mevrouw Rheinberger?'

'Maar om al die dingen nu weer op te rakelen...' Judith gaf Dora haar hoed en speld. 'We moeten toch eerst onze draai weer zien te vinden en kijken hoe alles verdergaat...'

'Ik wil u niet vertellen wat u moet doen, maar ik kan het echtpaar Ebinger wel begrijpen. Vooral nu het slechter gaat met meneer Ebinger.'

'Ik ook.' Judith haalde diep adem. 'Maar Martin zou geschokt zijn.'

Een luid gekletter deed de twee vrouwen opschrikken.

'Dat deed ik niet expres!' Het dienstmeisje hurkte op de vloer tussen de hal en de grote gang en raapte de scherven van een aarden kruik bij elkaar. 'Au!' Ze stak een vinger in haar mond, blijkbaar had ze zich gesneden.

'Tine!' zei Dora streng. 'Wat doe jij hier? Waar wilde je naartoe met die kruik? Je zou naar het dorp gaan om eieren en melk te halen!'

'De kruik stond hier zomaar. Ik weet niet wie hem heeft vergeten.' Tine kwam overeind en wikkelde een stukje van haar witte schort om haar gewonde duim. 'En we kunnen eieren en melk toch laten bezorgen. Daarvoor hoef ik toch niet helemaal naar het dorp!'

Judith voelde zich niet prettig. Wat had het dienstmeisje van hun gesprek opgevangen? Het laatste wat ze wilde was dat er geruchten in het dorp de ronde zouden doen. Ze vertrouwde Tine niet helemaal. De zeventienjarige kwam uit een gehucht in de Zwabische Alpen, woonde bij familie in Degerloch en sprak een nauwelijks verstaanbaar dialect. Judith zou dat nog over het hoofd hebben gezien, maar niet twee onhebbelijkheden die steeds duidelijker werden: Tine gaf haar ogen en oren goed de kost, en ze was nogal een kletstante. Het was Judith al lang duidelijk dat ze het met Dora over een nieuwe vacature voor een dienstmeisje moest hebben. Ze wierp haar huishoudster een bezorgde blik toe.

Dora begreep het meteen. 'Je gaat nu naar de keuken en laat Gerti je vinger verbinden,' beval ze de dienstmeid. 'Dan ruim je de scherven op en haal je alles wat je is opgedragen. Daarna poets je het zilverwerk. En voordat je naar huis gaat, wil ik nog met je praten.'

De schittering in Tines blik die van Dora naar haar zwierf, gaf Judith een ongemakkelijk gevoel. Ze slaakte een zucht van verlichting toen het dienstmeisje zich omdraaide en vertrok.

Ook Dora keek Tine na, tot ze naar de keukenvleugel was verdwenen. Judith knikte haar toe en ging haar voor naar de brede, gebogen trap die naar de bel-etage voerde en verder naar de slaapkamers op de eerste verdieping.

'Ik weet niet zeker wat ze heeft gehoord,' zei Dora zachtjes toen ze even later in Judiths suite stonden.

'We moeten aannemen dat ze iets heeft opgevangen, Dora. De vraag is of ze er iets mee kan. Ik denk het niet.'

'Misschien niet.' Dora zette haar hoed en handtas op het dressoir en schraapte haar keel. 'Mag ik heel eerlijk zijn, mevrouw Rheinberger?'

'Natuurlijk. Dat weet je.'

'Ik denk niet dat het goed is als Martin via geruchten te weten komt dat er iets is... hoe zal ik het zeggen... dat wordt verzwegen.'

Judith slikte. 'Nee... nee, dat zou niet goed zijn.'

'Het hoeft niet meteen al vandaag te zijn, mevrouw Rheinberger.'

Judith schudde haar hoofd en sloot even haar ogen. Uitgerekend nu, terwijl ze het toch al zo moeilijk had, rammelde het leven opeens aan dit verborgen hoofdstuk uit haar verleden. Het was niet alleen het incident met Tine. Het gesprek met Artur en Josefine Ebinger had Judith meer geraakt dan ze zichzelf wilde bekennen. Ze wilden hun kleinzoon eindelijk erkennen.

'Ik zal erover nadenken,' zei Judith uiteindelijk tegen Dora, die juist naar de kleedkamer ging om een jurk voor haar uit te zoeken voor het diner.

'Dat is goed,' zei Dora over haar schouder.

Terwijl die in de kamer ernaast bezig was, ontdeed Judith zich van haar kostuum. Ze hield haar ondergoed en haar kousen aan en ging op het brede tweepersoonsbed zitten.

Het werd haar allemaal te veel. De kwestie met Weber, die haar het bedrijf wilde afnemen. De eenzaamheid. En nu Martin nog...

'Zo, mevrouw Rheinberger.' Dora kwam terug met een kuitlange japon van zwarte wollen stof.

'We eten wat later vandaag,' zei Judith, toen ze zich in de eenvoudige jurk liet helpen. 'Vicky is nog niet thuis, en Martin schijnt ook op pad te zijn.'

'Dat klopt, mevrouw Rheinberger,' zei Dora. 'Hij is weggereden en heeft juffrouw Mathilda meegenomen. Ik was vergeten het u te vertellen.'

'Dat geeft niet. Het is goed dat die twee met elkaar overweg kunnen.' Judith keerde Dora haar rug toe, zodat die de lange rits kon sluiten. 'Ik trek me nog een half uurtje terug in de studeerkamer om te telefoneren. Kun jij er alsjeblieft voor zorgen dat het diner tegen negenen in de eetkamer wordt opgediend? Ik weet dat het erg laat is.'

'Het is dan ook een uitzonderlijke situatie, mevrouw Rheinberger. Ik zal het Gerti laten weten.'

Even later zat Judith achter Victors bureau en pakte de telefoonhoorn. De verbinding met München werd snel tot stand gebracht. 'Met Hélène Bachmayr.' Haar moeder was thuis.

'*Maman*? Wat leuk om je te horen!'

'Judith, mijn kind! Wat is er?'

Er viel een bezorgde stilte. 'Niets bijzonders, maman. We slaan ons er wel doorheen.'

'Ik denk veel aan je, Judith. Het speet me zo dat we meteen na de begrafenis terug moesten, vanwege de winkel.'

'Ja, dat was jammer. Karl en Elise konden ook niet blijven. Daarom wil ik graag dat de familie weer bij elkaar komt. Er zijn een paar dingen die we moeten bespreken.'

'Zit je in de problemen?'

'Nee, nee. Maak je geen zorgen. Maar de nieuwe situatie raakt ons toch allemaal.'

'We wilden sowieso weer naar Degerloch komen, Judith. Heb je al een datum in gedachten?'

'Wat dacht je van 23 augustus? Dat is een zondag. Karl heeft al toegezegd.'

'Momentje, ik kijk even in onze agenda.'

Judith hoorde geritsel. Toen vroeg haar moeder haar man Georg zacht naar zijn plannen voor de komende tijd.

'Judith?'

'Ik ben er nog.'

'Nou, Georg heeft aanstaande zaterdag wel een theatervoorstelling, in het Sommertheater, maar hij heeft toch al niet veel zin om te gaan. Als je het goedvindt, komen we de vrijdag ervoor.'

'Dat komt heel goed uit, maman. Eerlijk gezegd zou het leuk zijn om je hier te hebben. Hoelang kunnen jullie blijven?'

'Ik blijf zolang je me nodig hebt, Judith, alleen moet Georg zondag terug naar München. De onderhandelingen over de verkoop van onze boekhandel lopen ten einde, dus hij kan niet lang wegblijven.'

Judith voelde zich meteen beter. Ze had een hechte band met haar moeder, ook al was hun relatie niet altijd even gemakkelijk geweest. Hélène had haar familie ruim dertig jaar eerder verlaten om een nieuw leven te beginnen aan het Gardameer en Judith en haar tweelingbroertjes in Degerloch achtergelaten. Inmiddels waren de wonden geheeld, al waren er vele jaren en nog meer gesprekken voor nodig geweest voordat Judith had beseft dat een geestelijke stoornis haar moeder geen andere keus had gelaten. Gevangen in een ongelukkig huwelijk met een opvliegende en dominante echtgenoot, had Hélène door die vlucht geprobeerd zichzelf te redden, zelfs als dat betekende dat ze haar kinderen niet terug zou zien. Judith had haar allang vergeven.

'Ik kijk ernaar uit, maman. Dank je! En neem je schildersezel mee!'

'Maar natuurlijk! Ik zonder mijn verf, dat is als een jaar zonder zomer.'

Judith dacht dat ze Hélènes fijne glimlach kon voelen aan de andere kant van de lijn. 'Vicky zal zeker van de gelegenheid gebruikmaken om een paar schilderlessen bij je te nemen, maman.'

'Heel goed! Je zult zien, Judith, we zullen ons best doen om er een mooie tijd van te maken. Het zal tijd kosten om de wonden te helen, maar geloof me, uiteindelijk zal het beter gaan.'

'Ik... hoop het.'

'Ik laat je weten hoe laat we volgende week aankomen.'

'Ja, dat is prima. Doe de groeten aan Georg en nog een fijne avond voor jullie!'

'Ik zal het met plezier doorgeven. Geef Vicky en Martin een knuffel van me. Tot gauw!'

Judith hing op en liep naar een klein tafeltje waar Victor altijd een uitgelezen selectie wijn en sterkedrank klaar had staan. Geconcentreerd schonk ze zichzelf een armagnac uit 1930 in.

Met het glas in de hand liep ze naar het raam en keek naar de tuin. De zon was nog niet onder. Het zachte avondlicht scheen uitnodigend over het speelse terrein met zijn kronkelige grindpaden, beekjes, knap geënsceneerde standbeelden en natuurlijk vormgegeven bloemperken. Misschien zou ze later nog een wandelingetje maken.

De armagnac brandde in haar keel. Ze dronk zelden brandewijn of jenever, en na de eerste slokjes werd het loodzware verdriet in haar binnenste een beetje minder. Ze besloot de documenten over de aandelen en de eigendomsrechten van de chocoladefabriek nog eens goed te bekijken. Als Weber de komende dagen terugkwam, wilde ze voorbereid zijn.

De dossiers lagen in de brandkast in de werkkamer. Judith zette het glas neer op het bureau, haalde de documenten uit de kluis en ging op de met lichtbruin leer beklede bureaustoel zitten. Martin had er al een deel van doorgekeken, maar ze wist niet hoe ver hij was gekomen. Ze verdiepte zich in de papieren.

Het was allemaal zoals ze contractueel waren overeengekomen. Tachtig procent van Victors aandelen zou in geval van zijn overlijden op Judith overgaan. Tien procent ging respectievelijk naar Victoria en Martin, en Judith zou Victoria's aandelen beheren tot die meerderjarig werd. Als ze na haar eenentwintigste verjaardag in januari in de directie zou worden opgenomen, moesten de aandelen van Victoria opnieuw worden gewaardeerd. Judiths broer Karl Rothmann was voor twintig procent partner in het bedrijf, maar bekleedde geen positie in de directie en speelde met de gedachte zijn aandelen aan Judith te verkopen. Anton had zijn erfdeel al meer dan vijfentwintig jaar geleden aan Judith en Victor overgedragen, toen hij kapitaal nodig had om zijn pianofabriek te beginnen. De facto had zij dus tweeënzeventig procent van het bedrijf in handen en was ze momenteel de enige directeur.

Ze legde de documenten opzij en dronk het glas armagnac leeg. Toen liep ze nog een keer naar de kluis. Er was één dringende zaak waarover ze in de chocoladefabriek geen documenten had kunnen vinden: er bestond een soort participatie in een Amerikaanse snoepfabriek in New York. Victor had haar over de overeenkomst verteld, maar Judith had haar handen vol gehad aan haar eigen taken in de chocoladefabriek, dus had ze er verder geen aandacht aan besteed.

Nu was Victors Amerikaanse zakenpartner op weg naar Stuttgart. Hij was waarschijnlijk een kleinzoon van de oprichter van het bedrijf, en leek erop gebrand opnieuw te onderhandelen over de samenwerking. Met een telegram had hij aangekondigd dat hij haar 5 augustus zou bezoeken. Voor die dag moest ze volledig op de hoogte zijn.

Aandachtig doorzocht ze de inhoud van de kluis van gelakt wortelhout. Victor had zijn documenten altijd keurig geordend en geëtiketteerd: familiekwesties, de erfenisaangelegenheden van hun beider vaders, verzekeringspapieren, bankdocumenten, aandelen en effecten. Daar zocht ze het eerst, maar zonder succes. Ten slotte vond ze onderin, op de met groen vilt beklede bodem van het vak, een zwarte map: *SweetCandy Ltd. / Robert Miller,* USA. Dat was het.

Ze slaakte een zucht van verlichting, liep terug naar het bureau en begon het dossier door te nemen. Een kwartier later pakte ze de telefoon weer en belde haar broer Anton.

9

Chocoladefabriek Rothmann
Rond dezelfde tijd

Het bijzondere was de geur. Die vulde de kamer met een heel eigen, delicate zoetheid en oefende een bijna onweerstaanbare aantrekkingskracht uit. Wie de stille lokroep volgde, bereikte de bron van het kostelijke aroma, een glanzende waterval van vloeibare chocolade, die loom over allerlei cascades naar een halfrond bekken van zachtgroen email gleed. De exquise stroom werd omgeven door een landschap van kunstmatige cacaobomen, varens en bloeiende exotische planten. De boeg van een zeilend koopvaardijschip rees op uit het groen, een open zak met cacaobonen stond ernaast, de afdruk op de sisal verried de Zuid-Amerikaanse herkomst. Een grote zonneschijf, die duidelijk zichtbaar tegen de romp van het schip leunde, was een herinnering aan de Maya's en Azteken, bij wie cacao ooit diep in hun cultuur verankerd was. De gouden verf van de replica bladderde hier en daar af, zonder het effect van het symbool te verminderen.

Op een oud rumvat stond een aardewerken schaal met zomerfruit. Victoria had haast, maar kon het niet laten een van de felrode aardbeien te pakken, die in de warme chocola te dopen en, zodra de gesmolten couverture enigszins gestold was, smakelijk op te peuzelen. Sinds de chocoladewaterval zeven jaar geleden voor het eerst over de verwarmde marmeren stenen had gestroomd, was dit een ritueel dat zij altijd uitvoerde als ze de Chocoladewereld bezocht.

'Nu is mijn ijsje gevallen!' krijste op dat moment een hoge meisjesstem.

Victoria keek in de richting van het ijskraampje dat de Chocoladewereld aan de straatkant domineerde. Twee meisjes stonden met hun ijswafels voor de lange toonbank, waar je kon kiezen uit allerlei soorten bevroren lekkernijen. De wafel van het kleine meisje was leeg, een restje chocolade-ijs droop op de grond en voegde zich bij het hoopje noga-ijs dat daar al lag.

Het langere meisje likte aan haar aardbeienijs. 'Ach, Charlotte,' zei ze meevoelend. 'Je stond ook zo met je wafel te zwaaien!'

De mondhoeken van de jongste gingen omlaag. 'Wat moet ik nou doen?' vroeg ze huilerig.

'Kom maar, Charlotte,' zei Trude Schätzle, de verkoopster achter de toonbank. 'Ik doe nog een keer ijs op je wafel.'

'Maar ik heb geen geld meer.'

'Je krijgt het gratis.' Rustig vulde Trude Schätzle de wafel weer.

'Dank u wel.' Charlotte maakte braaf een knicks en likte gelukzalig het ijs van haar wafel.

Terwijl de twee de Chocoladewereld vlijtig likkend verlieten, liep Victoria langs de twee glazen vitrines met cacaobonen uit verschillende landen. Bij elke variëteit stond een korte beschrijving van de herkomst en de smaak. Op een groter paneel werden aan de hand van kleurrijke illustraties de afzonderlijke stappen van de verwerking beschreven, van de oogst tot de verzending naar Europa. De wereldkaart, waarop de belangrijkste teeltgebieden in Zuid-Amerika en Afrika waren aangegeven, wekte Victoria's reislust op. Onwillekeurig zuchtte ze. Op een dag zou ze gaan reizen, exotische landen verkennen, de wereld met haar eigen ogen zien. Haar tijd in Frankrijk had haar doen beseffen wat het betekent om je oogkleppen af te zetten en je open te stellen voor heel nieuwe mensen en ervaringen. Stuttgart, dat wist ze nu al, zou op den duur te benauwend voor haar worden.

'Goedenavond, juffrouw Rheinberger!' Trude Schätzle, die jarenlang in de chocoladewinkel van de Rothmanns had gewerkt, kwam achter de toonbank vandaan. 'Ik had helemaal niet gemerkt dat u er was.'

'U had het ook druk,' zei Victoria glimlachend.

'O, de twee meisjes. Die komen bijna elke dag langs,' zei de verkoopster. 'Zelfs als ze zich niet altijd een ijsje of zoetigheid kunnen veroorloven.'

'Ik zou ook steeds langskomen als ik nog een kind zou zijn,' gaf Victoria toe. 'De verleiding is gewoon te groot.'

'U kwám hier als kind ook steeds om te snoepen!' De winkelbediende gaf haar een wetende knipoog.

Victoria glimlachte fijntjes. Toen wees ze naar een ronde verkooptafel waar de nieuwe producten van de chocoladefabriek uitgestald lagen. 'Mag ik u iets laten zien, mevrouw Schätzle?'

'Ja, graag!'

Ze gingen naar de tafel. Victoria legde een notitieboekje neer dat ze van kantoor had meegebracht en onder haar arm had geklemd, haalde toen een papieren zak uit haar handtas en legde die bij de fraai gerangschikte chocoladeproducten.

'Wat is dat?' vroeg Trude Schätzle.

'Pak maar uit!'

Nieuwsgierig nam de verkoopster een paar pralines uit de onopvallende verpakking. Toen keek ze Victoria vragend aan. 'Ze zien er heel gewoon uit.'

'Maar ze zijn geraffineerd en heel apart. Lavendelpralines.'

'Hebt u die uit Frankrijk meegebracht?'

Victoria knikte. 'Ik zou ze graag aan het assortiment toevoegen, maar mijn moeder is bang dat de Stuttgarters ze niet lekker zullen vinden.'

'Mag ik er eentje proberen?' vroeg Trude Schätzle.

'Natuurlijk. Ga uw gang!'

De verkoopster pakte een van de lichtbruine halve bolletjes en beet er voorzichtig in.

Victoria lette op haar reactie. Zij wist precies hoe de smaak van de bonbon zich ontwikkelde, hoe de volle smaak van de melkchocolade plaatsmaakte voor een subtiele zweem van lavendel, voordat de twee samen een harmonieus geheel vormden.

Trude Schätzle nam de tijd. 'Dit is... heel delicaat,' zei ze toen. 'Echt, ik heb nog nooit zoiets geproefd.'

'Is het niet?'

'Ik denk dat het goed zou verkopen. De mensen verwachten toch altijd iets nieuws.' Ze stopte de rest van de praline in haar mond. 'Mmm. Heerlijk. En u kennende, juffrouw Rheinberger, zult u uw moeder snel overtuigd hebben.'

Victoria glimlachte tevreden.

'Hebt u een momentje, juffrouw Rheinberger?' Trude Schätzle ging met haar vingers over haar witte schort. 'Ik herinner me net dat ik iets heb wat ik u beslist wil laten zien.'

Zonder op Victoria's antwoord te wachten verdween ze door een nauwe doorgang naar de achterkamer van de Chocoladewereld. Daar konden de werknemers hun jassen en tassen opbergen en zich tijdens de rustpauze terugtrekken.

Toen ze terugkwam, hield ze een reep chocola in haar hand. De wikkel was opvallend: lichtgeel met een rood opschrift.

'Hier. Mijn zus heeft dit uit Zwitserland voor me meegebracht toen ze laatst bij ons was. Het is witte chocola.'

'Witte chocolade?' Victoria pakte de reep aan. 'Aha, interessant... van Nestlé.'

'Precies. Mijn zus woont vlak bij Cham in Zwitserland.'

'U had me daar al eens over verteld.'

'Proef het alstublieft, juffrouw Rheinberger!'

De verpakking knisperde zachtjes toen Victoria haar opende. Er kwam een chocoladereep met een melkachtig witte kleur tevoorschijn. Victoria brak een klein hoekje af en proefde. 'Mmm.'

'Goed?'

'Ja. Het smaakt weliswaar niet naar chocola, maar is heerlijk romig en smeuïg.'

Trude Schätzle keek tevreden.

'Heeft uw zus gezegd hoe deze chocolade wordt gemaakt?' wilde Victoria weten.

'Nee. Maar ik ben ervan overtuigd dat u daar snel achter zult komen, juffrouw Rheinberger.'

Victoria sloeg zorgvuldig de wikkel weer om de reep. 'Mag ik deze meenemen, mevrouw Schätzle? Ik wil er ook voor betalen.'

'Natuurlijk mag u dat. En ik accepteer geen betaling.'

'Neemt u dan de rest van de lavendelpralines mee naar huis.'

'Nu is het mijn beurt om u te bedanken.' Opeens viel de verkoopster stil. Toen zuchtte ze diep. 'Wat fijn dat u weer thuis bent, juffrouw Rheinberger. Sinds uw vader –'

'Het is al goed, mevrouw Schätzle,' onderbrak Victoria, die onmiddellijk een brok in haar keel kreeg. 'Natuurlijk ben ik naar huis gekomen. Dat spreekt vanzelf.'

'U blijft in Stuttgart, is het niet, juffrouw Rheinberger?'

'Ja, ik blijf hier.'

'Ik dacht net... uw vader was er zo trots op dat u in Frankrijk studeerde. "Als mijn Vicky terugkomt," zei hij altijd, "dan zal ze de hele fabriek met haar ideeën omgooien."'

Victoria slikte. Het was nog steeds onvoorstelbaar dat haar vader haar nooit meer in zijn armen zou houden.

'Ik moet weer verder, mevrouw Schätzle.'

'En ik sluit de winkel.' De verkoopster keek naar de klok. 'Het is al na zevenen.'

'Dan zal ik voortmaken. Maar ik moet nog een paar dingen inventariseren in het oude zwembad.'

'Ach, het zwembad.' Trude Schätzle keek weemoedig. 'Dat waren nog eens tijden, toen we daar konden gaan zwemmen.'

'Het is pas een jaar of drie dicht,' zei Victoria. 'Ik weet nog hoe moeilijk mijn vader en moeder het vonden om dat besluit te nemen.'

'Dat wisten we allemaal. Toch vonden we het vreselijk jammer.'

'Het was een capitulatie voor de realiteit. Op de lange duur was het onderhoud gewoon te duur.'

'Maar toch hebben we er een paar jaar van kunnen genieten. Andere fabrikanten zouden zoiets nooit hebben opgezet.'

'Mijn ouders wilden daarmee de geest van het nieuwe fabriekspand uitdrukken. Nadat de oude gebouwen waren afgebrand en ze alles sowieso opnieuw moesten bouwen.'

'Wat ze gelukt is… maar als ik bedenk dat u en uw vriendin toen bijna in de vlammen zijn omgekomen…'

'Zonder Anton…' Victoria schudde haar hoofd. 'Hij heeft ons gered.' De beelden van de rampzalige nacht in 1926 achtervolgden haar nog steeds in haar dromen. 'Het is beter dat we er niet meer aan denken.'

'Ja, juffrouw Rheinberger. Het is allemaal goed afgelopen en dat is het voornaamste.'

'Dat klopt.' Victoria pakte haar notitieboekje van de tafel en draaide zich om. 'Fijne avond nog, mevrouw Schätzle! En wel thuis.'

Een merkwaardig gevoel bekroop Victoria toen ze het oude zwembad binnenkwam. Ze probeerde het te onderdrukken. De herinneringen aan de vreselijke brand hadden haar ongetwijfeld aangegrepen. Maar wat kon er hier nou helemaal gebeuren, in de enorme ruimte die nu gebruikt werd om de beste soorten cacao op te slaan? Behalve zijzelf, haar moeder en de productiechef had niemand toegang.

Die ochtend hadden ze samen besloten de huidige voorraden te controleren, omdat de leveringen van hoogwaardige cacaobonen de laatste maanden hadden gehaperd. Duitsland had de invoer verminderd, naar zeggen om onafhankelijk te worden van buitenlandse leveringen. Voor cacaobonen bestonden echter geen alternatieven naast de invoer uit Zuid-Amerika, Azië of Afrika. Vooral de hoogwaardige Zuid-Amerikaanse variëteiten waren onmisbaar voor de geraffineerde smaak van Rothmann-chocolade. Daarom moesten zij nog preciezer plannen en de bevoorrading opnieuw berekenen. Victoria had zich bereid verklaard die taak op zich te nemen.

Voorzichtig sloot ze de zware ijzeren deur achter zich. De lucht was relatief warm en droog en doordrongen van het aroma van de opgeslagen cacaobonen. Door de smalle dakramen drong niet veel van de avondzon naar binnen, met een hinderlijk schemerdonker tot gevolg. Victoria deed het licht aan en liet haar ogen door de hal dwalen.

Zowel in het voormalige zwembad als langs de wit betegelde muren lagen sisal zakken met cacaobonen van uiteenlopende herkomst opgestapeld. De afzonderlijke variëteiten waren van elkaar gescheiden door middel van houten panelen en gemarkeerd met borden, zodat je alles meteen kon vinden.

Victoria opende haar notitieboekje en haalde een kort potlood uit de zak van het jasje van haar donkerblauwe kostuum. Toen liep zij de vier treden naar het voormalige zwembad af en begon met haar werk.

De Arriba-cacao uit Ecuador was een van de hoogwaardigste soorten. Victoria opende een zak en liet de lichtbruine, ronde bonen door haar vingers glijden. Waren de bonen gelijkmatig, hadden ze de juiste vorm en kleur? Had de cacaomot zich erin genesteld of had er zich schimmel gevormd? Omdat de kwaliteit van de hier opgeslagen bonen al gecontroleerd was, zag Victoria ervan af om een paar bonen door te snijden om de pitten te inspecteren. Ze wist dat die van de Arriba donkerbruin waren en een enigszins violette glans hadden, al naar gelang de lichtinval. En hoe donkerder de pit, hoe beter de kwaliteit van de cacao.

Langzaam liet ze de bonen weer in de zak van honderd kilo glijden en telde de zakken. Twintig waren het er, honderd kilo per stuk… daar zouden ze niet ver mee komen.

Ze ging verder met de variëteiten uit Venezuela: Chuao, Maracaibo, Puerto Cabello en Caracas. Die behoorden alle tot de duurste cacaosoorten ter wereld en hier waren de voorraden geslonken tot een of twee zakken van honderd kilo. Morgenochtend zou ze meteen naar Hamburg bellen om de bestellingen, die ze al weken eerder had geplaatst, op te eisen.

Zo werkte ze zich door de voorraden heen, keek keer op keer in de zakken, noteerde bijzonderheden. Ze was zo geconcentreerd dat ze niet merkte hoe laat het inmiddels was. Pas toen ze een zacht geritsel hoorde, keek ze op.

Onmiddellijk stonden haar zintuigen op scherp. Zouden zich hier muizen of, erger nog, ratten hebben genesteld? Ze luisterde een tijdje, maar alles bleef stil. Hoofdschuddend hervatte Victoria haar werk. Misschien was het de tocht, want de voorraadkamers werden altijd goed geventileerd door middel van een speciaal buizenstelsel met filters.

Ongeveer een kwartier later was Victoria klaar met de inventarisatie en liep naar de deur.

Toen zag ze de schaduw. Niet van een knaagdier, maar van een mens. De schaduw gleed over de muur en verdween in een hoek van de ruimte.

Victoria's adem stokte. Er was nu beslist niemand meer in de opslagplaats die haar te hulp kon komen als haar iets overkwam. En de nachtploeg van de productie zou haar niet horen, daarvoor maakten de machines te veel lawaai. Alleen als er nog cacaobonen nodig waren, zou hier een werknemer naartoe komen. Maar omdat de dagelijks benodigde voorraad cacaobonen altijd in een aparte ruimte werd bewaard om van daaruit via transportbanden rechtstreeks naar de plaats van verwerking te worden vervoerd, was dat hoogst onwaarschijnlijk. Zelfs haar moeder was vandaag al het pand uit.

Victoria bewoog zich langzaam naar de ijzeren deur, hopend dat haar zintuigen haar parten speelden. Intussen omklemde ze haar notitieboekje, klaar om toe te slaan als iemand haar aanviel.

Opeens hoorde ze hoesten. Een laag, rochelend geluid. Iemand kreunde.

Het zweet brak Victoria uit, maar ze bleef toch staan. Dit was niet het geluid van iemand die een overval of diefstal beraamde. Wie het ook was die zich verstopte in het oude zwembad, hij verkeerde in nood.

Langzaam legde Victoria het notitieboekje neer. 'Is daar iemand?'

Geen antwoord.

Haar ogen zwierven over de lichte muren, gleden langs de stapels cacaozakken.

Opnieuw dat hoesten, reutelend, hijgend.

'Waar bent u?' Voorzichtig begon Victoria de ruimte af te speuren. Zware ademhalingsgeluiden wezen haar uiteindelijk de weg naar een nis waar de steekkarren stonden die gebruikt werden om de cacaozakken te vervoeren.

'Nee!' De mannenstem klonk zwak en broos. 'Ik ben... morgen weg.'

'En wie bent u?' Victoria gluurde naar de donkere hoek. 'Ik wil u helpen.'

'Nee, niet...'

En toen zag ze hem. Hij had zich in een hoek gedrukt, alsof hij wilde opgaan in zijn omgeving. De blik waarmee hij haar tegemoet trad was onzeker en vol angst. Hij was bleek en uitgemergeld en trilde over zijn hele lichaam. Zijn haar was afgeschoren geweest en groeide onregelmatig terug, zijn hoofdhuid zat vol wonden.

'U hebt een dokter nodig!' riep ze geschrokken.

'Nee...' fluisterde hij. 'Ze mogen me niet vinden.'

Hoe langer Victoria naar de gehurkt zittende man keek, des te sterker werd het gevoel dat ze hem kende. 'Wat er ook is gebeurd, ik zal u helpen. Maar daarvoor moet ik weten wie u bent.'

Hij zweeg.

'Alstublieft,' drong Victoria aan.

Uiteindelijk, met een wanhopig gebaar, ging hij met zijn hand over zijn ogen.

'Ik ben...' Hij hoestte. 'Ik ben Robert Fetzer. Mathilda's vader.'

10

Een uur later in de keukenvleugel van de Rothmann-villa

'Juffrouw Rheinber–!'

'Sst, Gerti. Niet zo luid.'

'Maar juffrouw Rheinberger,' zei de kokkin nu fluisterend. 'Waarom sluipt u hier naar binnen door de achteringang?'

'Ik leg het zo uit.' Victoria keek rond in de keuken, maar kon geen spoor van de andere bedienden ontdekken. 'Wie is er nog meer in huis?'

'Theo is boodschappen doen. Tine dekt de tafel in de eetkamer. Dora is bij haar. Uw moeder is in de studeerkamer.'

'Is mijn broer daar ook?'

'Nee. Hij is weggereden.'

'Dat is niet best,' zei Victoria. 'Gerti... Ik heb een probleem.'

'U? Lieve hemel!'

'Sst.' Victoria legde haar wijsvinger tegen haar lippen omdat de kokkin in haar opwinding weer harder was gaan praten. 'Ik moet iemand naar Theo's kamer brengen.'

'Pardon?'

'Ik heb... Robert meegenomen.'

'Wie?'

'Robert. U weet wel, Mathilda's vader.'

'De róóie Robert?' Ongeloof en afschuw stonden op het gezicht van de kokkin geschreven. 'Ik dacht dat ze hem hadden opgesloten omdat hij communist was.'

'Ik zal u alles vertellen, maar eerst moet u me helpen.'

De kokkin schudde heftig haar hoofd, maar zei toen: 'Goed, ik zal ervoor zorgen dat niemand erachter komt. Hoelang hebt u nodig?'

‘Tien minuten. Nee… eerder vijftien,’ fluisterde Victoria en ze liep meteen terug naar haar auto, die ze in de garage had gezet.

‘Kom,’ zei ze zacht tegen Robert Fetzer, die op de achterbank lag. ‘Ik breng u naar Theo’s kamer. Dan kunnen we bespreken hoe het verdergaat.’

Robert Fetzer kwam moeizaam overeind. Hij keek glazig uit zijn ogen.

Victoria stak haar hand naar hem uit, maar in plaats van hem aan te nemen, leunde hij hijgend op zijn onderarmen. Toen verzamelde hij zijn laatste krachten en manoeuvreerde zichzelf de auto uit.

Gebukt volgde hij Victoria over het grindpad naar de ingang voor leveranciers, vervolgens door de keuken via de gang van de keukenvleugel naar Theo’s kamer, die daar al tientallen jaren woonde.

Met een lichte zucht sloot Victoria voorzichtig de deur en leunde ertegenaan. ‘Godzijdank.’

‘Ik moet… u waarschijnlijk dankbaar zijn, juffrouw Rheinberger.’ Robert Fetzer onderdrukte een hoestbui.

‘Dat zou op zijn plaats zijn.’ Ze haalde diep adem. ‘Ik moet u dringend verzoeken om heel stil te zijn totdat we een oplossing hebben gevonden over hoe het verder moet met u. Er is een nieuw dienstmeisje in huis, Tine. We weten niet precies aan wiens kant ze staat. In elk geval is het beter dat ze niet weet dat u hier bent.’

Robert knikte en wees met trillende hand naar een smalle houten stoel die in een hoek van de eenvoudige maar huiselijk ingerichte kamer stond. ‘Mag ik…?’

Victoria zag dat hij weer in elkaar zakte, zette zich snel af van de deur en pakte hem bij zijn bovenarm. Ze wees naar Theo’s bed. ‘Gaat u toch liggen.’

Robert Fetzer schudde zijn hoofd.

‘Stelt u zich niet zo aan. Niemand heeft er wat aan als u met een klap van uw stoel valt.’

Robert Fetzer kneep zijn ogen tot spleetjes. Het was duidelijk dat het hem niet beviel om door haar te worden geïnstrueerd, maar zijn toestand liet hem geen keus. Nog één keer verzamelde hij al zijn krachten, schudde haar hand af, sleepte zich naar Theo’s bed en ging uitgeput liggen.

‘Goed.’ Victoria draaide zich om. ‘Ik laat u nu alleen. Straks brengt Gerti u iets te eten. En dan zien we wel hoe het verdergaat.’

Robert had het koud. Keer op keer voer er een rilling door hem heen. Hij probeerde te slapen, maar vond geen rust. Dus luisterde hij naar de geluiden in huis, die hem vreemd vertrouwd voorkwamen, geluiden uit lang vervlogen tijden. Hoelang was het geleden dat hij hier als loopjongen had gewerkt? Het moesten meer dan dertig jaar zijn geweest.

Hij legde een hand op zijn voorhoofd en sloot zijn ogen.

De mensen hier in vertrouwen nemen was krankzinnig. Wie wist aan welke kant ze stonden. Als het om hun eigenbelang ging, waren ze allemaal hetzelfde, die kapitalisten. Maar in Stuttgart, nee, in het hele land, was nauwelijks een veilige schuilplaats te vinden. Iemand zoals hij viel op, getekend door de jaren in het kamp en in de gevangenis. Het was een wonder dat hij had kunnen ontsnappen, samen met die dr. Ackermann, de krantenman, met wie ze hem van de gevangenis van Welzheim naar Dachau hadden willen overbrengen. Op de buitenweg was het transport tot staan gebracht, er was commotie ontstaan, toen werd Ackermann uit de auto getrokken. Robert was hem achterna gestrompeld en had gewoon gerend. Weg, alleen maar weg. Pas in een bos was hij gestopt, met bonkend hart en pijnlijke longen, en had angstig geluisterd of iemand hem was gevolgd.

Maar niemand was hem achternagegaan. Hij was alleen. En vrij.

Wie er ook achter die overval had gezeten, Ackermanns helpers of iemand anders... hij zou er wel nooit achter komen.

Vrij!

De volle omvang van dat besef drong toen maar geleidelijk tot hem door, onderweg, toen hij zich met zijn vermoeide benen naar het noordwesten had gesleept. De zon was zijn kompas geweest, honger en dorst zijn kwade metgezellen. Het had lang geduurd voordat hij zeker wist waar hij zich geografisch bevond. Ulm was niet ver, wat hem hoop had gegeven dat hij de hele weg naar huis kon lopen. Wat volgde was een eindeloze martelgang. Hij had zijn zwakke gestel vervloekt en het nog steeds aanwezige beven uit de tijd van de Grote Oorlog. Er waren dagen dat hij nauwelijks een kilometer haalde.

Nu en dan kwam hij langs boerderijen waarvan de bewoners, hoewel zwijgzaam en afwijzend, toch meestal een stuk brood of een beker melk voor hem hadden achtergelaten. Hij had de nachten op de bosgrond doorgebracht, en waagde zich af en toe op een hooizolder als clandestiene gast. Hij had geluk dat het zomer was, en warm. In de winter zou hij de tocht niet hebben overleefd.

Robert draaide zijn hoofd om en deed zijn ogen open. Het was inmiddels donker geworden. Hij moest toch ingedommeld zijn.

Het kussen onder zijn kale schedel voelde zacht aan. Na al die jaren in de kampen Heuberg en Kuhberg, en uiteindelijk in de gevangenis van Welzheim, wist hij niet meer hoe het was om in een echt bed te liggen, in plaats van op een harde brits.

Hij stond op het punt zijn ogen weer te sluiten toen hij opeens voetstappen in de gang hoorde. Gealarmeerd ging hij rechtop zitten en luisterde.

Was hij hier veilig? Of zouden de Rothmanns hem aangeven? Zacht gelach, een deur sloeg dicht. Toen was het weer stil.

Robert haalde opgelucht adem en zakte terug in de kussens.

De chocoladefabriek was zijn laatste toevlucht geweest, want de woning in Stuttgart-Ostheim waar hij het laatst met zijn vrouw Louise had gewoond, was inmiddels aan een vreemde familie verhuurd. De meeste strijdmakkers uit de tijd van de KPD waren ook niet meer te vinden. Sommigen waren naar het buitenland gevlucht, maar de meesten waren geïnterneerd, net als hij. Ja, de communisten waren het eerst gepakt, toen in '33, nadat de nationaalsocialisten aan de macht waren gekomen.

Het Stuttgart dat hij had gekend bestond niet meer. En er was ook beslist geen plaats meer voor hem. Hij was een paar dagen lang in de kelder van zijn vroegere werkgever ondergedoken, de sigarettenfabriek Waldorf-Astoria, die inmiddels was opgedoekt. Maar vanwege de veelvuldige huiszoekingen in de buurt was hij verder getrokken. Hij zwierf rond in de wijngaarden op de heuvels, sliep 's nachts in parken. Het gevoel van vrijheid had allang plaatsgemaakt voor wanhoop. Hij zat gevangen zonder opgesloten te zijn.

Weer voetstappen.

Verdomme. Wat was er aan de hand? Hij moest weg hier, verdwijnen, voor hij gevonden en afgevoerd werd.

Hij ging rechtop zitten en manoeuvreerde zijn benen over de rand van het bed. Net toen hij wilde opstaan, zwaaide de deur open.

'Robert? Mijn hemel, Robert!'

'Louise?' Robert begon weer te trillen.

'Hoe durf je!'

'Hoe... wat...?'

'Dus jij komt doodleuk hiernaartoe!' Louise Fetzer was des duivels. 'Na al die jaren! Hoewel je altijd tegen de Rothmanns tekeer bent gegaan, en nu verwacht je dat ze je hier verstoppen! Weet je wel hoe gevaarlijk dat is? Voor het hele huis?'

'Ik...'

'Je hebt ze veracht, uitgescholden! Terwijl jij je klássenstrijd voerde...' Ze benadrukte het laatste woord, moest toen plotseling slikken en vervolgde pas na diep ademhalen, '... en in Moskou was en er alles aan deed om de toekomst van onze dochter te verpesten, hadden wij hier altijd een toevluchtsoord!'

'Alsjeblieft, Louise, een beetje zachter,' zei Victoria Rheinberger, die achter haar de kamer was binnengekomen. 'We moeten geen aandacht trekken.'

'Zonder de Rothmanns...' fluisterde Louise nu, gedempt maar niet minder geagiteerd, 'ik... ik weet niet wat er van ons zou zijn geworden. En toen ze voor jou kwamen, Robert, zou ik op straat hebben gestaan als ik hier geen kamer had gehad.'

'Louise...' Robert had het gevoel dat de grond onder zijn voeten wegzakte.

'O, Robert. Al die jaren heb ik naast je volgehouden, hoewel ik dat leven nooit heb gewild! Vergaderingen, geheimzinnig gedoe, altijd overal tegen tekeergaan. Dat is niet te doen.'

'Louise, ik denk dat het zo wel genoeg is,' hoorde hij een andere stem zeggen en hij herkende de huishoudster Dora in de deuropening. Zij wisselde een snelle blik met Victoria Rheinberger, nam hem toen scherp op, kwam naderbij en greep Louise voorzichtig bij de arm. 'Kom, Louise...'

Louise verzette zich niet. Maar voordat ze vertrok, draaide ze zich nog één keer naar hem om: 'Nog één ding: mocht het ooit mogelijk worden, dan laat ik me van je scheiden!'

11

Piano- en vleugelfabriek A. Rothmann
De volgende dag

'Goed dat je meteen hebt gebeld!' Anton Rothmann liep met Judith door een lange gang naar zijn kantoor, dat zich boven de productieruimtes van zijn pianobedrijf in de Augustenstrasse in Stuttgart bevond.

'Ik ben heel blij dat je me helpt, Anton.' Judith stapte als eerste het kantoor van haar broer binnen, dat eenvoudig en smaakvol in Bauhaus-stijl was ingericht. Ze ging op een van de comfortabele sledestoelen zitten, die rond een rechthoekige vergadertafel met een glazen blad stonden en legde haar papieren neer. 'Elke dag word ik met iets nieuws geconfronteerd,' zei ze.

'Dat kan ik me goed voorstellen. Wil je iets drinken?'

'Een beetje water, alsjeblieft.'

'Zeker.' Anton schonk water uit een karaf in een glas en zette het voor haar op tafel. Toen ging hij naast haar zitten.

'Als je het goedvindt, bekijk ik de dossiers direct,' zei hij, terwijl hij een blik op de documenten wierp.

'Ja, natuurlijk.' Ze schoof hem de map van SweetCandy Ltd. toe en zweeg, terwijl hij de papieren doornam. Af en toe nipte ze aan haar water en nam hem van opzij aandachtig op.

Hij had pas nog zijn veertigste verjaardag gevierd. De eerste grijze lokken verschenen in zijn donkere haar, dat op zijn achterhoofd steeds dunner werd. Waar bleef de tijd?

Zij en haar jongere broers hadden een hechte band. Dat kwam misschien omdat Judith, die dertien jaar ouder was dan hen, de plaats van de moeder van de tweeling, Hélène Rothmann, had ingenomen nadat deze was vertrokken en nooit meer was teruggekeerd. Karl, de andere tweelingbroer, woonde al een paar jaar met zijn gezin in Berlijn. Samen met zijn vrouw Elise runde hij daar een kleine fabriek voor meubels in Bauhaus-stijl. Ondanks de grote afstand stonden ze nauw in contact met Stuttgart door regelmatig te schrijven en te bellen.

Haar band met Anton, die met zijn vrouw Serafina en hun achtjarige zoon Emil in een appartement op de bovenste verdieping van de pianofabriek woonde, was toch al hecht. Beide bedrijven, de chocoladefabriek en de pianofabriek, hadden elkaar altijd gesteund, en Anton was de eerste geweest die Judith na Victors dood had bijgestaan.

'Goed, dit is duidelijk. Ik ken dat dossier,' zei Anton nu, en Judith richtte haar aandacht weer op de papieren. 'Victor heeft met mij overlegd toen deze investeringsmogelijkheid zich voordeed en ik heb hem destijds onze advocaat in New York, John Carollo, aanbevolen. Die man is echt uitstekend, hij zet zich ook in voor het filiaal van mijn pianofabriek in New York.'

'Ook tegen mij had hij het steeds over John Carollo. Maar ik heb me niet verder in de zaak verdiept.'

'Dat hoefde ook niet. Victor heeft mij erbij betrokken omdat ik ervaring had met de VS.'

'Victor heeft geld geleend aan SweetCandy.'

'Ja, tegen een zeer lucratieve rente.' Anton knikte en haalde een paar contracten tevoorschijn. 'En wel... tachtigduizend *Reichsmark*. Dat was...' Anton sloeg de bladzijde om, '... in augustus 1932. Hier is de kredietovereenkomst, inclusief de bedragen in dollars.'

'Zo had ik het ook begrepen.'

'Het bijzondere hieraan is dat SweetCandy een belang in hun bedrijf als onderpand heeft gegeven,' legde Anton uit.

'Dat betekent dat als de lening niet terugbetaald kan worden, wij een deel van SweetCandy bezitten,' merkte Judith op.

'Precies. De lening kan worden omgezet, dat wil zeggen dat er een optie bestaat om de schuld van de lening, samen met de rente, om te zetten in een aandeel in de onderneming, indien er niet wordt afgelost.'

'Ik heb gezien,' vervolgde Judith, 'dat de rente van het afgelopen jaar niet is betaald. Het is mogelijk dat SweetCandy in betalingsmoeilijkheden verkeert.'

'Daar heb ik ook aan gedacht.' Anton keek nog eens naar de papieren. 'In dit contract is er een termijn van vier jaar voorzien. Dus Victor heeft de lening voor vier jaar verleend. Aan het einde van die periode kunnen jullie de lening terugvorderen of jullie recht doen gelden.'

'Dat betekent dat wíj kunnen beslissen of de lening aan ons terugbetaald wordt, of dat we liever een aandeel in SweetCandy nemen.'

'Precies.'

'Aangenomen dat ik van de laatste optie gebruik zou maken... klopt het dan dat ik dan een meerderheidsbelang in SweetCandy zou hebben?'

Anton bladerde nog eens door het contract. 'Hier staat... dat je dan eenenvijftig procent van de aandelen in SweetCandy bezit als je van die optie gebruikmaakt. En zodoende de meerderheid zou hebben.'

Judith knikte. 'En de deadline is 31 augustus dit jaar, nietwaar?'

'Zo is het.'

'Dan moeten we nu beslissen wat we willen doen.'

'Precies. En daarom moeten we zo snel mogelijk bepalen hoeveel SweetCandy waard is. Ik neem vandaag nog contact op met onze advocaat in New York.'

'Andrew Miller komt 5 augustus hiernaartoe.'

'Pardon? Komt hij naar Stuttgart?'

'Hij heeft een telegram gestuurd.'

Anton wreef nadenkend over zijn voorhoofd. 'Dan wil hij beslist onderhandelen. Als hij helemaal vanuit de Verenigde Staten hiernaartoe komt... Heeft hij je verteld waar het precies om gaat?'

'Nee. Waarschijnlijk gaat hij ervan uit dat we op de hoogte zijn.'

'Of hij hoopt dat je dat niet bent. Het is hem vast om een goede uitgangspositie te doen.'

'Ik heb geen flauw idee. In elk geval lijkt Victor hem te hebben vertrouwd, anders zou hij zich nooit met deze zaak hebben ingelaten.'

'Daar ga ik ook van uit. Maar toch. Je weet zelf dat iedereen die een onderneming drijft in geval van twijfel uiteindelijk zijn eigen belangen moet behartigen. Dat doen we allemaal. Ik wil geen zwartkijker zijn, maar als hij je persoonlijk komt opzoeken, heeft hij daar waarschijnlijk een goede reden voor.'

Judith keek hem onzeker aan. 'Misschien omdat Victor is gestorven...'

'Die kwestie kan gemakkelijk via advocaten worden afgehandeld.'

'Dan denk ik dat we moeten afwachten wat Andrew Miller ons te zeggen heeft.'

'Laat de contracten hier, Judith, dan kijk ik ze nog eens in alle rust door.'

'Dat zou fijn zijn, Anton. O, en er zijn nog een paar andere dingen die nu uit de hand lopen...'

'Vertel.'

Voordat Judith iets kon zeggen, werd er op de deur geklopt. 'Anton?' vroeg een vrouwenstem.

'Vind je het erg als Serafina erbij is?' vroeg haar broer.

'Nee, hoor, integendeel!'

Anton stond op en deed de deur open.

'Ik heb boterpretzels meegebracht!' Serafina kwam met een mand het kantoor binnen. 'Het is lunchtijd.'

Het delicate aroma van het zoute gebak vulde de kamer en Judith voelde zich onmiddellijk beter. Met haar schoonzus en de krakelingen kwam er meteen een heerlijke golf levenslust naar binnen. Net zoals tien jaar geleden, toen Serafina als een wervelwind uit Berlijn de chocoladevilla binnenviel en hun een paar opwindende weken bezorgde. Antons beslissing om met haar te trouwen was niet alleen goed voor hem geweest. Met haar slimme en energieke manier van doen verrijkte ze de hele familie.

Serafina had de mand midden op tafel gezet en was koffie gaan halen. Tien minuten later zaten ze eindelijk allemaal rond de vergadertafel.

Judith beet in haar pretzel, die heerlijk knapperig was aan de buitenkant en zacht binnenin, zoals het hoort. De boter smolt op haar tong. 'Dat is precies wat ik nodig had, Serafina,' zei ze tegen haar schoonzus. 'Ik denk dat ik momenteel te weinig eet.'

'Inderdaad, Judith. We maken ons zorgen om je.'

'Dat hoeft niet. Vicky heeft geprobeerd een soort chocoladecrème te maken die je op je brood kunt smeren. Ik ga het eens proberen met een stukje krakeling.'

'Echt? Chocola op een pretzel?' Serafina was sceptisch.

'Dat kan ik me heel goed voorstellen.' Judith veegde een paar kruimels van haar grijze zomerjurk met de fijne witte streepjes. 'Maar...

wat ik jullie wilde vertellen, is dat Ortsgruppenleiter Weber ons heeft opgezocht.'

'Een vreselijke vent,' zei Anton. 'Wat wilde hij?'

'Hij wil dat we de chocoladefabriek verkopen. Aan chocoladefabriek Adler, die momenteel snel groeit.'

'En ongetwijfeld trouw is aan de partijlijn,' zei Serafina. 'De naam alleen al, Adler...' Ze fronste haar wenkbrauwen.

'Zeer zeker,' zei Judith. 'Maar zijn redenering had vooral te maken met het feit dat vrouwen niets te zoeken hebben in de directie van een bedrijf.'

'Dat verbaast me niets,' zei Serafina schamper.

'Dat had ik eerlijk gezegd verwacht,' merkte Anton op. 'De nationaalsocialisten verkondigen immers overal dat vrouwen achter het aanrecht thuishoren en niet in het bedrijfsleven. Ik had alleen niet gedacht dat ze zo snel zouden reageren op de nieuwe omstandigheden in de chocoladefabriek.'

'Ik zal er niet op ingaan.'

'Maar zal het je lukken om je op de lange duur tegen hen te verzetten?' vroeg Anton twijfelend. 'Uiteindelijk verzinnen ze wel iets waarvan ze je kunnen beschuldigen, en dan beland je misschien wel achter de tralies.'

Judith legde de pretzel neer. 'Zo ver gaan ze niet.'

'Ze zijn tot alles in staat.'

Judith leunde met haar hoofd op haar handen. 'Wat stel je voor, Anton?'

'Ik denk dat je eerst moet afwachten om te zien hoe het met Sweet-Candy verdergaat. Overweeg die optie. Op dit moment zou het niet slecht zijn om in New York een voet aan de grond te hebben.'

'Maar dan zouden we iemand moeten vinden om onze belangen daar te behartigen.'

'Inderdaad. Misschien een van je kinderen?'

Antons suggestie verraste Judith. Haar kinderen naar Amerika sturen? Nu? 'Martins roeping is de muziek,' argumenteerde ze na even te hebben nagedacht. 'Hij zal binnenkort beslist weer een engagement in het buitenland accepteren.'

'Martin volgt een andere weg, daar ben ik het mee eens. Vicky?'

'Vicky ontbreekt het nog aan ervaring! Ze is toch niet opgewassen tegen zo'n grote taak?'

'Onderschat je dochter niet, Judith,' zei Serafina. 'Ik denk dat ze tot heel wat in staat is.'

Anton was het met Judith eens. 'Goed, op dit moment is ze te jong. Het zal nog wel even duren voordat ze daar echt in kan stappen. Maar nu is het er alleen om te doen verschillende mogelijkheden na te gaan.'

'Ik zal... erover nadenken.' Judith wreef over haar slapen. Er was zoveel dat ze moest beslissen.

'Goed.' Anton stond op, liep naar het raam en keek naar de Augustenstrasse. 'Alles lijkt daar zo zorgeloos,' zei hij zachtjes. 'De mensen gaan gewoon door met hun dagelijkse bezigheden, zoals altijd. Maar we hebben geen idee waar het met Duitsland naartoe gaat.'

Judith dronk haar glas leeg. Ze moest zijn argumenten serieus nemen. Misschien vormden Andrew Miller en zijn Amerikaanse bedrijf niet alleen een nieuwe belasting, maar boden ze ook een nieuwe kans. Ze stond op. 'Ik ga ervandoor. Op kantoor ligt nog veel werk op me te wachten.'

'Dat kan ik me voorstellen.' Anton draaide zich om, liep naar haar toe en nam haar in zijn armen. 'Vergeet niet: wij zijn er voor je.'

'Altijd,' beaamde Serafina.

12

Het mineraalbad Berg in Stuttgart
1 augustus 1936

‘Het is of je een bad neemt in champagne,’ zei Victoria, terwijl ze zich genietend in het warme, koolzuurhoudende water liet glijden, dat een aangenaam tintelend gevoel op haar huid teweegbracht.

‘Inderdaad!’ zei Serafina naast haar aan de rand van het zwembad. Ze had haar ogen dicht en leek te dommelen. ‘Hoewel ik vind dat het effect ’s winters nog spectaculairder is dan ’s zomers.’

‘Aan de ene kant heb je gelijk. Aan de andere kant is het gewoon heerlijk om buiten te zwemmen!’ Victoria deed een paar langzame slagen, draaide zich op haar rug en knipperde met haar ogen tegen de blauwe middaghemel, waar loom een paar schapenwolkjes voorbijdreven. Het leven kon zo simpel zijn. Ze genoot van de lichtheid van haar lichaam, gedragen door het water, net zo veel als van de zachte weerstand die het natte element aan haar bewegingen bood. Je kon niet anders dan tot rust komen. En dat was precies waar ze op dat moment naar verlangde, want de afgelopen dagen hadden niets dan opwinding en spanning gebracht.

Gelukkig was het niet moeilijk geweest Serafina over te halen mee te gaan naar het mineraalbad. Van kinds af aan waren ze graag samen gaan zwemmen, want vanwege haar drukke werkzaamheden in het bedrijf had Victoria’s moeder maar zelden tijd gehad om zoiets met haar te ondernemen.

Een paar spetters raakten Victoria’s gezicht. Terwijl ze zich omdraaide, spetterde ze terug en hoorde Serafina zachtjes lachen. ‘Net als vroeger!’ Dat Serafina tien jaar ouder was dan zij, was haar tante niet aan te zien. Die was altijd in geweest voor de gekste dingen. ‘Ben je al gewend hier, Vicky?’ vroeg ze. ‘Tenslotte ben je lang weggeweest!’

Met rustige slagen zwommen ze door het grote, bijna vierkante zwembad, dat aan alle vier zijden was omgeven door lage houten badhokjes.

'Ja en nee, eerlijk gezegd,' zei Victoria. 'Aan de ene kant heb ik het gevoel dat ik nooit ben weggeweest. Aan de andere kant zijn veel dingen vreemd voor me geworden. Niet zozeer thuis in Degerloch, maar de stad en de mensen. Ja, en... papa wordt overal gemist. Moeder is compleet overbelast omdat ze zoveel dingen tegelijk moet regelen. En ik ben nog niet genoeg ingewerkt om haar echt te kunnen helpen.'

'Je bent beslist een grote hulp voor haar.'

'Ik doe mijn best.' Victoria zuchtte. 'Maar we hebben een heel ander probleem.'

'Wil je me erover vertellen?'

'Daarom wilde ik vandaag met je gaan zwemmen. Zodat we rustig kunnen praten.' Ze pauzeerde even. 'Stel je voor, Robert Fetzer, Mathilda's vader, is bij ons ondergedoken.'

'Hoe bedoel je, ondergedoken?'

'Hij verstopt zich bij ons.'

'Hoe kan dat nou? Hij zat toch in de gevangenis?'

'Op een of andere manier wist hij te ontsnappen. Hij heeft ons nog geen details verteld.'

'En waarom verstopt hij zich uitgerekend bij jullie?'

'Ik denk dat hij geen andere uitweg meer ziet. Zijn vrouw woont bij ons sinds ze uit haar huis in Ostheim is gezet.'

'Dat weet ik. Maar toch heeft hij jullie intens gehaat. Als verstokte communist waren jullie hem altijd een kapitalistische doorn in het oog.'

'Ik had ook liever gehad dat hij een andere schuilplaats had gezo–' Victoria verslikte zich in het water en hoestte.

Serafina raakte zacht haar arm aan. 'We kunnen ons beter omkleden. Het is sowieso al bijna tijd om te gaan.'

Victoria knikte, schraapte haar keel nog een paar keer en zwom toen vooruit naar een trapje van het zwembad.

Ze gingen het water uit en pakten hun handdoeken.

Terwijl ze naar de kleedkamers liepen, pakte Serafina de draad weer op. 'Nou, er is waarschijnlijk geen duidelijke verklaring voor dat Robert Fetzer uitgerekend bij jullie hulp zoekt.'

'Hij heeft geprobeerd om zich in Stuttgart te verbergen,' zei Victoria, 'maar hij werd steeds weer opgejaagd. Toen ik hem in de opslagruimte vond, was hij aan het eind van zijn krachten.'

'Had hij zich in de chocoladefabriek verstopt?'

'Ja, in het oude zwembad.'

'En nam je hem toen mee naar huis?'

'Wat had ik anders moeten doen? In de fabriek is het veel te druk. Vroeg of laat zouden ze hem daar gevonden hebben.'

'Vroeg of laat vinden ze iedereen, Vicky. Daar hoeven we ons geen illusies over te maken.' Serafina opende de deur van een kleedhokje. 'Ik zie je zo.'

'Ja, tot zo.' Victoria trok zich ook terug in een van de houten cabines en zette haar badmuts af. Eigenlijk had ze nog zin om te zonnebaden in het park naast het zwembad. De grote gazons tussen de oude bomen nodigden daartoe uit. Maar vandaag was daar geen tijd voor, en Serafina had ook laten doorschemeren dat ze iets anders van plan was.

In een lichtgele zomerjurk en met losjes samengebonden haar stapte Victoria even later de zon weer in.

Toen ze naar de uitgang slenterden, haakte Serafina bij haar in. 'Vind je het goed als ik Anton vertel van die kwestie met Robert, Vicky?'

'Natuurlijk.'

'Want hij kan met de beste wil van de wereld niet permanent bij jullie in Degerloch blijven. Vooral omdat de plaatselijke Ortsgruppenleiter jullie al op de korrel heeft.'

'Hoe weet je dat?'

'Je moeder was gisteren bij ons. Ze vroeg Anton advies over een paar dingen en bij die gelegenheid kwam die Weber ook ter sprake. Maar ze zei niets over Robert Fetzer.'

'Ze weet ook niet over hem.'

Serafina stond versteld. 'Pardon?'

'We waren het er allemaal over eens dat het op dit moment te veel voor haar zou zijn.'

'Aha... nou, als ze Robert Fetzer bij jullie ontdekken, dan komen we beslist allemaal op hun lijst te staan.'

Victoria knikte. 'Dat weet ik. Daarom heb ik je in vertrouwen genomen.'

Ze waren inmiddels in de Neckarstrasse en pakten tram 21 terug naar de stad.

'Kom je later mee naar Alois Eberle?' vroeg Serafina, toen ze uitstapten bij de Alter Postplatz. 'We gaan bij hem naar de openingsceremonie van de Olympische Spelen kijken.'

'O ja, de olympiade! Die was ik helemaal vergeten.' Victoria hing haar tas over haar schouder. 'Eigenlijk wilde ik terug naar kantoor. Er liggen nog stapels werk te wachten op mijn bureau.'

'Dan halen we je later op. Over een uur ongeveer?'

'Ik moet echt aan de slag.'

'Ga je werkelijk op kantoor zitten terwijl heel Duitsland de Olympische Spelen viert?'

Victoria dacht even na. 'Goed dan. Haal me maar op. Over een uur.'

Het was even na drieën toen Victoria naar de poort van de chocoladefabriek liep. Serafina en Anton stonden er al te wachten met hun zoon Emil.

'Ik ben blij dat je meekomt!' Anton legde zijn arm om haar schouder. 'Heb je je moeder niet kunnen overhalen om deze middag ook met ons door te brengen?'

'Ik heb het haar aangeboden, maar ze is al een half uur geleden naar Degerloch teruggereden. Of liever gezegd, Theo heeft haar opgehaald.'

'Theo zou eigenlijk niet meer moeten rijden,' wierp Anton tegen. 'We hebben dat al een paar keer met hem besproken.'

'Je kent hem. Hij staat erop om eenmaal per week een van ons te vervoeren. En aangezien hij er verder genoegen mee neemt om met de tuinman het park te onderhouden en de garage onder zijn hoede te nemen, mag hij ons af en toe rondrijden.'

'Eigenlijk zou hij van een welverdiend pensioen moeten genieten,' zei Anton. 'Hij ziet bijna niets meer. En als hij over de Neue Weinsteige sukkelt, vormt er zich een file van een kilometer achter hem.'

Victoria moest glimlachen toen ze het voor zich zag. 'Hij denkt er niet aan om te stoppen. Hij zal nog eerder doodvallen. Elke ochtend zit hij voor dag en dauw in Gerti's keuken en laat zich koffie en zoet brood door haar voorzetten.'

'Ja, Gerti. Die is ook niet meer de jongste,' zei Anton droogjes.

'Maar ze blaakt nog steeds van energie.' Serafina lachte. 'Laten we gaan. Anders beginnen ze in Berlijn zonder ons.'

De achtjarige Emil huppelde vrolijk voor hen uit toen ze de Hauptstätter Strasse insloegen, waar Alois Eberle woonde en werkte. De drie volwassenen volgden hem.

'Ik heb Anton over Robert verteld,' zei Serafina tegen Victoria.

'Het was echt de hoogste tijd ons te informeren, Vicky,' zei Anton. 'Je weet toch dat je op me kunt rekenen.'

'Misschien had ik het jullie meteen moeten laten weten. Maar –'

'Het is nu niet relevant meer, Vicky.' Als Anton gespannen was, had hij de neiging zijn gesprekspartner af te kappen. 'Nu is Fetzer eenmaal bij jullie in huis, en moeten we zorgen dat we hem daar weer weg krijgen.' Hij keek naar Victoria. 'Dat was een beetje kort door de bocht. Je weet wel wat ik bedoel.'

'Natuurlijk.' Victoria vertrouwde Anton blindelings. Toen ze tien jaar oud was, had hij Mathilda en haar uit de vlammen van de brandende chocoladefabriek gered, en zelfs nu nog voelde ze zich veilig en geborgen bij hem. Hij zou hen helpen de juiste beslissing te nemen.

'En Judith weet echt niets over hem?' vroeg hij.

'Nee. Ik voel me schuldig omdat ik het voor haar verzwijg, maar ze heeft al zoveel aan haar hoofd dat ik haar daar niet ook nog mee wil opzadelen.'

'Dan laten we dat voorlopig zo.'

Ze arriveerden bij Alois Eberles huis en belden aan.

'Kom binnen,' zei Alois hartelijk. 'Ik dacht al dat ik vandaag in mijn eentje naar de Olympische Spelen moest kijken.'

'Dag, oom Alois!' Emil schudde braaf de hand van de oude man en verdween onmiddellijk de werkplaats in.

'En, heb je de televisie aan de praat gekregen?' vroeg Anton, terwijl ze de jongen volgden.

Alois fronste zijn voorhoofd. 'Nou, niet echt...'

'Het is al goed,' zei Anton op schertsende toon. 'Eerlijk gezegd had ik ook niet verwacht dat ik vandaag de openingsceremonie in beeld én geluid zou kunnen volgen.'

'Geen beeld, maar wel geluid.' Het was duidelijk aan Alois te merken dat hij in zijn uitvinderseer gekrenkt was dat hij zijn huzarenstukje niet had volbracht.

'Dat geeft niet, Alois,' troostte Serafina hem. 'Dan genieten we gewoon van de radio-uitzending.'

‘Het ligt toch niet aan jou, Alois. Ik neem aan dat je hebt gedaan wat je kon,’ zei Anton.

‘Het lukt ze gewoon niet om verder dan tachtig kilometer rond Berlijn uit te zenden. Sapperloot!’ gromde Alois. ‘Ik zweer dat ik hier bij de volgende Olympische Spelen televisie zal hebben!’

Al pratend waren de vier naar de werkplaats gelopen, waar Alois een paar stoelen in een halve cirkel rond zijn radio-televisiecombinatie had gezet. Victoria en Serafina gingen zitten. Op de werkbank, waar hij wat plaats had gemaakt, stond de kan met most, die bij Alois hoorde als cacaoboter bij chocolade.

Anton schonk voor Serafina en Victoria in, gaf hun de drank aan en pakte zelf ook een van de blauw geglazuurde aardewerken bekers. Toen liep ook hij naar zijn stoel.

Alois rommelde met de knoppen van de radio-ontvanger tot de Olympia Weltsender luid en duidelijk door de werkplaats klonk: *‘... meer dan honderdduizend toeschouwers van heinde en verre hebben zich hier in het pas gebouwde Olympisch Stadion verzameld en wachten op de Führer. Boven ons cirkelt de zeppelin Hindenburg. Wat een dag, de hele wereld kijkt naar Berlijn! Nu! Zojuist heeft onze Führer Adolf Hitler zich door de klokkentoren begeven... daar wordt hij begroet door het Internationaal Olympisch Comité en het Olympisch Organisatorisch Comité...’*

Er weerklonk trompetgeschal. Victoria besefte dat ze zich in de drukte van de laatste weken de omvang van de Olympische Spelen niet goed had gerealiseerd. ‘Honderdduizend toeschouwers?’ vroeg ze ongelovig.

‘Inderdaad,’ antwoordde Anton. ‘Grote evenementen liggen onze Führer wel.’ Het voorlaatste woord had een spottende ondertoon.

‘Voor hem hadden het ongetwijfeld meer toeschouwers mogen zijn,’ voegde Serafina eraan toe met een uitdrukking van minachting op haar gezicht.

‘... schrijdt de Führer door de erehaag van de sportbeoefenaars der volkeren op het Maifeld in de richting van het stadion... het grote moment is aanstaande...’

‘In elk geval is hij zichzelf weer aan het verheerlijken. Ondraaglijk.’ Anton dronk zijn beker leeg en stond op om opnieuw in te schenken.

‘Het is zestien uur! Stipt op tijd betreedt de Führer het stadion!’ De stem van de verslaggever sloeg over. *‘De mensen staan op, ze salueren,*

de handen geheven in de Hitlergroet... nu schrijdt de Führer de marathontrap af, gevolgd door het Internationaal Olympisch Comité en het Olympisch Organisatorisch Comité. Wat een gedenkwaardige dag! Nu nadert een klein meisje de Führer, hij buigt zich naar haar toe, zij heeft een boeket bloemen in haar hand en overhandigt dat nu aan hem! Een charmant gebaar, een blijk van bewondering... De Führer heeft nu de ereloge bereikt.'

Alois haalde zijn zakdoek uit zijn broekzak en snoot uitgebreid zijn neus.

'Hijs de vlaggen!' klonk het uit de luidspreker, en een andere reporter nam de microfoon over. *'Nu rijzen ze op, de vlaggen van de deelnemende naties die bijeengekomen zijn om de sport en de Führer met deze spelen te eren...'*

Er liep een rilling over Victoria's rug. De pathetische sfeer die in het stadion hing, was voelbaar via de ether. En toen de olympische klok begon te luiden, kreeg het hele gebeuren een gewijd karakter. Het leek op een groot huldebetoon, niet aan de sport, maar aan de persoon die zich Führer noemde. Ze vond het jammer dat Alois' televisieontvanger niet werkte.

'... nu komen ze naar binnen, de helden van onze dagen. De Griekse olympische ploeg is de eerste van negenenveertig naties...'

Marsmuziek begeleidde de binnenkomst van de teams in het stadion. Toen de Fransen de Hitlergroet brachten, klonk er gejuich. Het feit dat de Amerikanen dit weigerden, had uitingen van ongenoegen tot gevolg, waar de verslaggever zich met ferme bewoordingen bij aansloot.

Victoria liet zich nog een most door Anton brengen, terwijl Alois aan Serafina uitlegde hoe de iconoscoopcamera van Telefunken werkte, die speciaal voor de Olympische Spelen was vervaardigd en vanwege zijn afmetingen 'televisiekanon' was gedoopt. 'Begrijp je wat we hadden kunnen zien als de ontvangst was gelukt?' zei de oude knutselaar gepassioneerd.

Serafina knikte begrijpend. 'Over vier jaar, Alois.'

'... nu marcheren ze naar binnen, de Duitse strijders die hun vaderland in alle disciplines zullen eren...'

'Als hij zo hard blijft schreeuwen, zal hij de openingsceremonie niet kunnen afmaken,' zei Anton sarcastisch.

'Het zijn er twee,' zei Serafina.

'Twee wat?' vroeg Alois.

'Twee verslaggevers,' antwoordde Serafina.

Opeens begon de radio-ontvanger luid te ruisen, de stemmen van de verslaggevers klonken vervormd, het was nauwelijks te verstaan wat ze zeiden. Victoria lachte en voelde dat de most haar een beetje naar het hoofd was gestegen. 'Ze zijn hun stem nu al kwijt,' grapte ze. Serafina en Anton lachten mee.

Intussen liep Alois snel naar zijn apparaat, controleerde bliksemsnel alle stekkers en probeerde net zo lang verschillende instellingen tot de zender weer perfect te horen was.

'Nu hebben we de toespraken gemist,' zei hij. 'Nou, dat maakt niet uit. Ze zeggen toch altijd hetzelfde.'

'Sst...' Serafina legde een vinger op haar lippen. 'Luister!'

'Ik verklaar... de spelen van Berlijn... ter ere van... de elfde olympiade van de nieuwe tijdrekening... voor geopend!'

De laatste twee harde, afgemeten woorden van Hitler gingen niet alleen onder in het luide gejuich van de toeschouwers, maar ook in het door merg en been gaande kabaal van een boormachine.

Anton stond onmiddellijk op. 'Emil!'

De jongen stond aan de andere kant van de werkplaats en werkte geconcentreerd aan een duimendik stuk hout.

'Maar, papa!' protesteerde hij toen Anton het elektrische gereedschap van hem afpakte. 'Ik kan dat!'

'Ten eerste is het gevaarlijk, ten tweede maakt het te veel herrie en ten derde heb je helemaal niets te zoeken bij het gereedschap, Emil! Dat geldt hier net zo goed als in de pianofabriek.'

'Maar er kan toch niets kapotgaan! Alois heeft hier helemaal geen waardevolle...' Emil keek verlangend naar de boor die Anton nog steeds in zijn handen had. 'Bovendien ziet het eruit als een pistool, vind je ook niet?'

Het enthousiasme van de jongen beviel Victoria wel. Ze zag dat Alois grijnzend opstond. 'Nou, je hebt bewezen dat je een gat met mijn nieuwe EMHA-boor kunt boren. Laten we hem nu maar opbergen, anders loop je nog met een gat in je hand naar huis.'

'Ik ben toch niet zo stom om een gat in mijn hand te boren!' Emil keek hem verontwaardigd aan. 'Ik heb een gat in de plank geboord. Daar, kijk maar!' Hij wees naar zijn werkstuk.

Alois knikte waarderend. 'Eens kijken wat we daarmee kunnen doen.'

‘Ik wilde een muizenval maken.’

‘Die zullen we samen bouwen, Emil. Maar niet vandaag,’ beloofde Alois.

‘O, leuk! En... Alois?’ vroeg de jongen. ‘Hoe heet die boormachine precies? Een pistoolboor?’

‘Nee, het is een draaistroomboor.’

‘Draaistroomboor,’ herhaalde Emil met een volwassen gezichtsuitdrukking. Hij knikte gewichtig toen Anton de boor aan Alois overhandigde, die hem weer op zijn plaats teruglegde.

Op dat moment werd er aangebeld.

‘Dat zal meneer Stern zijn,’ zei Anton. ‘Hij wilde later komen.’

‘Kun jij opendoen, Emil?’ vroeg Alois.

Emil knikte en liep naar de deur.

Ondertussen zag Victoria Anton een paar woorden wisselen met Alois. Ze keken allebei nogal ernstig. Alois fronste zijn voorhoofd. Maar voordat Victoria erover kon nadenken, kwam Emil terug met Isaak Stern. Die groette iedereen kort, terwijl de radio de laatste noten van de *Olympische Hymne* van Richard Strauss speelde.

‘*... loopt hij over de zuidelijke sintelbaan naar de westelijke poort,*’ wist de verslaggever te melden. ‘*Nu verschijnt hij bij de zuil met het olympisch vuur... en... Fritz Schilgen ontsteekt het olympisch vuur! Het olympisch vuur brandt!*’

‘De fakkeldrager is aangekomen!’ zei Stern geïmponeerd. ‘De afgelopen twee weken heb ik de route van de fakkel op de voet gevolgd. Dit is de eerste keer in de geschiedenis van de Spelen dat de vlam in Olympia wordt ontstoken en door zo veel landen naar een stadion wordt gedragen.’

Iedereen richtte zijn aandacht weer op wat er in Berlijn gebeurde.

‘Wilt u most, meneer Stern?’ vroeg Alois zacht.

‘Nee, dank u, meneer Eberle. Heel aardig van u,’ fluisterde Stern terug.

Ze luisterden toen de olijftak werd gepresenteerd en de olympische eed werd afgelegd. Bij het *Hallelujah* van Händel haalde Alois een bord met sandwiches uit zijn woning en bood die aan iedereen aan.

‘Mogen Joodse atleten meedoen aan de Spelen?’ vroeg Serafina.

‘Officieel wel. Maar ik heb gehoord dat het hun niet gemakkelijk wordt gemaakt,’ antwoordde Stern. ‘Helene Mayer gaat voor Duitsland schermen.’

'Dat lijkt me eerder een soort alibi,' zei Anton, en Serafina voegde eraan toe: 'Er waren vast interventies uit het buitenland.'

'Die waren er zeker, mevrouw Rothmann,' zei Stern. 'En ook al hebben wij de hoop dat het leven voor ons Joden door de olympiade weer normaal zal worden, er blijven grote twijfels. Niet alleen wij worden lastiggevallen. Ze zetten ook leden van andere groepen, zoals de KPD, gevangen. De nationaalsocialisten zijn niet te vertrouwen. Olympiade of geen olympiade.'

'Dat denk ik ook,' bevestigde Alois, terwijl hij opstond en de radio zachter zette. Victoria zag dat Anton naar hem toe ging en nog eens zachtjes met hem sprak, terwijl Serafina en Isaak Stern verder praatten en intussen het verslag uit Berlijn volgden.

Ten slotte maakte Anton een uitnodigend handgebaar in Victoria's richting. Ze keek hem vragend aan, maar stond toen op, zonder te weten wat hij van plan was.

'We halen nog wat most,' zei Alois terloops en hij liep naar buiten, de gang in. Serafina en Stern waren verdiept in hun gesprek en reageerden niet. Emil had een paar houten blokken beschilderd en er treinwagons van gemaakt. Hij legde juist een rails van ijzerdraad rond de stoelen van de volwassenen.

Alois, Anton en Victoria stapten over zijn constructie heen en gingen de werkplaats uit. Bij de ingang naar de kelder stopte Alois.

'Ik heb een idee. Vanwege Robert.'

'Vanwege Robert?' vroeg Victoria verbaasd. 'Wie heeft je...'

'Ik heb het hem daarnet verteld, Vicky. Toen we de boormachine hebben opgeborgen,' legde Anton uit. 'Laat maar horen, Alois.'

'Ik heb een *Wengerterhäusle*, niet ver van jullie vandaan, op de Scharrenberg.'

'Heb je een huisje in de wijngaarden? Op de Haigst?' vroeg Anton.

'Precies. Het is oud, maar als het een beetje wordt opgeknapt, kan hij zich daar een tijdje verstoppen. In elk geval tot de winter.'

13

Het slotpark van Stuttgart
De ochtend van 5 augustus 1936

Andrew had onrustig geslapen. Vanaf drie uur had hij wakker gelegen en was uiteindelijk opgestaan om zich weer met de papieren van het contract bezig te houden. De toekomst van zijn bedrijf hing af van de besprekingen van vandaag, dus had hij nog eens de verschillende argumenten doorgelopen.

Toen het buiten gaandeweg licht werd, besloot hij een lange wandeling te maken. Beweging hielp hem altijd om zich te concentreren en tegelijk innerlijk tot rust te komen. Hij zou het nodig hebben vandaag. Dus had hij zich aangekleed en was vanuit zijn woning in de Eberhardstrasse op weg gegaan naar de Schlossgarten, een aanbeveling uit de Grieben-reisgids die hij in een boekwinkel in de stad had gekocht.

Nu stond hij voor de beschreven ingang van het park in de Schillerstrasse. Stuttgart was nog niet helemaal ontwaakt, maar de fraaie traliepoort stond al open. Langs twee historische wachthuisjes liep hij het park binnen, dat hem begroette met een beeldhouwwerk dat was omgeven door een weidelandschap met hoge platanen. Hij liep om de stenen man heen, wiens hoofd in de schoot van een herder rustte, en sloeg vlak daarna op de brede promenade een smal pad in.

De stilte deed hem goed. Op dit uur van de ochtend was er afgezien van hem niemand op pad. Het ochtendlicht drong door de boomgroepen als voorbode van een zonnige dag. Een lichte nevel getuigde van het onweer van de afgelopen nacht.

Andrew zette zijn gedachten nog een laatste keer op een rij.

Hij was de enige eigenaar van SweetCandy Ltd. en de druk op hem was dan ook groot. Zijn grootvader, de oprichter van het bedrijf, had de leiding van het toen nog bloeiende bedrijf acht jaar geleden aan hem overgedragen en verwachtte terecht dat hij de onderneming met succes zou voortzetten. Maar het waren moeilijke tijden. Eerst de instorting van de effectenbeurs van New York en de daaropvolgende crisis, die bijna alle sectoren van de economie had getroffen. Vervolgens een korte periode van herstel, waarna de orders onverklaarbaar waren teruggelopen en hij in een steeds grotere liquiditeitscrisis was terechtgekomen. Zijn speelruimte was tot een minimum geslonken, hetgeen hij bij de komende onderhandelingen in geen geval mocht laten blijken als hij niet al zijn troeven uit handen wilde geven. Het grootste probleem was op dit moment dat hij nauwelijks kon inschatten wat er hem vandaag te wachten stond.

Het vrolijke gekabbel van een beekje vestigde Andrews aandacht weer op de omgeving. Tussen de heggen en bomen dook een ruïne op. Twee rechte trappen kwamen samen in een merkwaardig vrijstaand booggewelf, waarachter zich de resten van een zuilengang bevonden. Als je de reisgids mocht geloven, waren dit de restanten van een ooit indrukwekkend laatrenaissancistisch buitenhuis. Hij liet zijn blik over de stenen glijden, die getuigden van het vroegere hoofse leven. De Europeanen bezaten een rijke cultuur die putte uit lang vervlogen tijden, veel meer dan het geval was in zijn Amerikaanse vaderland met zijn betrekkelijk recente geschiedenis. Als jongen was hij al geïnteresseerd geweest in de Griekse oudheid en het oude Egypte, maar ook in de middeleeuwen in Duitsland. Hij had ontelbare uren doorgebracht in de rijke bibliotheek van zijn grootvader, gefascineerd door alles wat daar te vinden was: geïllustreerde uitgaven, boeken, oude landkaarten. De vele historische gebouwen die hij hier in Stuttgart tegenkwam, brachten een paar van die verhalen tot leven.

Andrew liep verder terwijl de zon geleidelijk hoger kwam en allerlei tinten groen om hem heen creëerde. Hij concentreerde zich op het pad en dacht er nog eens over na wat er nu voor hem lag.

Victor Rheinberger herinnerde hij zich als een eerlijke zakenpartner. Toen Andrew vlak voor zijn reis nog inlichtingen had ingewonnen over Rothmann Chocolade, was hem verteld dat Rheinberger onlangs was gestorven. Dat maakte het geheel onvoorspelbaarder, want met hem zou hij hebben geweten wat hem te wachten stond.

Harde onderhandelingen, maar een tegenpartij met zinnige argumenten en heldere afwegingen. Het was te hopen dat zijn weduwe even rationeel, of anders in bepaalde opzichten te beïnvloeden was. Dat zou het misschien zelfs gemakkelijker maken.

Andrew sloeg af naar de belangrijkste laan van het park, die in een rechte lijn naar een andere groep standbeelden uit de Griekse mythologie voerde, midden in een schilderachtig meer. Bij de nimfen, die probeerden de knappe Hylas het water in te trekken, stopte hij even. In zekere zin weerspiegelde de voorstelling zijn eigen situatie, met het cruciale verschil dat het geen mooie, behulpzame nimfen waren die aan hem trokken, maar onbekende, duistere krachten.

Nog één keer snoof hij de frisse ochtendlucht op. Toen aanvaardde hij de terugweg.

De chocoladefabriek, tegen tienen, dezelfde dag

Victoria keek naar haar moeder, die ongewoon gespannen door haar kantoor ijsbeerde. Haar zwarte mantelpakje met de grijze bloes maakte haar nog bleker dan ze al was. Toen ze nog in Frankrijk was, had Victoria besloten om geen rouwkleding te dragen. Haar vader zou er niets om hebben gegeven, en voor haarzelf zou zwarte kleding alleen maar meer troosteloosheid hebben betekend. Haar zomerjurk bracht tenminste een zweem van normaliteit in deze dagen. Maar vandaag had ze gekozen voor een stemmig donkerblauw pakje, dat werd opgefleurd door een witte bloes.

Anton zat al aan de vergadertafel met alle documenten van Sweet-Candy Ltd. voor zich en maakte aantekeningen op een vel papier. Hij maakte een geconcentreerde, maar kalme indruk.

Zelf had ze slecht geslapen omdat Robert de avond tevoren bijna Tine had ontmoet toen hij naar het toilet wilde. Mathilda had het dienstmeisje op het laatste moment kunnen tegenhouden.

Robert had nog geen intrek kunnen nemen in het Wengerterhäusle dat Alois hun had aangeboden. Het was vervallen, en om er langere tijd te kunnen wonen, moest het op zijn minst provisorisch worden gerepareerd. Momenteel brachten Mathilda en Martin er het nodige bouwmateriaal naartoe. Onopvallend, want niemand mocht in de gaten krijgen dat er iets ongewoons gebeurde in de verwaarloosde wijngaard aan de rand van het bos. Om de actie te maskeren was Alois ook begonnen onkruid te wieden op zijn land en de wijnstokken te verzorgen, maar het werk op de steile helling was voor hem behoorlijk zwaar. Hoe vindingrijk zijn geest ook was, in fysiek opzicht eiste de ouderdom zijn tol.

Er werd geklopt.

Judith draaide zich om. Victoria, die achter haar bureau had gezeten, stond op. Ook Anton kwam overeind.

'Meneer Miller is er, mevrouw Rheinberger.'

'Laat hem maar binnen, juffrouw Rosental.'

De man die de kamer binnenkwam, was duidelijk jonger dan Victoria had verwacht. Ze schatte hem achter in de twintig.
Hij had zijn hoed afgezet en hield die in zijn hand, terwijl hij een beleefde buiging maakte. 'Mevrouw Rheinberger?'

Judith knikte en liep naar hem toe.

'Andrew Miller is de naam,' zei hij in vloeiend Duits met een licht Amerikaans accent. 'Ik stel het zeer op prijs dat u mij wilt ontvangen.' Zijn stem klonk aangenaam, diep en een beetje hees.

Judith liep naar hem toe en stak haar hand uit. 'Welkom bij de firma Rothmann, meneer Miller.'

'Anton Rothmann,' stelde Victoria's oom zich nu voor. 'Ik hoop dat u een prettig verblijf hebt in Stuttgart.'

'Een heel interessante stad,' zei Miller en hij drukte Anton de hand. Toen dwaalde zijn blik naar Victoria, die nog steeds bij haar bureau stond.

'Mag ik u aan mijn dochter Victoria voorstellen, meneer Miller?' hoorde Victoria haar moeder zeggen. 'Ze werkt hier nu al enige weken en zal over een paar maanden de directie komen versterken.'

'Aangenaam, juffrouw Rheinberger.' Zijn handdruk was stevig maar behoedzaam. Ze keek in een paar ernstige, grijze ogen die geïnteresseerd, maar niet opdringerig op haar rustten. Zijn korte zwarte haar was losjes naar achteren gekamd, een sympathieke glimlach speelde rond zijn mond.

'Wilt u niet gaan zitten, meneer Miller?' De stem van haar moeder noopte hem ertoe Victoria's hand los te laten.

'Graag.' Hij schraapte zijn keel. 'Dank u.'

Ze gingen allemaal rond de vergadertafel zitten.

'U spreekt uitstekend Duits, meneer Miller,' merkte Anton op. 'Mag ik ervan uitgaan dat we het gesprek in het Duits kunnen voeren?'

'Dat mag u, meneer Rothmann.' Andrew Miller sloeg de sigaar die Judith hem aanbood af.

'Hebt u dan een Duitse achtergrond, meneer Miller?' Victoria had de vraag eruit geflapt voor ze er erg in had. 'Neem me niet kwalijk,' voegde ze er onmiddellijk aan toe, 'mijn nieuwsgierigheid is ongepast. Natuurlijk hoeft u ons niets te vertellen over uw afkomst.'

'Mijn grootvader komt uit Duitsland,' zei hij na een korte aarzeling. 'En ik ben in zijn huis opgegroeid. Hij stond erop om thuis Duits te spreken.'

'O, goed.' Victoria streek een haarlok achter haar oor. Het kostte haar moeite om niet voortdurend naar hem te kijken. Zijn gedistingeerde hoffelijkheid in combinatie met een zekere nonchalance was bijzonder aantrekkelijk.

'Hebt u een goede reis gehad?' vroeg Anton, en Victoria dwong zichzelf haar aandacht op haar oom te richten.

'Ja, dank u, het was allemaal prima,' antwoordde Miller, terwijl hij een paar papieren uit zijn aktetas haalde en ze op tafel legde.

'Goed.' Judith bracht het gesprek op de eigenlijke kwestie. 'U hebt verzocht om een onderhoud in ons huis, meneer Miller.'

'Inderdaad.' Hij wees naar het dikke contract dat bovenop lag. 'Het gaat om de lening die wijlen uw man Victor Rheinberger aan SweetCandy Ltd. heeft verstrekt.' Hij schraapte zijn keel. 'Ik... zou u graag nog willen condoleren, mevrouw Rheinberger. Ik heb veel respect voor Victor gehad.'

'Dank u,' zei Judith met vaste stem.

Even viel er een stilte in de kamer, toen hervatte Andrew Miller het gesprek. 'Zoals u ongetwijfeld weet, staat de vervaldag van deze aanzienlijke lening voor de deur.'

'Op 31 augustus. We zijn op de hoogte, meneer Miller,' zei Judith.

'Wel, ik ben naar Stuttgart gekomen om u een interessant voorstel te doen, mevrouw Rheinberger,' zei Miller. Victoria had de indruk dat hij meteen het initiatief wilde nemen in het gesprek.

'Dan vraag ik u om ons uw voorstel mee te delen,' zei Judith.

'Daarvoor zou ik graag eerst even willen terugkijken,' begon Miller. 'Ziet u, onze onderneming is altijd een familiebedrijf geweest, net als het uwe. Trouwens, mijn grootvader Robert Miller was een goede vriend van Friedrich Rheinberger, de vader van uw man zaliger.'

Judith spitste haar oren. 'Echt? Kwam uw grootvader uit Berlijn?'

'Ja. Hij verliet de stad en vertrok naar New York op zijn vijfentwintigste, om daar een nieuwe start te maken.'

'En al die jaren heeft hij contact gehouden met mijn schoonvader?'

'Inderdaad. Tot er op een dag geen brieven meer kwamen. Een paar maanden later deelde Victor ons mee dat zijn vader was overleden. We hadden daarna nog sporadisch contact, omdat Victor was geïnteresseerd in het openen van een filiaal in de Verenigde Staten.'

'Dat was een suggestie van mijn broer Karl, die destijds nog in de directie zat, dat klopt. Maar we hebben er niet serieus werk van gemaakt,' legde Judith uit.

'Toen de beurs van New York in '29 instortte,' vervolgde Miller, 'zijn er veel bedrijven getroffen, waaronder het onze. In het begin konden we blijven werken, op een laag pitje, maar toch. Toen eiste onze huisbank een niet-onaanzienlijk bedrag aan kredieten van ons terug. Een dergelijk bedrag viel in zo'n korte tijd niet op te brengen. Toen herinnerde ik me het verzoek uit Duitsland en namen we contact op met Victor.'

'En is hij de huidige kredietovereenkomst met u aangegaan.'

'Correct.'

'Het zal zeker niet eenvoudig zijn geweest om geldschieters te vinden in de vroege jaren dertig,' merkte Anton op. 'SweetCandy zou niet het eerste bedrijf zijn geweest dat failliet ging.'

Miller knikte. 'De Amerikaanse banken zaten in een crisis. Het geld uit Duitsland heeft ons door die tijd heen geholpen.'

'En bent u inmiddels weer winstgevend?' wilde Judith weten.

Miller aarzelde met zijn antwoord.

'SweetCandy was en is een gezond bedrijf,' zei hij uiteindelijk. 'Wij maken snoepgoed van de hoogste kwaliteit en hebben een klantenkring die in de loop van tientallen jaren is gegroeid. We hebben ook een aantal unieke recepten die we in de komende jaren op de markt hopen te brengen.'

Victoria zag dat Judith en Anton een korte blik uitwisselden.

'Dan wilt u ons vandaag een terugbetaling van de lening aanbieden, meneer Miller?' vroeg Judith. 'Inclusief rente?'

'Niet... direct.' Er verscheen een geconcentreerde rimpel op Millers voorhoofd. 'Ik zou willen voorstellen dat u de termijn van de lening verlengt.'

'Waarom zouden we dat doen?' vroeg Judith.

'Uw geld zou nog steeds uitstekend belegd zijn,' antwoordde Miller. 'Ik kan u zelfs een hogere rente bieden.'

'Dus er is op dit moment een liquiditeitsprobleem bij u?' vroeg Anton.

'Ik zal eerlijk zijn, meneer Rothmann. We moesten investeren in nieuwe machines en constateren dat ons kapitaal daarin momenteel vastligt. Een verlenging van de kredietovereenkomst voor een periode van twee jaar zou ons bijzonder ontlasten.'

'Dat zullen we eerst moeten bespreken, meneer Miller,' legde Judith uit.

'Daar ben ik van uitgegaan...'

Een deur sloeg dicht. 'Heil Hitler!'

Victoria schrok en keek door de glazen kantoorwand naar de typekamer. 'Weber,' fluisterde ze.

Judith knikte en keek bezorgd naar de deur. Anton en Victoria stonden op. Ook Miller kwam overeind.

Stampende voetstappen, toen zwaaide de kantoordeur open. 'Heil Hitler! Mevrouw Rheinberger, ik breng u een belangrijke brief. Het bedrijf Rothmann wordt per oktober dit jaar bij gerechtelijk vonnis verkocht aan de Adler Chocoladefabriek. De details van de overdracht...'

'Een moment, alstublieft, Ortsgruppenleiter,' onderbrak Anton hem. 'Zoals u ziet, hebben we een belangrijke bezoeker uit de Verenigde Staten.' Hij wees naar Miller.

'*Good morning*!' groette Andrew gevat in het Engels.

Weber was confuus. 'Wat... hoe...' Hij trok zijn uniform recht. 'Dat doet er niet toe. Iedereen mag horen wat ik te zeggen heb. U krijgt tot 2 oktober van dit jaar de tijd om uw fabriek voor te bereiden op de overname door de Adler Chocoladefabriek. De koopprijs is vijftigduizend mark. Die zal aan u worden uitbetaald zodra de verkoop notarieel is vastgelegd.'

'Pardon?' Judith, die naast haar dochter was gaan staan, keek geschokt. 'Vijftigduizend mark? Het bedrijf is het tienvoudige waard!'

'Op zijn minst!' zei Anton.

'Ik heb u gewaarschuwd, mevrouw Rheinberger. U hebt hooghartig een passend aanbod afgeslagen. Ik zei het toch, je moet vrouwen geen zaken laten doen.' Weber deed een stap naar voren en legde een envelop op tafel. 'Het is allemaal geregeld. De afspraak met de notaris is op 2 oktober. Ik raad u aan te verschijnen, anders zullen we u onteigenen. Zonder compensatie. Heil Hitler!'

14

Andrew keek de man in het lichtbruine uniform na. Zijn woorden galmden nog na in de kamer. Hij kon nauwelijks geloven wat hij zojuist had gehoord, bovendien op een toon die spotte met alle beschaafdheid. Hoewel hij wist dat de nationaalsocialistische regering in Duitsland een angstaanjagend machtsapparaat had opgebouwd, dat de eigen bevolking en vooral de Joden terroriseerde, was het iets heel anders om dat aan den lijve te ondervinden. Vooral omdat hij de laatste dagen de indruk had gekregen dat het leven hier vrij normaal was, althans in de steden die hij tot dan toe op zijn reis had aangedaan.

Zijn blik dwaalde af naar Victoria Rheinberger. Ze stond bij haar moeder en had een hand op haar schouder gelegd uit solidariteit. Maar haar andere hand had ze tot een vuist gebald. Haar kaarsrechte houding dwong respect af en op haar gezicht stonden geen angst of onzekerheid, maar afkeer en woede te lezen.

Anton Rothmann schraapte zijn keel. 'We moeten u onze excuses aanbieden, meneer Miller. Dit... bezoek was niet gepland.'

'Het is al goed, meneer Rothmann. Die heer heeft zichzelf in diskrediet gebracht.'

'Kom, ga weer zitten, mama.' Victoria duwde haar moeder zachtjes terug naar de tafel. Judith Rheinberger was nog steeds zichtbaar geschokt en schudde haar hoofd, maar deed wat haar dochter haar vroeg.

'We kunnen ons gesprek met plezier op een ander tijdstip voortzetten,' bood Andrew aan. 'Ik begrijp het volkomen als u dit eerst wilt bespreken.'

Victoria keek naar hem. Een lichte blos trok over haar wangen. 'Ja, ik denk dat we moeten –'

'Nee,' riep Judith. 'Blijf, meneer Miller.'

Victoria keek haar verward aan, en toen naar Anton.

Die knikte op zijn beurt naar Andrew en keerde zelf ook terug naar de tafel.

'Zoals u wilt.' Ook Andrew nam weer plaats.

'Vicky, schat, haal een borrel voor ons, alsjeblieft.' Judith waaierde zichzelf met een stuk papier koelte toe. 'Ik denk dat we die nu wel kunnen gebruiken.'

Victoria nam de drank samen met de bijbehorende glazen uit een glazen kast en schonk iedereen een heerlijk geurende perenbrandewijn in.

'Proost!' Judith sloeg de sterkedrank achterover en haalde diep adem. 'Zo, nu liggen de kaarten op tafel. Zoals u ziet, meneer Miller, hebben ook wij onze problemen.'

Andrew knikte. 'Dat spijt me.'

'Zo… waar waren we gebleven?' Anton probeerde de draad weer op te pakken.

'Ik stelde voor om de converteerbare lening aan SweetCandy met twee jaar te verlengen,' antwoordde Andrew.

'Gezien wat ons hier te wachten staat, zou het zonder meer zinvol zijn om aan de overeenkomst vast te houden,' zei Judith. 'Wat denk jij, Anton?'

Anton plukte nadenkend aan zijn kin. 'Als ik de documenten en rekeningen goed heb bekeken, loopt u achter met de rente over de laatste periode, meneer Miller. Dat is een niet-onaanzienlijke som.'

'Daar ben ik me van bewust. U ontvangt alle rente met samengestelde interest aan het einde van de verlengde periode.'

'Dus u verwacht van ons niet alleen een verlenging van de lening, maar tegelijk uitstel van de verschuldigde rente?' vroeg Judith.

Andrew kreeg het warm. Nu hadden ze het naar zijn mening moeilijkste punt van de onderhandelingen bereikt. 'Ik verwacht dat SweetCandy binnen afzienbare tijd weer in een comfortabele winstzone komt.' Hij maakte de kraag van zijn overhemd los. Het was echt benauwd in dit kantoor. 'U profiteert dan van rentetarieven die veel hoger liggen dan wat de markt op dit moment te bieden heeft. Bovendien is uw vermogen veilig belegd.'

Judith knikte. Er ontstond een bedachtzame stilte. 'Ik kan me voorstellen dat Victor zeker zo'n verlenging zou hebben overwogen. Vooral omdat het een verbintenis is uit zijn privévermogen die niets met de chocoladefabriek te maken heeft,' zei ze ten slotte.

'Dat kan wel zijn,' zei Anton. 'Maar voordat wij ons vastleggen, moeten de voorwaarden nader worden uitgewerkt. Want als uw bedrijf failliet gaat voor de nieuwe vervaldatum, meneer Miller, zal ons verlies aanzienlijk zijn.'

'Welnu –' begon Andrew.

'Neem me niet kwalijk, meneer Miller, dat ik u onderbreek.' Verbaasd keek Andrew naar Victoria, die hem nogal abrupt had onderbroken. 'Maar wat spreekt er eigenlijk tegen een keuze voor participatie in plaats van aflossing of verlenging van de lening? Op 31 augustus, zoals vastgelegd in het contract?'

'Ik zou niets overhaasten, Victoria,' remde Judith haar dochter af. 'Om nu halsoverkop deel te nemen aan een bedrijf waarvan we niet kunnen inschatten wat het waard is... Ik zou in eerste instantie overwegen het geld elders te investeren. In Zwitserland, bijvoorbeeld.'

'Dat ben ik met je eens, Judith,' zei Anton. 'Neem me niet kwalijk, Vicky.'

Victoria keek haar oom nadenkend aan, en wendde zich toen tot Andrew. 'Ik zou me een keuze voor deelname goed kunnen voorstellen. Een filiaal in de VS... dat zou een goede beslissing voor de toekomst zijn. Niet in de laatste plaats met het oog op wat er hier gebeurt...' Ze wees naar de envelop die Weber op tafel had laten liggen.

'Als ik een opmerking mag maken, juffrouw Rheinberger,' probeerde Andrew Victoria's standpunt te weerleggen, 'een bedrijf in het buitenland leiden is nogal ambitieus.'

'We zouden uw positie van algemeen directeur kunnen aanhouden, meneer Miller.' Victoria glimlachte uitdagend naar hem. 'En zo van uw ervaring profiteren.'

'Daar moeten we nog eens goed over nadenken,' zei Judith Rheinberger meteen relativerend en Andrew slaakte innerlijk een zucht van verlichting, ook al omdat ze onmiddellijk steun kreeg van Anton Rothmann: 'Je ideeën zijn allemaal goed, Vicky, maar voor zo'n ingrijpende beslissing zijn ervaring en een vooruitziende blik nodig.'

'Aha. Tja.' Victoria veegde met een energieke beweging een lok van haar haar naar achteren. De milde afwijzing van haar moeder en oom raakte haar, zo veel was duidelijk.

'We zullen de zaak in alle rust bespreken en de verschillende standpunten tegen elkaar afwegen,' aldus Anton Rothmann. 'Ook met betrekking tot een verlenging van de converteerbare lening.'

Andrew zag onverwachte parallellen tussen Victoria en hemzelf. Het leek het lot te zijn van degenen die vanuit de familie tot het bedrijf toetraden dat zij te lang als kinderen werden beschouwd. Bij hem was het net zo gegaan. In zijn geval was het de rol van de kleinzoon geweest die hij met moeite van zich had afgeschud. Hij kon Victoria goed begrijpen.

Maar voor zichzelf slaakte hij een zucht van verlichting. Zolang Judith Rheinberger de scepter zwaaide, maakte hij een goede kans dat er met zijn belangen rekening werd gehouden. Ze leek minder geneigd om risico's te nemen en ging op het ogenblik ook zwaar gebukt onder de onzekere situatie van haar bedrijf. Voor zover hij wist, maakte Anton Rothmann geen deel uit van de directie, maar leidde hij een pianofabriek, hoewel hij een filiaal in New York had. Het was goed mogelijk dat hij voor Victoria's koers zou kiezen.

Maar voorlopig was alles gezegd.

'Ik ga nu weg.' Andrew raapte zijn papieren bij elkaar. 'Hoelang hebt u nodig om te beslissen?'

'Een paar dagen,' antwoordde Anton Rothmann.

'Mag ik u uitnodigen voor het diner, meneer Miller? In ons huis in Degerloch?' Judith Rheinbergers spontane aanbod verraste niet alleen Andrew. Ook Anton leek verbaasd. Maar Victoria toonde geen waarneembare emotie.

'Jazeker. Graag.' Andrew pakte zijn notitieboekje.

'Laten we zeggen volgende week?' vervolgde Judith. 'Dan kunnen we ongestoord onderhandelen over wat onze beraadslagingen hebben opgeleverd.'

'Welke dag had u in gedachten, mevrouw Rheinberger?'

'Donderdag de dertiende, stel ik voor. Om zeven uur?'

Andrew noteerde de afspraak. Toen stond hij op. Dat was over ruim een week. Hij kon de vrije dagen benutten om naar Berlijn te gaan en een paar olympische wedstrijden te bekijken. En zich daarnaast een indruk van de confiserie in de hoofdstad vormen.

'Hartelijk dank voor de vriendelijke uitnodiging,' zei hij terwijl hij iedereen de hand schudde. 'Ik zal op tijd zijn.'

Op weg naar buiten ving hij een nadenkende blik op van Victoria. Ze had ongelooflijk mooie blauwe ogen.

15

Alois Eberles Wengerterhäusle op de Haigst
8 augustus 1936

'Hoor je dat?' vroeg Mathilda, terwijl ze een vinger op Martins lippen legde.

Hij pakte haar steviger vast en luisterde. Eerst was alles stil, toen hoorde ook hij een zacht geklop. Meteen begon zijn hart sneller te slaan. Voorzichtig maakte hij zich van haar los en duwde haar weg van het raam van het kleine wijngaardhuisje, dat ze juist hadden afgedicht.

'Wie kan dat zijn?' fluisterde Mathilda. 'Denk je dat ze in de gaten hebben dat wij hier iets...'

Martin schudde gespannen zijn hoofd. 'Er bestaat eigenlijk geen gevaar. We hebben hier geen meubels naartoe gebracht waaruit blijkt dat hier binnenkort iemand intrekt.'

Het geklop verplaatste zich enigszins. Er leek iemand om het kleine houten huisje heen te lopen, dat op een fundament van stenen blokken was gebouwd.

Martin overwoog te gaan kijken, maar bleef toch liever bij Mathilda. Gespannen wachtten ze af.

Ten slotte werd er aan de houten deur gerommeld, blijkbaar wilde er iemand naar binnen. Alois? Maar die kondigde zichzelf altijd aan door een liedje te fluiten, meestal 'Auf der Schwäbsche Eisebahne'.

Martin stond achter de deur, klaar om de indringer te overmeesteren. Toen die eindelijk openging, legde hij van achteren zijn arm om de nek van de man.

'Verdomme, wat...' schreeuwde de man.

Martin liet hem meteen los. 'Anton! Wat heb jij ons laten schrikken!'

'Waarschijnlijk heb ik jullie eerder gestoord,' zei Anton grijnzend. 'Daarom heb ik ook aangeklopt.'

Martin grijnsde ook. 'Nu je hier toch bent, kun je net zo goed de handen uit de mouwen steken.'

'Dat was ik ook van plan,' zei Anton. 'Alois vroeg me om te helpen. Buiten moeten er een paar latten worden gerepareerd.'

'Het materiaal ligt klaar.'

'Dat heb ik gezien. Kom, we doen het meteen samen. Met zijn tweeën gaat het sneller.' Anton draaide zich weer om naar de deur.

Martin pakte een tang, hamer en spijkers van een klein, gammel tafeltje dat midden in de kamer stond.

'Laat het me weten als je me nodig hebt,' zei Mathilda. 'Ik ga zolang verder met het raam.'

Een licht briesje waaide over de Haigst met zijn wijngaarden, die zo steil waren dat ze moesten worden verstevigd met muren van losse natuurstenen. Wat met moeizame handarbeid tot stand was gekomen, zag er schilderachtig uit, vooral in deze tijd, in het midden van de zomer, nu de wijnstokken weelderig groen waren. De bossen, die direct aan Alois' wijngaard grensden, strekten zich uit tot Sonnenberg en Kaltental.

Anton begon de beschadigde latten te herstellen en de compleet vermolmde te vervangen. Martin stapte op hem af om hem een handje te helpen.

'Ze is mooi geworden, onze Mathilda,' merkte Anton op terwijl ze werkten.

Martin knikte.

Ook al probeerden ze hun genegenheid voor elkaar te verbergen, de familie vermoedde al wat er tussen hen gaande was. De liefde voor Mathilda had hem overspoeld als een grote golf, die avond in Karlshöhe, toen hij zo verscheurd was dat hij zich geen raad meer wist. Zij was er geweest, teder en warm, had hem vastgehouden, en toen ze die avond laat naar Degerloch waren teruggereden, had hij gevoeld dat het leven weer vorm kreeg. Sindsdien was hij in staat geweest om te gaan met de enormiteit die hij had ontdekt. Elke dag lukte het hem beter de brokstukken van zijn zelf weer bijeen te voegen.

Ze werkten zonder veel woorden. Alleen het kraken van het hout was te horen en het hameren op de spijkers. Zo nu en dan kwam er een wijnbouwer over de Schimmelhüttenweg langs, maar niemand schonk aandacht aan hen.

'Zo,' zei Anton nauwelijks drie uur later, 'we hebben het voor elkaar!'

Martin keek naar de herstelde buitenmuren. 'Dat ging sneller dan ik dacht. Goed dat de latten al op de juiste lengte waren gezaagd.'

Anton grijnsde. 'En met onze pianistenhanden zijn wij nu eenmaal geknipt voor het werken met hout. We moeten alleen niet op onze vingers slaan.'

Martin lachte en begon het gereedschap te verzamelen. 'Jouw ervaring met houtbewerking is goud waard. Ik heb nog niet zoveel als timmerman gewerkt.'

'Maar je bent handig, Martin. Ik zou je meteen aannemen in mijn pianofabriek.'

'Wees voorzichtig met wat je zegt,' grapte Martin. 'Misschien neem ik je aanbod ooit nog eens aan.'

Hun aandacht werd getrokken door een zacht gefluit.

'Vandaag is het "Muss i denn zum Städtele hinaus"…' merkte Martin op, terwijl hij zich omdraaide naar de Schimmelhüttenweg. Ook Anton keek over zijn schouder. Daar kwam Alois aan, vrolijk fluitend, met een *Weinbutte* op zijn rug.

Martin kwam hem tegemoet. 'Je hebt te veel op je schouders genomen, Alois! Laat me je helpen!' Hij nam het wijnvat van hem over en liep de laatste meters naar het wijngaardhuisje met hem mee.

'Het gereedschap dat hierin zit moet later het huisje in,' zei Alois, terwijl Martin het hoge vat neerzette. Toen trok de oude uitvinder een zakdoek uit zijn *Wengerterkittel*, veegde zijn voorhoofd af en nam de reparaties in ogenschouw. 'Jullie zijn aardig opgeschoten vandaag.'

'Dankzij Anton,' zei Martin. 'Volgende week moeten we met het dak aan de slag.' Hij wees naar de dakpannen van het zadeldak.

'Ja, dat lekt,' bevestigde Alois. Hij stopte zijn zakdoek weer terug. 'Zijn jullie klaar voor vandaag?'

'Er is binnen nog werk te doen,' antwoordde Martin.

'Maar niet voor mij,' verontschuldigde Anton zich. 'Ik verwacht nog een klant uit Bonn.'

‘Het beste, Anton,’ zei Alois, terwijl hij de kuip schouderde. ‘Ik ga naar binnen.’

‘Tot gauw, Alois,’ zei Anton. Toen Alois de hut in was verdwenen, legde hij een hand op Martins schouder. ‘Nog één ding… Edgar Nold heeft me gebeld.’

‘Edgar? Vaders beste vriend uit München? Hij was pas nog bij ons in Stuttgart voor de begrafenis, nietwaar? Wat wilde hij?’

‘Albrecht von Braun is gestorven. Aan een hartaanval.’

‘Albrecht von Braun?’ Martin werd overmand door afschuw en opluchting tegelijk. ‘Moeder zal… gelukkig zijn.’

‘In principe is iedereen gelukkig,’ zei Anton. ‘De gevangenisautoriteiten dragen zijn lichaam de komende dagen over aan de nabestaanden, en Edgar wil ervoor zorgen dat hij onmiddellijk wordt begraven.’

Albrecht von Braun had ooit met Judith willen trouwen. Met Victors hulp was ze aan het gearrangeerde huwelijk ontsnapt, waarna Albrecht enkele jaren later uit wraak een verwoestende brand in de chocoladefabriek had gesticht. Afgezien van het kantoorgebouw was alles afgebrand. Victoria en Mathilda waren daarbij bijna omgekomen. Albrecht, die snel was gearresteerd, werd vervolgens veroordeeld tot een levenslange tuchthuisstraf.

‘Geen leuk leven. En ook geen prettige dood,’ merkte Martin op.

‘Inderdaad.’ Anton kneep hem in zijn schouder en liet hem los. ‘Nog één ding: wat wij hier maken is ook brandgevaarlijk, Martin. Robert kan hooguit een paar weken in het wijngaardhuisje wonen. Dan zal er een andere oplossing voor hem moeten worden gezocht.’

‘Ik weet het, Anton. Je kunt op me rekenen. En op Mathilda.’

Ondertussen pakten Alois en Mathilda binnen het wijnvat uit. Nadat ze een decoupeerzaag, een grote tang, verscheidene schroevendraaiers en bijpassende schroeven van verschillende grootte op de tafel hadden gelegd, kwamen er een paar dakpannen tevoorschijn.

‘Dat is een zware last die je hebt gedragen,’ zei Mathilda, terwijl ze er voorzichtig de eerste dakpan uit haalde.

‘Ha, ja. En ik heb lang niet alles mee kunnen nemen,’ zei Alois en hij greep ook in het vat. ‘Anton of Martin moeten de andere dakpannen met de auto brengen.’

‘Dat hadden ze vandaag ook kunnen doen, als je het hun had laten weten,’ zei Mathilda berispend. ‘Dat gesjouw is toch niet nodig!’

‘Ik heb die pannen nog maar net,’ verdedigde Alois zich. ‘En toen heb ik er gewoon een paar in het vat gedaan.’

Een zacht gefluit, geknars, toen stond Martin in de deuropening.

‘Dat was “Heidenröslein” van Schubert!’ zei Mathilda lachend.

‘Precies!’ Martin knipoogde naar haar. ‘Ik dacht, ik doe het een keer zoals Alois.’

‘Maar ik zou zoiets nooit fluiten,’ zei Alois droogjes. ‘Dat kent toch geen mens!’

‘Kijk, Martin! Alois heeft dakpannen meegebracht!’ Mathilda wees naar het vat.

‘Als je een dezer dagen tijd hebt, kun je de rest in mijn werkplaats ophalen,’ zei Alois.

‘Zeg het maar. Komt morgen je uit?’

‘Ha, ja, mij komt het altijd uit.’ Alois ging op de kruk zitten die naast de tafel stond.

Martin begon de resterende dakpannen uit het vat te halen. ‘Anton zei me net dat Robert hier niet voor onbepaalde tijd kan blijven.’

‘Dat waren we ook niet van plan,’ zei Mathilda. ‘Ik dacht, tot laat in de herfst, misschien.’

‘Ik ben bang dat het niet zo lang kan duren, Mathilda.’

Ze keek hem vragend aan. ‘Maar hoe vinden we zo gauw een andere plek voor hem?’

‘Het moet gewoon.’ Martin streelde haar wang. ‘Ik dacht dat Zwitserland misschien een mogelijkheid is. Dat is niet al te ver van Stuttgart.’

Alois schraapte zijn keel. ‘Daar heeft hij gelijk in.’

Mathilda zuchtte. ‘Dus moeten we een route naar Zwitserland vinden.’

‘Daar heb ik de laatste dagen al over nagedacht,’ zei Martin. ‘Er komen op dit moment veel mensen uit het buitenland vanwege de Olympische Spelen. Ze reizen kriskras door het land en zolang dat het geval is, is het misschien iets eenvoudiger om hem in veiligheid te brengen. Daarna, als alles weer normaal is, zal de bewaking vast weer worden aangescherpt.’

‘Dat denk ik ook,’ zei Alois. ‘Daarom heb ik hier en daar geïnformeerd. Je vader heeft vast geen paspoort meer.’

'Nee,' zei Mathilda. 'Dat is hem in het kamp afgepakt.'

'Er is een fotograaf in Stuttgart die ons kan helpen. Hij heet Otto Scholl en zijn zaak zit in de Rotebühlstrasse.'

'Vervalst hij paspoorten?' vroeg Martin zonder omhaal.

'Ik zal hem zeggen dat hij jullie kan verwachten,' antwoordde Alois.

16

Het Olympiastadion in Berlijn
9 augustus 1936

De zon was door de wolken gebroken op deze zondagmiddag in Berlijn, en de temperatuur was aangenaam. Ideaal sportweer dus, en het uitverkochte Olympiastadion zinderde in afwachting van de finale van de 4 x 100 meter estafette. Andrew had de voorrondes op zaterdag al gezien en rekende vast op een overwinning van de Amerikanen.

De bezetting was in elk geval van hoog niveau. Behalve Ralph Metcalfe, Foy Draper en Frank Wykoff ging ook Jesse Owens van start, die in de loop van de Spelen al drie gouden medailles had gewonnen. Dat zou de Duitse Führer waarschijnlijk niet bevallen. Maar tegelijk realiseerde Andrew zich dat Jesse Owens, als een man met een donkere huidskleur, ook in zijn eigen land met vooroordelen en vijandigheid te kampen had. Toch was Owens niet alleen een begenadigd atleet, maar ook een sympathieke, bescheiden vent, altijd met een brede glimlach op zijn gezicht. Fair play was geen holle kreet voor de jongeman uit Oakville in Alabama, iets wat misschien nog meer strookte met de olympische gedachte dan zijn overwinningen.

Andrew richtte zijn aandacht op de sportieve gebeurtenissen in de arena. Het rumoer in het stadion ebde weg. Het publiek werd kalmer en er heerste een saamhorige, gespannen stilte, zoals altijd voor de start.

De omroeper kondigde de discipline aan: '*Viermaal honderd meter estafette voor mannen. In de finale zijn gekomen: Argentinië, Duitsland, Nederland, Amerika, Italië, Canada.*'

De startlopers van de genoemde zes naties namen hun posities in.

'Op uw plaatsen… klaar…' Toen werd het startsein gegeven.

Met ingehouden adem volgde Andrew de race, die de omroeper enthousiast becommentarieerde: '*Owens, de snelste man ter wereld, eerste loper in de estafetteploeg van Amerika, gaat met speels gemak aan de leiding, haalt Mariani van Italië in... de eerste wissel, Metcalfe heeft het stokje... versnelt en gaat Canada voorbij, geeft door aan Draper bij de tweede wissel... en Draper spurt weg... vergroot de kloof... derde wissel, laatste wissel met Frankie Wykoff, racend naar de overwinning...*'

Geboeid keek iedereen naar de eindsprint van de Amerikaanse slotloper.

'*Eerste is Amerika in een nieuw wereldrecord van 39,8!*' verkondigde de commentator buiten adem.

Het Amerikaanse estafetteteam had nog geen veertig seconden nodig gehad om te winnen, en bekroonde daarmee deze wedstrijddag.

De toejuichingen kenden geen grenzen. De overwegend Duitse toeschouwers leken er niet om te geven dat het een vreemde natie was die zojuist een nieuw wereldrecord had gevestigd. Ze vierden de sport.

Vanaf zijn stoel had Andrew goed zicht op het vak van de Führer aan de zuidkant van het stadion. Hitler was aanwezig, omringd door zijn entourage. Andrew herkende Goebbels en Göring, beiden alomtegenwoordig in de kranten. De drie toonden geen enkele emotie bij het zien van de Amerikaanse overwinning. Andrew vroeg zich af wat het Duitse volk zag in deze norse man met zijn donkere, weerbarstige snor. Noch hij, noch de andere twee voldeden aan het veelgeprezen beeld van de Arische held. Hitler en Goebbels hadden donker haar, Goebbels was klein en tenger, Görings buik barstte bijna uit zijn witte uniform. Het was vreemd dat deze mannen de elite van de Duitse staat moesten belichamen. Andrew schudde zijn hoofd. Langs de Führerloge liep de kloof tussen het Duitse Rijk van de Olympische Spelen en het Duitse Rijk van de politiek. In maart nog waren Duitse soldaten het Rijnland binnengevallen, wat in strijd was met het verdrag. Dat mocht niet worden vergeten bij alle olympische euforie.

Het stadion werd voorbereid voor de uitreiking van de medailles. Aangezien de Nederlanders tijdens een van de wissels het stokje hadden laten vallen, schoof Duitsland op naar de derde plaats en won de bronzen medaille, achter de Italianen. Toen de atleten op het podium stonden en het Amerikaanse volkslied klonk, kreeg Andrew kippenvel. En hij besefte, op deze dag in augustus in Berlijn, dicht bij de wortels van de familie van zijn Duitse grootvader, hoezeer hij zich verbonden voelde met zijn Amerikaanse vaderland.

Het was de juiste beslissing geweest om op korte termijn naar Berlijn te komen, ook al had het zoeken naar een kamer in de overvolle stad veel van zijn zenuwen gevergd en niet meer dan een uiterst bescheiden pensionnetje opgeleverd. De sfeer van de wedstrijd was uniek, niemand hier kon ontsnappen aan de fascinatie die de Olympische Spelen uitoefenden. En één ding moest je de Duitsers nageven: de Spelen waren ongeëvenaard wat de organisatie betrof. Ook het kolossale, met vlaggen versierde stadion zorgde ervoor dat elke toeschouwer voelde dat hij deel uitmaakte van een subliem spektakel. Om nog maar te zwijgen van het olympisch vuur, dat stilletjes een symbolische verbinding legde naar de antieke oorsprong van de Spelen. Grandioos.

Hij stond op van zijn stoel voordat het gros van het publiek zich huiswaarts zou begeven en zette koers naar de rangen van de internationale pers. De laatste dagen had hij getwijfeld of hij naar Eleanor Holm op zoek moest gaan, die, als het waar was wat ze had gezegd, hier aanwezig was als verslaggeefster voor de Associated Press. Omdat hij morgenochtend de trein terug naar Stuttgart wilde nemen, was dit zijn laatste kans om haar nog te zien.

Hij vond haar moeiteloos. Gewapend met schrijfblok en pen zat ze, stralend als altijd, achter een van de witte lessenaars die in lange rijen voor de journalisten waren neergezet.

Ze herkende hem meteen. 'Andrew! Wat leuk om je hier te zien!'

De collega's die naast haar zaten, keken hem aan.

Hij groette hen met een knikje voordat hij zich weer tot Eleanor wendde. 'Het genoegen is geheel aan mijn kant. Je bent echt doorgedrongen tot de elite van de olympische correspondenten.'

Ze lachte. 'En het is geweldig!'

'Dat doet me plezier, vooral na het debacle tijdens de overtocht.'

De reporter naast Eleanor fluisterde iets in haar oor. 'O ja. Natuurlijk,' hoorde hij haar antwoorden.

'Andrew,' zei ze toen spijtig. 'We moeten nog een paar interviews doen. Daarom...'

'Geen probleem,' verzekerde Andrew haar. 'Het was sowieso overmoedig van me om je zo te overvallen.'

Hij stond op het punt om weer te vertrekken, toen ze de andere journalisten een verontschuldigende blik toewierp en haar plek verliet om zich even bij hem te voegen, in de krappe ruimte tussen de rijen. 'Hoelang ben je nog in Berlijn, Andrew?' vroeg ze zachtjes.

'Tot morgenochtend. Volgende week heb ik alweer een belangrijke zakenafspraak in Stuttgart.'

'Dan kunnen we elkaar toch ontmoeten voor een drankje vanavond. Misschien komen er nog een of twee collega's bij.'

'Je hoeft je niet verplicht te voelen...'

'O nee, ik voel me niet verplicht.' Ze glimlachte. 'We zijn om ongeveer acht uur in Horcher... dat is in de... ik ben de naam van de straat vergeten, maar je zult het zeker vinden! Iedereen in Berlijn kent Horcher.'

Tegen half acht liep Andrew langs de met vlaggen en wimpels versierde Kurfürstendamm. Talloze mensen flaneerden onder de bomen van de brede boulevard met de ruime trottoirs, genoten van de zomeravond en de feestelijke sfeer, lieten zich verleiden door de verschillende uitgaansgelegenheden en namen plaats aan de tafels die buiten waren gedekt. Andrew nam de indrukken in zich op, liet zich door de stroom meevoeren en vroeg zich opnieuw af hoe de stad zo kosmopolitisch kon zijn terwijl de opstelling van de nationaalsocialisten eigenlijk het tegendeel deed verwachten. Een tegenstelling die hij moeilijk kon verklaren. De tijd na de Olympische Spelen zou leren hoe het verder zou gaan met het Duitse Rijk.

Vlak voor de Kaiser-Wilhelm-Gedächtniskirche met zijn torentjes sloeg Andrew rechts af de Augsburgerstrasse in. Van daaruit was het nog maar een klein stukje lopen tot de Lutherstrasse en zijn bestemming, restaurant Horcher.

Toen hij er binnenkwam, verbaasde hij zich erover hoe luxueus en tegelijk intiem de sfeer was. Er bevonden zich maar een paar tafels in de lange, met leer beklede eetzaal, allemaal bezet door kennelijk welgestelde gasten, onder wie een paar mannen in uniform van wie de onderscheidingstekens duidden op hoge rangen.

Een onberispelijk geklede heer was al bij hem. 'Hebt u gereserveerd, monsieur?' vroeg hij in het Frans. Blijkbaar was hij de eigenaar van het huis, Otto Horcher, die de gasten doorgaans persoonlijk begroette. Dat was Andrew verteld.

'Andrew! Hier zijn we!' Eleanors stem klonk over de hoofden van de aanwezigen heen, die geïrriteerd opkeken. De onbevangen zwemster stoorde zich er niet aan en zwaaide vrolijk naar hem.

Andrews hoed en zomerjas werden afgenomen. Horcher leidde hem over het dikke Perzische tapijt naar het vrolijke gezelschap, dat zich al vol overgave aan de champagne tegoed deed.

'Wat goed dat je kon komen!' Eleanor stak haar hand naar hem uit. 'Mag ik je voorstellen? Dit zijn James en Bob.' Ze wees naar de twee heren die met haar om de ronde tafel zaten. Andrew nam aan dat zij ook journalisten waren en met een lichte buiging noemde hij zijn naam, waarna hij ging zitten.

'Breng ons nog een fles Drappier, alstublieft,' zei Eleanor.

Andrew had eigenlijk meer zin in gin, maar hij zei niets.

'Het Horcher is het beste restaurant van Berlijn,' zei Bob veelbetekenend en zijn collega, James, knikte.

Even later stond er een nieuwe zilveren champagnekoeler op tafel. Terwijl de ober inschonk, overhandigde de maître d'hôtel hun de menu's en deed zijn aanbevelingen in het Frans. Andrew verslikte zich bijna in zijn champagne toen hij de prijzen op het menu zag.

Het Horcher was geen chic restaurant, en ook geen driesterrenrestaurant. Het Horcher behoorde tot de absolute top. Hij liet niet merken dat hij het zich niet echt kon permitteren om hier te eten. Zijn fortuin zat in SweetCandy, dus hij had zijn persoonlijke uitgaven drastisch beknot.

Hij had zich beter moeten informeren. Niet alleen naar de route, maar ook naar de prijsklasse van het Horcher. Nu was het te laat. Hij bestelde de kalfsrolletjes op artisjokbodems.

Terwijl ze op het eten wachtten, ontstond een ongedwongen gesprek over het grillige weer in Berlijn. In het midden van augustus waren de weergoden wispelturig en koel. Ze hadden ook deze of gene regenbui in petto.

'Dat zouden ze graag anders hebben gezien,' zei Bob en hij stak een sigaret op. 'Hoe perfectionistisch ze ook zijn, het weer kunnen ze niet beïnvloeden, die nazi's.'

'Hitte zou veel erger zijn,' zei Eleanor, en Andrew was het in stilte met haar eens.

De eerste gang werd opgediend. Eleanor genoot van haar schildpadparfait, Bob en James prezen de Rijnzalm, Andrew zijn kalfsrolletjes. Ze waren overgestapt van de champagne op een lichte wijn.

Bob en James gebruikten de tijd tot het hoofdgerecht om te praten over het verspringdrama, een gebeurtenis die nu al olympische geschiedenis had geschreven.

'Het was helemaal aan het begin van de Spelen, op 4 augustus,' zei James. 'Owens had al twee foutsprongen gemaakt in de kwalificatie. Als hij de derde ook zou hebben verprutst, zou de wedstijd voor hem zijn afgelopen. Maar die enorme Duitser, Luz Long, nam Jesse apart. Ik zweer dat hij hem een tip heeft gegeven.'

'Ja, dat heeft hij zeker gedaan,' beaamde Eleanor. 'Ze waren aan het fluisteren, dat is veel mensen opgevallen!'

'Owens won het verspringen toch?' informeerde Andrew, die de olympische gebeurtenissen in Stuttgart slechts mondjesmaat had gevolgd.

'O ja, met acht meter nul zes,' antwoordde Bob. 'Maar hij had helemaal niet kunnen springen als hij de kwalificatie 's ochtends niet had gehaald.'

'En daarna liepen ze arm in arm door het stadion, de zwarte en de blanke. Dat was een plaatje!' zei James enthousiast.

De maître verscheen en diende plechtig het hoofdgerecht op. Andrews *medaillons Horcher* werden geserveerd. Eleanor sloeg deze gang over, Bob en James hadden in opvallende eensgezindheid *faisan de presse* besteld, waarvan de saus op een spiritusrechaud aan tafel werd geflambeerd, en Andrew vroeg zich vluchtig af of die twee meer met elkaar hadden dan alleen een collegiale relatie.

Het eten was uitstekend, de stemming steeg verder met elk glas van de uitgelezen wijn. Ten slotte werd het dessert op delicaat porselein geserveerd, *Baumkuchen*, een specialiteit van het huis. Terwijl Andrew met een zilveren vork het eerste stuk taart afsneed, boog Eleanor zich opeens naar hen toe en keek hen allen aan. 'Overigens, ik denk niet dat de mensen hier zo slecht zijn als ze zeggen.'

Andrew zag enige verwarring bij Bob en James. 'Hoe bedoel je?' vroeg Bob.

'Dat ze de Joden slecht behandelen, bijvoorbeeld. Daar is niets van te merken.'

'Ja, dat werd gezegd,' zei Bob. 'Misschien verbergen ze het gewoon goed omdat er zo veel buitenlanders zijn.'

James knikte. 'Het gaf me te denken dat ze Stoller en Glickman vandaag niet hebben laten starten. Allebei Joden. Al hebben Owens en Metcalfe gewonnen, volgens mij was het geen sportieve beslissing. Onze officials zijn voor de Duitsers door de knieën gegaan.'

'Owens zei zelfs dat hij te moe was om te starten nadat hij al drie gouden medailles had gewonnen,' zei Bob. 'Toch hebben ze hem geselecteerd. Stoller en Glickman waren uitstekend in vorm,' ging hij verder. 'In de kwalificaties hebben ze allebei Draper verslagen. En met ruime voorsprong.'

'Precies,' zei James.

'Ach wat,' zei Eleanor, terwijl ze haar mondhoeken met haar servet afveegde. 'De coach zal zijn redenen wel hebben gehad om Owens en Metcalfe te kiezen.' Ze legde het servet terug op haar schoot. 'En al het andere hier is geweldig. Vooral de feestjes.' Ze liet haar brede glimlach weer zien. Inmiddels vond Andrew die niet meer stralend, maar opdringerig.

'Je hebt gewoon geluk, Eleanor,' zei Bob. 'Wie van ons krijgt nou een paar duizend dollar voor zijn werk?'

'De prijs daarvoor was hoog.' Eleanor lachte bitter. 'Ik was liever zelf gestart dan verslaggeefster te worden, dat kun je van me aannemen. Maar wat heb je eraan om te kniezen? Je moet genieten van wat je hebt. Ik hou van die Heil Hitlers, dat is zo grappig, en ik hou van de uniformen en de vlaggen hier. En ook de *guys* zijn echt sympathiek.' Abrupt liet ze haar stem dalen. 'Hitler heeft me persoonlijk gesproken. Hij zei dat het niet slim was van Brundage om me te schorsen, alleen vanwege een paar glazen champagne.' Ze hief haar glas. 'Goed dan! Laten we van Berlijn genieten!'

Even later rekenden ze af en stapten de Lutherstrasse op, waar ze in stijl werden uitgezwaaid door de eigenaar.

'We gaan nog iets drinken in de Kakadu Bar,' zei Eleanor, terwijl ze zich bij Andrew aansloot. 'Je komt toch wel mee?'

Ineens was Andrew het allemaal beu. De ambivalentie van de Olympische Spelen, al die drukte, het gezelschap van Eleanor, die zich die avond als een glamourgirl gedroeg. Zelfs het vooruitzicht op gin of whisky kon hem niet bekoren.

De herinnering aan een paar blauwe ogen gaf de doorslag. 'Dank je voor het aanbod, Eleanor. Maar ik ga niet mee. Ik mag mijn trein morgen niet missen. Die vertrekt voor dag en dauw.'

17

De Rothmann-villa, vroeg in de avond
13 augustus 1936

Victoria had het zich gemakkelijk gemaakt aan de tafel in de grote salon en legde een panoramamozaïek. Een voor een voegde ze de beschilderde houten stukjes samen tot een schilderij, een landschap met weilanden, bomen, huizen en een meer. Ze hield van die puzzel, ook al was hij bijna net zo oud als zijzelf. Hij herinnerde haar aan haar kinderjaren. Tegelijk kon ze haar gedachten de vrije loop laten, en die waren op dit moment bij Luc in Frankrijk, van wie ze sinds haar vertrek niets meer had gehoord. Ze nam het hem niet kwalijk. Ook voor haar waren de zorgeloze dagen van Voiron ver weg. Het leven bracht elke dag nieuwe uitdagingen met zich mee, en hem zou het waarschijnlijk ook zo vergaan.

De deurbel ging.

Waarschijnlijk was het oom Anton, die vroeger kwam dan was afgesproken; het diner met meneer Miller zou pas om zeven uur beginnen.

'Gggodmilll...' klonk het uit de enorme vogelkooi die op een tafel tegen de muur stond.

'Stil, Pepe! Je weet dat je dat niet mag zeggen!' foeterde Victoria tegen de grijze roodstaartpapegaai, die ze bijna tien jaar eerder van haar oom Karl cadeau had gekregen. 'Zeg: dat is fiijjjnn!' Ze benadrukte het laatste woord.

'Vickieeeee... dat is... zzwwwwwwiijjnnn!'

Victoria schudde lachend haar hoofd. Hoe hard ze ook probeerde de vogel fatsoenlijke woorden bij te brengen, hij verviel altijd weer in oude gewoonten. Van meet af aan had hij gloedvol scheldwoorden gereciteerd, en alle pogingen om hem dat af te leren waren tevergeefs geweest. Karl had altijd gelachen en beweerd dat het kwam omdat Pepe de eerste jaren van zijn papegaaienleven bij een dominee had doorgebracht.

De grijze vogel met de opvallende rode staart fladderde opgewonden heen en weer in zijn kooi.

'Wees nou eens rustig!' mopperde Victoria en ze stond op om haar gevederde vriend te kalmeren.

Ze was nog maar net bij de vogelkooi of Pepe ging kaarsrecht zitten. 'Heiillll Himmmmmel!'

'Pepe!'

Een diepe, warme lach deed Victoria omdraaien. 'Wie is... o, meneer Miller, bent u er al?'

'Als het geen probleem is?' Andrew Miller kwam binnen, met een geamuseerde uitdrukking op zijn gezicht. 'Ik had de route verkeerd ingeschat en ben nu een paar minuten te vroeg.'

Dora volgde hem op de voet. 'Ik dacht, ik breng hem naar de salon tot het eten wordt opgediend.' Ze leek verlegen. 'Ik wist niet dat u hier was.'

'Het is al goed, Dora, dank je,' zei Victoria. 'Wil je ons dan alsjeblieft op tijd komen halen?'

'Maar natuurlijk.' Dora pakte de deurknop, maar in plaats van de deur dicht te trekken, liet ze hem op een kier staan en ging op weg naar de keukenvleugel.

Dat gebaar ontlokte Andrew Miller weer een grijns.

'Heiiilll! Hiimmmmmmmel!' Pepe was in zijn element.

'Wat zegt hij eigenlijk?' vroeg Miller, terwijl hij dichter bij de kooi ging staan. 'Heil *Hímmel*?'

'Eh... ja. Dat is...'

'O, ik heb wel een idee. Dat roep je naar de man die Führer wordt genoemd, is het niet?'

Victoria schraapte haar keel en dacht er koortsachtig over na of ze hem de waarheid moest vertellen. 'Zoiets,' zei ze toen. 'Wij vermijden hier de directe... Führergroet.'

'Amen!' voegde Pepe eraan toe.

'Amen?!' Miller werd steeds vrolijker. 'Hij kan bidden! *Good Lord!*'

Nu moest ook Victoria lachen. 'Pepe heeft een paar woorden in zijn repertoire die hij graag gebruikt. Daaronder ook een paar vrome, zogezegd.'

'Zo, Pepe heet hij. Dat past bij hem!'

'Pepe, Vickieeeee! Gggodmilll…'

'Pepe!' Victoria tikte zacht tegen de tralies.

De papegaai ging beledigd op een andere stang zitten en begon zijn lievelingsliedje te fluiten: 'Kommt ein Vogel geflogen'. Victoria had het hem geleerd toen ze zelf nog een kind was.

'Tja,' zei ze verontschuldigend, 'hij heeft een eigen willetje, onze Pepe.'

'Een grijze roodstaart, is het niet?' vroeg Miller. 'Ik weet dat deze dieren goed kunnen leren praten als je met ze oefent.'

'Dat klopt,' verzuchtte Victoria. 'Maar ik ben bang dat je hem niets kunt afleren.'

'Nieeets… stooommme… liiinng!' kirde Pepe zoetgevooisd, alsof hij Victoria's woorden wilde benadrukken.

'Hij heeft beslist voor grappige situaties gezorgd,' zei Miller.

'Grappige en… minder grappige.' Ze draaide zich naar hem om. 'Mag ik u iets te drinken aanbieden, meneer Miller? Om de tijd te verdrijven?'

'Goed idee.'

Victoria liep naar een commode waarop een paar alcoholische dranken stonden.

'Een borrel? Brandy? Of liever whisky?'

'Whisky, graag.'

Victoria schonk een glas in en gaf het aan hem. Toen hij het aanpakte, streelde hij per ongeluk met twee vingers de rug van haar hand. Ze keek naar hem op. Hij had een peinzende uitdrukking op zijn gezicht.

'Zal… wilt u gaan zitten?' Ze wees naar een stoel aan de tafel en merkte dat haar hand lichtjes trilde. Wat was er met haar aan de hand?

Hij liep naar de tafel. Toen hij ging zitten, viel zijn blik op haar mozaïek. 'Ah, een puzzel!'

Victoria was blij dat hij ongedwongen verder praatte. 'Af en toe vind ik het leuk om een puzzel te leggen. Ten eerste doen ze me denken aan mijn jeugd, en ten tweede kom je erbij tot rust.'

'Puzzels zijn geweldig!' Miller bekeek het half voltooide mozaïek geïnteresseerd. 'In de *States* worden ze tegenwoordig uit karton gestanst.'

'Echt?'

'Er is een echte puzzelkoorts, met allerlei motieven. In New York zijn ze op elke straathoek te koop.'

Victoria kwam op een idee. 'Als ze van karton zijn, zullen ze niet al te duur zijn om te produceren.'

'Nee. De productiekosten zijn laag. Ze worden gestanst.'

'Dan zouden ze toch een goed promotieartikel kunnen zijn, denkt u ook niet? Een chocoladereep als motief, misschien met fruit of het embleem van de fabrikant...'

'Dat wordt ook daadwerkelijk gedaan, juffrouw Rheinberger! Ik zou zelfs willen beweren dat het merendeel van de puzzels voor reclamedoeleinden is bedoeld. In alle branches.'

Victoria was verrukt. 'Je zou dat soort puzzels in pralineverpakkingen kunnen doen. Bij de pralines van goede kwaliteit natuurlijk, als extra stimulans om ze te kopen. Of punten op chocoladerepen afdrukken. Als je er genoeg hebt gespaard, zeg tien of vijftien, kun je ze inwisselen voor een puzzel. Of... een echte chocoladepuzzel... ach, er schieten me meteen honderdduizend dingen te binnen...'

'Vicky, eh... juffrouw Rheinberger, meneer Miller?' Dora stak haar hoofd om de deur. Waarschijnlijk hadden ze niet gehoord dat ze klopte.

'Is het zover, Dora?' vroeg Victoria.

'Ja. Mevrouw Rheinberger en meneer Rothmann wachten in de eetkamer.'

Judith en Anton begroetten meneer Miller beleefd maar afstandelijk, wat Victoria onmiddellijk opviel. Dat verbaasde haar, want op de laatste voorbespreking gistermiddag hadden Judith en Anton besloten de lening ten gunste van Miller te verlengen. Eigenlijk verwachtte ze geen grote obstakels.

Ze keek naar Andrew Miller, die opmerkzaam was, maar verder geen emotie toonde. Met een zacht bedankje pakte hij de gekoelde champagne aan die Anton voor hen had ingeschonken. Ze proostten en wisselden een paar beleefde woorden voor ze aan tafel gingen. Victoria ging naast haar moeder zitten, Andrew Miller naast Anton.

Tine serveerde de eerste gang, een krachtige bouillon met *rissole* erin. Miller leek deze specialiteit al tijdens zijn verblijf in Stuttgart te hebben leren kennen, want hij was niet verrast toen de vleesvulling, groen gekleurd door de spinazie, tevoorschijn kwam.

Ze converseerden over het weer en de Olympische Spelen. Miller vertelde dat hij een paar dagen in Berlijn was geweest om een paar wedstrijden in het olympisch stadion te bekijken.

'Ik had er dolgraag bij willen zijn,' zei Anton. 'Alleen al vanwege al die techniek.'

'Het was inderdaad indrukwekkend,' zei Andrew. 'Ik had niet verwacht dat het allemaal zo perfect zou zijn. Alleen al de televisieverslaggeving is een wonder. De organisatoren hebben werkelijk niets aan het toeval overgelaten.' Hij keek naar Victoria. 'Berlijn zou u beslist hebben bevallen!'

'O ja,' zei Victoria. 'Niet alleen vanwege de Olympische Spelen. Ik hou van de stad. Ook al ben ik er niet vaak geweest.'

Het hoofdgerecht werd opgediend, en Andrew prees het fijn gekruide gehaktbrood met macaroni en roomsaus. De macaroni van Gerti was altijd Victoria's lievelingsgerecht geweest, en met bezwaard gemoed zag ze af van een tweede portie, die ze zich in de vertrouwde familiekring nooit liet ontgaan.

Zo nu en dan voelde Victoria Andrews ogen op haar rusten. Toen zij na een tijdje zijn blik beantwoordde, las ze er een geïnteresseerde bedachtzaamheid in.

Het dessert werd geserveerd in vier kopjes van aardewerk: kleine, luchtig gebakken, niet te zoete taartjes.

Gerti bediende hen persoonlijk. Tine gaf de bijbehorende kersencompote aan.

'Een interessant gebakje,' merkte Miller op. 'Hoe heet het?'

'Dat is *Pfitzauf*.'

Miller keek Victoria vragend aan.

'Een plaatselijke specialiteit,' legde ze hem met een grijns uit. 'Maar ze smaken beter met chocoladesaus. Dat vind ik tenminste.'

Hij knikte. 'Ik zou me er zeker chocoladesaus bij kunnen voorstellen. Maar de compote is ook uitstekend, niet te zuur en niet te zoet. En de sinaasappellikeur erin maakt het speciaal.' Zijn glimlach veroorzaakte een gevoel in Victoria's maag alsof zij met haar Pfitzauf een zwerm vlinders had ingeslikt. Ze probeerde de emotie te onderdrukken, maar kon niet anders dan zijn glimlach eerlijk te beantwoorden.

Een half uur later verhuisden ze van de eetkamer naar de studeerkamer. Nadat ze rond een kleine vergadertafel hadden plaatsgenomen, deelde Anton Rothmann een fruitige mirabellenbrandewijn als digestief uit. 'Zelf gedestilleerd, meneer Miller. Op uw gezondheid!'

Andrew proefde. De scherpte van de alcohol maakte snel plaats voor een aangenaam fruitaroma. 'Het smaakt uitstekend!'

Niettemin weigerde Andrew een tweede glaasje. Vandaag had hij een helder hoofd nodig, want hij wist niet zeker wat hem nu te wachten stond. Zowel mevrouw Rheinberger als Anton Rothmann was tijdens de maaltijd vriendelijk, maar ook nogal koel geweest. Vonden ze het pijnlijk dat hij wist van de dreiging die de chocoladefabriek boven het hoofd hing?

'Sigaartje?'

'Nee, dank u.' Andrew rookte uiterst zelden, nadat hij jaren geleden een ernstige ziekte aan de luchtwegen had gehad.

Tot zijn verbazing liet Anton Rothmann ook de obligate sigaar achterwege, klapte het sigarenkistje dicht en legde het opzij. Toen leek hij zijn gedachten te ordenen.

'Meneer Miller,' zei hij uiteindelijk. 'We hebben laat in de middag een telefoontje van een New Yorks bankiershuis gekregen. Men heeft ons gewaarschuwd niet met uw bedrijf in zee te gaan.'

'Pardon?' Andrew was verward en had even nodig om zijn evenwicht te hervinden.

Tegelijk zag hij hoe Victoria verbaasd naar haar oom en vervolgens naar haar moeder keek. Voor haar kwam deze informatie even onverwacht als voor hem, leek het. Judith Rheinberger wierp een blik op haar dochter en schudde zachtjes haar hoofd, terwijl Anton Rothmann Andrew bleef aankijken.

'Mag ik vragen om welk bankiershuis het gaat?' vroeg Andrew. 'De Hudson Bank?'

'Inderdaad.'

'En met wie hebt u daar gesproken?'

'Met het hoofd van de kredietafdeling,' antwoordde Anton.

'En welke reden gaf die meneer voor zijn waarschuwing?'

Andrew kon nauwelijks geloven dat de gerenommeerde bank zo'n actie ondernam.

'De beller vertelde ons dat SweetCandy geen cent meer waard was. En dat het geld, als we doorgaan met investeren, naar uw persoonlijke vermogen zou gaan.'

'Dat zijn ernstige beschuldigingen.' Andrew probeerde zijn ongemak niet te laten blijken. 'Als dat waar was, zou ik een oplichter zijn.' Hij keek Anton Rothmann onbevangen aan. 'Was die man in staat om zijn verklaring te onderbouwen? Heeft hij enig bewijs geleverd?'

'Ik werk al enkele jaren samen met een advocaat in New York die onder meer gespecialiseerd is in internationale zaken, John Carollo. Ik heb meteen contact met hem opgenomen. Hij zal de achtergronden hiervan onderzoeken.'

'John Carollo is mij zeer goed bekend. Hij geniet ook reeds lang ons vertrouwen in handelsrechtelijke zaken. Daarom hadden wij hem onder meer belast met het opstellen van de leningsovereenkomst tussen Victor Rheinberger en mij.'

'Exact. Hij werkt af en toe voor de ICC, de Internationale Kamer van Koophandel in New York. Destijds kon ik mijn zwager alleen maar aanmoedigen om meneer Carollo deze zaak toe te vertrouwen,' zei Anton.

'Ziet u, meneer Rothmann. John Carollo zou uw zwager beslist hebben gewaarschuwd als hij SweetCandy als een riskante of zelfs dubieuze zaak had beschouwd. Zo hebben we een gemeenschappelijke vertrouweling.'

Even heerste er een gespannen stilte in de kamer, alleen doorbroken door het regelmatige tikken van een grote staande klok.

'De medewerker van de Hudson Bank had ook aangeboden,' vervolgde Anton Rothmann ten slotte, zonder op Andrews antwoord in te gaan, 'om ons de verstrekte lening onmiddellijk terug te betalen, inclusief alle rente, als wij in ruil daarvoor ons aandelenbezit in SweetCandy Ltd. overdragen aan de Hudson Bank in New York.'

'Echt?' Andrew kon zijn oren niet geloven. 'Dergelijk... zakelijk gedrag is hoogst ongebruikelijk. Weet u zeker dat het de Hudson Bank was?'

'Natuurlijk weet ik dat zeker, meneer Miller.'

'Ik ben alleen verbaasd dat de bank contact met ú heeft opgenomen en niet met mevrouw Rheinberger zelf.'

'De bank heeft contact met óns opgenomen.' Anton Rothmann bleef vaag.

Andrew dacht er koortsachtig over na hoe hij dit moest aanpakken. ‘Als u het goedvindt,’ zei hij uiteindelijk, ‘leg ik u tot in detail de situatie uit waarin SweetCandy Ltd. zich op dit moment bevindt.’

Anton leunde achterover. ‘Ga uw gang!’

Maar Judith Rheinberger en Victoria gingen rechtop zitten. Met name Victoria’s gezicht weerspiegelde ongeloof en nieuwsgierigheid; tegelijkertijd zag ze er gespannen en verwachtingsvol uit.

Gezien de veranderde omstandigheden had Andrew geen andere keus dan alle kaarten op tafel te leggen, in de hoop dat hij zou worden geloofd.

‘Het begon ongeveer een jaar geleden,’ vertelde hij, ‘toen grote orders om onduidelijke redenen werden geannuleerd. Meestal was er kritiek op de kwaliteit. Soms werd er melding gemaakt van een zogenaamd nadelig gewijzigd assortiment, en in een aantal gevallen was er helemaal geen commentaar. Tegelijkertijd hadden we veel geld geïnvesteerd in moderne machines. Een deel van dat geld kwam uit het privévermogen van mijn grootvader Robert Miller. De rest werd gefinancierd met bankleningen. Toegekend door de Hudson Bank.’

‘Ongelooflijk…’ riep Victoria uit, waarop haar moeder een vinger op haar lippen legde.

‘Ook mij komt het vreemd voor te horen dat ditzelfde bankhuis de kredietovereenkomst die bestaat tussen Victor Rheinberger en SweetCandy wil overnemen. Dat zou hun de kans geven om ons te onteigenen,’ zei Andrew.

‘Ik begrijp het. Omdat de omzet sterk gedaald is, kunnen de leningen niet meer worden afgelost,’ concludeerde Judith.

‘En de bank probeert zich op de een of andere manier in te dekken. Als de optie om te participeren zou overgaan op de Hudson Bank, zou deze een betere toegang tot de onderneming hebben in geval van insolventie van SweetCandy,’ voegde Anton eraan toe.

‘Of er zijn andere redenen waar we niets van afweten.’ Andrew keek afwisselend van Victoria naar Anton Rothmann en ten slotte naar Judith Rheinberger. ‘Ik kan u alleen vragen mij uw vertrouwen te schenken. Dit klinkt op het eerste gezicht misschien niet zo overtuigend, maar zoals u weet, waren mijn grootvader en Victor Rheinbergers vader goede vrienden. Zonder die relatie zou de converteerbare lening niet bestaan,’ beklemtoonde Andrew. ‘Geef me een kans om het bedrijf in handen van de familie Miller te houden en niet prijs te geven aan de belangen van een bank die geen ideële waarden kent.'

Anton Rothmann keek naar zijn zus, die zichtbaar in tweestrijd verkeerde. 'Judith, we –'

'Victor vertrouwde hem,' zei Judith vastbesloten. 'Meneer Miller... uw bedrijf heeft acute moeilijkheden. Wat kunt u als onderpand bieden als we afzien van het aanbod van de Hudson Bank en in plaats daarvan de lening verlengen?'

'SweetCandy zal snel weer in de zwarte cijfers komen. Niet alleen omdat we een lange traditie hebben. We hebben de modernste productiemethodes en een ruime sortering aan goede recepten voor banketbakkersproducten. Overigens zijn we momenteel bezig deze tak van het bedrijf uit te breiden.'

'Een nogal vage basis om een bedrijf op te evalueren,' merkte Anton op.

'Dat zie ik ook zo,' beaamde Judith. 'Ik weet zeker dat u begrijpt, meneer Miller, dat we geen financiële beslissingen kunnen nemen op basis van die verklaring alleen.'

'Ik doe opnieuw een beroep op het vertrouwen waarop onze zakenrelatie altijd gebaseerd is geweest en dat onze bedrijven zo lang heeft samengebracht,' zei Andrew. 'En biedt u de exclusieve rechten op onze nieuwe recepten en processen als zekerheid. Meer kan ik niet doen.'

'Moeder, oom Anton,' zei Victoria met vaste stem. 'In deze werkkamer is het nagenoeg onmogelijk voor ons om erachter te komen hoe SweetCandy er werkelijk voor staat. Wat zouden jullie ervan vinden als ik naar New York ging?'

18

De fotostudio van Otto Scholl in de Rotebühlstrasse
14 augustus 1936

Het rook naar chemicaliën en papier. Mathilda trok onwillekeurig haar neus op toen ze met Martin de jonge knaap volgde die hen door de ateliers naar Otto Scholl bracht, de eigenaar van de gelijknamige fotostudio. Maar de geur was snel vergeten toen ze de buitengewone decorstukken zagen die de enorme fotostudio herbergde.

Voor bijna elke gelegenheid, dacht Mathilda, kon een geschikte scène worden gecreëerd.

Verschillende achtergronden waren aangebracht op grote houten panelen, die op smalle rails liepen. Zodoende konden de afzonderlijke elementen worden verplaatst. De motieven zagen er verbazingwekkend realistisch uit. Landschappen, stadsgezichten, straattaferelen, een racebaan… zelfs het heelal met verschillende planeten. Vooral de bioscoopposters bevielen Mathilda. Om de illusie perfect te maken, was er een groot aantal bijpassende rekwisieten. Naast de gebruikelijke tafels, stoelen en balustrades ontdekte Mathilda een oldtimer, een motorfiets, een benzinepomp, een straatlantaarn, de toog van een bar. Er was een hoek met verschillende instrumenten, hoge kandelaars en planten. Eén muur was een grote spiegel, een andere had kunstmatige ramen en kanten gordijnen, een derde toonde reliëfs die aan oude kastelen deden denken. Daartussen stonden fotocamera's, en schijnwerpers voor de verlichting.

'Het is net een filmstudio,' fluisterde ze tegen Martin.

'Ja, hij komt voortdurend met nieuwe ideeën, die Scholl,' fluisterde Martin terug. 'Vandaar dat hij Alois ook kent. Die helpt hem als er technische problemen zijn.'

Langs drie zuilen van een Dorisch tempelfragment kwamen ze in een achterkamer. De leerjongen die hen vergezelde klopte twee keer. Na een kort 'ja' opende hij de deur en liet Mathilda en Martin binnen. Toen trok hij zich terug.

'*Grüss Gott*, meneer Rheinberger,' zei de lange, slanke man die bij een open kast stond en door dikke brillenglazen naar een stapel foto's keek.

'Goedendag, meneer Scholl,' zei Martin. 'Ik heb iemand meegenomen.'

De fotograaf draaide zich om. 'O ja?'

'Dit is mijn pleegzus,' stelde Martin haar voor. 'Mathilda Fetzer.'

Mathilda groette hem, maar Scholl wierp haar slechts een vluchtige blik toe. 'Is alles gelukt?' vroeg hij toen abrupt aan Martin, zonder zijn plek bij de kast te verlaten.

'Het zou allemaal in orde moeten zijn,' zei Martin. 'Maar ik heb de opnames wel zelf gemaakt. Ik hoop dat ze bruikbaar zijn.'

'Dan zullen we meteen maar eens kijken.' Scholl trok een van de brede laden open binnen in de kast en pakte nog een paar foto's. Na een korte inspectie knikte hij tevreden, deed de laden dicht, sloot de kast en liep naar een tafel waar wat schrijfgerei naast een gewone lamp lag. Zonder te gaan zitten, nam hij een potlood en begon de achterkant van de foto's te nummeren. 'Neem me niet kwalijk,' zei hij, en Mathilda merkte dat hij licht lispelde. 'Maar deze foto's worden zo opgehaald. Ik ben zo bij u.'

Een paar minuten later legde hij zijn potlood neer, borg de foto's op in een kartonnen doos en richtte zich toen tot hen. 'Zo, geef me de camera maar.'

Martin kwam bij hem staan en legde zijn zojuist aangeschafte Rolleicord-spiegelreflexcamera op tafel. Scholl nam het apparaat voorzichtig in zijn hand. 'Kom mee!' zei hij kortaf.

Ze gingen de kamer uit en liepen nog eens door de studio. In het voorbijgaan instrueerde Scholl de jongen om de doos met foto's uit de achterkamer te halen. Toen duwde de fotograaf snel drie van de beschilderde houten decorstukken opzij, zodat een muur met een extravagant bloemetjesbehang tevoorschijn kwam. Mathilda keek Martin vragend aan, maar die haalde alleen zijn schouders op.

Ondertussen reikte Scholl achter de kap van een wandlamp. Er moest daar een of ander verborgen mechanisme zitten, want met een zachte klik ging de muur opeens een paar centimeter open.

'Een deur!' zei Mathilda verbaasd tegen Martin. Hij kneep onopvallend in haar hand.

Scholl reikte in de spleet en duwde de ene helft van de muur in het andere gedeelte. Toen knikte hij naar Martin en Mathilda. Ze volgden de fotograaf een schaars verlichte, smalle gang in. Met een volgende druk op de knop sloot Scholl de grote schuifdeur naar de studio.

De gang voerde naar een steile trap, die uitkwam op een welvoorziene wijnkelder. Verborgen achter een van de wijnrekken bevond zich een mechanisme dat leek op dat in de studiowand. De kast schoof met een rommelend geluid opzij en gaf toegang tot een volgende deur. Scholl draaide die van het slot.

De geur had Mathilda al gestoord in de studio erboven, maar hier beneden moest ze bijna overgeven. Martin haalde een zakdoek uit zijn jas en reikte haar die aan. Ze hield hem voor haar neus en mond.

'Hier beneden is niet veel ventilatie,' zei Scholl verontschuldigend, terwijl hij aan een van de twee bureaus ging zitten, die in de betrekkelijk grote, lange ruimte stonden, en een klein lampje aandeed. 'Het paspoort is al voorbereid. Zodra ik de pasfoto heb ontwikkeld, kan ik het afmaken.'

Martin schraapte zijn keel. 'Het zijn twee personen. Robert en Louise Fetzer. Heeft Alois je dat niet verteld?'

'Nee,' antwoordde Scholl, terwijl hij een paspoortachtig document uit een bak op het bureau nam. 'Een getrouwd stel?'

'Het zijn mijn ouders,' zei Mathilda.

'Dat dacht ik al,' zei Scholl. 'We kunnen een tweede paspoort fabriceren, dat is geen probleem. De kosten...'

'... neem ik op me,' zei Martin meteen. 'Ik heb de foto al genomen. Maakt u ook de geboorteakte?'

'Natuurlijk. Die hoort er altijd bij.'

Mathilda liet de zakdoek zakken en deed een stap in de richting van Scholl, die nog steeds met het paspoort van haar vader in de weer was.

'Kom rustig verder.' De fotograaf gebaarde haar dichterbij te komen. 'Ziet u, dit is ongelooflijk licht karton, speciaal voor bedrieglijk echte Zwitserse paspoorten. Stevig en plooibaar tegelijk.'

Hij liet haar het boekje betasten. Het voelde inderdaad anders aan dan de identiteitsbewijzen van het Duitse Rijk. Ze bladerde het door en las de persoonlijke gegevens. Robert Fetzer was Leonhard Schnyder geworden, woonachtig in Zürich.

'Dat is ongelooflijk.' Mathilda realiseerde zich nu pas echt dat ze in de werkplaats van een vervalser was. Midden in Stuttgart. Alois had veel contacten, maar ze had niet verwacht dat hij zich op zulk gevaarlijk terrein zou wagen.

'Het is niet gemakkelijk, maar als je het een paar keer hebt gedaan, wordt het routine,' legde Scholl uit. 'Je moet ervoor zorgen dat het papier van de juiste kwaliteit is. Dan kunnen de watermerken en de structuren van de stempels goed worden aangebracht.'

'En dit alles,' Mathilda wees naar de verschillende apparaten in de kamer, 'hebt u daarvoor nodig?'

'Ja. Fotogravure, lichtdruk... steeds komt er weer een apparaat bij dat het beter maakt.'

'Ontworpen en vervaardigd door Alois Eberle?' vroeg Martin.

'Zonder Alois zouden we bij lange na niet zo goed uitgerust zijn,' antwoordde Scholl. Toen keek hij naar Mathilda en Martin. 'Hij heeft me beloofd dat ik jullie kan vertrouwen.'

'Dat kunt u,' verzekerde Martin hem.

Mathilda was zich bewust van het grote gevaar waarin iedereen zich begaf die bij deze vervalsingswerkplaats betrokken was. Ze had er bijna spijt van dat ze hiernaartoe was gebracht.

'Hoe zit het eigenlijk met die leerjongen?' vroeg Martin. 'Het zal hem niet ontgaan zijn dat dit een... speciaal laboratorium is.'

Scholl keek hem ernstig aan. 'Hij is de zoon van een vriend. Half Joods. Zijn ouders willen naar Amerika emigreren, maar zitten vast in Engeland. Zodra het mogelijk is, voegt hij zich bij hen. In de tussentijd woont hij hier, als mijn neef, wiens ouders zijn overleden.'

Een gevoel van afgrijzen bekroop Mathilda. Deze jonge knaap, die misschien veertien of vijftien was, moest onder een valse identiteit leven. En dat in zijn geboorteland, dat zijn thuis was, waarvan hij de taal sprak en waarvan hij de tradities kende. Met welk recht werd hij plotseling buitengesloten? Zeker, haar vader leefde ook ondergronds. Maar zijn vervolging was niet gebaseerd op de afkomst van zijn ouders. Hij had in alle vrijheid een persoonlijke beslissing genomen, waarvan hij nu de gevolgen moest dragen.

'Weet u, meneer Rheinberger,' zei Scholl in de stilte die was gevallen. 'Dit hier, dat doe ik uit overtuiging. En wel met hart en ziel. Als ik hiervoor naar het kamp moet of word doodgeschoten, heb ik tenminste gedaan wat ik kon om me tegen deze onmenselijkheid te verzetten. Al wordt er daardoor misschien maar één enkel mensenleven gered.'

'U hebt wel meer levens gered,' merkte Martin op. 'Veel meer, nietwaar?'

Scholls gezichtsuitdrukking werd milder. 'Heel veel meer.'

19

Voor de poorten van de voormalige residentiestad Urach
16 augustus 1936

Victoria had een vlotte rijstijl. Dus legde ze de route tussen Degerloch en het rustige Ermstal in rap tempo af, een streek waarvan zij en Mathilda als kleine meisjes al hadden gehouden. Daar rezen achter een heuvelachtig landschap de Zwabische Alpen op, een ruig maar op een bepaalde manier schilderachtig gebied. De flanken van de Alpen, glinsterend in lichtblauwe tinten, waren vroeger al door Eduard Mörike bezongen als een 'blauwe muur'. Hier en daar werden ze bekroond door schilderachtige kasteelruïnes.

Op deze zomerse dag straalden de beboste hellingen van de Albtrauf diepgroen, passend bij het seizoen, terwijl ze over de smalle weg naar Urach reden.

'Verbazingwekkend!' zei Andrew Miller naast haar. 'Ik had niet gedacht dat het hier zo mooi zou zijn!'

'Ja, het is heerlijk in de zomer!' beaamde Victoria.

'In de herfst verandert alles in een ongelooflijk kleurenspel,' zei Mathilda, die met Martin achterin zat. 'Rood, oranje, goud...'

'En ik hou vooral van de lente, wanneer de eerste blaadjes aan de beuken verschijnen,' bekende Martin. 'Alles is fris en jong, vol leven.'

'Dan blijft voor mij alleen de winter over,' verklaarde Miller droogjes. 'Dan is het voornamelijk... *snow white*?'

Iedereen lachte.

'Komt u vaak in deze streek?' vroeg hij, terwijl hij Victoria van opzij aankeek.

'Vroeger wel,' antwoordde Victoria, terwijl ze zich concentreerde op het ontwijken van een hoop paardenvijgen op de weg. Hier reden de boeren nog met karren.

'Vicky en ik zijn hier de laatste jaren geen enkele keer meer geweest,' zei Mathilda. 'Het is prachtig om het allemaal terug te zien.'

'De laatste jaren?' Miller leek verbaasd. 'Was er geen gelegenheid voor?'

'Ik studeerde in Bonn en Vicky zat in Frankrijk. We zijn allebei nog maar een paar weken thuis,' legde Mathilda uit, terwijl Victoria rechts afsloeg en de auto in de berm van een landweg manoeuvreerde.

'In Bonn en Frankrijk?' Miller leek onder de indruk. 'Jullie hebben allebei al heel wat meegemaakt.'

'In elk geval hebben we een geweldige tijd gehad,' zei Victoria en ze hoorde zelf de melancholieke ondertoon in haar stem. Ze zette de motor af en trok de handrem aan. 'We zijn er.'

'Onze Theo zal je wel weer uitschelden voor het besmeuren van de auto met modder en gras,' zei Martin grijnzend toen ze uitstapten.

'Ach, in werkelijkheid maakt hij hem graag schoon,' zei Mathilda. 'Jullie zullen het zien. Hij boent en poetst tot het glimt.'

Victoria porde haar broer liefdevol in de zij. Martin kneep zacht in haar neus en haalde vervolgens een rieten mand uit de auto, waarvan de inhoud met een rood-wit geruite linnen doek bedekt was. Alleen de slanke hals van een wijnfles stak erboven uit. Uit haar ooghoeken zag Victoria dat Miller het tafereeltje geamuseerd gadesloeg.

Ze gingen op weg, het schaduwrijke bos in. Zelfs nu, vroeg in de middag, drong er maar weinig licht door het dichte bladerdak. Op de grond ritselden de dorre bladeren die veel van de hier groeiende beuken pas in het voorjaar hadden afgeworpen, toen de jonge scheuten waren doorgekomen.

'Waar brengt u me eigenlijk heen, juffrouw Rheinberger?' vroeg Andrew Miller schertsend. 'Ik dacht dat we gingen picknicken, niet wandelen!'

Victoria, die met Mathilda een paar stappen vooruitliep, draaide zich om. 'Maar ik zei ook dat de picknick enige inspanning zou vergen, meneer Miller.'

Ze beantwoordde de uitdagende glimlach die hij haar toewierp. Tegelijk had ze het gevoel dat er een onzichtbare band tussen hem en haar bestond, nu nog teer en voorzichtig, en toch van een onmiskenbare vanzelfsprekendheid.

Even later kondigde een opgewekt gemurmel een nabijgelegen beek aan. De bomen weken terug om plaats te maken voor een onstuimig stroompje dat het bospad scheidde van een uitgestrekt weiland; een soort miniatuurbergbeek, met kleine stroomversnellingen en watervallen, draaikolken en poelen waar het water op adem kwam, om even later weer met hernieuwde kracht verder te stromen.

Mathilda zocht meteen een vlak stuk van de oever op, deed haar schoenen uit en waadde, zachte kreetjes slakend, het water in. Martin deed hetzelfde. Hand in hand genoten ze van het koele water.

'Ik had gedacht dat u zich ook wel zou willen opfrissen, juffrouw Rheinberger,' zei Andrew Miller plagerig, die naast Victoria was blijven staan.

'Ik zou wel willen, meneer Miller, maar zoals u zelf kunt zien, is de zwemgelegenheid al bezet,' grapte Victoria terug.

Het feit dat hij vandaag was meegekomen maakte haar gelukkiger dan ze wilde toegeven. Wat goed dat ze Martin donderdagavond nog had verteld over de bedrijfssituatie van SweetCandy, en tegelijk over haar idee om naar Amerika te reizen om zich ter plaatse een beeld van de onderneming te vormen. Ze wist dat ze op Martins oordeel kon vertrouwen.

Haar broer was minder impulsief, maar zat net zo vol ideeën als zij. De volgende ochtend had hij daarom voorgesteld Andrew Miller uit te nodigen voor een excursie om hem beter te leren kennen. En Miller ging akkoord.

Daarom hadden ze hem eerder opgehaald bij het tandradstation in Degerloch, terwijl de rest van de familie in het huis van Alois Eberle naar de slotceremonie van de Olympische Spelen luisterde. Haar moeder was verbaasd dat Victoria zich die gebeurtenis liet ontgaan, maar had geen vragen gesteld. En Martin hield sowieso niet van sport. Noch Judith, noch Anton wist dat Miller meeging. Ze zouden het niet hebben goedgekeurd.

'Zullen we een stukje vooruitlopen?' vroeg Miller voorzichtig.

Victoria wierp een blik op haar broer en Mathilda, die tot aan hun knieën in het water stonden en elkaar natspetterden. Ze knikte.

Het zonlicht wierp een fascinerend schaduwspel op het pad terwijl ze verder stroomopwaarts liepen. Andrew zag er bijzonder sportief uit in zijn wandelbroek en zijn lichte overhemd, waarvan hij de mouwen een stukje had opgestroopt.

‘Mag ik vragen of uw moeder en oom al commentaar hebben gegeven op uw reisplannen?’ Het gekabbel van het beekje begeleidde zijn vraag.

Victoria zuchtte. ‘Dat hebben ze niet, helaas. Ik hoop nu dat mijn broer mij bij deze zaak zal steunen.’

‘O! Is dat waarom ik vandaag met hem mag kennismaken?’

Hij was heel direct, wat Victoria wist te waarderen. Het maakte de dingen op een eerlijke manier eenvoudiger. ‘Ja. Dat is de reden waarom we u hebben uitgenodigd.’

‘Goed. Er zijn maar weinig dingen waarvoor ik de uitzending van de Olympische slotceremonie zou hebben overgeslagen,’ zei hij met een knipoog. ‘Maar het is het waard.’

Met een nonchalante beweging gooide Victoria haar haar naar achteren. ‘Zo zie ik het ook.’

Miller had haar gebaar met zijn ogen gevolgd. Victoria draaide haar hoofd naar hem toe en hield zijn blik vast.

Hij schraapte zijn keel. ‘Mag ik u Victoria noemen?’

‘Ja… ja, natuurlijk, graag.’

‘En noem mij alsjeblieft Andrew.’

‘Goed… Andrew.’ Victoria glimlachte.

‘Het is makkelijker op die manier. En Victoria is een erg mooie naam. De winnares. Die past bij je.’

‘Hopelijk doe ik hem eer aan,’ zei Victoria. Ze bukte zich om een van de lichtgekleurde kalksteenkiezels op de grond op te rapen en haalde uit.

‘Niet gooien!’ zei Miller opeens, terwijl hij zacht een hand op haar arm legde. ‘Zie je dat?’

Victoria zag onmiddellijk de grijsbruin gevederde, bolronde vogel met de witte borst op een steen bij de beek zitten.

‘Dat is een waterspreeuw,’ fluisterde ze, ‘wat leuk dat die er nog steeds is.’

‘Ken je die vogel?’

‘Ja. We hebben hem al vaak gezien.’

De steen in Victoria’s hand viel weer op de grond, maar Andrew hield hem nog even vast voordat hij haar losliet en een stap achteruit deed.

De waterspreeuw begon rustig zijn veren te verzorgen.

‘Het is hier echt idyllisch,’ merkte Andrew op terwijl ze hun weg vervolgden. 'Thuis in New York ga ik soms 's ochtends in het Central Park wandelen voor ik naar kantoor ga. De lucht is dan nog fris en er zijn niet al te veel mensen op de been.'

'Ik heb er al eens van gehoord. Het moet een reusachtig park zijn.'

'Dat is het ook. Een groene oase midden in de stad. Hopelijk zie je het binnenkort met eigen ogen.'

'Op dit moment hebben mijn moeder en mijn oom nog geen toestemming gegeven. Omdat ik nog niet meerderjarig ben, heb ik die nodig om te reizen.'

'Ik weet zeker dat je het voor elkaar krijgt,' zei Andrew vol vertrouwen en hij knipoogde naar haar. 'Vooral als je broer een goed woordje voor je doet.'

'Laten we er het beste van hopen.'

'Trouwens, je hebt een visum nodig om de vs binnen te komen. De beslissing moet dus niet al te lang op zich laten wachten.'

'Klopt... daar had ik nog niet aan gedacht!' Victoria keek hem aan. 'Mag ik vragen wanneer je terugreist?'

'Mijn schip vertrekt op 9 september uit Hamburg. En het zou heel handig zijn, als ik deze suggestie mag doen, als je zou besluiten om dezelfde passage te nemen. Dan kunnen we onderweg al het een en ander voorbereiden.'

Bij dat idee ging er een opwindende tinteling door Victoria heen. Maar ze had haar emoties snel weer onder controle. Wat er ook gaande was tussen hen: dit ging in eerste instantie over SweetCandy Ltd. en een eventueel engagement van Rothmann Chocolade in New York.

De respectvolle glimlach die hij haar nu schonk, deed niettemin haar knieën knikken. 'Ik zal... zo snel mogelijk met mijn moeder praten.'

'Dat zou nuttig zijn, Victoria. Als je hulp nodig hebt bij het regelen van een ticket en een visum, laat het me dan weten. Ik heb de juiste contacten.'

'Dat is goed om te weten. Dank je, Andrew.' Ze stokte en legde een vinger op haar lippen. 'Hoor je dat?'

'Nee.' Hij leek confuus. 'Dat is... ja, ik hoor iets ruisen. Is dat wat je bedoelt?'

'Precies!' Ze deed een paar stappen vooruit tot haar doel zichtbaar werd achter de overhangende takken. Als een witte nevel schoot het water uit een smalle monding op de spitse rotsen, vertakte zich en stroomde over met mos bedekte stenen naar de beek die naast het pad had gelopen.

'Fenomenaal!'

'Er stroomt op dit moment behoorlijk veel water door,' constateerde Victoria. 'Er zijn zomers geweest dat er nog maar een klein stroompje overbleef.'

'En 's winters is hij bevroren?'

'Zeker. Als het koud genoeg –'

'Vicky!' Ze werd onderbroken door een luide kreet. 'Wacht op ons!'

Ze draaiden zich allebei om en zagen Martin en Mathilda in de laatste bocht van de weg verschijnen.

'Daar zijn ze!' zei Andrew grijnzend.

Voor hun picknick liepen ze nog een heel eind over een licht stijgend bospad naar een imposante kasteelruïne.

'Heel bijzonder! Wat was hier vroeger?' vroeg Andrew toen ze bij de stenen kwamen, die van middeleeuws leven getuigden.

'Het kasteel van een graaf,' legde Martin uit. 'Het is oeroud. Het allereerste bouwwerk dateert uit de elfde eeuw, voor zover ik weet.'

'Jammer dat het zo vervallen is.'

'In het begin was het waarschijnlijk het slot van de voorouders van een graaf. In de loop der eeuwen is het meermaals uitgebreid, als vesting gebruikt en in oorlogen verwoest. Uiteindelijk werd het definitief opgegeven en stukje bij beetje gesloopt. Het was in die tijd de gewoonte om de stenen van ruïnes te gebruiken voor andere gebouwen die belangrijker werden gevonden.'

Andrew liet zijn ogen over het terrein dwalen. De hoog oprijzende restanten van de kasteelgevel met de venstergaten en het verloop van de muurfragmenten deden vermoeden hoe groot en machtig het complex ooit moest zijn geweest.

Mathilda had de picknickmand van Martin overgenomen en de deken uitgespreid op een vlak gedeelte van de binnenplaats van het kasteel, dat door de natuur terug was veroverd. Samen met Victoria zette ze daarop een kleine maaltijd neer: brood, worst en kaas. Het beeld van de twee vrouwen in de barre omgeving deed Andrew denken aan een schilderij. Als hij kunstenaar was geweest, had hij nu een ezel neergezet en het tafereel op doek vastgelegd. Hij vond Victoria bijzonder fascinerend, zittend op de dunne deken, haar knieën opgetrokken, haar blonde haar los en alleen opgestoken door twee kammen opzij, haar huid licht gebruind. Ze maakte grapjes met Mathilda terwijl ze de kaas in blokjes sneed. Haar lach klonk vrolijk, haar stem helder, haar hele persoonlijkheid was natuurlijk en ongecompliceerd, en dat was precies wat haar zo aantrekkelijk maakte.

'Zullen we erbij gaan zitten, meneer Miller?' vroeg Martin Rheinberger.

Ze namen met Mathilda en Victoria plaats op de grond en genoten van wat ze hadden meegebracht. Martin opende de wijn, en omdat ze geen glazen hadden meegenomen, ging de fles rond. Tegen de tijd dat die op was, hadden ze besloten elkaar te tutoyeren.

'Gerti heeft een toetje voor ons ingepakt!' jubelde Mathilda terwijl ze een kartonnen doos uit de mand haalde.

'Laat zien!' Victoria leunde voorover naar haar vriendin en raakte de knie van Andrew, die naast haar zat. 'Chocoladetaart met rode wijn!'

'Chocoladetaart met rode wijn?' Die combinatie was totaal onbekend voor Andrew, maar ze smaakte uitstekend.

'Je kunt zo veel met chocola doen,' zei Victoria, terwijl ze een donkere kruimel van haar onderlip likte. 'Ik heb veel zin om iets heel nieuws te proberen.'

'Heb je een bepaald idee?' vroeg Andrew.

'Witte chocolade,' antwoordde ze prompt.

'Dat is inderdaad heel interessant. Ik heb er nog nooit van gehoord, hoewel ik op mijn reis van Hamburg naar Stuttgart een paar dagen bij Stollwerck in Keulen was,' zei Andrew tegen haar. 'Is er al een fabrikant die witte chocola in zijn assortiment heeft?'

'Nestlé heeft een paar jaar geleden witte chocola ontwikkeld, maar Stollwerck nog niet, voor zover ik weet,' antwoordde Victoria. 'Wat voerde je naar Stollwerck?'

'We waren aan het onderhandelen over eventuele samenwerking,' antwoordde Andrew. 'Stollwerck heeft duizenden chocoladeautomaten in New York neergezet, en ik heb een offerte gedaan om een deel daarvan van inhoud te voorzien.'

'Was er een aanbesteding?'

'Nee. Het was mijn eigen initiatief.'

'Hm.' Victoria durfde hem blijkbaar niet te vragen naar de uitkomst van de bespreking. Andrew moest inwendig lachen, want hij kon aan haar neus zien dat ze heel benieuwd was.

'Hoe dan ook,' zei ze na een korte aarzeling, 'ik heb bij mijn moeder nog geen interesse kunnen wekken voor witte chocolade.'

'Ik weet zeker dat dat zal veranderen,' zei Martin. 'Momenteel heeft ze gewoon te veel problemen aan haar hoofd en weet ze niet welke ze het eerst op moet lossen.'

'En één daarvan ben ik waarschijnlijk,' merkte Andrew op.

'Maar misschien ben jij wel de óplossing, Andrew,' opperde Victoria. 'Zelfs als je dat helemaal niet wilt.'

'De beste oplossingen zijn die waarbij alle partijen erop vooruitgaan,' zei Andrew.

Victoria knikte.

Ze veranderden van gespreksonderwerp. De Olympische Spelen, de Verenigde Staten, chocolade natuurlijk, en uiteindelijk muziek.

'Speel je eigenlijk een instrument, Andrew?' vroeg Martin, die tot Andrews verbazing een professionele pianist bleek te zijn.

'Ja... ja. Saxofoon.'

'Is dat zo? Ik zou je graag een keer horen spelen!' zei Martin.

'Ik heb mijn instrument niet meegenomen op reis,' zei Miller. 'Als je me wilt horen moet je naar New York komen.'

Martin grijnsde. 'Ik hoop van harte dat ik daar ooit een engagement krijg. Maar voorlopig moet ik het met Europa doen.' Hij dacht even na. 'Maar weet je wat? Onze oom Anton speelt vanavond met zijn jazzband in het Stadtgarten Restaurant-Café. Waarom kom je niet met ons mee? En daarvoor kun je ons een staaltje geven van je kunnen op de saxofoon in de werkplaats van onze oom. Hij heeft daar altijd een verzameling reserve-instrumenten staan.'

'Ja... nou, natuurlijk doe ik dat!' Het vooruitzicht om vandaag muziek te maken kwam onverwacht, maar was aantrekkelijk.

'Muziek heeft wel vaker het ijs gebroken,' zei Victoria met een glimlach.

20

De chocoladefabriek
Twee dagen later, 18 augustus 1936

Ontzet en vol ongeloof naderde Judith die ochtend met haar auto de poort van de chocoladefabriek. Zwarte letters ontsierden de lichte muren, niet alleen aan de buitenkant, voor iedereen zichtbaar, maar ook op de binnenplaats. BAUHAUS-SCHANDVLEK! GEEN JODEN IN DUITSE FABRIEKEN! KOOP GEEN ROTHMANN-CHOCOLADE!

Afwezig groette ze de bezorgd kijkende portier die de elektrisch bediende poort voor haar opende. Toen parkeerde ze haar auto. Net toen ze uitstapte, kwam bedrijfsleider Ferdinand Schmitz haar tegemoet.

'We zullen die smeerboel onmiddellijk verwijderen, mevrouw Rheinberger.'

'Ja, graag. Zo snel mogelijk! Wanneer is dit gebeurd, meneer Schmitz? Afgelopen nacht?'

'Dat moet wel. Toen de portier zijn laatste ronde deed, was er nog niets te zien.'

Judith schudde haar hoofd.

De afgelopen weken waren er vrijwel geen aanvallen meer geweest op Joodse burgers, alle boycot- en verbodsborden waren weggehaald, de oproepen in de kranten waren verstomd. Eergisteren nog had de regering met veel pracht en praal de slotceremonie van de Olympische Spelen gehouden. Het olympisch vuur was nog geen achtenveertig uur uit… en nu dit.

Judith haalde diep adem. 'Dank u, meneer Schmitz.'

De bedrijfsleider knikte. 'We hebben de pamfletten al verzameld, mevrouw Rheinberger.'

'Welke pamfletten?'

'De vroege ploeg vond folders overal op het fabrieksterrein. De inhoud kwam overeen met wat er op de muren staat.'

'Een paar jaar geleden zou je in een dergelijk geval aangifte hebben gedaan,' verzuchtte Judith. 'Intussen moet je ervan uitgaan dat de politie dit soort acties steunt.' Ze wrong haar handen. 'In wat voor tijden leven we eigenlijk?'

'Ik ben het helemaal met u eens, mevrouw Rheinberger,' zei Schmitz met gedempte stem. 'Het is alleen, dat... wellicht moet er werkelijk over worden nagedacht of het personeel moet worden... aangepast.'

'Hoe bedoelt u?' snauwde Judith. 'Moet ik onze Joodse arbeiders misschien op straat zetten? Dat is onmenselijk.'

'Houd me ten goede, mevrouw Rheinberger, maar misschien hebben we op een dag geen andere keus meer dan de richtlijnen van hogerhand te volgen.' Schmitz leek gekrenkt. 'Dat wordt nog een dans op de vulkaan.'

'Ik kan en wil me niet laten dwingen,' zei Judith geagiteerd, temeer omdat ze vermoedde dat Schmitz wel eens gelijk kon hebben. 'We kunnen toch niet onze waarden opgeven en alles wat we juist achten overboord gooien. Dat is toch...'

'Ja, dat is het ook.' Schmitz sprak nog zachter. 'Het is een dictatuur. Daar moeten we ons van bewust zijn. Excuseer mijn openhartigheid, mevrouw Rheinberger. Maar de situatie is te ernstig.'

Het gesprek met Schmitz liet Judith de hele ochtend niet los. Peinzend deed ze haar werk, facturen controleren, aanmaningen nakijken, bestellingen accorderen. Maar ze was er niet bij met haar hoofd.

Was dat echt de toekomst? Totale onderdrukking door een regime dat elke menselijkheid ontbeerde? Het was of ze de stem van Victor weer hoorde, die op de dag dat Adolf Hitler januari '33 de macht greep, duidelijke woorden had gesproken: 'Een ander tijdperk is aangebroken. God geve dat ik ongelijk heb, maar ik ben bang dat er een verdomd zware tijd aankomt.'

Niets kon nog worden goedgepraat of onderdrukt. Zijn intuïtie had hem niet bedrogen.

Judith wierp een blik op de cacaoleveringen. Victoria had een groot aantal nabestellingen geplaatst, maar geen enkele was bevestigd. Als ze niet snel cacaobonen zouden krijgen, zou de productie binnenkort tot stilstand komen. Om nog maar te zwijgen van het feit dat zij de binnenkomende orders alleen onder voorbehoud konden accepteren, zodat de klanten naar de concurrentie liepen. De situatie was echt ernstig.

Ze keek nog eens goed naar de voorraden. Toen pakte ze de telefoon en liet zich doorverbinden met het Hamburgse handelshuis dat hun de bonen moest leveren.

'Hansen hier, Handelskontor.'

Judith kende meneer Hansen al jaren. 'Rothmann Chocolade in Stuttgart, met Judith Rheinberger.'

'Goedemorgen, mevrouw Rheinberger. Wat kan ik voor u doen?'

'Ik heb net gemerkt dat onze leveringen niet bevestigd zijn, meneer Hansen. Noch voor de Arriba, noch voor de Venezolaanse rassen. Dit is nog nooit voorgekomen. Kunt u alstublieft nagaan wat de reden kan zijn?'

'Een moment, mevrouw Rheinberger.'

Judith wachtte een paar minuten tot Hansen weer terug was.

'Het spijt me, mevrouw Rheinberger. Uw bestellingen mogen niet worden geleverd.'

'Hoezo, meneer Hansen? Waarom mogen we niet meer bevoorraad worden? Wie heeft dat beslist?'

'Ik mag u daar geen verdere informatie over geven.' Ondanks zijn Noord-Duitse beleefdheid was te horen dat hij met haar meevoelde. 'Het spijt me.'

'Dat kan niet waar zijn. Meneer Hansen, u bent al tientallen jaren onze leverancier, mijn man is meer dan eens bij u in Hamburg geweest. We hebben altijd op tijd betaald.'

'Daar ligt het ook niet aan, mevrouw Rheinberger. Zelfs als ik zou willen, ik mag u er niets over zeggen.'

'Meneer Hansen.' Judith haalde hoorbaar adem. 'Als u toch een mogelijkheid zou zien om ons te bevoorraden, betaal ik vooruit. En boven de prijs.'

'Ik zou graag meer voor u doen, mevrouw Rheinberger, maar onze handen zijn gebonden. Ik wens u het beste.'

'Wacht even, meneer Han–' Voordat ze haar zin had afgemaakt, hoorde ze een zacht gekraak op de lijn. Hansen had opgehangen.

Vol ongeloof staarde Judith naar de telefoonhoorn in haar hand.

Was het mogelijk dat Webers lange arm helemaal tot Hamburg reikte? Dat Hansen op dit moment hun samenwerking had beëindigd?

Ze probeerde de opkomende wanhoop het hoofd te bieden. Zo gauw zou ze zich niet gewonnen geven. Zodra Victoria thuis was, moest ze alle cacao-importeurs in Duitsland afbellen. Iemand moest hun toch cacaobonen verkopen! Ze zou meteen een prijs bieden die niemand met ook maar een greintje zakelijk inzicht kon weigeren. Zelfs Ortsgruppenleiter Weber kon niet álle handelaren in het Duitse Rijk manipuleren. Geld opende altijd deuren. Indien nodig, zouden ze naar Nederland uitwijken. Het zou hun veel meer kosten om de cacao van daar te halen, maar het zou altijd nog beter zijn dan de machines stil te laten staan. Vooral als Weber hen met deze actie op de knieën wilde krijgen.

Vermoeid leunde Judith met haar hoofd in haar handen. Een drukkende pijn verspreidde zich over haar voorhoofd en slapen, haar schouders waren verkrampt. Waar zou dit allemaal op uitlopen?

Uitgeput sloot ze haar ogen, en al snel trokken beelden voorbij, vluchtige herinneringen, maar helder als de dag van gisteren. De dag dat Victor de zwaargewonde Karl had thuisgebracht en ze elkaar voor het eerst hadden ontmoet. De manier waarop hij steeds naar keek als ze elkaar tegenkwamen in de chocoladefabriek. Victor, die haar ophaalde bij zuster Henny in haar donkerste uren…

'Mama?' Victoria's stem bracht Judith terug naar de werkelijkheid. 'Slaap je?'

'Ach, kind…' Judith sloeg haar ogen op. Sinds Victors dood had ze vreselijke nachten. 'Ik moet… even zijn ingedommeld.'

Victoria had een ordner bij zich, en legde die op haar bureau.

'Ik was bij Anton,' zei ze. 'Hij heeft zijn Stuttgartse advocaat geraadpleegd en hem naar Webers brief laten kijken.'

Judith spitste haar oren. 'En? Wat kwam eruit?'

'Hij gaat de overname aanvechten en alle daarmee verbonden rechtszittingen. Maar hij zei er wel bij dat de rechtbanken tegenwoordig bijna allemaal in de lijn van de nationaalsocialistische belangen beslissen.'

'Dus alles wat we krijgen is uitstel?'

'Ik zou zeggen dat we wat tijd krijgen om de volgende stappen te plannen.'

'Heeft de advocaat gezegd hoeveel tijd we nog hebben?'

'Nee. Dat is op dit moment niet in te schatten. In elk geval moeten we de deadlines die Weber heeft gesteld in het achterhoofd houden.'

Er werd geklopt.

Lydia Rosental kwam binnen met de post. Haar gezicht was krijtwit en haar handen trilden toen ze de enveloppen aan Judith gaf.

Judith nam de stapel aan. 'Voelt u zich niet goed, juffrouw Rosental? Maakt u zich zorgen over het geklad op de muur?'

'Dat... dat is het niet. Niet alleen, in elk geval. Neem me niet kwalijk, mevrouw Rheinberger...' Juffrouw Rosental wilde de kamer weer uit lopen, maar Victoria was snel bij haar en pakte haar zorgzaam bij haar arm.

'Wilt u ons vertellen wat er is gebeurd?'

Omdat Lydia Rosental niet meteen antwoordde, bracht Victoria haar naar haar bureau en bood haar een stoel aan.

'Gisteravond... is de apotheek van mijn ouders in Ludwigsburg overvallen,' barstte ze uit. 'Een paar vermomde figuren. Waarschijnlijk de ss.'

'Mijn god! Hoe is het nu met uw ouders?' Victoria was geschokt.

'Ze zijn allebei maar lichtgewond en ze zijn thuis. Maar hun apotheek... is compleet verwoest. De politie weigert een onderzoek in te stellen.'

'Hebben ze hulp nodig? Financieel, bedoel ik?' vroeg Judith.

Lydia Rosental schudde haar hoofd. 'Dat zal niet helpen. Zelfs als ze alles herbouwen... wie gaat daar ooit nog iets kopen? Sinds gisteren hangen de boycotborden weer aan de winkels.' Ze slikte. 'En nu worden ook hier zulke... berichten achtergelaten. En dat is waarom...' Ze haalde diep adem. 'Dat is waarom ik Duitsland... ga verlaten. Mevrouw Rheinberger, ik moet aan het eind van de maand ontslag nemen. Ik zal voor mijn ouders zorgen en tegelijkertijd zoeken naar een manier om naar een land te vertrekken waar we veilig zijn en heel...' ze hapte naar lucht, '... normaal kunnen leven.'

'U vertrekt?' vroeg Victoria ongelovig.

'U bent een van onze beste krachten!' zei Judith. 'Wilt u er niet nog eens over nadenken?' Tegelijkertijd realiseerde ze zich dat ze zelf ook geen ander besluit zou hebben genomen.

'Dat is heel aardig van u. Maar we hebben geen keus.' Lydia Rosental had weer wat kleur op haar wangen toen ze opstond. 'Zelfs als het betekent dat we ons huis verliezen. We hebben generaties lang in

Ludwigsburg en Stuttgart gewoond, we hebben niets verkeerd gedaan. Waarom we hier niet meer gewenst zijn omdat we een ander geloof hebben, zullen we nooit begrijpen.'

'Het zal heel moeilijk worden om de leemte te vullen die u achterlaat.' Judith liep naar Lydia Rosental en legde haar hand op haar arm. 'U kunt hier werken tot vlak voor uw vertrek, juffrouw Rosental. We zijn blij met elke dag dat we u hebben.' Toen ging ze naar haar bureau en haalde er een cassette uit waar altijd een bepaald bedrag aan privégeld in zat. Ze haalde er duizend mark uit en stopte de biljetten in de hand van haar medewerker.

Lydia Rosental wilde reageren, maar Judith onderbrak haar onmiddellijk. 'Dit hier is geen aalmoes, maar een bedankje voor al die jaren dat u zo geweldig met ons hebt samengewerkt. Ik zou u in elk geval genoeg mee willen geven om de eerste weken in alle rust naar een nieuwe betrekking te kunnen zoeken. Waar uw weg ook heen mag leiden.'

21

In de keuken van Villa Rothmann
22 augustus 1936

Er stond een enorme kookpot op het fornuis. Daarin pruttelden uien, selderij, wortelen, laurier, beenderen en een groot stuk fijn gemarmerd soepvlees, zodat er een krachtige runderbouillon ontstond. Het pikante aroma zweefde door de keuken naar de aangrenzende gang en lokte Theo aan, die in een onbewaakt ogenblik een paar lepels van de soep snaaide. Toen de kokkin dat zag, stuurde ze hem ogenblikkelijk naar de garage om de toch al blinkende auto's een extra poetsbeurt te geven. Er kwam immers langverwacht bezoek uit München, Berlijn en Stuttgart. De familie zou bijeenkomen. De opwinding was in het hele huis te voelen, dit keer vreugdevoller en niet zo verdrietig als bij de begrafenis van de heer des huizes vier maanden eerder.

Gerti had uitgebreid met Judith en Dora overlegd over de maaltijden die bij deze gelegenheid zouden worden opgediend. Nu stond ze al voor dag en dauw in de keuken en was alles aan het voorbereiden wat voorbereid kon worden. Het dienstmeisje moest haar helpen, maar bleek algauw een twijfelachtige hulp: Tine sneed zich in haar vinger, liet een ei op de grond vallen, verwisselde kaneel met nootmuskaat en begon ten slotte over kiespijn te jammeren. Omdat ze aannam dat ze gewoon geen zin meer had in keukenwerk, negeerde Gerti haar en beval het meisje om haar niet met haar geklaag lastig te vallen.

In de tussentijd werd de koele kelder gevuld met taartbodems, gistgebak, versgebakken brood, voorgekookte aardappelen, mergballetjes en *Flädle*, die de volgende dag als ingrediënt in de hete soep zouden belanden. Het gebraden rundvlees had al dagen in een marinade van azijn, mosterd- en peperkorrels, laurierblaadjes, kruidnagels en jeneverbessen gelegen, zodat het perfect op smaak zou zijn.

'Mijn tand doet echt veel pijn,' begon Tine laat in de middag weer, haar leed onderstrepend met een paar tranen die, zo kwam het althans op Gerti over, overdreven dramatisch over haar wangen biggelden.

De kok kon het niet laten om geïrriteerd te snuiven. 'Ga dan maar naar Kuchler! Die zal je tand wel trekken!'

Tine fronste haar wenkbrauwen. 'Eerst maak ik een kompres…'

'Wie zo'n kiespijn heeft dat ze niet kan werken, gaat naar Kuchler. En anders wordt er doorgewerkt,' gelastte Gerti. Dat zou toch het toppunt zijn, als dat mens er uitgerekend nu een paar vrije uren uit perste, nu iedereen hard nodig was. Mevrouw had zelfs nog twee meisjes aangenomen voor dit weekend, omdat het te veel werd voor het vaste personeel. Ook mevrouw Fetzer hielp waar ze kon. En Theo hielp graag, maar kon niet meer alles wat hij wilde. Al was hij nog kwiek, hij was nu ver in de zeventig.

Gerti was juist bezig groenten en vlees uit de bouillon te vissen toen Tine opeens de handdoek naast het aanrecht gooide waar ze net had afgewassen. 'Verdikkeme!'

De kokkin keek naar Theo, die aan de grote houten tafel voor het personeel zat en de koffie slurpte die ze voor hem had neergezet. De oude chauffeur, wiens laatste hoofdhaar net zo hagelwit was geworden als zijn weelderige bakkebaarden, keek verward op. 'Wat is er met haar?'

'Ik heb kiespijn!' riep Tine. 'En ik vertrek nu!'

'Theo, breng Tine alsjeblieft meteen naar Kuchler,' zei Gerti, in een poging kalm te blijven. 'Laat hem eens naar haar kijken.'

'Ik hoef niet naar…'

'Kom op, Tine.' Theo stond op en pakte zijn chauffeurspet. 'We pakken de auto.'

Tine mompelde iets onverstaanbaars, maar volgde hem. Gerti slaakte een zucht van verlichting.

Ze had juist de soep gezeefd, toen Mathilda binnenkwam. 'Is het dienstmeisje bij jou, Gerti?'

'Niet meer,' antwoordde Gerti. 'Theo is met haar naar Kuchler.'

'Aha.' Mathilda dacht na. 'Gerti, we moeten mijn vader hier vandaag weghalen. Judith en Victoria zijn net naar het station gegaan om

Hélène op te halen. Alois' huisje is opgeknapt. Als Tine ook weg is, dan kunnen we het nu afhandelen.'

Gerti knikte. Zij vond het prima dat Rode Robert eindelijk het huis uit ging, die oude communist. Hij woonde al weken op zolder, en ze waren altijd bang dat iemand hem zou ontdekken. En zij moest hem altijd eten brengen, meerdere keren per dag, trap op en trap af. Tenslotte was zij ook niet meer de jongste.

'Ja, haalt u hem weg, juffrouw Mathilda,' zei ze daarom. 'Dat is beter voor ons allemaal.'

'Dat zie ik ook zo. Als Theo en Judith met hun auto's weg zijn, nemen wij de cabriolet.'

Gerti haalde haar schouders op. Het kon haar niet schelen wie Rode Robert meenam. Het belangrijkste was dat de rust terugkeerde.

'Gerti, jij houdt de wacht, alsjeblieft, hier en bij de voordeur. Dora is bij de meisjes die de kamers in orde maken.'

'Dat doe ik!' Gerti legde de pollepel opzij. 'Ik breng nog snel de soep naar de kelder.'

Het was allemaal goed gegaan. Martin had Robert naar de auto gebracht en was met hem naar de Schimmelhüttenweg gereden. Daar had hij hem afgezet op de met Alois overeengekomen plaats en de auto op een onopvallende plek geparkeerd. Intussen was ook Mathilda met haar fiets bij de wijngaard gearriveerd en trof daar Alois en Robert, net toen die de laatste meters naar het wijngaardhuisje aflegden. Ze zette haar fiets tegen de achterkant en voegde zich bij de mannen.

'Het is niet bepaald een hotelkamer,' zei Alois toen ze binnen waren, 'maar voor een tijdje zal het wel lukken.'

Mathilda nam haar vader op, die met samengeknepen ogen de strozak en het beddengoed, de po, het krukje en de tafel bekeek, waarop ze een eenvoudige vaas met veldbloemen had gezet om de hut wat gezelliger te maken. Op twee smalle planken stonden een paar grijsblauw geglazuurde aardewerken mokken, wat serviesgoed en een beetje voedsel. 'Ik hoop dat het niet voor lang is, vader.'

'Ik ben niet veeleisend,' zei Robert. Het klonk berustend.

Lichamelijk was hij hersteld van de ontberingen van de gevangenschap en de ontsnapping, maar zijn ziel worstelde nog steeds met wat hij had meegemaakt. De laatste weken had hij nauwelijks een woord gezegd; meestal had hij op bed gelegen in zijn oude dienstwoning onder het dak, en naar het plafond of uit het kleine raam gestaard.

Tot Mathilda's verbazing was het haar moeder geweest die zich regelmatig om hem had bekommerd. Ze wilde de familie ontlasten, had ze Mathilda gezegd, ook al omdat Judith nog steeds niets van de geheime huisgenoot af wist. Misschien was het haar manier om dankjewel te zeggen voor de steun die zij al die jaren in de chocoladevilla had gekregen. En toen haar werd voorgesteld haar man te vergezellen, omdat een echtpaar minder verdacht zou lijken dan een heer die alleen reist, had zij zonder aarzelen toegezegd. Mathilda was blij dat ze dat gedaan had. Haar moeder was veiliger in Zwitserland dan in Stuttgart, waar ze op elk moment kon worden beschuldigd van samenspannen met een ondergedoken communist. En zodra Robert veilig was, kon ze beslissen hoe ze zelf verder wilde.

Terwijl Robert bleef staan, zette Alois zijn rugzak onder de tafel en ging op de kruk zitten. Bijna op hetzelfde moment voegde Martin zich bij het groepje. 'Ik geloof niet dat iemand ons heeft gezien,' zei hij terwijl hij de deur sloot. De zweetdruppels op zijn voorhoofd getuigden van zijn bezorgdheid.

'Ik heb ook niets gemerkt,' zei Mathilda. 'Laten we hopen dat we ons niet vergissen.'

Martin knikte en sloeg zijn arm om haar heen. 'Waar is je moeder?'

'In de markthal,' antwoordde Mathilda, 'om op de valreep nog een paar boodschappen te doen. Ik weet zeker dat ze iets heerlijks voor Oscar en Emil meebrengt.'

'De twee bengels. Ik kijk ernaar uit om ze te zien!'

Mathilda glimlachte. Ze wist hoeveel Martin van zijn neefjes hield, die minstens zo druk waren als hun vaders als kind waren geweest.

'En, hoe bevalt het je hier?' vroeg Martin aan Robert, die nog steeds in het midden van de kamer stond en niet leek te weten wat hij ervan moest denken.

'Ik vind alles goed waarmee ik dit kan overleven.' Robert liep nu toch naar het geïmproviseerde bed en ging erop zitten. 'Het is altijd beter dan een kale vloer.'

'Het is belangrijk dat je altijd het beddengoed wegbergt voor het geval hier ooit iemand komt,' zei Martin. 'Er is een luik naar de kelder. Daar schuif je het gewoon in.'

Robert knikte vermoeid en ging liggen zonder zijn schoenen of jas uit te doen.

'Nou, dit jaar wordt het niets met de wijn.' Alois veranderde van onderwerp. 'Maar misschien ga ik wel door met de wijngaard, zelfs als Robert weg is. Dan heb je tenminste nog iets te drinken als de tijden moeilijker worden.'

'Alles is nog te koop,' protesteerde Martin. 'Ik denk niet dat er zo gauw hongersnood komt.'

'Ik heb het Anton al gezegd: voor het decennium voorbij is, hebben we oorlog. Ik verwed er mijn hele vat cider op. Hitler is niet te vertrouwen.'

'Ik hoop dat je het in dit geval mis hebt, Alois,' zei Martin. 'Al komen je voorspellingen meestal uit.'

Alois knikte nadenkend. Toen stond hij op en haalde zijn rugzak onder de tafel vandaan. 'Tussen haakjes, ik heb de paspoorten!'

'Nu al?' vroeg Martin verbaasd.

'Ja. Scholl heeft snel gewerkt.' Hij rommelde in zijn rugzak en haalde er een exemplaar van Hitlers *Mein Kampf* uit.

'Wat...?' vroeg Martin geschokt.

'Moment!' Alois opende het boek. Binnenin was een uitsparing gemaakt in de pagina's, waarin de twee Zwitserse paspoorten lagen.

'Geniaal!' flapte Mathilda eruit.

'Toch?' zei Alois tevreden. 'Dat ding moet toch ergens goed voor zijn.'

Toen haar vader zich niet verroerde, greep Mathilda in het gemodificeerde boek en haalde er de twee lichtbruine paspoorten uit met het Zwitserse wapen erop. Scholl had er gebruikssporen in aangebracht, zodat niet te zien was dat ze gloednieuw waren.

'Leonhard Schnyder,' las ze rustig terwijl ze het eerste opensloeg. 'Vader, dat moet je onthouden: vanaf dit moment heet je Leonhard Schnyder.'

'Hm.' Robert mompelde iets onverstaanbaars.

'Ik meen het!' Mathilda's stem werd streng. 'Je leven hangt ervan af! En dat van moeder!'

'Ja,' zei Robert mat. 'Mijn naam is Leonhard Schnyder.'

'En moeder...' Ze opende het tweede document. 'Dorli Schnyder. Goed. Jullie wonen in Zürich.'

'Fantastisch werk!' prees Martin, die over haar schouder had meegekeken. 'Nu moeten we alleen nog de beste manier vinden om te reizen.'

'Er zijn nog steeds vreemden in de stad,' zei Alois. 'Veel van hen zijn in Berlijn geweest en nu op doorreis. Misschien kunnen ze zich bij hen aansluiten.'

'Dan zal het snel moeten gaan,' zei Martin. 'Ik denk dat de meeste buitenlanders binnen afzienbare tijd naar huis gaan.'

'Dat klopt,' beaamde Mathilda. 'En... een ander probleem zou kunnen zijn dat vader en moeder geen Zwitserduits spreken.'

'Daar heb ik ook aan gedacht,' zei Alois. 'Daarom zou het slim zijn om ze onder te brengen in een Zwitserse reisgroep. Als iedereen om hen heen dialect spreekt, kunnen ze stil zijn en vallen ze niet op bij de controles.'

'Maar dat zul je aan de Zwitsers moeten uitleggen,' zei Martin. 'En of iemand dat risico wil nemen?'

Even was het stil. Alleen het zachte gesnurk van Robert verried dat hij in slaap was gevallen.

'Ik hoop dat hij niet luider wordt,' zei Mathilda terwijl ze naar haar vader keek. 'Anders verraadt hij zichzelf.'

'Ik denk niet dat er buiten iets te horen is. En 's nachts is hier toch niemand op pad,' zei Alois. 'Waar ik me meer zorgen over maak, is dat zijn zenuwen het op een gegeven moment zullen begeven.'

'We mogen echt niet veel langer meer wachten,' zei Mathilda.

22

In de tuin van Villa Rothmann
23 augustus 1936, 's middags

De lange tafel onder de appelboom in de tuin van de chocoladevilla was feestelijk gedekt. Glazen, porselein en zilverwerk fonkelden op een wit damasten tafelkleed; kleine boeketten blauwe korenbloemen en witte rozen voegden een fris accent toe. Fruit in glazen schalen straalde in allerlei kleuren, ten teken dat de zomer langzaam ten einde liep.

Judith zat in een tuinstoel en keek naar haar familie, blij dat iedereen was gekomen en tegelijk intens verdrietig omdat er één onherroepelijk ontbrak. Vorig jaar nog had Victor de toespraak aan haar zijde gehouden ter gelegenheid van het zomerfeest dat hen altijd in augustus verenigde.

Toch was de sfeer ontspannen op deze warme zondagmiddag. Anton en Serafina waren net terug van een wandeling met Karl en Elise over het kronkelige tuinpad. Karl hield zijn acht maanden oude dochter Ursula in zijn armen, die op zijn schouder in slaap was gevallen. Oscar en Emil hadden hun eigen plannen en speelden bij het beekje dat door de tuin van de villa liep.

Judiths blik dwaalde verder naar de enorme dubbele glazen deur die de villa met de veranda verbond. Van daaruit voerden een paar brede treden naar de tuin. De deur stond wijd open, en nodigde de gasten uit naar buiten en de zomer naar binnen te komen. Theo legde de laatste hand aan de lantaarns, die voor een feestelijke stemming zouden zorgen als de zon was ondergegaan. De twee dienstmeisjes die voor het weekend waren ingehuurd, brachten koffie, warme chocolademelk en limonade naar buiten. Een van hen, Fanny, zou ze in vaste dienst nemen, omdat het dienstmeisje Tine gisteren door Judith was ontslagen. Die stap had ze allang moeten zetten, en niet alleen vanwege Tines nieuwsgierigheid. Nadat Theo haar naar de tandarts had gebracht vanwege haar kiespijn en vlakbij in de auto op haar had gewacht, was hem een man in een okerkleurig uniform en een rode armband met een hakenkruis opgevallen. Een lid van de SA. Tine had heel vertrouwelijk met hem gepraat voordat ze naar het huis van tandarts Kuchler liep. Toen Judith door Theo ervan op de hoogte was gebracht, had ze onmiddellijk de ontslagbrief opgesteld. Wat restte was een zekere bezorgdheid dat Tine misschien een informante van Weber was. Dat was niet ondenkbaar, ze moesten op hun hoede zijn.

Louise Fetzer bracht de taart op een dienblad naar binnen en zette hem op tafel. Judith mocht Louise. Met haar bescheidenheid en haar behulpzame karakter was ze het huishouden niet tot last, integendeel.

Judith stond op om de taart van Louise over te nemen, zodat die in de keuken meer borden kon halen. Maar voor ze bij de tafel was, zag ze uit haar ooghoeken haar moeder Hélène, die met haar man Georg Bachmayr was teruggekomen van een bezoek aan haar vriendin, de kunstenares Ida Kerkovius in Stuttgart. Ze knikte verontschuldigend naar Louise en liep naar haar moeder.

'Maman!' De twee vrouwen omhelsden elkaar. 'Hoe was het bij Ida?'

'Ach, Judith. In artistiek opzicht een waar genoegen, je weet hoe geweldig Ida met kleuren omgaat. Maar het deprimeert haar enorm dat haar werk wordt geboycot.'

'Ik zal nooit begrijpen waarom haar schilderijen zijn verboden,' zei Judith.

'Iedereen die een eigen mening heeft, wordt tegenwoordig als ontaard beschouwd. In de schilderkunst net zo goed als in de literatuur of de muziek.' Hélène schudde haar hoofd. 'De kunst wordt in de kiem gesmoord.'

'Dat is omdat ze niet willen dat we nadenken,' zei Georg met zijn gemoedelijke Münchense accent. 'Daarom moeten we ook emigreren. Tjonge, wat een tijden!'

'Maar vandaag genieten we van onze familie.' Hélène veranderde van onderwerp, zoals altijd als iets haar te veel zorgen baarde. 'En morgen ga ik mijn ezel hier opstellen en dit schitterende motief schilderen!' Ze wees naar de oude appelboom, die al de eerste kleine vruchten droeg. Daaronder gingen Martin en Mathilda juist zitten, aandachtig en teder, een prachtig plaatje.

Hélène merkte het liefdevolle tafereel ook op. 'En misschien ontstaat de volgende generatie hier al,' zei ze glimlachend.

'Dat is heel goed mogelijk,' verzuchtte Judith. 'Hopelijk hebben ze een mooie toekomst voor zich.'

'Ik wens het hun toe.' Hélène kneep in Judiths hand. 'We gaan de benen nog eens strekken.' Ze haakte in bij haar man. 'Kom, Georg.'

Judith keek de twee na, toen ze in de richting van de tennisbaan liepen. De liefde was laat gekomen voor haar moeder Hélène, vooral omdat ze er lange tijd geen oog voor had gehad. Maar Georg had haar tientallen jaren het hof gemaakt. Nu waren ze een stel dat elkaar niet alleen attent en met respect behandelde, maar ook in alles onvoorwaardelijk steunde.

Judith haalde diep adem. Ze zag Louise weer het huis in gaan, gevolgd door Fanny. In de wetenschap dat Louise nu assistentie had, besloot Judith zichzelf een moment rust te gunnen, voordat ze zich weer in het gewoel zou storten. Afgelopen nacht had ze niet bijzonder goed geslapen.

Ze liep een eindje van het gezelschap vandaan en zette koers naar het kleine buxuslabyrint, dat Victor een paar jaar eerder had laten ontwerpen zodat de kinderen er verstoppertje konden spelen; of voor geliefden, zoals hij met een veelbetekenende glimlach had gezegd. En op menige zomeravond had hij haar bij de hand genomen en zich hier met haar teruggetrokken, voor een kleine onderbreking van de dagelijkse bezigheden van hun drukke leven.

Toen Judith bij de stenen bank kwam die het idyllische centrum van het labyrint markeerde, verbaasde ze zich over de afgebroken takken die overal verspreid lagen. Het leek wel of iemand dwars door de heggen was gerend. Verontrust keek ze om zich heen, maar ze zag niemand. Van een ontspannen pauze was nu geen sprake meer. In plaats daarvan volgde ze oplettend de kronkelpaden naar de tegenoverliggende uitgang van het labyrint. Overal zag ze schade aan de anders zo goed onderhouden buxusstruiken, maar ze vond er geen verklaring voor. Ze liep het doolhof uit en liet haar blik zorgvuldig over deze uithoek van haar park dwalen, maar daar leek alles te zijn zoals altijd. Ten slotte besloot ze niet zelf verder te zoeken, maar Theo te vragen alles later te controleren.

Ze liep nog een laatste keer om het labyrint heen en ging toen terug naar het huis. Terwijl ze dat deed, merkte ze dat Emil en Oscar niet langer bij de beek speelden. En met een glimlach realiseerde ze zich wie er blijkbaar in het labyrint hadden huisgehouden. De bengels. Anton zou hun streng moeten toespreken.

Op hetzelfde moment hoorde ze een bekende stem. 'Ah, mijn beste Judith!' Het was Josefine Ebinger, die net aan Dora's arm de veranda overstak.

'Josefine!' Judith liep snel naar hen toe.

'Bedankt voor je hulp, Dora.' Josefine liet de huishoudster los en gaf Judith een stevige knuffel. 'Ik ben blij dat je me hebt uitgenodigd.'

'En ik ben blij dat je er bent!' Judith gaf de oudere vrouw een arm. 'Hoe is het met Artur?'

'Ach, hij zou dolgraag zijn gekomen.' Josefine zag er ongelukkig uit. 'Maar hij kan op dit moment het huis niet uit.'

'Tot nog toe is hij altijd hersteld, Josefine,' zei Judith. 'Hij wordt beslist snel weer beter.'

'Ik hoop dat je gelijk hebt... O, kijk, daar heb je Martin!' Josefines gezicht straalde toen ze haar kleinzoon aan tafel zag zitten.

'Kom,' zei Judith en ze liep met haar naar Martin en Mathilda, die gedempt zaten te praten. 'Mag ik jullie even storen?' vroeg ze glimlachend aan het paar, dat diep in gesprek was. 'Josefine wil graag bij jullie komen zitten. Dat vinden jullie toch niet erg, hè?'

'Nee, hoor,' zei Mathilda, maar ze wierp Martin een blik toe die Judith niet kon plaatsen.

Martin knikte ook, maar gaf geen blijk van de hartelijkheid waarmee hij de Ebingers gewoonlijk bejegende.

'Martin, jij bekommert je toch om Josefine?' vroeg Judith.

'O, dat doet hij vast en zeker, nietwaar, Martin? Hij is tenslotte mijn petekind.' Josefine keek Martin stralend aan, maar die maakte een vreemde, afstandelijke indruk. 'Artur kon vandaag niet komen, Martin,' vervolgde de gesoigneerde oude dame, 'hij is te zwak. Maar in november wil hij absoluut zijn verjaardag vieren.' Ze richtte zich weer tot Judith. 'Jullie komen toch wel naar ons toe op 8 november? Hij wordt vijfentachtig en wil een familiefeest.'

'Is Max er dan ook bij?' vroeg Judith.

Martins gezicht betrok nog meer toen hij die naam hoorde.

'Waarschijnlijk niet,' antwoordde Josefine. 'Hij zit momenteel in Londen. Het wordt wel eind november voor hij weer bij ons langs kan komen.'

Judith zag dat Mathilda een hand op Martins arm legde, alsof ze hem wilde kalmeren. Vreemd.

'We komen beslist,' verzekerde Judith haar snel en ze kneep in de hand van de oude vrouw. 'Ik moet nu een kijkje in de keuken nemen. We praten later verder, oké?

Na Josefines knikje ging Judith met een ongemakkelijk gevoel het huis binnen.

'Mama!' Al op de veranda vloog Victoria op haar af en omhelsde haar. 'Het spijt me, ik ben een beetje laat. Je vindt het toch niet erg dat Andrew, eh… meneer Miller, er vandaag ook bij komt, hè? We hebben nog zo veel te bespreken.'

Nu zag Judith ook meneer Miller op eerbiedige afstand voor de drempel van de verandadeur staan. Typisch Victoria. Ze liet niets aan het toeval of aan anderen over, ze stelde je voor voldongen feiten.

'Natuurlijk mag meneer Miller erbij komen,' zei Judith. 'Hij is er nu toch.'

'Bedankt!' Victoria wierp haar moeder een kushand toe en liep terug naar de knappe Amerikaan, die haar verwachtingsvol aankeek.

Judith wist precies wat er in haar dochter omging, en dat kostte haar hoofdbrekens. Maar ze moest de dingen op hun beloop laten, want intussen was na overleg met Anton en Martin besloten dat Vicky naar de VS zou reizen. Isaak Stern, die vanaf oktober de leiding van Antons bedrijf in New York zou overnemen, zou haar vergezellen. Andrew Miller had zijn hulp aangeboden bij het regelen van de scheepspassages en de inreisvisa, waardoor de reisplannen ook zo snel konden worden uitgevoerd. Alle drie zouden ze met hetzelfde schip naar New York gaan.

Nu stapte hij met Victoria op haar af en begroette haar met een lichte buiging. 'Dank u zeer dat ik uw familiefeest mag bijwonen, mevrouw Rheinberger. Victoria nodigde me spontaan uit. Eigenlijk wilde ik alleen een paar details van onze reis bespreken, dus heb ik de vrijheid genomen om vanmiddag langs te komen. Maandag heb ik een afspraak op het Amerikaanse consulaat, waar uw dochter ook bij zou moeten zijn.'

'Dat is heel aardig van u, meneer Miller. Wees welkom,' zei Judith en ze knikte hem toe. 'Ik ben heel blij dat u zo veel dingen regelt. Hartelijk dank daarvoor.'

'Ten slotte is het ook in mijn eigen belang, mevrouw Rheinberger. U hebt me vertrouwen geschonken, en nu wil ik bewijzen dat ik dat waard ben.'

Victoria trok Miller met een brede glimlach mee en liep recht op haar broer en Mathilda af. De jonge mensen leken het goed met elkaar te kunnen vinden. God geve dat alles goed zou aflopen.

'O, mevrouw, daar bent u eindelijk!' riep Gerti toen Judith de keuken binnenkwam, waar het naar zo veel heerlijke gerechten rook dat het onmogelijk was de afzonderlijke lekkernijen nog te onderscheiden. 'Ik ben bijna klaar. Wanneer zullen we opdienen?'

Judith keek op haar horloge. 'Het is nu bijna vier uur. Ik stel voor dat we om zeven uur met het voorgerecht beginnen.'

Een kwartier later in de grote salon

'Hij kan "lijp oud wijf" zeggen!' beweerde Emil, terwijl hij een vinger in de vogelkooi stak.

'Geloof ik niet!' zei Oscar, terwijl hij ook een wijsvinger door de tralies stak.

'Godmiljaar!' kraste Pepe en hij draaide zich demonstratief om.

'Zie je wel!' zei Oscar triomfantelijk. 'Hij zegt altijd "godmiljaar" en niet "lijp oud wijf"!' Hij dacht even na. 'Wat betekent dat eigenlijk, "lijp oud wijf"?'

Emil, die met zijn acht jaar ouder was en, vond hij zelf, duidelijk meer ervaring had dan zijn twee jaar jongere neef, trok een gewichtig gezicht: 'Dat is een oude oma.'

'Maar wat is er zo erg aan een oude oma dat Pepe dat moet zeggen?' vroeg Oscar, wat de oudere broer in een lastig parket bracht.

'Het is niet zomaar een oude oma, maar ook een rare…'

De papegaai schoof naar de kinderen toe. 'Ssssnotneus!'

'Au!!!' Met een van pijn vertrokken gezicht trok Emil zijn vinger weg. 'Hij heeft me gebeten!'

'Papegaaien kunnen toch helemaal niet bijten?' vroeg Oscar, maar hij haalde toch maar zijn vinger uit de gevarenzone.

'Hij wel!' Emil keek naar de pijnlijke plek.

'Aaamen! Aaamen!' verkondigde Pepe luidkeels, na de succesvolle verdediging van zijn territorium.

'Laat kijken!' zei Oscar.

Emil hield zijn vinger voor zijn neus.

'Maar het bloedt helemaal niet!' zei Oscar teleurgesteld. 'Er is alleen een donkere plek!'

'Dat is een echte wond. Kijk, het bloedt!' Hij wees naar een kleine open plek, maar hield zich groot. 'Ik denk dat Pepe beweging nodig heeft, daarom heeft hij me gebeten.'

'Maar hij springt altijd rond in zijn kooi!'

'Maar daar kan hij toch niet in vliegen,' neuzelde Emil, zuigend aan zijn verwonding. 'Vicky heeft hem al eens door de kamer laten vliegen.'

'Echt?' Oscar werd helemaal opgewonden. 'Je bedoelt dat hij hier rondvliegt, zoals in de jungle?'

'Tuurlijk!'

'En dan gaat hij terug naar zijn kooi?'

'Ja. Dat heeft Vicky hem geleerd. Dat heeft ze me een keer verteld.' Emil wist het niet honderd procent zeker, maar hij had wel gezien dat de vogel af en toe zijn kooi uit mocht.

'Oei, stel je eens voor dat hij hier vliegt...'

Emil besloot dapper te zijn. Hij stapte weer naar de vogelkooi en opende voorzichtig het getraliede deurtje. Toen nam hij snel afstand van de kooi.

Pepe keek naar de onverwachte ontsnappingsmogelijkheid en gleed centimeter voor centimeter naar de uitgang.

'Nu!' mompelde Emil tegen Oscar terwijl de papegaai op de rand van het deurtje ging zitten. 'Hij vliegt zo weg!'

Oscar staarde met wijd open ogen naar de kooi en Emil dacht dat hij diep in de jungle was toen de vogel eindelijk weg fladderde.

Maar in plaats van de verwachte elegante vlucht door de salon, maakte hij een nogal scheve halve cirkel die eindigde bij de tot de vloer reikende kanten gordijnen van het raam. Een zacht scheurend geluid gaf aan dat het gordijn niet veel weerstand bood aan de scherpe klauwen van de papegaai, en tot overmaat van ramp begon Pepe ook nog aan de fijne stof te knabbelen.

'Hij maakt het kapot!' fluisterde Oscar, gefascineerd en angstig tegelijk.

'Dat kun je repareren,' fluisterde Emil terug. 'Ik denk dat Dora altijd zoiets in huis heeft.' Maar hij was er helemaal niet zeker van.

De jongens staarden angstig naar het raam.

'Heiiiil Himmmmmel!' krijste Pepe terwijl hij zijn vlucht voortzette en boven hun hoofden een ballistische curve naar de kast beschreef.

'Oei!' zei Oscar.

'Wat is hier aan de hand?'

Een geërgerde mannenstem deed Emil ineenkrimpen van schrik.

'Papa, eh, we hebben...'

'Hebben jullie de papegaai vrijgelaten?' Anton keek naar de kast waar Pepe juist zijn behoefte op deed.

'Emil heeft hem vrijgelaten,' corrigeerde Oscar.

'Je kunt Pepe niet zomaar laten vliegen,' foeterde Anton. 'Er zijn een paar dingen waar je rekening mee moet houden.'

'Hij wilde alleen maar beweging...' Emil kon niet veel tot zijn verdediging aanvoeren.

'Maak dat je wegkomt, jullie,' beval Anton. 'En ik zal proberen de vogel weer in de kooi te krijgen!'

'Ja, papa,' zei Emil bedeesd.

'Tussen haakjes,' voegde Anton eraan toe. 'Zojuist vertelde jullie tante Judith me in de hal over jullie avontuur in het labyrint. Ik verwacht dat jullie je onmiddellijk verontschuldigen voor de schade daar. En morgen helpen jullie Theo om het weer in orde te maken.'

'Het labyrint?' vroeg Emil oprecht verbaasd. 'Waarom moeten we ons verontschuldigen?'

'Dat weten jullie beter dan ik!' Anton raakte geïrriteerd.

'Maar papa,' bezwoer Emil. 'We waren toch helemaal niet in het labyrint! Eerlijk niet!'

23

De schemering was gevallen. De dienstmeisjes staken de lantaarns aan en Louise de kaarsen in de grote weckpotten, die ze juist op tafel had gezet. Een zacht licht viel over de tuin van de chocoladevilla, het concertante getjirp van de krekels maakte de zomeravond volmaakt. Het dessert, een grote chocoladetaart, was op, de borden waren opgeruimd en ze zaten gezellig bij elkaar terwijl de kinderen naar bed werden gebracht. Het was de hoogste tijd voor de jongens. Vlak voor het diner hadden Emil en Oscar geprobeerd Judiths Mercedes in de garage te starten, en het was alleen aan Theo's oplettendheid te danken dat ze er niet stiekem een ritje mee hadden gemaakt. Voor straf moesten de twee het deze avond zonder hun kruidenchocolade doen.

Nu was het rustiger. Serafina en Elise waren bij de kinderen, want Emil zou die nacht in de chocoladevilla logeren. Judith bracht Josefine Ebinger naar huis, Martin en Mathilda hadden zich teruggetrokken in een rustig hoekje van de tuin. Een karaf witte wijn, whisky, vruchtenbrandewijn en verse citroenlimonade stonden op tafel, evenals een bord met kwarktaart, Gerti's specialiteit.

Andrew liet Anton whisky voor hem inschenken. 'Dank je, mijn vriend.' Toen greep hij in zijn jaszak en haalde een vierkante chocoladereep tevoorschijn. 'Deze wilde ik jullie laten zien!'

'Een goocheltruc?' vroeg Anton grijnzend. 'Maar die chocolade is van de concurrentie!'

'Dat weet ik,' zei Andrew lachend. 'Ik heb hem vandaag gekocht omdat ik dacht dat hij interessant was.'

'Een vierkante "sportchocolade". Deze vorm kwam vier jaar geleden op de markt,' wist Anton, 'en hij verkoopt behoorlijk goed. Het bedrijf zit in Waldenbuch, niet ver van hier.'

'Een stuk chocola dat in elke jaszak past,' voegde Victoria eraan toe. 'Overigens was dat het idee van een vrouw.'

'Wat een geluk dat er naar haar geluisterd werd,' zei Andrew. Het klonk oprecht. 'Je kunt veel doen met een vierkant stuk chocola zoals dit.' Hij opende de verpakking en bood iedereen er wat van aan. 'Deze smaakt vast niet zo goed als die van Rothmann.' Hij knipoogde naar Victoria.

'Absoluut niet,' bevestigde Victoria en ze peuzelde een stukje op. 'Onze chocola is de beste.' Ze pakte een glas limonade voor ze verderging. 'Maar het kan beslist geen kwaad een keertje andere vormen uit te proberen. We hebben het al eens over een chocoladepuzzel gehad, nietwaar?'

'Dat weet ik nog. En ik kan me goed voorstellen dat hij voor de Amerikaanse markt geschikt zou zijn,' zei Andrew.

'Is dat productietechnisch mogelijk?' vroeg Anton.

'In principe wel,' antwoordde Andrew. 'Op zijn minst als een *Limited Edition* tijdens de wintermaanden. In de zomer is het sowieso moeilijk met chocolade. Als je dan puzzelstukjes probeert te leggen, smelt alles tussen je vingers weg.'

'De stukken moeten ook niet te klein zijn,' voegde Victoria eraan toe. 'En ze moeten een hoog cacaogehalte hebben, zodat ze stabieler zijn. Met melkchocolade wordt het niets.'

'Precies.' Andrew knikte. 'Hoog cacaogehalte, goede koeling, grote puzzelstukken. In de VS beginnen we meteen met de eerste proeven.'

'Graag!' Victoria was er het liefst onmiddellijk mee begonnen.

'*Sure*! Je kunt gebruikmaken van onze ontwikkelingsafdeling. Ik ben benieuwd naar je experimenten! Natuurlijk deel je in de winst als het doorgaat en succes heeft.'

'Ik zal mijn best doen!' Zijn vertrouwen maakte haar gelukkig. Er was iets moois tussen hen ontstaan, een intieme band die des te verbazingwekkender was omdat ze fysiek nauwelijks nader tot elkaar waren gekomen. Ze wantrouwde zijn zakelijke bedoelingen ook niet meer. Hij was een ondernemer die buiten zijn schuld in zwaar weer was beland en nu naar een uitweg zocht. Wie zou dat niet doen? En hoewel haar moeder nog steeds moeite had met het idee dat ze naar Amerika ging, zag zij nu ook duidelijk de mogelijkheden voor zich die een eventueel Amerikaans filiaal bood. Victoria was blij dat Judith had ingestemd met de verlenging van de lening. In ruil daarvoor moest Andrew haar toegang geven tot de boekhouding, de productieruimtes van het bedrijf en de recepten, zodat zij kon nagaan hoe SweetCandy er daadwerkelijk voor stond. Stern zou haar daarmee helpen.

'Je zult een aanwinst zijn voor ons bedrijf,' zei Andrew nu. 'Pas maar op! Straks laten we je niet naar Stuttgart teruggaan!'

'Misschien wíl ik niet eens meer naar huis, Andrew,' zei ze, terwijl ze verbaasd besefte dat haar woorden, die eigenlijk grappig waren bedoeld, meer waarheid bevatten dan ze zichzelf wilde bekennen. 'Maar,' relativeerde ze onmiddellijk, 'dat kan ik moeder niet aandoen.'

'Afgezien van het feit dat we je allemaal heel erg zullen missen, Vicky... maak je maar geen zorgen over moeder,' zei Karl, die een paar minuten eerder bij hen was komen zitten. 'Elise en ik zullen haar steunen terwijl jij in New York bent.' Hij grijnsde ondeugend. 'Je weet dat ik lange tijd de chocoladefabriek met Judith en Victor heb gerund. En je vergeet niet alles in zes of zeven jaar.'

'Dat klinkt allemaal... geweldig.' Victoria was confuus. 'Maar... maar kunnen jullie moeder wel echt helpen vanuit Berlijn?'

'Er is voor ons ook veel veranderd, Vicky.' Karl klonk opeens verdrietig en berustend tegelijk. 'We gaan niet meer terug naar Berlijn. Onze spullen zijn al op weg naar Stuttgart. We blijven voorlopig hier en proberen op een gegeven moment naar Zwitserland te emigreren.'

'Pardon?' Victoria was verrast. 'Wat plotseling. Waarom?'

'Onze meubelstudio bestaat niet meer. Hij is als "entartet" bestempeld en gesloten.' Hij stak een sigaret op. 'Ze kwamen 's avonds laat, zoals hun gewoonte is, en hebben alles kort en klein geslagen. Het was... verschrikkelijk.'

'Maar waarom waren jullie meubels entártet?' Victoria kon haar oren niet geloven.

'Omdat we ons hebben laten leiden door het Bauhaus-design. Het hele Bauhaus wordt uitgeroeid. Net als alles wat hun niet aanstaat.' Karls woede klonk duidelijk in zijn woorden door. 'Maar we wilden geen andere meubels aanbieden. Wij zijn overtuigd van deze vormen, esthetisch en functioneel is er nooit iets beters geweest.'

'Ik houd veel van jullie stijl, die hebben jullie ook in het nieuwe gebouw van onze chocoladefabriek gebruikt,' zei Victoria bedachtzaam. 'En daarom is dat nu besmeurd met beledigende leuzen.'

'We moeten echt voorzichtig zijn,' zei Anton bezorgd. 'Alois heeft dit al voorzien. Maar ik had niet gedacht dat alles zo snel zou veranderen.'

'We zullen de komende weken over de verschillende mogelijkheden nadenken,' zei Karl. 'Eerlijk gezegd ben ik nog het bezorgdst om die Weber, die het op de chocoladefabriek gemunt heeft. Ik weet zeker dat hij ook degene was die de leuzen heeft laten aanbrengen. Judith denkt dat ze hem wel aankan. Dat betwijfel ik. Als Weber door een hogere afdeling van de partij wordt gesteund, dan wordt het echt gevaarlijk.'

'Ik ben nog niet weg.' Victoria realiseerde zich opeens de draagwijdte van de situatie. 'Als jullie me hier nodig hebben, blijf ik.'

'Je moet gaan, Vicky,' zei Karl streng, en Anton knikte. 'Voor jezelf en voor het bedrijf.'

Op dat moment kwam Judith over de veranda aangelopen, gevolgd door de dienstmeisjes met twee sektkoelers, en Louise met een dienblad vol champagneglazen.

'Wat is moeder van plan?' vroeg Anton verbaasd. 'Valt er iets te vieren?'

Victoria schudde haar hoofd, Karl stak nog een sigaret op.

'Beste mensen,' zei Judith, toen ze bij de tafel was aangekomen. 'Ik zou graag willen dat we samen toosten. Op Victor.'

'O ja,' zei Victoria. 'Dat zou papa hebben bevallen.'

Anton ging onmiddellijk in de weer met de flessen mousserende wijn. 'O, je hebt het goed met ons voor, Judith! Degerlochse champagne!'

'Victor vond die zo lekker!' Judith keek zoekend rond. 'Waar zijn de anderen eigenlijk?'

'Martin en Mathilda komen er net aan,' constateerde Karl met een brede grijns en Victoria was blij dat de sombere stemming opklaarde.

'Serafina en Elise zijn bij de kinderen,' zei Anton. 'We hoeven niet op hen te wachten.' Hij vulde de glazen.

'Dat denk ik ook. Als ze de deugnieten eindelijk hebben gekalmeerd, gaan ze eerst eens uitgebreid bijpraten,' zei Karl en hij knikte naar Martin en Mathilda, die bij hen kwamen zitten.

'Oké,' zei Judith en ze hief haar glas. 'Op onze... familie.' Toen haar stem brak, stond Victoria op en nam haar in haar armen. 'We zijn een geweldige familie, mama. En papa zal altijd bij ons zijn.'

Ze toostten, met de kostelijke mousserende vruchtenwijn die in Degerloch werd geproduceerd en tot ver buiten de grenzen van het plaatsje vermaard was.

'Ongelooflijk,' merkte Andrew waarderend op. 'Wat is het geheim van deze champagne?'

'Hij is gemaakt van Zwitserse *Gelbmöstler*-peren. Het sap rijpt vijf jaar voordat het wordt verwerkt,' legde Judith uit. 'We serveren hem altijd bij speciale gelegenheden. Vandaag was ik eerlijk gezegd vergeten om er voor het avondeten mee te toosten.'

'Dat was niet jouw schuld, Judith, maar van Emil en Oscar,' zei Karl meteen. 'Ze hielden iedereen bezig met hun bezopen ideeën.'

'Inderdaad!' Judith lachte.

'Maar ik denk dat hij ook nu nog uitstekend smaakt, onze Degerlocher sekt,' zei Anton en hij dronk zijn glas leeg. 'Wat dacht je ervan, Andrew, zullen we wat muziek maken? Je hebt ons voor het concert van afgelopen zondag een indrukwekkend staaltje van je kunnen laten zien.'

'*Oh, yeah*, natuurlijk! Maar hebben jullie instrumenten?'

'Er is hier een muziekkamer,' zei Victoria en ze draaide zich om naar het huis. 'Zullen we... wie is dat nou?'

'Wie?' vroeg Karl.

'Daar staat toch iemand? Naast de veranda.' In het halfduister kon Victoria vaag een silhouet onderscheiden dat heen en weer bewoog voor de zwak verlichte ramen van de muziekkamer.

De onbekende kwam langzaam op hen af en stopte uiteindelijk halverwege de veranda en de feesttafel.

Een schok ging door Victoria's ledematen toen ze hem herkende.

'Vader!' fluisterde Mathilda ontzet.

24

Villa Rothmann
De volgende dag, 24 augustus 1936

Ze waren met honden gekomen. Het geblaf was tot ver over de Haigst te horen, net als het agressieve geschreeuw van de mannen en de motoren van de voertuigen die over de Schimmelhüttenweg waren gereden. Wat ze precies hadden geroepen was onverstaanbaar, maar Robert had onmiddellijk geweten dat ze iemand zochten. Geschrokken was hij uit zijn halfslaap ontwaakt en had snel geprobeerd zich te oriënteren. Waar hij uiteindelijk de kracht vandaan had gehaald om het beddengoed zoals afgesproken door het luik te duwen en het huisje te verlaten, wist hij niet meer. Achteraf leken de gebeurtenissen hem onwerkelijk: zijn paniekerige vlucht op klaarlichte dag door de wijngaarden en het bos, de val waarbij hij meters naar beneden was gegleden. En dan nog de voortdurende angst dat de honden hem op het spoor zouden komen. Die had hem niet verlaten, zelfs niet toen hij uiteindelijk bij de Rothmann-villa was aangekomen en de tuin in was geslopen. Terwijl de familie feestvierde, had hij zich verborgen in het buxusdoolhof en uitgerust op de stenen bank in het midden. Naderende voetstappen hadden hem weer doen opschrikken. In paniek had hij zich door de zorgvuldig gesnoeide heg geworsteld en zich achter een paar coniferen bij de buitenmuur verstopt, radeloos en nog steeds doodsbang. Pas toen de paniek was weggeëbd, besefte hij dat hij zich kenbaar moest maken. Dat was de enige mogelijkheid die hem restte.

Nu lag hij op hetzelfde bed op de zolder die hij nog maar twee dagen eerder had verlaten en voelde zich alsof hij door een gehaktmolen was gehaald. Hoeveel kan een mens verdragen?

Hij kreunde.

'Doet het erg pijn?' vroeg Louise, terwijl ze opkeek van haar boek. Ze zat al sinds de vorige avond bij hem, nadat ze zijn wonden had verzorgd en hem iets te eten en te drinken had gebracht.

'Het… gaat wel.' Hij bracht de woorden moeizaam uit, wilde haar niet nog bezorgder maken dan ze al was.

Ze knikte. Zijn trouwe Louise. Wat had hij haar al die jaren aangedaan.

'Louise…'

'Ja?'

'Het spijt me. Je bent… zo veel sterker dan ik.' Hij slaagde erin een scheve glimlach te produceren.

Ze knikte en keek hem nadenkend aan.

Waarom konden sommige dingen niet ongedaan worden gemaakt?

De laatste weken hadden Robert ertoe gedwongen eerlijk naar zichzelf en zijn leven te kijken. In afzonderlijke sequenties waren beelden en gebeurtenissen aan zijn geestesoog voorbijgetrokken en hadden inzichten voortgebracht die minstens zo pijnlijk waren als de wonden die hij de afgelopen nacht had opgelopen.

'Weet je, Louise… ik dacht echt dat ik aan de goede kant stond.'

Hij had altijd een sterk rechtvaardigheidsgevoel gehad, en toen hij tientallen jaren geleden als loopjongen in het huis van de Rothmanns was begonnen, was het klassenverschil tussen de bedienden en de hoge heren al snel ondraaglijk voor hem geworden.

'Waarom,' vervolgde hij, hoewel hij moeite had met spreken, 'hebben sommigen zo veel en anderen veel te weinig?'

Louise legde haar boek opzij. 'Op sommige vragen zijn er geen simpele antwoorden. Onrechtvaardigheid zal altijd bestaan. Mensen zijn verschillend.'

'Natuurlijk. Maar… dat het al bij de geboorte vaststaat. Als je in rijkdom geboren bent, en er niets voor hebt gedaan… dan verdien je het niet.'

'Veel mensen hebben ervoor gewerkt, Robert. Kijk maar naar Robert Bosch. Je kunt het ver schoppen als je er je zinnen op zet.'

'Bosch kwam niet uit een arm gezin.'

'Maar hij kwam ook niet uit een rijke familie. Wat telt is dat hij iets van zichzelf heeft gemaakt.' Louise streek het dunne laken glad waarmee ze hem had bedekt. 'Laten we het er nu maar niet over hebben. Je bent zwak. We bespreken die dingen wel als je je beter voelt.'

'Nee... Louise, ik moet dit nu zeggen. Ik heb je niet goed behandeld. En ik wil dat je me begrijpt.'

'Sommige dingen zal ik nooit begrijpen, Robert. Ik heb lang gevonden dat het belangrijk was wat je deed omdat veel dingen daardoor beter werden voor de arbeiders bij Bosch. Of voor de mensen in het algemeen, die elke dag moeten vechten om hun brood te verdienen. Voor het feit dat je als arbeider waardigheid en rechten hebt. Maar op een gegeven moment... vocht je niet langer voor het volk, maar voor... ik weet niet hoe ik het moet noemen... een idee. De KPD heeft je verblind.'

'Voor mij was het de enige juiste manier.' Robert keek haar aan. Voor het eerst sinds jaren, misschien wel voor de allereerste keer, keek hij bewust naar de vrouw met wie hij was getrouwd. Haar bleke gezicht met de fijne trekken, bezaaid met rimpels, dat zo veel warmte uitstraalde en toch van zo veel strijd getuigde, zag er vermoeid uit. Het leven aan zijn zijde had haar getekend. En toch was er een kracht in haar, die hij bewonderde.

De wroeging dreigde hem te overweldigen. Hoe kon hij zo blind zijn geweest voor alles wat belangrijk voor hem had moeten zijn? Zijn dappere vrouw, zijn slimme dochter, die hun leven niet alleen zonder hem, maar ook tegen zijn koppigheid in moesten zien te leiden. Hij kon de goedheid erkennen van de Rothmanns, die hij altijd als klassenvijanden had beschouwd, maar zonder wier hulp ze in onafzienbare ellende zouden zijn gestort. Hij was achter leuzen aangelopen en had zich verlaagd tot een ideologie die gemakkelijk had kunnen leiden tot een dictatuur zoals die van de nationaalsocialisten. Wat zou hij dan hebben gedaan? Als hij macht had gehad? Zou hij allen die niet in zijn communistische wereldbeeld hadden gepast net zo wreed hebben behandeld als de nazi's hem nu behandelden? Zou hij de Rothmanns zonder blikken of blozen alles hebben afgenomen, de fabriek, de villa, en het allemaal hebben verdeeld onder degenen die het volgens hem wél verdienden? Zou dat niet precies dezelfde willekeur zijn geweest?

Die vragen kwelden hem, maar hij kon er verder niet op ingaan, niet nu. Hij had er de kracht niet voor. Mocht hij ooit in veiligheid zijn, mocht hij ooit de kans krijgen om zijn leven opnieuw te beginnen, dan zou hij met dit besef een manier zoeken om werkelijk goed te doen voor de mensen.

Louise gaf hem een glas water. Een eenvoudig gebaar, maar zo oneindig waardevol.

'Dank je.'

Er werd geklopt.

Louise stond op en opende de deur. 'Vicky! Mathilda!'

'We willen jullie een voorstel doen,' zei Victoria Rheinberger zacht en ze sloot de deur.

'Is uw moeder erg boos?' vroeg Robert voorzichtig.

'Tja. Ze is teleurgesteld dat we haar niets hebben verteld,' antwoordde Victoria. 'En ik kan haar begrijpen. Maar ten eerste valt er nu niets meer aan te veranderen, en ten tweede zou ik het de volgende keer weer zo doen.'

Intussen ging Mathilda bij Roberts bed staan. 'Jullie vertrekken morgenavond. Met de trein. Meneer Miller gaat met jullie mee.'

'Meneer Miller?' vroeg Louise verbaasd. 'Ik dacht dat Karl...'

'Nee, niet Karl,' zei Mathilda. 'Als er aanwijzingen waren dat er zich een ontsnapte gevangene op de Haigst schuilhield en dat er daarom gistermiddag een razzia is geweest, dan is het gevaar groot dat ze achterdochtig worden. Zeker als er iemand van de familie meekomt. Daar komt nog bij dat jullie weliswaar Zwitserse paspoorten hebben, maar geen Zwitserduits spreken.'

'We hebben nog lang gediscussieerd gisteravond,' vervolgde Victoria. 'Meneer Miller heeft uit zichzelf aangeboden met jullie mee te gaan. Met hem erbij zullen jullie misschien niet zo grondig worden gecontroleerd. En als het toch gebeurt, kan hij tussenbeide komen om de aandacht af te leiden.'

Louise schudde haar hoofd. 'Ik wil niet dat hij zichzelf in gevaar brengt.'

'We hebben weinig keus. We wilden jullie in een Zwitsers reisgezelschap onderbrengen, maar dat was onmogelijk op korte termijn te regelen.'

Louise keek naar Robert. 'Ben je sterk genoeg?'

Robert richtte zich een beetje op. 'Het zal wel moeten. Ik doe het.'

'Vanmiddag ga ik met meneer Miller naar het consulaat van de Verenigde Staten,' zei Victoria. 'Dan gaan we ook naar het station om de kaartjes te kopen. Ik hoop dat alles goed gaat.'

25

De chocoladefabriek
25 augustus 1936

Victoria was ongerust. Hoewel Andrew beloofd had dat hij voorzichtig zou zijn, wachtte ze ongeduldig tot hij zoals afgesproken zou bellen, om te zeggen dat hij, Robert en Louise behouden in Zürich waren aangekomen. Hij zou twee dagen bij de Fetzers blijven om hen te helpen woonruimte te vinden. Daarna moest Louise op zoek naar een baan.

Maar zouden die twee zich wel kunnen redden? Victoria was niet alleen bezorgd dat de Zwitserse autoriteiten het Duitse echtpaar uiteindelijk in het vizier zouden krijgen en hen zelfs zouden deporteren. Wat haar nog meer zorgen baarde, was het feit dat Louise Fetzer nu voor de man zou moeten zorgen van wie zij jarenlang gescheiden had geleefd. Ze wilde aan de slag als hulp in de huishouding of als naaister, maar dat was niet wat zij Louise toewensten. Hoewel Mathilda blij was dat haar moeder het land uit en dus in veiligheid was, zouden ze toch over haar toekomst daar moeten nadenken. Louise verdiende een eigen leven.

'Vicky?' Haar moeder kwam naast haar staan. 'Heb je de levering van de cacaobonen met de Nederlanders geregeld?'

'Ja. Maar veel is het niet. En tegen een exorbitante prijs. Maar ze leveren in elk geval begin volgende week.'

'Gelukkig. Dan kunnen we voorlopig blijven produceren.' Victoria voelde Judiths hand zwaar op haar schouder. 'Ik zal je missen, Vicky.'

Victoria legde haar hoofd op haar moeders hand. 'Ik wil je eigenlijk niet alleen laten, mama. Wie weet hoe het hier verdergaat.'

'En dat is precies de reden waarom je moet gaan.'

'Ach, mama.'

'Heb je het ticket voor de overtocht?'

'Ja. En dinsdag halen we het visum af.'

'Goed.' Judith zuchtte. 'Onze toekomst hier is onzeker. Als ik denk aan de manier waarop Karl en Elise uit hun fabriek zijn verdreven, slaat de angst me om het hart.' Judith kneep in Victoria's schouders en ging terug naar haar bureau. 'Misschien is Amerika inderdaad de toekomst voor Rothmann Chocolade,' vervolgde ze. 'Daarom is jullie reis zo belangrijk.'

Victoria knikte. 'Ik zal mijn best doen, dat beloof ik.'

'Dat weet ik. En als Andrew Miller zo betrouwbaar is als hij lijkt, ben ik hoopvol gestemd.' Ze pakte een dossiermap. 'Trouwens, ik heb je alle noodzakelijke volmachten verleend, Vicky. Bovendien zullen we Isaak Stern ook procuratiehouder maken. Dus je hebt volledige handelingsbevoegdheid.'

Victoria stond op en omhelsde haar moeder. 'Ik ben blij dat je zo veel vertrouwen in me hebt, mama. Als je me om wat voor reden dan ook nodig hebt in Stuttgart, telegrafeer je me, afgesproken?'

'Dat zal ik doen. Maar verheug je ook op je reis, Vicky. Ik weet hoe je naar de grote, wijde wereld verlangt.'

'Was dat zo opvallend?'

'Ik ken mijn dochter toch.' Judith glimlachte.

Victoria beantwoordde haar glimlach. 'Eerlijk gezegd ben ik heel blij dat Elise en Karl je een handje helpen,' zei ze toen. 'In elk geval voorlopig.'

'Ja, dat helpt enorm. In de eerste plaats zullen we proberen een deel van de gelden en effecten uit de onderneming te halen. Zodat we tenminste nog een inkomen hebben als de overname komt.'

'Wil je eventueel naar Zwitserland gaan? Ik bedoel, Karl is het serieus van plan, en oma heeft het er ook altijd over. En Georg is al bezig alles in München te verkopen.'

'Ja, dat is beslist een optie. Anton en Serafina spelen ook met de gedachte.'

Victoria knikte. 'Voor hen zou New York ook een goede plek zijn… net als voor jou, eigenlijk.' Ze zuchtte. 'Op een of andere manier kan ik me niet voorstellen dat onze familie opeens over alle windstreken wordt verspreid.'

'Ik denk er ook niet graag aan, Vicky. Maar het is belangrijk om de feiten onder ogen te zien. Die kwestie met Robert Fetzer heeft me een paar dingen geleerd. Kijk…'

De telefoon ging.

'Dat zal Andrew zijn,' riep Victoria en ze nam op.

Het was inderdaad een internationaal gesprek uit Zürich. Het was een pak van Victoria's hart toen Andrew haar vertelde dat ze veilig de grens waren overgestoken. Ze bespraken de details niet, omdat ze er rekening mee moesten houden dat ze werden afgeluisterd.

'Dat is een zorg minder,' zei Judith.

'Ik ben dolblij dat alles goed is gegaan,' zei Victoria. 'De Fetzers zijn veilig. En nu is het voor Martin en Mathilda ook weer gemakkelijker. Misschien is Martin dan weer gauw de oude.'

'Heb je ook gemerkt dat hij is veranderd?'

'Ja. Hij is zo vaak in gedachten. Zo ken ik hem helemaal niet.'

Judith knikte instemmend. 'Laten we hopen dat hij zijn ongedwongen manier van doen snel terugvindt.'

'Ik ga eens in onze chocoladekeuken kijken.' Victoria streek haar jurk glad. 'Het idee van witte chocolade spookt door mijn hoofd.'

'Hoe kom je daarbij, witte chocolade?'

'Ach, Trude Schätzle heeft me er wat van gegeven.'

'Nou, probeer het dan uit. Ik ben benieuwd!' Judith knikte haar toe.

Victoria inspecteerde haar bureau nog een keer en liep toen naar de proefkeuken. En terwijl ze aan het experimenteren was met melkpoeder, suiker, cacaoboter en vanille, moest ze opeens aan Luc denken. Dat was een mogelijkheid! Hadden ze geen codewoord afgesproken op hun laatste avond in Voiron? Chocolat. Ze moest hem telegraferen. Hij zou beslist een manier vinden om contact met haar te leggen. Of met Mathilda, voor het geval hij zich pas zou melden als ze al op weg was naar Amerika. Luc zou Louise Fetzer naar Voiron kunnen brengen. Bij Bonnat was altijd genoeg te doen. Daar zou Mathilda's moeder een nieuw begin kunnen maken.

Opgelucht concentreerde Victoria zich op de ingrediënten in haar mengkom. De lichte chocoladecreatie die ontstond had een aantrekkelijke kleur, maar de consistentie liet veel te wensen over. Een kruimelig en plakkerig geheel dat weigerde vorm aan te nemen, en toen ze haar werk proefde, vertrok Victoria haar gezicht. Het was veel te zoet.

Ze had zich de ontwikkeling van witte chocolade gemakkelijker voorgesteld. Maar ze dacht niet aan opgeven. Ze zou witte chocolade maken die delicater en romiger was dan alles wat er eerder was geweest. Had Andrew niet beloofd haar de vrije hand te geven op de ontwikkelingsafdeling van SweetCandy? Die kans zou ze grijpen.

26

Aan boord van de ss Manhattan
De avond van 16 september 1936

De avonden aan boord waren adembenemend mooi. Wanneer de zon langzaam verzonk in de eindeloze uitgestrektheid van de horizon, schitterende lichteffecten op de kammen van de golven toverde en met haar avondrood de belofte van een nieuwe ochtend achterliet, werd Victoria's hart vrij en groot.

Zo was het ook deze avond, haar laatste op de ss Manhattan. Nog steeds nodigde de zee in haar glinsterende oneindigheid uit om te dromen, nog steeds leek alle zwaarte ver weg in dit niemandsland tussen de twee continenten. Het was ondenkbaar dat deze reis binnenkort ten einde zou zijn. De afgelopen dagen waren te intens geweest, te indrukwekkend, niet in de laatste plaats omdat Andrew en zij zo veel prachtige momenten hadden gedeeld. Hoe zou het zijn als ze weer aan land waren?

'Weemoedig?'

Ze had op hem gewacht, en er kwam er een behaaglijk gevoel over Victoria toen ze zijn stem achter zich hoorde. Ze wierp een blik over haar schouder en draaide zich toen langzaam naar hem toe. Hij zag er prachtig uit in zijn smoking, waarvan de snit zijn smalle heupen en brede schouders accentueerde.

'Ja. Er zit wel een beetje weemoed bij.' Ze leunde tegen de reling toen hij dichterbij kwam en vlak voor haar bleef staan. De tinteling op haar huid werd intenser. 'Maar tegelijk popel ik om New York te zien,' voegde ze er zacht aan toe.

Zijn ogen dwaalden over haar gezicht en de losjes opgestoken krullen. Ze wist dat ze er mooi uitzag, met haar zongebruinde huid en de lange crèmekleurige satijnen jurk, die haar als gegoten zat.

'Het komt niet vaak voor dat ik dit compliment geef, Victoria. Maar je ziet er... betoverend uit.'

Ze sloeg haar ogen neer, iets wat eigenlijk helemaal niet bij haar paste.

Andrew merkte het en stak zijn hand naar haar uit. 'Mag ik je uitnodigen voor het *farewell dinner*, Victoria? Ik ben blij om zo'n knappe vrouw als tafelgenote te hebben.'

Ze knikte en legde haar hand in de zijne. Toen gingen ze op weg naar de *dining salon* van het schip.

De grote zaal was feestelijk verlicht en uitbundig versierd. Slingers van tere rozen en glinsterend stras tooiden de muren en de smalle galerijen rond de ruimte. Op de ovale tafels fonkelden kristallen glazen naast het fijnste porselein en zilveren bestek, kleine lantaarntjes zorgden voor kleurrijke accenten.

Andrew leidde Victoria naar tafel nummer twee, waar ze de hele reis hun maaltijden hadden gebruikt. Het bejaarde echtpaar dat hen daar gezelschap hield was al aanwezig en groette hen beleefd. Tot Victoria's spijt at Isaak Stern in een andere eetzaal.

In de dining salon, die geleidelijk volstroomde met gasten uit de *cabin class* van het schip die zich met het laatste diner van deze overtocht wilden laten verwennen, werd gedempt geconserveerd. Sommigen hadden Andrew en Victoria de afgelopen dagen ontmoet, zoals de Russische musicoloog die zich altijd vreselijk opwond als een medespeler zijn schijf van het *shuffleboard* schoot. Of de bereisde Amerikaanse ingenieur met Hongaarse wortels die na een paar drankjes in de Palm Club liefdesgedichten met tragische inhoud declameerde en daarbij altijd een paar traantjes wegpinkte. Een excentrieke, zwaar opgemaakte Engelse vrouw, lady Duffeley, die geen stap zette zonder haar angorakat, waarvoor zij naar eigen zeggen de volle ticketprijs had betaald, kreeg ook veel belangstelling. Ook vandaag zat het lichtgrijze dier met een ernstige gezichtsuitdrukking op zijn eigen stoel naast zijn aristocratische vrouwtje en sloeg verveeld met zijn weelderige staart tegen de rugleuning.

Het blazersensemble van het schip stemde bedaard de instrumenten en bereidde zich voor om de avond muzikaal te omlijsten.

'Dit wordt een uniek diner,' zei Andrew, terwijl hij naar Victoria glimlachte. 'Geloof me maar.'

'Ik ben heel benieuwd. Maar het lijkt me bijna decadent om zo'n avond mee te maken terwijl er thuis misschien nare dingen gebeuren.'

Andrew werd serieus. 'Die gedachte komt natuurlijk op. Maar ik weet zeker dat je familie je dit genoegen van harte gunt.'

'Dat doen ze beslist.' Victoria glimlachte flauwtjes. 'En ik weet zeker dat ze het niet zouden begrijpen als ik daarover zou piekeren.'

'Laten we ervan genieten. En wees dankbaar.' Hij keek naar haar. 'Voor mij is het een geschenk.'

'Ja, je hebt gelijk. Dankbaarheid is heel wat beter dan een kwaad geweten.'

'Er is niet veel wat we kunnen doen om de grote gebeurtenissen in de wereld te veranderen. Maar we kunnen proberen juist te handelen en ons best te doen waar het maar kan.'

Victoria knikte. 'Dat heb je bij die vreselijke situatie met Robert en Louise gedaan, Andrew. Je beseft waarschijnlijk niet hoeveel je ons allemaal hebt geholpen.'

'Voor mij was het vanzelfsprekend en het risico bleef binnen de perken. Als die nationaalsocialisten me opsluiten, riskeren ze een diplomatieke rel.'

'Maar toch...'

Een van de stewards in zwart-witte livrei kwam bij hun tafel.

'Good evening. Hope you've had a pleasant day today! Would you like to start your dinner with a drink?'

'Wil jij iets drinken, Victoria? Champagne?'

'Graag.'

'*Sure, we'll have some champagne*,' zei Andrew.

'Very well, Sir.'

Ook hun tafelgenoten bestelden champagne en converseerden daarna op gedempte toon in het Engels met elkaar. Beiden waren Amerikanen die in Philadelphia woonden, op de terugweg na een bezoek aan familie in Duitsland, en uiterst tactvol en discreet. Zodoende was er de afgelopen week tijdens de maaltijden altijd een rustige en aangename sfeer aan hun tafel geweest.

Even later stonden er vier fluitjes met parelende, goudgele champagne voor hen, en ook aan de andere tafels werd het aperitief ingeschonken. Gaandeweg werden de lampen in de zaal gedimd, tot in de duisternis de woorden '*Till We Meet Again*' opgloeiden, samengesteld uit ontelbare kleine lampjes, die één muur verlichtten. De gesprekken verstomden.

In de verwachtingsvolle stilte intoneerde de fanfare het lied 'Till We Meet Again' met zo veel gevoel dat Victoria kippenvel kreeg op haar schouders en armen.

Smile the while you kiss me sad adieu
When the clouds roll by, I'll come to you
Then the skies will seem more blue
Down in lovers lane, my dearie,
Wedding bells will ring so merrily
Every tear will be a memory
So wait and pray each night for me
Till we meet again

De prachtige tekst van het lied vulde de ruimte, en hoewel het over twee geliefden ging, dwaalden Victoria's gedachten af naar haar familie in Stuttgart, naar haar moeder, naar Martin en Mathilda. Naar haar ooms en hun families, naar Gerti en het personeel van de chocoladevilla. Ook daar woonde de liefde.

Toen het laatste akkoord van de blazers wegstierf en het licht weer aanging, heerste er een ingetogen en melancholieke stemming onder de gasten. Victoria pinkte een traantje weg.

De band ging over op een vrolijk, snel stuk, en onder applaus kwam eindelijk de kapitein van de ss Manhattan de zaal binnen. In zijn korte toespraak dankte hij de gasten voor hun vertrouwen en God voor de rustige, veilige overtocht, wenste de passagiers het allerbeste en een onvergetelijke avond, en besloot zijn toost met de woorden: '*Until we meet again – on board of the ss Manhattan!*'

Het zachte gerinkel van ontelbare kristallen glazen vervulde de zaal.

'Wat een geluk dat ik twee maanden geleden naar Duitsland ben vertrokken,' zei Andrew zacht, toen zijn champagneglas zachtjes dat van Victoria raakte. 'Ik heb het gevoel dat ik deze reis alleen heb gemaakt om jou te ontmoeten.'

Victoria merkte dat het bloed haar naar de wangen steeg. Ze wilde reageren, maar haar stem liet haar in de steek. Dus knikte ze maar en hoopte dat hij in haar ogen kon lezen dat zij hetzelfde voelde.

Terwijl het voorgerecht werd geserveerd, speelde de band beschaafde achtergrondmuziek. Victoria's ogen dwaalden over de verleidelijk uitgestalde hapjes op haar bord: honingmeloen, gerookte zalm, gebakken peer, gerookte ansjovis en andere lekkernijen.

'Je bent deze week veel over SweetCandy te weten gekomen, Victoria,' zei Andrew, terwijl hij het witte servet openvouwde en op zijn knieën legde. 'Als ik niet oppas, neem jij bij de eerste de beste gelegenheid de leiding over.'

'Dat zou best eens kunnen. De vrouwen in mijn familie geven de voorkeur aan verantwoordelijke posities.' Ze glimlachte ondeugend naar hem en proefde van de fijn gekruide gebakken peer. 'Dit smaakt geweldig.'

'De keuken aan boord is uitstekend,' zei Andrew en hij hervatte onmiddellijk hun ironische conversatie: 'Zou je willen overwegen om me tenminste een bescheiden baantje in de productie te geven? Zodat ik een beetje geld kan verdienen?'

'Ik zal er eens over denken.' Victoria knipoogde naar hem en dronk haar champagneglas leeg. De oplettende steward vulde het bij met de fles die in een zilveren champagnekoeler op de bijzettafel stond.

Andrew proostte haar nog een keer toe. 'Op de geweldige vrouwen van de familie Rheinberger!'

De hors-d'oeuvre werd gevolgd door een heldere tomatensoep. Die had precies de goede smaak, delicaat gekruid en niet te zuur.

'Je hebt me de afgelopen dagen inzicht gegeven in veel zakelijke transacties van je bedrijf, Andrew,' zei Victoria, terwijl ze haar zilveren lepel in de helderrode soep doopte, waar het porselein van het bord doorheen schemerde. 'Bedankt voor je vertrouwen.'

'Ik heb geen andere keus,' zei Andrew. 'Nu weet je hoe slecht de zaak ervoor staat.'

'Zelfs het verlengen van onze kredietermijn geeft je niet meer dan een adempauze.'

'*Indeed*. Over een paar weken zijn we insolvent.'

'Kan je grootvader niet nog een keer geld inbrengen?'

'Het grootste deel van zijn vermogen zit vast in onroerend goed en andere bezittingen. Om dat te gelde te maken, zou hij dat alles moeten verkopen. Daarvoor deinst hij terug.'

'Als hij wil dat het bedrijf in jouw handen blijft, heeft hij geen andere keus.'

'Hij is bang dat er nog meer geld wordt vernietigd. Pas als we echt weten wat de oorzaak van de crisis is, zal hij weer investeren.'

'Dat is begrijpelijk. Dan moeten we die oorzaak zien te achterhalen.' Ze merkte dat haar ambitie ontwaakte.

'Je bent een verbazingwekkende vrouw, Victoria,' zei Andrew ernstig. 'Toen ik destijds naar Stuttgart kwam, was mijn voornaamste zorg een overname van SweetCandy door jullie te verhinderen. Intussen heb ik het gevoel dat ik geen concurrent, maar vooral een strijdmakker in jou heb gevonden, met wie ik het gevecht kan aangaan met de krachten die mijn bedrijf willen schaden.'

'Ik... ik weet niet wat ik moet zeggen, Andrew. Je vertrouwen betekent meer voor me dan je denkt. Want hoeveel ik ook van mijn familie hou en hoe goed we het ook met elkaar kunnen vinden, het blijft moeilijk om jezelf als kind in de onderneming van je familie te bewijzen.'

Hij knikte. 'Je woorden zijn me uit het hart gegrepen. Ik heb lang hetzelfde gevoeld.' Hij zweeg even, leek na te denken. 'Er is nog iets wat je moet weten: ik heb een nicht. Grace,' vervolgde hij aarzelend. 'Zij werkt ook bij SweetCandy.'

'Je nicht? Welke functie heeft ze?'

'Ze is bij een heleboel dingen betrokken. Het belangrijkste is dat ze de boekhouding en financiën onder controle heeft.'

'Dan is zij de belangrijkste leidinggevende na jou?'

'En het productiemanagement, ja. Weet je... Grace is het buitenechtelijke kind van grootvaders dochter, mijn tante, die in Boston woont. Daar is Grace opgegroeid. Op haar eenentwintigste verjaardag kwam ze naar New York en eiste van mijn grootvader dat hij haar een baan bij SweetCandy zou geven.'

'Was zoiets niet voor haar gepland?'

'Eerst niet, nee. Mijn tante en mijn grootvader hadden altijd bonje.'

'Dat kon Grace niet helpen.'

'Zo zag ik het ook, en ik nam het voor haar op bij grootvader.'

'Dat siert je, Andrew. Ik kijk ernaar uit om haar te ontmoeten. Hoe is jouw relatie met Grace?'

'Goed. Ze is heel ambitieus en de drijvende kracht achter veel dingen. Wat moeilijk is, is dat ze onze grootvader steeds weer beschuldigt van het feit dat hij haar heeft gepasseerd door SweetCandy aan mij over te dragen.'

'Wat dat betreft kan ik haar begrijpen,' zei Victoria. 'Eerlijk is het niet.'

'Misschien niet. Maar ik wilde eerst zien hoe de samenwerking gaat. Als de crisis voorbij is, kunnen we praten over deelneming.'

Inmiddels waren ze bij het visgerecht gekomen. De zalmsteak was botermals, de champignons *au four* en de bearnaisesaus pasten er uitstekend bij.

Victoria herinnerde zich een vraag die haar al een tijd bezighield, maar die ze niet had durven stellen: 'Mag ik vragen... hoe zit dat met je vader? Heeft je grootvader opzettelijk zijn kinderen gepasseerd wat de bedrijfsaandelen betreft?'

'Met zijn dochter was het een bewuste keuze, omdat ze weinig verantwoordelijkheidsgevoel toonde. Op dit moment weten we niet eens hoe het met haar is. Maar mijn vader...'

'Je hoeft het niet te zeggen,' zei Victoria snel, omdat ze hoorde dat Andrew aarzelde.

'Toch wel,' zei hij. 'Ik zal het je vertellen. Mijn ouders... zijn omgekomen bij een koetsongeluk, lang geleden.'

'Ach nee!' Victoria legde ontsteld haar vork neer. 'Het spijt me dat te horen. Hoe oud was je toen?'

'Vier jaar.'

'Mijn god, nog maar een kleine jongen.'

Andrew knikte. 'Mijn grootouders hebben me in huis genomen en opgevoed.'

'Dus je hebt een heel andere relatie met je grootvader dan Grace.'

'Ja. Hij heeft toen de rol van vader op zich genomen.'

'Dan heb je veel geluk gehad.'

De steward ruimde de borden af.

'Aan de ene kant... ja, het was een geluk.' Andrew had een lichte witte wijn besteld voor bij de vis en nam een slokje. 'Maar niet alleen dat. Grootvader is autoritair en eraan gewend om te commanderen. Hij verlangde altijd topprestaties van me. En dankbaarheid. Zolang mijn grootmoeder nog leefde, ving ze wat van die druk op. Na haar dood tien jaar geleden werd het ondraaglijk voor me.'

'Heb je teruggevochten?'

'Natuurlijk. Maar ik zat in een lastig parket. We waren afhankelijk van elkaar. Daarom zocht ik niet het conflict, maar probeerde hem te overtuigen.'

'En? Lukte dat?'

'*Sometimes yes, sometimes no*. Zoals altijd.'

'Soms veranderen mensen. Ik heb goede herinneringen aan mijn grootvader, de vader van mijn moeder. Maar ik weet uit verhalen dat hij zo'n despoot was dat mijn grootmoeder bij hem wegging.'

Andrew knikte. 'Misschien is het ook een probleem van die generatie, wie weet. Hij is al over de tachtig.' Hij wreef met een hand over zijn slaap, een nadenkend gebaar. 'Ik wil niemand beschuldigen. Hij heeft zeker zijn best gedaan. Aan hem heb ik een uitstekende opleiding te danken. Hij vertrouwde mij zijn bedrijf toe. En toch heb ik onder hem geleden. Inmiddels heb ik me met hem kunnen verzoenen. Het is belangrijk om slechte ervaringen te laten waar ze horen: in het verleden. We staan midden in het leven, en de verantwoordelijkheid voor wat we ervan maken ligt alleen bij ons.' Hij vertoonde een scheve grijns, ondeugend en jongensachtig. Victoria had hem het liefst omhelsd. 'En nu... laten we vooruitkijken... en van de volgende gang genieten!'

27

Na het farewell dinner slenterden Victoria en Andrew over het bovendek. Er was een wind opgestoken, en toen Andrew merkte dat Victoria het koud had, trok hij zijn jas uit en legde die over haar schouders.

Ze genoot van zijn lichaamswarmte, die de stof aan haar doorgaf, en ademde de geur van zijn aftershave in die haar omhulde. 'Ik kan nauwelijks geloven dat we morgen al in New York zijn.' Ze trok de jas strakker om zich heen.

'Je gaat een heel andere wereld ontdekken,' zei Andrew, 'en ik verheug me erop om je die te laten zien. Trouwens, het hotel dat ik voor je heb uitgezocht is vlak bij Washington Square Park, niet ver van mijn flat.' Hij knipoogde naar haar. 'Je moeder zei dat ik een oogje op je moest houden.'

Victoria lachte. 'Dat kan ik me goed voorstellen. Ze weet dat ik nogal nieuwsgierig ben... en een beetje avontuurlijk. Heb je ook voor meneer Sterns accommodatie gezorgd?'

'Nee, dat heeft je oom gedaan. Meneer Stern woont in de buurt van de pianofabriek.'

'We hebben meneer Stern nauwelijks gezien op deze overtocht,' zei Victoria spijtig.

'Ik denk dat hij veel moest voorbereiden. Er staat hem dan ook een enorme klus te wachten,' zei Andrew. 'Maar ik heb zijn adres in New York.'

Ze bleven bij de reling staan en keken tussen twee reddingsboten uit over de zee, waar de nacht zijn zachte duisternis over had gelegd.

De lichten van de felverlichte ss Manhattan werden weerspiegeld door de golven, terwijl het schip onverstoorbaar door de golven van de Atlantische Oceaan ploegde en de laatste zeemijlen van de drieduizend vijfhonderd tussen Hamburg en New York aflegde.

'We lijken bijna een ster in de uitgestrektheid van het heelal,' zei Andrew. Hij stond zo dicht achter haar dat ze zijn lichaam tegen haar rug kon voelen.

'Dat is een mooie vergelijking,' zei Victoria, die zich nauwelijks durfde te verroeren om de magie van het moment niet te verstoren.

'Heb je zin om te dansen?' vroeg hij vlak bij haar oor.

'Ja… graag,' antwoordde Victoria.

'Kom.' Hij pakte haar hand.

Ze verlieten het *sun deck*, liepen naar het beschutte promenadedek met de houten dekstoelen en kwamen uiteindelijk bij een van de nachtclubs van het schip. Een brede trap leidde naar de moderne, grote ruimte, waar bovenin slierten sigarettenrook in het gedempte licht dreven. Lichtgekleurde stoelkussens contrasteerden met meubels van donker hout, de muren waren versierd met grote Aziatische schilderingen.

Andrew leidde Victoria naar de bar en bestelde twee *Sidecars*. Ze keken toe hoe de barman met geoefende hand een cocktail mixte van cognac, Cointreau en versgeperst citroensap, die garneerde met flinterdunne sinaasappelschil en vervolgens op de toonbank zette.

Victoria pakte haar glas. 'Op New York!'

'Op jou!' zei Andrew glimlachend, en hij proostte haar toe.

Ze nipte aan het drankje. 'Mmm. Het smaakt heerlijk! Zo fris!'

'Ken je dit niet?'

'Nee. Ik drink bijna nooit cocktails.'

'Dan ben ik blij dat ik de juiste keus voor je heb gemaakt.'

Ze keken naar de dansvloer en observeerden een tijdje de feestvierders die zich daar verdrongen. Een bigband speelde vlotte swing.

'Zullen we een dansje wagen?' vroeg Andrew toen hij zag dat haar cocktailglas leeg was. 'Er zijn een heleboel mensen, maar…'

Ze zette haar glas neer. 'Het is niet te druk voor mij. Ik hou van dansen.'

Andrew zette ook zijn glas weer op de toonbank en stak zijn hand naar haar uit. 'In dat geval… mag ik deze dans van u?'

Ze mengden zich onder de dansers en lieten zich meeslepen door de uitbundige sfeer. Al snel werden de blikken die ze uitwisselden dieper en betekenisvoller, en toen de muziek overging in een rustiger nummer van Freddy Martin & His Orchestra, nam Andrew haar liefdevol in zijn armen.

'A Melody from the Sky'.

Ze genoot van zijn nabijheid, terwijl hij haar veilig en liefdevol door elke noot van de sensuele, zwierige melodie leidde. Algauw was het alsof alleen zij nog op de dansvloer waren. Twee mensen in harmonie met zichzelf en met de muziek, verbonden door de ondoorgrondelijke wegen van het lot en gedreven door dezelfde hoop op een toekomst die ze konden verwelkomen en vormgeven.

En daarna, later op de avond, toen de laatste noot was weggestorven en Andrew haar vragend aankeek, volgde Victoria hem naar zijn hut, zonder vragen te stellen en vol verwachting over wat er komen ging.

Een staande lamp verlichtte Andrews hut met zijn zwakke licht. Er stonden genegenheid en verlangen in zijn grijze ogen te lezen, maar ook iets zorgzaams. Zijn hand op haar rug voelde beschermend en opwindend tegelijk, en Victoria was er zeker van dat hij haar hart kon horen, zo heftig sloeg het in haar borst. Hij hield haar in zijn armen en zijn streling was vol ingehouden drang, verlangend en oneindig teder. Victoria sloot haar ogen.

Hij legde zijn handen op haar wangen, hief haar hoofd op en toen zijn lippen de hare raakten in een eerste, zachte kus, ging er een siddering door Victoria's lichaam. 'Weet je zeker… dat we…' vroeg hij zachtjes bij haar mond.

Victoria gaf geen antwoord, maar vlijde zich tegen hem aan en pakte zijn nek met haar hand.

Aangemoedigd beroerde hij weer haar lippen en zij opende zich voor hem, liet merken hoezeer ze hem wilde, en de spanning die zich de laatste weken tussen hen had opgebouwd baande zich onherroepelijk een weg.

Hij schoof de bandjes van haar jurk van haar schouders, en zonder dat houvast gleed de tere stof in één vloeiende beweging naar haar heupen. Ze zag de bewondering op zijn gezicht toen hij haar blote borsten zag, er zachtjes over streelde met de knokkels van zijn vingers en genoot van haar reactie. Victoria kreunde zachtjes toen hij een spoor van ragfijne kusjes van haar mond langs haar hals naar haar sleutelbeen legde, haar lippen weer vond en haar ten slotte zacht tegen de wand van de cabine drukte. Zwaar ademend leunde hij met zijn arm naast haar hoofd, drukte zijn voorhoofd tegen het hare, streelde met zijn vrije hand haar taille en heupen, haar lichte avondjurk gleed als terloops op de grond.

Victoria voelde de siddering die door zijn lichaam voer toen hij haar in zijn armen nam, optilde en naar het bed droeg. Zonder haar blik los te laten, trok hij zijn jasje uit, maakte zijn das en de knoopjes van zijn overhemd los en gooide alle twee op een stoel naast het bed. En toen de laatste kledingstukken op de grond vielen, kon Victoria nauwelijks genoeg krijgen van zijn welgevormde lichaam. Zijn ogen streelden haar toen hij naar haar toe kwam. Handen gleden over naakte huid, aanrakingen drukten uit wat woorden niet meer konden zeggen.

En zo toonden ze elkaar hun liefde, bedachtzaam en voorzichtig. Genietende zuchten ontsnapten aan Victoria's lippen, vermengden zich met zijn ingehouden kreunen, terwijl het ritme van hun lichamen hen voortdreef naar het punt waar het nu samensmolt met de eeuwigheid.

28

De eerste zonnestralen van de ochtend vielen door de patrijspoort en kietelden Victoria wakker. Ze lag nog steeds in Andrews armen, afgemat van de gebeurtenissen van de afgelopen nacht en tegelijk vervuld van dadendrang en blijdschap. Gelukkig keek ze naar haar minnaar, wiens hoofd op haar schouder rustte. Zijn haar was in de war, zijn wangen vertoonden een donkere baardschaduw en hij zag er kalm en tevreden uit. In een opwelling streelde ze zijn voorhoofd.

Met een ingehouden gemompel ontwaakte hij, hief zijn hoofd op en knipperde ondeugend met zijn ogen. '*Did you sleep well, Miss Rheinberger?*'

'Ja, ik heb uitstekend geslapen.'

'*Fine.*' Hij trok haar in zijn armen. '*So I shall give you my morning gift.*'

'*Please…*' fluisterde ze, voordat hij haar lippen verzegelde met een hartstochtelijke kus en haar weer in de kussens duwde.

Een uur later stond Andrew onder de douche, en toen ze het gestage gekletter van het water hoorde, trok Victoria zijn overhemd over haar naakte lichaam, pakte haar avondjurk, verliet zijn cabine en glipte stiekem in de hare, die er schuin tegenover lag.

De ruimte, die was betimmerd met edele houtsoorten, was precies eender als die van Andrew en met een leunstoel, een tafel, een kleine commode, een secretaire en een comfortabel bed ingericht. Op het nachtkastje werden dagelijks verse bloemen geschikt. Aan de wanden hingen foto's met verschillende uitzichten op de stad. Je waande je eerder in een luxe hotel dan aan boord van een schip.

Victoria trok het hemd van Andrew over haar hoofd, begroef haar neus er nog eens in en snoof zijn geur op voor ze het op het bed legde. Toen ging ze naar de aangrenzende badkamer, een ongehoorde luxe aan boord van een oceaanstomer. Ze leunde met haar handen op de witte, rechthoekige porseleinen wastafel en keek naar haar gezicht in de spiegel. Was het te zien dat ze vanavond voor het eerst in de armen van een man had gelegen? Een lichte blos bedekte haar wangen, haar lippen waren iets voller dan gewoonlijk. En haar ogen... haar ogen getuigden stralend van het geluk dat ze had ervaren. Ze glimlachte naar haar spiegelbeeld, stapte toen in de badkuip en zette de douche aan die erboven was gemonteerd. Het water dat naar beneden stroomde tintelde aangenaam op haar huid, en de rozenzeep die klaarlag in een porseleinen kommetje verspreidde een delicate geur.

Ze waste haar lichaam en haar haren, droogde zich af en koos voor haar aankomst in New York een lichtrood en lindengroen gestreepte zomerjurk met aangeknipte mouwen. Ze combineerde die met een platte, crèmekleurige hoed met een band van donkerrood fluweel, waarvan de zwierige rand geraffineerd een wenkbrauw verborg.

Er werd geklopt en Victoria deed open.

'Zin in een stevig ontbijt?' Andrew zag er fris en uitgerust uit.

Ruim een uur later

Alles was ingepakt, de hutten waren leeg. Victoria en Andrew stonden met de andere passagiers op het zonnedek om getuige te zijn van de verlate aankomst van de ss Manhattan in de haven. Allemaal waren ze ongeduldig en opgewonden, gaven commentaar op de manoeuvres van het schip, betreurden het einde van de reis en keken tegelijkertijd uit naar wat hun nu te wachten stond.

Al geruime tijd was de Amerikaanse kustlijn aan de horizon te zien en algauw werd de haven van New York in de verte zichtbaar. Het schip werd begeleid door sleepboten, die het nu op het laatste stuk escorteerden.

'Rechts zie je Coney Island met de stranden en pretparken,' legde Andrew uit. Hij had een arm om haar schouders geslagen. 'En aan de linkerkant... Staten Island.'

Het schip voer verder naar Manhattan, langs Liberty Island. Talrijke camera's werden tevoorschijn gehaald om een eerste glimp van het Vrijheidsbeeld vast te leggen, dat hen met haar hoog in de ochtendhemel gestoken fakkel begroette.

'Die figuur moet Libertas, de Romeinse godin van de vrijheid, voorstellen,' legde Andrew uit. 'Bartholdi, de Franse schepper van het standbeeld, heeft in het gezicht waarschijnlijk zijn moeder vereeuwigd.'

'Een mooi gebaar van een zoon om zo aan zijn moeder te denken.'

'Zie je de gebroken ketting bij haar voet?' vroeg Andrew, wijzend op de plek waar de draperie van het stenen gewaad de monumentale sokkel raakte. 'Die staat voor het einde van de slavernij.'

Victoria knikte. 'Het einde van een verschrikkelijke tijd.' Ze wees naar de arm van het standbeeld. 'En... de toorts is van goud?' vroeg ze.

'Ja, die staat voor de verlichting.'

'Rede en vrijheid.' Victoria zuchtte. 'Waarden die nu met voeten getreden worden in Duitsland.'

'Precies. Vrijheid en rede. Ik wens dat je land snel een andere, betere weg inslaat.'

'Ik hoop het. Ik hoop het van harte.' Victoria's gedachten gingen uit naar huis, naar haar moeder en al haar dierbaren.

Terwijl ze naar het Vrijheidsbeeld keek, realiseerde ze zich hoe strak de strop die haar familie vanwege hun levenswerk was omgedaan, al was aangetrokken. Hadden ze nog een toekomst in Stuttgart?

'Is alles in orde, Victoria?' Andrew keek haar bezorgd aan.

'Ja, ja... natuurlijk. Ik dacht net aan thuis.'

'Dat kan ik begrijpen. Ik ben blij dat je hier bij me bent.' Hij kneep zachtjes in haar schouder en richtte zijn blik weer op de met een blauwgroen patina bedekte koperen figuur, die zich nu vlak naast hen bevond. 'Haar kroon heeft trouwens precies zeven tanden.'

Dankbaar accepteerde Victoria de afleiding. 'Heeft dat getal een speciale betekenis?'

'Het staat voor de zeven zeeën en de zeven continenten.'

Victoria hield haar hoofd schuin, zodat haar wang Andrews hand op haar schouder raakte. 'Allemaal heel goed doordacht. En ze staat op de juiste plek, de Romeinse godin van de vrijheid. Hier. Voor de kust van Amerika.'

'Inderdaad. En dat is al precies vijftig jaar zo.' Er klonk liefde en trots in Andrews woorden door.

Het schip minderde vaart. De opvallende skyline van de wolkenkrabbers van Manhattan rees recht voor hen op in de blauwe, wolkeloze lucht. Een ongelooflijk schouwspel, dat diepe indruk maakte op Victoria. De talloze ramen van de enorme wolkenkrabbers weerkaatsten glinsterend het zonlicht, toen het schip de Hudson en het havenbekken van New York binnenvoer en uiteindelijk met behulp van de sleepboten afmeerde.

Nadat Victoria achter Andrew en Isaak Stern, die zich die ochtend bij hen had gevoegd, de houten loopplank af liep en vaste grond onder haar voeten voelde, draaide ze zich nog eenmaal om. Ze wilde een laatste glimp opvangen van het schip waarop ze niet alleen de langste reis van haar leven had gemaakt, maar ook de belangrijkste. Terwijl ze het deinen onder haar voeten negeerde, liet ze haar ogen over de zwarte, hoge boeg dwalen, en vervolgens omhoog naar de meerdere verdiepingen tellende bovenbouw en de blauw-wit-rood geschilderde schoorstenen. Ze dacht terug aan de wandelingen met Andrew over de verschillende dekken, in de wind en de zon, en aan hun geanimeerde gesprekken. Aan de gezelschapsspelen in de salon, de rustige uren in de ligstoel op het promenadedek. Aan de onvergetelijke, gezellige partijtjes shuffleboard met de andere passagiers of het zwemmen in het overdekte zwembad. Af en toe had Andrew zich teruggetrokken in de welvoorziene bibliotheek, terwijl zijzelf had toegegeven aan haar bewegingsdrang op het sportdek, voordat ze weer bij elkaar waren gekomen om te werken aan de toekomst van SweetCandy.

Ze draaide zich naar Andrew toe en glimlachte.

Hij bood haar zijn arm aan en zij haakte in. '*Welcome to New York*, Victoria,' zei hij. 'Welkom in mijn thuis.'

29

De chocoladefabriek in Stuttgart
22 september 1936

'Jazeker, meneer Lindemann. U krijgt uw levering zo snel mogelijk.' Judith probeerde kalm te blijven terwijl haar klant zich meer en meer opwond.

'Ik heb u gezegd, mevrouw Rheinberger, dat dit zo niet door kan gaan. Als de goederen zaterdag niet zijn gearriveerd, annuleer ik de hele bestelling!'

'Ik… ik zal mijn uiterste best doen, meneer Lindemann. Geef ons nog een paar dagen. We verwachten…'

'Ja, ja, u verwacht de cacaobonen in de komende dagen. Dat is de derde keer dat u me dat vertelt. Ik wil u niet beledigen, mevrouw Rheinberger, maar zonder uw man is Rothmann Chocolade niet meer wat het is geweest. U levert niet op tijd, en als we iets krijgen, is het niet compleet. Ik weet niet waar de fout ligt in uw bedrijf, maar het lijkt erop dat u de taak niet aankunt. Dus… u bent gewaarschuwd. Zaterdag. Anders zullen we onze toevlucht moeten zoeken tot andere chocoladefabrikanten.'

Een klik. Lindemann had het gesprek beëindigd.

Judith legde de hoorn op de haak en begroef haar gezicht in beide handen. Ze wist dat hij gelijk had. Ze konden niet langer aan de vraag voldoen. Niet omdat er zo veel bestellingen waren, maar omdat ze geen grondstoffen meer hadden en niet konden produceren.

'Judith?' Haar broer Karl kwam het kantoor binnen. 'Mijn hemel, Judith, wat is er gebeurd?' Bezorgd legde hij zijn arm om haar schouders.

'Lindemann zal de bestelling zaterdag annuleren. Hij kan niet langer wachten op zijn levering.'

'Hij is de enige niet. Koch, Beyer… ze hebben allemaal termijnen gesteld.' Karl trok een stoel bij en ging naast haar zitten. 'We moeten aannemen dat de cacaobonen niet opraken door een tekort aan grondstoffen, maar dat er een bedoeling achter zit.'

'Karl…' Judith hief haar hoofd op en keek haar broer aan. 'Denk je echt dat we door de leveranciers worden geboycot?'

'Ja, ik denk het wel. En met de voorraden uit Nederland alleen, als we die al kunnen bemachtigen, kunnen we de zaak niet draaiende houden. Vooral omdat ze veel te duur zijn. Dat kun je niet meer in de prijzen doorberekenen.'

'Ik weet het,' gaf Judith aarzelend toe, en ze ademde diep uit. 'Ik weet het.'

Karl leunde tegen haar bureau. 'Trouwens, onze advocaat dr. Bauer heeft ons geschreven. Hij vindt dat we de Adler Chocoladefabriek een aanbod moeten doen. Ze wachten er alleen maar op tot ze de onteigening kunnen uitvoeren. Dan is de fabriek weg zonder dat we er een cent voor krijgen.'

'Wil je het opgeven? Weet je wat dat voor Victor zou hebben betekend?'

'Opgeven is het woord niet. Het is een kwestie van gezond verstand, Judith.' Hij wees naar de openstaande bestellingen en de stapel onbetaalde rekeningen op haar bureau. 'We kunnen deze strijd niet winnen,' zei hij met nadruk, 'er zitten krachten achter waar we geen kans tegen maken.'

'Weet je wel wat je van me verlangt?' Ze stond op en liep naar het raam. 'Daarbuiten is onze fabriek, de erfenis van onze vader en mijn man. Het gebouw draagt jouw signatuur. En die van je vrouw! Jullie hebben het ontworpen. Zelfs de grote brand heeft ons niet op de knieën gekregen. En nu moet we zomaar… opgeven?' Ze schudde haar hoofd.

'Ik wil je niet nodeloos ongerust maken, Judith. Maar dit hier is gevaarlijk. Er is veel meer aan de hand dan we weten.'

Judith leunde met haar voorhoofd tegen de ruit en voelde de vochtige koelte. 'Er is al een aanbod, Karl. Al een paar weken geleden nam ene meneer Ebben contact met me op. Hij is eigenaar van Chocoladefabriek Halle. Ik heb hem luid en duidelijk laten weten dat we niet verkopen.'

'Waarom heb je me dat niet verteld?' Karl schudde zijn hoofd.

'Ik heb het niemand verteld.' Judith sloot haar ogen. 'Ik heb er zelfs niet eens aandacht aan besteed.'

'Tja, Judith, aan de ene kant kan ik je begrijpen. Aan de andere kant weet je zelf ook wel dat het geen zin heeft om je kop in het zand te steken.'

'Natuurlijk, Karl.' Judith wendde zich tot haar broer. 'Het ging allemaal zo snel. En zei dr. Bauer niet dat we nog wat tijd hadden?'

'Inmiddels heeft hij de tijdslimiet van het contract aangevochten en geklaagd over vormfouten. Uiteindelijk zonder succes.'

'Hoe weet je dat?'

'Ik heb hem net gesproken. Weber zal zijn plan doorzetten, het is niet langer een kwestie van maanden. De Olympische Spelen hebben ons een adempauze gegeven en iedereen hoopte dat de politiek ook zou veranderen. Een misvatting. Nu slaan de nationaalsocialisten weer keihard toe. Iedereen die in de weg staat wordt uitgeschakeld. Zo simpel is het.' Hij haalde diep adem. 'Ik heb een huis gehuurd in Zwitserland. Elise vertrekt volgende week met de kinderen. Moeder en ik blijven hier bij jou tot we een oplossing voor de fabriek hebben gevonden. Alsjeblieft, Judith... denk er goed over na hoelang je wilt vechten. En tegen welke prijs.'

Villa Rothmann, laat in de middag

Mathilda klopte op de deur van de studeerkamer. Toen er geen reactie kwam, duwde ze voorzichtig de kruk naar beneden. Martin moest hier zijn, in elk geval had hij haar na de lunch gezegd dat hij wat correspondentie moest afhandelen.

Ze had de middag met Oscar doorgebracht, met hem in het bos gewandeld en allerlei kruipend ongedierte onderzocht met een vergrootglas dat ze had meegenomen. Daarna speelden ze een spelletje *Fang den Hut* in de schaduw van de appelboom en dronken koude chocolademelk. Nu ze Oscar weer aan Elise had toevertrouwd, wilde ze Martin vragen of hij met haar naar de bioscoop wilde gaan.

Voorzichtig duwde ze de deur van de studeerkamer open.

'*Merci, Monsieur... oui, très bien. J'arriverai le premier octobre.*' Martin stond achter het bureau, met de telefoonhoorn in zijn hand.

Ze wilde net de deur weer dichtdoen, toen hij haar zag en haar gebaarde binnen te komen.

'Oui, d'accord... je vais signer le contrat à Paris. Merci beaucoup. Et à bientôt.' Hij hing op. 'Dat was mijn pianoleraar in Parijs.'

'Ah...'

'Ik heb een paar dagen geleden contact met hem opgenomen en hem gevraagd of er kans was op een nieuw engagement.'

Mathilda kreeg een brok in haar keel. 'En heeft hij er een voor je?'

'Ja.' Hij leek haar onzekerheid op te merken. 'Mathilda, dit betekent absoluut niet dat er iets tussen ons zal veranderen. Integendeel. Als ik ooit een gezin wil onderhouden, zal ik moeten werken.'

Ze knikte.

'Ik laat je zo snel mogelijk overkomen, Mathilda.'

Ze wilde blij voor hem zijn. Het was geweldig dat hij een toezegging kreeg, vooral omdat er in Duitsland nauwelijks nog serieuze aanvragen waren. En toch was er een knagend verdriet.

Ze wierp een blik door het open raam in de tuin en zag daar Martins grootmoeder Hélène aan een groot schilderij werken.

'Hoelang denk je dat je weg zult zijn?'

'De hele winter. Zodra ik genoeg voor ons heb verdiend om redelijk van te kunnen leven, kom je naar me toe.'

Stuttgart zonder Martin was iets wat Mathilda zich niet meer kon voorstellen. Vooral omdat ze zelf niets te doen had. Van tijd tot tijd hielp ze een handje in de chocoladefabriek, maar ze was juriste en had veel tijd en energie in haar studie gestoken. Het was moeilijk voor haar om te accepteren dat ze haar beroep misschien nooit zou kunnen uitoefenen.

'Mathilda...' Hij liep om het bureau heen en nam haar in zijn armen. 'Ik denk dat je je onnodig zorgen maakt. We vinden wel een oplossing voor ons tweeën.'

Ze pakte zijn middel en leunde tegen hem aan. 'Ik hoop het.'

Er klonk gestommel in de gang. 'Ik denk dat we bezoek krijgen,' zei Martin grijnzend en hij liet haar los. Op dat moment zwaaide de deur open en kwam Judith binnen met een ordner onder haar arm. 'O, zijn jullie hier?

'Ja. Ik had net Parijs aan de lijn. Ik heb daar een engagement vanaf 1 oktober.'

'Echt?' Judith was net zo verrast als Mathilda daarnet. 'Dat is goed,

Martin. We gaan moeilijke tijden tegemoet. Je kunt Mathilda het beste meteen meenemen.'

Ze ging op de stoel achter het bureau zitten die Martin net had vrijgemaakt. 'Dadelijk komen Karl en...'

'We zijn er al,' zei Anton, terwijl hij zijn broer de kamer binnenloodste.

'Ik denk dat we beter kunnen gaan, Mathilda.' Martin knipoogde naar haar.

'Ik denk dat jullie beter kunnen blijven,' zei Karl. 'Dit betreft ons allemaal.'

Ze namen plaats op de stoelen in de kamer.

'Heb ik een borrel nodig?' vroeg Martin voor de zekerheid. 'Dan schenk ik er een voor mezelf in.'

'Misschien wel,' antwoordde Anton.

'Wat is er dan gebeurd?' Mathilda hoorde de bezorgdheid in Martins stem.

Ze zag dat Judith verdrietig haar hoofd schudde en Karl zorgzaam naar haar toe liep.

Het was Anton die de situatie uitlegde: 'Tegen de middag hoorde Karl dat het onze advocaat niet was gelukt om de onteigening van de chocoladefabriek nog langer uit te stellen. Ongeveer een uur geleden verscheen de plaatselijke groepsleider Weber. Hij had drie SA-mannen bij zich. Ze verklaarden dat het bedrijf op 2 oktober in beslag wordt genomen. Dus we hebben nog tien dagen om te bidden voor een wonder, of om de kantoorgebouwen te ontruimen.'

'O, mijn god!' bracht Mathilda uit.

Martin keek angstig naar zijn moeder. 'Wat gaan we nu doen?'

'Er is praktisch geen speelruimte meer,' legde Karl uit. 'Vermoedelijk zal de Adler Chocoladefabriek het bedrijf binnen vier weken overnemen om hier cafeïnechocolade te produceren.'

'In beslag genomen... dat betekent dat ze niets zullen betalen.' In Mathilda's hoofd speelden zich verschillende scenario's af. Ze voelde tomeloze woede tegen een autoriteit die alle grenzen overschreed. 'Ik heb een suggestie, Judith,' zei ze uiteindelijk.

'Ja?' vroeg Judith vlak.

Martin schonk een cognacje in en drukte het in de hand van zijn moeder.

'De onteigening is blijkbaar niet te stoppen.' Mathilda ging rechtop zitten. 'Maar... ik zou de chocoladefabriek niet zomaar aan ze overlaten.'

'Wat zou jij doen?' vroeg Anton. 'Verkopen?'

'Ja, precies,' antwoordde Mathilda. 'Trouwens, tegelijkertijd zou ik proberen uit te zoeken namens wie Weber optreedt.'

'Dat zal lastig worden,' stemde Anton in. 'Hoe moeten we dat aanpakken?'

'Via jullie advocaat, misschien?' stelde Mathilda voor. 'Het is denkbaar dat Weber niet veel rugdekking heeft van zijn superieuren. Dan kun je anders te werk gaan dan wanneer er werkelijk invloedrijke mensen achter hem staan.'

'Drie jaar geleden hadden we zo'n situatie nog enigszins kunnen inschatten,' zei Judith. 'Maar tegenwoordig...'

Karl knikte begrijpend. 'Dat vergaat ons allemaal zo. Kun jij met dr. Bauer praten, Anton? Het is het beste als je Mathilda meteen meeneemt.'

Anton knikte.

'En dan over de verkoop.' Karl richtte zich weer tot Judith. 'We hebben het geld nodig voor een nieuwe start. En die zal er niet snel in Stuttgart komen. Dus moeten we zien dat we het vermogen het land uit krijgen.'

'Misschien zorgt Vicky in New York uiteindelijk voor de redding,' zei Mathilda. 'Ik kan me voorstellen dat ze samen met Andrew iets voor elkaar krijgt.'

'Maar dat gaat pas als SweetCandy weer op de goede weg is. En ik heb er zo mijn twijfels over of dat zal gebeuren, en zo ja wanneer,' zei Anton.

'Moment!' Kalm maar beslist mengde Judith zich in de discussie. 'Wat meneer Miller betreft, Anton, heb ik een goed gevoel.' Ze haalde diep adem. 'En wat de chocoladefabriek betreft... die zal ik verkopen. Je gedachte, Mathilda, is volkomen juist. Bovendien hecht ik er veel waarde aan dat de onderneming in goede handen komt. En er is al een geïnteresseerde partij.'

30

SweetCandy Ltd. in New York
23 september 1936

De ontwikkelingsafdeling van Andrews snoepfabriek was een paradijs. Al bij de eerste bezichtiging van de grote ruimtes had Victoria geweten dat haar plaats hier was. In tegenstelling tot de proefkeuken in de chocoladefabriek in Stuttgart was de afdeling van SweetCandy ongelooflijk groot en uitgerust met de modernste technologie, waaronder verscheidene elektrische koelkasten, een luxe die ze zich in Duitsland niet hadden kunnen veroorloven.

De dag na haar aankomst in New York had Andrew daar al een vaste werkplek voor haar ingericht, die Victoria altijd opzocht als ze tijd had. Het lange tafelblad, dat naar believen gekoeld of verwarmd kon worden, bood genoeg ruimte voor creativiteit. De proefkeuken was ook rijkelijk voorzien van potten, schalen en pannen van uiteenlopend formaat, blikken, cakeblikken en talloze benodigdheden om pralines te maken. Gardes, pollepels, paletten en nog veel meer zaken hingen aan metalen haken aan de muur. Vlak naast het tafelblad stond een elektrisch fornuis. Victoria had het gevoel dat ze in het chocoladeparadijs was beland.

Die middag was er een vergadering gepland met Isaak Stern en Andrews advocaat John Carollo om de opties van SweetCandy te onderzoeken en de volgende stappen te plannen. Maar Victoria wilde de ochtend benutten om het recept van haar witte chocolade te verbeteren, nadat haar eerste pogingen in Stuttgart waren mislukt.

Ze bond een wit schort voor haar lichtblauwe katoenen jurk en trok een wit kapje over haar haar, dat ze in een lus in haar nek had geknoopt. Toen zocht ze de ingrediënten uit. In de experimentele fase werkte ze met kleine hoeveelheden, waarvan ze de verhoudingen nauwkeurig noteerde, zodat bij een voltreffer snel een aanpassing voor de productie op grotere schaal kon worden gemaakt.

Ze woog de suiker en vermaalde die met een vijzel tot poedersuiker. Toen sneed ze een vanillestokje open en schraapte het merg eruit. Vervolgens vulde ze een van de pannen met water, verwarmde die op het elektrische fornuis, zette er een schaaltje met cacaoboter in en wachtte tot hij vloeibaar werd. Met een garde roerde ze de poedersuiker en het melkpoeder erdoor en zorgde ervoor dat alle ingrediënten goed waren vermengd. Ten slotte goot ze het mengsel in een langwerpige vorm en schoof het voorzichtig in de koelkast.

'Goedemorgen, Victoria! Jij bent al vroeg in de weer!'

Verrast keek Victoria over haar schouder. 'Goedemorgen, Grace! Ja, Andrew heeft me vanochtend meegenomen.'

Victoria bleef terughoudend tegenover de nicht van Andrew. Hoewel Grace haar vanaf hun eerste ontmoeting met open armen had ontvangen, hoefde ze niet te weten dat ze de nacht met Andrew doorbracht.

'Wat heb je vanochtend voor moois gefabriceerd?' vroeg Grace.

'Witte chocolade.'

'Witte chocola? Hoe is dat mogelijk? Chocola moet toch bruin zijn, is het niet?'

'Dat dacht ik eerst ook. Maar eigenlijk is het heel eenvoudig: je gebruikt alleen cacaoboter en melkpoeder. Geen cacaomassa.'

'Dat klinkt heel interessant. Laat het me weten als je experiment geslaagd is, oké?'

'Als het gelukt is, graag.' Victoria veegde haar handen af aan een handdoek.

'Weet je misschien wanneer de vergadering vandaag is?' Grace liet haar ogen weer over Victoria's werkblad dwalen, bijna alsof ze haar keukengerei wilde controleren. 'Dus die bij Andrew?'

'Die is om twee uur 's middags.' Victoria begon de pan, de kom en de andere spullen in de gootsteen te zetten.

'Om twee uur 's middags? Weet je het zeker?'

'Ja, natuurlijk. Andrew herinnerde me er vanochtend nog aan. Waarom vraag je dat?'

'Oh my god!' Grace greep naar haar voorhoofd. 'Ik dacht dat hij pas om vijf uur was. Dat komt nou slecht uit! Ik heb aan het begin van de

middag een afspraak met een belangrijke klant in New Jersey. En je weet hoe SweetCandy er op dit moment voor staat. Ik kan die onmogelijk afzeggen.'

'Heeft Andrew het je niet laten weten?'

'Ja, ja... Natuurlijk heeft hij dat. Maar ik weet zeker dat hij vijf uur zei en niet twee. Waarschijnlijk heeft hij zich gewoon vergist.' Ze dacht na. 'Mag ik je om een gunst vragen, Victoria?'

'Nou ja, als ik kan helpen...'

'Zou het mogelijk zijn om notulen voor me te maken van de vergadering? Dan kan ik alles inhalen.' Ze keek Victoria vragend aan. 'Ik hoop dat het niet te veel gevraagd is?'

'Als de hoofdlijnen voor jou toereikend zijn?'

'Ja, natuurlijk.' Grace omhelsde haar. 'O, dank je wel! Kan ik de notulen dan morgenvroeg meteen al halen?'

Victoria voelde zich ongemakkelijk bij de familiaire manier waarop Grace met haar omging. 'Ik zal moeten kijken...' zei ze daarom gereserveerd.

'Ik heb de notities maar twee uur nodig, Victoria. Gewoon om ze door te nemen. Daarna krijg je alles meteen weer terug.'

'Nou...' Victoria aarzelde nog steeds, maar ze wilde het niet bij Grace verbruien. Tenslotte was haar wens begrijpelijk. 'Goed dan. Haal ze morgenochtend dan maar op.'

'Goed. Ben je hier weer te vinden? Of in Andrews kantoor?'

'Ik ben hier waarschijnlijk morgenvroeg weer.'

'Dat zou ideaal zijn, Victoria. Laten we zeggen negen uur hier, dan missen we elkaar niet. En dan hoeven we Andrew niet lastig te vallen met zoiets banaals als notulen. Hij heeft al genoeg te doen.'

'Inderdaad. Negen uur dan.'

Op hetzelfde moment in Andrews kantoor

'Eleanor!' Andrew keek verbaasd op toen Eleanor Jarrett zijn kantoor in beende. Zijn secretaresse maakte een hulpeloos gebaar, blijkbaar was ze er niet in geslaagd de temperamentvolle bezoekster tegen te houden.

'Andrew!' Eleanor lachte breeduit. 'Je verwachtte me duidelijk niet.'

'Inderdaad.' Niet alleen had hij haar niet verwacht, maar hij vond het ook niet bijzonder prettig dat ze onaangekondigd binnenstormde. En dan nog op dit vroege uur. 'Wat kan ik voor je doen?'

'Je kunt me eerst een sigaret aanbieden.' Eleanor knipoogde naar hem en nam plaats op een van de met donkerblauw fluweel beklede stoelen aan de ronde mahoniehouten tafel in een hoek van zijn kantoor.

Andrew had geen andere keuze dan zijn sigarettenetui te pakken en bij haar te gaan zitten. 'Je bent hier toch niet alleen om een sigaret te roken?'

Ze stak de sigaret op en blies in één elegante beweging de rook de lucht in. 'Natuurlijk niet. Hoewel ik heel benieuwd was hoe... het voelt om te roken in je kantoor.' Terwijl ze om haar grapje lachte, dwaalden haar ogen door de kamer, over de dikke tapijten op de fraaie parketvloer en de uitgelezen meubelen. 'Mooi!'

Andrew pakte ook een stoel. 'Zo, wat brengt jou hier?' vroeg hij.

'Ken je Brenda Frazier?'

'Brenda Frazier?' Andrew meende dat hij de naam eerder had gehoord, maar kon zich niet herinneren in welke context. 'Nee. Tenminste niet persoonlijk.'

'Brenda is de debutante van het seizoen!'

'Nou, ik ga niet om met de... debutantes van het seizoen.' De high society van New York, de Vanderbilts, de Rockefellers of hoe ze ook mochten heten, die hun fortuin hadden gered in de moeilijke jaren van de Grote Depressie, was hem vreemd en stond hem tegen.

'In Brenda's geval zou je dat moeten doen.' Ze maakte een veelbetekenend gebaar met haar sigaret. 'Omdat SweetCandy een unieke kans maakt om zijn producten daar te presenteren.'

'Pardon? Bij een debuut?'

'O, Andrew...' Ze sloeg haar ogen ten hemel. 'Wees toch niet zo negatief. Ik heb die schattige Brenda samen met een andere journalist geïnterviewd voor *Life Magazine*, waar ik wel eens voor werk sinds ik terug ben uit Berlijn.' Haar sigaret knisperde toen ze een trekje nam. 'Ze wordt trouwens aangekondigd als *Belle of her Season*, en de aandacht is enorm. Ze maakt reclame voor Woodbury en Studebaker. Ze zal op de cover van *Life* staan in november.' Ze pauzeerde veelzeggend en keek hem aan. 'Welnu,' vervolgde ze toen, 'tijdens het interview heeft Brenda de wens geuit om op de avond van haar debuut enkele speciale zoetigheden te presenteren. Haar moeder, die haar door alle voorbereidingen heen loodst, omarmde het idee enthousiast. En toen moest ik aan jou denken.'

'Ik begrijp het.'

'Ik heb je aanbevolen, Andrew, en ze waren er helemaal weg van. Als je geïnteresseerd bent, waarom doe je ze dan geen aanbod?' Ze keek naar het smeulende uiteinde van haar sigaret. 'Dat is alles.'

'Eh... wel, ja, dat is beslist interessant.' Andrew schraapte zijn keel.

'Zie je wel.' Eleanor nam een laatste trek van haar sigaret en duwde hem toen in de marmeren asbak op de tafel uit. De gloed doofde. 'Er worden meer dan duizend gasten verwacht, de bladen berichten er al over. Die publiciteit kan van onschatbare waarde zijn.'

Andrew aarzelde met zijn antwoord. 'Eleanor... Ik weet niet waarom je uitgerekend ons bedrijf aanbeveelt voor zo'n belangrijke opdracht. Maar... ik dank je. Dit is inderdaad een interessante mogelijkheid en ik zal erover nadenken.'

'Prachtig!' Eleanor stond op en trok de handschoenen aan die ze in haar hand had gehouden. 'Weet je, ik mocht je meteen al. Je bent zo verfrissend anders dan andere mannen. En je hebt naar me geluisterd op het schip, toen het niet goed met me ging.'

'Nadat Brundage je had geschorst?'

Ze knikte. 'Dat was een van de dieptepunten van mijn leven.'

'Daar leek het toen helemaal niet op. Ik bedoel, je had al een nieuw plan.'

'Het aanbod van Associated Press was mijn redding. Maar toch heeft de beslissing van Brundage me diep geraakt. Weet je wat het betekent voor een atleet om niet aan de Olympische Spelen te mogen deelnemen?'

'Ik kan het me indenken...'

'Dat kun je niet, maar dat geeft niet. In elk geval heeft ons gesprek van toen me geholpen. Je hebt gewoon naar me geluisterd. En me op een drankje getrakteerd.'

'Ik denk dat het er zelfs twee waren.' Andrews innerlijke spanning ebde weg.

Eleanor lachte. 'Dat zou best eens kunnen.' Ze stond op, liep naar hem toe en legde even haar hand op zijn schouder. 'Het kan zijn dat ik soms een beetje zorgeloos lijk, misschien zelfs opdringerig. Maar ik wil me gewoon niet naar de sjablonen voegen die voor ons vrouwen bestemd zijn. Mijn leven is net zo kleurrijk als de gedachten in mijn hoofd. Beschouw mijn bemiddeling tussen Brenda en SweetCandy maar als een bedankje, oké?'

'Ik weet niet wat ik moet zeggen...' Andrew stond ook op.

'Ik zou graag veel lekkernijen van SweetCandy op Brenda's bal zien.' Ze grijnsde.

'Het zou lichtzinnig zijn om zo'n aanbod te weigeren.' Andrew knipoogde naar haar.

'Precies. Ik zal je de contactgegevens van de Fraziers sturen.'

'Bedankt.' Andrew liep met haar mee naar de deur. Toen hij die voor haar openhield, bleef ze nog even staan. 'Mijn man Art Jarrett geeft de komende weken een paar concerten hier in New York. Kom toch langs, als je wilt.'

Andrew kende de muziek van Art Jarrett. Hij was de leider van een uitstekende bigband en bovendien een begenadigde zanger. Een paar jaar geleden had hij zelfs een notering in de hitparade bereikt met zijn versie van 'Georgia on My Mind'. Eigenlijk zou een concert van Jarrett een mooie aanleiding zijn om Victoria mee uit te nemen. Ze hield van goede swing, dat had hij die avond in Stuttgart gemerkt, toen hij voor het eerst met haar oom Anton had gespeeld en daarna tot in de vroege uurtjes had gefeest. 'Goed idee, Eleanor. Kun je me de data sturen?'

'Graag!' Ze knipoogde naar hem, toen werd haar gezicht opeens ongewoon ernstig. 'Ik wens je echt het beste, uit de grond van mijn hart. Je bent een van de weinige eerlijke kerels die ik heb ontmoet. En ik heb heel wat kerels leren kennen.'

31

Een paar uur later in Andrews kantoor

'We zullen moeten wachten tot vanavond,' mompelde Victoria bij Andrews mond. 'Over een half uur is onze vergadering...'

Andrew legde haar het zwijgen op met een uitgebreide kus, maar toen verslapte zijn omhelzing. 'Je hebt gelijk.' Hij glimlachte ondeugend naar haar. 'Ik wou dat de vergadering al voorbij was en we naar huis konden gaan...'

Victoria lachte, trok haar jas uit en ging in een van de stoelen zitten. 'Ik heb iets te eten meegebracht.' Met een zwierige beweging toverde ze een papieren zak op tafel.

'O, dat is goed. Tenminste een kleine lunch.'

'Juist. Ik heb gemerkt dat je overdag bijna niets eet.'

Andrew grijnsde. 'Je zorgt al voor me als een moeder.'

'Meer als een zakenvrouw die topprestaties verwacht van haar zakenman.' Ze grijnsde, pakte een paar boterhammen uit en bood Andrew er ook een aan.

Ze beten bijna gelijktijdig in de lichte toast, die belegd was met kipfilet, krokant gebakken bacon, sla en tomaat. Victoria hield van deze in handige driehoeken gesneden hapjes. Je had ze in allerlei soorten en maten, en ze lagen niet zo zwaar op de maag.

'Ik heb een opdracht voor je,' zei Andrew, nadat hij het eerste driehoekje had verorberd. 'Dat wil zeggen, als je er zin in hebt.'

'Zeg op!'

'We hebben een aanbod gekregen om de catering te verzorgen voor een van de New Yorkse debuten.'

'Een debuut?'

'Ach, dat is waar ook, je kent dat gebruik helemaal niet. Wel, in de respectabele families van New York is het gebruikelijk om dochters formeel in te wijden in de maatschappij.'

'Dat ken ik al uit Engeland,' onderbrak Victoria hem. 'Daar worden adellijke meisjes aan het hof voorgesteld met een groot bal.'

'Ja, daar liggen de wortels van die traditie. In New York zijn het niet zoals in Engeland de aristocraten die zichzelf zo in het zonnetje zetten, maar welgestelde en invloedrijke families.'

'Geldadel,' grapte Victoria.

'Zo kun je het zeggen.' Andrew lachte. 'In elk geval geven die families kapitalen uit om hun dochters als volwassen en huwbaar te presenteren. En tegelijkertijd pronken ze met hun rijkdom.'

Victoria hoorde een zekere minachting in Andrews woorden. 'Mag je die mensen niet?'

'Ik hou niet van die manier van leven. Het is zo kunstmatig en oppervlakkig. Verschrikkelijk.'

'Maar je zou daar nu een goede deal kunnen maken?'

'Inderdaad. Al staat het me niet aan, in de huidige situatie kan ik me niet veroorloven om de kans op een goede omzet te laten lopen. Maar ik wil deze taak graag aan jou overdragen. En ik bedoel volledig.'

'Vind je dat ik daartoe in staat ben?' Victoria kon nauwelijks geloven dat hij haar al na een paar dagen zo veel verantwoordelijkheid gaf.

'Natuurlijk vind ik dat. Ik zou het je niet hebben gevraagd als ik eraan zou twijfelen. En dat heeft niets te maken met onze... *special relationship*.'

'Je hebt geen idee hoe blij ik hiermee ben.' Victoria straalde. 'Wat wordt er van me verwacht?'

'Bonbons, snoepgoed, dat soort dingen.'

Victoria hoefde niet lang na te denken. 'Eigenlijk is het zonde om alleen bonbons en snoepgoed aan te bieden. Ik kan me een zeer exclusief buffet van hapjes voorstellen. Gebakjes, ijs, chocolade natuurlijk en suikerwerk en bonbons, maar nog zoveel meer. Er schieten me meteen duizend mooie dingen te binnen.'

'Dat had ik al verwacht,' zei Andrew. 'Maar er is nauwelijks tijd voor. Als we de opdracht willen binnenhalen, moeten we hun de komende dagen een aanbod doen.'

'Dan zal ik vandaag met de voorbereidingen beginnen en een aanbod samenstellen dat ze niet kunnen weigeren.' Victoria begon te beseffen wat een ongelooflijke kans dit was. 'Weet je wel wat dit betekent voor SweetCandy en voor mij? Stel je voor: ik maak een buffet voor een van New Yorks belangrijke families. En stel dat het de gasten daar bevalt. Dan kunnen we beslist meer orders verwachten.'

'Dat klopt. Maar het is een moeilijke clientèle. We proberen het. Als het niet lukt, moet je daar niet over inzitten,' temperde Andrew haar euforie. 'En nog iets: je zult misschien veel hartelijke reacties krijgen. Ze zullen je ideeën prijzen, enthousiast zijn. Maar dezelfde mensen kunnen je het volgende moment laten vallen met een kille glimlach op hun lippen.'

'Dat kan je in Europa ook overkomen. Je moet een beetje vertrouwen hebben,' zei Victoria terwijl ze zijn hand pakte. 'Jou heb ik ook vertrouwd. En ik hoop niet dat jíj mij met een kille glimlach laat vallen, alleen omdat je Amerikaan bent.'

Hij streelde zacht haar vingers. 'Nooit. Daarvoor voel ik al een te sterke band met je.'

Een golf van tederheid overspoelde Victoria jegens deze ongewone man die haar leven en haar hart in was geslopen.

'Victoria...'

'Ja?' Victoria keek hem oplettend in zijn ogen, omdat hij ongewoon onzeker klonk.

Andrew hield haar blik vast. 'Je moet weten dat ik wat er tussen ons gebeurt niet licht opvat.'

'Je bedoelt... dat ik met je naar bed ga?'

Hij knikte.

'Ik ga met je naar bed omdat ik dat wil, Andrew. Omdat ik voor je voel wat... daarvoor nodig is. En gewoon omdat ik je vertrouw. Dat heb ik van meet af aan gedaan.'

Hij pakte haar hand steviger vast en trok haar voorzichtig van haar stoel op zijn schoot. 'Dat heb ik gevoeld, Victoria. En het is belangrijk voor me dat je weet hoe serieus ik het meen met jou, met ons. Zodra de situatie met SweetCandy gekalmeerd is en ik weet wie ons wil ruineren, zal ik formeel naar je hand dingen.'

Met zijn woorden maakte hij een nieuwe golf diepe gevoelens in haar los. 'Ik... kan er nauwelijks op wachten.'

Hij omarmde haar stevig. 'Het is niet dat ik dat niet nu al zou willen, Victoria. Maar ik wil je niet blootstellen aan gevaar. Daarom is het op dit moment beter dat niemand weet wat we voor elkaar voelen.'

'Ik begrijp het.' Victoria zuchtte. 'Ik heb tenslotte mijn hotelkamer nog.'

'Ja, die houden we voorlopig aan, ook al woon je bij mij. Je weet maar nooit...'

'Goed.' Ze legde een hand op zijn wang. 'Misschien val ik in herhaling, maar ik vertrouw je.'

Hij kuste haar handpalm. 'Ik zal je niet teleurstellen, Victoria. Nooit.'

Victoria was ongewoon nerveus toen ze naast Andrew in de lift naar een van de twee vergaderzalen van het bedrijf stond. SweetCandy was een fabriekscomplex van drie hoge gebouwen in het westen van Manhattan bij de Hudson. De productie- en kantoorruimtes strekten zich uit over verschillende verdiepingen, wat tot interessante procedures leidde. Zo werden de voorraden suiker en cacaobonen op de bovenste verdiepingen opgeslagen, van waaruit ze via een ingenieus buizenstelsel naar de machines werden gevoerd. Op die manier werd het hele productieproces van boven naar beneden afgewikkeld. In de kelder stonden de koelcellen, de verpakkings- en sorteermachines. Het assortiment van SweetCandy was veel breder dan dat van de Rothmanns, want naast chocoladeproducten maakte Andrew ook koekjes, andersoortige repen en winegums.

Een kwartier later zaten ze rond een grote ovale tafel. Naast haar en Andrew waren advocaat John Carollo, Andrews grootvader Robert Miller en Isaak Stern aanwezig.

Andrew begroette iedereen individueel en kwam toen meteen ter zake: 'Ik denk dat we allemaal weten waar de vergadering van vandaag over gaat. En ook hoe ernstig de situatie is.' Hij liet zijn blik over de aanwezigen gaan. 'We moeten het dreigende faillissement van dit bedrijf afwenden. Gelukkig heeft de verlenging van de converteerbare lening door Judith Rheinberger enige ruimte geschapen, maar desondanks blijft de orderpositie desastreus. Bovendien zijn enkele grotere leveringen niet betaald.'

'Je reageert veel te laat!' merkte Andrews grootvader met snerpende stem op. 'Ik had je al bij de eerste onregelmatigheden geadviseerd om ze consequent te onderzoeken.'

'Het waren nieuwe klanten,' zei Andrew. 'Het is onmogelijk om uitgebreid onderzoek te doen naar iedereen. Kleine verliezen worden ingecalculeerd. Je hebt het zelf niet anders gedaan.'

De gedistingeerde witharige man balde zijn rechterhand tot een vuist, maar gaf geen antwoord. Victoria, die Robert Miller vandaag voor het eerst zag, viel de sterke uiterlijke gelijkenis tussen de twee op, al was Robert Miller duidelijk magerder en miste zijn blik de warmte die ze in Andrews ogen zag.

'Misschien gaat dit alles verder dan het lijkt,' vervolgde Andrew. 'Tijdens mijn verblijf in Stuttgart werd de familie Rheinberger door derden geadviseerd om hun betrokkenheid bij SweetCandy te beëindigen.'

'Wat voor derde partij?' vroeg Robert Miller nors.

'De Hudson Bank,' antwoordde Andrew.

'Zo, de Hudson Bank.' Robert Miller hield zijn hoofd schuin. 'Dus onze bank heeft de familie Rheinberger direct benaderd.'

'Dat klopt,' zei Andrew. 'Judith Rheinberger kreeg een aanzienlijk bedrag aangeboden voor de aflossing van de kredieten die ze ons heeft verleend.'

Robert Miller schudde lichtjes zijn hoofd.

'Ik moet aannemen dat het ze om de aandelen in SweetCandy te doen is,' ging Andrew verder. 'Want als tegenprestatie zouden de met de converteerbare lening verbonden aanspraken van Judith Rheinberger op aandelen in de onderneming zijn overgegaan op de Hudson Bank.'

'Het is inderdaad ongebruikelijk dat de Hudson Bank mevrouw Rheinberger benadert,' onderbrak Carollo hem nu. 'De bank heeft echter enkele jaren geleden de modernisering van SweetCandy gefinancierd. Jij was toen ook betrokken bij het opstellen van de leningsovereenkomsten, Robert.'

'En heb buitengewoon gunstige voorwaarden bedongen,' merkte Robert Miller op. 'Het is een gevestigde en betrouwbare bank. Je zult hier geen aanknopingspunt voor onregelmatigheden vinden, Andrew.'

'Waarom dan dit aanbod van de Hudson Bank aan de Rheinbergers?'

'Het gaat gewoon om meer onderpand,' legde Carollo uit. 'En dat is volkomen begrijpelijk, gezien de hoeveelheid geld die wordt verstrekt.'

'Pardon?' vroeg Andrew ongelovig. 'Zonder mijn medeweten?'

'Je staat op het punt om mijn levenswerk te ruïneren, Andrew.' Robert Miller sprak nu op zachte toon, maar even scherp als voorheen. 'Dacht je misschien dat ik werkeloos ga toekijken? Al lijkt de gang van zaken ongebruikelijk, de bank kan in alle opzichten rekenen op mijn onvoorwaardelijke steun.'

Die opmerking ging Victoria door merg en been, evenals Andrews zichtbare ontsteltenis.

'U had uw huis als onderpand kunnen geven, grootvader,' zei hij nu. 'Maar toestaan dat er achter mijn rug verdere leningen worden afgesloten... dat is ongehoord!'

'Je wordt onbeschoft, Andrew!' Robert Miller stond op. 'Zonder mij en mijn bedrijf zou je niets voorstellen.'

Victoria keek verbijsterd naar het geschil. Ze keek terloops naar de advocaat, maar kon niets uit zijn gezichtsuitdrukking opmaken.

Andrew haalde diep adem. 'Even voor de duidelijkheid: jij, grootvader, wist van de actie van de bank en keurde die goed.'

Robert Miller knipperde met zijn ogen en ging weer zitten. 'Je zult zien dat ik juist heb gehandeld.'

'Dat zou betekenen dat de Hudson Bank een meerderheidsbelang in SweetCandy zou krijgen, als we niet uit de rode cijfers komen.'

'Het moet je ertoe aanzetten om alles te geven, Andrew!'

'Dat legt een enorme druk op me, grootvader.'

'De bank heeft het recht om zijn kredieten zo goed mogelijk te beveiligen,' zei Carollo nu. 'Verliezen van een dergelijke omvang kunnen zelfs gerenommeerde instellingen zich in deze tijd niet veroorloven.'

'Maar als enige eigenaar en directeur van SweetCandy,' zei Andrew, 'heb ik recht op volledige informatie. Iedereen die achter mijn rug om handelt tegen de belangen van het bedrijf, handelt te kwader trouw en schaadt het.'

'Je was er niet,' zei Robert Miller. 'Omdat je zo nodig naar Europa moest.'

'Mag ik... iets zeggen?' sprak Victoria.

Robert Miller keek haar wantrouwend aan.

De advocaat trok slechts een wenkbrauw op.

'Mijn moeder zal die lening niet aan de Hudson Bank overdragen. Zoveel is zeker. Naar mijn mening is het belangrijker dat SweetCandy weer in de zwarte cijfers komt.'

'Precies.' Andrew knikte haar dankbaar toe.

'Daarom moeten alle annuleringen en klachten nader worden bekeken,' voegde ze eraan toe.

'Inderdaad,' zei Isaak Stern nu. 'Bovendien moeten juffrouw Rheinberger en ik inschatten of en wanneer SweetCandy weer in de zwarte cijfers zal komen. Op basis daarvan zal Judith Rheinberger uiteindelijk haar belang in de toekomst beoordelen.'

'Op dit moment,' zei Andrew eerlijk, 'zouden we niet in staat zijn om de leningen terug te betalen. We kunnen niet eens de rente betalen.'

'Daarom is het belangrijk om elke zakelijke transactie die niet plausibel lijkt, grondig te onderzoeken,' aldus de advocaat. 'Zou uw nicht dat niet kunnen doen, meneer Miller?'

'Grace? Zonder meer.'

'Ik zou me ook in de relevante klantendossiers kunnen inwerken,' bood Victoria aan. 'Tenminste, als jij me toestaat die in te zien, Andrew.'

'Die krijgen jullie, jij en meneer Stern,' zei Andrew. 'Dat heb ik tenslotte beloofd.'

Isaak Stern knikte. 'Goed. We zullen de klanten in groepen verdelen en vooral de nieuwe klanten van de afgelopen maanden onder de loep nemen. Hebben ze geannuleerd, geklaagd, niet betaald? Hoe zit het met een controlegroep van klanten die de afgelopen twee jaar regelmatig hebben besteld? Gaan die bestellingen zonder problemen door? Of zijn er hier ook onregelmatigheden?'

'Een verstandige aanpak. Maar als advocaat van SweetCandy raad ik het zesogenprincipe aan. Vooral wanneer derden, in dit geval juffrouw Rheinberger en meneer Stern, de waarde van een onderneming moeten bepalen.'

'Grace zal er natuurlijk bij zijn,' zei Andrew. 'Zij is degene die het meeste van boekhouden weet.'

'Is ze betrouwbaar?' wilde Stern weten.

'Absoluut. Ik heb geen enkele reden om haar te wantrouwen,' antwoordde Andrew.

'Ik zal me ook blijven bezighouden met het productassortiment,' zei Victoria. 'En met de ontwikkelingsafdeling van SweetCandy. Er zijn enkele veelbelovende aanzetten, die ik wil onderzoeken om te zien of ze haalbaar zijn.'

'Goed. Dan ontmoeten we elkaar weer als de eerste resultaten beschikbaar zijn.' De advocaat pakte zijn spullen en stond op. 'Excuseert u mij? Ik heb nog een afspraak.'

Toen iedereen de deur uit was, ging Andrew weer aan de vergadertafel zitten. 'Als ik tenminste bij benadering zou kunnen begrijpen wat voor spelletje hier wordt gespeeld... Geloof me, Victoria, ik heb wekenlang mijn hersens gepijnigd over de vraag wie zou kunnen profiteren van SweetCandy's insolventie.'

Victoria stapte achter zijn stoel, legde haar handen op zijn schouders en begon die met ronddraaiende bewegingen te masseren. 'Is er een concurrent die je misschien een keer hebt benadeeld? Of een klant die in geldnood zit en die op deze manier uit de schulden probeert te komen? Een vroegere vriend die nog een appeltje...'

'Nee,' onderbrak Andrew haar woordenstroom. 'Zoiets is er niet. Niets wat eruit springt in ieder geval. Als je lang genoeg zoekt, kun je bij iedereen wel iets vinden. Zelfs de Hudson Bank zou heel andere belangen kunnen nastreven dan alleen het veiligstellen van zijn leningen. Wie weet.'

Victoria haalde haar handen van Andrews schouders, pakte papier en potlood en ging in de stoel naast hem zitten.

'Laten we een overzicht maken van alle betrokken partijen. Dan kunnen we naar elke partij kijken, ze met elkaar in verband brengen en mogelijke motieven overwegen.'

'Dat is helemaal niet zo'n slecht idee.' Andrew leunde naar haar toe, pakte haar rond haar middel en kuste haar op de wang. Toen bewogen zijn lippen naar haar nek.

Ze duwde hem zachtjes weg. 'Nou, hoe zit het? Doe je mee?'

'*Anytime.*' Hij beet speels in haar oorlel.

32

De chocoladefabriek in Stuttgart
25 september 1936

Mathilda zat achter Victoria's bureau in het kantoor van de chocoladefabriek. Voor haar lagen de lijsten van de bedrijfsinventaris, die ze met Karls hulp en de typistes had gemaakt. Ze was een tussentijdse balans aan het voorbereiden. Daarmee zou de verkoop van het bedrijf snel kunnen worden afgehandeld.

Mathilda was blij dat Judith haar aanbod, dat ze in deze tijd permanent in het bedrijf zou meewerken, had aangenomen. Het gevoel dat ze nodig was en een bijdrage leverde met haar kennis, inspireerde haar en deed haar zelfs een beetje vergeten dat Martin al bezig was om zijn koffers te pakken. Hij zou Stuttgart dinsdag verlaten en naar Parijs vertrekken.

Terwijl ze de punt van een potlood sleep om een paar posten bij te werken, werd er op de deur van het kantoor geklopt. Mathilda stond op en deed open.

'Goedemorgen, Mathilda!' Het was Anton die binnenkwam, met een donkerbruine leren map onder zijn arm.

'Goedemorgen, Anton. Judith en Karl zijn op het fabrieksterrein.'

'Aha. De koper?' vroeg Anton, terwijl hij naar de vergadertafel liep.

'Ja, meneer Ebben van Chocoladefabriek Halle. Maar ik heb hem zelf nog niet gezien.'

'Dat is niet zo erg. Ik wilde naar jou.'

'Naar mij?' Nieuwsgierig ging Mathilda bij Martins oom zitten. 'Ik ben benieuwd.'

'Ik heb met dr. Bauer gesproken.' Anton glimlachte. 'Hij was erg onder de indruk van je kennis. En je scherpe verstand.'

'Dank je.' Mathilda voelde hoe het bloed haar naar de wangen steeg. Ze was blij met het compliment, maar werd er tegelijkertijd een beetje verlegen van.

'Dr. Bauer heeft de gebeurtenissen van de laatste weken samengevat.' Anton pakte een ordner uit zijn leren aktetas en opende die. 'Zijn bevindingen...' hij bladerde door de pagina's bovenaan, '... heb ik hier.'

'En tot welke conclusie is hij gekomen?' vroeg Mathilda.

'Naar zijn mening moet het mogelijk zijn om het bedrijf op korte termijn te verkopen. Als de koper meewerkt en de geldoverdracht soepel verloopt.'

'Heel goed.'

'Nu moet het bezoek aan de notaris worden voorbereid. Daarvoor moeten we alles nog eens controleren. Kun jij dat voor ons doen?'

'Heel graag.' Mathilda knikte. 'Maar... misschien heb ik toch niet genoeg ervaring. Judiths bestaan staat immers op het spel.'

'Jij gaat heel nauwgezet met de dossiers om.' Anton schoof de map naar haar toe. 'We vertrouwen het je voor honderd procent toe.'

'Dan... ga ik meteen aan de slag, natuurlijk.'

Anton knikte. 'Wanneer kun je klaar zijn? Bij benadering, tenminste?'

'Omdat ik al een deel van de documenten ken... op zijn laatst overmorgen. Is dat voldoende?'

'Hoe eerder hoe beter.'

'Daar ben ik me volledig van bewust.'

Anton stond op. 'Ik moet gaan, Mathilda. Ik hoop dat ik niet onbeleefd ben.' Hij sloot zijn lederen aktetas. 'Sinds meneer Stern weg is, stapelt het werk zich op in de pianofabriek.'

Mathilda stond ook op. 'Dat kan ik me voorstellen, Anton. Het is goed dat we elkaar bijstaan in deze turbulente tijden.'

'Inderdaad. En Serafina helpt waar ze kan,' merkte Anton op. 'Op het ogenblik helpt het enorm dat we Emil na schooltijd naar Degerloch kunnen brengen en dat zijn oma dan op hem past. We hebben momenteel veel te weinig tijd voor hem.'

'Hélène doet het met hart en ziel, en met plezier,' zei Mathilda.

'Dat merken we. Emil is opgetogen. Ik had nooit gedacht dat ze zich zo goed zou kunnen aanpassen aan zo'n kleine jongen.' Anton glimlachte.

'Ze is vastbesloten haar familie bij te staan in deze moeilijke tijd.'

'Ik weet het.' Anton keek Mathilda ernstig aan en een nauwelijks waarneembare schaduw trok over zijn gezicht. 'Het is voor haar waarschijnlijk net zo belangrijk als voor Judith.'

'Omdat ze... jullie toen heeft verlaten?' vroeg Mathilda voorzichtig.

'Ja.' Anton zuchtte. 'Ook al hebben we het er inmiddels vaak over gehad, kennen we haar redenen en kunnen we die tot op zekere hoogte begrijpen nu we volwassen zijn, het is belangrijk dat ze haar rol in de familie op zich neemt. Voor iedereen. Als een daad van berouw en verzoening, als je wilt.'

'En bovenal, een daad van liefde,' voegde Mathilda er met een knipoog aan toe. 'Maar jullie mannen begrijpen dat gewoon niet zo goed als wij vrouwen.'

Toen Anton was vertrokken, nam Mathilda weer plaats aan de vergadertafel en ging met de papieren aan de slag. Ze bestudeerde de ordner nauwgezet aan de hand van de aantekeningen van de advocaat, controleerde details met behulp van de wetboeken die op een plank in het kantoor stonden en vergeleek het proces met de casussen waarin ze zich tijdens haar studie had verdiept. Ze schreef haar opmerkingen met potlood in dr. Bauers samenvatting, trok sommige dingen in twijfel, vulde andere aan.

Ten slotte viel haar oog op een schets tussen het verzamelde materiaal. Toen ze die beter bekeek, realiseerde ze zich dat dr. Bauer inderdaad had geprobeerd de mannen achter Weber te vinden, voor zover hij dat in de korte tijd had kunnen doen. Er stonden een paar namen op, verbonden met pijlen. Sommige waren weer doorgestreept.

Eerst leek het allemaal willekeurig, de samenhang warrig, maar hoe langer Mathilda de schets bestudeerde, des te beter ze begreep wat dr. Bauer bedoelde. Hij was waarschijnlijk opzettelijk slordig en warrig geweest, zodat niet zomaar te doorgronden was welke informatie er in dit diagram verscholen zat.

Als haar interpretatie juist was, handelde Weber waarschijnlijk op eigen houtje. Zijn opdrachtgever was de Adler Chocoladefabriek, die hem een niet nader gespecificeerd bedrag als bemiddelingsprovisie had beloofd, als hij succes zou hebben.

Als dat waar was, werd alles een stuk gemakkelijker.

Ze richtte haar aandacht weer op de contracten en was al snel weer zo in haar werk verdiept, dat ze geschrokken opkeek toen de deur van het kantoor opnieuw openging.

Karl kwam binnen en hield de deur open voor een forse man. 'Na u, meneer Ebben.' Toen merkte hij dat Mathilda niet achter haar bureau zat, maar te midden van een heleboel documenten aan de vergadertafel.

'Ach, Mathilda. Dit is meneer Ebben uit Halle an der Saale. Ik had hem al aangekondigd.'

De goedverzorgde, grijsharige man knikte haar vriendelijk toe.

'Als het niet mogelijk is om hier te beraadslagen, gaan we naar een andere kamer.' Karl maakte een nerveuze indruk.

Mathilda schoof de papieren enigszins bij elkaar. 'Ik maak natuurlijk plaats. Zal ik maar weggaan?'

'Nee. Als je tijd hebt, zou het goed zijn als je bij onze bespreking aanwezig bent,' zei Karl en hij wendde zich tot zijn gast. 'Meneer Ebben, mag ik u Mathilda Fetzer voorstellen? Ze is al lange tijd een gewaardeerd lid van onze familie en werkt zich momenteel in verschillende juridische kwesties in.'

Ebben gaf haar een hand. 'Goedemiddag, juffrouw Fetzer. Ik ben oprecht blij om kennis met u te maken.'

'Het genoegen is geheel aan mijn kant, meneer Ebben.' Mathilda stond op.

'U bent juriste?' Er klonk een zeker respect door in Ebbens woorden.

'Inderdaad, meneer Ebben. Ik heb rechten gestudeerd. In Bonn.'

'Heel mooi, heel mooi. Bent u bekend met handelsrecht?'

'Voor zover het werd onderwezen in mijn opleiding, ja. Ik heb mijn kennis tot nog toe niet mogen toepassen.'

'Opmerkelijk.' Ebben wendde zich tot Karl. 'Een juffrouw met zo'n opleiding zou op een dag wel eens een buitenkansje kunnen zijn.'

'Dat is ze al,' zei de laatste met een knipoog naar Mathilda.

Op dat moment kwam Judith binnen. Ze was enigszins buiten adem.

'Excuseer me, ik werd opgehouden.' Ze keek rond. 'Zijn jullie al begonnen?'

'Nee,' antwoordde Karl en hij bood Ebben een stoel aan. 'Alstublieft.'

'Dank u.' Ebben ging op de stoel tegenover Mathilda zitten.

Karl koos de stoel naast haar, en nadat Judith een snelle blik op Mathilda's bureau had geworpen en de inventarislijsten had gepakt, voegde ze zich bij het kleine gezelschap aan de vergadertafel.

'Ik hoop dat onze rondleiding u voldoende inzicht in ons bedrijf heeft gegeven,' begon Judith.

'Ik ben helemaal op de hoogte,' zei Ebben.

'Mogen we aannemen dat u... geïnteresseerd bent?' vervolgde Karl.

'Inderdaad, inderdaad.' Ebben haalde een notitieboekje tevoorschijn waarin hij klaarblijkelijk zijn indrukken had genoteerd.

Omdat hij verder niets zei, viel er een onzekere stilte. Karl keek naar Judith, Judith op haar beurt liet haar blik voortdurend naar Ebben dwalen, die verdiept was in zijn aantekeningen. Mathilda wist niet wat ze ervan moest denken, want ze was niet bij de fabrieksrondleiding geweest.

Uiteindelijk schraapte Ebben zijn keel. 'Mevrouw Rheinberger. Ik ben op de hoogte van uw situatie en wil u verzekeren dat ik er geen misbruik van zal maken om de prijs te drukken.' Hij klapte zijn notitieboekje dicht. 'Ik bied u de som van tweehonderdvijftigduizend mark voor uw bedrijf met de complete inventaris.'

Verbaasde stilte overspoelde de kamer.

'Dat... is een redelijk aanbod,' verklaarde Judith uiteindelijk.

'Dat is het zeker,' beaamde Karl, terwijl hij zijn zus bemoedigend aankeek.

Judith keek opgelucht en terneergeslagen tegelijk, en Mathilda kon haar dubbele gevoel goed begrijpen. Binnen een paar maanden had ze haar man en haar bedrijf verloren. Dat was moeilijk te verdragen.

'Wanneer kan ik uw beslissing verwachten?' Ebben leek uiterlijk ontspannen, maar Mathilda merkte dat hij onrustig met zijn duim over de achterkant van zijn notitieboekje ging.

'Geef ons tot morgen,' zei Judith.

'Goed, goed, mevrouw Rheinberger.' Hij stond op. 'Om de transactie snel te kunnen afsluiten, heb ik uit voorzorg de voorgestelde koopprijs bij de Bank Von Braun laten deponeren. Als u akkoord gaat met de verkoop, kunnen we de zaak meteen afhandelen. Dan zien we elkaar morgenochtend om tien uur in dit kantoor?'

'Nou, dat is me wat!' merkte Karl op toen Ebben de kamer had verlaten. 'Hij wil daadwerkelijk kopen. En voor een goede prijs. Dus...' hij knipte met zijn vingers, '… zijn we in één klap van een deel van onze zorgen af. En hebben Weber overtroefd.'

'Ja, zo zal het wel zijn.' Judith was zichtbaar aangedaan door de ontwikkelingen. Ze zag er vermoeid uit.

'Je zult de chocoladefabriek hoe dan ook verliezen, Judith.' Karl wierp Judith een meelevende blik toe, maar zijn stem klonk vastberaden. 'Ik kan Ebben nog niet echt goed inschatten. Maar de koopprijs is echt redelijk, gezien de omstandigheden.'

Mathilda zei niets. Ze vond dat ze het recht niet had om zich te bemoeien met de persoonlijke beslissing die Judith moest nemen. Toen ze zag dat Judith huilde, stond ze op en haalde een zakdoek voor haar.

'Dank je.' De beweging waarmee Judith haar tranen wegveegde was nors, bijna wanhopig.

'Judith,' zei Karl opnieuw. 'Ik kan me voorstellen wat er in je omgaat. Maar we hebben geen keus. Weber zou zijn belangen vroeg of laat doorzetten.'

Judith verfrommelde de zakdoek in haar hand, niet in staat om te reageren.

Karl gaf haar een paar minuten. Ook bij hem waren de spanning en het verdriet duidelijk zichtbaar.

'We betreuren allemaal dat het zover heeft moeten komen, Judith,' zei hij uiteindelijk. 'Oprecht en diep. Maar onze gevoelens mogen ons niet leiden in deze zaak. Dit gaat over het vormgeven van een toekomst die nog ongewis is. En daarvoor zal een kapitaal, zoals ons zojuist is aangeboden, van onschatbare waarde zijn.'

'Begrijp je het dan niet, Karl?' zei Judith zachtjes. 'Sinds Victors dood is alles door mijn vingers geglipt! Als hij daarboven zou kunnen zien wat hier gebeurt…'

'Dan zou hij je aanraden om de enige uitweg te kiezen die overblijft. Ebbens aanbod betekent niet het einde van alles wat gecreëerd is. Het betekent eerder dat we verder kunnen gaan. Uiteindelijk.'

Judith zakte in. Mathilda was al bang dat ze zou bezwijken onder de druk, toen ze plotseling haar hoofd ophief. 'Nou… goed dan. Als er geen andere uitweg is… dan ga ik akkoord met de verkoop.' Ze wreef met haar handen over haar wangen. 'Zou jij alsjeblieft heel goed willen nagaan waarmee we rekening moeten houden, Mathilda? Betrek Anton en dr. Bauer erbij. Kijk of alles waterdicht is. Daarna zullen we het met zijn allen bespreken.' Nog een keer veegde ze haar betraande gezicht af met haar zakdoek. Toen ging ze staan. 'Je hebt gelijk, Karl. Laten we de toekomst in onze handen nemen. Al betekent dat misschien dat we alles verliezen.'

Villa Rothmann, rond half drie de volgende ochtend

Mathilda zat aan de secretaire in haar kamer. Alle lampen waren aan, zo fel dat het leek of het dag was. Ze had dossiers en papieren uitgespreid op alles wat als plank kon dienen. Ze moest de contracten allemaal doornemen, zelfs als dat betekende dat ze die nacht niet zou kunnen slapen.

Koortsachtig bestudeerde ze bladzijde na bladzijde, noteerde haar conclusies en bracht de resultaten over op een werkdocument, op basis waarvan de volgende dag het laatste verkoopgesprek met meneer Ebben zou plaatsvinden. Ze moest er met name voor zorgen dat een verkoop niet meer juridisch kon worden aangevochten en nagaan of het geld daadwerkelijk op een rekening bij de Bank Von Braun was gedeponeerd.

Aan de aankoopprijs zou niets meer veranderen.

Mathilda wist dat ook dr. Bauer alles nog eens uitspitte. Hij zou morgen op de vergadering aanwezig zijn en had ook beloofd een bevriende notaris mee te brengen die contacten bij het kadaster had. Het was belangrijk dat alle overdrachtsformaliteiten zonder veel ophef en binnen enkele uren werden afgehandeld.

Tegen half vier had ze het belangrijkste voor elkaar. Niets zou een verkoop in de weg staan als het hun zou lukken zich aan het strakke tijdschema te houden.

Ze gaapte en wreef in haar ogen. Het was beter om te gaan slapen, ze kon zich toch niet meer concentreren. Ze stond liever weer vroeg op om alles op een rijtje te zetten voor de vergadering van tien uur.

Ze had net haar nachthemd over haar hoofd getrokken toen haar slaapkamerdeur met een zacht gekraak openging. Geschrokken draaide ze zich om.

'Sst! Ik ben het!'

'Martin! Je hebt me laten schrikken! Wat heb je op dat dienblad? Koffie?'

Hij schudde zijn hoofd. 'Nee. Koffie is er morgenochtend.' Hij zette het dienblad neer en overhandigde haar de grote, met bloemmotieven versierde aardewerken mok. 'Als iemand van dit huis 's nachts de keuken binnensluipt, komt hij altijd maar met één ding naar buiten: Rothmanns kruidenchocolade.'

'O, geweldig.' Mathilda was blij met zijn aandacht. 'Ik was net van plan om naar bed te gaan. Een slaapmutsje is precies wat ik nodig heb.' Ze nipte van de heerlijke, warme chocolademelk.

'In dit bed slaap je vannacht in elk geval niet,' merkte Martin op, terwijl hij naar haar met papier bedekte deken keek.

'Waarom niet? Ik kan dit allemaal bij elkaar schuiven...'

'Ik heb een veel beter idee. En je waardevolle werk kan tot morgen blijven liggen... of liever, tot later.' Hij wees naar het klokje op de schoorsteenmantel.

'Wat stel je voor?'

'Ik ontvoer je!' Hij pakte haar hand. 'Vertrouw je me?'

Ze knikte en zette haar beker neer. Met een ondeugende uitdrukking op zijn gezicht trok hij haar mee naar de gang en de trap op naar de tweede verdieping, waar hij twee kamers bewoonde.

De deur was nog niet achter hen dichtgegaan, of ze voelde zijn lippen op haar mond. 'Je smaakt naar chocolade. Erg lekker!'

Mathilda giechelde.

Toen werden zijn strelingen intiemer, dringender. Al snel werd hun ademhaling sneller, ze gingen op in hun omhelzing, verzengende hitte doordrong hun lichamen.

Mathilda had naar dit moment verlangd en het ook een beetje gevreesd, maar wat nu kwam was even natuurlijk als onvermijdelijk. Ze hield van hem en hij van haar, en elke stap die ze samen zetten in die vroege ochtenduren, elke aanraking, elke beweging, voelde heerlijk en goed aan.

Later, toen ze in elkaar verstrengeld op zijn bed lagen, voelde Mathilda een weldadige vermoeidheid, maar was veel te wakker om te slapen.

Martin was ingedut vlak nadat hij zich van haar had losgemaakt. Nu bewoog hij voorzichtig en streelde zachtjes haar haar. 'Ik hoop dat ik je niet heb overrompeld,' zei hij voorzichtig.

'Ja, hoor, dat heb je wel,' antwoordde Mathilda, zacht lachend.

'Dat was ik niet van plan.'

'Echt niet?' Ze draaide zich op haar buik en legde een hand op zijn borst. 'Maar je was er verbazingwekkend doelbewust mee bezig.'

'Misschien had mijn onderbewustzijn het overgenomen, wie weet,' grapte hij, terwijl hij haar tegen zich aan drukte.

'Hoe laat gaat je trein dinsdag?' Bij de gedachte dat ze binnenkort zonder hem zou zijn, kwamen er nu toch tranen in haar ogen.

'In de ochtend. Maar ik ben nog steeds hier.'

'Wanneer kom je terug? Voor de verjaardag van je grootvader?'

'Daar geef ik niet veel om. Maar ik wil moeder het plezier wel doen.'

'Dan zie ik je in november.'

'Dat alleen al is de reis waard.' Ze vermoedde de scheve glimlach die in het donker van de nacht over zijn gezicht gleed.

'Je bent nog steeds gekwetst,' merkte ze op.

'Natuurlijk ben ik gekwetst,' zei hij, en ze hoorde de onderdrukte gevoelens in zijn woorden. 'Zoiets verwerk je niet zomaar even. Stel je voor hoe jij je in mijn plaats zou voelen.'

'Tot nog toe heb je niemand verteld dat je weet wie je biologische vader is. En dat hoewel je eigenlijk meteen met de Ebingers wilde praten.'

'Jíj hebt het me afgeraden, schat. Weet je dat niet meer?'

Mathilda herinnerde zich inderdaad de prachtige middag op de Karlshöhe. 'Hoe zou ik die dag kunnen vergeten,' zei ze, 'en het was goed om niet bij Artur en Josefine langs te gaan.'

'Natuurlijk was het goed. En moeder heeft nu zo veel zorgen, dat ik haar niet ook nog verdriet wil doen met een oeroud geheim. Zo veel verstand heb ik nog wel.'

'Ach.' Ze kneep hem plagend in zijn zij. 'Echt?'

'Je bent heel ondeugend, Mathilda.' Hij streelde verlangend haar borst. 'Daarvoor zou ik je nog een keer… tenzij het je te snel gaat…'

Een uur later liep Mathilda geruisloos terug naar haar kamer en begon aan de laatste voorbereidingen voor de verkoop van de chocoladefabriek.

33

New York, Manhattan, Upper East Side
2 oktober 1936

Een hoog smeedijzeren hek met kruisvormige punten grensde het vijf verdiepingen tellende gebouw van lichte zandsteen af van de straat. Het had iets baroks, met de sierlijke rondboogvensters en de uitstekende, met uitbundige patronen versierde stenen balustrades. Tegelijk sloot het moeiteloos aan op twee meergezinswoningen met een soortgelijk ontwerp, precies zoals op de kaarsrechte 75th Street, niet ver van 5th Avenue.

'New York is anders dan Stuttgart, nietwaar?' vroeg Eleanor.

'En hoe,' antwoordde Victoria. 'Totaal anders.' Victoria wist zich goed te redden in de Engelse taal, al sprak ze nog steeds Duits met Andrew.

'Ik was deze zomer in Berlijn,' legde Eleanor uit. 'Dus ik kan me voorstellen wat voor effect Manhattan op je heeft.'

'Het is allemaal erg... recht.'

Eleanor knikte lachend. 'Andrew moet je beslist een keer Long Island of Ocean Grove laten zien. Die zullen je zeker bevallen.'

'Ik hou erg van Manhattan, ondanks de rechte straten,' zei Victoria met een grijns. 'Eigenlijk mis ik Duitsland helemaal niet.'

Dat was niet helemaal waar, maar als het Victoria zwaar te moede werd, dan was het omdat ze gescheiden was van haar familie. Ze miste Stuttgart zelf niet. Tot nog toe tenminste.

Ze liepen naar de voordeur van het nogal deftige huis en Eleanor drukte op de bel. Victoria was een beetje gespannen. Wat stond haar te wachten?

'Maak je geen zorgen.' Eleanor leek Victoria's nervositeit op te merken. 'Brenda is heel aardig. Ze kijkt er erg naar uit om je te zien.'

Ze meldden zich bij de portier. In een smalle, rammelende lift gingen ze naar de vierde verdieping. Bij de deur van de flat werden ze opgewacht door een keurig geklede dienstbode, die hen beleefd binnenliet, hen hielp hun jassen uit te trekken en vervolgens voorging naar een dubbele deur met vergulde knoppen.

Victoria hield verbaasd haar adem in toen het meisje de deur opende en hen binnenliet. De kamer die ze zagen was ingericht met barok meubilair. De bekleding van de overdadig versierde stoelen, met glinsterende donkerrode en groene patronen in de bekleding, kwam overeen met de kleuren van het kostbare tapijt dat de houten vloer bedekte. Aan het stucplafond hingen twee kristallen kroonluchters en voor de ramen hing fijne, lichte vitrage van kant, omlijst door zware, dieprode fluwelen gordijnen. Allerlei snuisterijen stonden op een prachtige schouw van donkerrood marmer.

Groene planten stonden naast een sofa waarop drie vrouwen thee zaten te drinken. Toen ze de bezoekers opmerkten, onderbraken ze hun gedempte conversatie.

'Eleanor!' De beeldschone, zwartharige jonge vrouw in het midden stond onmiddellijk op, zette haar beker op een klein glazen tafeltje en omhelsde Eleanor. 'Wat leuk om je te zien!'

'O, ik ben ook blij, schat!' Eleanor beantwoordde haar omhelzing en schudde toen de twee vrouwen die waren blijven zitten de hand. 'Lady Williams-Taylor. Mevrouw Watriss. Hartelijk dank voor de uitnodiging. Mag ik u voorstellen aan juffrouw Victoria Rheinberger? Ze staat ook bekend als The German Chocolate Queen.'

'O!' De oudste van de twee dames, gekleed in scharlakenrood en haar geverfde roodbruine haar gedrapeerd in merkwaardige rollen, gedroeg zich als een Engelse lady. 'Welkom, juffrouw Rhynburger.' Ze sprak geaffecteerd.

Victoria maakte bijna een reverence. Op het laatste moment bedacht ze zich en gaf lady Williams-Taylor een hand.

'Ik hoop dat u die fraaie titel eer zult aandoen,' verklaarde de tweede dame nu. Ze droeg een jurk met een patroontje, die vloekte met de ineengestrengelde bloemranken van de sofa. Haar gezichtsuitdrukking was afstandelijk, bijna arrogant. 'Voor Brenda's debuut is het beste niet goed genoeg.'

'Natuurlijk zal ze dat doen!' zei Eleanor voordat Victoria iets kon zeggen. ‘Ze heeft een geweldige show voorbereid! Zoiets is nog nooit vertoond in New York, mevrouw Watriss!’

‘O, *mum*! Ik popel om het allemaal te zien!’ riep Brenda uit, terwijl ze in haar handen klapte. Haar moeder wierp haar een strenge blik toe.

Terwijl lady Williams-Taylor achteroverleunde en de zwarte poedel met de roze halsband krauwde die op haar schoot lag, stond mevrouw Watriss op en wees naar de ronde houten tafel voor het raam. ‘Dan zou ik graag willen dat u ons uw suggesties voorlegt.’

Brenda, haar moeder en Victoria namen plaats, Eleanor ging op de bank zitten en praatte zacht met lady Williams-Taylor. Het dienstmeisje serveerde thee.

Onder de verwachtingsvolle ogen van moeder en dochter opende Victoria haar tas, haalde er een map uit en sloeg hem open. Op aanraden van Andrew had ze haar ideeën niet lukraak op papier gezet, maar elk onderdeel van het buffet op een eigen pagina gepresenteerd, voorzien van een welluidende naam en een gedetailleerde schets.

De voorbereiding voor de presentatie was immens geweest, dus had Andrew haar Sally, een medewerkster van de ontwikkelingsafdeling, ter beschikking gesteld. De jonge vrouw was vindingrijk en vakkundig en straalde een zorgeloze, aanstekelijke vrolijkheid uit. Maar bovenal voelde ze de Amerikaanse smaak goed aan. De vele uren die ze samen hadden doorgebracht waren licht en inspirerend geweest en hadden haar de tijdsdruk doen vergeten die op hen rustte.

‘Laten we beginnen met een soort voorgerecht.’ Victoria legde het eerste blad papier voor Brenda neer, maar voordat ze met haar uitleg kon beginnen, legde haar moeder haar hand op het blad en trok het naar zich toe.

Brenda toonde geen reactie, maar draaide alleen haar hoofd een beetje zodat ze een glimp van de tekening op kon vangen.

‘Ik heb verschillende thema’s samengesteld,’ vervolgde Victoria. ‘Die zullen we met veel opsmuk arrangeren, zodat de gasten zich alleen al door de decoratie in een andere wereld zullen wanen. Laten we beginnen met het thema *Gold and Champagne*. Hier stellen wij een selectie samen van de fijnste champagnetruffels, versierd met eetbaar bladgoud te midden van een goudschat in een exotisch, koloniaal decor. Natuurlijk zullen we hiervoor de beste champagnesoorten ter wereld koppelen aan de beste cacaosoorten.’

Mevrouw Watriss keek met belangstelling naar de tekeningen van de afzonderlijke champagnechocolaatjes, maar zei niets. Alleen Brenda's ogen schitterden.

Victoria voelde zich ongemakkelijk. 'Zoals u ziet, mevrouw Watriss, zijn de namen van de pralines afgeleid van de champagnesoorten.'

Omdat er nog steeds geen reactie kwam, legde Victoria de volgende reeks onderwerpen aan de dame voor. 'Het thema *Sparkling Confiserie* omvat niet alleen alle soorten noten-nougatbonbons, marsepein en likeurpralines, maar ook een selectie uitgelezen miniatuurtaartjes. Zoals u kunt zien, bereiden wij 's werelds beroemdste taarten *en miniature*. Elk exemplaar is met de hand gemaakt. Van fondant vormen wij rozen en andere bloemen, parelsnoeren en allerlei andere illusies. De zilveren dienbladen waarop deze kunstwerken worden gepresenteerd, bezetten wij met strassteentjes en parels.'

Onbewogen bladerde mevrouw Watriss door de schetsen.

Victoria besloot zich te concentreren op haar presentatie en de afstandelijke houding van de dame te negeren. Ze had niets te verliezen en een subliem aanbod.

Dus ging ze verder, legde uit en lichtte toe, verfraaide alles een beetje, terwijl ze Brenda aankeek, die tot dusver rustig toekeek, maar wier enthousiasme niettemin voelbaar was. Een volmaakte schoonheid, prachtig opgemaakt, haar halflange haar in een nauwkeurig geknipt en tegelijk flatteus golvend kapsel, in een duidelijk dure, lichtgele middagjurk die haar uitstekend stond... en toch omgeven door een zweem van tragiek waar Victoria haar vinger niet op kon leggen. Misschien was het de omgeving hier, een gouden kooi die werd bewaakt door haar moeder en grootmoeder. Of de perfectie die ze uitstraalde, wat beslist vermoeiend was. Kon een jong meisje op deze manier wel zichzelf zijn? De prijs van rijkdom en een opzienbarend debuut was hoog, besefte Victoria.

Ineens voelde ze zich vrij. Haar leven was zeker niet gemakkelijk op dit moment, maar zij beschikte er zelf over. Met dat besef ging ze vol elan over tot de geraffineerde finale van haar presentatie. Toegegeven, het was een gok om het eenvoudige thema *Red Fruit and Chocolate* tot het hoogtepunt van het aanbod te verheffen, maar toen ze klaar was met haar uitleg, kwam mevrouw Watriss onverwacht tot leven.

'Dat is sensationeel, juffrouw Rheinberger! *Very impressive!*'

Eleanor en lady Williams-Taylor onderbraken hun gesprek. Brenda keek naar haar moeder.

‘We zullen u engageren,’ zei mevrouw Watriss tegen Victoria. ‘Doe uw uiterste best. En laat ons uw kostenraming binnen drie dagen toekomen.’

Victoria was met stomheid geslagen.

Gelukkig zag Eleanor het meteen en schoot haar te hulp: ‘Fantastisch, mevrouw Watriss. En, heb ik te veel beloofd? Juffrouw Rheinberger zal een kostbare, zoete kroon zetten op Brenda’s debuut.’

‘En u zult verslag doen?’ vroeg mevrouw Watriss voor de zekerheid.

‘Natuurlijk. Er zullen verschillende reporters van ons tijdschrift aanwezig zijn,’ beloofde Eleanor.

‘Uitstekend!’ Voor de eerste keer toonde mevrouw Watriss een glimlach. Die zag er triomfantelijk uit en bevestigde Victoria’s indruk dat Brenda’s debuut bovenal een ambitieuze onderneming van haar moeder was.

Eleanor pakte haar handtas. ‘Dan gaan we er weer vandoor.’

Victoria begreep de hint en pakte de uitgespreide vellen papier.

‘Mevrouw Watriss, lady Williams-Taylor. We zien elkaar uiterlijk bij Brenda’s fotosessie.’ Eleanor schudde de dames de hand bij wijze van afscheid, liet nog een paar beleefde zinnen vallen en omhelsde Brenda. Toen duwde ze Victoria naar de deur.

Toen ze het huis uit waren en naar 5th Avenue liepen om nog wat door Central Park te wandelen, begon Victoria te lachen.

‘Wat heb je?’ vroeg Eleanor verbaasd.

‘The German Chocolate Queen! Hoe kom je erbij?’

‘O, dat.’ Eleanor grijnsde veelbetekenend. ‘Ik dacht er vanmorgen aan toen ik mijn tanden poetste.’

‘Pardon?’

‘Ik krijg altijd de beste ideeën als ik mijn tanden poets.’ Eleanor gaf Victoria een arm. ‘Geloof me, die naam zal binnenkort het gesprek van de dag zijn in New York.’

‘Dat meen je niet!’

‘En of ik dat meen. The German Chocolate Queen straalt alles uit wat mensen aantrekt. Glamour, plezier, genieten… en bovendien iets exotisch. Je zult aan Brenda’s zijde de New Yorkse society veroveren.’

‘Mag ik daar een beetje van schrikken, Eleanor?’

‘Zonder meer. Andrew zal goed op je moeten passen, anders word je nog verslonden in deze slangenkuil.’

34

De chocoladefabriek in Stuttgart
Dezelfde dag

'Heil Hitler!'

Ortsgruppenleiter Weber marcheerde door de typekamer Judiths kantoor binnen, geflankeerd door vier SA'ers. Hij had afgezien van een aankondiging, maar ze waren voorbereid: vandaag liep de termijn af die hij hun had gesteld.

Judith rechtte haar rug. Haar ogen dwaalden naar meneer Ebben, die aan de vergadertafel facturen en aanmaningen doornam. Hij knikte haar geruststellend toe en leunde achterover in zijn stoel. Alles was besproken.

Judith zelf stond naast Victoria's bureau, waar ze alle persoonlijke dingen had verzameld die ze mee wilde nemen. Weber wees onmiddellijk naar de kleine stapel. 'Ik zie dat u uw spullen hebt gepakt, mevrouw Rheinberger. We hebben u voldoende tijd gegeven.' Hij streek de jas van zijn uniform glad. 'Zoals aangekondigd is de Adler Chocoladefabriek met ingang van heden de enige eigenaar van dit bedrijf, samen met alle machines en voorraden die zich erin bevinden.' Hij sprak met volkomen ongepaste pathos.

'Nee. Dat klopt niet,' zei Ebben rustig maar vastberaden.

'Wel verd– wie bent u eigenlijk?' Weber staarde Ebben aan, die zijn blik kalm trotseerde.

'Ebben is de naam. Ik ben eigenaar van Chocoladefabriek Halle. En sinds 28 september dit jaar van het bedrijf Rothmann Chocolade.'

Webers gelaatskleur veranderde van rood naar bleek en weer terug. 'Ik spreek dat tegen! Met ingang van morgen behoort dit bedrijf toe aan de Adler Chocoladefabriek. Ik eis dat u het gebouw en het terrein terstond verlaat!'

Ebben stond op en slenterde rustig naar Judiths bureau. 'De Adler Chocoladefabriek is insolvent.'

Weber werd weer bleek. Hij leek verrast. 'Nee... daar weet ik niets van.' Hij dacht even na. 'En daarom geloof ik geen woord van wat u zegt.'

'Dan stel ik u daar bij dezen van op de hoogte.'

'Ik zei dat ik geen woord geloof van wat u zegt.'

Meneer Ebben haalde zijn schouders op. 'Dat verandert niets aan de feiten, Ortsgruppenleiter. De laatste maanden heeft de Adler Chocoladefabriek geprobeerd een vergelijkbare strategie als bij Rothmann Chocolade toe te passen om verschillende snoepfabrieken over te nemen. Daarbij beloofden ze hun handlangers hoge premies. Ook voor u zou dat een aardig bedrag moeten zijn.'

'Adler handelt in het belang van de Führer en is van belang voor de oorlogsinspanning.' Weber ging voorbij aan Ebbens suggestie van corruptie.

'Belangrijk voor de oorlog?' Ebben streelde zijn goedverzorgde baard. 'Weet u misschien meer dan wij?'

'Nee,' antwoordde Weber met een nauwelijks waarneembare aarzeling. 'Het is slechts een begrijpelijke voorzorgsmaatregel van de Führer. Als de vijanden van Duitsland aanvallen, moeten we voorbereid zijn.'

'Interessant.' Ebben stond op en liep naar de aanmerkelijk kleinere Weber toe, die een halve stap terug deed. 'Overigens,' vervolgde hij, 'heeft Adler de beloofde provisie slechts sporadisch uitbetaald.'

'Ik heb geen premie ontvangen,' beweerde Weber.

'Hoe het ook zij. De Adler Chocoladefabriek is bijzonder hard getroffen door de gevolgen van de economische wereldcrisis omdat ze veel naar het buitenland hebben geëxporteerd. Nadat ook hun bank in een neerwaartse spiraal terechtkwam en noodzakelijke kredieten weigerde, werd het problematisch. Maar een dergelijke crisis met fraude proberen op te lossen is contraproductief. Als u iets van het beloofde geld krijgt, meneer Weber, wees dan blij. En laat het vooral niemand weten. Er zijn heel wat mensen die bot hebben gevangen en ook graag een stukje van de taart zouden willen hebben.'

'Afgezien van het feit dat ik uw beweringen eerst zal controleren, meneer... meneer...'

'Ebben, zoals ik al zei.'

'Dus, zelfs als wat u zegt waar is, meneer Ebben, is Rothmann Chocolade nog steeds een bedrijf dat de richtlijnen van de regering in verschillende opzichten overtreedt. Ten eerste, het wordt geleid door vrouwen...'

'... wat niet verboden is,' merkte Ebben terloops op.

'... en bovendien zijn er hier nog steeds Joodse werknemers in dienst! Daarmee tart Rothmann Chocolade duidelijk de richtlijnen van het *Reich*!'

'Dat zullen we nog eens nagaan, heer Ortsgruppenleiter,' zei Ebben laconiek, 'en ervoor zorgen dat het juiste wordt gedaan.'

'Dat verandert niets aan het feit dat we de firma Rothmann onteigenen. Daarom is het geld van een verkoop niet verschuldigd aan mevrouw Rheinberger, maar aan ons.'

'Wat dat betreft vergist u zich, heer Ortsgruppenleiter,' zei Judith, die al haar moed bij elkaar raapte. 'De sommaties en besluiten die u ons deed toekomen bevatten allerlei fouten, maar één cruciale. Ze waren expliciet aan mijn overleden man Victor Rheinberger gericht. Maar het bedrijf was toen al van mij, als zijn enige erfgename.'

'Daar komt u niet mee weg!' brulde Weber, terwijl zijn escorte positie innam in alle vier hoeken van het kantoor. 'En trouwens, vrouwen zijn geen zakenpartners volgens de opvatting van de Führer.'

'Het spijt me, meneer Weber,' kwam meneer Ebben nu weer tussenbeide. 'Maar juridisch gezien is de verkoop aan Chocoladefabriek Halle al notarieel vastgelegd en uitgevoerd en derhalve niet meer aanvechtbaar. U zou fraude onzerzijds moeten bewijzen. Wat ons natuurlijk zou noodzaken onmiddellijk strafrechtelijke vervolging in te stellen voor een mogelijk illegaal uitstel van de staat van insolventie van Adler. Bovendien...' hij stak een brief uit naar Weber, '... alles gebeurde in het belang van het Duitse Rijk. Ziet u wel? Wij zullen hier in de toekomst Scho-Ka-Kola produceren, op uitdrukkelijk verzoek van Heinrich Himmler. Naast de beproefde Rothmann-specialiteiten, natuurlijk.'

Weber kromp zichtbaar ineen toen hij de naam van de *Reichsführer* van de SS hoorde, ook zijn mannen lieten hun starre houding varen en leken opeens onzeker. Aan de verkeerde kant staan kon in die dagen onafzienbare gevolgen hebben, zelfs voor degenen die dachten dat ze aan de goede kant stonden.

'Scho-Ka-Kola is een product van de Adler –' verklaarde Weber verontwaardigd.

'Dat was het, meneer Weber, dat was het,' legde Ebben geduldig uit. 'Chocoladefabriek Halle heeft onlangs de licentie daarvoor van Adler verworven.'

Weber schudde ongelovig zijn hoofd, alsof hij eerst zijn gedachten moest ordenen. Toen richtte hij zich tot Judith. 'Zelfs als alles wat hier beweerd wordt waar is, wat moet worden geverifieerd, zal ik er in elk geval voor zorgen dat u het geld dat de heer Ebben u heeft betaald, niet mag behouden. Alleen de NSDAP van Stuttgart heeft recht op de opbrengst.'

'Dat zie ik totaal anders,' zei Judith kalm.

'We verwachten de heer Himmler hier de komende weken,' voegde Ebben er snel aan toe. 'Hij heeft al aangekondigd dat hij de productie wil zien.'

Judith was verbaasd over deze aankondiging, maar ze had het gewenste effect: de SA-mannen werden onrustig.

'Hij zal zich beslist interesseren voor iedereen die ons dwarsboomt...' vervolgde Ebben.

Dat onverholen dreigement had effect.

Weber keek Ebben strak aan, en vervolgens elk van zijn mannen. Toen gaf hij hun een teken. 'Heil Hitler!' Hij had zichtbaar moeite om de arm stil te houden, die hij omhoogstak.

Ze vertrokken, en heel wat minder verwaand dan hoe ze een half uur eerder binnen waren gemarcheerd.

Toen ze de deur uit waren, zeeg Judith neer op de stoel voor Victoria's bureau. Haar knieën trilden zo hevig dat ze vreesde dat ze haar niet meer konden dragen.

Ebben stond op en kwam bij haar staan. 'Goed gedaan!'

Judith knikte, maar kon haar tranen niet meer bedwingen.

'Ik beloof u, mevrouw Rheinberger, dat wij de chocoladefabriek in uw geest zullen voortzetten. Weet u, als wij eerlijke mensen elkaar kunnen bijstaan, dan moeten we dat doen. Er zijn er toch veel te weinig van ons in deze tijden.'

'Wat een nachtmerrie!'

'Daar hebt u gelijk in. Maar we hebben die bende altijd nog met hun eigen wapens verslagen: leugens en bedrog.'

'Dus Himmler komt hier niet naartoe?'

'Goeie god. Nee, nee.' Ebben grijnsde.

'Laten we hopen dat het nu afgelopen is,' zuchtte Judith. 'Ik ben er helemaal niet gerust op.'

'Ik sta achter u, mevrouw Rheinberger,' verzekerde Ebben haar. 'En ik heb mijn contacten.'

Judith ademde uit. De belangrijke eerste stap was gezet. Weber zou zich niet zo gemakkelijk gewonnen geven, maar Ebben kon hem wel aan. De rest van de strijd moest tussen hen beiden worden uitgevochten.

Want de volledige koopsom voor Chocoladefabriek Rothmann stond al op een pas geopende rekening in het veilige Zwitserland. Ebben had het laten uitbetalen door de Bank Von Braun en het in contanten overhandigd aan Karl, die het over de grens had gesmokkeld, verdeeld over twee koffers.

Judiths angst en verdriet gingen gepaard met een ingehouden gevoel van triomf. Al moesten er nog enige klippen worden omzeild, toch bestond er nieuwe hoop voor haar en haar familie.

35

New York, Greenwich Village
's Ochtends vroeg, 20 oktober 1936

Die ochtend lag er een vermoeide rust over de daken van Greenwich Village, de onconventionele New Yorkse wijk waar de geest van de bohème van de jaren twintig nog vaag voelbaar was. Er woonden mensen met verschillende politieke opvattingen en nationaliteiten, een mengeling waar je in de andere delen van de stad vergeefs naar zocht. Hier kon je goedkoop wonen, de klokken liepen anders en zelfs de straten weken af van het rasterpatroon dat de rest van Manhattan kenmerkte. Arme auteurs woonden naast schilders en beeldhouwers, musici naast acteurs, en daartussen zaten mensen wier carrière op een gegeven moment was mislukt en die nu op een of andere manier het hoofd boven water probeerden te houden.

Andrew woonde al ruim twee jaar in Greenwich Village, niet ver van Washington Square Park. Niet alleen omdat het handig was, zoals hij aan Victoria had uitgelegd, maar ook omdat hij van de afwijkende, kleurrijke sfeer van deze buurt hield. En intussen kon ze hem goed begrijpen.

Zoals gewoonlijk waren ze vroeg opgestaan, hadden samen ontbeten en waren nu op weg naar het bedrijf. Het had die nacht geregend, en terwijl ze door de straten liepen luisterde Victoria naar het geluid van haar hakken op het natte asfalt. Ze hield van dit ochtendlijke uur, wanneer er nog een vleugje van de vorige nacht hing, ook al hadden de laatste bezoekers de bars en jazzclubs verlaten en was het dikke fluwelen doek in de talloze theaters gevallen. 's Avonds zou deze bijzondere wereld opnieuw ontwaken.

'Wat zijn je plannen voor vandaag?' Andrew legde zijn arm om

Victoria's schouders. Hij sprak Duits tegen haar, zoals hij altijd deed als ze met z'n tweeën waren.

'Vanochtend neem ik de klantenlijsten door met Grace,' antwoordde ze, 'en vanmiddag komt Brenda Frazier.'

'Ah! De voorbereidingen voor het debuut?'

'Precies. We hebben iets heel speciaals gepland, Sally en ik.'

'Daar ben ik enorm benieuwd naar.'

'Dat mag. Ik ga nog niets verklappen,' zei Victoria geheimzinnig. 'Hoe zit het met jou? Wat staat er bij jou op de agenda?'

'Mijn grootvader heeft gezegd dat hij langskomt. Hij treitert me bijna dagelijks met vragen en suggesties.'

'Het is jammer dat hij je niet kan vertrouwen.'

'Hij vreest voor zijn levenswerk.' Andrew hield zijn handpalm omhoog en draaide hem onderzoekend rond. 'Het begint te regenen.'

Nu voelde ook Victoria de eerste druppels.

'Wie het eerst bij de metro is,' riep Andrew en hij sprintte weg.

Victoria wist dat dit bedoeld was als een uitnodiging om te gaan rennen, liet hem lopen en slenterde er ontspannen achteraan. Lachend bereikte ze een eindje verderop de ingang van Washington Square Station, waar hij grijnzend op haar wachtte.

Ze dompelden zich onder in de mobiele onderwereld van de stad, waar het naar ijzer rook, de trillingen van komende en gaande treinen voelbaar waren en ontelbare dicht opeengepakte mensen een stukje van hun reis deelden voordat de *subway* hen weer in het daglicht liet gaan.

Voor Andrew en Victoria was het maar één halte naar 14th Street. SweetCandy lag ten noorden van Greenwich Village in West Chelsea, niet ver van de Hudson River en de bedrijvigheid van de dokken.

Bij de ingang van het bedrijf namen ze afscheid met een snelle groet, want ze hielden hun liefde nog steeds geheim. Andrew wilde een ronde door de productieruimtes maken, en Victoria ging rechtstreeks naar de kantoren op de derde verdieping.

Het geratel van de lift was haar inmiddels net zo vertrouwd als de route door de gangen en de geluiden die haar hier begroetten: het geratel van type- en rekenmachines, gedempte gesprekken, het ritselen van papier, het gerinkel van telefoons.

Ze arriveerde bij het kantoor van Andrews nicht en liep met een vriendelijke groet door het voorvertrek. De meisjes glimlachten onbevangen, eentje stond op en opende de deur van het kantoor voor haar.

'Good morning, Victoria.' Grace, die doorgaans eerder dan alle anderen aan het werk ging, ontving haar zoals gewoonlijk met een stralende glimlach.

'Juffrouw Rheinberger!' Isaak Stern was er ook al en stond op om Victoria's jas aan te nemen.

'Goedemorgen. Zijn jullie al aan het werk?' Victoria legde haar handtas neer.

'We hebben al een paar dossiers geselecteerd, maar we zijn nog niet echt begonnen,' antwoordde Grace.

Victoria ging aan de vergadertafel zitten, waar verschillende mappen opgestapeld lagen. 'Dan kunnen we verdergaan waar we gisteren zijn gebleven.'

'Precies.'

Ze verdiepten zich in klantenlijsten en facturen, net als de voorgaande dagen. Grace maakte een voorselectie van dubieuze klanten, Isaak Stern bekeek ze aandachtiger. Victoria noteerde wat hun opviel. Op die manier hadden ze al een aantal ondernemingen geïdentificeerd die volgens hen nader moesten worden onderzocht.

Ook die ochtend duurde het niet lang tot Grace stopte. 'Hier. Peter Baker. Klantnummer… 3-8-1. Order op 30 april. Klacht op 3 mei. Dat is onlogisch. Hij klaagde al voordat de goederen hem hadden kunnen bereiken.'

'Inderdaad.' Isaak Stern vergeleek de besteldata met de leverdata. 'Noteert u dat, juffrouw Rheinberger?'

Victoria schreef de naam en het klantnummer op, evenals de gegevens.

'Wat had meneer Baker besteld?' wilde Stern weten.

'Een partij fruitgums voor vijfhonderd dollar. En chocoladerepen voor duizend dollar. Hij bevoorraadt er kleinere kiosken mee.'

'Heeft hij alles gereclameerd?'

'Nee, slechts een deel ervan.' Grace bladerde heen en weer tussen de lijsten. 'Moment… er is inmiddels daadwerkelijk een betaling ontvangen. Meer dan zevenhonderdtwintig dollar voor het deel van de zending waar niets op aan te merken was. De rest van de vordering staat nog open.'

'Misschien kunt u nakijken of deze klant nog meer facturen niet of niet volledig voldaan heeft, juffrouw Miller,' vroeg Stern.

Grace controleerde de laatste orders nog eens en schudde haar hoofd. 'Nee. De andere zijn betaald. Maar de laatste bestelling was ruim drie maanden geleden. Dat is vreemd. Juist in de zomer hebben de kiosken altijd nieuwe voorraad nodig.'

'Ik zal het er met Andrew over hebben,' zei Victoria.

'Dat hoeft niet, ik regel het wel,' bood Grace aan. 'Jij hebt momenteel je handen vol aan het Frazier-debuut.'

'Dat is attent, Grace. Bedankt.'

'Ik kan ook met hem –' begon Stern, toen er geklopt werd.

'Wie is daar?' vroeg Grace, en een van de typistes van het voorvertrek kwam binnen. 'Juffrouw Miller, het bedrijf waarmee u over suikerprijzen wilde praten, is net gearriveerd.'

'O ja! Dat was ik helemaal vergeten.' Ze keek Victoria en Isaak Stern aan. 'Kunnen we later doorgaan? Laten we zeggen over een uur? Tegen die tijd ben ik zeker klaar.'

'Wij kunnen ook zolang doorgaan,' zei Stern.

'O, dat hoeft niet. Ik vind de klanten toch veel sneller dan jullie. Neem maar een pauze.' Ze knikte naar hen en verliet het kantoor.

Stern ging achterover zitten. 'Eigenlijk moeten we door. Ik heb straks een afspraak in de pianofabriek. Een nieuwe klant.'

'Dan doen we dat,' zei Victoria. 'Grace zal het ons vast niet kwalijk nemen.'

Terwijl Stern de ordner naar zich toe trok die op het bureau van Grace lag, viel Victoria's blik op een smalle kantoorkast waarvan de deuren een paar millimeter openstonden. Dat was ongewoon voor Grace, die altijd goed oplette dat alles op slot zat.

Victoria stond op om de deuren te sluiten, maar toen ze het probeerde, voelde ze weerstand.

'Wat is er, juffrouw Rheinberger?' Stern keek op van de dossiers.

'Niets bijzonders, meneer Stern.' Ze opende de kast helemaal om te zien wat de deuren blokkeerde. 'Ik wilde deze kast alleen...' Ze stokte. Een van de ordners stak iets te ver uit. Het lukte haar niet om hem naar binnen te duwen, want ook daar bevond zich een obstakel.

Stern was ondertussen opgestaan en kwam naast haar staan. 'Kan ik u helpen?'

'Ik weet niet...' Victoria haalde de map er helemaal uit, overhandigde hem aan Stern en tastte in het gat dat was ontstaan.

Ze stuitte op een dikke map, die ofwel tussen de mappen had gestaan, ofwel van een van de planken erboven omlaag was gegleden. Toen ze er beter naar keek, vielen haar de dunne potloodletters op: *Special Clients*.

'Dat is interessant,' merkte Stern op, terwijl hij over haar schouder keek. 'Misschien moesten we die eens nader bekijken.'

Ze gingen terug naar de tafel en Victoria sloeg de map open.

Alles was minutieus gerangschikt, op alfabet en op datum. Ze haalden er de eerste documenten uit.

'Dit zijn normale klantenlijsten,' merkte Victoria op. 'Maar waarom staan ze apart geregistreerd?'

Stern plukte nadenkend aan zijn kin. 'Al deze klanten bestelden voor het eerst bij SweetCandy Ltd. tussen 1 en 10 augustus 1935, iets meer dan een jaar geleden. Ieder van hen plaatste precies drie bestellingen.' Hij sloeg de bladzijde verder om. 'Daarvan is de eerste in alle gevallen correct afgehandeld en betaald. Voor de tweede werden slechts gedeeltelijke betalingen gedaan en voor de derde bestelling werd helemaal geen betaling ontvangen.'

'Dat is een duidelijk patroon,' constateerde Victoria.

Stern knikte. 'En hier...' Hij overhandigde haar een dossier en wees op het laatste blad, '... is de bijbehorende betalingsherinnering. Met de aantekening "vordering afgeschreven".'

'Is dat met al deze klanten zo?' vroeg Victoria.

Stern bladerde verder door de map en knikte. 'Consequent. Met hen allemaal.'

'Misschien heeft Grace deze klanten al van de lijst geschrapt. Met de bedoeling dat er niet meer aan ze wordt geleverd?'

'Dat is goed mogelijk.'

'Weet u wat, meneer Stern? We noteren de namen en leggen de map terug.'

'We zouden het toch ook gewoon aan juffrouw Miller kunnen vragen?'

'Natuurlijk... Maar ik kan me voorstellen dat het haar niet bevalt dat we zonder haar toestemming in haar kast zijn geweest.'

Isaak Stern keek Victoria besluiteloos aan. Ze merkte dat hij de zaak graag zou willen ophelderen.

'Ik weet zeker dat er zich een geschikte gelegenheid zal voordoen om Grace ernaar te vragen,' voegde Victoria eraan toe.

'Goed dan.' Isaak Stern pakte een blanco vel papier. 'Laten we beginnen.'

Hij verdeelde de lijst en schoof de bovenste stapel naar Victoria. Ze begonnen de namen te noteren.

Ze waren bijna klaar toen er gerommel klonk in het voorvertrek. Victoria keek naar Isaak Stern.

Hij schoof rustig zijn papieren bij elkaar en overhandigde die aan haar. Victoria legde de hare erbovenop en sloot de map. Daarna zette ze hem terug in de kast en plaatste er de ordner voor die Stern op Grace' bureau had gelegd. Ze duwde de kastdeuren dicht, ongeveer zo ver als eerst. Stern verzamelde ondertussen alle notities en stopte ze in zijn aktetas.

Victoria was net op tijd bij haar stoel. Toen wervelde Grace de kamer in met haar gebruikelijke zwier.

'Nou, dat was een geslaagd gesprek! Voortaan krijgen we de suiker met een riante korting!' Grace glimlachte breed, haar tanden stralend wit tussen haar kersenrood geverfde lippen. 'Andrew zal heel tevreden zijn.'

'Ben je van leverancier veranderd?' wilde Victoria weten.

'Ja. De vorige was duur en onbetrouwbaar.' Ze ging zitten. 'Bedankt voor het wachten. Waar waren we gebleven?'

'Peter Baker,' zei Stern.

'O, juist.'

Ze gingen door met hun werk, maar Victoria's gedachten dwaalden voortdurend af naar de klantenlijst in de kast. Waarom hield Grace die achter? Er leek iets niet te kloppen met die klanten.

Vlak voor het middaguur nam Isaak Stern afscheid. 'Ik ben morgenochtend weer beschikbaar,' zei hij.

'Misschien ben ik er dan niet,' zei Victoria. 'Het hangt ervan af hoeveel tijd ik kwijt ben aan het Frazier-debuut.'

'Wat mij betreft is het geen probleem, Victoria,' zei Grace. 'Ik zal voorlopig alleen met meneer Stern werken. Hij zal je dan op de hoogte stellen van onze bevindingen.'

Stern knikte. 'Neem de tijd die u nodig hebt voor uw andere taken, juffrouw Rheinberger. Ik zal me hiermee bezighouden en regelmatig verslag uitbrengen aan u en uw moeder.'

'Goed.' Hoewel Victoria liever bij de controles aanwezig zou zijn geweest, zag ze in dat deze splitsing zin had. Stern was opgeleid en ervaren in handelszaken. Zijzelf moest niet alleen het debuut voorbereiden, maar ook de recepten en procedures van SweetCandy doornemen. Daarvoor had ze de komende weken al haar tijd nodig.

'Ik heb een lunchafspraak,' zei Grace, toen Stern de kamer uit was. 'Zullen we het voor vandaag maar voor gezien houden?'

'Zoals je wilt.' Victoria stond op en pakte haar handtas. 'Ach, Grace, wat ik je nog wilde vragen...'

'Ja?'

'Deze... onregelmatigheden die we onderzoeken zijn al een tijdje aan de gang. Ongeveer een jaar, is het niet?'

'Zo... ongeveer. Misschien iets langer.' Grace had een zakspiegeltje en lippenstift uit haar bureaula gehaald en zette zorgvuldig haar lippen aan.

'Hebben jullie geen overzichten gemaakt in verband daarmee? Ik bedoel, van klanten die van meet af aan soortgelijk opzichtig bestelgedrag hebben vertoond en nog openstaande schulden hebben?'

'Nee.' Grace klapte haar zakspiegeltje dicht. 'Hoezo?'

36

Met een elegante beweging stapte Brenda Frazier uit de zwarte Cadillac die net was voorgereden. Terwijl de chauffeur het portier achter zich dichttrok en weer achter het stuur kroop, stapte ze met een vriendelijke glimlach op Victoria af, die voor de ingang van SweetCandy op haar had staan wachten.

'Welkom, miss Frazier!' Ze stak haar hand uit naar de jonge vrouw. 'Ik ben blij dat u kon komen.'

'Graag gedaan… en zeg alsjeblieft Brenda!' Brenda liet haar blik over de bakstenen gevel met de grote ramen zwerven. 'Ik ben blij dat ik hier ben.'

'Ben je alleen?' Victoria vroeg zich af waarom haar moeder en haar grootmoeder niet waren komen opdagen, maar registreerde het met grote opluchting.

'O ja. Mum had een lastminute-afspraak met haar kleermaker. En oma voelde zich niet lekker.'

Zo'n gedetailleerd antwoord had Victoria niet verwacht, maar ze was blij met de vertrouwensbasis die Brenda ermee creëerde. 'Dan wens ik je grootmoeder beterschap.'

Brenda giechelde, en leek opeens niet meer op een verwende *Upper Class Girl*, maar op een normale zeventienjarige. 'Ik niet!'

Victoria wist niet wat ze moest antwoorden. Gelukkig liet Brenda het onderwerp meteen vallen en maakte alleen zo nu en dan een terloopse opmerking over haar voorliefde voor zoetigheid, terwijl ze Victoria volgde door de hal en een smalle gang naar de ontwikkelingsafdeling van SweetCandy. Door de hoge ramen was de gouden weerspiegeling van de oktoberzon te zien op de grijze Hudson. Een enkele regenwolk dwaalde nog langs de hemel.

Sally wachtte al op hen. De andere werknemers hadden zich op hun werkplek teruggetrokken, zo nu en dan waagde een van hen een nieuwsgierige blik. Ze zouden niet veel te zien krijgen, want de plek waar de ontmoeting vandaag zou plaatsvinden, was aan het oog onttrokken door grote witte doeken.

Opeens zag Brenda er nerveus uit. Victoria legde geruststellend haar hand op haar arm. 'Het is vast spannend voor je. Maar je hoeft je geen zorgen te maken. Wat we gaan doen is heel apart, maar het doet geen pijn. Hooguit een beetje onaangenaam.'

'Ik heb geen flauw idee wat me te wachten staat,' zei Brenda, terwijl ze plaatsnam op een stoel die in het midden van de geïmproviseerde cabine stond. Op de lange tafel ernaast had Sally alles al klaargezet wat ze nodig hadden voor hun werk.

'Eerst moet je make-up eraf, Brenda.' Sally greep naar een dot watten. 'Mag ik? Of doe je het liever zelf?'

'O, nee, nee. Dat laat ik aan jou over.'

Brenda sloot haar ogen terwijl Sally voorzichtig haar make-up verwijderde. Toen de kleur was verwijderd, depte Victoria Brenda's gezicht met een vochtige, warme handdoek. Ze was verbaasd te zien hoe kwetsbaar de jonge vrouw eruitzag die onder de dikke laag make-up tevoorschijn kwam.

'Zo. We gaan nu een dun laagje vaseline op je gezicht en je haarlijn aanbrengen. Dat is helaas noodzakelijk. Anders komt het gips niet meer uit je haar.' Victoria sloeg een dunne cape om Brenda heen, zodat haar kleren beschermd waren.

Brenda keek haar even verward aan. Toen deed ze haar ogen weer dicht. 'Pas alsjeblieft op dat je mijn gezicht niet verpest.'

'Maak je geen zorgen.'

Victoria smeerde voorzichtig crème op Brenda's gezicht. Toen ze er zeker van was dat ze niets had overgeslagen, bond ze een doek rond Brenda's haarlijn.

'Goed,' zei ze toen tegen Sally. 'Laten we beginnen.'

Terwijl Victoria Brenda voorbereidde, was Sally bezig geweest met het knippen van gipsverbanden met verschillende afmetingen en die te bevochtigen. Nu gaf ze die een voor een aan Victoria. Victoria legde ze zorgvuldig in verschillende lagen over Brenda's gezicht, hals en decolleté en drukte elke laag voorzichtig aan. Alleen de ogen liet ze vrij.

Terwijl het gips droogde, ruimde Sally de werkplaats op; Victoria bleef bij Brenda. Na tien minuten maakte ze voorzichtig het masker los van haar gezicht.

'En? Is het gelukt?' wilde Brenda meteen weten.

Victoria overzag haar werk. 'Ja. Het is perfect.' Ze legde het masker opzij en verwijderde de gipsresten van Brenda's neus, voorhoofd, wangen en nek.

'Mag ik eens kijken?' vroeg Brenda.

Victoria gaf haar een handspiegel.

'Mum mag me absoluut niet zo zien,' zei Brenda terwijl ze zichzelf kritisch bekeek en met haar vingertoppen zachtjes over haar gezicht streek, dat rood was geworden door de behandeling.

'Ze is behoorlijk streng, je moeder,' merkte Victoria op.

'Zeker. Ze is streng. En ambitieus. Maar dat hoort erbij. Anders is het geen écht debuut.'

'Ik begrijp het.' Blijkbaar had Brenda vrede met haar situatie. Victoria besloot haar niet verder uit te horen. In plaats daarvan smeerde ze een verzachtende crème op Brenda's gezicht.

'Je komt toch uit Duitsland, is het niet?' vroeg Brenda toen Victoria klaar was.

'Ja.' Victoria deed de pot met crème dicht en wreef de laatste restjes uit op haar handen.

'Ik was er vorig jaar. In München. Ken je die stad?'

'Ik kom zelf uit Stuttgart, maar München ken ik natuurlijk ook. Daar heeft mijn grootmoeder gewoond.'

Brenda knikte. 'Ik hield van München. Het was heerlijk!'

'Wat deed je in München? Vakantie?'

Brenda lachte. 'O, nee, nee. Ik heb daar gestudeerd. Duits en Engels.' Ze zei de laatste woorden in het Duits.

'Echt?' Die mededeling verbaasde Victoria. 'En hoelang?'

'Een jaar. Toen moest ik terug naar huis.' Brenda werd nadenkend. 'Ik was graag in Duitsland gebleven. Het is zo... anders. Stel je voor: mensen gaan naar de opera omdat ze van de muziek houden. En niet alleen omdat ze gezien willen worden, zoals hier in New York.'

'Zijn de verschillen echt zo groot?'

'Nou en of.'

Brenda had duidelijk een betere opmerkingsgave dan haar gebruikelijke houding deed vermoeden.

'Heb je je moeder niet gevraagd of je in Duitsland mocht blijven om verder te studeren?'

'Ja, natuurlijk. Maar ze overtuigde me ervan dat het vreselijk zou zijn als ik mijn debuut zou missen. Dat kun je nooit meer goedmaken, weet je?'

'Hm.' Victoria haalde de cape en de haarband weg. 'Maar misschien dacht ze eraan dat de politieke situatie in Duitsland moeilijk is. En dat ze je liever hier in de *States* heeft.'

'O nee, dat speelde vast geen rol. Bovendien het was nog niet zo erg in München, in ieder geval niet voor mij. Maar het is nu toch beslist.'

Brenda stond op en liep nieuwsgierig naar de werktafel waar haar gipsafdruk lag. 'Ik ben echt heel benieuwd hoe het er uiteindelijk uit zal zien.'

Victoria kwam bij haar. 'Je hebt een mooi gezicht, Brenda. Dus jouw evenbeeld van chocola wordt ook mooi!'

'Ik kan het me gewoon nog niet echt voorstellen.'

'We werken er net zo lang aan tot het perfect is.'

'Perfect,' verzuchtte Brenda. 'Moeder maakt altijd alles perfect. Ze zette me op dieet toen ik twaalf was omdat ze vond dat ik te dik was. En later heeft ze de pezen in mijn voeten laten verlengen zodat ik hoge hakken kan dragen.'

'Pardon?' Victoria was geschokt. Dat mevrouw Watriss kosten noch moeite spaarde voor haar dochters debuut was één ding. Maar dat ze het meisje dwong tot diëten, en zelfs chirurgie, was onvoorstelbaar.

'Het deed zo verschrikkelijk pijn, Victoria. Het duurde zes maanden voordat ik weer normaal kon lopen.' Brenda streelde haar eigen gipsen gezicht met haar wijsvinger. 'Maar het is allemaal goed gekomen. Nu kan ik prachtige schoenen dragen!'

Op de avond van dezelfde dag

'Waar breng je me naartoe?' vroeg Victoria nieuwsgierig, terwijl ze achter in de taxi naar de voorbijtrekkende gebouwen keek. Eigenlijk was ze moe na de drukke dag, maar Andrew had erop gestaan haar mee uit te nemen. Daarom waren ze even naar huis gegaan om zich om te kleden en hadden daarna genoten van een uitstekend diner in een klein restaurantje; nu waren ze op weg naar Broadway en Victoria vermoedde dat hij iets speciaals voor haar had uitgezocht.

Bij 50th Street stopte de taxi. Andrew betaalde de chauffeur, hielp haar uitstappen en bood haar nonchalant zijn arm aan. Al na een paar stappen viel Victoria's oog op een grote, zwierige neonreclame: *WINTER GARDEN*.

Victoria trok Andrew naar de vitrine die ervoor stond.

'Aha. "*Ziegfeld Follies*",' las Victoria hardop. 'Wat voor dwaasheden zijn er te zien?'

Andrew lachte. 'Er zijn er genoeg. Wacht maar af.'

Hij haalde de kaartjes en bracht haar naar hun plaatsen in het midden van de ruime, overdadig aangeklede theaterzaal. Victoria keek om zich heen en besefte dat in New York werkelijk alles letterlijk *bigger* was dan in Duitsland. Ook de theaterzalen.

'En, bevalt het je hier?'

'Ik voel me alsof ik in een Hollywoodfilm zit,' bekende Victoria. 'Het is geweldig, Andrew.'

'Wacht maar tot je de show ziet.'

'Ik kijk ernaar uit.' Op dat moment herinnerde Victoria zich iets wat ze hem de hele avond al had willen vragen. 'Dit is misschien een beetje plotseling, Andrew, en niet helemaal op zijn plaats hier, maar... weet je dat Grace een... speciale klantenlijst bijhoudt?'

'Ze houdt er zeker verschillende bij. Je weet toch dat ze dingen graag sorteert.'

'Zeker. Maar op die lijst staan alleen klanten die vorig jaar in een bepaalde periode bij jullie hebben besteld en een betalingsachterstand hebben opgelopen.'

'Nou, dat is op zich niet verwerpelijk, integendeel.'

'Deze transacties volgen allemaal hetzelfde systeem. Dat is opvallend. Zegt de term "Special Clients" je iets?'

'Niet direct. Grace had zoiets gezegd met betrekking tot een cliëntengroep, maar zei tegelijk dat ze de zaak zou onderzoeken. Ik was haar daar eigenlijk heel dankbaar voor. Ze heeft er beslist voor gezorgd dat die klanten niet meer door ons worden bevoorraad.'

'Zo was het ook. Altijd na de derde bestelling, toen de schuld was afgeschreven, was er een blokkering, maar al een paar dagen later bestelde er een nieuwe klant. Volgens precies hetzelfde patroon.'

Andrew schudde zijn hoofd. 'Dat snijdt geen hout.'

'Eigenlijk niet. Tenzij...'

'Bedoel je dat Grace er iets mee te maken heeft? Dat kan ik me absoluut niet voorstellen.'

'In elk geval weet ze ervan, maar doet er niets aan om dat spelletje definitief te beëindigen.'

De lichten in de zaal doofden langzaam.

Victoria sprak zachter en boog zich naar Andrew, zodat hij haar beter kon horen. 'Maar het vreemdste was dat ze ontkende zo'n lijst bij te houden.'

Op hetzelfde moment begon de muziek. Het doek ging op en onthulde een ensemble van beeldschone revuemeisjes.

37

Andrews appartement in Greenwich Village 25 oktober 1936

Andrew stond bij het fornuis roereieren met spek te bakken. De geur dreef door de twee kleine kamers waar hij in woonde, zodat Victoria uiteindelijk opstond, een van zijn warme truien aantrok en naar de keuken liep.

'Goedemorgen.' Ze kroop tegen hem aan.

'Uitgeslapen?'

'Eh... nee.' Ze hadden het grootste deel van de nacht doorgewerkt en waren pas 's ochtends vroeg een paar uur gaan liggen.

Andrew sloeg zijn vrije arm teder om haar heen terwijl hij met de andere de inhoud van de pan omroerde. 'Honger?'

'Enorm!'

'De eieren zijn zo klaar. Wil jij toast erbij maken?'

'Goed.' Victoria pakte twee sneetjes witbrood en stopte ze na elkaar in de broodrooster, een apparaat dat ze nog niet kende, maar dat buitengewoon praktisch was.

Andrew verdeelde het roerei over twee borden, Victoria zette het brood ernaast en schonk twee glazen sinaasappelsap in. Toen gingen ze aan de piepkleine keukentafel zitten en genoten van hun ontbijt.

'We hebben nog heel wat te doen vandaag,' zei Victoria, kijkend naar de stapels papieren en mappen die door de flat verspreid lagen.

'Inderdaad,' zei Andrew. 'Het moeilijkste zal zijn om de juiste conclusies en consequenties te trekken uit wat we hier verzamelen.'

'Inderdaad.' Victoria nipte van haar sinaasappelsap en keek uit het raam naar de iep voor het smalle huurhuis, waarvan de kruin het zicht op het huis ernaast belemmerde. De oranjerode bladeren hadden niet veel in te brengen tegen de harde, gure oktoberwind die vandaag door de straten blies. Het zou niet lang meer duren voordat de eerste sneeuwvlokken op de kale kroon zouden neerdalen. 'Zullen we verdergaan?' vroeg ze aan Andrew.

'Ja. Dan hebben we het maar achter de rug.' Andrew stond op.

Ze ruimden samen af en gingen toen weer op de grond in de woonkamer zitten, want het grote aantal documenten dat ze onderzochten hadden ze op geen enkele tafel in de flat kwijt gekund.

Grace wist niet dat Andrew en zij de boekhouding onder de loep namen. Ze had vrijdagmiddag al afscheid genomen, omdat een van haar vrienden ging trouwen en ze daarom een lang weekend naar Boston wilde. Dat was een goede gelegenheid voor Victoria en Andrew om haar kantoor te doorzoeken.

Zij hadden ter plaatse al veel gecontroleerd, maar ze wilden nog een aantal klanten en leveranciers onder de loep nemen, waaronder de lijst Special Clients die Victoria bij Grace had ontdekt. Daarom hadden ze de belangrijkste documenten meegenomen naar Andrews woning.

De afgelopen nacht waren ze al een heel eind gekomen. Door het werk van de laatste weken was Victoria heel goed vertrouwd geraakt met de clientèle van de onderneming, en de belangrijkste probleemgevallen waren geïdentificeerd. Nu liepen ze de leveranciers door.

En in de loop van de zondag doken ook daarbij interessante details op.

Een paar belangrijke handelspartners hadden de samenwerking beëindigd wegens onbetaalde facturen. Hun plaats werd nu ingenomen door andere bedrijven, die astronomische prijzen in rekening hadden gebracht.

'Zelfs als de kwaliteit van de cacaobonen uitstekend is, zijn dit absoluut ongerechtvaardigde prijzen,' merkte Andrew op.

'En je hebt niets gemerkt van dit alles?'

'Sommige dingen zijn me wel opgevallen. Maar omdat Grace onder andere voor de boekhouding verantwoordelijk is en me herhaaldelijk verzekerde dat alles in orde was, heb ik het verder niet onderzocht. Ik weet dat het onvergeeflijk is.'

'Dat is het zeker. Je wilt niet dat ze mede-eigenares wordt, maar je vertrouwt haar blindelings. Voor mij is dat een tegenstrijdigheid.'

'Dat is het ook.' Hij zuchtte en de wanhopige ondertoon deed Victoria pijn. Ze stond op, ging naast hem zitten en legde een hand op zijn rug. 'Ik denk dat je vrij snel in een heel verantwoordelijke positie verzeild bent geraakt. Je grootvader heeft de leiding over het bedrijf aan je overgedragen en verwachtte heel veel van je, hoewel je toen nog erg jong was.'

'Hij zou graag directeur zijn gebleven. Maar vijf jaar geleden kreeg hij een ernstige hartkwaal. En aangezien het onduidelijk was of hij volledig zou herstellen, was het belangrijk om ervoor te zorgen dat het bedrijf door kon blijven draaien.'

'Dat kan ik begrijpen.'

'Toen hij beter werd, begon hij me de hele tijd te vertellen wat ik moest doen. Dat was lastig.'

'Jij had je ambitie.'

'Natuurlijk had ik ambitie. Het is gewoon moeilijk als iemand altijd in je nek hijgt en je behandelt als... als een kleine jongen. Zelfs in het bijzijn van het personeel. Hij ondermijnde mijn gezag daarmee.'

'Dat is je lot als je kind bent van een industriële dynastie. Je kunt nooit volwassen worden.'

'Het kan zijn dat er families zijn waar het functioneert. In de onze was het moeilijk. Maar hoe dan ook... Vaststaat dat SweetCandy moet worden beschadigd.'

'En om dat te bereiken, zijn er klanten en leveranciers gemanipuleerd.'

'Daar lijkt het wel op.' Andrew knikte. 'Dat is bedrog.'

'Laten we de bedragen ruwweg optellen. Dan kunnen we een idee krijgen van de omvang.'

Terwijl ze alles uitrekenden, viel Victoria een categorie op die helemaal achteraan in een van de mappen was ondergebracht met de aanduiding 'privé'. Ze bekeek het beter.

'Zeg eens, Andrew?'

'Mm?'

'Wie woont er aan London Terrace?'

'Aan Londen Terrace? Waarom vraag je dat?'

'Hier is een huurcontract van februari 1935.'

'Mag ik eens zien?'

Victoria overhandigde hem het huurcontract en keek toe hoe hij confuus door de bladzijden bladerde. 'Huur overgemaakt van een van onze bedrijfsrekeningen. Huurder is... SweetCandy.' Andrew greep naar zijn voorhoofd. 'Dit is getekend door Grace.'

'Hebben jullie daar misschien ooit een appartement gehuurd voor medewerkers? En vergeten het weer op te zeggen?'

'Niet dat ik weet. En zo'n vergissing zou Grace zeker niet maken.'

'Misschien woont ze er zelf?'

'Grace? Dat zou vreemd zijn. Ze bewoont een hele verdieping in het huis van mijn grootvader.'

'En verblijft ze daar regelmatig?'

'Mijn god, Victoria, ze is een volwassen vrouw. Tot nog toe had ik geen reden om haar te bespioneren. Misschien heeft ze een vriend en wil ze dat geheimhouden. Of een vriendin, wie weet?'

'Het is het beste om haar ernaar te vragen. Naar de flat bedoel ik, niet haar privéleven.'

Andrew grijnsde. 'Misschien heeft haar privéleven toch met deze zaak te maken?'

'Denk je dat?'

'Ik kan het niet uitsluiten. Maar over de andere zaken zal ze zich tegenover mij moeten verantwoorden.'

'Heeft ze wel de bevoegdheid om dergelijke contracten te tekenen? Zo niet, dan kan de huurovereenkomst nietig zijn.'

'Ze heeft verstrekkende volmachten.' Hij pauzeerde. 'Tot dusverre was er voor mij geen aanleiding haar te wantrouwen.'

Hij zag er neerslachtig uit.

'Ik stel voor dat we onze bevindingen nog eens doornemen,' zei Victoria, terwijl ze liefdevol in zijn arm kneep. 'Dan neem ik morgen contact op met de bedrijven in kwestie. Vind je dat goed?'

'Oké.' Andrew haalde diep adem. 'En daarna halen we iets te eten.'

38

Villa Rothmann
8 november 1936

'Hebben jullie iets van Vicky gehoord?' vroeg Martin aan de ontbijttafel, terwijl hij een kop koffie inschonk. Hij was pas de dag ervoor uit Frankrijk gekomen en zag er fris en evenwichtig uit.

'Ze belt regelmatig,' antwoordde Judith, terwijl ze hem tevreden gadesloeg. 'We praten alleen over koetjes en kalfjes, dat wel. Voor het geval dat de lijn wordt afgeluisterd. Maar ze lijkt haar draai te hebben gevonden en kan zich prima redden.'

'Het is goed dat ze geen heimwee heeft.' Martin deed melk en suiker in de koffie en roerde. 'En hoe voelt het voor jou, moeder? Zonder Vicky?'

'Ach, weet je, natuurlijk mis ik haar, maar op deze manier kan ze belangrijke ervaringen opdoen. En ze heeft in Voiron al bewezen dat ze in het buitenland uit de voeten kan. Trouwens, jij hebt toen ook in Parijs gestudeerd, en niet in Stuttgart.'

'Dat klopt. En het was een leuke tijd.' Martin legde het koffielepeltje met een zacht gerinkel neer op het schoteltje. 'Maar ik vind het nog steeds fijn om naar huis te komen. Al is het maar een paar dagen.'

'Dat is mooi.' Judith knipoogde naar haar zoon. 'Vooral Mathilda keek ernaar uit.'

Martin glimlachte veelbetekenend en dronk zijn koffie.

'En... ik ook,' voegde Judith er glimlachend aan toe, terwijl ze een plakje ham op haar brood legde en op haar ei tikte.

'Hoe gaat het met de chocoladefabriek?' vroeg Martin. Hij nam een appel uit de fruitmand en beet erin.

‘Meneer Ebben doet het heel goed. Maar, ik zal waarschijnlijk nooit... helemaal kunnen accepteren dat we het bedrijf verloren hebben.’ Ze greep naar de koffiekan, maar Martin was sneller en schonk haar nog eens in. ‘Bedankt. Hij betrekt me nog steeds bij sommige dingen. Maar hij zal de Chocoladewereld sluiten en gaat alleen door met een klein café in de oude chocoladewinkel. De mensen hebben niet veel zin meer in afleiding.’

‘De mensen zullen best zin hebben in afleiding,’ zei Martin, met een ondertoon van bitterheid in zijn woorden. ‘Maar ze mogen zich niet langer vermaken zoals ze willen. Zelfs het amusementsprogramma word je tegenwoordig in Duitsland voorgeschreven.’

De deur van de eetkamer ging open.

‘Mathilda!’ Judith zag de tedere uitdrukking op het gezicht van haar zoon.

‘Goedemorgen!’ Zo gelukkig had Mathilda er lang niet uitgezien.

Martin stond op en schoof de stoel naast hem naar achteren. Toen Mathilda ging zitten, viel Judith de smalle ring aan haar linkerringvinger op. ‘Vertel eens...’ vroeg ze voorzichtig, ‘... is er nog nieuws?’

Mathilda streek verlegen over haar blauwe bloemetjesjurk.

‘Inderdaad,’ zei Martin met een knipoog. ‘Mathilda gaat volgende week met me mee naar Parijs. En blijft daar.’

‘O!’ Dat overviel Judith. ‘Gaat dat niet een beetje... snel?’ Als Mathilda nu ook uit huis zou gaan, zou het eenzaam worden in de grote villa. ‘En jullie zouden daarvoor toch nog trouwen...’

‘Dat is wat we je eigenlijk vanavond in alle rust wilden vertellen. Ja, we gaan trouwen. Maar in Frankrijk. We hebben alle benodigde papieren al bij elkaar.’

‘Nou...’ Judith herinnerde zich het turbulente begin van haar eigen huwelijk en probeerde haar gevoelens van verlies zo goed mogelijk te onderdrukken. Haar zoon was over de dertig, Mathilda tweeëntwintig. Ze waren allebei hun toekomst aan het plannen, het was alleen maar natuurlijk en juist. En zelf zou ze ook een nieuw leven moeten vinden. De loop der dingen, daarvan was Judith zich pijnlijk bewust, viel niet tegen te houden.

Ze stond op en nam haar zoon en toekomstige schoondochter in haar armen. ‘Ik ben blij voor jullie. Dus laten we jullie verloving vieren. Ik zal er meteen voor zorgen. Er is niet veel tijd om een feest te organiseren...’

'Wees niet boos, moeder, maar voorlopig willen we het allemaal voor onszelf houden... akkoord?' vroeg Martin. 'En daarom geen feest. En al helemaal niet overhaast.'

Judith slikte. De weigering stak haar. 'Dat... is jullie beslissing, natuurlijk.' Ze keerde terug naar haar stoel. 'O, trouwens, Karl heeft gebeld.' Ze begon snel over een ander onderwerp, in een poging om kalm te blijven. 'Hij, Elise en de kinderen maken het goed. Ze hebben een flat gehuurd in Zürich. En ze zijn bezig met het ontwikkelen van een nieuw lettertype.'

'Een nieuw lettertype?' vroeg Mathilda.

'Ik begreep het ook niet precies,' antwoordde Judith. 'Het gaat om letters die je op een schrijfmachine typt.'

'Hoe komt hij aan die opdracht?' wilde Martin weten.

'Die is waarschijnlijk voor hem geregeld door de bankadviseur bij wie hij de rekening voor ons heeft geopend.'

'Onze oom Karl.' Martin schudde lachend zijn hoofd. 'Hij is gewoon altijd goed voor een verrassing.'

'Inderdaad.' Judith gaf Mathilda de boter aan. 'En nog iets. We worden vanmiddag om vier uur bij de Ebingers verwacht voor een verjaardagsfeestje. Jullie komen toch ook?'

Martins glimlach verdween.

'Natuurlijk komen we, Judith,' zei Mathilda snel. 'Martin is er speciaal voor uit Parijs gekomen.'

'Goed.' Judith was opgelucht. De oude Ebinger was erg ziek en niemand wist hoelang hij nog zou leven.

'Hij wordt vijfentachtig, is het niet?' vroeg Mathilda.

'Precies,' antwoordde Judith.

'Ik heb een... pianostuk voor hem,' zei Martin.

'Wat mooi!' Judith was verrast. 'Maar ik weet niet of de piano daar goed gestemd is.'

'Dan moet ik maar op een ontstemde piano spelen. Het leven klinkt... ook niet harmonieus.'

'Wordt Ebingers zoon eigenlijk ook verwacht?' wilde Mathilda weten. 'Hij heet Max, is het niet?'

'Nee. Max zit momenteel in Engeland,' antwoordde Judith. Godzijdank, voegde ze er in gedachten aan toe. 'Hij komt pas met de kerst weer naar Stuttgart.'

Rond half vier 's middags vertrok zijn moeder. Martin had besloten om apart te gaan met Mathilda omdat ze 's avonds nog naar de bioscoop wilden.

Nu stond hij in de hal te wachten op Mathilda, die zich nog opmaakte. Het dienstmeisje Fanny was met de plumeau in de weer en zat vol overgave de ondeugende stofjes achterna, die even opvlogen, om vlak daarna op een andere plaats weer neer te dalen.

Hij was nerveus en keek in de spiegel om te controleren dat zijn das goed zat. Intussen foeterde hij zichzelf uit. De Ebingers hadden altijd deel uitgemaakt van zijn leven, vanaf het begin. Alleen omdat hij nu wist dat ze…

'Martin?'

Hij hoorde Mathilda's stem en draaide zich om naar de trap.

Daar stond ze, in een kuitlange, lichte middagjapon met kanten inzetstukken die rond haar tengere figuur speelden, elegante handschoenen aan haar vingers en een bijpassende hoed op haar losjes opgestoken haar. Een paar rode lokken krulden rond haar gezicht. Hij hield ervan als ze haar krullen vrijliet en ze niet in de strenge kapsels wrong die tegenwoordig overal te zien waren.

'Je bent beeldschoon!' Op dat moment kon hij zijn geluk nauwelijks op.

Ze daalde de laatste treden naar hem af, opgetogen en met de uitbundige levenslust die haar eigen was. Op de overloop wachtte hij haar op en kuste haar teder op het voorhoofd.

'Ach, kinderen, daar zijn jullie!' Zijn grootmoeder Hélène kwam de hal in met een schilderij onder haar arm en onderbrak hun intieme moment. 'Ik wilde jullie nog een cadeautje meegeven voor meneer Ebinger.' Ze draaide het schilderij om. 'Wat vinden jullie ervan?'

'Het is… ongelooflijk!' Mathilda's bewondering was oprecht. Ze hield van Hélènes nieuwe stijl, Martin wist dat.

En ook hem bevielen de grote klaprozen, waarvan de vage contouren werden gecompenseerd door krachtige contrasterende kleuren, waardoor het schilderij structuur kreeg en een enigszins concreet karakter behield.

'Dat doet me plezier!' Hélène stak het schilderij uit naar Martin. 'Nemen jullie het mee?'

'Natuurlijk nemen we het mee… Maar zeg eens, grootmoeder, wil je niet meekomen en het zelf aan Artur geven? Ik bedoel, dat is toch een heel bijzonder cadeau.'

'Nee, nee.' Hélène wuifde zijn woorden weg. 'Dat is echt niet nodig.'

'Kom toch mee, alsjeblieft,' zei Mathilda nu ook. 'Je gaat toch al veel te weinig uit. We zouden zo blij zijn!'

Hélène aarzelde. 'Nou, ik weet niet… ik zou me eerst moeten omkleden.'

'Helemaal niet. Je jurk is prachtig,' verzekerde Mathilda haar, en zo was het ook. De roze bloemetjes op de donkerblauwe zijde stonden Hélène heel goed.

'Maar jullie willen daarna toch naar de bioscoop…'

'Je kunt met Judith naar huis rijden, grootmoeder, dat moet geen probleem zijn,' zei Martin nu met klem.

'Ik heb nog iets te doen… een nieuw motief.' Ze leek zichzelf er onmogelijk toe te kunnen zetten.

'Het nieuwe schilderij kan wachten.' Martin keek haar uitdagend aan. 'En er komen ook geen andere gasten, zoals hun zoon of wie dan ook. Zie je wel, geen van je argumenten gaat op.'

Hélène haalde diep adem. 'Het is duidelijk dat jullie me al hebben ingepland voor deze middag.'

'Nou, we hebben niet zoveel gelegenheid meer om samen te zijn,' zei hij. 'Daarom moeten we deze kans benutten.'

'Goed dan.' Hélène gaf zich gewonnen. 'Laat me even snel mijn hoed en handtas pakken. Wil jij het schilderij zolang vasthouden?'

39

Even voor vieren draaide Martin de bochtige oprijlaan van Villa Ebinger op. Judiths auto stond al op het grind naast het landgoed geparkeerd. Martin zette de Mercedes waarmee ze waren gekomen ernaast en hielp zijn grootmoeder uitstappen. Ondertussen haalde Mathilda het schilderij uit de auto en gaf het aan Hélène. Toen liepen ze naar de deur en belden aan.

Een dienstmeisje deed open, op de voet gevolgd door Josefine Ebinger zelf. 'Martin! Mathilda! Wat leuk dat het jullie is gelukt! O, Artur zal zo blij zijn!'

Ze omhelsde Martin en Mathilda en zag toen pas dat Hélène schuin achter hen stond. 'Mevrouw Rothm… eh, Bachmayr, wat een verrassing! Welkom!'

'Goedemiddag, mevrouw Ebinger.' Hélène knikte Josefine Ebinger toe, omdat ze met het schilderij in haar armen geen hand vrij had om haar te begroeten. 'Die twee,' voegde ze er verontschuldigend aan toe, terwijl ze naar Martin en Mathilda keek, 'stonden erop dat ik meeging. Ik wil u in geen geval tot last zijn…'

'O nee, dat bent u helemaal niet! Het is fantastisch! Dus het wordt vandaag een echte feestdag. En stel je voor: het gaat vandaag zo goed met Artur dat hij is opgestaan! Kom binnen!'

Ze ging haar gasten door de lange gangen voor naar een representatieve eetzaal, opende een van de dubbele deuren en liet hen binnen.

Martin kende die kamer. Het massief houten meubilair in de stijl van de vorige eeuw zorgde voor een sombere, zware sfeer, vooral in combinatie met de dikke tapijten, weelderige kristallen kroonluchters en talrijke olieverfschilderijen met gouden lijsten aan de muren.

Herinneringen aan lang vervlogen dagen kwamen bij hem boven, omdat ze hier altijd rond de ovale eettafel hadden gezeten. Hij als kind, samen met zijn ouders en Vicky, op verjaardagen, met Pasen of een van de kerstdagen. Toen had de eetkamer hem nog gezellig geleken. Vandaag zag hij eruit als een stoffig filmdecor. De tegenstrijdige gevoelens waren moeilijk te verteren.

Met moeite weerstond hij de verleiding om Mathilda's hand te pakken en haar mee naar buiten te nemen voor een lange wandeling, ondanks de winderige novemberdag. Hij zou deze middag doorstaan, net zoals hij de voorbije weken en maanden had doorstaan, en dan zou hij het verleden laten rusten. Over een paar dagen zouden Mathilda en hij samen een nieuw leven beginnen in Parijs, ver van Stuttgart. Daar moest hij zijn aandacht op richten.

'Martin!' Artur Ebingers hese, broze stem bracht hem terug naar de werkelijkheid. 'Het is me een… een genoegen…'

Martin liep naar de frêle oude man, die in een rolstoel naar de tafel was geduwd. 'Hartelijk gefeliciteerd met je verjaardag, Artur,' zei hij, en hij voelde hoe er onwillekeurig een golf van genegenheid voor zijn grootvader over hem kwam. 'Ik ben ook blij om hier bij jou te zijn.' Hij legde een hand op zijn schouder.

Artur Ebinger hield die met stijve, koele vingers vast, een teder moment lang, voordat hij zijn arm rochelend weer liet zakken.

Martin kneep hem nog eens zacht in zijn schouder en ging toen naast Judith zitten. Mathilda groette Artur eveneens en kwam ook bij hen.

Hélène, die op de achtergrond was gebleven, stapte naar voren en schraapte haar keel. 'Meneer Ebinger…'

'Maman?' Judith keek haar moeder verbaasd aan; blijkbaar besefte ze nu pas dat Hélène was meegekomen.

'… mag ik u een kleine bloemengroet aanbieden ter gelegenheid van uw verjaardag vandaag?' vervolgde Hélène met een verontschuldigende zijdelingse blik op Judith. 'Ik hoop dat het u bevalt.' Ze tilde haar geschenk op, zodat iedereen aan tafel het kon bekijken.

'Dat is… een heel mooi schilderij,' zei Artur Ebinger. 'Dank u, mevrouw…' Een hoestbui deed zijn lichaam schokken en Martin was nu toch blij dat hij was gekomen. Misschien was dit de laatste verjaardag die ze samen zouden vieren.

'Het is echt heel charmant,' beaamde Josefine intussen en ze vroeg een van de dienstmeisjes het schilderij aan de muur naast de tafel met cadeaus te hangen. Toen omhelsde ze Hélène. 'Dank u. We zullen er een heel mooi plekje voor uitkiezen.'

'Dan… ben ik blij.' De onzekerheid van Hélène verraste Martin. Hij kende haar als gereserveerd, maar niet nerveus.

'Waarom ga je niet bij Mathilda zitten, maman,' zei Judith zorgzaam, en Hélène volgde dankbaar haar suggestie op.

Nadat iedereen was voorzien, nam Josefine plaats naast haar man. In de blik waarmee ze Artur aankeek zag Martin opeens iets wat hem nooit eerder was opgevallen: de diepte van een volwassen liefde. Het was een ontroerend inzicht. En toen haar ogen daarna naar hem zwierven, loste er iets van de hardheid op waarmee hij zijn innerlijk probeerde te beschermen. Een deel van hem begon zich voorzichtig te verheugen over het feit dat deze twee dierbare mensen, die zijn levensweg vanaf het begin met goedheid en oprechte warmte hadden begeleid, zijn biologische grootouders waren.

Tijdens de middagkoffie brak eindelijk de spanning die zich bij Martin had opgebouwd in de aanloop naar het bezoek aan zijn grootouders. Zijn moeder leek zich voor het eerst in lange tijd op haar gemak te voelen. De dienstmeisjes brachten koffie en thee, serveerden appeltaart en zoet brood en een prachtige taart, waarvan de laag slagroom bovenop was gegarneerd met geraspte chocolade, toefjes room en kersen.

'Een nieuwe creatie van jullie kokkin?' vroeg Judith aan Josefine, terwijl een van de dienstmeisjes het gebak voorzichtig aansneed en over de borden verdeelde.

'Ja, die heeft ze vandaag speciaal voor ons gebakken,' antwoordde Josefine. 'Het recept zou van een kennis zijn met een café in Tübingen.'

Judith stak haar vork in de chocoladebiscuit met fijne laagjes room en kersen en proefde. 'Mmm. Dit is heel goed. Chocoladeachtig, romig. En ik proef sterke kersenbrandewijn.'

'Inderdaad. Overduidelijk,' bevestigde Josefine met een grijns.

'Maar… het is in balans,' vond Judith. 'Niet te veel en niet te weinig alcohol. Denk je dat ik het recept zou mogen hebben?'

‘Natuurlijk,’ antwoordde Josefine. ‘Ik zal het voor je opschrijven, dan kun je het vanavond meenemen.’

Martin genoot van de taart en luisterde, maar wilde, net als Artur en zijn grootmoeder, niet schermen met vakjargon.

‘Nou, ik zal dit recept morgenvroeg aan Vicky in Amerika telegraferen,’ zei Judith. ‘Ik weet zeker dat ze daar zoiets niet kennen. Heeft de taart een speciale naam?’

‘Het is een *Schwarzwälder Kirschtorte*,’ legde Josefine uit.

‘Is dat zo?’ zei Judith. ‘Dan is die waarschijnlijk uitgevonden in het Zwarte Woud.’

‘Nee, kennelijk niet.’ Josefine schudde haar hoofd. ‘Hij zou ontwikkeld zijn door de banketbakker die onze kokkin het recept heeft gegeven.’

‘Waarom heet hij dan Schwarzwälder Kirschtorte?’ vroeg Mathilda. ‘Zou Tübinger of Schwäbische Kirschtorte dan niet passender zijn?’

‘Ik weet het niet. Misschien omdat de kersen lijken op de rode bollenhoeden van de klederdracht in het Zwarte Woud?’ Josefine haalde haar schouders op. ‘Of omdat er kirsch uit het Zwarte Woud in wordt verwerkt?’

‘Of omdat de geschaafde chocolade je doet denken aan donkere dennenbossen?’ vermoedde Mathilda.

‘Hoe dan ook. De naam is mooi en passend. En hij smaakt heerlijk.’ Judith schraapte het laatste restje room van haar bord.

‘En omdat het er zo goed bij past, krijgen we nu een rondje kirsch,’ kondigde Josefine aan. ‘Al komt die uit Degerloch, en niet uit het Zwarte Woud.’

Laat in de middag, in de muziekkamer van de villa van de Ebingers

Nog steeds veroorzaakte de muziekkamer van de Ebingers een benauwd gevoel bij Judith. Daarom had ze hem al die jaren gemeden en was er alleen binnengegaan als het niet anders kon, als de Ebingers haar hadden uitgenodigd voor een huismuziekavond.

Maar vandaag kon ze er niet omheen. Martin zou een klein pianoconcert geven, het was zijn cadeau aan Artur. Het vooruitzicht hielp

Judith haar weerzin te onderdrukken, en toen ze met de anderen op de hoge stoelen met de fluwelen rugleuningen ging zitten, voelde ze zelfs zoiets als voorpret opkomen. De dienstmeisjes deelden mousserende wijn uit.

Martin had Artur in zijn rolstoel van de eetzaal naar de muziekkamer geduwd en hem naast Josefines stoel gezet, vervolgens zijn glas sekt gepakt en het in een paar teugen leeggedronken.

Nu ging hij bij de vleugel staan, waar de jaren niet ongemerkt aan voorbij waren gegaan, en wachtte rustig tot ieders aandacht op hem was gevestigd.

'Beste Artur,' begon hij, en Judith was blij dat er niets meer over leek te zijn van de ontevredenheid over de Ebingers die ze een paar weken lang bij hem had bespeurd.

'Als mijn... peetvader,' vervolgde Martin, 'ben je steeds een constante in mijn leven geweest. Van kinds af aan was de Humboldtstrasse hier... een tweede thuis voor mij. Ik wil jou, en Josefine, met deze muzikale groet bedanken voor wat jullie voor mij hebben gedaan.' Met een hoofdknikje nam hij het zachte applaus van de gasten in ontvangst, ging zitten en bracht de eerste, fijn geplaatste noten ten gehore.

Zoals altijd vond hij onmiddellijk zijn weg in zijn spel, de melodie ontsproot sprankelend als de sekt die ze net hadden gedronken aan zijn vingers, en al na een paar maten had hij zijn publiek veroverd. Judith zag een vochtige glinstering in Arturs ogen.

Het stuk was een van zijn eigen composities met een welluidend thema, dat hij geraffineerd in verschillende stijlen interpreteerde. Toen hij klaar was en onder applaus om een toegift werd gevraagd, koos hij een wals van Chopin, diepzinnig en poëtisch.

Terwijl Martin het laatste akkoord liet uitklinken, deed een zacht geluid hem naar de deur kijken. Judith zag hem verstijven.

'Is er een concert vanavond?' Een fluweelzachte mannenstem klonk boven de wegstervende muziek uit.

Judith wist meteen van wie die was. Ook al was het tientallen jaren geleden, ze herkende de stem uit duizenden. Langzaam draaide ze zich om, de loden last negerend die plotseling op haar borst rustte.

Daar, bij de deur, stond Max Ebinger, nog steeds lang en robuust, maar met zijn grijze haar en de onmiskenbare sporen die het leven op zijn gezicht had nagelaten een duidelijk oudere versie van de knappe jongeman die haar ooit het hoofd op hol had gebracht.

Hij leek verbaasd, maar niet onder de indruk van de situatie waarin hij volkomen onverwacht was beland. Aandachtig liet hij zijn blik over de aanwezigen dwalen. Zijn blik bleef niet hangen op Judith, zijn ouders of Martin, maar op… Judiths moeder. Hélène bleef echter met haar rug naar hem toe zitten; het was of ze zijn komst niet eens had opgemerkt. In plaats daarvan concentreerde ze zich op haar kleinzoon, die intussen was opgestaan en besluiteloos naast de vleugel stond.

Judith wist niet wat ze ervan moest denken.

'Laat mij jullie niet storen,' zei Max kalm en hij maakte aanstalten om zich weer terug te trekken, maar Josefine had haar kalmte enigszins herwonnen en liep naar hem toe. 'Max… wat een verrassing!'

'Zo was het ook bedoeld,' zei Max en hij nam haar in zijn armen. Na een korte aarzeling kwam hij dichterbij om zijn vader ook te omhelzen. 'Gefeliciteerd met je verjaardag!'

'Max…' Artur Ebinger was zichtbaar geschokt.

'We dachten dat je in Engeland was!' Josefine had een hand op haar borst gelegd, haar ademhaling ging gejaagd.

'Daar was ik ook…'

Opeens klonken er zware, treurige akkoorden. Luid en onmiskenbaar, en ze onderbraken het gesprek.

Iedereen keek naar de vleugel.

Martin was weer gaan zitten en hamerde op de toetsen. Zijn gezicht was angstaanjagend bleek, zijn blik strak op zijn handen gericht.

Uit haar ooghoeken zag Judith hoe Josefine Max op een stoel trok. Hij ging met tegenzin zitten.

Judith wenste dat ze ver weg was en wilde toch blijven, omwille van haar zoon. De situatie was ondraaglijk. Waarom had Josefine Max niet toegestaan toe te geven aan zijn impuls om de kamer te verlaten? Ze wist van de speciale relatie die bestond tussen hem, haar en Martin.

Judith probeerde zichzelf te dwingen naar de vleugel te kijken, maar haar ogen dwaalden onwillekeurig naar de Ebingers. Josefine hield met één hand die van haar man vast, maar met de andere die van haar zoon. En haar eigen moederinstinct vertelde Judith waarom Josefine er niet in geslaagd was Max de kamer uit te laten gaan: één keer in haar leven wilde Josefine Ebinger dat haar familie compleet was, haar man, zoon en kleinzoon heel dicht bij haar.

Judith besefte hoe groot de pijn voor de twee Ebingers moest zijn geweest dat ze hun enige kleinzoon nooit officieel hadden mogen erkennen. Soms betalen anderen de prijs voor het eigen geluk. Het was een pijnlijke waarheid.

De afgemeten klanken van de muziek deden haar weer naar Martin kijken.

Wat was er met hem aan de hand? Hij mishandelde de piano alsof die hem iets had aangedaan.

Opeens haalde hij zijn handen van de toetsen, stond op en liep recht op Max af. 'Waarom?' Hij pakte hem bij zijn schouders en trok hem uit zijn stoel. 'Waarom?'

Judith besefte het met een schok. Hij wist het! Op wat voor manier dan ook, maar Martin wist dat Max zijn vader was. Het bloed in haar aderen stolde.

'Wat is er? Ben je gek geworden?' Max probeerde zich los te maken uit Martins greep, maar de jongere man gaf niet toe. Met de moed der wanhoop probeerde hij Max naar de grond te trekken.

Judith ontwaakte uit haar verstarring.

Ze gebaarde Josefine haar man de kamer uit te brengen. Dit keer reageerde de oude dame meteen en duwde de rolstoel met de zichtbaar aangeslagen oude Ebinger naar de deur.

Intussen stond Mathilda bij Martin en praatte sussend op hem in. Opgelucht merkte Judith dat hij eindelijk losliet. Max deed een paar stappen opzij, streek met zijn hand over zijn jasje en veegde zijn haar uit zijn gezicht.

'Waarom?' Martin wendde zich nu tot iedereen die er nog was. 'Waarom hebben jullie me nooit iets gezegd? Moeder?' Hij keek haar recht in haar ogen. 'Waarom... hebben jullie me in zo'n leugen laten leven?'

'Martin...' Judith wist niet wat te zeggen. 'Laten we dit thuis rustig bespreken.'

Martin schudde zijn hoofd. 'Al die jaren geloofde ik dat Victor Rheinberger mijn vader was. En dan...' Hij snikte zonder tranen. 'En dan moet ik er bij toeval achter komen dat híj... mijn... verwekker... is.' Hij wees met een trillende vinger naar Max.

'Wat is hier verdomme aan de hand?' Max sprak niet luid, maar op scherpe toon. Hij keek naar Judith. 'Heb jij hier een verklaring voor? Wat hebben jullie hem verteld?'

Opeens stond Judith de dansavond bij de Ebingers weer voor ogen, waar haar jonge leven in duigen was gevallen. De nacht dat ze de balzaal was ontvlucht, door de gangen had gezworven en uiteindelijk hier in de muziekkamer was gestrand, hopend te zijn ontsnapt aan de waanzin die haar in de afgrond wilde sleuren. De nacht dat Max achter deze piano had gezeten en de champagne net zo verleidelijk had gesmaakt als zijn kussen…

'Max,' zei Judith zachtjes. 'Het… is waar.'

Max lachte. Ongelovig, verward.

'Max,' zei Judith, en opeens voelde het goed om die woorden te zeggen: 'Martin is je zoon.'

40

Bestonden er momenten die alles waarin je geloofde op losse schroeven hadden gezet? En alles overhoop werd gehaald wat tot dan toe veilig en betrouwbaar had geleken? Dat je ging twijfelen aan de realiteit en de vanzelfsprekende dingen waaruit ze was opgebouwd?

Al op het moment dat ze wist dat Max in de kamer was, had Hélène het gevoel gehad dat er een enorme elektrische schok door haar heen ging. Al haar zintuigen hadden gereageerd. Golven van angst en verlangen hadden haar overspoeld.

Met al haar kracht verzette ze zich tegen de zuiging.

Max was verleden tijd.

Georg was het heden en de toekomst, haar metgezel, haar basis. Haar mán. Hélènes gevoelens jegens hem werden gekenmerkt door genegenheid, waardering en vertrouwen. Gedurende de vele gemeenschappelijke jaren samen hadden ze zich op elkaar ingesteld, ze begrepen elkaar zonder veel woorden, deelden hun vreugden en droegen samen de lasten van het leven, precies zoals ze elkaar op hun huwelijksdag hadden beloofd.

Maar Max was de vonk die Hélène deed ontvlammen, haar in vuur en vlam zette. Zelfs nu nog, na al die jaren, reageerde ze op hem alsof hij haar gisteren nog in zijn armen had gehouden. De gloed was nooit helemaal gedoofd, ook al had ze hem op een gegeven moment niet meer gemist. Als ze had vermoed dat hij haar hier vandaag zou kunnen ontmoeten, zou ze hier nooit naartoe zijn gekomen.

Nooit.

Somber en dreigend hingen Judiths ongehoorde woorden in de ruimte en botsten met Hélènes oncontroleerbare gevoelens.

Martin is je zoon.

Hélène wilde het niet geloven en wist toch dat het waar was. Wanhopig probeerde ze het te begrijpen, rekende ze het na.

Martin was in juni 1904 ter wereld gekomen. Als hij het kind van Max was, dan moest hij zijn verwekt in september, vlak voordat Max naar Italië was vertrokken.

Dat betekende dat Max haar dochter had benaderd, ook al wist hij dat hij Stuttgart zou verlaten. Of was het een langere affaire geweest? Toen ze hem in Riva had ontmoet, had hij er geen twijfel over laten bestaan dat zijn reis naar Italië vaststond en dat hij niet van plan was definitief naar Stuttgart terug te keren. Er was geen sprake van een verlaten vriendin.

Hélène sloot haar ogen en probeerde zich de tijd in Riva te herinneren.

Max was levenslustig, dat had ze heel goed geweten en het geaccepteerd. Ze wist dat hun relatie niet exclusief was, dat er andere vrouwen waren geweest. De kunst had haar geholpen de vele teleurstellingen en de pijn te boven te komen die ze had moeten verdragen, en ook de eenzaamheid wanneer hij weken, soms maanden, op reis was geweest zonder haar te zeggen hoelang hij weg zou blijven. Keer op keer had ze hem met open armen ontvangen, blij dat hij de weg naar haar had teruggevonden, moe en verzadigd door het extreme leven dat hij in die tijd had geleid.

Martin is je zoon.

Hij moest zich er toen bewust van zijn geweest dat hij van het bed van de dochter naar dat van de moeder verhuisde. Lichtzinnig en zonder wroeging. En daardoor werd ze vandaag geconfronteerd met het onverteerbare feit dat haar kleinzoon zíjn zoon was. De zoon van haar vroegere minnaar. De liefde van haar leven.

Langzaam draaide ze zich naar hem om, zag hem met ingezakte schouders naast Martin en Mathilda staan, zijn ogen op Judith gericht, ongelovig en achterdochtig.

Hélène geloofde Judith.

Waarom zou haar dochter zo'n verhaal verzinnen? Nee, Judith had het geheim van Martins afkomst juist zorgvuldig bewaard. Zelfs Martin leek het nog maar pas te weten.

Hoewel het haar vanbinnen dreigde te verscheuren, wist ze wat haar te doen stond. 'Max!'

Langzaam bewoog ze naar hem toe. Zijn blik zwierf van Judith naar haar. Onzeker keek hij naar elke stap die ze zette.

Uiteindelijk bleef ze vlak voor hem staan, keek hem in de ogen en probeerde haar bonzende hart in toom te houden.

Toen haalde ze uit en sloeg hem met al haar kracht recht in zijn gezicht.

Max hief zijn hand geschrokken op naar zijn wang, waarop de afdruk van haar vingers zichtbaar was.

'Je bent zo'n ellendeling, Max.' Ze hoorde zelf de gekwetste kilte in haar woorden. 'Hoe kón je?'

Toen verliet ze de muziekkamer en liep door de gang, niet in staat iets te voelen. Bij de garderobe pakte ze haar hoed en jas, en stapte de winderige novemberavond in.

Verbijsterd had Martin toegekeken hoe zijn grootmoeder Max een klap gaf. De weinige woorden die ze had gezegd, bevatten meer dan alleen de woede van een moeder voor de man die haar zwangere dochter in de steek had gelaten. Uit de scène sprak onmiskenbaar een zekere intimiteit.

'Wat is er gebeurd, Max?' Judith sprak uit wat Martin niet durfde te denken.

Max schudde alleen zijn hoofd. 'Alsjeblieft. Vraag het me niet.'

'Wat was er tussen mijn moeder en jou?' drong Judith aan. 'Was je... was jij haar mínnaar?'

Martin hoopte, net als zijn moeder, vurig op een duidelijke ontkenning en keek ongelovig naar Max, op wiens wang Hélènes vingers te zien waren.

'Je bent me op zijn minst de waarheid verschuldigd,' zei Judith schamper.

'Jij hebt me ook niet de waarheid verteld, Judith.' Max schudde zijn hoofd. 'Ik wist tot vandaag niet dat je... zwanger was geworden.'

'Zou dat iets hebben uitgemaakt? Je was vertrokken en niemand wist waarheen. Tegen de tijd dat we weer iets van je hoorden, waren de kaarten al geschud.'

'Victor Rheinberger. Hij heeft.. hem echt... gewoon erkend als zijn kind?'

'Hij erkende hem niet alleen. Hij accepteerde hem en hield van hem als van zijn eigen zoon.' Judiths stem haperde. 'Achteraf gezien, was het goed dat jij wegging en wij... geen stel zijn geworden. Ik moet er niet aan denken hoe mijn leven zou zijn geweest als ik met jou had moeten trouwen.'

'Maar waarom heb je het geheimgehouden? Ik zou je hebben gesteund. En mijn ouders... ze zouden blij zijn geweest met een kleinkind.'

'Waar zou je me mee hebben gesteund? Met geld?' Judith lachte bitter. 'Je ouders wisten het van meet af aan. En ze waren er voor ons. Waarom denk je dat we ze als Martins peetouders een plaats hebben gegeven in ons leven?' Ze trotseerde zijn blik. 'Maar je hebt mijn vraag over mijn moeder nog steeds niet beantwoord. Hadden jullie een relatie?'

'Judith.' Max worstelde duidelijk met zichzelf. 'Niet alle mensen volgen het rechte pad. Ik heb de vrijheid genomen omwegen te maken. Nog steeds, op een bepaalde manier, tot op de dag van vandaag.'

'Draai niet om de hete brij heen, Max. Zeg het.'

'Als je het beslist wilt weten.' Max ademde hortend uit. 'Ja. Ja, we hadden een relatie.'

Nu de waarheid onverbloemd aan het licht kwam, dacht Martin de schok te voelen die zijn moeder onderging. En opeens wist hij waarom sommige geheimen beter niet aan het licht konden komen. Onwetendheid kon een genade zijn. Hij voelde Mathilda's hand in de zijne glijden en kneep er dankbaar in.

'Hélène was de vrouw die het langst in mijn leven was,' ging Max verder. 'En de enige die ooit mijn hart raakte. Maar op een gegeven moment, was zelfs dat... over.'

'Dus op een gegeven moment had je... ook genoeg van haar.' Een gevaarlijke schittering verscheen in Judiths ogen. 'Heb je geen slecht geweten om mensen op die manier te... gebruiken?'

'Ik heb ze niet gebr–'

Voordat hij zijn zin kon afmaken, stapte Judith voor Max, hief haar hand op en verkocht hem eveneens een daverende klap. 'Het is gewoon zielig.'

Zelden had Martin zijn moeder zo woedend gezien.

'Dat heb ik... waarschijnlijk verdiend,' zei Max en hij vertrok zijn gezicht.

'Inderdaad!'

'Judith. Wat er gebeurd is... het spijt me.'

'Dat is wel het minste.' Met een diepe zucht wreef Judith over haar handpalm. 'Als Victor dit had moeten meemaken...'

'Het spijt me echt, Judith,' herhaalde Max, 'ook al verandert het niets.'

'Ach, Max...' Judith wreef over haar slaap, ze leek plotseling moe en uitgeput. Ze ging op de dichtstbijzijnde stoel zitten.

'Willen jullie me alsjeblíéft vertellen wat er toen precies is gebeurd?' hoorde Martin zichzelf opeens zeggen. 'Ik denk dat ik het recht heb om te weten hoe het allemaal is gegaan.'

Judith leek onaangenaam getroffen. 'Later, Martin,' zei ze ontwijkend.

'Nee,' zei Martin. 'Ik wil het nu weten. Alles.' Hij ging zitten. Mathilda kwam naast hem staan en legde een hand op zijn schouder. Haar zo dicht bij zich te voelen gaf hem kracht.

Judith vouwde haar handen in haar schoot, leek na te denken. En begon uiteindelijk met horten en stoten te vertellen.

Van de onfortuinlijke verloving die haar vader had geregeld en aangekondigd op het bal van de Ebingers, tot wat er in de muziekkamer was gebeurd.

Voor Martin leek het verhaal op een boosaardig sprookje, iets uit een andere tijd.

'Vandaag,' zei zijn moeder tot slot, 'zou ik heel anders hebben gereageerd. Maar vandaag hebben wij vrouwen ook meer rechten. En meer moed.'

'Weet je, Judith,' voegde Max er rustig aan toe. 'We hadden allebei nogal wat champagne op. En toen lag er zo veel op tafel. Je verloving. De officiële overdracht van vaders machinefabriek op mij, hoewel ik dat helemaal niet wilde.' Hij wreef in zijn nek. 'Hoewel ik, met mijn ervaring, het af had moeten kappen, waren we die avond allebei een beetje de weg kwijt.' Hij keek Judith aan met een blik die zijn ontsteltenis duidelijker toonde dan zijn woorden.

'Laat ons het goede zien dat eruit is voortgekomen,' zei Mathilda opeens. 'Zonder die nacht zou Martin niet ter wereld zijn gekomen. Of het juist was om alles onder het tapijt te vegen, kan niemand achteraf beantwoorden. Maar ik ben blij met heel mijn hart dat... dat jullie te veel champagne hebben gedronken.' Ze streek zachtjes door Martins haar.

'Mathilda...' zei Judith. 'Ook al zijn je woorden erg kort door de bocht, gezien alles wat er is gebeurd en ik heb meegemaakt...'

'Het spijt me,' zei Mathilda snel, een lichte blos kleurde haar wangen. 'Ik wilde jou... jullie... niet beledigen.'

'Laat me eerst even uitpraten,' zei Judith glimlachend. 'Die nacht had slechte gevolgen, daar valt niets aan af te dingen. Maar wat zeker waar is, is dat uit al het ongeluk iets kostbaars is ontstaan.'

Ze keek weer naar Max. 'Jouw gedrag toen was armzalig. Die aangelegenheid tussen jou en... mijn moeder is uiteindelijk niet die van mij. Tegen die tijd had ze ons al verlaten en was haar eigen leven begonnen. Bovendien zijn er tientallen jaren verstreken.'

'Dat met Hélène was misschien niet juist, als je de gebruikelijke morele normen hanteert,' zei Max, zonder dat hij om begrip leek te vragen. 'En waarschijnlijk is het feit dat ze mijn grote liefde was niet eens een excuus. Toch hebben we op geen enkel moment roekeloos of onverantwoordelijk gehandeld. We ondergingen de relatie bewust. Weet je, Judith, liefde heeft zo veel gezichten.'

Judith keek wat verlegen naar haar rechterhand, waaraan haar trouwring altijd nog glom. 'Dat... kan wel zijn. Er is toch niets aan te doen. Maar één ding is zeker: ik zal je nooit als de vader van mijn zoon kunnen beschouwen.'

'Dat hoeft ook niet, moeder,' zei Martin. 'Ik beschouw hem ook niet... als mijn vader.' Hij vond het moeilijk om onder woorden te brengen wat hij voelde. 'Maar... misschien kun je begrijpen dat...' Hij haalde nog eens diep adem. '... dat ik de man van wie ik afstam graag wil leren kennen.'

Max keek hem verbaasd aan.

En hoewel Martin uiterlijk veel op zijn moeder leek, zag hij een beetje van zichzelf terug in Max Ebingers gezicht. Hoe moeilijk alles ook was en hoeveel pijn het ook deed, toch voelde hij zich ineens op een absurde manier compleet.

'Dat je Max beter wilt leren kennen, Martin, dat is je... goed recht,' zei Judith nu, zoekend naar de juiste woorden. 'Misschien was het een vergissing om je dit deel van jezelf te... onthouden. Ik zal jullie niet in de weg staan. Maar ik vraag je om dit alles... niet in ons huis te laten gebeuren. Nog niet.'

'Dat respecteer ik natuurlijk, moeder,' zei Martin. 'Dank je.'

Mathilda streelde Martins hand, liep toen naar Judith en pakte haar bij haar elleboog. 'Wat denk je, zullen we bij Artur en Josefine gaan kijken?'

'Ja.' Judith knikte naar haar. 'Dat is een goed idee.'

Nadat de twee vrouwen naar buiten waren gegaan, ging Max achter de piano zitten en sloeg een paar noten aan. 'Hij is helemaal niet meer ontstemd. Dit klinkt goed!'

'Dat heb ik daarnet ook gemerkt.' Martin glimlachte onzeker. 'Misschien is mijn oom hier geweest en heeft hij hem gestemd.'

'Je oom?'

'Anton, ja. Hij is pianobouwer.'

'Aha!' Max begon een licht swingstuk te spelen. 'Ik ben de laatste maanden in Londen geweest. En heb daar een paar interessante muzikanten ontmoet.' Hij glimlachte naar Martin, nog wat onzeker, maar open. 'Waarom kom je niet naast me zitten? Ik ben geïnteresseerd in wat je ervan denkt.'

Martin ging op zijn aanbod in. 'Graag! Weliswaar ben ik meer thuis in de klassieke muziek, maar ik speel af en toe jazz in een Parijse bar.'

Max pauzeerde even en keek Martin weer ernstig aan. 'Ik weet dat je vader dood is, Martin. Maar ik leef. En ik wil je graag mijn vriendschap aanbieden. Misschien komt er na verloop van tijd iets... speciaals uit voort.'

Martin knikte.

Ze begonnen te spelen, soms de een, soms de ander, dan allebei samen. In elke noot klonk troost, voorzichtig begrip en nieuwe hoop. En zo vloeide de muziek als een helende balsem over Martins zielenpijn.

41

New York, Manhattan, 42nd Street
18 november 1936

'Wat heeft je moeder geschreven?' vroeg Andrew terwijl ze de trappen van het Subway Station van 42nd Street op liepen.

'Ik vertel het je later wel,' antwoordde Victoria. 'Het is zo veel... en zo ongelooflijk.'

Andrew keek haar bezorgd aan. Met dezelfde blik had hij haar die ochtend de dikke envelop met het blauwe luchtpostetiket overhandigd, in Judiths zwierige handschrift geadresseerd aan Victoria Rheinberger, c/o SweetCandy Ltd. in Manhattan, New York. Ook Victoria had meteen begrepen dat er iets moest zijn gebeurd. Om veiligheidsredenen bleef de correspondentie met Stuttgart nog steeds beperkt, dus wat voor reden had Judith om een brief van meerdere pagina's te schrijven? Victoria had zich teruggetrokken in een van de vergaderzalen om hem te lezen, en had de rest van de ochtend nodig gehad om weer te kalmeren.

Een ijzige wind deed Victoria huiveren toen ze de subway-tunnel verlieten. Sneeuwvlokken dwarrelden naar beneden, maar veranderden onmiddellijk in een grijze smurrie op de drukke 42nd Street. De winter in New York, had ze inmiddels geleerd, kwam vroeg en was bitterkoud.

Inmiddels had Victoria zich het stratenpatroon van Manhattan eigen gemaakt. De weinige avenues liepen in de lengterichting, van noord naar zuid, de talloze *streets* dwars, van oost naar west, en zo verbond 42nd Street ook de East River linea recta met de Hudson River.

Victoria trok de met bont afgezette warme winterjas, die ze laatst had gekocht, strak om zich heen. Andrew merkte het en legde zijn arm zorgzaam om haar schouders, toen ze in de stroom voorbijgangers op het trottoir invoegden. Toen ze tegen de middag zijn kantoor binnenkwam, had hij meteen geweten dat er iets niet in de haak was en haar zachtjes maar beslist overgehaald om met hem te gaan lunchen. In een restaurantje dat ze nog niet kende. En het deed haar inderdaad goed om zich onder de mensen te begeven, flarden van het haar inmiddels vertrouwde New Yorkse slang te horen en de bedrijvigheid van de stad te voelen.

Te voet waren ze duidelijk sneller dan de ontelbare toeterende auto's die zich tergend langzaam door de file op de overvolle rijweg bewogen, hun uitlaatgassen de grijze winterlucht in blazend. Autorijden in Manhattan was vooral een kwestie van geduld. Daarom reed Andrew bijna nooit zelf en nam hij alleen af en toe een taxi.

Op een hoek van 42nd Street zat ondanks de barre temperatuur een onverschrokken schoenpoetsertje, dat dik ingepakt met zijn borstel op een houten kist trommelde om klanten te trekken. Victoria had medelijden met die jonge jongens. Op een dag als deze zouden ze nauwelijks iets verdienen. Armoede en rijkdom lagen in New York nog dichter bij elkaar dan in Stuttgart.

Nadat ze langs de fraaie etalages van de talloze winkels waren gelopen, arriveerden ze bij het restaurant dat Andrew had uitgezocht. Boven de ingang lichtte het woord 'CAFETARIA' in grote blauwe neonletters op in de novembernevel.

Binnen werden ze niet alleen verwelkomd door aangename warmte, maar ook door een ruime, schone eetzaal met een lange glazen toonbank waarin het rijke culinaire aanbod was uitgestald.

Uit een metalen doos rechts van de ingang stak het uiteinde van een blauw kartonnen kaartje. Andrew trok eraan en na de onverwacht zachte klank van een belletje gaf de machine een bonnetje prijs, om er meteen een op te laten volgen. Victoria deed hetzelfde en belandde vanwege het heldere geluid onmiddellijk weer in het kleine café van de chocoladefabriek in Stuttgart. Ook daar hoorde je een hoog geklingel als je binnenkwam.

'De dienbladen staan daar,' zei Andrew, wijzend naar de toonbank. 'Pas op dat je het bonnetje niet verliest!'

Ze pakten een bruin dienblad, legden er bestek en een papieren servet op, en zetten het op de vernikkelde buizen die voor de toonbank met de uitgestalde maaltijden waren aangebracht.

'O jee, er is hier zo veel!' Victoria schoof haar dienblad voor Andrew uit over het rek, langs gebraden worstjes en vleeswaren, allerlei soorten aardappelen, verschillende groenten en nog veel meer. 'Om het allemaal te proberen, zouden we de rest van de dag hier moeten doorbrengen.'

'Zelfs dan komen we tijd tekort,' zei Andrew met een grijns, en hij bestelde een rollade met aardappelpuree en een salade bij een van de koks die achter de toonbank bestellingen opnam. De man zette het bord voor Andrew op de toonbank, terwijl een zwaar opgemaakt meisje met een roze muts op aan Victoria vroeg wat ze wilde. Ze koos soep, vis en aardappelballetjes met spruitjes.

'Mag ik uw bonnetje?' vroeg ze vriendelijk, terwijl Victoria haar borden op het dienblad zette.

'O, natuurlijk!' Victoria gaf haar het blauwe kaartje. Met een tangetje stanste de serveerster de prijs erin en gaf het haar terug.

Ondertussen had Andrew twee glazen sinaasappelsap gepakt. Victoria zag af van een dessert, al zagen vooral de kleine gebakjes er heerlijk uit. Zo veel trek had ze niet.

Balancerend met de volle dienbladen zochten ze een vrij plekje aan een van de gepolijste tafels in de cafetaria. Andrew zette zijn hoed op de plank onder het tafelblad, Victoria stroopte de mouwen van haar jas af, maar hield die bij zich. Er was geen garderobe, de meeste gasten deden hun jas zelfs niet uit.

'Zo,' zei Andrew, terwijl hij met zijn sinaasappelsap met haar toostte. 'Geniet ervan.'

Victoria rook aan haar tomatensoep. 'Ik ruik bijna niets.'

Andrew grijnsde. 'Je kunt de tomaten hier niet vergelijken met die in Duitsland. Ze worden meestal onrijp geoogst en verwerkt. Wacht...' Hij schoof de peper en het zout naar haar toe die op de tafel stonden, naast olie, azijn en een suikerstrooier. 'Misschien smaakt het zo iets beter.'

'Dank je.' Victoria bracht haar soep op smaak en proefde. 'Nou?' vroeg Andrew, terwijl hij een stuk van zijn rollade afsneed. 'Hoe is het?'

'Best goed, eigenlijk,' zei Victoria. 'Hij smaakt lekkerder dan hij ruikt. Wil je ook eens proberen?'

Hij proefde en liet Victoria op zijn beurt proeven van zijn menu.

'Dit hier is natuurlijk geen culinair hoogstandje,' zei hij toen.

'Dat niet,' zei Victoria. 'Maar voor een snelle lunch vind ik het niet slecht.' Bovendien beviel de ongedwongen sfeer haar.

De vis en de bijgerechten smaakten zelfs erg lekker.

'Wil je me nu over de brief vertellen?' vroeg Andrew, toen ze klaar waren met eten en er twee koppen dampende koffie voor hen stonden.

Victoria keek naar de grote ramen van de cafetaria, waarachter de sneeuwvlokken nog steeds neerdaalden. 'Martin, dus mijn broer… is niet het kind… van mijn vader.'

'Pardon? Is dat wat er in de brief stond?' Andrews ongeloof was duidelijk te zien.

'Kort gezegd, ja.'

'Hemel!' Hij ging met zijn hand over zijn nek. 'Nou, dat is onverwacht nieuws.'

Victoria knikte.

'Het spijt me,' merkte Andrew op. 'Ik had je niet moeten dwingen het me te vertellen.'

'Het is al goed, Andrew. Ik zou het je toch wel hebben gezegd. Maar ik had tijd nodig om deze… boodschap te verwerken.' Victoria nam haar koffiekopje in beide handen en blies in de hete vloeistof. Dat ze haar schok met hem kon delen, maakte het op een of andere manier gemakkelijker. 'Blijkbaar wist Martin het al een tijdje, want hij had papieren gevonden waaruit het bleek,' vervolgde ze. 'Maar met alle commotie vanwege de chocoladefabriek wilde hij moeder daar niet ook nog mee opzadelen.' Ze nipte aan haar sinaasappelsap. 'Ruim een week geleden was er een toevallige ontmoeting tussen zijn… biologische vader, mijn moeder en mijn grootmoeder.'

'Hebben ze het kunnen uitpraten?' vroeg Andrew.

'Het is maar hoe je het bekijkt,' antwoordde Victoria. 'Als alles wat moeder in haar brief schreef in een roman zou staan, zou ik de auteur een overspannen fantasie hebben toegedicht. Want het is niet alleen zo dat deze Max Ebinger de biologische vader van mijn broer is. Hij is ook… de vroegere minnaar van mijn grootmoeder.' Ze lachte. 'Kun je je dat voorstellen, Andrew?'

Andrew was eerst stil, probeerde duidelijk zijn gedachten te ordenen. 'Het klinkt misschien vreemd,' zei hij toen, 'maar ik geloof dat er niets onmogelijk is in deze wereld.'

'Hoe bedoel je? Vind je het niet… walgelijk?'

'Nee. In tegenstelling tot jou.'

Victoria schudde haar hoofd en zette haar kopje neer.

'We zijn nu eenmaal mensen.' Hij legde zijn hand op de hare. 'Onze emoties zijn niet altijd te beheersen. En ze kunnen ook niet altijd worden verklaard.'

'Dat niet, maar...'

'Liefde stelt geen vragen, Victoria. En de wegen van de liefde zijn soms eigenaardig. Al ken ik de exacte feiten niet, er zal zeker een verklaring voor alles zijn. Of we in staat zullen zijn die te bevatten, valt nog te bezien.'

'Dat is een... ongewone instelling.'

'Laten we zeggen dat het een open instelling is. Met een oog voor menselijkheid.' Andrew dronk zijn koffie op. 'Natuurlijk duurt het een tijdje om zoiets te verwerken. Als ik je daar als buitenstaander advies over mag geven: probeer niemand te veroordelen. Je kunt alles in twijfel trekken, je dingen afvragen, je twijfels hebben, maar probeer geen oppervlakkige morele normen toe te passen. Maar heel weinig mensen voldoen aan die normen. En de anderen slagen er meestal alleen in om hun afgronden goed te verhullen.'

Zijn woorden waren zo diepzinnig dat het Victoria een minuut kostte om ze ten volle te begrijpen. Maar hij had gelijk. Victoria had voetstoots aangenomen dat ze een perfecte familie had. Een vader die haar verzorgde en beschermde, een moeder die haar liefdevol begeleidde op haar pad naar het volwassen leven en het vrouw-zijn, een grote broer naar wie ze kon opkijken. Het was dus moeilijk voor haar om het drama te verdragen dat zich opeens openbaarde achter al die harmonie. Moeilijk ook om te beseffen dat sommige dingen niet waren wat ze leken.

'Je vertrouwen is geschokt, Victoria, en dat is heel normaal,' zei Andrew weer met zachte stem. 'Maar afgezien van de omstandigheden waardoor je ouders zo hardnekkig hebben gezwegen over Martins biologische vader,' vervolgde hij, 'was het geweldig hoe Victor Martin als zijn kind heeft geaccepteerd. Net als jij kon hij beschermd opgroeien, zijn talenten ontwikkelen, op zijn ouders vertrouwen. Dat is een groot goed. Houd dat in gedachten als je terugschrijft naar je moeder.'

'Ik zal het proberen.' Ze glimlachte flauwtjes.

'Zullen we teruggaan?' vroeg Andrew. 'Ik heb om twee uur een afspraak met John Carollo. Jij bent er toch ook bij?'

'Natuurlijk.'

'Goed.' Andrew stond op, zette zijn hoed op, vroeg Victoria om haar bonnetje en betaalde voor hun consumpties aan de kassa. Toen bood hij haar zijn arm aan.

Een gure sneeuwjacht vergezelde hen op weg naar de subway.

Een uur later in Andrews kantoor

Zoals gewoonlijk was John Carollo stipt op tijd. 'Hebt u al iets kunnen ontdekken over de afgeschreven vorderingen?' vroeg hij, zodra ze aan de vergadertafel waren gaan zitten en hij een sigaret had opgestoken.

'We onderzoeken dit momenteel intern,' antwoordde Andrew. 'Aanvankelijk dachten we dat mijn nicht Grace Miller er iets mee te maken had, maar de schuld ligt overduidelijk bij een van onze boekhouders, die een paar weken geleden van de ene op de andere dag ontslag heeft genomen.'

'Interessant.'

'We hebben geprobeerd zijn huidige verblijfplaats of zijn nieuwe betrekking te achterhalen, maar hij lijkt van de aardbodem te zijn verdwenen.'

'Vreemd. Misschien is hij binnengeloodst en van de zaak af gehaald toen het onderzoek begon?'

'Best mogelijk.'

'Dat moeten we in de gaten houden,' zei Carollo, terwijl hij een trekje van zijn sigaret nam. 'Nu wat betreft míjn nieuws hierover. De facturatie- en leveringsadressen op de lijst in kwestie bestaan niet meer. Op het ogenblik probeert een van mijn medewerkers uit te zoeken of er één enkele dader achter deze vermoedelijke dekmantelfirma's zit. Daar zou ik juffrouw Miller graag nog eens bij willen betrekken.'

'Natuurlijk kunt u een beroep op Grace doen. Het zou het beste zijn direct een afspraak met haar te maken,' zei Andrew terwijl hij over zijn voorhoofd wreef. 'Ik hoop dat er überhaupt nog iets te onderzoeken valt. Als iemand de intentie heeft om ons te bedriegen, dan wist hij beslist zijn sporen uit.'

'Maar in veel gevallen niet goed genoeg. Laten we afwachten, meneer Miller.'

Andrew knikte en keek toen naar Victoria, die aandachtig had geluisterd. 'Hier in het bedrijf heeft juffrouw Rheinberger met meneer Stern en Grace een aantal dingen uitgewerkt. Wil je verslag uitbrengen, Victoria?'

'Graag.' Victoria rechtte haar rug. 'De allereerste onregelmatigheden deden zich ongeveer een jaar geleden voor. Eerst waren de gevallen geïsoleerd, zodat ze niet opvielen. Daarna begon het geheel een bepaald patroon aan te nemen; dit is vooral merkbaar bij de eerdergenoemde lijst met de Special Clients. Bovendien komen er enkele dubieuze transacties met leveranciers voor, met name in verband met opgedreven prijzen. Maar dat wist u al.'

Carollo knikte en doofde zijn half opgerookte sigaret. 'Inderdaad. De bekende feiten liggen nu op tafel. Ik heb intussen contact opgenomen met een van uw cliënten vanwege een dreigende rechtszaak over ondeugdelijke producten tegen SweetCandy. Hij sprak over de gebruikelijke procedures bij zakelijke geschillen en zei ook dat u er goed van af was gekomen. Als hij daadwerkelijk een rechtszaak had aangespannen, zou het zeker tot schadeclaims zijn gekomen.'

'Onmogelijk. Onze levering was vlekkeloos. Of er is mee geknoeid, of de schadeclaim is frauduleus.'

'Deze zaak is nu met een vergelijk geregeld, daarom zou ik het er maar bij laten,' adviseerde Carollo. 'Of hij verband houdt met de andere onregelmatigheden kan alleen worden verondersteld, niet bewezen.'

'Dat is waar,' zei Victoria. 'Maar ik vraag me iets anders af: wie heeft de mogelijkheid om zo veel klanten ertoe te brengen fraude te plegen? Aan de ene kant moet die persoon de juiste contacten hebben, aan de andere kant moet hij over een zekere macht beschikken. Anders is zoiets onuitvoerbaar.'

'U hebt volkomen gelijk, juffrouw Rheinberger,' beaamde Carollo. 'Ik zal de Hudson Bank hierover opnieuw contacteren. Het is mogelijk dat een werknemer zijn of haar eigen belangen nastreeft.'

'Doet u dat. Het zou ook interessant zijn om eindelijk te weten waarom de Hudson Bank onze leningen per se wilde overnemen,' zei Victoria. 'Het verbaast me dat daar nog geen duidelijkheid over is. Ik denk dat we de dossiers van de betrokken klanten nog eens grondig moeten onderzoeken om te zien of ze een rekening hebben bij de Hudson Bank.'

'Dat zou zeker zinvol zijn,' beaamde Carollo. 'Ook dat zou een taak zijn voor juffrouw Miller. Want het bewijzen van onregelmatigheden bij een gerenommeerde bank is allesbehalve gemakkelijk. En het kost veel tijd.' Hij schraapte zijn keel. 'Laten we het eens in groter perspectief zien. Wellicht hebben we te maken met een misdaadsyndicaat. We moeten bijzonder voorzichtig zijn met dit soort onderzoek.'

'Er bestaat een goed georganiseerde maffia in New York,' zei Andrew. 'Maar ik denk niet dat ze iets met onze zaak te maken hebben. Dan hadden ze het allang harder gespeeld. Een mensenleven betekent weinig voor ze.'

'Dat is zo,' zei Carollo. 'Maar omdat andere benaderingen weinig opleveren, moeten we die mogelijkheid zeker openhouden.'

'Meent u dat nou, meneer Carollo?' Andrew werd zichtbaar nerveus. 'Weet u wat het betekent als de maffia inderdaad achter dit alles zit?'

'Anders zou ik het niet noemen. Sinds het einde van de drooglegging is hun winstgevendste bedrijfstak verdwenen. Ze dringen nu door in andere sectoren van de economie.'

'En de vastgoedmarkt is daar één van,' concludeerde Andrew.

'Het is mogelijk dat ze SweetCandy zien als een lucratief beleggingsobject.'

'Zelfs als er genoeg andere bedrijven zijn die ze gemakkelijker in handen kunnen krijgen?' opperde Andrew.

'Manhattan heeft bijna geen bouwland meer,' legde Carollo uit. 'De prijzen stijgen de pan uit. Dan is elk bedrijf interessant.'

Andrew schudde zijn hoofd.

'Als meneer Carollo deze mogelijkheid overweegt, dan moet jij het ook doen,' zei Victoria.

'Als dat inderdaad zo is, dan wacht ons een zware strijd, meneer Miller.' Carollo greep naar zijn hoed. 'Die mannen staan er niet om bekend een plan op te geven als het eenmaal besloten is.'

'Is het echt zo gemakkelijk om hier iemand zijn eigendom afhandig te maken?' vroeg Victoria. 'Dat weiger ik te geloven.'

'Nou, ja, gemakkelijk is het niet. Maar als je gewetenloos bent en goede connecties hebt in New York, dan is niets onmogelijk. Nu gaat het erom slimmer te zijn dan de tegenstander.' Er schitterde iets van strijdlust in de ogen van de advocaat. 'U hoort nog van me!'

'Ik weet het niet,' zei Victoria nadat Carollo vertrokken was, 'maar op de een of andere manier krijg ik de indruk dat deze advocaat om de hete brij heen draait.'

'We hebben gewoon verschillende scenario's doorgenomen,' zei Andrew.

'Maar zeg eens eerlijk,' drong Victoria aan. 'Wat gaat hij nu precies doen?'

'Hij probeert aan de weet te komen of de New Yorkse maffia hierbij betrokken is.'

'En als hij erachter komt dat het zo is, dan zal het moeilijk worden.'

'Inderdaad.'

'Je bent bang, Andrew.'

'Bang, nee. Maar er is reden tot bezorgdheid.'

'Stel dat het zo gelopen is. De... maffia... wil eigenlijk SweetCandy. Dan kan het toch zijn dat die lieden de Hudson Bank gebruiken om hun doel te bereiken.'

Andrew keek haar aan. 'Als de maffia erachter zit, is alles mogelijk.'

Ze zwegen allebei.

'Victoria,' zei Andrew. 'We zullen heel voorzichtig moeten zijn.'

'Ik weet het.'

'Als het je te gevaarlijk lijkt, zeg het me dan eerlijk.'

'Sorry? Dacht je dat ik jou in de steek laat in een situatie als deze?' Victoria schudde haar hoofd. 'Ik zal het debuut van Brenda Frazier voorbereiden, de chocoladecreaties uit jullie receptencollecties maken en nieuwe ideeën uitproberen. Zo snel kom je niet van me af.'

Andrew glimlachte en pakte haar hand. 'Je bent geweldig, Victoria.'

Victoria streelde zijn vingers. 'Ik heb nog een idee. Maar het is echt... gedurfd.'

'Hoe bedoel je?'

'Ik durf het nauwelijks aan je voor te stellen. Maar het zou een optie kunnen zijn: je verkoopt SweetCandy aan mijn moeder, en zij betaalt alle schuldeisers. Op die manier zou de Hudson Bank geen toegang meer hebben.'

'Dat is inderdaad gedurfd,' zei Andrew, en zijn twijfel was duidelijk te horen. 'Wat denk je dat de maffia zal doen als ze beseffen dat hun deal niet doorgaat?'

'Als de maffia er al iets mee te maken heeft. Dat weten we niet eens.

En als het wel zo is, zullen ze met een nieuwe strategie moeten komen. Maar tot het zover is, staan ze voor een voldongen feit.'

'Dat zullen ze niet over hun kant laten gaan.'

'Wie weet? Het klinkt misschien naïef, Andrew, maar soms richten dat soort mensen dan liever hun aandacht op andere objecten, waarmee ze sneller en gemakkelijker hun doel bereiken.'

'Goeie god, Victoria, je hebt echt geen idee wat het betekent om het met de maffia aan te leggen.' Andrew keek haar indringend aan. 'Maar stel dat ik akkoord ga met zo'n deal... waar zou je moeder het geld vandaan moeten halen?'

'Mijn moeder heeft de chocoladefabriek in Duitsland voor een goede prijs verkocht. Dat las ik tussen de regels van haar brief door. En ook dat ik contact moet leggen met mijn oom Karl. Hij heeft de hele opbrengst blijkbaar naar Zwitserland overgebracht. Ik denk dat ze wil dat ik dat weet omdat ik aanspraak heb op aandelen in de chocoladefabriek.'

'Zou een investering in New York überhaupt een optie voor haar zijn?'

'Dat moeten we haar vragen. Maar als ze ertoe bereid is, zou je het dan overwegen?'

Andrew wreef over zijn nek. 'Laat me erover nadenken, Victoria. Dat betekent niet dat ik je niet vertrouw, integendeel. Maar zo'n... coup... heeft verstrekkende gevolgen. En wel voor iedereen die erbij betrokken is!'

42

De piano- en vleugelfabrikant A. Rothmann
Laat in de middag, 23 november 1936

De typische geur van lijm, vernis en hout wekte onmiddellijk een warm, vertrouwd gevoel bij Judith op. Haastig liep ze door de grote showroom van Antons pianofabriek, waar de bezoekers werden verwelkomd door nieuwe en gebruikte toetseninstrumenten. Ze zag Anton bij een grote zwartgelakte vleugel staan, in gesprek met een oudere dame die het prachtige instrument geïnteresseerd bestudeerde.

'Ga je vast vooruit, Judith?' riep hij haar toe. 'De anderen zijn in de woning.'

Judith knikte en verliet de showroom in de richting van de werkplaats. Zoals verwacht, zat haar neefje Emil daar te knutselen met wat stukjes hout.

'Wat wordt dat?' vroeg ze belangstellend.

'Een toren,' antwoordde Emil en hij sloeg geconcentreerd een spijker in de planken.

'Pas op dat je niet op je vingers slaat,' zei Judith.

'Ik sla nooit op mijn vingers.' Emil leek haar bezorgdheid onprettig te vinden.

'Nou, dat is dan in orde.' Judith ging met haar hand door zijn donkere haar. 'Ik bekijk je toren als ik weer wegga, oké?'

'Ja, tante Judith.' Emil schudde zijn hoofd, alsof hij zijn verfomfaaide haar weer in orde wilde brengen, en zocht in de stapel planken naast hem naar het volgende geschikte exemplaar.

Judith drukte hem snel een paar bonbons in de hand en ging toen op weg naar de woonvertrekken op de tweede verdieping van de fabriek.

Haar schoonzus verwelkomde haar hartelijk en nodigde haar onmiddellijk uit in de eetkamer, waar Karl al aan de gedekte tafel zat. Er hing een geur van appeltaart en koffie.

'Judith!' Karl stond onmiddellijk op en omhelsde haar innig.

'Ik ben blij dat je veilig en wel bent aangekomen, Karl,' zei Judith. 'Je weet maar nooit wat er onderweg gebeurt.'

'Natuurlijk zijn de grenscontroles streng, maar ik ben voorzichtig. Maak je geen zorgen!'

Ze gingen zitten, en terwijl Serafina de koffie inschonk, kwam Anton binnen. 'Ik ben een beetje laat, sorry. Maar ik verkoop tegenwoordig niet meer elke dag een grote vleugel.'

Serafina serveerde de versgebakken appeltaart, terwijl iedereen naar elkaars gezondheid informeerde.

'Jullie hadden hier heel wat te verduren,' zei Karl. 'Eerlijk gezegd moesten we al het nieuws eerst even verwerken. Dat met je zoon, en dan nog die kwestie met moeder...'

'Inderdaad,' verzuchtte Judith en ze legde haar taartvorkje op de rand van haar bord. 'Het was een schok voor iedereen en natuurlijk heb ik zoiets als... een slecht geweten. Maar zelfs als ik nu dezelfde beslissing zou moeten nemen, weet ik niet of ik het anders zou doen. Gezien de omstandigheden in die tijd hadden we eigenlijk geen andere keus.'

'Victor en jij hebben de beslissing samen genomen, daar heeft niemand iets op aan te merken,' zei Karl. 'Toch zou ik jullie zoon op een gegeven moment de waarheid hebben verteld, in elk geval toen hij meerderjarig werd. Ik vind dat een kind daar recht op heeft.'

Zijn woorden raakten Judith. 'Achteraf heb je zeker gelijk. Maar op een gegeven moment hadden we alles zo geïnternaliseerd, die leugen als je wilt, dat het er niet meer toe deed. Het was gewoon ondenkbaar om het er nog over te hebben.'

'Het is al goed, Judith,' zei Karl verzoenend. 'Het was toen al moeilijk genoeg voor jullie. Wie weet wat wij in zo'n situatie zouden hebben gedaan. Maar vertel eens, hoe gaat het nu met Martin?'

'Hij is met Mathilda naar Parijs vertrokken,' antwoordde Judith. 'Ze hebben een omweg via Zwitserland gemaakt om Mathilda's ouders in Zürich op te zoeken. Verder lijkt hij alles goed te hebben opgenomen. Hij... houdt contact met Max Ebinger, dat schijnt belangrijk voor hem te zijn. Wat er echt in hem omgaat, kan ik niet zeggen. Je weet het nooit precies met Martin.'

'Gelukkig is Mathilda bij hem,' merkte Serafina op, en Judith knikte.

'Hoewel het een nogal ongelukkige samenloop van omstandigheden was, vind ik het goed dat alles eindelijk aan het licht is gekomen.' Anton keek naar Judith. 'Tussen haakjes, Serafina en ik weten er al... langer van.'

Judiths taartvork viel zacht rinkelend op het porseleinen bord. 'Jullie wisten het?'

'Ja. Het was toeval.' Serafina legde een hand op haar arm in een geruststellend gebaar.

'Na de grote brand heb ik in Victors studeerkamer op jullie gewacht,' zei Anton. 'En er lagen allerlei papieren op het bureau. Ik was gewond aan mijn hand, een stapel gleed naar beneden, en toen... viel het papier uit een map.'

'Dat is toch niet erg. Maar waarom hebben jullie niets gezegd?' vroeg Judith.

'Het was jullie zaak. Maar daardoor hebben we bepaalde dingen wel beter begrepen. Jullie relatie met de Ebingers, bijvoorbeeld.'

'Er is nu toch niets meer aan te doen,' zei Karl rustig. 'Noch het feit dat jullie het hadden verzwegen, noch de omstandigheden waaronder het bekend is geworden.'

'Hoe is het nou met je moeder, Judith?' wilde Serafina weten. 'Ze was bij ons, vlak nadat het op meneer Ebingers verjaardag allemaal was uitgekomen, en heeft zich door Anton naar Degerloch laten brengen.'

'Niet zo goed,' antwoordde Judith. 'Ze vertrok vrij snel, zonder wrok weliswaar, maar compleet overstuur. Ze kon de situatie gewoon niet aan. In de tussentijd hebben we een paar keer gebeld. Ze heeft schuldgevoelens. En ik denk ook dat ze nog steeds niet helemaal over de relatie met Max heen is.'

'Ik zou medelijden met haar moeten hebben,' stemde Karl in. 'Maar ik kan het niet. Ze is zelf verantwoordelijk voor haar leven.'

'Ik kan wel met haar meevoelen,' zei Anton. 'En ik zou willen dat ze zich ermee kon verzoenen. Maar laten we het hebben over de kwestie waarvoor we hier vandaag bij elkaar zijn: de ontwikkelingen in New York. Jij hebt met Vicky gebeld, Karl. Kun je ons op de hoogte brengen?'

'Inderdaad,' antwoordde Karl. 'Andrews snoepfabriek lijkt het doelwit te zijn geworden van speculanten in onroerend goed, die ervoor hebben gezorgd dat de omzet het afgelopen jaar pijlsnel is gedaald. Het gevaar is groot dat Andrew alles zal verliezen. Nu staan er een aantal mogelijkheden ter discussie over hoe SweetCandy in principe kan worden gered.'

'Ik ga ervan uit dat de aflossing van mijn lening verder moet worden uitgesteld,' merkte Judith op.

'Precies. Dat zou hem voorlopig meer speelruimte bieden. Om te beginnen tot 1 januari.' Karl leunde achterover in zijn stoel.

'Wat vinden meneer Stern en Vicky van deze aanpak?' vroeg Judith.

'Beiden zijn voor. Vicky ziet veel toekomstmogelijkheden voor de productieprocessen en ook voor de productontwikkelingen van SweetCandy. Meneer Stern onderschrijft de stelling dat Andrew is bedrogen en buiten zijn schuld in deze benarde economische situatie is beland. Op dit moment proberen ze de dader of daders van de fraude op te sporen.'

Judith liet Karls woorden door haar hoofd gaan. Het liefst had ze zelf met haar dochter, Andrew en meneer Stern gesproken, maar ze moesten er nog steeds van uitgaan dat hun telefoongesprekken en hun correspondentie werden gecontroleerd. Het was het veiligst de communicatie via Karl in Zwitserland te laten lopen.

'Ervan uitgaande dat ik uitstel verleen tot het begin van het nieuwe jaar,' dacht Judith hardop. 'Hoe zal SweetCandy dan haar liquiditeit behouden? Wat dat betreft waren er al problemen in de zomer. Alleen het krediet verlengen zal het probleem niet oplossen, denk ik.'

'Dat is juist. Je zou er opnieuw geld op moeten toeleggen,' zei Anton.

'Zo.'

'In de eerste plaats gaat het om het afbetalen van bankkredieten,' legde Karl uit. 'De Hudson Bank, de financiële instelling die deze leningen heeft verstrekt, streeft wellicht haar eigen belangen na, aangezien ze het fabrieksterrein als onderpand op de lening heeft laten registreren. Als je die lening zou afkopen, zou het gevaar dat ze het terrein te gelde willen maken, zijn geweken.'

'Tegelijkertijd zou het onderpand op mij worden overgedragen?'

'Precies. En zodoende zou je niet alleen beschikken over eenenvijftig procent van de fabriek en de firma SweetCandy door een eventuele conversie van je lening, maar ook over de grond.'

'Dan is de beslissing eigenlijk duidelijk,' constateerde Judith.

'Dat denk ik ook,' zei Karl. 'Maar SweetCandy heeft daarnaast gewoon nog meer middelen nodig om het bedrijf draaiende te houden.'

'Kortom, onze kapitaalreserves zouden daar bijna volledig worden ingezet,' zei Judith. 'Dan nemen we een groot risico. En maken we het onszelf onmogelijk om de chocoladefabriek in Stuttgart terug te kopen.'

'We weten dat je hoopt op terugkoop, Judith,' zei Anton. 'Maar het zou verkeerd zijn om daar in de huidige situatie over te speculeren. Een investering van deze omvang in New York...'

'... betekent dat Chocoladefabriek Rothmann in de toekomst in New York gevestigd zal zijn,' aldus Judith. 'Maar dan wil ik ook dat het bedrijf Rothmann Chocolade gaat heten. Dat ben ik Victor verschuldigd.'

'Dat is je goed recht,' zei Karl. 'Ik denk dat dat zeker bespreekbaar is.'

'Het zal wel moeten,' zei Judith. 'We investeren een enorm bedrag en geven bijna alle mogelijkheden hier in Stuttgart op.'

'Over de uitvoering moet natuurlijk worden gediscussieerd, Judith,' zei Karl. 'Andrew kan en zal niet dwarsliggen. Wat de onderneming betreft, een perceel in Manhattan is enorm veel waard, aangezien de prijzen voortdurend stijgen. Daarmee is je geld veiliggesteld.'

'Maar er blijft nog één groot vraagteken bestaan,' zei Judith. 'De vraag wie probeert SweetCandy te gronde te richten.'

'Misschien wordt het weer rustig als de Hudson Bank geen rechten meer op de grond kan doen gelden,' zei Anton.

'Hoe groot acht jij de kans daarop?' vroeg Judith terwijl ze van Anton naar Karl keek.

'Dat is van hieruit moeilijk te beoordelen,' antwoordde Karl. 'Maar al met al...'

'... moeten we iets wagen,' onderbrak Judith hem. 'Ik zal er een nachtje over slapen. Morgen hak ik de knoop door.'

Villa Rothmann, tegen zeven uur 's avonds op dezelfde dag

Nadat Judith was teruggekeerd van haar bezoek aan Anton, had ze de auto in de garage geparkeerd en was via de zijdeur de bediendenvleugel van de chocoladevilla binnengekomen. Tijdens de rit waren haar talloze gedachten door het hoofd gegaan, die ze eerst moest ordenen.

In de keuken trof ze Theo en Gerti aan, die samen zaten te eten. Meteen ging ze bij hen aan tafel zitten.

'Ik breng u zo iets, mevrouw!' Gerti voelde zich zichtbaar opgelaten omdat Judith haar tijdens de maaltijd had verrast.

'Ach, Gerti,' zei Judith. 'Waarom zou ik boven in mijn eentje eten? Dora is op bezoek bij een familielid. Ik zou graag bij jullie blijven, als dat in orde is?'

'Ja, natuurlijk!' mompelde Theo, die net een stukje worst in zijn mond had gestopt.

Gerti bloosde, maar ze knikte. 'Natuurlijk. Ik haal snel een bord.'

Ze pakte borden, bestek en bekers en zette Judiths stoel klaar. 'Ik heb zult gemaakt…'

'Prima. Dat is precies wat ik nodig heb.' Judith nam een beetje zult en een snee brood en at met smaak. Sinds Martin, Mathilda en ook haar moeder waren vertrokken, voelde ze zich soms een beetje verloren in het grote landhuis, vooral als Dora er niet was.

'Fanny is vandaag al naar huis,' legde Gerti uit. 'Ze voelde zich niet lekker.'

'Misschien krijgt ze griep,' merkte Theo op.

'Nou, ik hoop het niet,' zei Gerti.

Een tijdje aten ze in stilte. Toen werd er opeens luid op de deur van de bediendenvleugel geklopt.

Gerti keek Theo verbaasd aan. Hij haalde zijn schouders op en stond op om open te doen.

Judith herkende Tines stem meteen. Wat deed de vroegere dienstmeid hier in hemelsnaam?

'Mevrouw Rheinberger,' stamelde Tine bedeesd toen Theo haar naar de keuken leidde. 'Excuseer me dat ik zomaar langskom. Maar ik moet u dringend iets vertellen.'

'Waar gaat het over?' vroeg Judith.

'Ik wilde u waarschuwen.'

'Mij waarschuwen? Waarvoor?'

'Er zijn mensen, mevrouw, die u kwaad willen doen.'

Judith voelde dat ze onrustig werd, maar probeerde het niet te laten merken. 'Hoe willen die mensen mij kwaad doen, Tine? Je moet toch iets duidelijker zijn.'

'Nou, ik heb een vriend, die zit bij de… SA.'

'Dat weet ik,' bromde Theo. 'Ik heb je deze zomer met hem gezien.'

'Hoe dan ook, hij zei tegen mij dat ik een paar jongens moest zoeken om hier stomme dingen op de muren te schrijven.'

'Tine!' riep Gerti. 'Wat heeft dat nu weer te betekenen?'

'Ha, gewoon kreten. Mevrouw Rheinberger pesten en haar bang maken. Wat precies wilde hij nog voor me opschrijven. Dus, mijn vriend wilde het opschrijven.'

'Mag ik je vragen waarom je me wilt waarschuwen, Tine?' vroeg Judith kalm.

Nu begon Tine te snikken. 'Hij heeft me in de steek gelaten, die vuile *Seggl*. En nou... en nou... ben ik gewoon zo ongelukkig.'

'Dus je hebt liefdesverdriet,' zei Judith. 'En jij wilt wraak op hem nemen door mij zijn plannen te vertellen?'

'Misschien...' Nu aarzelde Tine. 'Hij heeft een nieuwe vriendin in Stuttgart.'

'Zeg nou toch iets wat belangrijk is voor mevrouw,' mopperde Gerti. 'Jouw liefdesverdriet kan niemand wat schelen.'

'Het is... het is,' snoof Tine. 'Er was nog meer...'

'Dan voor de draad ermee!' Theo klonk inmiddels al net zo ongeduldig als Gerti.

'Nou, al toen ik hier werkte, zei hij, mijn vriend dus, altijd dat ik mijn ogen open moest houden. Maar ik wist niet precies wat hij bedoelde. Ik heb hem alleen verteld wat er op het landgoed te eten was en welke nieuwe kleren juffrouw Victoria had gekocht...'

'En dat vond hij niet zo interessant,' vermoedde Gerti.

'Nee. Hij zei me dat ik in de werkkamer moest rondkijken bij het schoonmaken, of luisteren als er iemand was die met mevrouw en meneer praatte. Maar ik onthield nooit goed wat ze allemaal vertelden. En ik kon ook niet zo snel lezen als er wat op het bureau lag...'

'Nog een geluk dat dat kind zo dom is,' hoorde Judith Theo zachtjes mompelen.

'En toen ik niemand kon vinden die iets op de villa wilde schrijven, schreeuwde hij en zei dat hij problemen krijgt en dat ik beter mijn best moest doen en dat ik te stom ben voor alles... en dat hij nu bij me weggaat.'

Theo schudde zijn hoofd zo heftig dat hij zich bijna verslikte in een stuk brood.

'Tine,' begon Judith voorzichtig. 'Weet je toevallig of het idee om onze muren te bekladden van je vriend was? Of was er iemand die hem dat heeft opgedragen?'

'Ik weet niet...' Tine veegde haar rode, betraande ogen af met de rug van haar hand.

'Heeft hij ooit een naam genoemd?' Judith gaf niet op.

Tine dacht na terwijl ze haar zakdoek kneedde, die ze tijdens haar gevoelsuitbarsting uit de zak van haar rok had getrokken.

'Er kwam altijd iemand uit Stuttgart naar hem toe. Hij ging dan in het café een biertje met hem drinken. Ik denk dat hij... Weber heette. Maar ik weet het echt niet zeker.'

Hoewel ze met de mogelijkheid rekening had gehouden, kreeg Judith koude rillingen.

'Weber?'

Tine snoot haar neus. 'Ja, ik denk het wel. Hij had het altijd over een Weber. Ik weet dat nog omdat hij zei dat ik die naam nooit mocht zeggen. Aan nie-mand.' Ze rekte de lettergrepen van het woord uit, zoals zo vaak als iemand iets duidelijk probeerde uit te spreken.

'Het is al goed, Tine. Je kunt gaan.' Judith pakte twee mark uit haar zak en gaf ze aan het meisje.

Tine maakte een onhandige knicks. 'Dank u, mevrouw.'

'Als je weer iets hoort, Tine, kom je meteen naar ons, hoor je?' zei ze nadrukkelijk.

'Ja, mevrouw Rheinberger.'

Nadat het voormalige dienstmeisje was vertrokken, keken Gerti en Theo elkaar bezorgd aan.

Judith zuchtte.

Zou het kunnen dat Weber niet over zijn nederlaag heen was en op wraak zon? Dat ze zich moest inlaten met een kleine oorlog met een Ortsgruppenleiter die in zijn eer was aangetast?

In Stuttgart, dat werd steeds duidelijker, was er nauwelijks toekomst voor haar. Victor was dood, de chocoladefabriek verkocht, haar familie over alle windstreken verspreid.

Wat was er over van het geluk? Een graf, verloren dromen, ontelbare herinneringen.

Maar ook hoop. Teer, kwetsbaar, en tegelijkertijd vol kracht. Gevoed door een onvervalst verlangen naar leven, dat Judith in zich voelde.

Het had geen zin om aan gisteren vast te houden.

Ze kon alleen vormgeven aan de toekomst.

43

Zürich, Zwitserland
De middag van 6 december 1936

Op de Münstergasse sloeg Judith de Spiegelgasse in en liep zoekend langs de meergezinswoningen die tegen de lage heuvel aan waren gebouwd. Nummer 13 lag aan de linkerkant, een huurhuis met een kleurige erker. Ze bleef staan en liet haar blik over de voorgevel glijden, die meer dan vier verdiepingen hoog was. Een smalle dakrand vormde de overgang naar een blauwgrijze decemberhemel, die nauwelijks licht in het smalle straatje bracht.

Een fietser belde.

Judith schrok en deed een stap opzij om hem door te laten. Toen liep ze naar de voordeur, bestudeerde de deurbel en belde aan bij Fetzer.

Het duurde even voor ze voetstappen op de trap hoorde en de deur opengging.

'Mevrouw Rheinberger!' Robert Fetzer was zichtbaar verrast. 'Eh… wat brengt u hier?'

'*Grüss Gott*, Robert,' zei Judith, opgelucht dat Robert haar niet meteen al afwees. 'Ik logeer op het moment bij mijn broer en dacht, ik breng jou en Louise een bezoekje.'

'Aha… ja, mijn Louise is er nu niet.' Hij krabde met een verlegen gebaar aan zijn nagenoeg kale hoofd. 'Ze is nog steeds bij een klant. Maar ze komt vast snel thuis.' Hij dacht even na. 'Wilt u misschien zolang boven komen en daar op haar wachten?'

'Als het geen probleem is, graag.'

Judith volgde hem naar een zolderwoning. Anderhalve kamer, krap, maar netjes en huiselijk.

'Gaat u zitten, mevrouw Rheinberger.' Robert wees naar een kleine, rechthoekige eettafel waarop een rood-wit geruit tafelkleed lag.

Judith nam plaats op een van de twee eenvoudige houten stoelen, Robert ging tegenover haar zitten en legde zijn handen gevouwen op de tafel.

'Hoe gaat het met u?' vroeg Judith.

'Tot nog toe... goed. Ik heb alleen nog... geen werk.' Hij leek gefrustreerd.

'Karl vertelde het me,' zei Judith. 'Ik denk dat u gewoon geduld moet hebben.'

'Niemand wil me meer.'

'Zo mag u niet denken.'

'Ik vind het moeilijk om in een goede toekomst te geloven.' Robert schudde zijn hoofd. 'Je kunt alleen maar hopen dat je het redt.'

Judith vond het moeilijk om bemoedigende woorden te vinden. Dus viel er een ongemakkelijke stilte. Ze was zich pijnlijk bewust van de geluiden in het huis, een druppende kraan, het gehuil van een baby, het regelmatige tikken van een kleine penduleklok.

Uiteindelijk haalde ze diep adem. 'Ik weet niet of ik nog langer moet wachten. Misschien wordt het vandaag toch nog later met Louise.'

Robert haalde zijn schouders op. 'Eigenlijk is ze altijd vrij precies, mijn Louise, maar je weet nooit...'

Op dat moment klonken er voetstappen op de trap en draaide er een sleutel om in het slot.

'Daar is ze!' Robert stond onmiddellijk op en liep naar zijn vrouw.

Louise zag angstwekkend bleek. Uitgeput duwde ze de deur achter zich dicht. Ze ontweek de welkomstkus van haar man.

'We hebben bezoek,' zei Robert.

Pas nu merkte Louise Judith op. Ze zette de mand met verstelgoed, die ze onder een arm had gedragen, neer en ging met de rug van haar hand over haar voorhoofd. Toen liep ze naar Judith, begroette haar met een warme omhelzing en ging op de stoel zitten die Robert juist vrij had gemaakt. 'Het spijt me,' zei ze mat, 'dat ik zo laat ben.'

'Lieve hemel, Louise, je hoeft je niet te verontschuldigen. Jij kon ook niet weten dat ik in Zürich ben en jullie vanmiddag op zou zoeken.'

'Nee, helaas niet. En ik moet zo weer weg, iemands maten opnemen.'

Judith keek Louise onderzoekend aan. 'Neem niet te veel hooi op je vork,' zei ze toen.

Robert trok zich terug in een oude leunstoel in de tegenoverliggende hoek van de kamer.

'Waarom ik hier vandaag ben, Louise...' vervolgde Judith. 'Ik wilde je vragen of je contact met Victoria's vriend in Frankrijk hebt kunnen opnemen.'

'O, je bedoelt die Luc?'

'Precies.'

'Ja, we hebben elkaar geschreven. Hij stuurt ons een telegram zodra hij ons naar Voiron kan halen. Op dit moment is hij op zoek naar werk. Voor ons allebei.' Ze keek naar haar man.

'Dat is goed nieuws,' zei Judith opgelucht. 'Ik hoop dat Luc succes heeft met zijn pogingen. Dan zal het gemakkelijker worden, vooral voor jou, Louise.'

De blik die Judith van Louise opving, bevestigde niet alleen haar bezorgdheid dat Mathilda's moeder lichamelijk te veel van zichzelf vergde. Ze was bovendien nog gedwongen weer met een echtgenoot samen te leven met wie ze niet langer een innerlijke band had. Dat was een enorme geestelijke belasting.

'Dat zou ik graag willen, Judith.' Louise wreef over haar slapen.

'Laat Mathilda wel eens iets van zich horen?' vroeg Judith.

'Dat doet ze. Zo vaak ze kan. Maar zij en Martin hebben zelf ook veel te doen, dat weet je, Judith.'

'Natuurlijk. En het is volkomen terecht dat jongeren hun eigen weg gaan.' Judith stond op. 'Dan ga ik maar.'

'Naar Karl en Elise?'

'Ja. Daar komt Sinterklaas straks langs. Of liever de Zwitserse versie. Ik ben heel benieuwd.'

'Daar heb ik nog niets van gehoord,' zei Louise, die ook opstond. 'Dank je voor het langskomen, Judith. Dat stel ik erg op prijs. De volgende keer laat je het me toch weten, hè? Dan kan ik wat tijd vrijmaken.'

De Storchengasse in Zürich, dezelfde avond

'Hoera!' Oscar stak zijn armpjes in de lucht. 'Kijk, tante Judith! Ik heb je laatste hoedje gevangen!'

'Ach, lieve help.' Judith trok een ontsteld gezicht. 'Inderdaad!'

'Ik heb gewonnen!' kraaide de kleine blij, terwijl hij opsprong van zijn stoel aan de eettafel, waar ze al ruim een uur zijn favoriete spelletje Fang den Hut speelden, en een uitgelaten overwinningsdans door de kamer maakte.

'Ik heb gewonnen!' verkondigde hij tegen zijn zusje, dat met haar moeder op de grond met bouwstenen zat te spelen. Terwijl de baby vol overgave aan een houten blokje knaagde, bouwde Elise geduldig een huisje voor haar dochter.

Opeens werd er op de voordeur gebonkt.

Oscar sloeg opgewonden een hand voor zijn mond. 'Komt hij nu?' vroeg hij ademloos. 'Samichlaus?'

'Ik denk het wel,' antwoordde Karl, terwijl hij de krant die hij las opzijlegde en opstond van de bank. 'En Vuile Pier is er beslist ook bij.'

'Vuile... Pier...' Oscar trok zich weer terug naar Judith, die nog steeds aan tafel zat.

Elise pakte de kleine Ursula en ging met haar op de sofa zitten.

Karl opende de deur en toen hij even later terugkwam, werd hij gevolgd door een grote man met een lange, witte baard. Op zijn eveneens sneeuwwitte haar zat een rode bisschopsmuts, en onder zijn rode mantel droeg hij een lang wit linnen gewaad.

'Ik heb gehoord dat er hier kinderen op mij wachten,' zei Samichlaus met een licht Zwitserduits accent.

Oscar stak een vinger in zijn mond, liep een stukje in de richting van de bisschopsfiguur en bekeek de man nieuwsgierig. Toen zag hij opeens de donkerbruin geklede, sinistere figuur die achter Samichlaus de kamer was binnengekomen. 'Vuil... Vuile Pier!' riep hij geschrokken en hij zocht zijn toevlucht in Judiths armen.

Judith omhelsde haar neefje en voelde hoe het lichaam van het jongetje trilde. 'Maak je geen zorgen, Oscar,' zei ze sussend. 'Hij doet je niets.'

Oscar schudde alleen zijn hoofd en kroop nog dichter tegen Judith aan.

Judith wierp Karl een waarschuwende blik toe, en die reageerde prompt. 'Ik denk, Vuile Pier, dat alle kinderen hier braaf zijn geweest,' zei hij. 'Je kunt buiten op Samichlaus wachten.'

Vuile Pier dreigde nog even met zijn roe, maar deed toen wat Karl had gezegd en ging de woning uit.

'Ja, is dat zo?' vroeg Samichlaus. 'Waren alle kinderen hier echt braaf?'

'Da! Daaaaa!' riep Ursula, en iedereen lachte.

Zelfs Samichlaus kon glimlachen, en dus durfde Oscar zijn schuilplaats uit te komen. 'Je baard is zo lang,' merkte hij op. 'En zo wit!'

'Ik ben ook al oud,' zei Samichlaus. 'Maar zeg eens, knaapje, kun je een versje voordragen?'

'Eh...' zei Oscar, 'ik ben het vergeten.'

'Misschien kan je vader je helpen?'

Karl knielde naast zijn zoon. 'We kunnen een kerstliedje doen, Oscar.'

Oscar schudde zijn hoofd.

'Ja, dat doen we, Oscar,' zei Karl. 'Laten we het samen zingen.' En toen hief hij het lied 'Lasst uns froh und munter sein' aan.

Oscar deed aarzelend mee, en Karl liet het bij het eerste couplet. Toen stond hij weer op en nam zijn zoon bij de hand.

'Dat was heel mooi,' zei Samichlaus tevreden en hij sloeg het grote boek open dat hij bij zich had. 'Laten we eens kijken wat Samichlaus over jou weet.'

Oscar omklemde Karls hand en wachtte vol overgave op de lijst van zijn streken. 'Nou, zoveel staat er niet in. Plaag je je zus wel eens?'

'Zij plaagt mij ook,' zei Oscar relativerend.

'Maar toch. Jij bent de oudste. Wees vanaf nu aardig tegen haar.'

Oscar knikte aarzelend.

'En dan heb jij... de vogelkooi van je tante opengelaten zodat de papegaai Pepe is weggevlogen.'

'Dat was ik niet,' verdedigde Oscar zich, 'dat was Emil.'

'Wie is Emil?'

'Zijn neefje,' antwoordde Karl in plaats van Oscar. 'En dat met die papegaaien was een gezamenlijke onderneming van die twee.'

'Aha!' Samichlaus fronste zijn voorhoofd, klapte het boek dicht en opende de jutezak die hij had meegenomen. 'Beloof me dat je nooit meer zoiets zult doen.'

'Nee, dat doe ik niet meer. Dat kan ook helemaal niet,' legde Oscar eerlijk uit. 'Pepe is nu in Amerika.'

Judith moest haar lachen inhouden toen Samichlaus confuus opkeek. Maar toen gleed er een glimlach over zijn gezicht. Hij greep in zijn zak.

'Kom maar hier, Oscar,' zei hij goedmoedig en hij legde een sinaasappel in de hand die Oscar uitstak. Toen haalde hij een chocoladereep tevoorschijn.

'Chocola!' riep Oscar. 'Daar aten we vroeger heel veel van. Want mijn tante heeft een chocoladefabriek!'

'Zag je hoe hij keek, Samichlaus?' vroeg Oscar aan zijn vader, nadat de goedheiligman na een laatste vermaning vertrokken was.

'Weet je, Oscar, voor de meeste kinderen is het iets heel bijzonders als ze een chocoladereep krijgen,' legde Karl uit. 'Daarom was hij zo verbaasd toen je hem uitlegde dat je tante een chocoladefabriek had en chocola voor jou iets heel normaals is.'

Oscar keek naar de geschenken in zijn hand. 'Dat kan ik toch niet helpen. Maar nou ga ik mijn sinaasappel opeten.' Hij liep naar de tafel en legde de sinaasappel en de appel erop. 'Kun je die voor me snijden, tante Judith?'

'Dat doe ik wel,' zei Elise. Ze zette Ursula op de grond en pakte een mes.

'Ik heb zin in een wandelingetje,' zei Karl intussen. 'Kom je mee, Judith?'

'Ja, graag.'

Ze trokken hun laarzen en jassen aan en na een korte afscheidsgroet aan Elise en de kinderen gingen ze op weg naar de oever van het Meer van Zürich.

'Jammer dat maman en Georg er vandaag niet bij konden zijn,' zei Judith terwijl ze over het grindpad liepen. 'Dat ze uitgerekend nu naar München moesten gaan, nu ik naar jullie toe kom...'

'Ze hadden een afspraak vanwege de verkoop van een schilderij, dus het is begrijpelijk dat ze erheen moesten.'

'Ik weet het,' zei Judith.

'Maar je zult ze zien met kerst, als we allemaal samen zijn.'

'Ja. Met kerst,' zei Judith, in gedachten verzonken. 'Ach, Karl. Ik weet gewoon niet hoe het met mij verder moet. In het nieuwe jaar.'

'Die kwestie met Weber houdt je bezig, hè?' vroeg Karl.

'Dat ook. Het is vreemd als je constant bang moet zijn dat er iets gebeurt.'

'Ik geloof je.'
'Ik ben in zo'n rare stemming. Ik wil… vertrekken. Misschien niet voorgoed, maar wel voor langere tijd.'
'Dat vind ik goed!' zei Karl. 'Anton en Serafina maken ook al plannen om naar Amerika te emigreren.'
'Ja, Anton heeft het er voortdurend over.' Judith haakte in bij haar broer en samen liepen ze verder. 'Ik speel met verschillende ideeën. Of ik kom bij jullie in Zürich, of ik ga een tijdje bij Martin en Mathilda in Parijs wonen…'
'Allebei goede opties,' zei Karl.
Judith knikte. 'Maar als ik eerlijk ben, wil ik ergens anders naartoe.'
'New York.' Karl grijnsde.
'Ja.'
'Dat dacht ik al! Je dochter is in New York, en binnenkort zul je daar waarschijnlijk een bedrijf hebben, Judith.'
'Misschien. Maar bovenal wil ik opnieuw beginnen.'
'Victoria zal blij zijn als je bij haar bent.'
'Denk je dat het de juiste stap is?'
'Natuurlijk.' Karl kneep in haar arm. 'Dat weet je zelf ook. Kom, laten we naar het water lopen.'
'Graag.'
Ze verlieten het pad en liepen over een strook grasland naar de oever.
Karl raapte een kiezelsteentje op en keilde het over het donkere oppervlak van het meer, zodat het een paar keer van het wateroppervlak opsprong, tot het zijn sprongkracht verloor en zonk.
'Goed gedaan!' zei Judith glimlachend tegen haar broer.
'Je komt niet meer terug, Judith,' merkte Karl op.
'Ik weet het niet.'
'Maar ik wel.' Karl gooide nog een kiezel.
Judith keek het steentje peinzend na. 'Bedankt voor alles, Karl,' zei ze.
'O, dat spreekt voor zich.' Karl nam haar in zijn armen. 'We horen toch allemaal bij elkaar.'
Een tijdje stonden ze in een innige omhelzing, de band voelend van een familie waarin je altijd op elkaar kon rekenen.
'Ik zal je missen,' zei Karl uiteindelijk.

44

SweetCandy Ltd. in New York
11 december 1936

'Hij is prachtig!' Sally staarde verrukt naar de van chocolade vervaardigde buste van Brenda Frazier, die op Victoria's werktafel stond.

'Ja, hij is aardig gelukt,' zei Victoria. 'Hoewel het moeilijkste nog moet komen.'

In dit stadium was Brenda's gezicht bijna onherkenbaar. Nadat alle pogingen met witte chocolade waren mislukt vanwege het lage smeltpunt, had Victoria hem van pure chocolade met een uitzonderlijk hoog cacaogehalte gemaakt. Daarom deed hij haar alleen in de verte denken aan Brenda met haar licht gepoederde gezicht.

Om de illusie perfect te maken, zouden ze de elegante, donkerbruine buste in de dagen voor het debuut met verschillende lagen witte chocolade bedekken en er vervolgens Brenda's gelaatstrekken op schilderen. Alles moest zo natuurgetrouw mogelijk zijn, Sally had al geëxperimenteerd met voedingskleurstof. Voor de juwelen zouden ze eetbare diamanten maken, wat sowieso het hoofdthema was van het hele buffet.

'Is dat de pruik?' vroeg Sally nieuwsgierig, terwijl ze naar een vierkante, lichtblauwe kartonnen doos wees die naast de chocoladeplastiek stond.

Victoria knikte en tilde het deksel op. Tussen verschillende lagen wit zijdepapier zat een replica van Brenda Fraziers debutantenkapsel.

'Wat mooi!' fluisterde Sally geïmponeerd, terwijl Victoria de pruik tevoorschijn haalde en van alle kanten bekeek. 'Heeft Brenda echt precies dit kapsel bij haar debuut?'

‘Dat zei haar moeder tenminste,’ antwoordde Victoria. ‘Dus het zal vrij goed overeenkomen met de werkelijkheid.’

Victoria had de kunstmatige haardos die ochtend nog opgehaald in een kleine theaterkledingzaak, een tip van Eleanor. Het kleine team daar werkte voor een paar bekende podia in New York en had dus de nodige expertise.

‘Wil je de buste een beetje opzij draaien, Sally?’ vroeg Victoria. ‘Dan kunnen we de pruik passen.’

Sally bewoog de chocoladereplica ongeveer vijfenveertig graden. ‘Is het zo goed?’

Victoria knikte en plaatste voorzichtig de pruik op het achterhoofd van de buste, die met een net van ijzerdraad was geprepareerd. Daarna draaide ze de figuur voorzichtig rond om hem van alle kanten te kunnen bekijken.

‘Hij past!’ Sally klapte enthousiast in haar handen. ‘Wat geweldig!’

Ook Victoria zag tevreden dat de zwarte krullen zich volkomen natuurlijk naar het hoofd van chocola voegden. ‘Als we alles met witte chocolade hebben bedekt, ziet het er echt realistisch uit,’ zei ze tegen Sally.

Samen maakten ze de pruik voorzichtig los en legden hem terug in de doos.

‘Goed,’ zei Victoria opgelucht. ‘Alles is heel gebleven. We doen hem pas weer op als we de buste klaarmaken voor het debuut.’

‘Ik popel om te horen wat de mensen zullen zeggen.’ Sally pakte de doos en zette hem op een plank achter Victoria’s werkplek. ‘Ik heb nog nooit zoiets opwindends meegemaakt.’

Victoria glimlachte, terwijl ze de buste optilde en naar een van de koelkasten bracht die ze speciaal voor dit doel hadden leeggemaakt. Hij paste er maar net in.

Zestien dagen te gaan tot Brenda’s bal. En ze hadden nog veel werk voor de boeg.

‘Hoe zit het trouwens met de chocoladepuzzel?’ vroeg Sally toen Victoria naar haar tafel was teruggekeerd.

‘Daar gaan we nu mee aan de slag.’ Sinds ze Andrew erover had verteld in Stuttgart, kon Victoria het idee van een chocoladepuzzel niet meer uit haar hoofd zetten, en in de loop van de voorbereidingen voor Brenda’s debuut was het idee concreter geworden.

‘Zijn de vormpjes er al?’

'Ja, die zijn er. Gelukkig maar. Jij kunt de chocola alvast smelten, Sally.'

'Negentig procent?'

'Precies.'

Samen met Sally had ze er lang over nagedacht hoe ze het moesten aanpakken en toen gekozen voor de vorm van een silhouet. Brenda had geduldig model gestaan zodat Victoria haar profiel kon schetsen, dat ze vervolgens op dik karton had gekopieerd. Ze had speciale vormpjes laten maken voor de in afzonderlijke puzzelstukjes opgesplitste gelijkenis van haar debutante, die ze nu zou gebruiken om de stukjes te gieten.

Sally had het fornuis al aangezet en smolt de in een pan fijngestampte chocola tot er een gladde massa ontstond. Net als bij de buste werkten ze met een zeer hoog percentage cacao. Intussen zette Victoria de vormpjes op een blikken plaat met een gekoelde bodem. Toen de chocolade op temperatuur was, goot Sally hem voorzichtig in de vormpjes. Victoria schudde de plaat zachtjes heen en weer, zodat de chocola zich gelijkmatig verdeelde.

'Morgen zullen we zien of het is gelukt,' zei Victoria.

'En wil je echt voor elke gast een puzzel maken?' vroeg Sally terwijl ze het dienblad in de koelkast schoof. 'Dan hebben we nog heel wat te doen.'

'Dat klopt. Maar de puzzels zijn gemakkelijk voor te bereiden. Trouwens, Andrew heeft toegezegd om een paar medewerksters ter beschikking te stellen, die het leeuwendeel voor hun rekening nemen.'

'Dan beginnen we er morgen aan?'

'Als alles goed gaat met onze proefpuzzel, ja.' Victoria ging naar de wastafel en waste haar handen. 'En jij zult de meisjes begeleiden, Sally. Afgesproken?'

'Natuurlijk. Graag.' Sally begon de proefkeuken schoon te maken. 'Heb je er eigenlijk over nagedacht hoe je de puzzels gaat verpakken?'

'Ja,' antwoordde Victoria. 'In een platte bonbonverpakking met Brenda's profiel erop.'

'O, dat is een goed idee.'

'En op de bodem,' voegt Victoria toe, 'staat mijn eigen label: The German Chocolate Queen.'

Tegen drie uur 's middags, dezelfde dag

'En, hoe was je dag tot dusver?' vroeg Andrew terwijl hij Victoria oppikte in de hal van SweetCandy, zoals ze die ochtend hadden afgesproken.

'Heel goed!' Victoria stond op. 'De buste van Brenda wordt precies zoals ik me had voorgesteld.'

'Fantastisch.' Andrew hield de deur voor haar open. 'Ik heb een taxi voor ons besteld. Kijk, hij is er al!'

'Echt? Waar wil je dan heen?'

'Wacht maar af.'

Buiten was het koud maar onbewolkt. Andrew legde een zorgzame hand op haar rug toen ze naar de wachtende auto liepen.

'De vormpjes voor de chocoladepuzzel zijn ook aangekomen,' zei Victoria nadat ze waren ingestapt en de chauffeur in het drukke verkeer had ingevoegd. 'We hebben ze meteen met chocolade gevuld.'

'En? Is het gelukt?'

'We zullen het morgen zien als ze uit de koelkast komen.'

'Ik ben heel benieuwd!'

'Ja!' Victoria pakte Andrews hand. 'Weet je dat ik soms nauwelijks kan geloven dat ik hier ben, Andrew? Binnen een paar weken is mijn leven enorm veranderd.'

'En het gaat nog veel meer veranderen.' Andrew beantwoordde haar handdruk. 'Ik heb vandaag met Karl gebeld. Je moeder heeft de fondsen vrijgegeven die we zo hard nodig hebben. Karl heeft het geld overgemaakt.'

'Echt? Hopelijk gaat het goed. Buitenlandse transfers zijn soms verraderlijk.'

'We gaan ervan uit dat alles goed komt.' Andrew glimlachte zelfverzekerd tegen haar. 'Trouwens, ik moet je de groeten doen van John Carollo.'

'O ja! Je had vandaag een afspraak met hem.'

'Dat klopt, we hadden een lunchafspraak. Hij gaat opnieuw kijken naar alle opties die we hebben om insolventie af te wenden. Bovendien zei hij dat er steeds meer aanwijzingen zijn dat de maffia achter de reeks fraudes zit.'

'Dat is geen goed nieuws.'

'Nee. Maar dan weten we tenminste met wie we te maken hebben.'

'Hm. Wat wil Carollo nu doen?'

'Hij zei dat hij connecties had die hij in een zaak als deze kon inzetten.'

'Pardon? Heeft hij connecties in zulke kringen?'

'Dat is hier niet ongebruikelijk, Victoria. De laatste jaren is er veel veranderd, de drooglegging, de economische crisis. Vooral advocaten hebben voor allerlei partijen moeten werken.'

'Als jij het zegt.' Victoria zei niets meer, maar ze bleef een ongemakkelijk gevoel houden.

Inmiddels waren ze 5th Avenue ingeslagen, maar al na een paar meter verliet de chauffeur de file en stopte aan de kant. 'We zijn er, mister.'

Victoria keek door de ruit.

'O! We zijn bij het Empire State Building!'

'Inderdaad.' Andrew bedankte de chauffeur en betaalde. Toen stapten ze uit de auto.

Victoria liet haar blik omhoog dwalen langs de indrukwekkende gevel van graniet en kalksteen, met een blokvormige architectuur die niet alleen elegant was omdat ze naar boven toe steeds smaller werd, maar ook door de talloze vensters die de gevel doorbraken en zodoende een vormgevingselement op zich waren. Sinds haar aankomst in New York had ze het reusachtige gebouw voortdurend in gedachten gehad, vanwege de ligging in Midtown Manhattan was het een alomtegenwoordige blikvanger. Maar ze was er nog niet binnen geweest.

'Zullen we?' Andrew bood haar zijn arm aan en ze liepen de gigantische marmeren hal in.

In het begin wist Victoria niet waar ze moest kijken, zo overweldigd was ze door alle indrukken. Ze bewonderde het met zilver en bladgoud bedekte plafond in de vorm van een sterrenhemel, waar een zonneschijf en planeten met afbeeldingen van industriële tandwielen en radertjes werd gecombineerd, en richtte toen haar blik op het indrukwekkende reliëf van het Empire State Building in het midden van een stralenkrans aan het smalle begin van de rechthoekige lobby. Twee marmeren zuilen flankeerden het mozaïek.

'Het doet me een beetje aan Europa denken,' fluisterde Andrew toen ze naar boven gingen. 'Er is iets historisch aan deze lobby, al is hij pas vijf jaar oud.'

Een ijsblauwe winterhemel welfde zich boven het adembenemende panorama dat hun wachtte op het observatieplatform op de 86e verdieping. New York lag aan hun voeten en ze keken uit over het winterse Central Park, de glanzende linten van de Hudson River en de East River, de Brooklyn Bridge, het Vrijheidsbeeld.

'Zie je het Chrysler Building verderop?' vroeg Andrew, wijzend naar een ander hoog gebouw niet ver weg.

Victoria knikte. 'Je kunt de spits heel goed zien vanaf hier. Spectaculair!'

'Vanwege die spits was het Chrysler precies een jaar lang het hoogste gebouw ter wereld… en werd toen overtroffen door het Empire State Building.'

'Een soort race tussen architecten?'

'En investeerders. Maar voor hen is het een ramp. Zakelijk gezien. Lang niet alle kantoorruimtes zijn verhuurd.'

'Ik denk dat ze te hoog hebben gegrepen…'

'En dat in de moeilijke tijd van de Grote Depressie. Ook dat is gewoon New York.' Andrew legde een hand op de reling van het observatiedek en keek omlaag naar de straten, die wemelden van de auto's, trams en voorbijgangers. Kleine stipjes, maar allemaal in beweging. '*This city never sleeps*. Maar als je verder kijkt, realiseer je je dat ook New York eindig is.'

Victoria liet haar blik dwalen over de door straten doorsneden huizenzee tot die bleef hangen op de horizon, waar het grijs en het bruin een blauwgroene tint kregen.

'Er is geweldig goed zicht vandaag,' zei Andrew, terwijl hij haar bij de hand nam en een eindje met haar over het platform liep, tot ze konden uitkijken over de zuidpunt van Manhattan. 'Je kunt helemaal tot New Jersey en verder kijken.'

'Dat is indrukwekkend.' Victoria kon niet genoeg krijgen van de bruisende stad en het landschap dat vaag achter haar grenzen te zien was.

'Ik kan me niet voorstellen hoe je zo'n groot gebouw kunt plannen,' zei Victoria, terwijl ze weer naar beneden gingen omdat er steeds meer mensen het observatiedek op stroomden.

'Inderdaad. Zeker als je bedenkt dat het maar in één jaar is gebouwd.'

'In één jaar? Hoe is dat mogelijk?'

'Vanwege de stalen constructie. En de exacte timing van alle processen. Toch is het een wonder.'

'Ik heb trek in een hotdog,' zei Victoria, nadat ze het Empire State Building hadden verlaten en Andrew op het punt stond een taxi aan te houden.

'Een hotdog? Eigenlijk was ik van plan om je mee uit eten te nemen. En heel chic.'

'Is er een speciale aanleiding?'

'Wacht maar af.' Andrew keek haar veelbetekenend aan. 'Maar eerst ben ik nog iets anders van plan.'

Er stopte een taxi en ze stapten in. 'Naar Brooklyn, graag,' zei hij tegen de chauffeur.

Opnieuw stonden ze stil in het drukke New Yorkse verkeer. Door de autoruit zag Victoria de gebouwen van Manhattan langskomen die ze daarnet nog van boven had gezien, en ze bedacht weer eens hoe anders het hier was dan in Duitsland.

'Niet alles is goed in New York,' zei Andrew opeens. 'Aan de ene kant is er immense rijkdom, zoals bij de Fraziers. Aan de andere kant leven er heel veel mensen in armoede. Dat is niet in de laatste plaats een gevolg van de grote economische crisis aan het begin van dit decennium. New York herstelt zich er maar langzaam van.'

Victoria knikte. 'Die heeft zijn weerslag gehad tot in Duitsland. Ik kan me nog herinneren dat er in Stuttgart mensen in de rij stonden en dat mijn vader me uitlegde dat ze werk zochten. Ook al begreep ik destijds als veertienjarige de volle draagwijdte daarvan niet, en ook niet hoe goed onze fabriek ervan afgekomen was.'

'Ik heb zoveel bedrijven zien instorten, Victoria, het was een hel.'

'Hoe ging het toen met jullie?'

'SweetCandy had ook veel geluk. Grootvaders geld, ervaring en goede contacten hebben ons gered. En de lening van je vader.'

'Spelen de gevolgen daarvan nog steeds een rol bij de moeilijkheden die SweetCandy momenteel heeft?'

'Niet direct. Maar natuurlijk heeft de crisis overal sporen nagelaten.'

Ze reden over de Brooklyn Bridge, de lange brug die de East River overspande en Manhattan verbond met de wijk Brooklyn. Zodra ze de overkant hadden bereikt, vroeg Andrew de chauffeur rechts af te slaan. 'Rij door Brooklyn Heights, alstublieft.'

'Welke straat?'

'Geen bepaalde straat, gewoon rondrijden. En dan weer terug naar Manhattan, zonder te stoppen.'

'Zoals u wenst.' De taxichauffeur begon door de straten te rijden. Door de fraaie huizen van bruinrode zandsteen zag de buurt er niet alleen degelijk, maar ook uitnodigend en vertrouwd uit.

'Vind je het leuk hier?' vroeg Andrew.

'O, ja! Het is prachtig!'

'Ik hou van deze *brownstone houses*,' zei Andrew. 'En ik zou heel graag ooit in zo'n huis willen wonen.'

'Dat kan ik goed begrijpen.' Victoria zag een jonge vrouw met een kinderwagen voor een van de huizen staan.

Andrew volgde haar blik. Opeens viel er een stilte, en hij glimlachte. Alleen het gebrom van de taxi was te horen.

'Victoria...' zei hij, plotseling gespannen. 'Eigenlijk wilde ik je iets vragen op het Empire State Building. Maar... toen vond ik het daar te druk.'

'Wat... wilde je me vragen?' Victoria merkte dat zijn onrust op haar oversloeg.

'Hoelang kennen we elkaar nu?'

'Iets meer dan... vier maanden?'

'Ik heb het gevoel dat ik je al mijn hele leven ken. Eerlijk gezegd kan ik me niet meer voorstellen... zonder jou te zijn.' Andrews warme stem bezorgde haar kippenvel. 'In deze korte tijd zijn onze levens naar elkaar toe gegroeid op een manier die bijna... surrealistisch lijkt.'

'Dat voel ik ook zo,' bekende Victoria zachtjes.

'Ik heb er lang over nagedacht of ik deze stap moest nemen. Misschien lijkt het alsof ik van de huidige situatie... misbruik probeer te maken.' Hij ging met zijn hand door zijn haar en haalde diep adem. 'Maar toch.' Hij keek haar aan. 'Victoria... kun je je voorstellen... mijn vrouw te worden?'

Victoria las zoveel in zijn grijze ogen. Affectie, vertrouwen, respect. En ze voelde de echo van die gevoelens diep binnen in haar. 'Ik ben je vrouw al, Andrew. Sinds die nacht op de ss Manhattan.'

'Betekent dat... ja?'

'Dat is wat het betekent. Ja.' Victoria glimlachte naar hem. Een sterk geluksgevoel overviel haar, zo overweldigend dat ze dacht dat ze heel New York kon laten stralen met haar innerlijke licht.

'Mijn god, Victoria...' Andrew trok haar in zijn armen, streelde haar gezicht en overdekte haar met kussen. 'Ik kan het niet geloven.'

De taxichauffeur keek glimlachend in de achteruitkijkspiegel.

'En nou heb ik je deze belangrijke vraag gesteld tijdens een taxirit door Brooklyn.' Andrew schudde lachend zijn hoofd. 'Dus je ziet hoe nerveus ik ben. Eigenlijk had ik het heel anders gepland.'

'Je hebt een perfect moment uitgekozen. In een taxi, rijdend door Brooklyn, ons toekomstige thuis.'

'Nou, ik kan het me nog niet veroorloven een van de brownstones voor je te kopen.'

'Nog niet,' zei Victoria vol vertrouwen. 'Trouwens, wie zegt dat jíj het huisje moet kopen? Misschien koop ík het wel. Voor ons.'

'We zullen het samen kopen. Als mr. en mrs. Miller.'

'En dan voeden we er tien kinderen in op.'

'Tien?' Andrew trok ironisch zijn wenkbrauwen op.

'Ik heb altijd al een groot gezin gewild.'

'Misschien beginnen we er eerst maar met een.' Andrew gaf de chauffeur een teken. 'Breng ons naar het Plaza, alstublieft.'

'Naar het Plaza?' vroeg Victoria. 'Is dat niet een beetje prijzig?'

'Als ik je al in de taxi ten huwelijk heb gevraagd, dan kan het niet duur genoeg zijn voor het moment dat ik je verlovingsring omdoe.'

45

SweetCandy Ltd. in New York
De ochtend van 21 december 1936

Een week lang had de wereld een ander gezicht. De mensen die Victoria ontmoetten, glimlachten, zelfs het jachtige New York leek minder hectisch en afstandelijk. Alles wat ze deze dagen had ondernomen, was haar gemakkelijk afgegaan.

Nog steeds kon ze haar geluk nauwelijks bevatten. Elke morgen vergewiste ze zich ervan dat dit werkelijk haar leven was en niet een droom, waaruit ze elk moment kon ontwaken.

Aan haar rechterhand droeg ze de ring van Andrew. Een erfstuk uit de nalatenschap van zijn grootmoeder, met wie hij een sterke band had gehad, en het betekende veel voor Victoria om die ring te dragen. Ze vond het ook heel mooi dat de gouden ring, die bezet was met diamanten, uit Duitsland kwam. Op die manier werden de twee continenten waar ze vandaan kwamen erin verenigd.

Maar er was de laatste dagen nog veel meer gebeurd.

Andrew had het geld van haar moeder gebruikt om alle leningen bij de Hudson Bank af te lossen. John Carollo had hem gevraagd te wachten, omdat hij belangrijke dingen te doen had in New Jersey en er graag bij had willen zijn, maar Andrew had niet aan het verzoek van de advocaat voldaan. Hij wilde geen tijd verliezen en Victoria was het met hem eens.

Nu bezat Judith Rheinberger de grond waar SweetCandy op stond. Bovendien had Victoria's moeder nog meer geld overgemaakt, om SweetCandy in staat te stellen de lopende zaken af te handelen. De lijst van maatregelen die Andrew daarvoor moest overleggen, omvatte behalve gerichte kostenbesparende maatregelen ook aanzienlijke wijzigingen wat betreft de klanten en leveranciers. Andrews nicht Grace had alles zonder enige emotie geaccepteerd en had, anders dan Victoria had verwacht, zelfs vriendelijk gereageerd toen Andrew haar had meegedeeld dat haar arbeidscontract zou veranderen. Ze verloor een deel van haar tekenbevoegdheden, omdat hij wilde voorkomen dat ze zoals voorheen achter zijn rug om zou handelen. Grace had spijt betuigd, maar zonder aarzelen getekend en van de gelegenheid gebruikgemaakt om hen te feliciteren met hun verloving. Misschien was Victoria's wantrouwen jegens haar toch overdreven geweest, vooral omdat ze een plausibele verklaring had gehad voor alle onregelmatigheden die Andrew met haar had besproken. Zelfs het huurcontract voor de woning in London Terrace was blijkbaar in opdracht van haar grootvader tot stand gekomen, die het appartement aan een vriend ter beschikking had gesteld.

Vandaag waren Andrew en Victoria bezig om een tweede kantoor naast het zijne in te richten. Victoria zou voortaan verantwoordelijk zijn voor de productontwikkeling en de inkoop van SweetCandy, en Andrew had erop gestaan dat ze ook ruimtelijk nauw zouden samenwerken.

'Het is echt mooi hier bij jou,' zei Andrew, terwijl hij een paar mappen in haar archiefkast zette.

'Je bent toch niet jaloers op mijn kantoor, hè?' vroeg ze plagerig.

'Ik?' zei hij met een knipoog. 'Nee. Of misschien... een beetje.'

'Je mag me altijd komen opzoeken,' bood Victoria royaal aan.

'Let op wat je zegt. Ik zal hier komen wonen!'

'Graag!' Victoria lachte.

Ze hield van de ruimte, die ze zachtgeel had laten schilderen. Het meubilair was veel eenvoudiger dan dat van Andrews kantoor, dat nog door zijn grootvader was ingericht.

'Goed, dan haal ik zo mijn...' vervolgde Andrew hun flirt, toen de telefoon ging.

Hij liep snel naar zijn kamer, maar liet de tussendeur naar Victoria's kantoor open.

Ja? Ja, dit is Miller, SweetCandy. Ja... verbind maar door!'

Victoria legde de stempels die ze juist had willen sorteren op haar bureau en liep naar hem toe. Ze vermoedde een telefoontje van overzee.

Toen hij haar zag, knikte hij en gebaarde haar dichterbij te komen.

'Ja, mevrouw Rheinberger? Goed om u te horen. Hoe gaat het met u? ... Dat doet me plezier. Ja... met ons gaat het ook goed.'

Victoria drukte haar wang tegen de zijne om tenminste een paar flarden van wat haar moeder zei op te vangen.

'Ja, alles is goed gegaan. De grond is op u overgegaan,' legde Andrew uit. 'Wat zegt u? Ja! Dus u hebt besloten...'

Opeens viel hij stil.

Victoria keek hem vragend aan.

'Goed. Natuurlijk,' ging hij toen verder. 'Nee, nee... dat is uw goed recht, mevrouw Rheinberger... Ik zal alles regelen wat vereist is van onze kant.' Hij haalde diep adem.

'Wat is er?' fluisterde Victoria.

'Mevrouw Rheinberger, voordat we verder praten... Uw dochter staat hier naast me en wil u ook graag spreken... ja? Een ogenblikje...' Hij overhandigde Victoria de hoorn, ging op zijn bureaustoel zitten en wreef met twee vingers over zijn neuswortel.

'Mama?' vroeg Victoria voorzichtig. 'Is er iets gebeurd?'

'Ah, Vicky, wat fijn om je te horen!' De lijn ruiste een beetje, maar Judiths stem was nog steeds duidelijk hoorbaar.

'Ik ben ook blij. Maar ik maak me ook zorgen...' Victoria friemelde nerveus aan het telefoonsnoer.

'We zijn allemaal in orde,' verzekerde haar moeder haar snel. 'Ik bel om een andere reden, Vicky. Ik heb meneer Miller net laten weten dat ik inderdaad de aandelen van de converteerbare lening zal omzetten.'

'Eh... ja?' Victoria was confuus. Aan de ene kant was ze blij, maar ze zag ook Andrews teleurstelling. 'Dus SweetCandy is van jou?'

'Na 1 januari bezit ik eenenvijftig procent van de aandelen, en de rest blijft bij meneer Miller.'

'Dan bezit jij de meerderheid.'

'Ja.' Haar moeder schraapte haar keel. 'Ik heb er goed over nagedacht, Vicky.'

'Dat weet ik, mama.'

'Ik heb er verschillende redenen voor. Weber laat me niet met rust en ik heb de indruk dat hij me persoonlijk schade wil berokkenen. En dan... ons huis, onze chocoladevilla is zo leeg. Het leven is weggetrokken.'

'Hoe bedoel je, mama?' vroeg Victoria.

'Ik breng de kerst en oud en nieuw hier nog door met Karl. In het nieuwe jaar ga ik terug naar Stuttgart en pak ik mijn koffers.'

'Betekent dat.. dat je naar ons toe komt? Naar New York?'

'Ja, kind. En niet voor een paar weken.'

'Voorgoed?'

'In elk geval voor langere tijd.'

'Fantastisch! Ik ben zo gelukkig!' riep Victoria zo luid dat Andrew verbaasd opkeek. 'Dan zul je hier zijn voor onze bruiloft, mama,' voegde ze er iets zachter aan toe.

'Jij... jullie... jullie gaan trouwen?'

'Verbaast je dat?' Victoria glimlachte bij zichzelf.

'Nou... eigenlijk niet. Ik had alleen niet verwacht dat het zo snel zou gaan.'

'Ik... ook niet,' zei Victoria, terwijl ze Andrews blik vasthield. 'Maar afgezien van ons persoonlijk geluk, blijft SweetCandy daardoor in de familie. Ik geef je Andrew nog een keer. Tot gauw, mama! Wij zorgen voor de tickets voor de overtocht. Laat me zo snel mogelijk weten wanneer je kunt reizen.'

Victoria gaf de hoorn aan Andrew. Toen liep ze terug naar haar eigen kantoor en zette een paar boeken in de lege kasten, terwijl ze luisterde naar de rest van het gesprek tussen Andrew en haar moeder. Het ging vooral om het coördineren van afspraken, want Karl had waarschijnlijk al een paar dingen in gang gezet.

'Ik zou mijn moeder graag willen ophalen,' zei Victoria nadat Andrew had opgehangen.

'Wil je naar Stuttgart?'

'Ja. Ook om... om afscheid te nemen van mijn vaderland. Wie weet wat er de komende jaren nog gaat gebeuren.'

Andrew keek haar begripvol aan. 'Ik zorg wel voor de tickets.'

'Een is genoeg voor mij...'

'Ik ga met je mee, Victoria. Als je aanstaande echtgenoot zou ik graag bij je willen zijn. Dat wil zeggen, als jij het goedvindt.'

'Ja, natuurlijk! Ik zal blij zijn als je met me meegaat...' Ze stokte.

Op de gang klonken ineens luide voetstappen en gebiedende stemmen.

'Wat is er aan de hand?'

'Geen idee.' Andrew ging terug naar zijn kantoor.

Maar voordat hij bij zijn bureau was, werd de deur opengegooid en kwamen drie heren in donkere uniformen de kamer binnen. De dames van het voorvertrek hadden hen niet kunnen tegenhouden.

'Meneer Miller?'

'Wat kan ik voor u doen, gentlemen?'

'U bent gearresteerd op grond van verdenking van commerciële fraude.'

'Pardon?' Victoria schrok, alsof ze een elektrische schok kreeg. In een paar stappen was ze in het kantoor van Andrew en zag dat een van de mannen hem bij zijn arm greep.

'Er moet een vergissing in het spel zijn, heren,' protesteerde Andrew. 'Hoe is het tot deze beschuldiging gekomen?'

'Dat zal bij het verhoor blijken,' antwoordde de man.

'Informeer onmiddellijk John Carollo,' riep Andrew in het Duits tegen Victoria, terwijl hem handboeien werden omgedaan.

'Andrew..!'

'Het zal allemaal wel worden opgehelderd,' zei Andrew tegen Victoria, maar de laatste blik die hij haar toewierp voor ze hem naar buiten brachten, getuigde van dezelfde schrik die Victoria nog in de benen zat.

Zodra de deur achter hem was dichtgevallen, draaide ze met trillende vingers het nummer van John Carollo.

46

Het advocatenkantoor van John Carollo, een uur later

'Ja, dat heb ik begrepen... maar of dat voldoende bewijs is, valt nog te bezien...' John Carollo stond naast zijn bureau, met de telefoonhoorn in de hand, en keek uit het raam van zijn kantoor aan Lexington Avenue. 'En dan zouden we aandringen op tijdelijke vrijlating op borgtocht... Ja, kijkt u daar alstublieft naar.'

Victoria probeerde wanhopig haar kalmte te bewaren. Sinds Andrew was afgevoerd kon ze nauwelijks helder denken.

'Ik sta erop mijn cliënt vandaag nog te zien... om zes uur? Prima. Dank u.'

Hij hing op en keek Victoria aan. 'Hij zal de gevangenis hoogstwaarschijnlijk op borgtocht kunnen verlaten. Dat hangt ervan af hoe snel u aan het vereiste bedrag kunt komen.'

'Ik regel het meteen!' Er ging een golf van opluchting door Victoria heen. 'Hoeveel is het?'

Carollo noteerde een bedrag en duwde het blad papier naar haar toe. 'Behoorlijk wat. Twintigduizend dollar.'

Victoria slikte. 'Dat is echt veel.'

'Maakt u het maar over op mijn rekening. Ik handel het wel af.' John Carollo stond nog steeds voor zijn bureau en bladerde door de papieren.

'Ja, dus ik...' zei Victoria.

'Trouwens,' onderbrak Carollo haar, 'ik heb nog wat informatie van u nodig.'

'Ja, natuurlijk.' Victoria wreef over haar slapen. Haar hoofd deed pijn.

Carollo leek gevonden te hebben wat hij zocht, want hij trok een officieel ogend document uit de stapel en ging zitten. 'Ik zal eerst moeten uitzoeken wat er precies aan de hand is. Zonder concrete en onderbouwde aanwijzingen zal er geen aanklacht worden ingediend.' Hij zette zijn bril op.

'Weet u die dan nog niet?'

'Tot dusver weet ik alleen wáár hij van beschuldigd wordt. Niet wíé de beschuldigingen uit.'

'Ik begrijp het.'

'Ik hoop meer te weten te komen als ik meneer Miller later in de gevangenis opzoek. Daarom wil ik graag weten of u de laatste tijd iets ongewoons is opgevallen.'

Victoria overwoog. 'U weet zelf ook dat de Hudson Bank op het laatste moment heeft geprobeerd haar aanspraken op SweetCandy te doen gelden, meteen nadat mijn moeder had aangekondigd dat ze de kredieten zou terugbetalen.'

'Dat was te verwachten. Maar omdat het geld uit Duitsland op tijd is aangekomen, dacht ik dat jullie de schulden hadden afgelost.'

'Dat hebben we ook. Daar kan het niet aan liggen.'

'Is er nog iets anders dat u hebt waargenomen, juffrouw Rheinberger?'

'Niets ongewoons, eigenlijk.' Victoria dacht na. 'De grootvader van Andrew heeft zich teruggetrokken nadat hij had gehoord dat mijn moeder nu eigenaar is van de grond van de fabriek, maar ik denk dat hij wel weer bijdraait. De hele ontwikkeling is een schok voor hem geweest.'

'Begrijpelijk.' Carollo knikte. 'Hoe zit het met Andrews nicht, Grace Miller?'

'Grace? Ze heeft onverwacht positief gereageerd,' antwoordde Victoria, 'ook al heeft Andrew haar functie veranderd.'

'Goed, dus ze blijft?'

'Ja, ze blijft. Ze is nu op weg naar Boston, ze wil daar de kerstdagen bij haar moeder doorbrengen. Andrew heeft haar vrij gegeven tot na Nieuwjaar.'

'Hm.' Carollo maakte even een afwezige indruk.

'Meneer Carollo,' vroeg Victoria. 'Bent u al iets te weten gekomen over degenen die achter de fraude met SweetCandy zitten? Zijn de verdenkingen hardgemaakt dat het werkelijk... de maffia is... Die achter dit alles zit? En mogelijk ook achter Andrews arrestatie?'

Carollo tikte nadenkend met zijn potlood op zijn bureau. 'Dat is denkbaar. Maar onderzoek op dit gebied moet met de nodige voorzichtigheid worden verricht. Als ik iets te weten kom, zal ik u onmiddellijk informeren, juffrouw Rheinberger.'

'Ik begrijp het. Hebt u nog andere informatie nodig?'

'Nee, juffrouw Rheinberger. Ik ben tot zover op de hoogte. We bellen als u het geld hebt geregeld voor de borgtocht. Dan zal ik u de nodige details geven.'

'Dank u.' Victoria stond op. 'Ik ga weer naar het bedrijf. U kunt me daar minstens tot acht uur bereiken.'

'Goed, dan weet ik dat.' Carollo liep met haar mee naar de deur. 'Houd moed. We doen onze uiterste best.'

Later die avond op de ontwikkelingsafdeling van SweetCandy

Victoria was naar de bank geweest en had de borgsom overgemaakt. Ze hoopte vurig dat de transactie prompt zou worden afgehandeld, zodat Andrew snel kon worden vrijgelaten. Carollo was waarschijnlijk nog bij hem om de achtergronden van zijn arrestatie te onderzoeken. In een kort telefoontje had hij aangegeven dat de procedure voor vrijlating, zelfs op borgtocht, een paar dagen kon duren. Victoria was niet bekend met het Amerikaanse rechtssysteem, dus had ze geen andere optie dan zijn verklaring te accepteren.

Nu had ze zich teruggetrokken op de ontwikkelingsafdeling, omdat ze niet naar huis wilde. Hier, omringd door haar keukengerei en de vertrouwde chocoladegeur, zou ze zich vanavond niet zo eenzaam voelen als in Andrews appartement.

'Victoria?' vroeg Sally voorzichtig.

'O, Sally,' antwoordde Victoria, opkijkend van haar werktafel. 'Ben je er nog steeds?'

'Ja. En ik blijf tot je vertrekt.'

'Dat hoef je niet te doen. Misschien breng ik hier de nacht wel door.'

Sally stond demonstratief op haar werkplek, vlak naast die van Victoria. 'Er wacht niemand op me. Dus ik blijf ook. We hebben toch al zo veel te doen.'

Ze had gelijk. Brenda Fraziers debuut naderde net zo gestaag als Kerstmis.

'Goed dan,' zei Victoria met een zucht. 'Laten we proberen de tijd zinvol te gebruiken.'

Ze had allerlei lijsten gemaakt van de verschillende productiestadia en die boven haar en Sally's werkplek gehangen. Elke dag was zo gepland dat alles klaar zou zijn op de avond van de zesentwintigste december. En perfect.

'Ik begrijp niet waarom de Fraziers hun debuut vlak na Kerstmis houden,' zei Sally hoofdschuddend, wat Victoria uit het hart was gegrepen.

'Ik denk dat ze gewoon zo veel mogelijk aandacht willen krijgen.'

'Die krijgen ze toch wel.'

'Misschien heb je gelijk, Sally.'

De volgende uren werkten ze in opperste concentratie. Eerst verpakten ze de resterende chocoladepuzzels die Sally met de hulp van een groep medewerksters had gemaakt. Vervolgens vervaardigden ze grote hoeveelheden witte chocolade, die ze in holle pralines goten.

Terwijl ze wachtten tot die in de koelkast hard waren geworden, proefden ze van de gedroogde aardbeien die Victoria al in september had gemaakt, toen ze vlak na haar aankomst in New York de laatste vruchten van het seizoen had bemachtigd en die voor de zekerheid had geconserveerd voor eventuele toekomstige chocolade-experimenten.

'Ik vind ze best lekker,' zei Sally, na er een paar gegeten te hebben.

Ook Victoria hield van de zoetzure smaak. 'Ik weet zeker dat het heel goed samengaat met de witte chocolade. Maar ik heb nog een ander idee.' Ze haalde een klein blikje uit een la, haalde het deksel eraf en strooide voorzichtig wat van de inhoud op een bordje.

'Wat is dat?'

'Lavendel.'

'Lavendel?' vroeg Sally ongelovig, terwijl ze enkele paarse bloemen in haar hand fijnwreef en eraan snuffelde. 'Het ruikt erg lekker. Maar ik vraag me af of het smaakt in chocolade?'

'Het smaakt heel bijzonder. Misschien vindt niet iedereen het lekker, maar ik geloof niet dat ze in New York lavendelchocolade kennen.'

'Dat denk ik ook niet...'

'Ik heb de gedroogde lavendelbloemen uit Europa meegebracht.

Weet je nog dat ik in Frankrijk een opleiding tot chocolatier heb gevolgd? Daar kwam het idee van de lavendelchocolade vandaan, en de lavendel ook.'

'Hoe wil je die klaarmaken?'

'Ik zou zeggen dat we het op twee manieren proberen. Een keer met witte chocolade en een keer met melkchocola.'

'Interessant...'

'Je zult het lekker vinden, Sally. Ik weet het zeker!'

'Waar zullen we mee beginnen?'

'Met de aardbeien in witte chocolade.'

Terwijl Victoria de vormen voor de chocoladerepen klaarzette, verwarmde Sally de witte chocola en goot die in de vormen. Victoria bestrooide ze met de gedroogde aardbeien.

'Mmm, dat ziet er heel geraffineerd uit!' Sally keek verrukt naar de rode vruchten op het romige wit van de chocolade. 'En het is toch zo eenvoudig!'

'De eenvoudige recepten zijn soms de beste,' zei Victoria tevreden. 'Voor Brenda maken we deze repen en aardbeienbonbons. We vullen de pralines met room en aardbeienjam. We versieren ze met de gedroogde aardbeien.'

'De room met champagne?'

'Maar natuurlijk! En nu wagen we ons aan de lavendelpralines. Wil je alsjeblieft melkchocolade hakken?'

Sally deed wat haar gevraagd werd. Intussen kookte Victoria de room en gooide er een eetlepel lavendelbloemen in. Daarna voegde Sally de gehakte melkchocolade aan de lavendelcrème toe, terwijl Victoria geduldig roerde tot er een homogene massa was ontstaan. Ze deden er een beetje boter bij en smeerden de resulterende ganache ongeveer een centimeter dik uit op een blik.

'Zo,' zei Sally terwijl ze het dienblad naar de koelkast droeg. 'Nu moeten we wachten.'

'Ja,' antwoordde Victoria. 'En morgen overtrekken we dit met pure chocolade en gesuikerde lavendelbloemen.'

'Wilde je niet ook witte chocoladepralines met lavendel maken?'

'Dat doen we morgen. Als we de holle witte pralines hebben. De ene met aardbeienvulling, de andere met lavendel.'

Ze wasten het keukengerei af, toen keek Victoria op de klok. Het was bijna drie uur 's nachts.

'Zullen we aan de slag gaan met de eetbare diamanten?' vroeg Sally. 'Het zou goed zijn om die klaar te hebben.'

Victoria geeuwde. 'Klopt.'

'Maar als je moe bent, dan kunnen we morgen...'

'Nee, nee. Ik kan toch niet slapen. Heb je al over een recept voor eetbare diamanten nagedacht, Sally?'

'Aan twee zelfs! Een van gelei, het andere van suiker. Dan zullen we zien welke versie echter lijkt.'

'Goed, laten we beginnen.'

Sally deed een paar zakjes gelatinekorrels in een pan met koud water en liet ze opzwellen. Ondertussen loste Victoria suiker op in water en liet dat inkoken tot het water verdampt was. Voordat de suiker bruin werd, haalde ze de pan van het vuur en goot het mengsel in snoepvormpjes die op diamanten leken.

Tegelijkertijd verwarmde Sally de gelatine, roerde de suiker erdoor en vulde de vormpjes er ook mee.

Tegen de tijd dat ze klaar waren, gingen de arbeiders van de vroege dienst al aan het werk. Het gerommel in het gebouw deed Victoria aan Andrew denken. Hopelijk zou deze nachtmerrie snel eindigen.

Ze ging met de rug van haar hand over haar voorhoofd. 'Ga naar huis, Sally. Ik ga even in het kantoor liggen.'

'Nee, het loont de moeite niet.' Sally waste haar handen. 'Heb je er iets op tegen als ik wat uitrust in de kantine?'

'Nee, hoor. Ga je gang. We zien elkaar weer om tien uur. Ik hoop dat je een beetje kunt slapen.'

47

Andrews kantoor
22 december 1936, ongeveer negen uur 's ochtends

'Wakker worden, schat!' Eleanors stem bereikte Victoria's oor als door een dikke mist.

'Mhm,' zei Victoria zonder haar ogen te openen. Eigenlijk wilde ze gewoon met rust worden gelaten.

'Victoria! Kom op! Dit kan toch niet comfortabel zijn!'

Victoria knipperde nu toch met haar ogen en keek in het wazige gezicht van Eleanor. Langzaam kwam ze overeind in Andrews bureaustoel, waarin ze in slaap was gevallen. Al haar ledematen deden pijn.

'Zo.' Eleanor trok een stoel bij en ging tegenover haar zitten. 'Is alles goed met je?'

Victoria antwoordde niet en wreef in plaats daarvan haar ogen uit. 'Wat doe je hier zo vroeg, Eleanor?'

'Ik wilde vragen hoe de voorbereidingen voor Brenda's debuut gaan.'

'Goed.' Victoria gaapte.

'Goed?' vroeg Eleanor. 'Ik hoop dat alles fantastisch gaat!'

'Ja. Alles gaat fantastisch goed,' antwoordde Victoria vermoeid.

Eleanor keek haar onderzoekend aan. 'Wat is er, Victoria?'

Victoria haalde diep adem. 'Andrew zit in... de gevangenis.' Opeens kwamen de tranen. Haar uitputting, angst en zorgen zochten een uitweg.

Eleanor liep meteen om het bureau en sloeg troostend een arm om haar heen. 'Wil je me vertellen wat er is gebeurd?'

Victoria knikte, maar kon niets uitbrengen.

'Weet je wat?' zei Eleanor zorgzaam. 'Nu gaan we eerst koffiedrinken en iets eten. Na een fatsoenlijk ontbijt ziet de wereld er heel anders uit.'

'Ik... dat kan ik niet,' antwoordde Victoria. 'Ik moet verder met de voorbereidingen voor Brenda.'

'Nee.' Eleanor schudde gedecideerd haar hoofd. 'Je kunt toch niets doen in deze toestand. We gaan ontbijten en dan vertel je me wat er is gebeurd. En dan zal ik hier met jou een lange reportage over de German Chocolate Queen maken. Die publiciteit, Victoria, zal jullie bedrijf een enorme impuls geven, geloof me maar.'

'Echt? Wil je dat voor me doen?'

'Als tegenprestatie zul jij ook iets voor mij doen. Want ik wil graag met jou een exclusieve chocoladelijn ontwikkelen, zoals die sportchocolade waar je me over vertelde.' Ze grijnsde en Victoria wist niet zeker hoe serieus ze het meende met de sportchocolade.

'Wil je echt met je eigen chocolade komen? Een met jouw naam erop?'

'Precies. We zullen de details bespreken als Brenda's debuut achter de rug is.' Eleanor glimlachte. 'Laten we nu snel naar de cafetaria gaan. Over een uur komt een van onze fotografen hiernaartoe. Hij zal fantastische foto's maken van jou en je werk. Je zult zien, binnen de kortste keren zitten je orderboeken vol.'

Ze verlieten Andrews kantoor en liepen naar de lift. Opeens greep Victoria naar haar voorhoofd. 'Ik moet Sally waarschuwen. We zouden elkaar om tien uur weer zien.'

Eleanor knikte. 'Natuurlijk. Ik wacht in de hal.'

Een uur later waren ze terug in SweetCandy. Victoria voelde zich stukken beter. Enerzijds had het ontbijt haar inderdaad opgevrolijkt, anderzijds had ze Eleanor kunnen vertellen over de kwestie met Andrew en had ze zo iets van de loden last van zich af kunnen schudden. Eleanor had goede hoop dat Andrew na betaling van de borgtocht snel weer op vrije voeten zou komen.

De fotograaf stond al te wachten in de hal van het bedrijf. Hij stelde zichzelf voor als Mike, en samen gingen ze op weg naar de ontwikkelingsafdeling. Onderweg schoot Mike al de eerste plaatjes.

'Dat ruikt heerlijk!' zei Eleanor toen ze bij de afdeling productontwikkeling aankwamen.

'Dat klopt!' bevestigde Mike. 'Ik hoop dat we ook wat chocolade mogen proberen.'

Victoria opende de deur. 'Natuurlijk.'

'Victoria!' riep Sally toen ze de ruimte binnenkwamen. Om haar heen stonden enkele van de tien medewerksters van de afdeling, die leken toe te kijken wat ze aan het doen was. 'We staan op het punt om de holle witte pralines te vullen!'

'Dat is geweldig, Sally,' zei Victoria, en ze richtte zich tot Eleanor en Mike. 'Momenteel maken we een van de specialiteiten voor Brenda's bal: witte aardbeientruffels.'

'Dat klinkt voortreffelijk!' zei Eleanor vol verwachting, terwijl ze haar notitieboekje opensloeg en meteen een paar aantekeningen maakte.

Ondertussen drukte Mike alweer op de sluiter en legde vast hoe Sally met een spuitzakje eerst een klodder aardbeienjam en vervolgens een met champagne verfijnde ganache in de holle pralinelijfjes aanbracht. Ten slotte werd de praline verzegeld met een laagje witte chocolade.

Terwijl de meisjes Sally hielpen, stelde Eleanor Victoria allerlei vragen, vooral over haar carrière en de chocoladefabriek in Stuttgart, en maakte enthousiast notities. Uiteindelijk bracht ze het gesprek op de voorbereidingen voor Brenda's buffet. Bij dat onderwerp wilde Eleanor vooral de beelden laten spreken, foto's die de nieuwsgierigheid van de lezer wekten zonder al te veel te verklappen. Mike fotografeerde de ingrediënten en de werkende meisjes. Eleanor zou dan beslissen welke productfoto's zouden worden gebruikt, wanneer ze klaar was met haar verslag.

Uiteindelijk klapte Eleanor haar notitieboekje dicht en omhelsde Victoria. 'Dat was zeer indrukwekkend, schat! Dank je!'

'Ik moet jóú bedanken, Eleanor! Ik ben heel benieuwd wat je ervan maakt.' Ze gebaarde Sally naar haar toe te komen. 'We hebben nog iets voorbereid.'

Sally overhandigde Eleanor een klein doosje met een selectie van de pralines voor het debuut.

'Voor jullie en voor de redactie,' zei Victoria.

Eleanor pakte het aan, opende het deksel even en keek erin.

'O, dank je wel! Daar gaan we van genieten!'

'Weet je al wanneer het artikel verschijnt?' vroeg Victoria, terwijl ze met Eleanor en Mike naar de uitgang liep.

'Begin volgende week. Ik zal een exemplaar naar je laten sturen.'

De avond van dezelfde dag

Victoria was tevreden, maar volledig uitgeput, toen ze 's avonds op weg ging naar Greenwich Village. Nadat Eleanor en Mike waren vertrokken, hadden zij en Sally nog uren doorgewerkt. Behalve de aardbeientruffels waren ook de twee soorten eetbare diamanten gelukt. Bovendien hadden een paar medewerksters van de ontwikkelingsafdeling, die de lavendelpralines hadden geproefd, zich lovend uitgelaten, alleen Sally had de smaak te intens gevonden. Maar Victoria was er zeker van dat het verwende gezelschap een nieuwe smaak, misschien in combinatie met een bijpassend drankje, bijzonder interessant zou vinden.

Buiten in de koude decemberlucht zette Victoria er stevig de pas in, want ze wilde snel naar huis, en ze was bijna bij het metrostation toen ze voor zich een vrouwelijke gedaante opmerkte in een dikke winterjas, die haar vaag bekend voorkwam. Onwillekeurig paste ze zich aan het tempo van de dame aan. Maar pas toen de vreemdelinge langs de uitgang van de subway liep, herkende ze in het flauwe licht van de straatlantaarns... Grace Miller.

Victoria stond versteld. Andrews nicht zou eigenlijk in Boston moeten zijn. Wat deed ze dan nog steeds hier in New York?

Zonder lang na te denken zette ze de achtervolging in. De sneeuw begon te vallen en het schemerlicht van de winteravond maakte het moeilijk om haar niet uit het oog te verliezen. Gelukkig duurde het niet lang voor ze stopte op de hoek van een enorm appartementencomplex, de sneeuw van haar met bont afgezette jas veegde en vervolgens een van de overdekte ingangen insloeg, waartussen Amerikaanse vlaggen wapperen. Voordat Grace eindelijk naar binnen ging, stond ze nog een keer stil en keek voorzichtig om zich heen.

Victoria, die aan de overkant van West 23rd Street stond, boog haar hoofd, maar bleef uit haar ooghoeken naar Grace' silhouet kijken. Want ze stond pal voor London Terrace, het exclusieve, imposante appartementencomplex met zwembad, gymnastiekzaal en diverse restaurants, waar Grace het jaar daarvoor zogenaamd voor een vriend van haar grootvader een appartement had gehuurd.

Wat was hier aan de hand?

Was Grace uiteindelijk zelf in de flat gaan wonen? Of ging ze op bezoek bij die vriend?

Inmiddels was Grace het gebouw in verdwenen. Victoria wachtte nog een paar minuten, stak toen langzaam de straat over en ging door een dubbele deur van koper en glas de hal van het huizenblok binnen.

De ingang werd geflankeerd door portiers, geüniformeerd in de stijl van de Engelse politie. Er was geen spoor van Grace, vermoedelijk stond ze al in de lift naar een van de bovenste verdiepingen.

Victoria dacht er een ogenblik over na wat ze nu moest doen en bleef klaarblijkelijk besluiteloos in de hal staan, zodat een van de *doormen* zich tot haar richtte: 'Kan ik u helpen, juffrouw?'

'Eh, nee... ja.' Victoria dacht koortsachtig na over een antwoord. 'Ik zag toevallig in het voorbijgaan een vroegere vriendin en ik wilde haar aanspreken, maar ze is nu alweer verdwenen.'

'Hoe heet uw vriendin?'

'Grace Miller.'

'Het spijt me, maar er woont niemand met de naam Grace Miller in dit pand.'

'Nee?'

'Ik ben bang dat ik u moet vragen om te vertrekken, juffrouw.'

'Alsjeblieft. Het is heel belangrijk.'

'Nogmaals. Het spijt me.' De toon van de portier werd vastberadener.

'Dan is ze op bezoek... bij een vriendin,' probeerde Victoria opnieuw. 'Ja, ze is vast op bezoek bij een vriendin hier. Ik... ga gewoon naar boven en zoek het uit.'

'Dat is niet mogelijk, juffrouw.' De portier stond als een muur tussen Victoria en de liften. 'Verlaat alstublieft deze lobby. Anders zal ik de politie moeten bellen.'

Victoria deed een stap achteruit.

Was het mogelijk dat Grace hier onder een valse naam woonde? Of kende ze de vriend van haar grootvader die hier zogenaamd een appartement huurde? Het irriteerde Victoria dat ze Andrew niet naar de naam van de man had gevraagd. Dan zou het nu waarschijnlijk gemakkelijker zijn geweest. Op dit moment was er niets meer dat ze kon doen.

'Dank u,' mompelde ze en ze maakte rechtsomkeert.

Tegen de tijd dat ze de straat op stapte, was er een dik pak sneeuw gevallen. Ze had een taxi kunnen aanhouden, maar ze liep liever naar het dichtstbijzijnde metrostation. Ze had beweging en frisse lucht nodig, dan kon ze beter nadenken.

Ze moest echt het huurcontract zien te vinden. Daarmee zou het mogelijk moeten zijn om langs de portiers te komen.

Tot op het bot verkleumd en doorweekt arriveerde ze uiteindelijk bij Andrews woning in Greenwich Village.

48

De Rockefeller Skating Pond
25 december 1936

'Nou, wat vind je ervan?' vroeg Eleanor vol verwachting. 'Het is geweldig hier, is het niet? De *Times* heeft echt niet te veel beloofd.'

Victoria bond juist de schaatsen aan die Eleanor haar had geleend. 'Ja, fantastisch! Bedankt dat je vandaag tijd voor me hebt gemaakt.' Ze keek omhoog naar Eleanor. 'Vindt je man het echt niet erg om alleen te zijn op eerste kerstdag?'

'O nee. Hij geniet van de rust.' Eleanor knipoogde naar haar. 'Trouwens, hij begrijpt dat je afleiding nodig hebt.'

'Ach, was het maar zo simpel,' verzuchtte Victoria. 'Maar het is een verdienstelijke poging.'

Andrew zat nog steeds in hechtenis, hoewel de borgtocht eigenlijk allang betaald had moeten zijn. John Carollo, die ze bijna dagelijks belde, zei dat de kerstdagen voor vertraging hadden gezorgd, iets waar Victoria niets van begreep. Ze begon zich af te vragen waarom Andrew nog steeds vasthield aan deze advocaat, die niets voor elkaar leek te krijgen, noch in de fraudezaak, noch in de strafzaak.

'Ben je zover?' vroeg Eleanor.

Victoria strikte de laatste veter en kwam overeind. 'Ja.'

'Laten we gaan!'

Ze schaatsten de kunstmatige ijsbaan op in het midden van het in kerstsfeer versierde Rockefeller Center. De openingsdag van de Skating Pond trok vandaag een groot aantal New Yorkers en op de schaatsbaan was het zodoende behoorlijk druk.

Eerst bleef Victoria aan de rand schaatsen, toen maakte ze meer vaart en mengde zich uiteindelijk tussen het schaatsende publiek. De mannen droegen pakken of knickerbockers met lichte truien, sommige dames zweefden over het ijs in knielange, hooggesloten jurken op witte schaatsen, terwijl andere de voorkeur gaven aan rokken en truien, zoals Victoria en Eleanor. Terwijl sommigen in stilte hun rondjes draaiden, had een aantal jongeren een groepje gevormd en probeerde lachend tal van figuren uit. Een paartje walste dromerig over het ijs. Boven het lange rechte stuk van de ijsbaan torende het reusachtige vergulde bronzen beeld van Prometheus uit, die, omringd door fonteinen, de vrolijke bedrijvigheid aan zijn voeten gade leek te slaan.

Talloze toeschouwers stonden langs de rand van de baan of wachtten tot ze zelf het ijs op mochten, want de capaciteit van de kleine ijsbaan was beperkt. Opzichters zorgden ervoor dat het niet te vol werd.

Terwijl Victoria over het ijs gleed, voelde ze zich opeens net zo zorgeloos als toen ze als kind met Mathilda op de Feuersee in Stuttgart rondjes had gedraaid. De laatste dagen hier in Amerika waren zwaar geweest. Eerste kerstavond in een vreemd land, alleen, zonder haar familie. Ze had een kaars aangestoken en theegezet, gekeken naar de sneeuw achter het raam en aan Andrew gedacht. Omdat ze geen familie van hem was en niet met hem was getrouwd, mocht ze hem niet in de gevangenis bezoeken, zelfs niet tijdens deze bijzondere feestdagen.

Later had ze met Karl gebeld en ook weer met haar moeder, die samen met Hélène en Georg kerst vierde. Natuurlijk was het onderwerp van Judiths aanstaande verblijf in Amerika ter sprake gekomen, maar Victoria had haar familie nog steeds niet verteld wat er met Andrew was gebeurd. Voordat ze er iets over zei, wilde ze eerst met hem overleggen. Zodra hij weer thuis was.

Eleanor kon geweldig schaatsen. Victoria bewonderde de pirouettes en de figuurtjes die de Amerikaanse ten beste gaf. Eleanor was zwemster en haar atletisch vermogen was bewonderenswaardig. Maar bovenal was ze een goede en betrouwbare vriendin van haar geworden.

Victoria liet zich door Eleanor aansteken en probeerde zelf een paar draaien. Opeens kwam Eleanor grijnzend op haar af, pakte haar handen en trok haar mee op een snelle ronde.

Victoria lachte. Haar eigen wangen waren beslist minstens zo rood als die van Eleanor, want de winterlucht was koud en brandde op haar huid. Tegelijk deed de beweging haar goed, het maakte haar hoofd leeg en liet haar haar eigen kracht voelen. Toen Victoria en Eleanor ten slotte de ijsbaan verlieten, had Victoria er weer vertrouwen in dat het goed zou aflopen met Andrew.

'Zo,' zei Eleanor nadat ze hun schaatsen hadden uitgetrokken. 'Laten we nu iets gaan eten.'

'Graag. Hier?'

'Ja, hier. Kom maar mee.'

Ze moesten even wachten op een zitplaats in het Promenade Café, daarna gingen ze zitten en bestelden vooraf twee glazen champagne.

'Het is tenslotte Kerstmis vandaag,' zei Eleanor tevreden terwijl ze op haar toostte. 'Op betere tijden voor jou!'

'Dank je.' Victoria genoot van het zachte getingel van de champagneglazen toen ze haar glas zacht tegen dat van Eleanor tikte. 'En ja, laten we van deze uren genieten.'

Het menu bood een keur aan gerechten. Victoria kon niet beslissen en bestudeerde de kaart minutenlang. Uiteindelijk koos ze voor lamsvlees, Eleanor de *roast beef sandwich*.

Nadat de ober de bestelling had opgenomen, stak Eleanor een sigaret op en blies de rook de lucht in. 'Wanneer spreek je weer met je advocaat, Victoria?'

'Zodra ik hem te pakken kan krijgen. Hij brengt de kerst door met zijn familie in New Jersey en komt morgen terug naar Manhattan.'

'De dag voor Brenda's debuut.'

'Precies.'

'Ik weet zeker dat ze hem snel vrijlaten, Victoria.'

'Ik hoop het.' Victoria wreef over haar slaap. 'Toch is het mij een raadsel hoe ze zomaar een onschuldige man kunnen arresteren. Wordt een zaak niet eerst grondig onderzocht?'

'Eigenlijk wel. Tenzij er een vluchtrisico is. Dan kan ik me voorstellen dat ze snel handelen. Iemand moet de zaak bijzonder dramatisch hebben voorgesteld, of ze hebben het Openbaar Ministerie omgekocht.' Eleanor doofde haar sigaret, hoewel ze er maar drie trekjes van had genomen. 'John Carollo is een goede advocaat, vooral wat zakelijke kwesties betreft. Hij haalt hem er wel uit. Heb je hem eigenlijk over Grace verteld?'

'Ja. Hij vond het ook vreemd, maar alleen haar aanwezigheid in het

London Terrace rechtvaardigt geen verdenking. Toch gaat hij het appartement bekijken.'

'Goed.'

Ze hadden het over Carollo's reputatie en een paar spectaculaire gevallen van witteboordencriminaliteit, tot de ober het eten opdiende.

'Het smaakt echt voortreffelijk,' zei Victoria, nadat ze het lamsvlees had geproefd.

'Schiet je eigenlijk goed op met de voorbereidingen voor Brenda's debuut?' wilde Eleanor weten. 'Het is toch een hele klus.'

'Weet je,' antwoordde Victoria. 'Het debuut helpt me over deze ongelukkige tijd heen. Er is zo veel te doen dat ik alles om me heen vergeet.'

'Dat kan ik goed begrijpen. Heb je hulp?'

'Sally is altijd in de buurt. Vandaag heb ik haar vrijaf gegeven, zodat ze haar ouders kan bezoeken. Maar vanaf morgen werken we door.'

'Dat zal nog eens een uitdaging worden, maar het zal de moeite waard zijn,' zei Eleanor, terwijl ze haar bestek neerlegde. 'Wacht, ik heb iets voor je!' Ze zocht in haar handtas en legde het laatste nummer van *Life Magazine* naast Victoria's bord. 'Ik wilde eigenlijk wachten tot na het eten, maar dit is een goede gelegenheid.'

'Zeg eens,' zei Victoria ontroerd. 'Staat... onze reportage erin?'

'Kijk maar!' Eleanor depte haar mondhoeken af met een servet en keek aandachtig toe hoe Victoria door het tijdschrift bladerde en uiteindelijk een dubbele pagina opensloeg.

'Ik kan het niet geloven!' riep Victoria blij. 'Twee hele bladzijden!'

Eleanor glimlachte.

De titel van het stuk was *The German Chocolate Queen*. Daaronder prijkte een grote foto van Victoria, met een witte aardbeienpraline in haar hand.

'Victoria Rheinberger creëert juwelen van suiker en chocola,' las Victoria zacht voor. 'Ze stamt uit een prestigieuze Duitse chocoladedynastie en leerde het vak van patissier in Frankrijk.'

'Dat met die dynastie is belangrijk voor Amerikanen,' zei Eleanor. 'Industriële families hebben hier een bijzondere uitstraling.'

Victoria knikte en las de rest van het artikel, terwijl Eleanor tevreden verder at.

Toen keek Victoria op. 'Dit is... ongelooflijk! Het had niet beter gekund. Dit artikel levert ons ongelooflijk veel prestige op.'

'En dat hebben jullie absoluut verdiend!'

'En ook de foto's... die maken je echt nieuwsgierig naar onze producten.'

'Dat was ook de bedoeling. Ik heb het bewust met Kerstmis en voor het debuut gepubliceerd. Dan hebben we meer aandacht. Bereid je maar voor op een lawine van bestellingen in het nieuwe jaar.'

Victoria stond op en omhelsde Eleanor.

Toen stak ze opgetogen het tijdschrift bij zich.

Het leven lachte haar toe. Een beetje tenminste.

49

Het Ritz-Carlton in New York
27 december 1936

Eindelijk was de dag aangebroken waarop de New Yorkse high society vol ongeduld had gewacht. De dag die in alle bladen voorpaginanieuws was geweest en elk ander onderwerp leek te overschaduwen: het debuut van Brenda Frazier.

Terwijl talloze mensen nog met de nasleep van de Grote Depressie kampten en met de strijd om het dagelijks brood, maakte de wereld van de rijken en de machtigen zich op voor een van de schitterendste feesten die de stad ooit had gezien. De opwinding was enorm, redacties hadden zich voorbereid op speciale reportages, fotografen en journalisten waren erop uitgestuurd om de gebeurtenissen die avond vast te leggen.

Victoria en Sally waren al vroeg in de middag aangekomen in het Ritz-Carlton, het exclusieve hotel aan 5th Avenue, waar het grote evenement in de *main ballroom suite* plaatsvond. Terwijl ze hun chocoladebuffet opzetten, werd de enorme ruimte versierd en geboend tot alles blonk.

Op aandringen van Victoria had een technicus van SweetCandy een koelsysteem ontwikkeld dat hun kwetsbare delicatessen langer vers en presentabel zou houden. De slimme jongeman stond paraat voor het geval er problemen zouden optreden.

Het pronkstuk van haar arrangement was de buste van Brenda Frazier op een zilveren dienblad met een rand van parels. De holle figuur was bedekt met witte chocolade en zorgvuldig opgemaakt. In haar haar en op haar decolleté bevonden zich de eetbare suikerdiamanten.

Rond de buste rangschikten ze bonbons met aardbeienvulling in concentrische cirkels, op allerlei manieren versierd: met gedroogde aardbeien, gehakte pistachenoten, diamanten van gelei en kleine, roodgekleurde suikerklontjes.

De lavendelpralines werden apart gepresenteerd. Ze lagen in langwerpige glazen schaaltjes en vormden een delicate compositie van roomwit en lila, gedecoreerd met gekonfijte lavendelbloesems en witte rozen van marsepein en fondant. In een grote zilveren schaal lagen chocoladerepen met uiteenlopende smaken in een zee van verse bloesems in oudroze en robijnrood. Kostelijke champagnetruffels bevonden zich in een bed van nagemaakte diamanten. Er waren verse vruchten met een knapperig laagje, afkomstig van een bad in vloeibare pure chocolade, en gechocolateerde geroosterde amandelen met een vleugje kaneel, kardemom en anijs, die deden denken aan de recente kerstdagen.

Ook de enorme etagère, waarop de mooiste miniatuurtaartjes met elkaar wedijverden, vond Victoria bijzonder geslaagd: chocoladetaartjes, biscuit met vruchtenschijfjes, Frankfurter Kranz en miniature en kleine, nieuwe Schwarzwälder-taartjes, waarvan Victoria het recept nog maar kortgeleden van haar moeder had gekregen. Een chocoladetaart met meerdere etages, versierd met gekonfijte bloemen en suikerblaadjes, vormde het sluitstuk.

Er was ook een enorme keuze aan pralines, waaronder veel traditionele familierecepten van de Rothmanns met karamel en frambozen, vruchtengelei en fondant, maar ook nieuwe creaties geïnspireerd door de Amerikaanse smaak, zoals pinda-karamelkoekjes overgoten met melkchocolade.

Samen met Sally en een paar serveersters van het Ritz-Carlton zouden ze de lekkernijen persoonlijk aan de gasten uitdelen, want met bijna vijftienhonderd genodigden zou het buffet anders binnen de kortste keren leeg zijn.

Victoria voelde elke spier in haar lichaam toen ze hun arrangement versierden met verse bloemen en groene takken, en het met witte en roze satijnen linten vervolmaakten. Victoria had overwogen om er kleine Amerikaanse vlaggetjes aan toe te voegen, maar besloot het niet te doen. Zij was de *German Chocolate Queen*, een handelsmerk dat voor zichzelf sprak door de kwaliteit van de catering en het unieke karakter van de producten.

Toen ze eindelijk klaar waren, deed Victoria een paar stappen naar achteren en nam het allemaal rustig in zich op.

'Het is perfect,' zei ze blij tegen Sally en ze omhelsde haar spontaan.

'Zo is het,' bevestigde Sally met een lach.

Kort daarna trokken ze zich terug in de ruimtes van het hotelpersoneel om zich om te kleden voor het bal.

Laat op de avond

Het was ongeveer twintig minuten over elf 's avonds toen Brenda Frazier in de balzaal van het Ritz-Carlton aankwam. Met de waardigheid van een koningin en een boeket witte orchideeën in haar arm stapte ze uit de auto en werd begroet door het geklik van talloze camera's.

De onberispelijke perfectie waarmee ze was geschminkt, gaf Victoria de indruk dat ze een levende pop was.

Haar donkere, schouderlange haar omlijstte haar licht gepoederde gezicht met haar kersenrode mond, donkere ogen en geëpileerde, hoge wenkbrauwen. Een fonkelende ketting van diamanten gaf haar lange strapless jurk van glinsterend wit satijn met struisvogelveren een glamoureus tintje. De strakke corsage accentueerde haar slanke taille. Haar witte satijnen handschoenen reikten tot boven haar ellebogen.

Sally en Victoria hadden de tijd genomen om het moment bij te wonen en stonden achter de hotelbedienden, die in de lobby in de rij stonden om de debutante te begroeten.

'Wat mooi!' zei Sally.

'Ja. Ze ziet er heel mooi uit,' zei Victoria. 'Maar als jij met zo veel moeite was opgemaakt, Sally, zou je er net zo uitzien.'

Voordat de menigte de entreehal overspoelde, gaf ze Sally een arm en glipte met haar door een zijdeur de balzaal in. Daar trokken ze zich terug op stoelen vlak bij het chocoladebuffet. Van daaruit zouden ze het gebeuren aardig goed kunnen bekijken.

Nu zagen ze met verbazing hoe anders de ruimte eruitzag in het licht van de ontelbare lampen en kaarsen die hem in wit en goud deden stralen.

'Betoverend,' fluisterde Victoria. 'Mevrouw Watriss wilde dat alles hier zou doen denken aan het paleis van Versailles.' Ze wees naar de vergulde versieringen.

'Het paleis van… Versale… ken ik niet,' merkte Sally op.

'Het paleis van Versailles ligt vlak bij Parijs.' Ze pauzeerde even omdat het gezelschap zich nu in de balzaal verdrong. 'Het is gebouwd in de tijd dat New York juist ontstond,' voegde ze eraan toe.

Sally knikte braaf, maar haar aandacht was alweer gericht op het schouwspel rond Brenda Frazier. 'Zeg eens, Victoria, dat is toch Brenda's moeder?' Ze wees naar mevrouw Watriss, die haar dochter begeleidde naar een prachtig arrangement van donkerrode bloemen en hoorns met lelies.

'Ja, dat is ze.'

'Ze verdrinkt bijna in juwelen,' fluisterde Sally ademloos.

Mevrouw Watriss was inderdaad bedekt met juwelen. Minder, vond Victoria, zou in dit geval meer zijn geweest. Mevrouw Watriss was niet gezegend met veel gevoel voor stijl; haar verschijning deed denken aan een overladen kerstboom.

'Juwelen maken je niet noodzakelijk mooier,' antwoordde Victoria daarom met een zweem van cynisme. 'Soms onthullen ze iets wat beter verborgen had kunnen blijven.'

Ondertussen begon het defilé.

Geduldig verwelkomden Brenda en haar moeder de gasten. Fotografen legden elk moment vast en Victoria betrapte zichzelf op de gedachte dat ze zelf nooit op die manier in het middelpunt van de belangstelling zou willen staan.

'Dat is mevrouw Vanderbilt,' fluisterde Sally toen een dame in kostbaar vossenbont langsgleed, geanimeerd converserend met een andere, eveneens pompeus geklede dame. 'En mevrouw Astor.'

'Ah!' Victoria probeerde zich de gezichten te herinneren, tenslotte waren het potentiële klanten. In het nieuwe jaar zou ze specifiek promotie bedrijven in de New Yorkse society, dan was het nuttig als ze al een paar van de belangrijkste mensen had gezien.

Sally ging door met haar uit te leggen welke New Yorkse coryfee juist de eer had miss Frazier de hand te schudden. Victoria deed haar best om alles aandachtig te volgen, maar kon niet voorkomen dat haar gedachten keer op keer afdwaalden naar Andrew, van wie ze gisteren een kort bericht had ontvangen dat het goed met hem ging en dat ze zich geen zorgen hoefde te maken. Maar innerlijk was ze gespannen. De volgende dag had ze een afspraak met John Carollo.

'Victoria, lieverd!'

Victoria verheugde zich toen ze de stem herkende. 'Eleanor! Wat leuk!'

Eleanor had haar notitieboekje onder één arm gestopt en de andere om Victoria heen geslagen. 'Ik heb al een exclusief interview met Brenda gedaan. Nu zijn mijn collega's aan de beurt en heb ik even tijd.'

'En wat heeft Brenda je verteld?' vroeg Sally nieuwsgierig.

'Dat ze griep heeft.'

'Wat, heeft ze griep?' Sally kon het niet geloven. 'Maar ze ziet er toch goed en gezond uit!'

'Ik weet niet zeker wat voor medicijnen ze haar hebben gegeven. In elk geval zal ze de avond doorkomen. Haar moeder zal niets anders toestaan.'

Victoria schudde ongelovig haar hoofd. 'Hoort ze niet in bed?'

'Dat kan mevrouw Watriss zich niet veroorloven,' zei Eleanor nuchter. 'Jarenlang heeft Brenda zich voorbereid op deze dag. Die laat je niet door een griepje verpesten.'

'Nou ja...'

'De Fraziers,' legde Eleanor uit, 'behoren niet tot de oude elite van New York, maar tot degenen die pas de laatste decennia enige rijkdom hebben vergaard. Als ze met de grote families willen meedoen, moet Brenda's debuut alle andere debuten overtreffen. Daarom zal Brenda geen zwakte tonen. Ze weet dat er voor haar alles op het spel staat.'

'Nou, als dat het geval is,' zei Sally, 'wil ik liever geen debutante zijn.'

'Daar heb je een punt,' antwoordde Eleanor. 'Maar er zijn heel wat debuten die op een veel kleinere schaal plaatsvinden. Ter gelegenheid van een diner, bijvoorbeeld. Soms geven families gewoon privé een middagthee. Dat is minder kostbaar voor de ouders en veel minder inspannend voor de meisjes, maar levert ook minder publiciteit op.'

Ze praatten nog een tijdje, toen nam Eleanor afscheid en verdween in de hal. Victoria en Sally controleerden nog een laatste keer hun buffet, toen het defilé ten einde liep en het gezelschap zich naar de tafels begaf.

Een orkest begeleidde de afzonderlijke gangen van het diner, kostelijke gerechten op het fraaiste porselein, vergezeld van uitgelezen wijnen. Het gezelschap genoot en vermaakte zich, maar wachtte koortsachtig op het moment dat Brenda Frazier officieel aan het gezelschap zou worden voorgesteld en ze het bal zou openen.

Naarmate het grote moment naderde, de tafels werden afgeruimd, de muzikanten hun instrumenten nog eens stemden en het gezelschap zich naar de rand van de dansvloer of naar de galerijen begaf, verstomden geleidelijk het gefluister en gelach in de zaal.

Onder feestelijke klanken van de muziek namen vier *escorts* Brenda in hun midden. De knappe jongemannen droegen donkere pakken en witte overhemden met witte vlinderdassen. Achter hen stelden zich andere debutantes van het seizoen, geheel in het wit gekleed, met hun heren op en liepen op de klanken van een langzame Poolse dans de balzaal in. De paren vormden daarna een erehaag voor de debutante van de avond.

Brenda's begeleiders droegen lichte satijnen linten die ze nu over hun eigen schouders drapeerden. Brenda pakte de einden ervan, terwijl de jongemannen een vierspan vormden, zodat het leek alsof Brenda een koets bestuurde. In haar hand hield ze een gestileerde zweep. Langzaam liepen ze rond de balzaal, zodat de New Yorkse society Brenda officieel in hun midden kon verwelkomen.

Opeens ging er een geroezemoes door het publiek. Sommige meisjes sloegen hun hand voor hun mond van schrik. Er ontstond gefluister.

'Wat is er aan de hand?' vroeg Sally zachtjes, zich uitrekkend om beter te kunnen zien.

'Ze heeft de teugels laten vallen,' verklaarde een dame die vlak bij haar stond en nu sloeg ook Sally onwillekeurig haar hand voor haar mond.

Op dat ogenblik veranderden een paar mensen van plaats en slaagde Victoria erin om kort een glimp van het tafereel op te vangen.

Brenda's cavaliers raapten juist de linten van de vloer op en overhandigden ze aan de zichtbaar geschokte Brenda, ze leken haar troostend en bemoedigend toe te spreken, en namen hun positie weer in. Het vijftal vervolgde zijn ronde en verdween uit Victoria's gezichtsveld.

Alleen uit het applaus konden Victoria en Sally opmaken dat Brenda blijkbaar de rest van haar route zonder verdere incidenten had afgelegd.

De muziek veranderde en de andere debutantes en hun begeleiders verzamelden zich voor de cotillon, die uiteindelijk overging in een wals. Hun witte jurken vormden een fraai contrast met de zwarte pakken van de heren toen ze gracieus op de driekwartsmaat overgingen, waarmee ze de dans voor iedereen openden.

50

De zware geur van de boeketten hing in de lucht en vermengde zich met de rook van sigaren en sigaretten. Op de dansvloer wiegden de paren op de klanken van een rumba, de champagne vloeide rijkelijk.

Victoria en Sally hadden niet al te veel tijd om de actie gade te slaan, want met het einde van het formele gedeelte was ook het chocoladebuffet geopend en werd het onafgebroken belaagd.

Victoria genoot van de bewondering die haar creaties afdwongen, vooral de miniatuurtaartjes en de witte aardbeientruffels. Ze kwamen nauwelijks toe aan het bijvullen van de kommen en etagères. Eleanor had gelijk. Zelfs de verwende New Yorkse society had zoiets nog nooit gezien.

Victoria was juist een paar pralines aan het herschikken toen de menigte opeens uit elkaar ging en Brenda naar haar toe kwam. 'O, wat prachtig, Victoria!' riep ze uit, terwijl ze naar het buffet keek. 'Ik had niet gedacht dat het zo grandioos zou zijn!'

Brenda liep arm in arm met een man. Hij leek een stuk ouder dan de debutante, maar leidde haar veilig en met een aantrekkelijke nonchalance door de menigte. Ze hield een glas met onduidelijke inhoud in de hand.

'Wat kun je me aanbevelen, Victoria?' vroeg Brenda.

Victoria legde een paar lekkernijen op een klein porseleinen bordje, dat Brenda's metgezel onmiddellijk van haar afnam. Toen knipoogde hij naar Victoria, kuste Brenda op het voorhoofd en bood haar de exclusieve selectie aan.

Tot Victoria's verbazing koos Brenda een lavendelpraline en wierp de aandachtige man aan haar zijde een verleidelijke blik door half geloken oogleden toe, toen ze die in haar mond stak. Gespannen wachtte Victoria Brenda's reactie af.

'*Amazing!*' riep de laatste uiteindelijk, nippend aan haar drankje. 'Echt buitengewoon!' Ze glimlachte naar Victoria voor ze zich omdraaide en verder liep, de hand van haar galant beschermend op haar rug.

'Dat is Peter Arno!' wist Sally, toen de twee buiten gehoorsafstand waren. 'Vind je ook niet dat hij er fantastisch uitziet?'

'Ja, hij... heeft wel iets. Maar ik heb zijn naam nog nooit gehoord,' bekende Victoria, die zich nu pas realiseerde hoe nerveus ze was geweest. Als Brenda een gezicht had getrokken tijdens het proeven van de lavendelpraline, zou Victoria's carrière voorbij zijn geweest voor die goed en wel begonnen was.

'Hij is cartoonist,' legde een vrouw die vlak naast hen stond uit. 'Nogal een onconventionele man. En heel charmant.'

Terwijl de omstanders nu bijna gelijktijdig om de lavendelbonbons vroegen, keek Victoria naar Brenda. De zeventienjarige lachte en maakte grapjes, en liet zich al door een jongeman een paar meter verderop het hof maken. Peter Arno liet haar los met een galante handbeweging. Brenda kuste eerst Arno en daarna ongegeneerd haar nieuwe beau op de mond en trok de laatste de dansvloer op.

'Och, het arme schaap!' Eleanor kwam dichterbij en bediende zichzelf van de karamelpralines. 'Gezwollen voeten, koorts en desondanks een permanente glimlach op haar lippen.'

'Wie, Brenda?' vroeg Sally verward.

'Ja,' antwoordde Eleanor en ze nam meteen nog een frambozentruffel. 'Ze drinkt al de hele avond sloten melk met Coca-Cola om wakker te blijven.' Haar notitieboekje had Eleanor blijkbaar ergens achtergelaten. In plaats daarvan hield ze een glas champagne vast.

'Melk met Coca-Cola?' vroeg Victoria. 'Om wakker te blijven?'

'Ja. Mensen vinden dat leuk om te doen,' antwoordde Eleanor. 'Maar maak je geen zorgen, de jongedames en -heren uit deze kringen zijn dat gewend. Hun leven bestaat uit feesten tot het ochtendgloren. Brenda zal uiteindelijk bekaf in bed vallen. Maar na een paar dagen is ze weer op de been. Tenslotte gaan de feestjes door.'

'Dat zou niets voor mij zijn.' Victoria schudde haar hoofd, maar ze wist van Andrew dat Eleanor ook graag dronk en uitgebreid feestvierde. Haar man Art Jarrett had zijn eigen dansorkest waarmee hij optrad in Chicago.

'Zo, ik moet weer verder!' Eleanor pakte nog een laatste praline en verdween weer in het feestgewoel.

Het bal naderde het hoogtepunt. Brenda wervelde nog steeds rond alsof er geen griep of gezwollen voeten bestonden, lachte, flirtte, dronk. De mannen verdrongen zich om haar naar de dansvloer te mogen leiden, en het leek of ze geen dans miste.

Victoria daarentegen voelde zich al moe en uitgeput toen ze ver na middernacht de laatste chocoladerepen en bonbons aanvulde. Ze stond alleen achter het buffet, de hotelbedienden hadden na de eerste drukte andere taken gekregen, en Sally was naar het toilet.

Victoria was juist begonnen de verpakkingen met chocoladepuzzels klaar te zetten, die als afscheidscadeau voor de gasten waren bedoeld, toen iemand een hand om haar middel legde. 'Staat u mij toe?'

Victoria liet alles vallen wat ze in haar handen had en draaide zich om. 'Andrew!' Ze hield beide handen voor haar borst. 'Hoe... wat is er gebeurd?'

'Ik dacht, ik ga je chocoladebuffet eens bekijken,' zei hij gekscherend, en hij spreidde zijn armen uit.

'Jij...' Ze viel hem om de hals, lachte en huilde tegelijk.

'Stil maar, het is al goed.' Andrew streelde haar geruststellend over haar rug. 'Ik wilde je niet laten schrikken.'

Victoria's stem liet haar in de steek, zo overweldigd was ze door zijn aanwezigheid. Hem te voelen, zijn geur in te ademen, te weten dat hij bij haar was... en zo onverwacht.

'Valt hier niets meer te snoepen?' vroeg een oudere vrouwenstem ietwat gepikeerd.

Andrew liet Victoria los. 'Wat kan ik voor u doen?'

'Bent u... de chocoladekoningin?' De dame nam Andrew nauwgezet op.

'Ik ben de chocoladekoning.' Andrew grijnsde. 'Waarmee kan ik u van dienst zijn?'

'Aha, de... koning.' De dame was die avond duidelijk niet zuinig geweest met champagne; haar uitspraak liet al te wensen over. 'Goed, jongeman, geef mij dan maar deze praline... m-met pistache.'

Andrew legde het gewenste op een bordje dat Victoria hem aanreikte.

‘En dan nog wat van die aardbeienbonbons,’ voegde de dame eraan toe. ‘Die zijn gewoon geweldig.’

‘Met genoegen, mevrouw,’ zei Andrew in stijl en overhandigde haar de selectie.

Met een dromerige glimlach vertrok de dame weer.

‘Je kunt me met alle plezier aflossen,’ zei Victoria. ‘Ik ben sowieso moe.’

‘Ik vind het een beter idee om je naar de dansvloer te brengen.’

‘Zomaar?’ vroeg Victoria. ‘In deze jurk? Nee, dat kan niet. Kijk eens naar de andere vrouwen en meisjes!’

‘Je bent betoverend, Victoria,’ zei Andrew, terwijl hij zijn blik over haar donkerblauwe kuitlange jurk liet dwalen.

Ze schudde haar hoofd. ‘We zouden alleen maar aandacht trekken…’

‘Des te beter.’ Hij nam haar bij de hand.

Op dat moment kwam Sally weer tevoorschijn. ‘Waar gaan jullie heen?’

‘Dansen!’ antwoordde Andrew gedecideerd terwijl hij Victoria naar de dansvloer dirigeerde.

Het orkest speelde een Weense wals en na haar aanvankelijke schroom overwonnen te hebben, genoot Victoria van de weinige minuten dat ze in zijn armen over het parket zweefde.

Pas toen ze teruggingen naar het buffet kon ze hem vragen of hij uit de gevangenis was ontsnapt.

Hij lachte. ‘Dan zou de politie me al op de hielen zitten. Nee. Ik ben vanmiddag voorwaardelijk vrijgekomen. De borgtocht was eindelijk overgemaakt nadat de betaling was vertraagd. Opeens stond er iemand in mijn cel en zei dat ik kon gaan.’

‘Was John Carollo toen bij je? Het is tenslotte zondag.’

‘Hij was er, ja. Op zijn aandringen namen ze me mee en lieten me vandaag al gaan. Anders had ik tot morgen moeten wachten.’

Victoria pakte zijn hand en drukte zich tegen hem aan. ‘Godzijdank.’

‘Was het erg voor je, schat? Tenslotte moest je de afgelopen dagen alles alleen doorstaan. Het nieuwe bedrijf, het debuut…’

‘Ik had echt veel steun. Iedereen in het bedrijf deed wat hij kon. Het ergste voor mij was dat ik me zoveel zorgen maakte om jou.’

‘Je bent zo dapper.’ Hij kuste haar op haar voorhoofd. ‘Hoelang moet je hier nog blijven?’

'Niet al te lang meer, denk ik. Er is bijna niets meer over van het buffet.'

'Een goed teken!'

'Ja. Ik denk dat deze avond een succes is geweest.' Ze veegde een haarlok uit haar gezicht die losgekomen was uit haar opgestoken haar.

'Dan denk ik dat we volgend jaar een goede verkoop kunnen verwachten.'

'Absoluut, als alles goed gaat.'

'Weet je… ik ben ongelooflijk trots op je, Victoria!'

51

John Carollo's advocatenkantoor
De volgende dag

'Goed om jullie hier te zien vandaag!' Carollo schudde eerst de hand van Victoria, toen die van Andrew.

'Het genoegen is geheel aan onze kant, meneer Carollo,' antwoordde Andrew, terwijl ze van de receptie naar Carollo's kantoor liepen. 'Onze bijeenkomsten in de gevangenis waren toch wat... ongezellig.'

'Inderdaad, meneer Miller.' John Carollo opende de deur met een uitnodigend gebaar. 'Na u.'

Het zonlicht stroomde de kamer binnen. Buiten heerste prachtig, maar ijskoud winterweer.

'Neemt u alstublieft plaats.' Carollo wachtte tot Andrew en Victoria zaten, en nam toen zelf plaats achter zijn bureau. 'Om te beginnen wil ik u een update geven over uw zaak. U bent op vrije voeten tot het proces, meneer Miller. Dan moeten we voldoende bewijs van uw onschuld kunnen overleggen om ervoor te zorgen dat de aanklachten worden ingetrokken.'

Andrew knikte en kneep in Victoria's hand. 'Al moet ik daarvoor naar het einde van de wereld. Ik ga beslist niet terug naar de gevangenis.'

'Vervolgens,' vervolgde Carollo, 'heb ik uw aanwijzingen betreffende juffrouw Millers oponthoud in London Terrace opgevolgd. Ik heb het appartement zelfs twee keer bezocht.'

'Echt waar?' Victoria werd onrustig. 'En?'

'Ik heb niemand aangetroffen. Natuurlijk heb ik de portiers ondervraagd. Ze gaven me de informatie dat appartement nummer 5021 sporadisch wordt bewoond door een echtpaar met de naam Brown. Dat is alles wat ze me konden vertellen.'

'Brown. Niet Miller?' vroeg Victoria.

'Nee, niet Miller,' antwoordde Carollo. 'Daarom is het aannemelijk dat u een andere persoon voor Grace Miller hebt aangezien.'

'Dat zou best kunnen, Victoria,' stemde Andrew in. 'Het weer was die dag nogal slecht, nietwaar? In elk geval is dat wat je me hebt verteld.'

'Nee... nee... ik ben ervan overtuigd dat het Grace was.' Maar op hetzelfde moment dat Victoria zich verdedigde, bekroop de twijfel haar. Wat als het toch iemand anders was geweest? Wat als het feit dat deze vrouw naar London Terrace was gegaan, haar had doen geloven dat het om Andrews nicht ging?

'Nou, in London Terrace, komen we in elk geval niet verder,' verklaarde Carollo. 'Overigens heb ik de eerste rapporten van mijn informant binnen. Hij betwijfelt of de Hudson Bank er iets mee te maken heeft. Het lijkt meer op een operatie van twee maffiafamilies. Hij zet zijn onderzoek voort.'

'En dat zegt u zo luchtig, meneer Carollo?' Victoria had weer het gevoel dat de advocaat tijdrekte. 'Als het een maffiazaak is, gaat het niet alleen over SweetCandy. Ook al ben ik nog niet lang in New York, ik weet wel dat ons leven dan in gevaar kan zijn.'

'Rustig maar, juffrouw Rheinberger,' suste Carollo. 'Daarom moeten we voorzichtig te werk gaan.'

'Hij heeft een punt, Victoria,' stemde Andrew in. 'Als de maffia SweetCandy beslist in handen wil krijgen, dan zal het moeilijk worden.'

'Dat is helaas ook zo,' beaamde Carollo. 'Daarom hebben we tijd nodig.'

'Doe wat u kunt, Carollo,' zei Andrew, terwijl hij opstond. 'En bedankt dat u me gisteren nog vrij hebt gekregen.'

'Dat is mijn werk, meneer Miller. U kunt het beste uitrusten en de rest aan mij overlaten.'

'Goed,' antwoordde Andrew. 'Dat zal ik doen. Er is genoeg te doen voor mij en juffrouw Rheinberger in het bedrijf.'

'Wel thuis,' zei Carollo met een begrijpende glimlach. 'U zult uw energie nodig hebben als het tot een rechtszaak komt.'

Victoria stond ook op.

Carollo vergezelde haar naar de deur. 'Dan wens ik u rustige dagen en een gelukkig nieuwjaar.'

'Dank u. Dat wensen wij u ook,' zei Andrew. 'Geeft u ons nog een update voor het nieuwe jaar?'

'Natuurlijk, meneer Miller.' Carollo gaf hun allebei een hand. 'Ik neem sowieso weer contact met u op, zodra ik bewijs heb verzameld dat u uw klanten en leveranciers niet systematisch hebt opgelicht.'

'Dat zou niet al te moeilijk moeten zijn,' zei Andrew. 'Het is me nog steeds een raadsel hoe het eigenlijk tot een arrestatie kon komen.'

'Zo zie ik het ook, meneer Miller. Maar de arm van de maffia reikt ver. U hoort nog van me.'

'Ik weet niet,' zei Victoria, toen ze even later de straat op liepen. 'Maar dat met Grace laat me niet met rust. Ik denk toch dat zij het was die ik heb gezien.'

'Mmm. Ik wil je observatie niet betwijfelen. Maar het kan echt een geval van persoonsverwisseling zijn, wat dat betreft heeft Carollo een punt. Misschien was het een andere vrouw.'

'Maar… uitgerekend in hetzelfde flatgebouw waar Grace een flat huurde voor SweetCandy? Dat is een beetje al te toevallig voor mij. Ik denk dat Carollo Grace onderschat.'

'Aangenomen dat zij het was, is dat dan per se verdacht? Misschien heeft ze gewoon een eigen leven waar wij niets van weten. En ik kan het haar niet kwalijk nemen. Grootvader kan moeilijk zijn. Dan is het goed als je je af en toe kunt terugtrekken,' zei Andrew. 'Maar… ik ben doodmoe. Carollo weet wat hij doet. Kunnen we het niet gewoon aan hem overlaten?'

'Ik vind het moeilijk om er niet verder over na te denken. Maar ik begrijp dat je wilt uitrusten.' Victoria haakte bij hem in toen ze East 57th Street in liepen. 'Ken je Carollo eigenlijk al lang?'

'Ja, al heel lang. Hij heeft vroeger voor grootvader gewerkt.'

'Dus hij is te vertrouwen,' constateerde ze.

'Absoluut,' antwoordde Andrew. 'Hij werkte tenslotte ook voor jouw vader en Anton.'

'Dan is het goed.' Ze kneep in zijn arm.

'Hij kan het zich ook niet veroorloven om ergens bij betrokken te raken,' voegde Andrew eraan toe. 'Zijn vrouw komt uit een vooraanstaande New Yorkse familie. Haar vader heeft hem geholpen met het opzetten van zijn advocatenpraktijk. Hij heeft drie kinderen, dan kun je je geen… fraude permitteren.'

'Dus we concentreren ons op Grace,' constateerde Victoria.

'Als je echt bang bent dat ze bij dit alles betrokken is...'

Een tijdje liepen ze zwijgend verder. Toen haalde Victoria diep adem. 'Laten we naar London Terrace gaan, Andrew.'

'Nu?'

'Ja. Ik moet alles nog eens bekijken. Het laat me gewoon niet los.'

'Hm. Als het je zo dwarszit, dan wil ik het niet zomaar van tafel vegen. Tenslotte ben je niet iemand die zich door hersenspinsels laat leiden.'

'Ik wil gewoon weten of ik er echt zo naast zat toen ik dacht dat ik Grace herkende.'

'Goed dan.' Andrew knikte en hield een taxi aan.

'Bedankt, Andrew.'

'Je hebt duidelijk je redenen,' zei hij toen ze instapten. 'Dus laten we gaan kijken.'

Victoria kuste hem snel op zijn wang en dirigeerde toen de taxichauffeur naar de plek tegenover London Terrace waar ze Grace destijds had gezien.

Andrew betaalde en ze stapten uit.

'Welke ingang was het?' Andrew keek om zich heen. 'Kun je het je herinneren? Ze lijken allemaal op elkaar.'

Victoria wees naar het midden van het gebouw. 'Die daar!'

Ze wachtten tot er een autobus was gepasseerd, staken toen de straat over en gingen het enorme appartementencomplex binnen.

'Kan ik u helpen?' Een van de portiers kwam naar hen toe toen ze in de lobby rondkeken.

Victoria haalde het huurcontract van de flat tevoorschijn, dat ze een paar dagen eerder al in haar handtas had gestopt om opnieuw te proberen de flat in te komen als de gelegenheid zich voordeed.

'Wij zijn de hoofdhuurders van nummer 5021,' zei Andrew, terwijl hij zijn visitekaartje liet zien, waarop stond dat hij directeur was van SweetCandy Ltd. 'Met toestemming van onze onderhuurders, de heer en mevrouw Brown, zouden wij graag de gevolgen willen bekijken van de waterschade waarover is geklaagd.'

De portier krabde achter zijn oor. 'Waterschade? Moment...' Hij nam de huurderslijst door.

'5021 zei u? Nou... meneer en mevrouw Brown zijn momenteel de stad uit. Ik zal de deur voor u moeten opendoen...'

'Dat zou heel vriendelijk zijn.'

De portier knikte. 'Ik breng u naar boven.'

Hij ging hun voor naar de lift. Met een stalen gezicht bracht een liftboy hen naar de vijfde verdieping. Ze stapten uit en de portier opende appartement 5021 met een zware sleutelbos.

'Ik zal hier op u wachten,' zei hij.

'Dank u zeer,' zei Andrew en hij liet Victoria voorgaan.

Ze communiceerden via oogcontact. Terwijl Andrew naar de badkamer liep en de kranen bediende, sloop Victoria door de kamers.

De flat was betrekkelijk eenvoudig ingericht en keurig op orde. Het zag eruit alsof een dienstmeisje er onlangs had opgeruimd.

De bedden in de slaapkamer waren pas opgemaakt, er waren geen verse levensmiddelen in de keuken te vinden, alleen wat droge proviand. In de woonkamer lag een boek op het bijzettafeltje naast de bank. *Pride & Prejudice* van Jane Austen. Terloops opende Victoria het met één hand en bladerde door de beduimelde bladzijden, terwijl ze Andrew met de portier hoorde praten. Even later kwam hij bij haar. 'Ik heb hem naar beneden gestuurd.'

'En ging hij weg?'

'Natuurlijk. Ik zei hem dat ik alles nog eens goed wilde bekijken. Waterschade kan leiden tot schimmel. En schimmel is erg moeilijk te bestrijden.'

'En hij geloofde je?'

Andrew grijnsde. 'Anders zou hij nog steeds voor de deur staan. Laten we beginnen. Ik zei dat hij over een half uur moest terugkomen.'

Victoria wilde het boek net weer dichtslaan toen ze een opdracht opmerkte. Ze pakte het van de tafel. 'Andrew...'

'Ja?'

Victoria liet hem de bladzijde zien met de paar handgeschreven regels. 'Grace... ze lijkt werkelijk iets met deze woning te maken te hebben!'

'*Opgedragen aan mijn lieve vriendin Grace Miller...*' las Andrew en hij keek Victoria aan, die het boek dichtsloeg en het weer op het bijzettafeltje legde. 'Je hebt gelijk.'

Ze doorzochten de woonkamer en onderzochten ook de slaapkamer en de kleedkamer grondig. Toen ze niets vonden, behalve een paar verspreide kledingstukken, richtten ze zich op de studeerkamer. Tegen een muur stond een rij smalle kasten.

'Allemaal op slot,' zei Victoria, terwijl ze aan de deuren rammelde. 'Heb je enig idee waar iemand in deze flat de sleutels zou kunnen bewaren?'

'Als we pech hebben, zitten ze aan een sleutelbos en zijn ze niet hier,' antwoordde Andrew, maar hij zocht al in de laden van het bureau. Daarna inspecteerde hij de potjes van filigraan op het tafelblad, waarin pennen en een briefopener zaten.

Niets.

Ondertussen ging Victoria op haar tenen staan en veegde met een hand over de bovenrand van de kasten. 'Andrew... ik dacht dat ik iets voelde. Maar ik moet het per ongeluk wat naar achteren hebben geduwd en nu kan ik er niet meer bij...'

Andrew was meteen bij haar en tastte voorzichtig rond de plek waar Victoria naar wees.

'Daar... is echt iets!' Hij haalde zijn hand tevoorschijn en hield een kleine sleutel vast.

Victoria glimlachte tevreden. 'Kijk eens aan.'

Ze probeerden de sleutel uit. Hij paste op alle kastjes.

Haastig probeerden ze zich een overzicht van de nauwkeurig gelabelde mappen te vormen.

'Het lijken oude rekeningen te zijn,' zei Andrew uiteindelijk teleurgesteld.

'Dat kan ik me niet voorstellen,' antwoordde Victoria. 'Wat voor waardevolle rekeningen zouden het moeten zijn, dat ze in een afgesloten kast moeten worden bewaakt?'

'Je hebt gelijk.'

Ze haalden de mappen er een voor een uit en doorzochten de inhoud. De eerste twee kasten bevatten inderdaad rekeningen van voorgaande jaren, waaronder bonnetjes met astronomische uitgaven voor kleding, schoenen en cosmetica, restaurantbezoek en korte reisjes.

'Dat past bij Grace. Ze leeft op grote voet,' constateerde Victoria.

Andrew knikte.

Ze zochten verder.

'Kijk eens aan.' Andrew had de derde kast onderzocht en vond een map met facturen van de advocaat.

'O ja,' antwoordde Victoria. 'Die moeten we beter bekijken.'

Andrew klapte hem open. 'Dit zijn rekeningen van Carollo's advocatenkantoor. En veel te hoog.'

Victoria hoorde de teleurstelling in zijn stem en voelde zich tegelijkertijd gesterkt in haar wantrouwen jegens de advocaat. 'Grace heeft ze allemaal geaccordeerd.'

'Daar kan ze een paar vragen over verwachten,' zei Andrew.

'Dit zouden we nader moeten onderzoeken en vergelijken met de documenten in onze boekhouding. Dan kun je met haar praten.' Victoria bladerde verder door de bladzijden. 'En hier... zijn de kredietovereenkomsten met de Hudson Bank!'

'Dat zijn kopieën,' bevestigde Andrew. 'Gewaarmerkte afschriften. Wat doen die hier?'

'De flat werd gehuurd door Grace...'

'Laat eens kijken.' Andrew nam de overeenkomsten van haar over en las ze aandachtig door. 'Nou ja, deze komen overeen met de oorspronkelijke contracten. Tenminste, voor zover ik kan zien. Natuurlijk, als Grace hier een pied-à-terre heeft, is het mogelijk dat ze haar werk hier mee naartoe heeft genomen.'

'Wat is dat?' vroeg Victoria, wijzend op een envelop die tussen twee bladzijden uit was gegleden. De paperclip waarmee hij eerst aan het contract was bevestigd, lag ernaast.

'Ma'am? Sir?'

'De portier!' fluisterde Victoria.

Ze sloeg de map haastig dicht en borg hem op in de kast, terwijl Andrew de brief in zijn zak stak en naar de bediende liep. 'Zo te zien is alles in orde,' zei hij en hij ging de man voor naar de badkamer. 'Ziet u wel? Geen druppels meer. En de kamer zelf lijkt droog.'

'Nou, dan is het in orde,' hoorde Victoria de portier zeggen, terwijl ze de laatste kast op slot deed en de sleutel weer op zijn plaats legde. Ze stapte tegelijk met de twee mannen de gang op.

'Lieve hemel, Andrew,' zei ze toen de portier haar vragend aankeek, 'we waren toch uitgenodigd bij de Fraziers! Nu moeten we toch echt voortmaken, anders komen we te laat voor het diner.'

Andrew vertrok geen spier. 'Je hebt gelijk!'

De portier richtte zich weer tot Andrew. 'Dan zal ik u meteen naar beneden begeleiden.' Hij wachtte tot ze de woning hadden verlaten. Toen sloot hij het appartement af.

52

SweetCandy Ltd.
29 december 1936

'Hier is de post!' riep Victoria, terwijl ze naar haar bureau liep. 'Zal ik die van jou ook doornemen?'

'Dat is goed,' antwoordde Andrew. 'Ik heb zo een afspraak met een nieuwe leverancier. Hij biedt uitstekende cacaobonen aan uit Nicaragua en Ecuador.'

'Fantastisch. Hebben jullie nog niet over de prijs onderhandeld?'

'Niet definitief. Dat staat me vandaag dus nog te wachten.'

Ze knipoogde naar hem. 'Laat je geen oor aannaaien!'

'Niemand heeft mij ooit een oor aangenaaid, miss Rheinberger.' Andrew grijnsde.

Victoria lachte, bladerde snel door de enveloppen en legde de stapel op haar bureau. Andrew kwam bij haar staan en streelde haar haar. 'Als ik jou niet had, schat, zou deze onderneming toch allang zijn ondergegaan.'

'Inderdaad,' zei ze plagerig. Toen herinnerde ze zich iets. 'Ach, wat ik nog wilde vragen: wanneer ga je de tickets voor onze reis naar Stuttgart halen?'

'Binnenkort,' antwoordde Andrew. 'Ik wilde nog van je weten welk schip je wilt nemen en welke datum je het beste uitkomt. Maar ik zal niet mee kunnen komen.'

'Niet?' Victoria was confuus. 'Maar waarom niet?'

'Dankzij de borgtocht ben ik tot het proces op vrije voeten, maar ik mag New York niet uit.'

Victoria was teleurgesteld. 'Zonder jou wil ik het niet, Andrew. Een overtocht over de oceaan, in mijn eentje, en in de winter...'

'Ik zou graag met je meekomen, geloof me.' Andrew keek haar in de ogen. 'Maar als ik je een goede raad mag geven: ga toch maar. Wie weet wanneer je Stuttgart weer terugziet. En het zal beslist prettiger voor je moeder zijn om de reis naar New York niet in haar eentje te ondernemen.'

'Dat is waar.' Victoria leunde tegen hem aan. 'Wat denk je dat er met ons huis gebeurt als moeder naar New York komt?'

'Dat weet ik niet, schat. Misschien wordt het verhuurd? Op den duur, als het zeker is dat je moeder niet meer terugkomt naar Stuttgart, moeten jullie misschien overwegen het te verkopen.'

Victoria knikte en legde haar hoofd op Andrews schouder. 'Aan de ene kant zou het fijn zijn als moeder hier zou blijven. Maar dat onze chocoladevilla dan verkocht wordt...'

Hij voelde haar weemoed en streelde haar zachtjes over haar nek en schouders. 'Er is nog niets besloten, schat. En als het zover is, zal het aan jullie allemaal, als familie, zijn om te beslissen wat er met de *Chocolate Mansion* gaat gebeuren.'

'Chocolate Mansion,' verzuchtte Victoria en ze keek op. 'Je hebt gelijk. Ik moet nog één keer naar huis. Het liefst half januari, dat komt ook goed uit voor moeder.'

'Afgesproken.'

'En begin februari ben ik weer terug, dus blijf ik niet al te lang weg.'

'Dat is goed!' Hij grijnsde naar haar. 'Langer zou ik het zonder jou ook niet uithouden.'

Nadat Andrew was vertrokken, ging Victoria achter haar bureau zitten en nam de post door. Facturen, bestellingen, offertes. Een briefje van Eleanor waarin ze haar nogmaals feliciteerde met haar succes. Ze sorteerde alles en stopte een deel in de enveloppen voor de huispost, die dan door een van haar secretaresses werd verdeeld onder de respectievelijke medewerkers. Vervolgens dicteerde ze nog twee aanbiedingen voor chocoladebuffetten aan een van de secretaresses en handelde daarna de belangrijkste correspondentie af.

Ze had de brieven die voor Andrew waren bestemd op een aparte stapel gelegd. Nadat de secretaresse was vertrokken, stond ze op om die voor hem op zijn bureau te leggen in het kantoor ernaast. Toen ze dat deed, zag ze de envelop die ze in London Terrace had gevonden.

Andrew had hem ongeopend naast zijn telefoon gelegd. Ze pakte de envelop op en bewoog hem besluiteloos heen en weer.

Hij was niet te al te dik, onbeschreven en rook flauw naar een herenparfum. Moest ze hem openmaken?

Na hun bezoek gisteren aan London Terrace was Andrew naar huis gereden, terwijl Victoria geruime tijd op de zaak had doorgebracht met het samenstellen van een chocoladebuffet dat de vrouw van een grote aannemer had gevraagd voor een privéfeest in het nieuwe jaar. Ze waren de brief gewoon vergeten. En toen ze eindelijk thuis was gekomen en bij Andrew behaaglijk onder de wol was gekropen, waren alle gedachten toch verdwenen.

Vanochtend moest hij de envelop uit zijn jasje hebben gehaald en klaar hebben gelegd om zich er na zijn afspraak mee bezig te houden. Victoria's nieuwsgierigheid groeide. Ze ging achter zijn bureau zitten, pakte de briefopener en sneed de envelop open. Toen vouwde ze de brief binnenin open.

'Wat is er, Victoria?' vroeg Andrew angstig toen ze zijn bespreking onderbrak.

'Ik... ik heb een belangrijke boodschap, Andrew. Sorry voor de onderbreking!' Ze was wat buiten adem nadat ze zich naar de vergaderkamer had gehaast.

'Excuseert u mij?' vroeg Andrew aan zijn zakenpartner en hij volgde Victoria naar de gang.

'Het spijt me heel erg, Andrew, maar dit kan niet wachten.'

'Ik zou toch binnen een kwartier zijn gekomen,' zei Andrew, terwijl hij zachtjes de deur van de vergaderzaal achter zich dichttrok. 'Had het niet zo lang kunnen wachten?'

Victoria schudde haar hoofd. 'Ik denk dat Carollo valsspeelt.' Ze liet hem zien wat ze uit de envelop had gehaald.

Andrew pakte de twee formeel uitziende papieren aan en wierp er een blik op. 'Dat bestaat niet! Waar heb je dit vandaan?'

'Dit hebben we gisteren in London Terrace gevonden.'

'Heb je de brief geopend?'

'Ja. Op een of andere manier...'

'Geen probleem. Ik wilde er later toch met jou naar kijken.' Hij vouwde de papieren weer op en gaf ze aan haar. 'Wil je hier even wachten? Ik neem snel afscheid van meneer Smith.'

Victoria knikte.

Een paar minuten later was Andrew alweer bij haar. 'Laten we teruggaan naar kantoor.' Hij legde zacht een hand op haar rug.

'Is zoiets wel toegestaan?' vroeg Victoria, terwijl ze door de gangen liepen. 'Ik begrijp niet helemaal wat Carollo met die Harvey Brothers te maken heeft.'

'Harvey Brothers is een investeringsbank. Ze hebben zich ruim drie jaar geleden afgesplitst van de Hudson Bank, omdat de investeringsactiviteiten destijds moesten worden gescheiden van de gewone bankactiviteiten. Een gevolg van de Grote Depressie.'

'Harvey Brothers is een investeringsbank? Daar heb ik nog niets over gehoord.'

'Ze houden zich bezig met vermogensbeheer en effectenhandel.'

'Goed. Dan kan ik me ongeveer voorstellen waar het over gaat.' Victoria drukte op de knop van de lift.

'Carollo heeft heel veel geld verloren, dat kun je aan deze afschriften zien,' merkte Andrew op toen ze de lift in stapten. 'Maar waarom hij deze documenten bij de kredietovereenkomsten van de Hudson Bank heeft gestopt, is me een raadsel.'

'We moeten dit nog eens zorgvuldig doorlezen.'

'Ik zoek zo de originele kredietovereenkomsten,' zei Andrew, terwijl de lift hen twee verdiepingen omhoog bracht.

'Doe dat. En in de eerste plaats moeten we uitzoeken of hij zo krap bij kas zat dat hij zich met dubieuze transacties heeft ingelaten.'

Hij legde een hand op haar wang. 'Je hebt Carollo nooit vertrouwd, is het niet?'

'Zo zou ik het niet willen zeggen,' antwoordde Victoria. 'Waarschijnlijk had ik een onpartijdige kijk op hem omdat ik hem nog helemaal niet kende. Maar het klopt wel dat ik vaak een ongemakkelijk gevoel had. Een innerlijke waarschuwing, als het ware.'

De liftdeuren gingen open.

'Ik zal je intuïtie voortaan meer ter harte nemen,' beloofde Andrew, toen ze de lift verlieten en de voorvertrekken van hun kantoren binnengingen.

'We willen het komende uur in geen geval worden gestoord,' zei hij tegen de dames van het voorvertrek.

Ze trokken zich terug in Andrews kantoor en namen eerst de documenten van de investeringsbank door. Daarna keken ze nog eens goed naar de kredietovereenkomsten van de Hudson Bank.

'Er moet een samenhang zijn, al is die hier niet duidelijk,' zei Andrew uiteindelijk. 'Anders zou deze brief niet bij de afschriften van de contracten hebben gezeten.'

'Ten eerste betekent het dat er waarschijnlijk een verband is tussen Carollo en Grace,' verklaarde Victoria. 'Anders hadden we de brief niet in dat appartement gevonden.'

'Dat is waar,' zei Andrew. 'Denk je dat ze hem chanteert?'

'Dat zou een mogelijkheid zijn.'

'Maar waarom zou ze dat doen?'

Victoria haalde haar schouders op. 'Misschien omdat ze zelf geld nodig heeft?'

'Maar ze verdient goed bij ons. Trouwens, Carollo schijnt niet veel geld meer te hebben. Het is een raadsel hoe hij zich dat dure advocatenkantoor kan veroorloven.'

'Uiteindelijk heeft ze... toch iets te maken met al die fraudegevallen die het afgelopen jaar hebben plaatsgevonden.'

Andrew schudde zijn hoofd. 'Maar waarom? Ze had toch naar mij kunnen komen als er problemen waren?'

'Misschien vertrouwde ze je niet genoeg?'

Andrew stond op en stak de documenten van de Harvey Brothers in de zak van zijn jasje. 'Kom mee!'

'Waar wil je naartoe?'

'Er ontbreekt een schakel in de ketting. Laten we die gaan zoeken.'

53

Twee uur later, in een taxi tussen Chelsea en de Upper East Side

'Het past allemaal nog niet in elkaar,' zei Andrew. 'Als we aannemen dat Grace heeft toegestaan dat SweetCandy op grote schaal werd gemanipuleerd... dan moet Carollo een reden gehad hebben om zich erbij te laten betrekken.'

'Of het was Carollo die misbruik maakte van Grace,' opperde Victoria.

'Hm.'

'Waar ik al een tijdje over nadenk, Andrew... zou Carollo zelf niet deel kunnen uitmaken van de maffia?'

'Je stelt interessante vragen,' antwoordde Andrew. 'Dat is niet zo gemakkelijk te beantwoorden. Italiaanse wortels heeft hij wel. Maar dan zou hij waarschijnlijk zijn schulden op een andere manier hebben betaald. Die families steunen elkaar bij dat soort dingen.'

'Weet je het zeker?'

'Zeker? Hm. Ik weet nauwelijks hoe het er in die kringen aan toegaat. Je hoort wel eens wat.'

'Als ik alles chronologisch op een rijtje zet, probeert men SweetCandy al ruim een jaar failliet te laten gaan. Als mijn moeder niet had ingegrepen, had je het bedrijf waarschijnlijk niet draaiende kunnen houden, klopt dat?'

Andrew haalde diep adem. 'Het is heel moeilijk voor me om dat toe te geven. Maar ja, ik zou het niet lang meer hebben volgehouden. Vooral omdat grootvader niet bereid was om nog meer bij te dragen uit zijn privévermogen.'

'En toen kwam je terug uit Duitsland met mij en zijn er veel dingen veranderd. We hebben nieuwe activiteiten gevonden...'

'... en jij hebt met je buffetten de aandacht van de grote families van New York op je gevestigd.'

'Best mogelijk.'

'Dat is zo. Sindsdien is SweetCandy het gesprek van de dag.'

Victoria haalde verlegen haar schouders op. 'Het belangrijkste is dat moeder de leningen heeft afbetaald en nu eigenaar is van de grond waar SweetCandy op staat.'

'En zodoende het beleggingsobject wegnam.'

'Precies. Kort daarop werd je gearresteerd...'

'Dat kan Carollo lange tijd hebben voorbereid om mij uit de weg te hebben wanneer de Hudson Bank de percelen confisqueert,' zei Andrew. 'Want het is niet zo eenvoudig om iemand achter de tralies te krijgen. Dat vergt een zekere aanlooptijd.'

'Tenzij je contacten hebt met de maffia.'

'Maar dat is speculatie.' Andrew legde zijn hand in zijn nek. 'Vermoedelijk was het een poging om me op zijn minst een tijdje uit de roulatie te halen. Want als de overdracht aan je moeder niet zo soepel was verlopen, zou de Hudson Bank het perceel vanwege de gewijzigde omstandigheden hebben overgenomen. Ervan uitgaande dat er connecties zijn met Harvey Brothers, zou het een behoorlijk lucratieve zaak zijn geworden.'

'Dat klopt. Motieven genoeg.' Victoria schoof naar hem toe, zijn nabijheid zoekend. 'Ik ben benieuwd hoe je grootvader op ons bezoek reageert.'

'Als hij al met ons praat,' zei Andrew.

'Hij zal wel moeten,' antwoordde Victoria, terwijl ze door het raampje van de auto naar buiten keek. Ze reden nu door de Upper East Side.

Toen de taxi eindelijk stopte voor een indrukwekkend neoklassiek herenhuis, onderdrukte Victoria een opkomend gevoel van onzekerheid. Pompeuze gevels betekenden niets. Waar het om ging was wat erachter zat.

Nadat Andrew had aangebeld, opende een formeel geklede butler de deur en nodigde hen uit een niet al te grote hal met een decent glanzende marmeren vloer binnen te gaan. Kostbare Chinese vazen flankeerden een tot de vloer reikende spiegel, die de ruimte optisch vergrootte. Victoria voelde Andrews nervositeit, terwijl ze wachtten tot Robert Miller hen zou ontvangen.

'Dus hier heb je vroeger gewoond,' zei Victoria zacht. 'Voor je naar Greenwich Village verhuisde.'

Andrew knikte. 'Op de tweede verdieping.'

'Op welke verdieping woont Grace?'

'Op de derde.'

'Daar zou ik graag eens een kijkje willen nemen.'

'De woning zal wel afgesloten zijn.'

'Laten we het aan je grootvader vragen.'

Andrew schudde zijn hoofd. 'We mogen al blij zijn als hij ons wil zien.'

De butler kwam terug. 'Meneer Miller kan u nu ontvangen.'

'Zie je wel!' Victoria porde Andrew bemoedigend in zijn zij.

Ze volgden de man over een traploper van dik tapijt naar de eerste verdieping. In Duitsland zou dit woongedeelte de bel-etage worden genoemd, ging het door Victoria's hoofd.

De butler opende de deur en maakte een lichte buiging. Ze gingen naar binnen.

Robert Miller wachtte hen op, zittend aan een secretaire die in een goedgevulde bibliotheek stond. Hij hield een boek in zijn hand en leek het te lezen.

'Wat is er, Andrew?' vroeg hij zonder op te kijken.

'Grootvader...' Andrew nam zijn hoed af en schraapte zijn keel. 'Hoe... is het met je?'

'Je bent hier helemaal naartoe gekomen om te vragen hoe het met me gaat?' Robert Miller legde het boek opzij. 'Tja. Zoals te verwachten is, gezien de omstandigheden.'

'Aha.' Andrew frunnikte aan de rand van zijn hoed, hoewel hij probeerde kalm te lijken. 'Grootvader... ik ben op zoek naar Grace.'

'Waarom?'

'Ik... wil haar een paar vragen stellen.'

'Wat wil je haar dan vragen?'

'Of we ervan uit kunnen gaan dat ze haar werkzaamheden bij SweetCandy in het nieuwe jaar hervat.'

'Hm.'

'Ik kan Grace niet bereiken, grootvader,' drong Andrew aan. 'En we moeten plannen maken.'

Robert Miller fronste zijn wenkbrauwen. 'Hoe zou ik moeten weten waar Grace is?'

'Ze heeft tenslotte een appartement in jouw huis.'

'Ze is volwassen. Ze kan doen en laten wat ze wil.'

Victoria merkte op dat Robert Miller er met geen woord over repte dat Grace in Boston verbleef.

'En dan,' vervolgde Andrew, 'wilde ik je nog eens vragen of ik op je hulp kan rekenen wat SweetCandy betreft.' Net als bij het onderzoek naar Grace, hadden Andrew en Victoria deze vraag van tevoren besproken om Robert Miller uit de tent te lokken. 'Tenslotte zijn we familie, grootvader. En de omstandigheden zijn veranderd. Het bedrijf heeft het ergste achter de rug en is op de goede weg.'

'Wil je geld?' Robert Miller lachte en ging rechtop zitten. 'Jij hebt SweetCandy te gronde gericht en toegelaten...' hij wees met zijn vinger naar Victoria, '... dat die Duitse wijven zich eraan vergrepen. Denk je echt dat je ook maar één dollar van mij zult zien?'

Victoria zag dat Andrews ogen zich vernauwden. 'Wat er vorig jaar is gebeurd had ik niet in de hand. Het is mogelijk dat Grace erbij betrokken is.'

'Grace? Nu geef je je nicht de schuld? Zeg eens...' Robert Miller wierp Victoria een zijdelingse blik toe, 'hoeveel invloed heeft zíj eigenlijk op jou?'

'U schat de situatie verkeerd in, grootvader,' antwoordde Andrew koel. 'De Rheinbergers zijn niet het probleem, ze zijn de oplossing, door hun toedoen kan de onderneming worden gered. Was Victoria's grootvader niet jouw vriend?'

'De oude Rheinberger was een fatsoenlijke vent. Maar zijn nakomelingen proberen onze erfenis in handen te krijgen. Word eindelijk eens wakker, Andrew.'

Andrew schudde verbijsterd zijn hoofd. 'Hoe heeft Grace het gedaan, grootvader? Hoe heeft ze zo'n wig tussen ons kunnen drijven?'

Victoria zag een zweem van pijn in Robert Millers ogen, maar die maakte meteen plaats voor hardheid. 'Het was mijn fout, Andrew. Ik vertrouwde jou, maar het was Grace die altijd in mijn geest handelde. Ze waarschuwde me jaren geleden al voor je. Helaas heb ik te laat naar haar geluisterd.'

Andrew trok zijn wenkbrauwen op. 'Ze heeft grondig werk verricht.'

'In elk geval heeft ze me laten zien hoe je werkelijk bent.' Robert Miller pakte zijn boek weer op en bladerde het door. 'Je hoeft niets meer van me te verwachten. Een prettige dag nog.'

Victoria zag Andrew met afhangende armen staan, alsof hij niet kon geloven wat hij zojuist had gehoord. Voorzichtig legde ze haar hand in de zijne. 'Kom,' fluisterde ze. 'Laten we gaan.'

54

Andrew wilde de trap naar de ingang al af lopen, toen Victoria bleef staan. 'Andrew…'

'Wat is er?' Andrew klonk verbaasd. 'Ik moet hier weg, Victoria.'

'Dat kan ik begrijpen, maar… we zouden toch in Grace' flat gaan kijken.'

Hij stokte. 'Je hebt gelijk. Misschien is er nog een aanwijzing te vinden. Hoewel ik vermoed dat ze ergens is ondergedoken. Wellicht met een royale bijdrage van grootvader.'

'Dat weet je niet,' antwoordde Victoria. 'Waar het om gaat is dat jij nog in gevaar bent, totdat we weten hoe het zit met haar, Carollo en eventuele figuren achter de schermen.'

'Goed dan. Eropaf!'

Samen liepen ze de trap naar de derde verdieping op en Victoria merkte dat haar vechtlust ontwaakte. Ze had met Andrew gevochten voor de toekomst van SweetCandy, met hem gehoopt en geleden. Hij was een dapper en integer man, en men probeerde zijn nek te breken.

Als er een mogelijkheid was om dit op te lossen, moesten ze die benutten.

Buiten de deur van Grace' flat bleven ze staan en keken rond.

'Het ziet eruit zoals altijd,' zei Andrew.

'Maar hoe komen we binnen?' vroeg Victoria.

'Ik heb nog een sleutel,' zei Andrew, terwijl hij zijn sleutelbos uit zijn jaszak haalde. 'Zowel grootvader als Grace heeft daar niet aan gedacht toen ik destijds ben verhuisd. Als de sloten niet zijn vervangen, past hij op alle woningen in het huis.'

Hij pakte een van de sleutels en stak die in het slot. Met een klik ging de deur open.

'Blijkbaar voelen ze zich veilig en hebben ze niets veranderd,' zei Victoria zacht.

'Nee.' Ook Andrew liet onwillekeurig zijn stem dalen toen ze binnenkwamen en de deur achter zich sloten. 'Ik loop voorop. Laten we eerst maar eens kijken of er hier iemand is.'

Voorzichtig liepen ze door de grote kamers, maar het modern ingerichte appartement was leeg. Er was niemand te vinden in de salon, de woonkamer, de keuken of de badkamers.

Victoria slaakte een zucht van verlichting.

'Nu zijn er alleen nog de bibliotheek en de slaapkamer,' zei Andrew.

'Eerst de bibliotheek,' stelde Victoria voor.

Andrew knikte en liep door naar een kamer met hoge boekenkasten vol boeken.

'Vreemd... de woning lijkt eigenlijk leeg. Maar iemand moet hier kortgeleden nog zijn geweest,' zei Victoria, wijzend op een volle asbak. 'Ik kan me niet voorstellen dat jullie dienstbode dagenlang de asbak niet heeft geleegd.'

'Ik ook niet,' zei Andrew terwijl hij door de kamer liep, de boekenkasten bekeek en toen bij een sierlijke secretaire ging staan die naast een van de tot de vloer reikende ramen stond.

Victoria keek ook om zich heen. Ze had het gevoel dat er elk moment iemand kon binnenkomen. 'Misschien is Grace in de buurt.'

'Ze is nu waarschijnlijk het huis uit. Laten we de tijd benutten om rond te kijken.'

Terwijl Andrew met de secretaire aan de slag ging, doorzocht Victoria alle boekenkasten.

'Misschien is dit iets!' Opeens hield Andrew een dikke, blanco envelop in zijn hand.

'Wat is dat?' Ze was meteen bij hem.

'Die lag op de secretaire. Onder een stapel tijdschriften.' Hij opende de ingeklapte sluitflap en haalde er een deel van de inhoud uit.

'... Miller versus Miller...' las hij. 'Niet te geloven!'

'Misschien werpt dit eindelijk nieuw licht op de zaak.'

'Laten we ernaar kijken.' Andrew liep naar de grote, bordeauxrode leren bank die voor een van de boekenkasten stond, ging zitten en haalde de hele stapel papier uit de envelop. Victoria nam naast hem plaats.

Ze namen de documenten door. En bladzijde na bladzijde doemde er een verontrustende waarheid op.

'Dit is de kopie van het onderzoeksdossier met de aangifte die blijkbaar tegen me is gedaan.' Andrew keek de verschillende pagina's van het dossier door. 'De auteur van deze strafklacht is weliswaar iemand anders, wiens naam ik niet ken, maar hier is een brief van...'

'John Carollo!' mompelde Victoria. Ze pakte een vel papier dat daarachter lag. 'En hier geeft hij Grace specifieke instructies hoe ze te werk moet gaan.'

'Dat kan niet waar zijn!' Andrew pakte het volgende stuk papier. 'Elk van deze beschuldigingen is... gelogen. Naar verluidt, heb ik SweetCandy insolvent gemaakt door verduistering, heb ik foutieve zakelijke beslissingen genomen en mezelf persoonlijk verrijkt.' Hij tikte op het papier. 'De beschuldigingen werden meestal door Grace als getuige bevestigd. Sommige door grootvader. En... deze hier door de ontslagen boekhouder... weet je nog wel?'

'Ja, natuurlijk weet ik dat nog.' Victoria legde een hand op zijn arm. 'We kunnen die allemaal punt voor punt weerleggen.'

'Dat zou Carollo's taak zijn geweest.'

'Dat was duidelijk niet in zijn belang. Achteraf gezien ben ik verbaasd dat hij ervoor gezorgd heeft dat je op borgtocht bent vrijgelaten.'

'Vermoedelijk kon hij het niet verhinderen.' Andrew wees naar een aparte brief die tussen de bladzijden lag. 'Als ik het goed begrijp dringt hij aan op een spoedige zitting. Om me snel weer achter de tralies te krijgen.'

Hij legde het dossier naast zich op de bank en pakte een stel aan elkaar geniete papieren. 'Wat is dit?'

'Het lijkt op een... contract,' zei Victoria.

'Dit is...' Andrew schudde zijn hoofd. 'Ik denk dat we hier het ontbrekende puzzelstukje hebben.'

'Zeg op!'

'Een *side letter*. Dat is een nevenovereenkomst. In dit geval verwijst hij naar de kredietovereenkomsten tussen SweetCandy en de Hudson Bank.' Andrew las verder.

'En waar gaat het om in die nevenovereenkomst?' vroeg Victoria.

Andrew gaf haar het document, dat eruitzag als een traditioneel contract. 'In het kort staat er dat als de Hudson Bank de grond van SweetCandy in handen krijgt, Carollo een enorme commissie krijgt.'

'Is zoiets wettelijk wel toegestaan?' vroeg Victoria, terwijl ze snel de paragrafen doornam. 'Dat is toch een vorm van... corruptie?'

'Dat is het zeker. En hoe dan ook strafbaar.'

'Dan hebben we hem.'

'Precies. Bovendien krijgt hij de exclusieve verkooprechten op alle appartementen als er een torenflat wordt opgetrokken op het perceel van SweetCandy.'

'Een torenflat zoals het London Terrace?'

'Daar ga ik van uit.' Andrew stond op. 'Kom, Victoria. We nemen de map mee en gaan naar de...'

Op hetzelfde moment hoorde Victoria een geluid. 'Stil, Andrew!'

'Wat...?'

Victoria schudde haar hoofd en ging voorzichtig bij de deur van de bibliotheek staan, die ze op een kier hadden laten staan.

'Ik hoor niets,' zei Andrew.

'Toch wel... sst...'

Nu was het duidelijk hoorbaar. Het zuchten van een vrouw, toen het gekreun van een man.

'O jee...' zei ze. 'Nou, het zou me niet verbazen als we Grace in de... slaapkamer vinden.'

'Laat mij maar even gaan kijken,' zei Andrew. 'Dit is niets voor jongedames.'

Victoria kon een zacht lachje niet onderdrukken. 'Zo jong ben ik nou ook weer niet. Ik kom met je mee!'

Ze volgde Andrew, tot hij stilstond voor een deur aan het einde van de gang.

'Ik vraag me af wie er bij haar is...?'

'Dat zullen we nu zien!'

Met een ruk opende hij de deur.

55

Grace slaakte een schelle kreet. De man boven op haar rolde van haar af en ging rechtop zitten, met een gezicht vol ongeloof. 'Hoe zijn jullie... hier in godsnaam binnengekomen?'

'Door de deur, meneer Carollo,' zei Andrew schamper, terwijl Grace naar het dekbed greep om haar naakte lichaam te bedekken. 'Wegwezen, Andrew!' schreeuwde ze. 'Dit is mijn privéwoning!'

'Eerst moeten we een paar dingen rechtzetten.'

'U hebt het recht niet om hier zomaar binnen te dringen,' protesteerde ook de bezwete Carollo, die er opeens slungelig uitzag zonder zijn perfecte maatpakken. Zijn bruine haar, waar anders een keurige scheiding in zat, hing verward in zijn gezicht.

'We geven u drie minuten om u aan te kleden,' zei Andrew onbewogen. 'In de tussentijd bellen we de politie.'

'Wat wilt u de politie vertellen?' Ondanks zijn naaktheid sloeg Carollo meteen zijn advocatentoon aan. 'Dat ik de middag met mijn geliefde heb doorgebracht?'

'Dat zullen de agenten zelf wel beoordelen,' zei Andrew. 'Ik, aan de andere kant, zal getuigen dat u hand-en-spandiensten hebt verricht voor de Hudson Bank om SweetCandy failliet te laten gaan.'

'Hoe... waarom zou ik dat gedaan hebben?'

'Ach, Carollo, probeer toch niet de vermoorde onschuld te spelen.'

'Dat is een brutaliteit...'

'Het zou allemaal soepel zijn verlopen,' vervolgde Andrew, 'als Judith en Victoria Rheinberger niet op het toneel waren verschenen, is het niet?'

'Wie denkt u, meneer Miller, wie hier degene is die –' zei Carollo, maar Andrew kapte hem af.

'Doe maar niet of u van niets weet, Carollo.'

'Hoe durft u, Miller!' riep Carollo uit. 'U compromitteert hier uw nicht en komt met volkomen uit de lucht gegrepen beschuldigingen. Bovendien maakt u zich schuldig aan huisvredebreuk.'

'Ach.' Andrew lachte. 'U hebt Grace zelf al gecompromitteerd. En wat de beschuldigingen betreft: wij hebben sluitend bewijs voor het feit dat u met de Hudson Bank hebt samengespannen in de hoop een grote slag te slaan. Land verkopen in Manhattan is lucratief, Carollo. Dan kun je nog wel eens voor de verleiding bezwijken. En als je de verkooprechten van een torenflat kunt krijgen...'

'Ik weet niet hoe u zo'n leugenverhaal wilt bewijzen.' Carollo stapte uit bed en greep naar zijn overhemd.

Andrew haalde de side letter langzaam uit de binnenzak van zijn jas en vouwde hem open.

Carollo ademde zwaar.

'En?'

'Waar hebt u die vandaan?' vroeg Carollo op vlakke toon.

'Dat weet u heel goed. Als u dan een coup wilt plegen, Carollo, dan kunt u zich geen beginnersfouten veroorloven.'

Carollo keek naar Grace. 'Ik had je nog zo gezegd...'

'Ik zou de documenten vandaag naar Boston hebben gebracht...'

'Dus dit was een afscheidsfeestje?' vroeg Andrew op een voor hem ongebruikelijk sarcastische toon. 'Was het eigenlijk moeilijk om Grace zover te krijgen uw plannen te steunen?'

'Ik zeg niets meer.'

'Dat is uw goed recht, Carollo. U weet wanneer u verloren hebt, nietwaar?'

Plotseling keek Grace Victoria aan. 'Jij... jij hebt alles kapotgemaakt! Als jullie je aandelen aan de Hudson Bank zouden hebben verkocht...' Ze beet op haar lippen.

Victoria antwoordde niet. In plaats daarvan wierp ze een korte blik op Andrew, die zijn aandacht weer op Carollo had gericht.

'Uitgerekend jij, Victoria, zou moeten begrijpen hoe het is om gepasseerd te worden!' vervolgde Grace. 'Grootvader dácht er zelfs niet aan om aandelen aan mij over te dragen, of mij een positie als onderdirecteur aan te bieden. Alles ging naar Andrew. Dat is niet fair! Al die jaren heb ik op de winst gelet en het bedrijf bijeengehouden. Alleen zodat Andrew kon profiteren van het succes.'

'Dus het is waar,' zei Andrew rustig, zonder zijn ogen van Carollo af te wenden. 'Dus jij was degene die onze zaken zo probeerde te manipuleren dat SweetCandy insolvent zou worden. Doelbewust en berekenend.'

Victoria zag Grace' wangen nog roder worden dan ze al waren van het liefdesspel.

'Wat zou jij eigenlijk hebben gedaan met het insolvente SweetCandy?' vroeg Andrew.

'Ik... ik zou onze grootvader bewezen hebben dat ik minstens even goed ben als jij!'

'Dat zou lastig zijn geworden,' zei Victoria, terwijl ze de spot in haar eigen stem hoorde. 'Denk je echt dat het zo snel weer bergop zou zijn gegaan?'

'Met grootvaders geld...'

'Je minnaar zou je de zaak nooit hebben laten overnemen, Grace. Hij heeft je gewoon gebruikt,' verklaarde Andrew onbarmhartig.

Grace perste haar lippen op elkaar. 'Ik... geloof je niet.'

'Begrijp je het echt niet, Grace?' vroeg Victoria. 'Al het bedrog waartoe hij je dwong, had altijd ten doel SweetCandy te ruïneren om de grond in handen te krijgen. Niet om jou een belangrijke functie te bezorgen of om je grootvader te overtuigen van je capaciteiten. Carollo wilde SweetCandy breken, anders niet.'

'John!' snauwde Grace tegen haar minnaar. 'Zeg dat het niet waar is!'

Carollo zweeg.

'Trouwens, als mijn moeder haar converteerbare lening aan de Hudson Bank zou hebben verkocht, zou het nog gemakkelijker voor hem zijn geweest,' voegde Victoria eraan toe.

'Kom op, Grace. Het is duidelijk,' zei Andrew. 'Sinds wanneer... laat je hem eigenlijk in je bed?' Hij maakte een handgebaar naar Carollo, die zijn broek en hemd had aangetrokken en nu met zijn handen zijn haar probeerde te fatsoeneren.

'Dat gaat je niets aan!' siste Grace.

'Goed dan.' Andrew pakte Grace' kamerjas van een haak aan de muur en gooide die naar haar toe. 'Kleed je aan, alsjeblieft. Als de politie komt, moet die je niet naakt aantreffen.'

'Wat zou... John er eigenlijk voor belang bij hebben om mij te gebruiken?'

'Hij heeft gespeculeerd en veel geld verloren.'

'Alweer zo'n slag in de lucht, Miller,' protesteerde Carollo, die inmiddels aangekleed voor het bed stond.

'U hebt al veel geld verloren in '29,' zei Andrew. 'En twee jaar geleden opnieuw. Toen begon de druk op te lopen. Wat een geluk dat Harvey Brothers u een uitweg bood. In ruil daarvoor moest u ervoor zorgen dat het perceel van SweetCandy naar de Hudson Bank ging. Harvey Brothers zou dan samen met u geld hebben verdiend aan de exploitatie van het onroerend goed.'

Grace schudde haar hoofd. 'Ik kan... dit allemaal niet geloven.'

'Je hebt zonder scrupules meegedaan, Grace. Doe alsjeblieft niet of je onschuldig bent,' zei Andrew koel. 'Jullie hebben samengespannen om anderen schade toe te brengen. Nu hebben jullie allebei verloren.'

Victoria merkte dat het Grace begon te dagen hoezeer er van haar was geprofiteerd. 'Je dacht dat je alles onder controle had, is het niet?'

Grace haalde haar schouders op. 'Ik zeg niets.'

'Dat hoeft ook niet, Grace,' zei Andrew kalm. 'Je kent je rechten en kunt wachten tot een advocaat je bijstaat.'

Grace worstelde zichtbaar met zichzelf. 'Je hebt geen idee hoe het voelt om steeds te worden overgeslagen door het leven.'

Andrew keek verbaasd. '"Overgeslagen door het leven?" Dat lijkt me een beetje... pathetisch uitgedrukt, Grace.'

'Zie je. Dat is het hem juist.' Grace stond op en trok de kamerjas aan die Andrew haar had gegeven. 'Je neemt me niet serieus.' Ze knoopte het koord vast met een woedende beweging. 'Terwijl jij door grootmoeder werd vertroeteld, moest ik opgroeien met een moeder die niet in staat was om ons leven te organiseren. Jij had alle kansen en een eersteklas opleiding. En ik? Van kinds af aan heb ik verantwoordelijkheid gedragen. Grootvader heeft ons geld gestuurd, natuurlijk. Er was geen tekort aan eten. Ik had een dak boven mijn hoofd. Voor het voornaamste was gezorgd. Maar ik wilde meer.'

'Je hebt toch veel bereikt? Ik heb je alle kansen gegeven.'

Grace lachte schamper. 'Meen je dat nou, Andrew?' Ze keek hem strak aan. 'Ik kwam naar New York. Ik studeerde en werkte hard. Ik heb grootvader laten zien wat ik kon. En dan krijg jíj het héle bedrijf! En ik... ik zou mijn leven lang een werknemer zijn gebleven.'

'Je had ruime bevoegdheden, Grace. Je had de leiding over de boekhouding en de inkoop. Ik vertrouwde je.'

'Dat is toch niet hetzelfde. Jij was de directeur. Als er iets onduidelijk was, moest ik het jou komen vragen. Mijn kantoor was een verdieping lager dan het jouwe. En ik ben nooit meer geweest dan de brave, hardwerkende Grace.'

'Waarom heb je niet met me gepraat?' vroeg Andrew. 'En heb je in plaats daarvan geprobeerd me kapot te maken?'

Grace haalde haar schouders op.

'Je wilde alles,' zei Andrew bitter. 'Maar weet je wat voor mij de grootste teleurstelling is?'

Grace toonde geen emotie.

'Dat je grootvader doelbewust om de tuin hebt geleid door hem te laten geloven dat ik ongeschikt was om SweetCandy te leiden. Dat doet pijn.'

Victoria zag dat er een schok door Grace heen ging. Andrews nicht perste haar lippen op elkaar en keek langs Andrew heen in de spiegel van haar kaptafel. Dat moment belichaamde de doodlopende weg die Grace had gekozen. Ze was over zichzelf en haar ijdele ambitie gestruikeld.

Victoria vond het moeilijk om met haar mee te voelen.

'Dat verhaal met de maffia was trouwens een slim idee, Carollo,' zei Andrew in de daaropvolgende stilte, terwijl hij zich weer tot de advocaat wendde. 'Daarmee zou u ons op den duur de stuipen op het lijf hebben gejaagd. En we zouden geen enkele kans hebben gehad om te ontdekken of het waar was of niet. Omdat niemand het met een tegenstander als de maffia aanlegt. We zouden het verlies van SweetCandy hebben geaccepteerd en blij zijn geweest dat we het er levend van af hadden gebracht.'

Ook Carollo toonde geen emotie.

'We bellen nu de politie. Wilt u misschien een advocaat contacteren, Carollo?'

56

Andrews flat in Greenwich
De volgende ochtend

Er werd aangebeld.

'Wie is het?' vroeg Andrew, die zich net aan het scheren was. 'Het is nog niet eens zeven uur!'

De deurbel ging nog een keer.

'Geen idee,' zei Victoria, terwijl ze haar kamerjas strakker om zich heen trok. 'Ik ga wel even kijken.'

Ze liep de trap af. De kou kroop onder de dunne zijde. Huiverend opende ze de deur.

'Meneer... Miller?'

'Goedemorgen, juffrouw Rheinberger.' Robert Miller nam beleefd zijn hoed af. 'Het spijt me dat ik u stoor op dit vroege uur, maar ik zou Andrew graag willen spreken.'

'Ja... ja, natuurlijk. Komt u binnen, alsjeblieft.'

Victoria ging Robert Miller voor naar de kleine huiskamer. 'Als u een moment zou willen wachten, meneer Miller, zal ik het Andrew laten weten.'

'Dank u, juffrouw Rheinberger.'

Hoofdschuddend liep Victoria naar Andrew in de badkamer. 'Je grootvader is hier.'

Andrews scheermes maakte een onvoorziene beweging. 'Au!'

'Je hebt je gesneden,' constateerde Victoria en ze gaf hem een handdoek aan.

Andrew drukte hem tegen de bloedende plek. 'Wat wil hij?'

'Ik weet het niet. Hij wacht in de woonkamer.'

Andrew legde het scheermes op de rand van de wastafel. 'Ik ga zo naar hem toe.'

Ze kleedden zich aan. Daarna inspecteerde Andrew zijn wondje in de badkamer en Victoria liep naar de keuken om koffie te zetten. Kort daarna, toen het warme, delicate aroma uit de koffiepot opsteeg, hoorde ze door de open deur dat Andrew de huiskamer binnenging, waar zijn grootvader zat.

Aanvankelijk leken ze allebei wat verlegen te zijn, ze wisselden beleefdheden uit en praatten over het winterweer in New York. Uiteindelijk kwam Robert ter zake: 'Ik wil me graag verontschuldigen, Andrew.'

'Ik ben blij dat je de weg naar mij gevonden hebt, grootvader,' zei Andrew. 'Dan kunnen jij en ik een nieuw begin maken.'

'Daar heb ik... grote behoefte aan.' Miller schraapte zijn keel. 'Grace' gedrag is... onvergeeflijk.'

'Ze heeft onverantwoordelijk gehandeld, daar ben ik het mee eens,' zei Andrew. 'Aan de andere kant beschouw ik haar zelf ook als slachtoffer. Van Carollo en van haar eigen ambitie.'

'Ik had het moeten zien,' gaf Miller toe. 'Maar ik was te teleurgesteld in jou. En toen de Rheinbergers in beeld kwamen, voelde ik me... verraden.'

'En Grace heeft van dat alles gebruikgemaakt,' zei Andrew.

'Ik had je moeten vertrouwen, Andrew.'

'Je had me bovenal kúnnen vertrouwen, grootvader. Je kent me al sinds ik een kind was, je hebt me opgevoed. Waarom geloofde je de leugens van Grace?'

Victoria schonk de warme koffie in de twee kopjes, liep ermee naar de huiskamer en zette ze op het bijzettafeltje. Toen ze zich weer wilde terugtrekken, hield Andrew haar hand vast. 'Alsjeblieft, schat, kom bij ons zitten.'

Victoria keek van hem naar Miller en nam plaats.

Andrews grootvader beantwoordde haar blik kalm en open. Voor de eerste keer, zo leek het Victoria, nam hij haar echt waar, zonder vooringenomenheid. Toen richtte hij zijn ogen weer op Andrew. 'Grace is... ik kan het je niet uitleggen, Andrew. Ze heeft een gave om mensen naar haar pijpen te laten dansen.'

'Ze was zelf een marionet,' zei Victoria voorzichtig. 'Aan Carollo's touwtjes.'

Miller knikte. 'Ja. Een onheilige alliantie.'

'Het is niet belangrijk voor mij om haar voor al haar misstappen te vervolgen,' zei Andrew op verzoenende toon. 'Ik steek mijn energie liever in ons bedrijf.'

'Als jullie geld nodig hebben...'

'Bedankt, grootvader, ik waardeer je aanbod.' Andrew pakte zijn kopje en nam een slok. 'Maar we redden het wel.' Er klonk een zekere trots door in zijn stem.

Miller knikte. 'Ik begrijp het. Maar laat het me weten als jullie hulp nodig hebben.' Hij stond op. 'Alsjeblieft.'

'Gaat u er alweer vandoor?' vroeg Victoria.

'Ja. Ik ben tenslotte zo vrij geweest jullie op dit vroege uur onaangekondigd te bezoeken,' antwoordde Miller. 'Maar sinds gisteravond heb ik geen rust gehad.' Hij schraapte zijn keel. 'Ik heb, zij het onbewust, meegeholpen om je te ruïneren, Andrew. Dat is onvergeeflijk.'

'Niets is onvergeeflijk, grootvader,' zei Andrew. Hij stond op en legde een hand op de schouder van de oude man. 'Al hebben de laatste weken me enorm veel kracht gekost en alles van me gevergd. Het waren Grace en Carollo die alles uit de kast hebben gehaald om ons te schaden. Jij was in zekere zin ook een slachtoffer van ze.'

'Ik wil me niet achter dat excuus verschuilen, Andrew.'

'Dat strekt je tot eer, grootvader.'

'Er zijn betere manieren om eer te behalen. Maar dank je, Andrew.'

'Grace zal nu tijd hebben om haar leven te overdenken,' zei Andrew. 'Moge haar tijd in de gevangenis haar een beter mens maken.'

'Dat is te hopen.' Miller zette zijn hoed op. 'Maar mijn deur blijft dicht.'

'Hoewel ik geneigd ben je gelijk te geven, grootvader,' zei Andrew, 'moeten we altijd bedenken, ook bij Grace, dat vergeving een groot geschenk is.'

57

De chocoladevilla in Degerloch
3 februari 1936

Victoria vroeg zich af hoelang zeeziekte normaal gesproken duurt. Anton zei dat ze eigenlijk zou moeten wegebben zodra je weer vaste grond onder de voeten had, maar Victoria had er al meer dan twee weken last van. Vanaf de eerste dag dat ze op de oceaanstomer was gestapt, was ze misselijk geweest. Daarom had ze het grootste deel van de overtocht, ook de dagen met minder zware deining, in haar hut doorgebracht.

Misschien was het eten haar niet goed bekomen of was er iets mis met haar maag. In elk geval moest ze bijna elke ochtend overgeven. Toen ze dacht aan de op handen zijnde terugreis naar New York, werd het haar bang te moede.

Ze stopte de laatste kleren in haar koffer, sloot hem en trok de riemen aan. Toen zette ze hem op de grond. Dat alleen al putte haar zo uit dat ze duizelig werd.

Ze ging op bed zitten om even uit te rusten. Intussen dwaalden haar ogen door haar oude kamer, die ze bijna vijf maanden eerder had verlaten om naar New York te gaan. In die tijd had ze er niet echt over nagedacht wanneer ze naar huis zou terugkeren. De wereld was zo groot en het avontuur zo verleidelijk geweest dat ze zich er gewoonweg in had gestort. Andrew had toen een *one-way ticket* voor haar geboekt, alsof hij had geraden dat ze in Amerika zou blijven. Of had hij er toen al op gehoopt?

Hoe vertrouwd alles hier was: haar moeders oude kaptafel waarop ze als kind Judiths lippenstift had uitgeprobeerd en niet alleen haar mond, maar ook de lippenstift had verknoeid; de elegante secretaire met alle laatjes, waar menige brief was geschreven en menig besluit was genomen; de gezellige zithoek in de erker, waar ze zich graag had teruggetrokken met een goed boek of voor een praatje met Mathilda; de schoorsteenmantel waarop allerlei snuisterijen stonden die ze in de loop der jaren had vergaard.

Twintig jaar van haar leven, afgezien van haar tijd in Voiron, was dit haar thuis geweest. Een beschermde jeugd met veel vrijheid en liefde die haar door alle moeilijke fasen heen had gesleept: de tijd na de fabrieksbrand, Mathilda die vertrok om in Bonn te studeren, haar eerste ongelukkige liefde. Alleen de dood van haar vader had een blijvend litteken achtergelaten, dat, ook al vervaagde het met de tijd, een deel van haar wezen zou blijven.

De afgelopen dagen was Victoria in Stuttgart op stap geweest, meestal met Serafina. Ze waren door de Königstrasse geslenterd, hadden door het winterse Rosensteinpark gezworven en het Wilhelma met zijn Moorse gebouwen en kassen bezocht. Bijzonder ontroerend voor Victoria was een laatste bezoek aan de chocoladefabriek, die inmiddels weer op volle toeren draaide en volop produceerde, ook Rothmann-chocolade. Zoals meneer Ebben vertelde, kwam Weber af en toe langs om er bij hem op aan te dringen de naam Rothmann van de productenlijst te schrappen. Ebben liet zich niet van de wijs brengen en voer zijn eigen koers. Rothmann-chocolade en Stuttgart, die hoorden bij elkaar, voor hem net zo goed als voor de klanten.

Thuis had Victoria de tijd genomen om in dressoirs en kasten te snuffelen naar persoonlijke dingen. Een deel ervan had ze opgeborgen in de enorme hutkoffer die apart van haar moeder en haar de reis over de Atlantische Oceaan zou maken. Maar het belangrijkste, haar herinneringen, zou ze meenemen in haar hart.

Er werd geklopt.

'Vicky?'

'Ja, mama. Kom binnen.'

Haar moeder stapte de kamer in en keek angstig naar Victoria, die nog steeds in het gekreukelde dons van haar bed zat. 'Ben je weer misselijk, kind?'

'Het gaat wel.' Victoria stond op en probeerde niet te laten merken dat ze zich geradbraakt voelde.

Haar moeder kwam naar haar toe en hield haar hand tegen haar voorhoofd. 'Je hebt geen koorts.'

'Nee. Waarschijnlijk niet. Misschien komt het door de opwinding van de laatste maanden. Ik ben niet echt tot rust gekomen. En dan de overtocht in de winter...'

Judith legde haar handen op haar schouders en keek haar onderzoekend aan. 'Je bent echt bleek om je neus.'

'Verbaast je dat, als ik de hele tijd overgeef? Dat zou zelfs de sterkste krijger vellen.'

'Vicky...'

'Ja?'

'Ik wil je iets vragen.'

'Natuurlijk. Vraag maar.'

'Wanneer had je voor het laatst je maandstonden?'

'Wat? Waarom wil je dat...' Victoria slikte. 'Denk je misschien dat... dat ik... in verwachting ben?'

Judith streelde haar met een hand over haar haren. 'Of dat mogelijk is, kun alleen jij weten,' zei ze zacht.

Victoria dacht na. Ze had de laatste tijd geen aandacht besteed aan haar maandelijkse periode.

'Ik denk... in november,' antwoordde Victoria. 'Ja, het was midden november.'

'Nou, dat zou kunnen kloppen,' zei Judith met een grijns.

'Vind je dat grappig?'

'Niet grappig, Victoria. Het is prachtig.' Judith nam haar in haar armen. 'Tenminste, als het voor jou ook prachtig is.'

'Ik... hoe zal ik het zeggen... denk je dat ik een kind verwacht?'

'Als je maandstonden zo lang uitblijven en je je misselijk voelt?'

'En duizelig?'

'Dat ook.'

'Mijn kleren passen allemaal nog perfect...'

'Het zou ook nog te vroeg zijn voor een dikke buik.'

'Nou, dan...' Victoria wist niet wat haar overkwam. Langzaam realiseerde ze zich dat haar moeder waarschijnlijk gelijk had, en dat zijzelf ook wel eens aan deze mogelijkheid had gedacht. 'Ja, nou... natuurlijk ben ik blij. Maar ik kan het nog niet helemaal geloven.'

'Weet je, Vicky, dit moment doet me denken aan een soortgelijke situatie meer dan dertig jaar geleden. Hier in deze kamer. Toen moest Dora mijn korset steeds strakker aanrijgen. Op een gegeven moment wees ze me er voorzichtig op dat ik misschien in verwachting was.'

'Martin?'

'Precies. Je weet inmiddels hoe moeilijk de situatie toen voor mij was. Ik kon me er niet op verheugen, maar op een of andere manier deed ik het toch. En tegelijkertijd wist ik niet wat er met mij en het kind zou gebeuren. Of ik het zou mogen houden.'

'Toen kwam papa...'

Judith glimlachte weemoedig. 'Ja. Hij vocht om mij en voor mij. Met al zijn kracht en al zijn liefde. Als ik je iets toewens, Vicky, dan is het wel een man wiens gevoelens ook door niets aan het wankelen kunnen worden gebracht.'

Victoria knikte. 'Ik ken Andrew nog niet zo lang, mama, maar precies zo denk ik over ons. Er is zo veel vertrouwen, zo veel waardering, zo veel liefde ook. Zonder hem zou ik... op een bepaalde manier onvolledig zijn.'

'Ik hoop dat je gelukkig wordt, Vicky.' Er lag moederlijke bezorgdheid in Judiths blik. 'Want dan ben ik het ook.' Ze ging naar de deur. 'Ik zal Gerti vragen een stevige bouillon voor je te maken.'

'Dat is een goed idee. En... dank je, mama.'

58

De chocoladevilla
De volgende ochtend

Judith trok haar warme, donkerblauwe winterjas aan en zette een bijpassende vilten hoed met een veertje op haar opgestoken, licht golvende haar. Ze wierp een laatste blik in de grote staande spiegel in haar slaapkamer. Grijze lokken vermengden zich met haar natuurlijke blonde haarkleur, fijne rimpeltjes omgaven haar blauwe ogen, maar ze had nog steeds een slank figuur en was een elegante verschijning. Een rijpe vrouw van vierenvijftig die ups en downs had meegemaakt, en intussen altijd had geprobeerd om trouw te blijven aan zichzelf.

Judith pakte de handschoenen die Dora had klaargelegd, maar deed ze niet aan. Toen liet ze haar ogen nog een laatste keer over de lichte kamer glijden, stapte de gang in, trok de deur dicht en liep naar de trap.

Ze daalde de gebogen trap bewust langzaam af naar de hal, langs de slaapkamers van haar kinderen en de nog maar zelden gebruikte gemeenschappelijke kamers op de eerste verdieping. Vandaar liep ze langs de grote salon naar de eetkamer en wierp een laatste blik op de studeerkamer, waarvan ze de levenloze leegte nauwelijks kon verdragen. Maar in de muziekkamer bleef ze naast een van de vleugels staan en sloot haar ogen. Even was het alsof ze in de verte pianospel hoorde, verweven met het gelach van vervlogen tijden.

Als een huis een ziel had, dan had de chocoladevilla een heel vriendelijke. Ze had er de ruzies van haar vader Wilhelm Rothmann met zijn vrouw en kinderen net zo goed meegemaakt als het vrolijke gezinsleven met Victor en de kinderen. Ze was getuige geweest van angstige oorlogsjaren, waarin de voedselvoorraden net zo hard slonken als de krachten van hen die hun leven waagden in zinloze veldslagen. Hier hadden ze gefeest en gelachen, plannen gesmeed en gedwarsboomd. Hier waren dromen vervlogen en was hoop gegroeid, hier was haar thuis geweest en een rustpunt, een veilig toevluchtsoord en een anker in de tijd.

Nu waren de meubels bedekt met witte linnen doeken en daarmee, zo leek het, was een diepe rust over het huis gekomen. De geluiden van voorbije dagen waren verstomd, de beelden die erbij hoorden bleven voortaan in haar hart, en de toekomst was ongewis.

Judith nam afscheid. In haar vermengden zich melancholie en droefheid, vertrouwen en nieuwsgierigheid; de angst voor de stap in het onbekende werd geflankeerd door een onwankelbaar vertrouwen in de toekomst en de hoop dat ze op een dag haar thuis weer terug zou zien.

De doek over de grote vleugel was verschoven. Nadenkend streek Judith nog een laatste keer over de gladde zwarte lak, voordat ze de witte doek zorgvuldig rechttrok. Toen draaide ze zich resoluut om en liep terug naar de hal.

Dora wachtte al op haar. Na al die jaren dat ze Judith trouw had bijgestaan, was de beslissing snel genomen om haar te vragen mee te gaan naar Amerika. Victoria zou hulp nodig hebben als ze een kind verwachtte en tegelijk het bedrijf wilde opbouwen. Judith wist uit eigen ervaring hoe zwaar zo'n dubbele belasting was, want ze had zelf altijd in de chocoladefabriek gewerkt, ondanks haar kinderen.

Een paar dagen eerder was ze al bij meneer Ebben langsgegaan om afscheid te nemen. Toen hij van het Amerikaanse bedrijf van de Rheinbergers had gehoord, had hij onmiddellijk belangstelling getoond voor samenwerking. Judith vond het idee interessant omdat er zodoende een band met Duitsland zou blijven bestaan. Ze zou het er met Victoria en Andrew over hebben. Maar eerst kwam de reis.

'Bent u zover, mevrouw Rheinberger?' vroeg Dora, terwijl ze haar hand op de klink van de toegangsdeur van de chocoladevilla legde.

Judith knikte. 'Ik ben zover. En noem me voortaan Judith, Dora. Het is de allerhoogste tijd.'

De onthutste Dora opende de deur en Judith knipperde met haar ogen tegen de februarizon. Toen ze gewend was geraakt aan het felle licht, merkte ze de vele mensen op die zich aan de voet van de trap hadden verzameld.

Aan het begin van de treden die naar het grindpad leidden, stonden Theo, Gerti en Fanny. Theo had zijn chauffeurspet afgezet en had zijn hoofd gebogen. Gerti huilde onophoudelijk in haar zakdoek. Judiths hart werd zwaar bij het zien van de twee trouwe oude bedienden. Het was een troostrijke gedachte voor haar dat ze in de bediendenvertrekken van de villa zouden blijven wonen om op het huis te passen tijdens haar afwezigheid.

Op de overloop stond Judiths moeder Hélène, ook met tranen in haar ogen, naast haar man Georg. Ze waren met Karl, Elise en de kinderen speciaal uit Zwitserland gekomen om afscheid te nemen van Judith en Victoria.

Martin en Mathilda waren die ochtend al vroeg naar Parijs vertrokken. Judith was ongelooflijk blij dat Martin het had klaargespeeld om tussen de optredens door toch nog naar Stuttgart te komen.

De vorige avond had ze iedereen uitgenodigd voor een gezamenlijke maaltijd in het torenrestaurant van het centraal station. Bovenin had je een prachtig uitzicht over de stad, dus het leek Judith een geschikte plek om nog een laatste keer bij elkaar te komen. Ook Josefine Ebinger was er bij geweest.

Judiths blik viel op de kleine Oscar, die naast zijn grootmoeder stond en haar hand stevig vasthield. Op dat moment dook Emil op uit de tuin, greep Hélènes andere hand en fluisterde opgewonden iets in haar oor, totdat Oscar zijn vinger op zijn lippen legde en een berispend 'Sst!' liet horen.

Emil zweeg beledigd, en Hélène streelde hem troostend over het hoofd.

Judith schraapte haar keel.

'Het is... zo geweldig dat jullie hier allemaal zijn,' zei ze, terwijl ze moeite deed om haar stem niet te laten trillen. 'Een jaar geleden had niemand gedacht dat we ons over verschillende continenten zouden verspreiden.'

Karl glimlachte naar haar. Hij had zijn arm om zijn vrouw Elise geslagen, die de kleine Ursula op haar heup had gezet.

'Maar... dit is geen definitief afscheid,' ging Judith verder. 'Op een dag kom ik terug. En tot het zover is houden we contact via telefoon en brieven. Er zijn zo veel mogelijkheden tegenwoordig. En onze chocoladevilla is bij Theo en Gerti in de allerbeste handen.'

'Ik hoop,' zei Gerti met verstikte stem, 'dat het niet te lang zal duren.'

'Het is niet alleen een afscheid,' zei Anton, die hen naar het station zou brengen en de Mercedes al had voorgereden, 'maar ook een nieuw begin. Ik wens je toe, Judith, dat je vooral veel mooie en interessante dingen zult meemaken in Amerika.' Judith knikte hem dankbaar toe en Karl applaudisseerde zacht.

'Jullie zullen nog blij zijn dat je weg bent gegaan,' verklaarde Alois Eberle zonder omhaal, die onverwacht met de tandradbaan uit Stuttgart was gekomen. 'De oorlogshitsers worden steeds luider.'

'God... mmmiljaaarr!' foeterde Pepe hartgrondig vanaf de achterbank van de auto, waarvan het portier wijd openstond. Hij ging mee op de lange reis en was vreselijk opgewonden. Judith hoopte dat hij snel zou kalmeren, niet alleen voor zijn eigen bestwil, maar ook vanwege de vele medepassagiers die ze in de trein en op het schip zouden tegenkomen. Serafina liep naar het autoportier en sprak hem geruststellend toe. Wat ze zei kon Judith niet verstaan, maar wel Pepes devote 'Amen!'

Judith liet haar ogen over haar familie dwalen, van wie nu ieder zijn of haar eigen weg zou gaan. Victoria maakte zich los van het groepje rond Hélène en Karl, kwam langzaam de trap op en gebaarde naar Dora. De huishoudster knikte, stapte naar buiten en trok de deur achter zich dicht.

'Judith,' zei ze aarzelend, alsof ze de vertrouwelijke aanspreekvorm nog moest oefenen. 'Hier...' Ze stopte de huissleutel in Judiths hand.

'Dank je.' Judith glimlachte naar Dora, en draaide zich toen langzaam om naar het huis. Toen ze probeerde de sleutel in het slot te steken, begon haar hand te beven.

'Mama,' zei Victoria. 'Laat me je helpen.'

Judith schudde haar hoofd. 'Nee, schat. Dit moet... dit wil ik zelf doen.'

'Ik weet het.' Victoria deed een kleine stap achteruit.

Judith haalde diep adem en de sleutel vond zijn weg. Met een lichte zucht draaide ze hem om in het slot. Toen leunde ze met haar voorhoofd tegen het witgelakte hout, voelde de koelte.

Een moment lang bleven ze allemaal roerloos staan en lieten de stilte op zich inwerken.

'Kom, mama,' zei Victoria uiteindelijk zacht. 'Het is tijd.'

•

EPILOOG

Op de terugreis over de Atlantische Oceaan kampte Victoria nog steeds met ernstige misselijkheid. Ze was dankbaar dat haar moeder er was om voor haar te zorgen. In de middag, wanneer ze zich wat beter voelde, slenterden ze samen over het schip of nestelden zich in de ligstoelen op het beschutte promenadedek. Als de zee te woelig was, trok ze zich terug in de bibliotheek van de *oceanliner*. Tegen etenstijd was Victoria meestal voldoende hersteld om zich het diner te laten smaken.

Dora legde de overtocht met Pepe in de toeristenklasse af, ze had het zelf zo gewild. 'Stel je voor wat Pepe in de eerste klasse zou kunnen aanrichten!' Daar was weinig tegen in te brengen.

Toen Andrew haar op de ochtend van haar aankomst bij de pier oppikte, zag ze bleek en wankelde in zijn armen, en de taxirit naar Greenwich Village maakte het er voor haar maag niet gemakkelijker op. Ze waren nog maar net aangekomen of ze moest alweer overgeven.

Andrews bezorgdheid sloeg om in verbazing en blijdschap toen Victoria hem de reden van haar misère vertelde, maar toch stond hij erop dat ze zich de volgende dag door een dokter liet onderzoeken. Toen deze de zwangerschap bevestigde en hun ook liet weten dat alles in orde was, kon hij zijn geluk niet op.

Aanvankelijk wilde Judith een hotelkamer voor haar en Dora nemen, maar verrassend genoeg had Robert Miller kort voor hun aankomst aangeboden om hen beiden, met papegaai en al, in huis te nemen.

'Hij weet niet waar hij aan begint,' zei Victoria droogjes, toen Andrew haar inlichtte.

'Het zal tenminste een beetje leven in zijn huis brengen,' zei Andrew.

SweetCandy floreerde en werd op Judiths verzoek omgedoopt tot Rothman's Finest Ltd. De lancering van de FinestSports-chocoladereep met Eleanors beeltenis was een doorslaand succes, net als de talloze buffetten die door Victoria's cateringservice werden verzorgd. Al snel richtten Victoria en Sally een eigen afdeling op voor The German Chocolate Queen. Onder deze merknaam boden ze een uitgelezen assortiment luxe pralines aan, waaronder de witte aardbeientruffels. Hun creatieve en verfijnde ideeën maakten al snel furore in de hogere kringen van New York.

En ook een andere activiteit bleek lucratief: het bevoorraden van de New Yorkse chocoladeautomaten van Stollwerck.

Victoria en Andrew kochten een aardig brownstone-huisje in Brooklyn en trokken er in mei 1937 in. Victoria genoot ervan om haar eigen huis te hebben en richtte het met veel smaak in. Judith kwam vaak langs, maar deed ook graag dingen in haar eentje of met Dora. Ze kon het bijzonder goed vinden met Robert Miller. Na verloop van tijd werden de twee goede en vertrouwde vrienden.

Een hevig zomers onweer begeleidde de geboorte van Olivia en Charlotte Miller eind juli 1937. Twee maanden voor de bevalling waren Victoria en Andrew in kleine kring getrouwd, en niet lang daarna hoorden ze dat ze waarschijnlijk dubbel babygeluk konden verwachten. Tijdens een onderzoek met een hoorbuis had de vroedvrouw twee hartjes horen slaan.

'Je had het toch over tien kinderen,' zei Andrew met een grijns, terwijl hij zijn dochters voor het eerst in zijn armen hield. 'Als het zo doorgaat, kunnen we in vijf tot zes jaar ons doel bereiken!'

'Geen slecht begin voor een Amerikaans-Duitse ondernemersdynastie,' antwoordde Victoria met een knipoog.

'Een of andere kleine jongen zal zich er wel tussen dringen,' zei Andrew optimistisch. 'Al was het maar omwille van de gerechtigheid.'

Judith voelde zich verrassend snel thuis in Amerika, ook al miste ze Stuttgart. Ze genoot ervan om voor haar kleindochters te zorgen, maar deed er ook alles aan om haar draai te vinden in de rol van eigenares van Rothman's Finest. Ze kreeg een eigen kantoor en verregaande volmachten, verzorgde de boekhouding en de interne organisatie, en nam zodoende het vroegere werkterrein van Grace over. Bovendien legde ze contact met andere vrouwen, zette zich in voor een liefdadigheidsinstelling voor arme gezinnen, genoot 's avonds van concerten en theatervoorstellingen en maakte uitgebreide excursies in de omgeving van New York. Na verloop van tijd ebde haar verdriet eindelijk weg. Victor was een deel van haar en zou dat altijd blijven, maar de zwaarte maakte plaats voor een warme, soms weemoedige herinnering, die tegelijk genoeg ruimte liet voor nieuwe levenslust.

Anton bleef in Stuttgart tot 1938, tot de oorlogsdreiging te groot werd. Met een bezwaard hart verkocht hij zijn pianofabriek en vertrok met Serafina en Emil naar New York.

Allemaal waren ze gelukkig toen ze aankwamen en ook een huis in Brooklyn kochten, vlak bij Victoria en Andrew. Anton stak al zijn energie in de uitbreiding van de Amerikaanse pianofabriek, die vakkundig en met vooruitziende blik was geleid door Isaak Stern. Hij specialiseerde zich steeds meer in unieke stukken voor rijke families en de grote podia van Amerika.

Ook Anton en zijn gezin accepteerden de VS snel als hun nieuwe vaderland. Niet in de laatste plaats zorgde de levendige muziekscene van New York ervoor dat Anton na korte tijd al verklaarde nooit meer naar Duitsland terug te willen. Hij speelde weer in een jazzband en Serafina nam zangles, maar voordat ze een carrière als zangeres kon beginnen, werd ze onverwacht zwanger. Na jaren van wachten hadden Anton en zij de hoop op een tweede kind eigenlijk opgegeven. De kleine Ella was ruim twee jaar jonger dan haar tweelingachternichtjes, maar het werd algauw duidelijk dat de meisjes als trio onberekenbaar waren.

'Typische Rothmann-vrouwen,' was Antons commentaar op de ontelbare ideeën van het drietal.

Martin en Mathilda bleven voorlopig in Parijs. Ze konden goed leven van de vele engagementen die Martin kreeg. Daarnaast gaf hij les aan een aantal pianostudenten. Max zocht hem regelmatig op. Mathilda zorgde voor hun twee zoons, die vlak na elkaar werden geboren. Haar plan om als advocaat aan de slag te gaan werd niet in de laatste plaats gedwarsboomd door de Duitse invasie in 1940. Met een van de laatste treinen vluchtten Martin en zij met de kinderen via Spanje naar Portugal, van waaruit ze een van de laatste schepen naar de VS namen. Judith was opgelucht dat ze haar zoon en zijn gezin eindelijk weer kon omhelzen. Opnieuw bood Robert Miller onmiddellijk onderdak aan, en zo kon het gebeuren dat zijn grote, luxueuze huis opeens gevuld was met leven.

John Carollo werd beschuldigd van ernstige fraude en veroordeeld tot een lange gevangenisstraf. Hij zou zijn beroep als advocaat nooit meer uitoefenen.

Grace Miller moest ook de gevangenis in, maar werd wegens goed gedrag na twee jaar vrijgelaten. Ze trok in bij haar moeder in Boston en leidde daar een onopvallend leven.

In september 1939 gebeurde wat al lang werd gevreesd: de oorlog brak uit, en in New York werd het nieuws uit Duitsland en Polen met grote bezorgdheid gevolgd.

Karl en Elise leefden relatief veilig in Zwitserland. Omdat Hélène en Georg vlakbij woonden, groeiden Hélène en Karl naar elkaar toe, nadat ze hun leven lang een moeizame relatie hadden gehad. Veel meer dan Anton had Karl haar verweten dat ze hem als kind had verlaten.

Onder de leiding van Ebben floreerde de chocoladefabriek, tot er in 1940 geen cacaobonen meer beschikbaar waren in het Duitse Rijk. Ebben schakelde over op suikerproducten en moest produceren voor de oorlogseconomie. Maar toen de oorlog Stuttgart bereikte, werd ook de chocoladefabriek zwaar beschadigd door een bom die er vlak naast insloeg. Ebben sloot het bedrijf en concentreerde zich alleen nog op zijn fabriek in Halle an der Saale.

Toen Ebben aan Karl vertelde dat hij de chocoladefabriek wilde opgeven, had Karl een lange discussie met Elise. Daarna overlegde hij telefonisch met Anton en Victoria. Nog voor de oorlog voorbij was had hij besloten naar Stuttgart terug te keren en de chocoladefabriek weer op te bouwen, zodra de omstandigheden het zouden toelaten.

Elise, die aanvankelijk sceptisch tegenover zijn plannen stond, stemde uiteindelijk toe en dus verhuisden ze in de zomer van 1945 naar Degerloch. Terwijl Karl al zijn energie erop richtte om het

Rothmann-imperium weer tot volle bloei te brengen, begon Elise haar eigen ontwerpstudio voor klein meubilair.

Hélène en Georg bleven in Zwitserland wonen, waar Hélène als schilderes werkte.

Tijdens de ergste oorlogsjaren trok Alois Eberle zich terug in zijn Wengerterhäusle op de Haigst. Hij had geluk, want zijn werkplaats in de Hauptstätter Strasse doorstond het bombardement grotendeels onbeschadigd. Alois overleed op hoge leeftijd in 1947 op een dag in augustus, voor zijn laatste grote technische project: een perfect functionerend televisietoestel.

Robert en Louise Fetzer werden in de zomer van 1937 door Luc naar Voiron gebracht. Louise werkte daar, net als in Zwitserland, als naaister, terwijl Robert loondienst verrichtte op een boerderij. Beiden volgden bezorgd de ontwikkelingen in Duitsland, en toen de Franse campagne begon, gingen hij en Luc bij het verzet. Ze betaalden hun moed bijna met hun leven toen de Duitsers ook de niet-bezette zone in handen kregen. Ze konden ontsnappen naar Dieulefit. Louise veranderde haar naam en bleef in Voiron. Pas na de oorlog besloot ze op Mathilda's verzoek naar haar in New York te komen. Ze zou nooit meer terugkeren naar Europa. Maar Robert vond werk in een Franse autofabriek en raakte opnieuw betrokken bij de vakbond. Hij is nooit helemaal over het verlies van zijn gezin heen gekomen.

Ondertussen sliep de chocoladevilla in Degerloch een doornroosjesslaap. Onaangetast door de verwoestende bombardementen in 1944, die ongeneeslijke wonden toebrachten aan het gezicht van Stuttgart, droomde het huis, zorgvuldig bewaakt door Theo en Gerti, van betere tijden, totdat Karl, Elise en de kinderen het met nieuw leven zouden vullen.

Einde

PERSONEN

Fictieve personen

De families Rothmann en Rheinberger zijn geheel verzonnen. Ze hebben in werkelijkheid nooit bestaan.

De families Rheinberger en Rothmann

Victoria Rheinberger: chocoladefabrikantendochter uit Stuttgart
Martin Friedrich Rheinberger: Victoria's oudere broer, pianist
Judith Rheinberger: Victoria's moeder, eigenares van Rothmann Chocolade
Anton Rothmann: Victoria's oom, eigenaar van een pianofabriek in Stuttgart
Serafina Rothmann: Antons vrouw
Emil Rothmann: zoon van Anton en Serafina
Karl Rothmann: Victoria's oom, woont met zijn gezin in Berlijn
Elise Rothmann: Karls vrouw
Oscar en Ursula Rothmann: kinderen van Karl en Elise
Hélène Bachmayr, weduwe Rothmann: grootmoeder van Victoria, kunstenares in München
Georg Bachmayr: Hélènes echtgenoot

In memoriam

Victor Rheinberger († 1936): Victoria's vader

De familie Fetzer

Mathilda Fetzer: pleegdochter van de Rheinbergers, Victoria's vriendin en pleegzus, jurist
Robert Fetzer/Leonhard Schnyder: Mathilda's vader
Louise Fetzer/Dorli Schnyder: Mathilda's moeder

Het personeel van de chocoladevilla

Dora: huishoudster
Theo: chauffeur
Gerti: kokkin
Tine: dienstmeisje
Fanny: dienstmeisje dat Tine opvolgt

De familie Miller

Andrew Miller: eigenaar en directeur van SweetCandy Ltd., New York
Grace Miller: Andrews nicht
Robert Miller: Andrews grootvader

Overige personen in Frankrijk en Duitsland

Luc: Victoria's vriend in Voiron
Maître Bonnat: eigenaar van Chocolaterie Bonnat in Voiron
Colette: Victoria's vriendin en collega bij Bonnat in Voiron
Kurt Weber: NSDAP-Ortsgruppenleiter in Stuttgart
Lydia Rosental: hoofd van de typekamer in de chocoladefabriek
Alois Eberle: Zwabische uitvinder en goede vriend van de families Rothmann en Rheinberger
Ferdinand Schmitz: bedrijfsleider van de chocoladefabriek
Isaak Stern: bedrijfsleider van de piano- en vleugelfabriek Anton Rothmann
Otto Scholl: fotograaf in Stuttgart met een eigen studio
Meneer Lindemann: klant van Chocoladefabriek Rothmann
Meneer Ebben: algemeen directeur van Chocoladefabriek Halle, Halle/Saale
Advocaat Bauer: advocaat in Stuttgart

In de Verenigde Staten

Hudson Bank: bank in New York
Harvey Brothers: investeringsbank in New York
Sally: werkneemster bij SweetCandy Ltd. en later Victoria's rechterhand
John Carollo: advocaat in New York, gespecialiseerd in internationaal zakenrecht. Ook lange tijd persoonlijk advocaat van zowel Robert en Andrew Miller als de families Rothmann en Rheinberger. Heeft goede contacten in het New Yorkse bankwezen.

Historische personen

Ardenne, Manfred von: deze aristocratische Duitse natuurwetenschapper was een zeer actieve onderzoeker, vooral op het terrein van radio- en televisietechniek, nucleaire en medische technologie, plasmatechnologie en elektronenmicroscopie. Belangrijke uitvindingen op deze gebieden zijn gedaan in zijn privéonderzoekslaboratorium voor elektronenfysica, dat hij in 1928 in Berlijn-Lichterfelde oprichtte en tot 1945 leidde.

Brundage, Avery: Amerikaanse functionaris, miljonair. Vergezelde het Amerikaanse olympische team naar Berlijn.

Duff Frazier, Brenda Diana: New Yorkse debutante, een van de eerste It-girls in het glamoureuze New York van de jaren dertig. In tegenstelling tot de handeling in het boek debuteerde ze in december 1938, niet in 1936. Brenda sierde de covers van de tijdschriften van haar tijd, ging al vroeg door voor Belle of her Season en werd voortvarend door haar moeder in de publiciteit gebracht. Onder de voortdurende druk om aantrekkelijk te blijven, ontwikkelde ze eetstoornissen die haar haar leven lang vergezelden. Haar leven, zoals dat van vele beroemde dochters, was grillig en rusteloos, en werd gekenmerkt door wisselende relaties en psychische problemen.

De connectie tussen Brenda Frazier en Eleanor Holm is fictief. Er zijn geen bronnen die enig contact tussen Eleanor en de familie Frazier aantonen, ook al zou een ontmoeting niet ondenkbaar zijn geweest.

Het zoete chocoladebuffet ter gelegenheid van haar debuut in het Ritz-Carlton, verzorgd door een externe cateraar, is ook een uitvinding van mij.

Brenda's debuut verliep grotendeels zoals beschreven in de bronnen. Ze dronk inderdaad melk met Coca-Cola om zichzelf op de been te houden, want griep en gezwollen voeten bezorgden haar veel last. Desondanks lachte en flirtte ze, zonder iets te laten merken, tot ze 's ochtends vroeg bijna bewusteloos in haar bed viel.

Jarrett (geb. Holm), Eleanor: de succesvolle Amerikaanse zwemster was niet alleen buitengewoon aantrekkelijk, maar ook bijzonder levenslustig. In feite werd ze door Brundage geschorst van deelname aan de Olympische Spelen van Berlijn omdat ze zich liever vermaakte in de eerste klasse op de (naar waarheid beschreven) Atlantische overtocht van New York naar Hamburg dan de strenge richtlijnen te volgen die Avery Brundage de atleten had opgelegd: consequente training, zelfs aan boord, alcoholverbod, vroeg naar bed. Daarop nodigden de persvertegenwoordigers aan boord van de ss Manhattan haar uit om als verslaggeefster in Berlijn aanwezig te zijn. Ze nam aan dat Brundage toch al vooroordelen tegen haar koesterde:

'I was everything Avery Brundage hated. I had a few dollars, and athletes were supposed to be poor. I worked in nightclubs, and athletes shouldn't do that. I was married.'

In Berlijn genoot Eleanor ervan om een glamourgirl te zijn. Ze logeerde in een luxe hotel en kreeg vijfduizend dollar voor haar werk als verslaggeefster. Ze werd uitgenodigd op festiviteiten, feestte met prominente nazi's en werd inderdaad ontvangen door Hitler, die niet begreep waarom ze was geschorst, ondanks haar goede medaillekansen.

Op het moment dat de handeling van deze roman zich afspeelt in New York, houdt de overeenkomst met het werkelijke leven van Eleanor op. Eleanor heeft nooit voor *Life Magazine* gewerkt. Bovendien was ze niet betrokken bij Brenda Frazier of haar debuut. Hier maakt de historische Eleanor plaats voor het fictieve leven van een romanpersonage.

Jarrett, Art: bekende Amerikaanse muzikant en bandleider. Echtgenoot van Eleanor Holm van 1933 tot 1938.

Kerkovius, Ida: de Baltische kunstenares kwam oorspronkelijk uit Riga. Ze studeerde bij Adolf Hölzel in Dachau en Stuttgart, later aan het Bauhaus in Weimar. Ze woonde en werkte in Stuttgart. Nadat haar atelier bij de bombardementen in de Tweede Wereldoorlog 's nachts was verwoest, verhuisde ze naar Degerloch.

Kuchler, Vitus: kapper en tandarts in Degerloch in de tijd dat de *Chocoladevilla*-serie speelt, die waarschijnlijk zelf banger was voor het trekken van een tand dan zijn patiënten. Zijn tandheelkundige vaardigheden waren waarschijnlijk beperkt. Het kwam nogal eens voor dat hij per abuis de verkeerde tand trok. (Bron: *Liebes Altes Degerloch.*)

Mayer, Helene: Duitse atlete. Won olympisch goud met schermen in 1936. Ze was half-Joods en dus een van de weinige 'alibi'-atleten met Joodse wortels die van de nationaalsocialisten mochten deelnemen aan de Olympische Spelen.

Owens, Jesse: de zwarte atleet uit de VS werd beschouwd als de snelste man ter wereld en was de publiekslieveling op de Olympische Spelen.

In de aanloop naar de Spelen werd hem gevraagd hoeveel medailles hij wilde winnen:
Reporter: *'Mr. Owens, how many gold medals do you hope to win?'*
Owens: *'I hope to emerge with three victories.'*
Reporter: 'Drie bescheiden gouden medailles wil meneer Owens mee naar huis nemen.'
Owens won vier gouden medailles.

Schilgen, Fritz: laatste loper van de fakkeldragers op de Olympische Spelen van 1936; hij ontstak het olympisch vuur.

Watriss, Brenda: moeder van Brenda Frazier.

Lady Williams-Taylor, Jane: grootmoeder van Brenda Frazier.

VERKLARENDE WOORDENLIJST

Associated Press: nieuws- en persagentschap gevestigd in New York.

Bedrijfskrediet/converteerbare lening: de lening die Victor Rheinberger was overeengekomen met SweetCandy Ltd. is een converteerbare lening. Dit is een lening met de mogelijkheid van een eventuele latere omzetting van de schuld van de lening (inclusief rente) in een aandeel in de onderneming.

Bel-etage: 'mooie' of 'chique' etage, representatief ingerichte woonruimte van een huis.

Belle of her Season: aanduiding voor de knapste debutante van het jaar.

Bonnat: gevestigde chocolaterie in Voiron, Frankrijk.

Cabin Class: eerste klasse op de SS Manhattan.

Cafetaria in Manhattan: De gebeurtenissen in de New Yorkse cafetaria op 42nd Street, Manhattan, zijn ontleend aan een reisverslag uit 1935 van twee Sovjetverslaggevers. Daarin beschrijven ze het dagelijks leven in Amerika. Deze publicatie is in 2011 in het Duits verschenen (DIE WELT, 11-09-2011: '*Auf der Suche nach dem anderen Amerika*' door Ilja Ilf en Jewgen Petrow).

Chocoladeautomaten: in New York stonden inderdaad enkele duizenden chocoladeautomaten van de firma Stollwerck (rond 1900 waren het er vierduizend).

Degerlocher sekt/Degerlocher champagne: mousserende wijn op basis van Zwitserse Gelbmöstler-peren, geproduceerd door de Degerlocher *Küferei* Weißer. Het perensap werd vijf jaar lang opgeslagen voordat het verder werd verwerkt. In de volksmond werd de mousserende vruchtenwijn ook wel Degerlocher champagne genoemd, net als op de oceaanstomer Imperator waarop de geliefde drank werd geschonken. De termen 'Degerlocher sekt' en '*Fildersekt*' kwamen ook veel voor.

Dining Salon: eetzaal van de ss Manhattan.

Doormen: hier: portiers.

Eetbare diamanten: er bestaan hier inderdaad twee soorten van, vervaardigd van gelatine en glitter of van suiker (suikersteentjes). Ik heb beide soorten gebruikt voor Brenda's buffet.

EMHA – *Martin Hönnecke*: in 1919 in Leipzig opgerichte onderneming die gespecialiseerd was in elektrisch gereedschap en naast andere modellen een handboormachine met pistoolgreep op de markt bracht.

Empire State Building: in 1930/'31 in recordtijd gebouwd op 5th Avenue. Het was tot 1972 het hoogste gebouw ter wereld (443 meter).

Escort: officiële begeleider en danspartner van een debutante op haar *coming-out ball*. (Het begrip '*coming out*' was in die tijd nog niet gerelateerd aan seksuele geaardheid.)

Fang den Hut: het bordspel werd reeds in 1927 op de markt gebracht door Otto Maier Verlag Ravensburg. Tot op heden is het grafische ontwerp van het bord nauwelijks veranderd.

Farewell Dinner: feestelijk diner op de laatste avond van een scheepsreis. Ik heb het verloop van deze avond op de ss Manhattan gefictionaliseerd aan de hand van verschillende bronnen.

Flädle: Zwabische term voor dun gebakken, ongezoete pannenkoeken die in allerlei gerechten worden gebruikt. In reepjes gesneden zijn de traditionele Flädle geliefd in de soep, vaak in combinatie met andere ingrediënten (*Hochzeitssuppe*).

Ganache: crème gemaakt van couverture (chocolade) en room, gebruikt voor het vullen en bestrijken van pralines, andere zoetigheden en gebak.

Greenwich Village: wijk van Manhattan tussen Broadway en de Hudson. De wijk mist het gebruikelijke, gerasterde stratenpatroon van Manhattan, waaruit blijkt dat de ontwikkeling ervan ook uiterlijk op een voor New York ongebruikelijke wijze is verlopen: al in het begin van de twintigste eeuw beschouwde de Village zichzelf als een centrum van de avant-garde, van de *bohemian culture* in de VS. Talrijke jazzclubs, theaters en nachtclubs en een heterogene bevolking gaven vorm aan een eigen cultuur. Hier werd de eerste nachtclub zonder rassenscheiding opgericht. Tolerantie en een alternatieve levensstijl onderscheidden Greenwich Village duidelijk van de andere wijken van Manhattan.

Grieben-reisgids: ik heb de originele *Grieben Reiseführer* STUTTGART uit 1933 in mijn bezit. Talrijke beschrijvingen in de roman zijn eraan ontleend.

Haigst: berg tussen Stuttgart en Degerloch, waarop wijn werd verbouwd.

Horcher, restaurant in Berlijn-Schöneberg: het restaurant was rond de eeuwwisseling al een van de bekendste etablissementen van de stad. Het werd opgericht in 1904 en was populair bij de groten van de kunstscene in de jaren twintig (zelfs Charlie Chaplin schreef in het gastenboek), en in de jaren dertig was het populair bij nazileiders, met name Hermann Göring was er stamgast. De gerechten die in de roman worden genoemd, stonden daadwerkelijk op het menu van het restaurant in de Lutherstrasse. Het restaurant verhuisde in 1944 naar Madrid, naar verluidt dankzij de goede betrekkingen van de uitbater met de nazi-autoriteiten.

International Chamber of Commerce (ICC): de Internationale Kamer van Koophandel is in 1920 in Parijs opgericht en daar nog steeds gevestigd. Het is een samenwerkingsverband van ondernemingen en ondernemersverenigingen uit meer dan honderddertig landen, dat ten doel heeft de internationale handel te bevorderen en te zorgen voor vrije en eerlijke internationale concurrentie op het gebied van uitwisseling van goederen en kapitaal.

IJswafel: De eerste ijswafel dateert waarschijnlijk uit de negentiende eeuw. De eerste ijswafel die machinaal als een hoorntje werd gevormd, werd in 1902 in Manchester geproduceerd.

Karlshöhe Stuttgart: de Karlshöhe is een markante heuvel in het midden van de stad Stuttgart met een hoogte van 343 meter boven de zeespiegel. In de heuvel werd oorspronkelijk *Schilfsandstein* gewonnen, maar vanaf 1864/'65 transformeerde de welstandscommissie van Stuttgart de heuveltop van het gebied, dat toen nog Reinsburghügel werd genoemd, tot een openbaar park. De Karlshöhe kreeg zijn huidige naam in 1889 ter gelegenheid van het vijfentwintigjarige jubileum van de voorlaatste koning van Württemberg. Talrijke statige villa's sierden de voet en de lagere hellingen van de Karlshöhe, vooral de spectaculaire landgoederen van de familie van de steenrijke ondernemer Gustav Siegle (medeoprichter van BASF) zijn hier het vermelden waard. Van de oorspronkelijk drie gebouwen met hun uitgestrekte, prachtige parken is alleen Villa Gemmingen overgebleven, een historisch aristocratisch paleis dat Siegle voor zijn jongste dochter had laten bouwen.

Life Magazine: tijdschrift voor fotojournalistiek met fotoreportages in groot formaat over meerdere pagina's. Brenda Frazier stond in het jaar van haar debuut (1938) zelfs op de novembercover van het beroemde tijdschrift. Eleanor Holm heeft echter nooit voor *Life Magazine* gewerkt. Bovendien heeft het tijdschrift nooit een artikel over de Duitse chocoladekoningin gepubliceerd, om de eenvoudige reden dat die aan mijn verbeelding is ontsproten.

London Terrace: exclusief appartementencomplex in Chelsea, Manhattan, met restaurants, een zwembad en sportfaciliteiten. Het gebouw werd in november 1930 sleutelklaar opgeleverd.

Munteenheid: in 1936 werd in het Duitse Rijk met de *Deutsche Reichsmark* betaald. Het krediet van 80.000 Reichsmark dat Victor aan de Millers had verstrekt, komt omgerekend naar de huidige koopkracht bij benadering overeen met 260.000 euro. Over het geheel genomen was het monetaire beleid in de jaren dertig echter moeilijk. *Dollar/us-dollar*: ter oriëntatie: 1 dollar in 1936 komt overeen met 18,21 dollar in 2019.

Olympische Spelen 1936 in Berlijn: Pierre de Coubertin, die als oprichter van het Internationaal Olympisch Comité in 1894 verantwoordelijk was voor de wedergeboorte van de Olympische Spelen, beschouwde deze als een sportieve krachtmeting waarbij de volkeren met elkaar streefden naar sportieve topprestaties, ongeacht hun politieke, sociale of religieuze achtergrond. In de loop der jaren werden de Olympische Spelen tot een prestigeobject. En toen de Spelen onder het nationaalsocialistische bewind in Berlijn zouden worden gehouden, vroegen vele naties zich bezorgd af of de olympische gedachte onder die omstandigheden wel een kans zou maken. Er werd serieus over een boycot nagedacht, vooral van de kant van de vs. Pas toen de Verenigde Staten hun deelname toezegden, was duidelijk dat de Spelen in volle omvang doorgang zouden vinden.

Ook in Stuttgart was de olympische koorts voelbaar. Op 29 juli 1936 werden op de Hindenburgplatz de vlaggen van alle aan de Olympische Spelen deelnemende landen gehesen. Op 31 juli werd op het marktplein een twintig meter hoge olympische boom opgericht. De wimpels van alle drieënvijftig landen die aan de Spelen deelnamen, wapperden eraan. Kleurige houten figuren stelden de sporten voor. De inscriptie op het voetstuk luidde precies zoals Anton het zich herinnerde: 'Vriend! Als je terugkomt van de Olympische Spelen, verkondig dan dat Duitsland vrede wil.'

De Olympische Spelen waren niet door de nazi's naar Duitsland gehaald, dat was nog tijdens de Weimarrepubliek gedaan. Maar toen de nazi's beseften welke mogelijkheden de Olympische Spelen boden om zich van hun beste kant te laten zien, gebruikten ze de enorme buitenlandse en binnenlandse politieke invloed van het grote sportevenement voor propagandistische doeleinden en om hun ware bedoelingen te verhullen. Aan een hoofdartikel uit de *Schwäbischer Merkur* van 18 augustus 1936 over het enthousiasme en de toejuichingen voor Hitler bij de Olympische Spelen is te zien hoe goed dat gelukt is: 'Maar deze toejuichingen leken voor ons nog meer te betekenen. Die golden een man die in de eerste plaats ook buiten het olympische sportveld een voorvechter van de wereldvrede is geworden.'

In het buitenland was men gereserveerder. Toegegeven, de Londense *Daily Express* zag geloofwaardige aanwijzingen voor de 'wonderbaarlijke verandering in het denken van het Duitse volk', de internationale pers prees de perfecte organisatie van de Spelen, maar de politieke balans viel meestal behoorlijk ontnuchterend uit. Terecht: de hetze en represailles tegen Joden en dissidenten waren alleen maar opgeschort voor de duur van de wedstrijden. Onmiddellijk na de sluitingsceremonie gingen ze met volle kracht door, alsof de weken van respijt in de zomer er niet waren geweest. In Stuttgart bijvoorbeeld werden Joden al een week na de Spelen uit de openluchtzwembaden van de stad geweerd.

Olympische Spelen, verslaggeving: de Spelen van 1936 waren het eerste massa-evenement dat met de nieuwe televisietechnologie in en rond Berlijn naar de overvolle televisielokalen werd uitgezonden (vgl. *Televisie*). De radio gaf via de speciaal opgerichte Olympia-Weltsender voortdurend informatie over en commentaar op de sportevenementen. De verslaggeving, zoals ik die in de roman heb weergegeven, volgt het schema van de televisie-uitzending. De oorspronkelijke opnames van de commentatoren Paul Laven en Rolf Wernicke zijn vernietigd en dus niet meer beschikbaar.

Olympische Spelen, 4 x 100 m estafette: de beschrijving van de estafette op 9 augustus 1936 (15.15 uur) zoals Andrew die ziet, is authentiek en volgt, hoewel enigszins ingekort, de originele filmbeelden.

Panoramamozaïek: een soort vroege legpuzzel van de firma C. Brandt jr. uit Lößnitz. Het beschreven motief nr. 255 werd rond 1905 op de markt gebracht, dus lang voor Victoria's geboorte.

Pfitzauf: Zwabisch dessert. Een traditioneel recept: meng 250 gram bloem, een halve liter melk, 4 eieren en een snufje zout tot een soepel deeg. Roer er 2 eetlepels gesmolten boter door. Smeer 12 Pfitzauf-vormpjes (alternatief: ovenvaste kopjes of andere vormpjes) goed in met boter en vul ze tot de helft met het beslag. Bak de Pfitzauf op 200°C (boven- en onderwarmte) gedurende ongeveer 45 minuten tot hij lichtbruin is. Zet de oven uit en laat de Pfitzauf nog 5 tot 10 minuten rusten. Haal de gebakjes uit de vormpjes, bestrooi ze met poedersuiker en serveer ze met compote (traditioneel appels, kersen of pruimen) of vanille-ijs en slagroom.

Rockefeller Skating Pond: de kleine ijsbaan in het Rockefeller Center, van slechts 18 x 27 meter, werd geopend op eerste kerstdag 1936. Tegenwoordig heet het *Rink at Rockefeller Center* en het is nog steeds een van de beroemdste en meest romantische schaatsbanen van New York, waar je zomaar beroemdheden als Jack Nicholson of Serena Williams kunt tegenkomen.

Ruïne van de burcht Hohenurach: het tussen 1030 en 1050 gebouwde burchtcomplex werd in de loop der eeuwen meerdere malen verwoest en herbouwd. In de zestiende eeuw fungeerde het als gevangenis. In 1765 werd *Landesfestung* Urach afgebroken. Wat overbleef was een van de belangrijkste ruïnes in Zuid-Duitsland. Hij ligt ongeveer veertig kilometer ten zuidoosten van de deelstaathoofdstad Stuttgart.

Samichlaus: Zwitserse versie van Sinterklaas. Samen met zijn helper Schmutzli (vertaald als Vuile Pier) brengt Samichlaus de kinderen in Zwitserland noten, appels en snoep. De traditie verschilt van streek tot streek.

Scho-Ka-Kola: in 1936 bestond er daadwerkelijk een stimulerende chocolade. Die werd Scho-Ka-Kola genoemd en is tegenwoordig onder deze naam weer in de handel verkrijgbaar. Naast cacao bevat hij geroosterde koffie en kolanootpoeder. Dat verleent hem een sterk stimulerend effect. Het product werd in 1935 uitgevonden door het Berlijnse bedrijf Hildebrand en op de Olympische Spelen van 1936 geïntroduceerd als sportchocolade. Naast Hildebrand was Sprengel in Hannover de belangrijkste producent van Scho-Ka-Kola. Tijdens de Tweede Wereldoorlog werd hij bekend als *Fliegerschokolade*, maar eenheden van andere delen van de strijdkrachten werden er ook van voorzien (bemanningen van duikboten, soldaten van de landmacht). Scho-Ka-Kola moet niet worden verward met *Panzerschokolade*, die bedoeld was om soldaten in 1939/'40 alert en productief te houden en dat methamfetamine bevatte, een middel dat tegenwoordig als crystal meth bekendstaat.

Schwarzwälder Kirschtorte: er doen verschillende verhalen de ronde over de uitvinding van de nu wereldberoemde taart, maar de herkomst staat niet onomstotelijk vast. Volgens een versie is hij in 1915 uitgevonden door een jonge Zwaab, Josef Keller, toen die in Bad Godesberg een opleiding tot banketbakker volgde; volgens een andere zou een banketbakker in Tübingen, Erwin Hildebrand, het recept in 1930 in een café in Tübingen hebben bedacht. In elk geval staat vast dat de Schwarzwälder Kirschtorte in de bekende vorm oorspronkelijk waarschijnlijk niet uit het Zwarte Woud afkomstig is (er kan een voorloper van het dessert zijn geweest), maar de vormgeving ervan verwijst er wel naar. De donkere geschaafde chocolade doet denken aan de dichte sparrenbossen aldaar, de kersen aan de bollenhoeden van de klederdracht van het Zwarte Woud. Het onontbeerlijke kirschwasser komt sowieso uit het Zwarte Woud.

Seggl: Zwabisch scheldwoord voor een mannelijk persoon.

Sidecar: klassieke cocktail op basis van 5 cl cognac, 2 cl Cointreau en 2 cl versgeperst citroensap.

Side letter: een nevenovereenkomst tussen contractpartijen die niet in het hoofdcontract wordt opgenomen. De inhoud kan naar believen worden opgesteld en in principe zonder formaliteiten worden bekrachtigd. Dat bespaart kosten en biedt ook de mogelijkheid om overeenkomsten te sluiten die niet in een officieel document (bijvoorbeeld een notariële overeenkomst) voorkomen.

Sportchocolade; verwijst naar de firma Ritter Sport: de vierkante chocoladereep is in 1932 op de markt gebracht door Alfred Ritter GmbH & Co. KG en wordt nog steeds in Waldenbuch geproduceerd en over de hele wereld verkocht.

ss Manhattan: luxe lijnschip van de in New York gevestigde United States Lines, dat werd ingezet voor de lijndienst tussen New York en Europa. De beschrijvingen van het schip in het boek volgen de bronnen.

Stadtgarten Restaurant-Café: uitgaansgelegenheid in Stuttgart.

Stäffele: Zwabische term voor de vele trappen in Stuttgart. Om de wijngaarden (in Stuttgart wordt al sinds de twaalfde eeuw wijn verbouwd) op de steile hellingen rond de stad te kunnen cultiveren, werden voor het eerst Stäffele aangelegd, steile trappen die de hellingen ontsloten. Later verbonden de trappen, waarvan sommige zeer vernuftig zijn uitgevoerd, de kom van de vallei met de hellingen, waarop steeds meer woonhuizen werden gebouwd. Dat doen ze tot op heden. Niet voor niets worden de inwoners van Stuttgart ook wel *Stäffelesrutscher*, misschien zoiets als 'trapleuningglijders', genoemd.

Studebaker: Amerikaans automerk.

Televisie: het medium televisie werd, net als de reeds bestaande media in die tijd, door de nationaalsocialisten misbruikt voor hun propaganda. Baanbrekend in Duitsland was het televisiestation Paul Nipkow, dat in 1935 voor het eerst in Berlijn uitzond. Natuurlijk zou het ook worden ingezet voor nationaalsocialistische propagandadoeleinden. In de loop van 1936 bestond er al een ongeveer twee uur durend, vast avondprogramma. Voor de Olympische Spelen van 1936 deed de zender verslag van de sportevenementen, hoofdzakelijk live. De zendtijd werd voor dit doel uitgebreid tot acht uur per dag. De ontvangst van het televisiestation Paul Nipkow bleef hoofdzakelijk beperkt tot Berlijn, het bereik bedroeg ongeveer zestig tot tachtig kilometer. Tijdens de Tweede Wereldoorlog kwam de ontwikkeling van de televisie tijdelijk tot stilstand.

Televisiekanon: iconoscoopcamera van Telefunken, speciaal gefabriceerd voor de Olympische Spelen. Walter Bruch, de cameraman, legde later uit dat het laboratorium waar hij werkte eigenlijk niet op die taak was berekend. 'De Olympische apparatuur was, kun je wel zeggen, "in elkaar geflanst" van de voorhanden onderdelen.' (Bron: Deutsches Fernsehmuseum).

Villa Siegle: gebouwd in 1856 en ontworpen naar Italiaans voorbeeld, paleisachtige villa van de puissant rijke fabrikant Gustav Siegle op Karlshöhe. De villa werd beschouwd als een van de mooiste gebouwen van de stad, maar brandde af tijdens de Tweede Wereldoorlog. Hoewel de villa niet onherstelbaar was beschadigd, werd hij in 1953 gesloopt.

Voiron: kleine stad in Frankrijk, departement Isère, niet ver van Grenoble.

Waterval van Urach: de Urachse waterval is een van de belangrijkste bezienswaardigheden van het UNESCO Global Geopark Schwäbische Alb. Daar duikt het water bijna veertig meter over de rand van de tufsteen van de Alb de diepte in. In de winter biedt de bevroren waterval een adembenemend schouwspel. Met wat geluk kun je de waterspreeuw ook tegenwoordig nog zien…

Wengerterktittel: wijnbouwerskiel, typisch blauwe werkkleding van de wijnbouwers.

Weinbutte: bij de wijnoogst op de rug gedragen kuip waarin de geoogste druiven worden vervoerd.

Winter Garden Theatre: in 1911 gebouwd theater op 50th en 51st Street in Manhattan. Het werd in 1922 gerenoveerd en had toen 1526 zitplaatsen. In het Winter Garden Theatre vond in 1953 de wereldpremière van *West Side Story* plaats. Op het programma van 1936 stond de jaarlijkse revue *Ziegfeld Follies of 1936*, die Andrew met Victoria bezoekt.

Witte chocolade: witte chocola bestaat uit cacaoboter, melkpoeder en suiker. De eerste witte chocoladereep is in 1930 door Nestlé in Zwitserland geproduceerd. Maar in de VS wordt Kuno Baedeker beschouwd als de uitvinder van witte chocolade, die hij in 1945 voor de Merckens Chocolate Company produceerde. Opmerkelijk is dat de familienaam Nestlé in het Zwabisch 'klein nest' betekent. Henri Nestlé was een Zwitserse apotheker van Duitse afkomst.

Woodbury Soap: Amerikaanse fabrikant van lichaamsverzorgingsproducten. Brenda Frazier maakte reclame voor producten van het destijds zeer bekende bedrijf.

HISTORISCHE ACHTERGROND

Stuttgart in de tijd van het nationaalsocialisme en de relatie ervan met de roman

Een familiesaga als de *Chocoladevilla*-serie meenemen naar de tijd van het nationaalsocialisme, met behoud van de lichtheid en de sprankeling die dit verhaal van het begin af aan hebben gekenmerkt, maar zonder een serieus onderzoek van die donkere periode volledig uit de weg te gaan: dat was een van de uitdagingen bij het ontwikkelen en uitwerken van dit derde deel. Daarom viel de keuze van het tijdvak op het jaar 1936. De Olympische Spelen hadden tot gevolg dat Duitsland zich presenteerde als een land dat zich openstelt voor de wereld. In zijn boek *Berlin 1936. Sechzehn Tage im August* (TB Penguin) beschrijft Oliver Hilmes deze periode als 'het laatste weerlichten van de Weimarrepubliek'. Het was echter een façade waarachter de destructieve ideologie voortging. Maar in het openbare leven was daar in die tijd vrijwel niets van te merken, de represailles tegen Joden en andersdenkenden waren tenminste minder zichtbaar, de propaganda was er volledig op gericht te laten zien dat dit Duitsland weliswaar sterk, maar niet gevaarlijk was. Een aanfluiting, gezien de bezetting van het gedemilitariseerde Rijnland in maart.

De slogan *Die Diktatur macht Pause* (de dictatuur neemt een pauze) geeft de gebeurtenissen van die augustusdagen treffend weer. De prachtige, bijna pompeuze gloed van de Spelen overtrof alles wat de bruine machthebbers van het Duitse Rijk zich tot dan toe hadden gepermitteerd en dat tot dat moment ook vrijwel niet door de wereld was gesanctioneerd.

Berlijn liet zich dus van zijn vrolijke kant zien. De Amerikaanse schrijver Thomas Wolfe schreef: 'Onder de bomen van de Kurfürstendamm flaneerden de mensen, de caféterrassen waren overvol, en de lucht leek in die gouden dagen te vibreren als muziek.'

En het nachtleven ook. Swing- en jazzbands speelden muziek die eigenlijk verboden was, en de Berlijners dansten met hun gasten op de beats die als 'negerdansen' werden betiteld. Elegant, vreedzaam, liberaal: zo ensceneerde het Duitse Rijk zichzelf, waarbij het de wereld en het eigen volk bewust misleidde.

Met het doven van het olympisch vuur stierf ook de hoop op een ander Duitsland. Haat en vervolging keerden terug, evenals de onvermoeibare propagandamachine die ten doel had het Duitse volk tot een gewillig instrument te maken voor Hitlers plannen voor de macht. Met tragische gevolgen, zoals de geschiedenis ons heeft geleerd.

Ook Stuttgart ontsnapte niet aan de gelijkschakeling; ook daar werd gruwelijk onrecht begaan. Ook daar werd gebrandmerkt en gedeporteerd. En ook daar waren er mensen die probeerden hun geweten te volgen en zo redders te worden. Ik hoop dat deze tijden worden herinnerd als een waarschuwing aan ons allen.

Over de villabouw in Stuttgart

De villabouw in Stuttgart begint in het midden van de negentiende eeuw, als Christian Friedrich von Leins in opdracht van het Württembergse kroonprinselijk paar Olga en Karl de Villa Berg ontwerpt. Tussen 1845 en 1853 wordt het gebouw opgetrokken in de stijl van de Italiaanse renaissance en vindt al snel navolging bij de gevestigde burgerij. Ondernemers, bankiers, uitgevers, kooplieden, allemaal ontdekken ze onder andere de hoger gelegen locaties en tonen hun welstand en groeiende invloed met hun representatieve landgoederen. De villa's en landhuizen van Stuttgart zijn kenmerkend voor het tijdperk van snelle industrialisatie en de nieuwe, welvarende sociale klasse die daaruit voortkwam. Het is dan ook niet verwonderlijk dat algauw de eerste auto's in de koetshuizen staan en dat in de salons niet alleen over kunst, muziek en literatuur wordt gediscussieerd, maar ook schitterende feesten worden gevierd.

De villa's in de *Chocoladevilla*-trilogie zijn gebaseerd op het in 2000 gepubliceerde standaardwerk van Christine Breig: *Der Villen- und Landhausbau in Stuttgart 1830-1930*. De in de trilogie beschreven villa's zijn gebaseerd op de daarin beschreven gebouwen, die in die vorm echter niet in Stuttgart voorkwamen.

New York in de jaren dertig

De jaren dertig stonden in de Verenigde Staten in het teken van de Grote Depressie. De ineenstorting van de effectenbeurs van New York in 1929 leidde tot een economische crisis die jarenlang aanhield en wereldwijd voelbaar was. De industriële productie en de wereldhandel stortten in, er ontstond een deflatiespiraal en de banksector raakte in een crisis. Veel bedrijven waren insolvent, massale werkloosheid leidde tot sociale ellende.

Ondertussen probeerden de mensen gedurende de moeilijke tijden het hoofd boven water te houden. Sommige investeerders boden met grote projecten koppig weerstand tegen de economische wereldcrisis, en gingen daardoor niet zelden zelf ten onder. Ook het Empire State Building werd in 1930/'31 in recordtijd gebouwd en kon er prat op gaan het hoogste gebouw ter wereld te zijn; toch werd het pas in 1950 winstgevend. De eerste decennia genereerde het vooral inkomsten doordat het al snel na de opening een toeristische trekpleister werd.

De afzonderlijke landen deden er niet allemaal even lang over om de crisis te boven te komen. Terwijl Duitsland al in 1936 weer volledige werkgelegenheid meldde, zij het op basis van de vervalste feiten van een dictatuur, duurde de crisis in Amerika tot het eind van de jaren dertig.

Maar te midden van alle ellende en zware ontberingen bestond er ook ongekende rijkdom in New York. Grote families zoals de Rockefellers of de Vanderbilts zorgden voor de glamourfactor in het New York in de jaren dertig. De debuten van de dochters van gegoede families werden grote sociale evenementen en de kosten die ermee gepaard gingen waren exorbitant. Het leven van de high society werd steeds meer onderwerp van de reportages van talrijke tijdschriften, die er voortaan voor zorgden dat het publiek deel kon hebben aan de glamour, het drama en de schandalen van de rijken en de schoonheden. Maar bovenal maakten ze mensen en meningen. De eerste It-girls die de trends bepaalden in de jaren dertig waren een product van de pers.

Er heeft nooit een German Chocolate Queen bestaan in New York. Jammer eigenlijk.

DANKWOORD

De *Chocoladevilla*-trilogie vertelt niet alleen een verhaal, zij heeft er ook zelf een: het was begin september 2017 toen ik in het Prater van Wenen stond, nog vermoeid van de lange treinreis, en me verheugde over een paar dagen vakantie in Wenen. Terwijl we daar rondliepen, bleven we voor het Chocolademuseum staan, omdat onze kinderen naar de kermisattractie aan de overkant wilden. Op dat moment ging mijn telefoon. Het nummer uit München op het scherm was mij onbekend, en ik was des te verbaasder toen ik het literair agentschap Agence Hoffman aan de lijn kreeg, dat belangstelling toonde voor mijn manuscript van *De chocoladevilla*. Ik had het pas een paar dagen eerder ingediend. Op dat moment werd een van mijn grote dromen werkelijkheid.

Mijn agent dr. Uwe Neumahr, aan wie ik nogmaals mijn oprechte dank wil betuigen, heeft me twee weken later gecontracteerd en slechts acht weken later was het duidelijk dat *De chocoladevilla* zou worden uitgegeven door Penguin Verlag in de uitgeversgroep Random House. Toen de titel was goedgekeurd, zat ik met een doos Lindt-pralines in mijn eentje in mijn werkkamer en kon niet geloven wat er was gebeurd.

Ik hield drie boekcontracten in mijn handen, en ze vlogen voorbij, de jaren met de *Chocoladevilla*-sage. In het begin leek het me bijna ongelooflijk dat ik een driedelige, doorwrochte familiesaga mocht vertellen. Tegenwoordig kijk ik gelukkig en dankbaar terug op een intense tijd.

Niet alleen de keuze van de agent bleek een gelukstreffer, maar ook die van de uitgever. Want een bestseller ontstaat niet vanzelf. En dus gaat mijn welgemeende dank uit naar dr. Britta Claus, fondsredactrice bij Penguin. Lieve Britta, je haalt het beste in me naar boven! Jouw eerlijke, professionele redactie en onze constructieve discussies hebben de *Chocoladevilla*-sage gemaakt tot wat hij is: een familieverhaal van verschillende generaties, waarin geschiedenis, liefde, spanning en chocolade samen voor veel leesplezier zorgen. Het is het werk van ons beiden, want achter elk goed boek staat niet alleen een auteur, maar ook een fantastische redactie.

Ook mijn redactrice Sarvin Zakikhani heeft veel energie en expertise geïnvesteerd om het derde deel van de *Chocoladevilla*-serie de finishing touch te geven. (Zij kwam op het idee van Bonnat in Voiron en heeft zelfs Pfitzauf gemaakt aan de hand van het recept. ☺) Hartelijk dank daarvoor!

Het boek werd met veel verve wereldkundig gemaakt door de Verlagsgruppe Random House, waaraan ik hier heel, heel veel dank betuig. Het samenspel was geweldig, en het was zo mooi om jullie enthousiasme voor dit boek te voelen.

Een toost op mijn Penguin-team: Eva, Laura, Stef, Katharina, Maren, Laura, en ook Barbara van de audioboekuitgeverij... we hebben een ongelooflijke tijd samen! Jullie steun is geweldig en ik voel me altijd geborgen!

Natuurlijk gaat de creatie van een trilogie niet onopgemerkt voorbij aan mijn persoonlijke omgeving. Daarom geef ik mijn twee kinderen een dikke knuffel, evenals mijn ouders en broers en zussen. Jullie allemaal zijn en blijven mijn rots in de branding.

Ik heb zo veel mensen mogen leren kennen, ondanks of zelfs door de boeken, en hun allen roep ik op deze plaats een hartelijk dankjewel toe: Michaela, Michi, Steffi van de Schoko-Laden-Werkstatt in Bernau am Chiemsee, Ines, Marion, Lucinde Hutzenlaub, Andrea Schmidt, Gabriele Diechler, Steffi, Oliver, Jørn Precht, Monika Pfundmeier, Anya Peter (met dank voor de informatie over Samichlaus) ... en mijn lieve Bettina Storks. Veel dank ook aan Simone Gerken, Petra Luipold en Susanne Edelmann, die diverse *Chocoladevilla*-fangroepen hebben opgericht en die met veel inzet beheren.

Het is tijd om afscheid te nemen van de chocoladevilla en haar bewoners. Geen gemakkelijke onderneming, nadat ze zo lang deel van mijn leven zijn geweest. Maar elk einde betekent ook een nieuw begin. En dus besluit ik de *Chocoladevilla*-saga met een citaat van Hermann Hesse:

'Er schuilt magie in elk begin,
die ons beschermt
en die ons helpt te leven.'

Mijn reis gaat verder, een nieuw begin is al gemaakt en ik kijk ernaar uit om binnenkort een ander verhaal met jullie te delen. Laat me je verrassen!

Hartelijks,
Maria Nikolai